NASHO JORGAQI

MËRGATA E QYQEVE

I

Roman

Mërgata e qyqeve

ISBN-13: 978-0692291887
ISBN-10: 0692291881

Nderuar me Çmimin e parë në Konkursin letrar Kombëtar (1979)

Botimi i gjashtë
1978
1982
1988
2003
2011

LEXIMI I RI I VEPRËS "MËRGATA E QYQEVE" TË SHKRIMTARIT NASHO JORGAQI

Pas Luftës së Dytë Botërore u krijuan dy kampe të kundërt, dy fuqi të mëdha që grumbulluan forca për shkatërrimin e njëra-tjetrës. Fati i Shqipërisë, që shpesh është vendosur nga të mëdhenjtë diku, e çoi atë në të ashtuquajturin "Kamp Socialist". Pushteti i ri që po ngrihej kishte dalë nga ëndrra e madhe e komunizmit, ëndërr e përqafuar thuajse nga gjysma e globit. Atje ku ka të varfër, ka shumë ëndrra. Varfëria në Shqipëri bëri që vegjëlia të përqafonte komunizmin si ideologji. Për fatin e saj të mirë, Shqipëria u radhit në Luftën e Dytë Botërore me shtetet antifashiste. Çlirimi i Shqipërisë nga antifashistët shqiptarë që udhëhiqeshin nga Partia Komuniste, një fakt i njohur botërisht, çoi në vendosjen e një pushteti që e përkrahu shumica. Klasa e përmbysur dhe bashkëpunëtorë të fashizmit që mundën të largoheshin si dhe pjesa që mbeti këtu, ishin të mundurit. Dhe të mundurve historia u rezervon fatin e tyre jo dhe aq të mirë.

Mërgata shqiptare e pasluftës së Dytë Botërore u bë shpejt pjesë e qëllimit strategjik të përmbysjes me armë dhe me çdo mjet tjetër të pushteteve politike në vendet komuniste. Aleanca e madhe anglo-amerikano-sovjetike kishte marrë fund.

Që gjatë Luftës së Dytë Botërore, të tre të mëdhenjtë kishin vazhduar të penetronin në radhët e njëri-tjetrit, të infiltronin spiunë, të thurnin rrjete, të vendosnin tek njëri-tjetri "mina me efekt të vonuar".

Shumë nga të arratisurit politikë shqiptarë u grumbulluan dhe u vendosën nëpër qendra filtrimi që udhëhiqeshin nga anglo-amerikanët ku kishte, madje, edhe instruktorë që vinin nga radhët e hitlerianëve. Qendra për Shqipërinë përbëhej në radhë të parë nga Ahmet Zogu, monarku pa gjak mbretëror i Shqipërisë. Në këtë qendër bënin pjesë edhe shumë ish-ministra të qeverive kuislinge, nëpunës të ndryshëm, të arratisur që e panë se lufta mori fund, bashkëpunëtorë të misioneve angleze gjatë luftës si dhe të arratisur pas çlirimit të Shqipërisë, njerëz të trembur nga represioni komunist.

Dërgimi me misione diversive në Shqipëri, ka qenë një nga mënyrat më të rëndësishme deri në vitin 1952-1953. Parashutimi, futja nga deti dhe nga toka ishin rrugë efikase për të dërguarit nga "Bota e lirë". Ata vendoseshin në Shqipëri, zinin baza, shtriheshin, kërkonin armë, municione, para për të blerë ushqime, uniforma etj. Në qendrat e tyre ishin të kënaqur nga këta "luftëtarë të lirisë". Ishte shumë i kënaqur edhe Mbreti Ahmet Zogu me partinë e tij, Legalitetin edhe partitë e Ballit Kombëtar, Blloku Indipedent, Agraristët etj. të strukturuar në perëndim, të aktivizuar dhe nga UDB-ja, të financuar për të kontribuar në rrëzimin e komunizmit në Shqipëri. Dukej sikur "pushteti i zbatharakëve" siç quhej pushteti komunist, po përmbysej. Mirëpo në vitin 1953 në Tiranë u bë një gjyq i madh me këta përfaqësues të Mërgatës që në të vërtetë nuk po bënin çudira. Shumë syresh ishin kapur apo asgjësuar, të tjerë kishin hyrë në shërbim të sigurimit të shtetit shqiptar i cili kishte bërë dy radiomanipulacione të çuditshme, absolutisht të papritura për qendrat amerikane përtej kufirit. Qëllimi i radiomanipulacioneve ishte të krijonin bindjen në Qendër se të dërguarit e saj në Shqipëri po hidhnin rrënjë, se do niste një kryengritje e madhe nga brenda dhe do të duhej pak ndihmë nga jashtë për ta përmbysur komunizmin në Shqipëri. Shpallja botërisht e rezultateve të radiomanipulimeve me emrat e koduar "Buza e bredhit" dhe "Liqeni i Vajkalit" ishte pjesa përmbyllëse e fazës së parë të Luftës së ftohtë në Shqipëri. Komentet e humbjes të ngarkuarve për Shqipërinë nuk përmbanin elemente analize e konkluzionesh, por i atribuoheshin rastësirave, ndihmave nga specialistët rusë, të dhënave të agjenturës ruse në Perëndim etj. Mirëpo mosvlerësimi ishte në dobi të zbuluesve shqiptarë, të cilët kishin penetruar në të gjitha qendrat e stërvitjeve, nëpër partitë politike, madje ishin bërë miq të ngushtë të liderëve të tyre dhe kishin depërtuar në oborrin e Mbretit. Prej andej ata jepnin informacion mbi planet, strategjinë, taktikat, mënyrat e veprimit, kontaktet dhe çdo imtësi të dobishme për të mbajtur nën kontroll dhe të goditej brenda dhe jashtë. Futja e përçarjes mes partive, mes liderëve, mes kapobandave dhe mbledhja e informacionit ka qenë një nga misionet e njerëzve të zbulimit. Ata nuk kanë qenë agjentë të komunistëve shqiptarë, siç i kanë quajtur për të përdhosur figurën e tyre. Atyre edhe kur kontaktoheshin nga oficerët e zbulimit shqiptar, u propozohej të viheshin në shërbim të atdheut të tyre, Shqipërisë, për çështjen e mbrojtjes së tërësisë territoriale, të çështjes së Kosovës etj. Ata nuk kanë qenë mercenarë si ata që hidheshin në Shqipëri për të bërë akte diversive, vrasje barbare për të ngjallur panik etj.

Brenda këtyre kontureve politike, është ngjizur vepra "Mërgata e qyqeve" e shkrimtarit Nasho Jorgaqi. Kjo e vërtetë historike, ku lëvizin personazhet, ku janë krijuar situatat, ku është zbërthyer karakteri dhe janë përcaktuar marrëdhëniet e këtyre personazheve, duket që është njësh me të vërtetën artistike që ka mundur të krijojë shkrimtari.

"Mërgata e qyqeve" është vepra e parë e madhe e Nasho Jorgaqit, padyshim një nga veprat e tij monumentale që tregojnë ndjeshmërinë e thellë të patriotit dhe mjeshtërinë e lartë të shkrimtarit. Deri në atë kohë ai kishte botuar me shumë sukses gjini si tregime e novela që në të vërtetë e kalitin, e sprovojnë një shkrimtar dhe janë si një trampolinë e sigurt për t'u hedhur me sukses në gjini të mëdha, të cilat janë po aq serioze sa tregimet dhe novelat. Nasho Jorgaqi ndjehej i sigurt në këtë sprovë sepse është një nga njohësit më të mirë të dokumentacioneve të Luftës së Dytë Botërore (1939-1945). Ai nuk ka qenë një studiues dogmatik, i njëanshëm, por njohës i "Dy kampeve ndërluftuese" madje edhe i "të tretëve" që kanë qënë më shumë objektivë. Njohës i shkëlqyer i letërsisë shqiptare që nga krijimi, njohës i mjeshtërve të mëdhenj të kësaj letërsie dhe i gjithë plejadës së krijuar nga kombi shqiptar, ishte vërtet i përgatitur për të kryer një vepër serioze si "Mërgata e qyqeve".

E botuar edhe e ribotuar katër herë në mbi 100.000 ekzemplarë, e ribotuar edhe nga Shtëpia Botuese e Librit Shkollor, romani "Mërgata e qyqeve" ka dëshmuar vlerat e krijuesit të saj.

Me përmbysjen e sistemit komunist u vërtetua edhe një herë realizmi i veprës "Mërgata e qyqeve" të Jorgaqit. Të arratisurit politikë që kishin mbetur gjallë dhe që e kishin mbledhur helmin e tyre për një kohë të gjatë, me urrejtjen karakteristike të impotentëve, i sollën një dëm të madh Shqipërisë. Mesazhi i tyre ishte të hapeshin varret, të thirreshin heronj të demokracisë bashkëpunëtorët e fashizmit dhe të shpalleshin të nëmur martirët e fashizmit, antifashistët. Duke varrosur e zhvarrosur, ata ia dolën të rihapnin plagët e luftës, të hasmërisë, të urrejtjes dhe t'i kthenin shqiptarët 50 vjet prapa. Pa dyshim, ky është mesazhi më i dëmshëm për vendin e tyre, shumë më i dëmshëm se atëherë kur shërbenin si mish për top ose më pas, kur aderonin nëpër partizat e tyre duke i bërë intriga njëri-tjetrit.

Mendoj se lexuesi mund të kishte dobi për këto ndërsa të gjitha ato që mund të shkruaja për strukturën e romanit, për personazhet dhe vlerat e tyre, për situatat e vërteta, për dialogët sintetikë në funksion të situatave, nuk do ishin tjetër veçse opinione apo ndjesi subjektive të cilat çdo lexues, do t'i ketë ngushtësisht personale pasi të mbarojë së lexuari këtë libër.

Tiranë,

NESHAT TOZAJ

15.10.2003

LIBRI I PARË

PROLOG

Zyrat e USEP-it gjendeshin larg kampit të Llazirës, në një nga lagjet e skajshme të kryeqytetit, afër rrugës kryesore "Periklis". Ato zinin një ndërtesë të vjetër trikatëshe, që nuk dallonte në mes të shtëpive të tjera, futur në një rrugicë me kalldrëm, me mure të ciflosura nga jashtë e me grila të rënda.

Zakonisht takimet me emigrantët nëpunësit e USEP-it nuk i bënin në kryeqytet. Qendra e shoqatës kishte hapur prej vitesh një zyrë përballë kampit tonë në Llazirë. Kjo qe një vilë e vogël me dy të ndara, ndërtuar me pllaka të verdha prej eterniti, rrëzë ca shkëmbinjve të thatë, që e mbronin nga erërat e rrepta të detit. Vila dukej si një shtëpi e braktisur, pasi gjithë kohën pothuaj qëndronte mbyllur dhe hapej vetëm në ditë të caktuara të javës.

Ditën që hapej, vinte që në mëngjes një veturë e bardhë dhe ndalonte para shkallëve të ulëta. Ne e shikonim nga sheshi i thatë i kampit, tek rrinim e ngroheshim në diell, apo pas dritareve të kafenesë kur bënte ftohtë.

Dikush zbriste pa u ngutur nga vetura, hynte në vilë dhe hapte derën dhe dritaret e zëna me role.

Njeriu që vinte, mund të qe një mesoburrë, shtatgjatë, me shpatulla të ngushta e bark pak të kërcyer, me flokë të rënë e faqe të mbushura, po mund të qe dhe një vajzë a grua e re shtatlartë që binte në sy nga larg, me flokët e verdhë dhe trupin elegant, me lëvizjet e shkathëta dhe cigaren në dorë.

Këta qenë mister Adamsi dhe misis Kreshman, të cilët vinin zakonisht veç e veç dhe kryenin detyrën e nëpunësit të USEP-it. Uleshin në tavolinën e vetme që ndodhej në njërën nga të ndarat dhe prisnin e përcillnin me durim njerëzit e kampit. Kjo punë zgjaste disa orë dhe pastaj vetura e bardhë kthehej nga kishte ardhur. Mis Hendersoni dukej më të rrallë në vilën me pllaka prej eterniti dhe kur vinte ajo, do të thoshte se kishte ndodhur ose do të ndodhte diçka me rëndësi. Ajo dallohej jo vetëm nga vetura e saj e verdhë me një zhurmë nanuritëse, po dhe ngaqë vinte gjithnjë e shoqëruar, herë nga mister Adams ose misis Kreshman, herë nga një burrë i shkurtër, i veshur si prift civil, me jakë të bardhë të kopsitur.

Nëpunësit e USEP-it nuk e kishin zakon të hynin në kamp. Nga ky rregull bënte përjashtim vetëm mis Hendersoni. Në sytë e emigrantëve, ajo, megjithëse nuk kishte ndonjë funksion shtetëror, ishte një autoritet, tek i cili ata kishin varur të gjitha shpresat. Kushdo e dinte se ajo grua imcake dhe e heshtur kishte shumë vjet që drejtonte emigracionin politik. Se gjatë asaj kohe, mjaft gjëra kishin ndërruar në botë, vitet kishin rrjedhur plot ngjarje, qeveritë kishin hipur e kishin zbritur, njerëz të ndryshëm kishin hyrë e kishin dalë nga skena politike po mis Hendersoni kishte mbetur ajo që kishte qenë, si një ikonë prej druri të fortë, që nuk donte t'ia dinte nga motet. Zyra e saj qëndronte ngahera në atë ndërtesë të vjetër trikatëshe afër rrugës "Periklis" dhe vila e vogël me pllaka eterniti përballë kampit tonë hapej si kurdoherë në ditë të caktuara. Prandaj, shumë nga emigrantët besonin te kjo grua. Ajo kishte në dorë fatin e tyre. Vetëm prej saj varej nëse do të qëndronin mbyllur në kampin e Llazirës apo do t'u hapej një ditë porta për të dalë prej tij.

Mbyllja e emigrantëve nëpër kampe kishte nxjerrë telashe të mëdha. Kështu, në kampin e Llazirës, gjendja ishte keq e mos më keq. Jetonim në tufa si bagëti. Banonim në ca baraka stërgjate e të ulëta dhe gjithë ditën barisnim poshtë e lart nëpër sheshin e thatë e të ndotur, që hapej në mes të kampit. Disa herë në ditë mblidheshim para derës së kuzhinës me gavetë në dorë ose prisnim rreth nevojtoreve me rripat liruar. Shpesh në këto vende plasnin sherre; një shkak fare i vogël bënte që njerëzit t'i hidheshin në fyt njëri-tjetrit. Po grindjet më të mëdha ndodhnin verës, në orën kur vinte autoboti. Sepse në kamp nuk kishte asnjë pikë uji të pijshëm, përpos atij që sillte makina. Veç kur shikoje njerëzit të gjakosur dhe britmat e piskamat plot të shara çanin qiellin. Ata kishin goditur shoku-shokun me shishe e gaveta, me gurë e me grushte dhe jo rrallë edhe me thika. Atëherë ndërhynin rojet dhe, si të kishin përpara një skotë qensh, qëllonin me shkelma ose vërtisnin rripat e kauçukut në kokat tona. Për gjithë sa ngjante, askujt nuk i bënte përshtypje. Sepse kjo harrohej shpejt dhe s'vononte që e njëjta gjë të përsëritej.

Në kamp ndodhnin vdekje të shpeshta, ndonjëherë gati të përjavshme. Ishim mësuar me vdekjen si me gavetën e vjetër dhe me ajrin e ndotur të kampit. Në të vërtetë dhe jeta aty ishte një vdekje e ngadalshme. Bile, pjesë e pandarë e kampit qenë dhe varrezat e hapura prapa tij, në një gurishte të ngushtë. Tregonin se në fillim kur u ngrit kampi dhe zunë të vdisnin emigrantët e parë, nuk dinin ku t'i varrosnin. Asnjë nga varrezat e fshatrave përqark nuk i pranonte. Sepse që të varroseshe diku, duhet të paguaje. Kështu emigrantët, jo vetëm të gjallë, po dhe të vdekur krijonin probleme të vështira. Atëherë USEP-i u detyrua të blejë dhe atë copë gurishte, si varrezë për të groposur emigrantët. Po prapë çështja nuk u zgjidh si duhet. Ajo mori një zgjidhje shumë të trishtuar. USEP-i paguante varrin vetëm për pesë vjet. Pas pesë vjetëve, ata që merreshin me tregtinë e varreve, kishin të drejtë ta zhvarrosnin të vdekurin dhe t'i flaknin kockat në det ose t'i digjnin, që t'u lironin vend të tjerëve pasi toka nuk mjaftonte. Prandaj që të të ruhej varri edhe pas pesë vjetëve, duhej të paguaje që në gjallje një shumë të mirë të hollash. Po kush ishte ai që mund të paguante për pas vdekjes, kur s'kishte sa ishte gjallë. Kjo gjendje i dëshpëronte të gjithë dhe të gjithëve u dukej si mallkimi më i madh që dikush kishte hedhur mbi ta. Prandaj, sa vinte e njerëzit egërsoheshin më shumë, krijoheshin telashe të papritura dhe padronët filluan të shqetësoheshin seriozisht. Dhe erdhi një ditë, që ata e gjykuan si më të leverdisshme që emigrantët të nxirreshin nga kampet e të liheshin të lirë për të shkuar në vende ku kishte nevojë për krahë pune. Kampet do të mbeteshin vetëm si karantinë ose si azil për të sëmurët, apo për ata që s'donin të punonin.

Kështu, nisi dalëngadalë zbrazja e kampeve dhe shpërngulja e emigrantëve drejt Perëndimit: në Belgjikë e në vendet skandinave, në SHBA e deri në Australinë e largët. Me këtë detyrë merreshin shumë persona e organe të përhapura në disa kontinente. Po zyrtarisht ishte ngarkuar USEP-i,[*)] një organizatë "kishtare" me qendër në Evropë.

Dalja e emigrantëve në Perëndim kishte filluar shumë kohë para ardhjes sime në kamp. Në krye kishte qenë mjaft e shtrënguar, pastaj ishte liruar, po gjithnjë i përmbahej një proçedure të gjatë e të vështirë, me kërkesa mjaft të rrepta. Emigranti ishte i detyruar të bënte lutje e të gjente patjetër dy garantë dhe pasi të plotësonte një varg dokumentesh, do të hynte e do të dilte disa herë në vilën e vogël përballë kampit, pa përmendur rastet kur mund të vinin e ta merrnin me makinë të posaçme për ta çuar në kryeqytet. Para gjithë këtyre, duhej të tregoheshe i

---

[*)] United States Emigration Programme.

durueshëm dhe të prisje muaj e vite të tëra, derisa një ditë të të nisnin bashkë me të tjerët për në aeroport.

Kishte kaluar një kohë e gjatë që kisha hedhur dhe unë lutje. Kisha plotësuar kushedi sa dokumente. Isha takuar disa herë me nëpunësit e USEP-it në vilën e vogël përballë kampit. Rrija në pritje, ndonëse e dija që për njerëz si unë, miratimi i dokumenteve ishte më i vështirë se për të tjerët.

Kaluan kohë. U duk sikur ankesa ime ishte harruar. Po një ditë, kur kisha dalë me leje në kryeqytet dhe po ecja nëpër bulevard, më ndali dikush dhe, si më futi në një veturë me xhama të veshur, morëm drejtim për jashtë qytetit.

Zbritëm para një shtëpie, rrethuar me kangjella hekuri, dhe brenda në një zyrë të përhimtë u gjenda para një burri tepër të gjatë, tullac, me ca sy si zare, veshur me uniformën e oficerit.

Pa e zgjatur, si ngelëm vetëm, oficeri, nën dritën e një projektori që më binte përpara, kërkoi që t'i përshkruaja biografinë.

Unë tunda kokën dhe zura të përsërisja të njëjtat gjëra që kisha thënë kushedi sa herë gjatë afro tre vjetëve që gjendesha në tokë të huaj. Këtë e kisha përsëritur edhe këtu në këtë shtëpi, po një kat më poshtë.

Kur mbarova, ai shtriu mbi tavolinë një hartë topografike dhe unë njoha planin e qytetit tim të lindjes. Djall o punë! Sa herë do të jepja llogari para asaj harte, që kohë më kohë ma vinin përpara!

-Këto i keni thënë dhe herë të tjera, - tha ai pasi më dëgjoi deri në fund. – S'keni gjë tjetër?

-Jo, zotni.

-Mos me kalimin e kohës ju kujtohen hollësi të reja?...

Koka e tij tullace vetëtinte nga drita e projektorit. Ai më shikonte i përqëndruar.

-Mund t'ju ndihmoj unë? – pyeti ai.

-Urdhëroni.

-Ju kujtohet kur jeni martuar?

-Posi.

-A ju kujtohen dollitë që u ngritën atë natë?

Unë qesha.

-Atë natë u ngritën shumë dolli, siç është zakoni nëpër dasmat tona, zotni...

Ai nuk m'i ndante sytë dhe unë shikoja qartë bebëzat e tij.

-Po, ju besoj, shumë dolli... s'do mend, ju martoheshit... Po a mos u bë shkak ndonjë prej tyre për një zënie...

Unë ula sytë dhe mblodha buzët.

-Mendohu mirë zotni Kelmendi!...

-Po, - shtova pas një grime, - dikush nga të ftuarit ngriti një dolli çapraze dhe të tjerët desh iu hodhën në fyt... po...

-Mjaft, s'ka nevojë më tutje.

Unë që isha mësuar me këto skena, s'e pata të vështirë të ndërprisja në çast tregimin. Ai tha papritur:

-Mirë, zoti Kelmendi. Me kaq, mbaruam bashkë. Mund të shkoni.

Nga jashtë u dëgjua dobët një zile dhe kur unë ktheva kokën, dera ishte hapur dhe te pragu priste burri me kapele republike që më kishte sjellë.

Më pas, edhe pse kaluan disa javë në qetësi të plotë, s'dyshova për asnjë çast se interesimi për mua vazhdonte. Këtë e kuptova akoma më mirë nga një takim tjetër që ndodhi një ditë në kamp.

Ai vinte te ne si gazetar, po në të vërtetë qe zëvendësi i mis Hendersonit dhe quhej ambasadori i USEP-it, pasi shkonte në çdo cep të botës ku kishte emigrantë politikë. Ishte një burrë i ri, me trup prej atleti, me shpatulla katrore, veshur mjaft elegant. Kishte një mënyrë të sjelli, sikur të njihte prej kohësh dhe, kur të jepte dorën, të linte kundërmimin e një parfumi të fortë. E thërrisnin mister Filips dhe thuhej se punonte për hesap të një gazete amerikane. Ai vinte me një "Renault" të kuq dhe sa herë që largohej merrte me vete ndonjë nga miqtë e tij emigrantë.

Mister Filipsi dukej njeri shumë i thjeshtë dhe i futur. Ai hynte kudo në kamp; mjaft të gjente njerëz të mbledhur dhe të trazohej menjëherë në muhabet. Ai bisedonte për çdo gjë, po më shumë fliste për politikë dhe në fushën e politikës hiqej tepër i moderuar.

-Ne gabojmë, - thoshte mister Filipsi shpesh, - kur flasim gjithmonë keq për komunistët. Askush s'mund ta kundërshtojë që populli ata i ndjek me fanatizëm, po askush s'ka qejf të pyesë seriozisht: "Pse ndodh kjo"?

Ne që rrinim përqark, e dëgjonim në heshtje, thithnim cigaret apo ngrinim supet. Asnjë nuk guxonte të bënte aq haptazi arsyetime të tilla. Mister Filipsi i dinte punët e politikës më mirë se ne që rrinim mbyllur në kamp.

Herën e fundit, ai na gjeti ulur në kafenenë e kampit dhe në bisedë e sipër m'u drejtua mua:

-Ju keni thënë se në Shqipëri populli s'ka të hajë, po kjo është një çorbë që sot nuk e ha njeri. Komunistët tani s'luftohen më me armë të vjetra...

Të gjithë vështruan nga unë. Mister Filipsi më shikonte me bisht të syrit.

-Për ju, mister Filips, - thashë i vrenjtur, - politika është vetëm politikë, kurse për ne është vetë jeta. Prandaj, s'keni pse habiteni që ne, karshi armiqve tanë, përdorim të gjitha armët, të vjetra dhe të reja!

U dëgjuan zëra të druajtur miratimi dhe pastaj ra përsëri heshtja. Mister Filipsi nuk e ngau më fjalën, vetëm buzëqeshi dhe, ashtu siç e kishte zakon, u hodh në një bisedë tjetër.

Kur iku ai, u ndez një debat i ashpër. Zakonisht në diskutime të këtilla unë nuk merrja pjesë, po këtë herë, s'mund të qëndroja mënjanë. Kishte kohë që e kisha kuptuar taktikën e mister Filipsit. Ai me qëllim i hidhte mendimet e tij çapraze, në mënyrë që emigrantët të diskutonin dhe ai pastaj nëpërmjet njerëzve të vet të mblidhte opinionet. Kishte ardhur koha që ai donte t'i dinte mendimet e mia!

Një mbrëmje erdhi e më mori me veturë një oficer i veshur civil që e fliste mjaft mirë shqipen. Ai u tregua i përzemërt dhe më vuri të rri përpara, në krah të tij. Fliste pak e rrallë dhe unë gjatë tërë rrugës shikoja tërthorazi fytyrën e tij të mprehtë me syze të zeza, duart me unaza që vërtiteshin në timon me shkathtësi dhe mundohesha të rrëmoja në kujtesën time. Vallë ku e kisha parë këtë njeri? Po vetëm kur arritëm në vend, diku në anën tjetër të kryeqytetit, dhe zbritëm në një shtëpi të hapur nën dhe e të pajisur me tërë komoditetin modern, atëherë u kujtova. Me këtë njeri isha takuar njëherë, por ai nuk më dha të njohur.

Ne kaluam nëpër një tunel të ndriçuar nga drita të bardha neoni dhe hymë në një dhomë, që nga orenditë dhe sendet e shpërndara nuk të bënte të mendoje se ishte zyrë. U ulëm rreth një tavoline të rrumbullakët, të shtruar me pije dhe, si shkëmbyem cigaret e tokëm gotat, sipas zakoneve ballkanike, filluam pa humbur kohë nga puna. Burri me syze të zeza më bëri disa pyetje njëra pas tjetrës. Ai donte të dinte mendimet e mia rreth bindjeve politike dhe gjendjes shpirtërore të rretheve të emigracionit shqiptar.

-Më pëlqejnë mendimet tuaja, zoti Manush, - m'u drejtua ai me emër, kur më në fund u isha përgjigjur të gjitha pyetjeve të tij. – Dhe mos ma merrni për kompliment, në qoftë se ju them se keni stofin e një politikani...

Buzëqesha dhe pas kësaj u mundova të qëndroja sa më lirshëm. Desha të tregoja se nuk isha një emigrant që varesha prej të tjerëve për një copë bukë, siç ndodhte me shumë nga shokët e mi, po një njeri serioz që dija të bëja dhe unë politikë.

Për një çast kujtova se biseda jonë kishte sosur. Ne kishim folur gjatë dhe ai tanimë i kishte dëgjuar mendimet e mia. Por, shpejt kuptova se nuk ishte kështu. Sepse ai më pyeti pastaj me një zë të butë miqësor:

-Më duket se ju nuk bëni pjesë në asnjë grup politik?

-Jo, në asnjë.

-Është e çuditshme se si keni mundur të qëndroni jashtë tyre.

-Nuk e kam pasur të lehtë, zotni. Gjithnjë jam përpjekur t'i përmbahem qëllimit që të punoj për çështjen e përbashkët, pa u lidhur me asnjë grup. Mërgata e përçarë sot ka më shumë se kurrë nevojë për bashkim...

-Ju keni zgjedhur pozitën me të drejtë që mund të zërë njeriu në kamp, - tha ai dhe, duke ndërruar tonin e zërit, shtoi: - Më lejoni t'ju pyes: nga cila parti anon më shumë prirja juaj e brendshme?

Unë s'iu përgjigja menjëherë, bëra një pauzë e pastaj më nxori nga situata fraza që kisha përgatitur për një rast të ngjashëm:

-Për mua janë të respektuara të gjitha grupet politike që punojnë për të mirën e mërgatës.

-Domethënë i respektoni njësoj të gjitha grupet?

-Respektoj qëllimet e tyre të mira. Jam kundër çdo gjëje që sjell përçarje, jam kundër llafeve e grindjeve.

-Po kur këto të fundit janë të paevitueshme?

-E pra, kjo është fatkeqësia më e madhe e mërgatës, - thashë duke psherëtirë. – Në mes fjalëve që themi dhe praktikës së përditshme ngrihet një mal i tërë...

Ai vuri syzet që kishte hequr pak më parë, po ato nuk ia fshehën dot habinë që i zbriste nga sytë në buzët dhe rrudhat e faqeve.

-Në qoftë se ekziston ky mal, - ngriti zërin ai, - detyra e politikanëve të mërgatës është ta sheshojnë... Dhe ju duhet të jeni nga të parët, prandaj ju pyeta dhe ju pyes prapë: Nga cili grup prireni më shumë shpirtërisht? Sepse s'keni si të jetoni e të punoni për mërgatën, pa hyrë në njërin nga grupet që ekzistojnë. Apo keni ndërmend të ngreni ndonjë parti të re?

-Jo, - ia prita menjëherë. – Unë mendoj se dhe kaq janë tepër.

-Atëherë, më duket se është krejt e arsyeshme që të hyni në njërin prej tyre...

Zëri i tij tingëlloi pak i prerë dhe ai lëvizi duke u kthyer i tëri nga unë.

-Këtë e kam menduar shumë herë, - thashë në mëdyshje, - po në gjendjen që ndodhet mërgata nuk është e lehtë të vendosësh. Ndofta, i ndihmoj më shumë mirëkuptimit të përbashkët duke qëndruar jashtë...

-Jashtë keni disa vjet që rrini, - u hodh ai. – Tani duhet të vendosni. Ja, të mos shkojmë larg. Është e njohur botërisht dhe ju vetë e keni pranuar, që babai juaj ka qenë oficer i Zogut. Pse të mos hyni në partinë e tij?

Në vend që të përgjigjesha, mora një cigare dhe ai nxitoi të ma ndizte me çakmakun që mbante në dorë. Ndjeja që sytë e tij prapa syzeve qenë përqëndruar mbi mua.

-Kjo është e vërtetë, - thashë i menduar. – Është një arsye e fortë për të hyrë në partinë e tij. Por të më besoni se ajo që ndodhi në prillin e tridhjetenëntës...

-Apo keni ndërmend të hyni në Ballin Kombëtar? – më ndërpreu ai sikur të mos më kishte dëgjuar. – Balli është një parti nacionaliste e moderuar...

-Për Ballin nuk ia vlen të bisedosh fare, zotni, ia ktheva i vendosur. – Balli Kombëtar është shumë i diskredituar në Shqipëri. Gjithë bota e di se Balli ka qenë bashkëpunëtor me pushtuesit. Kurse në mërgatë ai është ndarë e përçarë në disa grupe. T'ju them të drejtën, as më ka shkuar mendja ndonjëherë të bëj pjesë në Ballë...

-Kurse unë kam menduar se, në qoftë se nuk do të hynit në partinë mbretërore, mund të bashkoheshit me partinë katundare...

Unë buzëqesha dhe thashë:

-Ju e keni marrë vesh se ka vite, që komunistët ua kanë ndarë tokat fshatarëve. Nuk di, tani, se ç'mbetet për t'u ndarë, veç t'ua marrin tokat fshatarëve dhe t'ua kthejnë prapë pronarëve. Sot këtë nuk ta pranon njeri në Shqipëri...

-Atëherë bëhuni me Bllokun Indipendent.

Unë lëviza vendit dhe kundërshtova prerazi:

-Jo, jo, në këtë rast nuk më këshilloni drejt. Në Bllok janë mbledhur gjithë ish-ministrat kuislingë, oficerët e nëpunësit e ish-administratës fashiste në Shqipëri. Politikën e tyre nuk e ha njeri sot...

Mesa duket, ai i mbaroi të gjitha propozimet, pasi nuk foli më. Në heshtje, ai ktheu gotën dhe të dy qëndruam një copë herë kështu, se kush i tërhequr në mendimet e tij.

Pastaj ai tha:

-Gjithë ato fjalë thamë dhe prapë në një pikë të vdekur mbetëm. A thoni se është më mirë të mbetemi kështu? Do t'ju kujtoja atë proverbin tuaj të urtë se delen e ndarë nga shoqet e ha ujku. Përpjekjet tuaja fisnike për t'i ardhur në ndihmë mërgatës, duhet t'i përkushtohen patjetër njërit prej grupeve politike. Aq më tepër, kur ju keni kërkuar të dilni në Perëndim!

Ai sikur i mëshoi frazës së fundit dhe priti një hop se ç'do të thosha. Po unë vetëm tunda kokën.

-Në mos gabohem, - vazhdoi ai, - të gjitha shanset janë që ju të hyni në partinë e mbretit. Ato që thatë ju, janë të vërteta. Por si politikan i moderuar që jeni, mos harroni se politika ka shumë xhepa. Kësisoj, Zogu, në krahasim me grupet e tjera është ndofta diçka më pak i kompromentuar me ato që ndodhën në Shqipëri gjatë luftës. Ju mund të punoni me sukses për mbarëvajtjen e mërgatës. Mendohuni për këtë dhe vendosni, veçse në një kohë sa më të arsyeshme...

Ne u ndamë si miq dhe, kur dolëm nga shtëpia e nëndheshme, ai më vuri krahun. Në shesh priste një xhips, me të cilin u ktheva në kamp në orët e para pas mesit të natës.

Nuk kaluan as dy ditë dhe bisedën që kisha bërë në shtëpinë e nëndheshme e vazhdova me dy përfaqësuesit e komitetit "Shqipëria e lirë", me Adem Boxhon e Faik Bokërrimën. Ata jetonin në kryeqytet, po në kamp hynin e dilnin si në shtëpi të tyre.

Të dy qenë zogistë, po këtë nuk e thoshin haptazi, pasi hiqeshin si politikanë të bashkimit të mërgatës. Në të vërtetë, ata punonin nën rrogoz për partinë e mbretit. Vetë unë isha gjendur kushedi sa herë në grackën e bisedave të tyre partiake.

Prandaj, nuk më erdhi e papritur, kur më ftuan një pasdreke në zyrën e komitetit "Shqipëria e lirë".

Unë shkova në kohë dhe, porsa trokita në derë, më doli përpara Faik Bokërrima e pas tij, menjëherë Adem Boxhoja. Ne u shtërnguam në qafë, sikur të mos kishim dy ditë pa u parë.

-Gëzohu, vëlla, se këtu jemi në Shqipëri, - tha Ademi duke u shkëputur nga krahët e mi. – Kjo zyrë është një copë e vendit tënd!

Dhoma vinte gjatoshe, me dritare nga rruga e me mure të veshura me letra larushe.

Ne zumë vend nëpër ca karrige plastmasi, të zgjedhura enkas kuqezi, kurse përpara, varur në mur qe nderur një copë beze e kuqe e damkosur me një zhgabonjë të shtrembër.

Dy zyrtarët e komitetit "Shqipëria e lirë" më kishin vënë në mes dhe në sup ndjeja krahun e rëndë të Faikut. Ne shkëmbyem cigare duke vënë secili dorën në gjoks e duke përsëritur fjalën "ejvallah" e pastaj ia nisëm nga biseda.

Biseda rridhte e qetë dhe nga mënyra se si zumë të merreshim vesh, u duk se Faiku më besonte për gjithë sa flisja, ndërsa Ademi nuk ndihej fare.

Ademi me Faikun ndërronin si natyra nga njëri-tjetri. Faiku ishte tip i hedhur, bile i rrëmbyer, s'kishte takt në muhabet, shpesh i pëlqente të fliste për trimëritë e veta dhe qejfi i tij ishte ta lidhte bisedën me ngjarje të kaluara. Djalë bajraktari nga një krahinë e veriut, ai kishte qenë oficer i ri në kohën e Zogut e pastaj qe graduar kapiten i milicisë fashiste. Nga pamja e oficerit të dikurshëm i kishte mbetur trupi si i ngrirë, flokët e shtruar nga kapelja ushtarake dhe mustaqet spic si të Zogut. Tani vinte tepër hollak e i gjatë, si shtog i vjetër, supet i kishte krejt të rrëzuara, fytyrën me gropa dhe dorës së majtë i mungonin dy gishtat e mesit.

Faiku kishte dalë nga Shqipëria me kolonën e fundit të gjermanëve. Për vite me radhë ai i kishte provuar të gjitha kampet e mërgatës, derisa i qe gjendur një mik, i cili e kishte tërhequr prej andej dhe e kishte ngarkuar me disa detyra të veçanta. Për njëfarë kohë Faiku kishte organizuar, bashkë me të tjerë, futjen e diversantëve në

Shqipëri, po këtë gjë atij nuk para i pëlqente t'ia kujtoje, sepse disfatat e një viti të vështirë i kishin kushtuar mjaft karrierës së tij. Vetëm pas shumë kohësh, me përpjekje të mëdha, ai e kishte marrë prapë veten dhe kishte mundur të hynte rishtas në skenën politike të mërgatës.

Kësaj here kishte dalë bashkë me Adem Boxhon, i cili njihej si pehlivan i stërvitur. Ademi kishte qenë kryetar komune në kohën e Zogut dhe të fashizmit. Me daljen e Ballit Kombëtar, ai qe bërë një nga krerët e kësaj organizate në krahinën e tij. Më vonë, si qenë ngatërruar ngjarjet e si ta kishte ndier me kohë tatëpjetën, ia kishte mbathur jashtë nga të parët. Atje prapë kishte pasur ngatërresa. Sepse në mërgim Balli qe përçarë keq dhe ai qe larguar prej tij e kishte disa vjet që punonte për Zogun.

Ademi ishte i zgjuar e mjaft dinak, për më tepër, hiqej si njeri me përvojë të madhe në punët e politikës. Nuk thoshin kot shokët e tij se Adem Boxhoja mbahej nga antenat e pakëta që i kishin mbetur mërgatës, jo vetëm se ishte në korrent për çdo gjë që ndodhte në botë, por dhe dinte të orientohej shpejt e të parashikonte ndërrimin e klimave politike; ai nuk e linte veten të tërhiqej nga e kaluara, siç ngjante me shumicën e emigrantëve. "Në politikë, - thoshte ai, - pak rëndësi kanë kujtimet!"

Në takimet e para Ademi nuk tregohej ai që ishte. Uleshe në tavolinë me të dhe mezi shkëmbente dy fjalë. Thua se kotej tek rrinte, me sy gjysmë të mbyllur, me trupin e ngjallur lëshuar në karrige, me këmbët e nxjerra përpara. Fytyra e gjerë e gati e sheshtë, me një kokërr nishani në faqen e majtë, me sytë pak larg nga njëri-tjetri e hundën e shtypur gjithnjë e tregonte mjaft të plogët e të pavëmendshëm. E vetmja shenjë gjallese e tij ishte rrufitja herë pas here e hundëve. Po në të vërtetë, Ademit, nuk i shpëtonte asgjë dhe, kur ia donte puna, ai kthehej e bëhej njeri tjetër. Nga kjo pikëpamje, ai i ngjante shumë me mis Hendersonin. Hapte sytë, ca sy të ftohtë si hekuri, nxirrte nofullën e poshtme përpara, lëvizte majën e gjuhës mbi buzën e poshtme dhe fytyra sikur i fërgëllonte nga ca dridhje të lehta. Ky ishte Ademi i vërtetë. Ai që me heshtjen e tij sikur kërkonte t'i mësonte mërgatës llafazane ta mbante gjuhën në mes të dhëmbëve.

Në tokën e huaj ku qe ngritur kampi ynë, Ademi ishte ngaherë mysafir i përkohshëm. Ai lëvizte vazhdimisht nga një vend në tjetrin, kudo tek kishte shqiptarë, herë nëpër Evropë, herë nëpër Amerikë, bile shkonte deri në Australi e Zelandë të Re. Kur kthehej te ne, sillte me vete lajme e porosi të rëndësishme, këshilla e dhurata, gjithnjë me cilësinë e emisarit të mërgatës, që ngrihej mbi dasitë politike.

Shpesh pas këtyre udhëtimeve, Ademi vinte e më takonte. Ndodhte që më merrte mënjanë e më fliste si t'i fliste një njeriu besnik. Më tregonte për gjendjen e punëve të politikës, për hallet e shumta të mërgatës, më sillte të fala e përshëndetje nga njerëz të njohur e të panjohur. Kishte qëlluar të më binte edhe ndonjë çek a dhuratë nga miqtë që i njihte ai e s'ishte nevoja t'i njihja dhe unë. Njëherë më pati sjellë të fala nga Abaz Kupi, kryetari i partisë së "Legalitetit" pasi i kisha ndihmuar zogistët në një grindje me ata të Agrares. Herë të tjera më pati prurë dhe pako me rroba nga një shoqatë "bamirësie".

Kohët e fundit, Ademi i kishte shpeshtuar takimet me mua. Vinte e më takonte për punë të mërgatës, po gjithë hallin e kishte që unë të pranoja të hyja në partinë e mbretit. Kështu, ftesa që më bëri bashkë me Faikun, për të vizituar zyrën e komitetit në një kohë kur unë prisja të dilja në Perëndim, nuk ishte e rastit. Kjo do të thoshte, që kishte ardhur koha t'u jepja fund lëkundjeve dhe të vendosja njëherë e mirë.

-Dëgjo, vëlla i dashur! – mori fjalën Ademi, duke i dhënë zërit një ton madhështie që s'e kisha dëgjuar ndonjëherë. – Kësaj here, vij nga Kana, drejt e nga Pallati me një porosi nga vetë Lartmadhëria e tij.

Unë drejtova shpinën dhe vështrova nga ai, duke u munduar të shprehja habi e respekt.

-Ju po më nderoni tepër, zoti Adem, - i thashë.

-Ti ke nderuar vetveten me sjelljen tënde, vëlla, - vazhdoi ai. – Detyra jonë ka qenë vetëm t'i raportojmë Lartmadhërisë. S'është sekret të të them që zotrote i tërhoqe vëmendjen që në krye të herës dhe ai e mori në shqyrtim personin tënd. Doli se ti qenkëshe i biri i Tafil Kelmendit, tamam djali i atij oficeri që, kur u martua mbreti, megjithëse ishte një copë nëntoger, i dërgoi çiftit august pesë desh peshqesh. Apo s'është kështu?

Për herë të parë pashë sytë e Ademit të hapur plotësisht, gati të çakarritur nga një duf triumfi.

-Ti fol, he burrë! – thirri Faiku. – Pse s'thue se paske kenë ushtari i Naltmadhnisë qysh në djep.

-Po, djali i Tafilit jam, i Tafil Kelmendit. Këtë nuk e kam fshehur ndonjëherë...

-Ke të drejtë të na heqësh veshin, - tha Ademi i zënë ngushtë, - veç, ta dish se shoshën e mërgatës e bëjnë të tjerët. Derisa vijnë punët në dorën tonë, ne çelësat e kashtës kemi. Një gjë është e vërtetë, dhe zotrote e ke ndier që të kemi qëndruar afër.

-Po, pasha zotin, - ia priti Faiku, - bash vllaun tonë të kena pasë...

-Edhe unë e kam ndier, - fola me një seriozitet që më diktonte çasti. – Prandaj, ju faleminderit. E në radhë të parë i falemnderit nga zemra Lartmadhërisë, që po më zgjat dorën aq bujarisht.

-Phi... – mori për kot Faiku, i kapur papritur nga një valë padurimi. – Tash po m'bjen n'hatër aspirant Tafili.

-Nëntoger Tafili, - e korrigjoi Ademi.

-Ma s'pari, kur kena kenë n'kazermat e Ali Rizahit, ka kenë kapter. Ma vonë asht ba aspirant, Veta kështu e njof. Burrë i mirë fort, besnik i Naltmadhnisë!

-Lartmadhëria e tij, - tha Ademi kur reshti Faiku, - nuk e harron kurrë gjestin glorioz të Tafil Kelmendit. E paçim e të na rrojë sa malet, se njerëz të tillë janë mburrja e mbretërisë zogiste!

-Për fat të keq babai ka vdekur, - ia bëra duke ulur sytë.

-Mos, bre, ç'ka po thue!

-Të rroni vetë!

-Urata e babës, urata e zotit!

-Faleminderit!

Pas kësaj, ne u detyruam të heshtim një copë herë.

-Janë tue dekë nji nga nji tanë ushtarët e mbretit, - tha Faiku i mërzitur.

-Vdesin pleqtë, po vijnë të rinjtë, - u bë i gjallë papritur Ademi. – Vdiq Tafili, po shyqyr zotit la prapa të birin, dhe jo vetëm e la, po e dërgoi përkëndej nga është Lartmadhëria.

Ndjeja se fytyrën ma kishte mbuluar një hije pikëllimi. Atë çast heshtja më shkonte sa asnjëherë tjetër.

-Mërgata ka nevojë për vërsën e zotit Manush, - mori prapë fjalën Ademi. – Se, të themi atë që është, ajo sa vjen e plaket. Shumica jonë po ecin në gjashtëdhjetë e lart. Lufta s'bëhet me pleq. Mendjet e mençura të miqve na e thonë këtë, po dhe ne e ndjejmë. Apo s'është kështu?

-Ashtu është, - thashë duke tundur kokën. – Ne duhet të përpiqemi me ç'kemi në dorë që mërgata të mos plaket. Po nga ana tjetër, kuptoj se mërgata është plakur dhe kësaj s'di se si do t'i gjendet ilaçi. – Pastaj ngrita zërin i qetë e vazhdova: - S'ka gjë më të madhe sot sesa bashkimi i mërgatës së përçarë. Të moshuar e të rinj e kemi për detyrë ta mbajmë gjallë!

Kisha folur me dufin e fanatikut, duke u dhënë të kuptojnë se pavarësisht nga ç'mendonin të tjerët, unë kisha mendimet e mia.

-Ah, more vëllezër, - psherëtiu Ademi, - vërsa e re është e paktë dhe duam s'duam ne, në mërgatë pleqërojnë pleqtë!

-Mirë boll! Ç'ka e ka gjetë malësinë kur e kanë qeverisë pleqt! – shfryu Faiku. – Ma e bukra kohë e Shqypnisë që njef historia asht ajo kur kanë sundue pleqt...

Ademi qeshi me shpoti e tha:

-Po ajo kohë ka ikur, o Faik vëlla! Jeton në mes të Evropës dhe s'e ke marrë vesh që qeverisja sot është puna më e sëkëlldisur për çdo vend. Ajo punë e pleqve s'të çon larg. Sot janë, nesër s'janë. Atëherë, kujt t'ia lëmë hallet e mërgatës?

-Popullit t'Shqypnisë! – thirri i nxehur Faiku.

-Një fjalë goje është ajo, - u hodh Ademi. Dhe këtë fjalë na pëlqen shpesh ta përsërisim, por harrojmë se ka rrjedhur shumë ujë nga ajo kohë kur ne ishim barinj e popullin e kishim bagëti... Na ka mbetur vetëm të presim çastin kur aleatët do t'i luajnë kartat e ne të vemi pas tyre. Dhe kjo mund të ndodhë nesër, po mund të ndodhë edhe pas...

-Njëzet vjetëve, - ia prita.

-Po, dhe ajo ka të ngjarë. Në mos tamam njëzet, disa vjet domosdo do të kalojnë. Dhe disa vjet për vërsën time nuk janë pak, kurse zoti Manush me shokë do të jenë në kohën më të mirë për t'i dalë zot idealizmës së mërgatës.

Fytyra hollake e Faikut fërgëlloi nga njëfarë nervozizmi:

-Nji ku po ta them, Adem, s'asht për të bisedue me ty për kto gjana. Me kto që thue, ti t'fut dhetë pash nën dhe!

Unë i hodha dorën në qafë Faikut dhe thashë:

-Për fat të keq, Ademi ka të drejtë. Tjetër punë që neve na vjen hidhur. Po të kishte menduar gjithë mërgata si Ademi, nuk do të ngopeshin njerëzit njëzet e ca vjet me lugë të zbrazur. Ju s'i keni njohur komunistët, siç i njoh unë. S'ka armiq më të fortë se ata. Prandaj, të bëjmë politikë e jo llafe, ndryshe t'ju themi lamtumirë punëve të mërgatës.

-Ju politikajt, - tha Faiku me një theks dëshpërimi, - ta bëni mendjen çorap. Unë s'due me dijtë për asgja. Derisa kena mbretin gjallë, shpnesat e Shqypnisë s'kanë hupë...

-Shpresat duhet t'i ruajmë, se me ato rrojmë, - foli Ademi me një seriozitet jo të zakontë, - po të dimë se ç'bëhet në botë e të mësojmë nga historia. Se ju e dini se ç'ndodhi me rusët e bardhë. Dolën me qindra mijëra nga Rusia, me gjeneralë e me politikanë profesionistë, me para të madhe nëpër bankat e botës dhe, kur erdhi puna, vdiqën si qen rrugëve. Sot mërgata e tyre është shuar, pothuaj sikur të mos kishte qenë fare. Kur mendoj këtë, më bëhet zemra si arrë gungë dhe gjithë shpresat i mbaj te perëndia!

Pas këtyre fjalëve heshtja sikur na rëndoi mbi kokë. Kishim ulur sytë, ndërsa cigaret na digjeshin nëpër gishta.

-S'di ç'ka me thanë insani i shkretë, - mori të qahej Faiku, sikur po pështynte. – Tash njizet e kusur vjet jena tue i sha e mallkue komunistët e asnji fajde s'ka ba. Thue se dhe perëndia asht me ata njerëz antife...

-Derri do plumb, - tha gjithë inat Ademi. – Po mjaft me këto muhabete. Të kthehemi te puna për të cilën jemi mbledhur, sepse i ramë shumë larg për të dalë këtu. Dëgjo, i dashur vëlla, besoj se nuk më gënjen mendja po të të them se këtej e tutje ti je joni, je i mbretit tonë august! Nëse e kam gabim, ma thuaj?

Ishte një çast teatral që e kisha parashikuar, prandaj bëra ç'kisha në dorë për t'u treguar i prekur e i nderuar pa masë.

-Jo, - thirra, duke e dredhur lehtazi zërin. – Nuk e keni gabim. Unë jam e do të mbetem deri në frymën e fundit ushtar i Zogut I, mbretit të gjithë shqiptarëve...

Po nuk arrita ta sos fjalën, pasi Faiku brofi në këmbë dhe e ndjeva veten të mbërthyer në darën e krahëve të tij eshtakë. Ademi vetëm më shtrëngoi dorën dhe tha:

-Të lumtë, o Manush Kelmendi, për këtë gaz që na dhe sot! Se të gjitha grupet e mërgatës të kanë lakmuar, po si duket perëndia të kishte taksur për ne. Tashti që kjo u arrit, me rastin e parë do të njoftoj Pallatin. Puna e do që njëherë për njëherë partitë e tjera të mos e marrin vesh. Aq më tepër që ky muhabet u bë në zyrën e komitetit "Shqipëria e lirë".

-Dakord, - thashë. – Dhe unë nuk kam asnjë interes që, sa të jem në kamp, të merret vesh kjo punë. Kush i dëgjon llafet. Vetëm shpërngulja sa më parë në Perëndim rregullon çdo gjë...

-Tash ke me pa, - u hodh Faiku, - se kena dhe na njifarë tagri n'kso punësh...

-Zotrote e quan veten ushtar të mbretit, - tha Ademi. – Ashtu është, ushtarë të tij jemi të gjithë, po nuk e teproj po të them se ti je një kuadër i përgatitur dhe ne kemi të drejtë të shpresojmë në mbarëvajtjen e partisë së mbretit!

Jashtë kishte rënë nata dhe unë kërkova leje të largohesha.

Dy ditë më vonë, mis Hendersoni më thirri në kryeqytet. Në hyrje të zyrave të USEP-it unë paraqita kartën e verdhë të emigrantit dhe portieri, pa më kërkuar shpjegime më ngjiti në katin e dytë.

Ajo më priste. Tek rrinte ulur prapa një tavoline prej ebaniti, me një dosje të hapur përpara, më zgjati dorën dhe më ftoi të zija vend. Unë u ula kundruall saj dhe sytë më mbetën në murin e bardhë, ku ishte varur trupi i gjakosur i Jezuit të kryqëzuar. Pastaj vura re të shpërndara nëpër dhomë disa kore shenjtorësh, një shandan bronzi dhe një temjanicë të vogël, që të kujtonin më shumë një amvonë kishe, sesa një zyrë.

Kaloi një valë here në heshtje. Mis Hendersoni kishte ulur kokën dhe shfletonte pa u ngutur dosjen.

Sa e sa herë e kisha parë këtë grua gjatë disa vjetëve dhe prapë më dukej se e shikoja për të parën herë: shtatvogël dhe e imët, me fytyrë të fishkur dhe me ca sy gri, me parukë në kokë, së cilës ia ndërronte ngjyrën sipas stinës, ajo kishte një pamje që nuk tërhiqte vëmendje. Në dukjen e parë, mis Hendersoni ngjante krejt e mefshtë, si një shpend nate i përgjumur, me një shpërfillje të heshtur, që i varej në këndet e buzëve e të syve. Po kush e njihte nga afër, e dinte mirë se, në raste të caktuara, ajo sikur dilte nga vetja, bëhej tjetër njeri, sytë sa s'i lëshonin cifla metalike, duart nazike i kapërtheheshin e i lëviznin si zhapinj dhe atëherë kuptohej vërtet se cila ishte. Ajo ishte kryetarja e USEP-it, që merrej me emigracionin politik.

-Bashkoj gëzimin tim me tuajin, zoti Kelmendi, - filloi të flasë mis Hendersoni. Dokumentet tuaja, më në fund, u miratuan. Shoqata jonë bëri ç'kishte në dorë për t'ju ndihmuar.

Mis Hendersoni më foli me një ton të butë e me një fytyrë të përdëlluar prej murgeshe.

-Ju, zoti Kelmendi, - tha pastaj kryetarja e USEP-it duke ngritur zërin, - gjatë kohës së qëndrimit në kampin e Llazirës keni treguar një urtësi shembullore dhe me punën tuaj si sekretar administrator për grupet shqiptare i keni sjellë shërbime organizatës sonë. Ju kam thirrur t'ju përgëzoj. Ju keni bërë punën e perëndisë, kur jeni përpjekur për mirëkuptim e bashkim dhe keni punuar për të paqtuar gjakrat e ndezura të vëllezërve tuaj fatkeqë. Puna juaj ka lënë përshtypje të pëlqyeshme dhe kjo është arsyeja që vëllezërit tuaj të idealit nuk kanë rreshtur së interesuari. Megjithëse ne nuk merremi me politikë, sepse jemi një organizatë bamirësie, prapë nuk mund të mos respektojmë aspiratat tuaja fisnike... Ne përpiqemi të çojmë në vend vullnetin e perëndisë, që është një për të gjithë.

Kush, veç atij, do të kujdeset për ju që vuani prej kaq vjetësh larg atdheut dhe familjes. Mërgata mbetet një plagë gjithnjë e hapur e kohës sonë. Në mos e shërofshim, të paktën ta lehtësojmë, sepse, derisa pa u qetësuar bota, ju përherë do të barisni si një kope e ndjekur, nga një vend i huaj në tjetrin, pa gjetur kurrë prehje. Fati juaj është i rëndë. Po ne nuk humbasim shpresën, se njerëzit më të mirë të mërgatës, në mes të të cilëve dëshiroj t'ju vë dhe ju do të mbeten kudo që të jenë, barinj të kësaj tufe të mjerë...

Sa kohë që ajo fliste, unë s'ia kisha ndarë sytë.

-Ju falemnderit, mis Henderson, - iu drejtova me këto fjalë, kur m'u duk se ajo mbaroi. – Ju gjithnjë na keni prekur me fjalën tuaj njerëzore. Po të mos kishte qenë zëri juaj bujar, ne me siguri do të qemë kafshëruar akoma më shumë në këtë karantinë të mallkuar ku na përplasi fati i keq. Gjesti juaj merr një kuptim më të lartë, kur mendoj se shumë prej nesh kanë fe të ndryshme nga ju. Ju jeni e krishterë, e unë, bie fjala, jam mysliman e megjithatë kjo s'ju ka penguar të na zgjasni dorën. Tani u binda se zoti është një dhe zërin e tij e dëgjova për herë të parë në jetën time nëpërmjet fjalës suaj njerëzore. Ju falem nderit, mis Henderson! Ju falem nderit dhe për shokët e mi që s'kanë fatin t'ju takojnë. Të jeni e sigurt se këshillat tuaja do t'i kem si hajmali në jetën që më pret.

Ajo tundi kokën lehtë dhe nuk foli. Ne kishim thënë gjithçka që mund të thuhet në një takim lamtumire. Heshtja e zgjatur do të rëndonte mbi mirësjelljen time.

Prandaj, u ngrita dhe i ndera dorën, duke mbledhur supet për t'i dhënë përshtypjen e njeriut të përulur e të bindur.

-Të jeni shembull durimi dhe besimi, zoti Kelmendi. Të mirupafshim!

Dola nga zyra e saj dhe po kaloja nëpër korridorin e qetë, kur padashur ndesha në veten time, në një pasqyrë të madhe që varej në krye të shkallëve. Ndalova vetvetiu dhe sodita në xhamin e bardhë. Kisha shumë kohë që nuk e kisha parë veten në pasqyrë në përmasa të këtilla. Për një çast m'u duk vetja i huaj, tek shikoja trupin tim të gjatë e të dobësuar, flokët të rralluar, rrudhat që më kishin prerë fytyrën, thinjat. Vetëm sytë kishin mbetur po ata që kishin qenë. Thellë bebëzat më shkrepëtinin dhe askush veç meje nuk kuptonte se ç'donte të thoshte kjo,

Zbrita shkallët me hap të qetë dhe u gjenda në rrugë.

Ishte një ditë e butë tetori. Përqark meje lëvizte e gumëzhinte jeta e një vendi të huaj.

Ecja vetëm nëpër trotuar dhe pas shumë kohësh po e lejoja veten të gëzohesha me gjithë mend. Kisha arritur fitoren e parë të madhe. Po merrte fund mbyllja ime në kamp. Pas disa vjetësh veçimi të plotë, tani isha i lirë të vazhdoja më tej detyrën që më priste.

"Ja, pra, ç'bëri besimi e durimi yt! Ti nuk u mposhte para torturave e shtrëngimeve, kurtheve e djallëzive. Ti fitove mbi armiqtë e popullit tënd!"

KREU I PARË

1

Ditët e fundit, kampi i Llazirës i përngjante një pazari bagëtish në prishje e sipër. Turma laragane e emigrantëve lëvizte pareshtur poshtë e përpjetë. Kudo, nëpër sheshin e ndotur, para barakave, te porta venin e vinin njerëz me plaçka nëpër duar. Në rrugën e kalldrëmtë, përtej telave, qëndronte një varg makinash. Fytyra të huaja dukeshin e zhdukeshin në kamp. Misis Kreshmani dhe mister Adamsi ishin shumë të zënë. Kishte filluar përcjellja e grupeve të reja për në Perëndim.

Grupet e para u nisën radhazi brenda disa ditëve. Pastaj papritur ndodhi një ndërprerje që zgjati një javë dhe kjo na shqetësoi të gjithëve. Kishin mbetur tri grupet e fundit dhe njerëzve u duhej përsëri të jepnin prova të reja durimi. Po durimi në këso rastesh ishte gati i pamundur, sepse ai kishte humbur prej kohësh. Të gjithë qenë bërë nervozë e grindavecë e, ngaqë s'dinin ç'të bënin, shanin e truanin gjithë mllef dhe nuk i mbante vendi. Vetëm unë që e kisha për detyrë urtësinë sidomos në këto situata, qëndroja mënjanë e përpiqesha të mos trazohesha me ankimet e qarjet e tyre.

Po në të vërtetë, ato qenë ditë të zymta. Kampi pothuaj ishte zbrazur dhe dukej akoma më i shkretë se ç'ishte më parë. Kishin mbetur vetëm pleqtë e të sëmurët, pa përmendur ata që kishin ardhur rishtas në kamp dhe do të qëndronin në karantinë për një kohë të pacaktuar.

Moti kishte marrë për keq. Ishte fundi i tetorit. Tërë natën binin shira, ndërsa ditën retë na qëndronin mbi kokë. Nga deti frynte një erë e marrë që përplaste dyert e dritaret e barakave të zbrazura. Përtej, në bregun shkëmbor, gjëmonin me potere dallgët e shkumbëzuara. Një fletë e shqitur llamarine, diku mbi çati fishkëllente vajtueshëm. Njerëzit pinin duhan pa pushim dhe pështynin përtokë.

Një pasdite të vrenjtur, ndërsa binte shi dhe gryka e detit nxinte, erdhën e na morën me ca kamionë të mbyllur dhe ne nuk pamë nga ç'rrugë kaluam, veç kur u gjendëm në një nga aeroportet e kryeqytetit. Shiu atje pushoi, po na zinte frymën një erë e ftohtë dhe e lagët. Ne qëndronim të heshtur me plaçka nëpër duar dhe dëgjonim urdhrat e mister Adamsit, që kalonin gojë më gojë si një pëshpërimë e zgjatur. Nën këmbët tona nxinte pista e betonuar dhe tutje qëndronte një aeroplan i madh pa ngjyrë të qartë. Ndërtesën e aeroportit e kishim lënë prapa dhe po niseshim nga një cep i aerodromit, pothuajse fshehurazi.

Para nisjes, grupi ynë qëndroi te shkallët e aeroplanit dhe priti mis Hendersonin. Ajo zbriti nga vetura e verdhë dhe, duke mbajtur në njërën dorë parukën që ia lëvizte era, me tjetrën na përshëndeti të gjithë me radhë.

-Ju uroj rrugë të mbarë, vëllezër të shumëvuajtur, - na u drejtua ajo me një zë të butë në gjuhën e saj. – Dëshira juaj për t'u kthyer një ditë në vatrat tuaja u bëftë vullneti i zotit. Mos e humbisni besimin tek ai. USEP-i me ndihmën e tij po bën ç'është e mundur për t'jua lehtësuar vuajtjet. Zoti qoftë me ju!...

Pastaj lëvizi disa hapa praptazi dhe ngriti lart dorën e hollë e nazike duke e tundur lehtë në shenjë lamtumire. Atë kohë, sikur të kishte urdhëruar ajo, u ndezën motorët dhe vendi përqark gjëmoi me të madhe. Atëherë njerëzit u sulën të gjithë përpjetë shkallëve, se kush të hipte i pari dhe askush s'u kujtua t'i përgjigjej përshëndetjes së mis Hendersonit që lëvizte akoma dorën në ajër. Unë mbeta pothuaj i fundit dhe u tregova aq i kujdesshëm, saqë, kur u gjenda në krye të shkallëve, u ktheva me fytyrë nga ajo dhe shtrëngova dy duart, duke i mbajtur lart.

Mis Hendersoni më njohu menjëherë dhe në fytyrën e saj të fishkur dallova shenjat e një buzëqeshjeje të përmbajtur. Ndërkaq, krahët e ciflosur të aeroplanit u lëkundën. Ishte ndezur dhe motori i fundit.

2

Gjithçka ndodhi natën: fluturimi përmes Evropës, ndalimi tranzit në dy aeroporte të panjohura, zbritja në aerodromin e Brukselit. Kudo nuk na u nda shiu. Binte vazhdimisht një shi i shtruar vjeshte dhe, sa më lart ngjiteshim për në veri, aq më shumë shtrëngonte të ftohtët.

Kur zbritëm në tokën e huaj, u vumë në rresht dhe, me jaka të ngritura, shkuam pas mister Adamsit. Një thëllim i akullt, gati polar, krejt i panjohur për ne, që vinim nga viset e jugut, na vërshëllente në vesh. Secili përpiqej të mbrohej pas shokut që kishte përpara.

Në fillim morëm për nga ndërtesa e madhe e aeroportit që shkëlqente prej dritave të forta, po, pa arritur atje, vargu ynë qëndroi në vend dhe ne pamë të na afrohej një burrë me syze të zeza, me mushama hedhur krahëve e me ca letra në dorë. Ai na përshëndeti në heshtje, duke tundur kokën, dhe, pasi shkëmbeu disa fjalë të shpejta me mister Adamsin, zuri të na numëronte kokë më kokë. Në këtë kohë, shiu u dendësua keq dhe era e ftohtë s'pushonte së rrahuri trupat tanë.

U dëgjua turbull zëri i mister Adamsit nga kreu i rreshtit dhe pastaj u përhap fjala në formë pëshpëritjeje: "Është përfaqësuesi i zyrës së punës".

-Po ne s'jemi bagëti, bre burra! – piskati me zë të dredhur Shpendi, që vinte fill pas meje. – Kush di gjuhë, le të thotë një fjalë. Të lëvizim bre, se ngrimë së ftohti!

-Jemi bagëti e vjedhur, - ia priti dikush. – Bagëtia e vjedhur shitet natën, pa salltanet.

-Pushoni, lëreni zotërinë e tij të kryejë punë shpejt!

-Na s'kena me fluturue. Në dorë të tyne jena!

-Pse jemi në dorë të tyre, s'do të thotë që i zoti të mos e marrë mallin në dorëzim sagllam!

Përfaqësuesi i zyrës së punës na numëroi rishtas dhe duke u kthyer disa herë te secili me elektrik dore dhe vetëm pasi u sigurua mirë, shkoi përpara dhe ne i vajtëm pas nxitimthi. Një autobus pa ngjyrë priste përtej, ndërsa hijet e dy policëve lëviznin aty afër në errësirë. Ne u ngjeshëm pas njëri-tjetrit në korridorin e gjatë të autobusit duke e lënë më të djathtë ndërtesën e aeroportit.

Kur dolëm në rrugë dhe autobusi zuri të çante nëpër hapësirën e zezë të natës, mua sepse më shtypi gjoksin ajo ndjenjë poshtërimi që kisha provuar pak më parë. Dhe kjo më rëndohej më shumë kur shikoja rreth e qark që të gjithë kishin varur kokat dhe flinin krejt të shkujdesur, sikur të mos kishte ndodhur asgjë. Dëgjoja gërhimat e tyre dhe sillja ndërmend i trishtuar gjithë sa kishte ngjarë me ne: zbritja në një cep të aerodromit, ecja nëpër errësirë, numërimi një për një në mes të fushës së mardhur, hipja gati fshehurazi në autobus, ajo shmangie tinëzare, pa kaluar nga ndërtesa e madhe e aeroportit... Çdo gjë ishte fare e qartë dhe mirë e kishte thënë Shpendi me zë të lartë: "Ne s'jemi bagëti". Tani ai rrinte me kokë mbështetur në supin tim dhe unë s'e kuptoja në ishte zgjuar a fjetur. Vërtet, ne ishim kthyer dy shekuj prapa dhe qemë si ata zezakët, që dikur i bartnin fshehurazi nga një kontinent në tjetrin.

Kujtoja këto dhe mundohesha të mbaja gjuhën në mes të dhëmbëve. Fundja dhe unë, ashtu si të tjerët, duhej të tregohesha se nuk kisha arsye. A nuk isha dhe unë një emigrant si gjithë emigrantët e tjerë: një njeri krejt pa atdhe, që kisha kaluar nëpër burgje e kisha provuar tërë djallëzitë e torturat në trupin tim nga "miqtë tanë", që kisha shpëtuar nga robëria e kampeve dhe më në fund kisha fituar të drejtën të zija një punë e të nxirrja vetë bukën e gojës e pastaj të luftoja tok me të tjerë kundër komunizmit...

Me këto mendime, dalëngadalë, ashtu siç isha i lodhur e i mardhur, më zuri edhe mua gjumi. Kur u zgjova, autobusi kishte kaluar dhe drita e mëngjesit hynte nga xhamat e mjegulluar. Të tjerët qenë ngritur në këmbë dhe po zbrisnin.

Shpendi kishte ulur xhamin e dritares dhe vështronte përjashta.

-Shif, bre, - thirri ai, - një kamp lamë në Llazirë, një tjetër gjetëm këtu! Phu!... – dhe lëshoi disa të shara njëra pas tjetrës.

Unë fërkova sytë dhe pashë një varg ndërtesash, rrethuar me tela dhe kasolle, rrëzë një kodre të zhveshur. Ky ishte kampi "Lei", dëgjuam të thonë.

3

Ditët e para në kampin e ri qenë shumë të mërzitshme. Na dukej sikur na kishin hedhur në një gropë që e kishte mbuluar mjegulla e dendur dhe askush nuk pyeste për ne.

Megjithëse ishte akoma vjeshtë, këndej kishte ardhur dimri. Shiu nuk dinte të pushonte, bile binte dhe llohë dëbore. Qielli rrinte vazhdimisht i zënë dhe kishte aq mjegull sa nuk shikohej asgjë përtej telave që rrethonin kampin. Ne dridheshim nga të ftohtët dhe nuk arrinim të mësoheshim shpejt me klimën e ashpër. Edhe pse gjithë ditën qëndronim brenda, nuk gjenim të ngrohur. Ndërtesat qenë prej betoni. Ato edhe në kohën e pushtimit fashist kishin shërbyer si kamp përqëndrimi. Ky ishte një vend krejt i veçuar. Vetëm herë pas here ndërtesat gjëmonin e lëkundeshin lehtë nga uturima e aeroplanëve reaktivë. Dikush tha se prapa mjegullës shtrihej një aerodrom ushtarak.

Ditët kalonin në limonti të plotë dhe askush nuk dinte të thoshten se sa do të vazhdonte kjo gjendje kështu. Mister Adamsi, që ditën e parë, sapo na dorëzoi, u largua. Njeriu me syze të zeza vente e vinte me një xhips të vogël dhe pëshpëritej se ai po përpiqej për ne. Po në kamp kudo kishte rojë dhe lëvizjet tona qenë të kufizuara. Ne s'kishim ç'të bënim, veç pinim duhan e konjak dhe filluam të kalonim kohën duke luajtur me letra. Kishte dhe nga ata që tërë kohën qëndronin në dritare dhe vërenin nga dera e madhe se kush hynte e kush dilte.

Të gjithë prisnin të vinin padronët për të na marrë, por ata, nuk dihej përse, po vonoheshin dhe kjo na mundonte pa masë. Kjo gjendje e padurueshme, ndoshta do të kishte zgjatur akoma, në rast se nuk do të kishte ndodhur ngjarja që i bëri të zotët e punës të nxitoheshin. Një natë, para se të hanim darkë, dy ballistë therën me thikë, në sytë tanë, një agrarist me të cilin kishin hesape të vjetra. Mensa u la në gjak dhe pas kësaj plasën grindje të tjera. Erdhën më vonë rojat e kampit, pastaj erdhi policia, po ndërkaq të dy ballistët qenë zhdukur. Filluan hetimet, po kjo punë nuk qe e lehtë. Policia, që kishte përvojë në këso rastesh u tregua e urtë dhe në vend që të zgjatej me hetime, këshilloi autoritetet e kampit që të shpejtonin shpërndarjen e emigrantëve, pa ndodhur ndonjë krim tjetër. Dhe vërtet, nuk vonoi dhe që të nesërmen kampi papritur u shndërrua në një pazar të çuditshëm, ku gjithë ne të ardhurit, ashtu siç ishim, u nxorëm në ankand.

Njeriu me syze të zeza priste padronët në zyrën afër portës së madhe dhe dëgjonte kërkesat e tyre për fuqi punëtore. Ne rrinim e prisnim të hutuar në një sallë të madhe, ku lagështia kishte nxirë faqet e mureve të larta. Dëgjonim zhurmën e makinave, shihnim nëpër mjegull njerëz me çanta ndër duar dhe mezi i bënim ballë padurimit që na shtrëngonte gjoksin. Sepse nuk i thoshin shaka. Tani do të caktohej fati i secilit. Vallë ku do të na degdisnin? Përpiqesha të tregohesha sa më gjakftohtë, nuk lija të më shpëtonte asgjë, ndërsa dëgjoja buzagaz të sharat dhe romuzet që më kapnin veshët.

-Tani e kemi sërën ne, - thotë Baftjar Nuzi tek hap derën e sallës, në katin e dytë, ku rrinë e presin një tufë burrash duke pirë cigare. – Me ata poshtë mbaruan më duket. Prite kur të vijnë këtu!

-Pa na mollois pak, - hidhet dikush, - ç'bëjnë ata?

-Më thuaj, - ia ktheu Baftjari, - ç'bëjnë xhambazët? Ja, atë bëjnë dhe ata!

Nëpër fytyrat e emigrantëve shkau një gaz i druajtur dhe menjëherë pllakosi heshtja. Shpendi më zgjati kutinë e duhanit dhe më vështroi me pezm. Gjithë ato ditë ai nuk ishte ndarë prej meje.

Te shkallët jashtë u dëgjua zhurmë. Mbas pak u hap dera dhe hyri njeriu me syze të zeza, i pasuar nga një varg burrash me çanta në duar. Ne menjëherë, pa na thënë kush gjë, u vumë në radhë për një, të kthyer me fytyrë nga të ardhurit. Në sytë e të gjithëve lexohej përulja dhe frika dhe këtë e vura re jo vetëm nga nemitja e papritur që ra, por dhe se shumë prej emigrantëve harruan të thithnin cigaret që mbanin në dorë.

-Zotërinjtë janë përfaqësues të firmave të ndryshme industriale, - zuri të fliste njeriu me syze të zeza. – Ata kanë ardhur t'ju shikojnë e të zgjedhin në bazë të kontratës që ka lidhur USEP-i. Ju lutem qëndroni të qetë dhe përgjigjuni pyetjeve që do t'ju drejtojnë. Kjo është një procedurë e domosdoshme.

Fill pas këtyre fjalëve të shqiptuara me ton të ftohtë, po me një sjellje korrekte, burrat me çanta u afruan dhe secili filloi nga puna për hesap të tij. Njeriu me syze të zeza rrinte prapa tyre me një dosar të madh në dorë. Në fillim ata na hodhën një vështrim të përgjithshëm, me një pamje pothuaj shpërfillëse, pastaj vëmendja e tyre u përqëndrua te disa, në mes të të cilëve u gjenda dhe unë me Shpendin. Tani ata na matnin me sy e na shqyrtonin me kujdes, pa folur, dhe me një takt të shtirur. Vështrimi i tyre sa vinte e bëhej më i vëmendshëm, gati-gati zhbirues, derisa erdhi një çast që hapën çantat dhe zunë të nxirrnin dokumentet. Kur papritur u hap me vrull dera e sallës dhe hyri një burrë i gjatë, mjaft i shëndoshë nga beli e poshtë, me sheshin e kokës krejt të zbuluar dhe me vetulla qimetrasha.

-Ku jeni, bre burra? – thirri i ardhuri me një zë që i fërshëllente në mes të dhëmbëve të rralluar. – Ku jeni, bre burrat e Shqypnisë s'vjetër?! Mirë se ju ka pru zoti!

Ne shikuam njëri-tjetrin të habitur dhe u stepëm një hop, po ai ndërkaq, me një shkathtësi që s'i vente moshës së tij, hyri pa asnjë druajtje në mesin tonë dhe mori të na rrokë në qafë të gjithë me radhë.

-Pasha zotin, - thirri rishtas i ardhuri pasi na përshëndeti dhe zuri vend ndërmjet nesh dhe burrave me çanta, - jam gzue fort kur mora vesh se keni zbritë ktu. Të më zini besë, se mbramë më kanë çue fjalë në Anvers, dhe tash sa mbrrina me ekspresin e mesnatës. Hele, hele, po si keni qenë me shndet e me kyvet?

U dëgjuan disa zëra, po zëri i të panjohurit i mbyti e s'i la:

-Më çoi fjalë zotni Pjeri. Ec, më thoshte se ka mbërri kontixhenti i ri. Posi, thashë me vedi, derisa kanë ardhë vllaznit e mi, s'duhet me ndejtë me pritë. Të më zini besë, më ka marrë malli me ju rrokë në qafë, me folë shqyp...

Ai e këputi ligjëratën në mes, pasi njeriu me syze të zeza i vajti nga prapa dhe i pëshpëriti diçka në gjuhën e tij. I ardhuri tundi kokën dhe, si u kthye nga burrat e huaj, na u drejtua neve po kësaj here me një ton pak zyrtar:

-Tash po fillojmë nga puna, vllazën. Kena kohë me bisedue e me u çmallë ma vonë. Zotnitë duan me ju pyetë për do gjana. Detyra juej asht me u kthye xhevap. Kështu e kanë kndej pari, prandaj hiç mos u kastigoni.

Burrat me çanta u afruan rishtas nga ne dhe, duke mbajtur letrat nëpër duar, vazhduan punën e ndërprerë. Secili i vinte syrin dikujt dhe me ndihmën e përkthyesit kërkonte sqarimet e nevojshme. Pyetjet ishin njësoj për të gjithë:

-Sa vjeç jeni?

-Nga çfarë sëmundje keni vuajtur? Vuani gjë tani?

-Ç'profesion zotëroni?

-Keni kryer ndonjë shkollë?

-Dini gjuhë të huaja?

Tregtari dëgjonte i qetë përgjigjet, shfletonte herë pas here dokumentet, pyeste prapë dhe në rast se i pëlqeje, të shqyrtonte nga afër, të maste me sy gjatësinë e trupit, të hetonte me kujdes gjymtyrët, të vinte re nga flokët dhe papritur bënte dhe ndonjë shaka me ndihmën e përkthyesit që ti të hapje gojën e të zbuloje dhëmbët. Kjo ishte prova e fundit dhe, në qoftë se të binte supeve, do të thoshte se të kishte pëlqyer dhe pazari me ty kishte mbaruar. Në rast të kundërt, ai i binte shkurt, ulte sytë dhe kalonte më tutje. Këto gjeste i përsëriste dhe i panjohuri si pa të keq, sepse ai e dinte mirë se për padronin nuk kishte asnjë rëndësi se cili kishte qenë ose cili ishe. Ti mund të ishe armik i betuar i komunistëve, mund të kishe bërë dhe sakrifica të mëdha, të kishe qëndruar me vite të tëra në male, nëpër shpella e skërka, por njeriu me çantë nuk merr parasysh asnjë nga këto. Ai ka nevojë për krahë pune dhe, në qoftë se ti i plotëson kërkesat e tij, të blen, në rast të kundërt, të lë aty ku je. Mund të kthehesh prapë andej nga je nisur ose mund të të marrë një tjetër, me kushte të tjera. Kështu janë ligjet e botës këndej dhe ti, do apo nuk do, do t'u nënshtrohesh atyre ligjeve.

Kur më erdhi radha mua, unë iu përgjigja vetë padronit në gjuhën e tij. Përkthyesi mblodhi vetullat e trasha mbi sy dhe bëri sikur s'u besoi veshëve:

-Po ti ku paske kenë, bre burrë i Shqypnisë! Si e ka emrin zotnia jote?

-Më parë, ju takon juve të na e thoni se kush jeni? – ia prita unë me shpoti të lehtë.

-Ti qenke zog kurvet, pasha zotin, - briti ai dhe qeshi, duke kukurisur me të madhe. Pastaj m'u afrua dhe më rroku në qafë, po unë iu shkëputa menjëherë dhe ia ktheva i prekur:

-Ju ç'keni me nënën. Lëreni, mos i bini më qafë atje ku është. Merruni me mua!

Ai e mblodhi veten shpejt dhe u prezantua:

-Unë jam Dyl Sqolli, i biri i Halil Sqollit, që ka qenë tregtar e deputet në vakt të Zogut, prej Shkodret!

-Qenkemi të dy atëherë të partisë së mbretit, - ia ktheva me zë të butë, duke ia ngulur sytë vetullave të trasha.

-Jo, besa, aty s'më ke. Dyli asht i Shqypnisë.

Burri me çantë, që po priste, e humbi durimin dhe, me një fytyrë të thartuar, më pyeti:

-Keni qenë i sëmurë rëndë ndonjëherë?

-Si të gjithë, - iu përgjigja në një mënyrë të papërcaktuar.

-Ju pyes, se në dokumentet tuaja shënon se keni qenë i sëmurë nga mushkëritë.

-Po, zotni, jam sëmurur vitin e parë të kampit. Po që atëherë, siç më shihni, ndihem mjaft mirë.

-Ju shoh, prandaj. Kështu dukeni i fuqishëm, - shqiptoi i huaji i menduar.

-Mos iu nda ktij, - u hodh Dyli. – Ai paguen mirë, - shtoi duke më shkelur syrin dhe i bëri një reklamë padronit për gjatësinë e trupit tim dhe të duarve të mia të mëdha. I huaji tundi kokën, më ra supeve e më kërkoi që ta ndihmoja për të pyetur Shpendin.

Pazari zgjati gjithë paraditen. Erdhën edhe pronarë të tjerë. Ne u lodhëm duke qëndruar, u lodhëm dhe e humbëm durimin nga provat, nga vështrimet e pyetjet e tyre të pafund. Më e keqja ishte se askush nuk na thoshte ndonjë gjë konkrete dhe kjo na fyente, na nervozonte. Akoma nuk e kishim të qartë se çfarë do të bëhej me ne.

Dinim vetëm se të gjithë na prisnin punë të rënda. Dinim se burrat me çanta kërkonin në mes nesh fuqi punëtore me pagë të lirë, që punët qenë shumë të vështira. Ne do të punonim nëpër miniera, në ndërtim, në bujqësi, në vende që vetëm buka e gojës i detyronte njerëzit të shkonin.

Dyli nuk na tha asgjë për këto. Bile, pasi ikën padronët, ai mbeti me ne dhe na ndau të gjithëve nga një cigare "Kent" duke na e hedhur nga larg me njërën dorë në gjoks, sipas zakonit shqiptar, siç tha ai.

Dyli zbrazi dy kuti cigaresh dhe kutitë, në vend që t'i hidhte, i futi prapë në xhep.

-Mos u mërzitni, burra, - mori të na ngushëllonte Dyli duke e shpërndarë vështrimin dinak te të gjithë. – Gyrbeti nji kshtu e ka. Po njeriu i mirë asht si florini, kudo me ra, nuk çartet. Ishallah iu rehatohet ktu shtati, se, vallahi, boll jena tue vuejtë për Shqypni. Po burri prandej asht burrë, me vuejtë e me dekë kur t'i bajë za ora e Shqypnisë!

-Për Shqipëri s'vdiset këndej, or mik. Këndej, në rast se vdesim, do të ngordhim si qen në ndonjë hendek. U pa puna jonë! – foli Shpendi me një mllef të papërmbajtur. – Sot u bëmë si bagëtia në pazarin e gjësë... Për këta sy nuk e di si e mbajta veten...

-Mërgata kështu e ka, more djalë, - tha Baftjari. – Kur flet kësisoj ti që s'ke shumë kohë që u hodhe këndej, po ne që na dolën thinjat rrugëve të botës, ç'të themi?

U ndez një bisedë e egër në të cilën u trazuan të gjithë, me përjashtim të Dylit që rrinte mënjanë dhe dëgjonte, me mjekrën majuce mbështetur në njërën dorë. Ai tregohej mjaft i interesuar për gjithë sa bisedohej dhe herë pas here shikonte me bisht të syrit nga unë që s'flisja. Po kur ata, si zakonisht, shfrynë dhe kaceku i zemërimit u zbraz, unë u ktheva nga Dyli dhe i fola si me të qeshur:

-Ne e kemi dëgjuar njëri-tjetrin kushedi sa herë. Tani kemi nevojë të dëgjojmë zotërinë tuaj!

-Jo, pasha zotin, - fërshëlleu zëri i Dylit nëpër dhëmbët e rrallë. – Për mue mos u kastigoni asnji fije. Mue po m'knaqet shpyrti tue ndi shqyp...

-Me gjuhën tonë ne jemi ngopur, se kështu zihemi përditë, - tha Halim Çaudhi, një ballist me një vesh. – Tani që na ke këtu, eja zotrote e na dëgjo kur të duash, po na thuaj si do të vejë halli ynë?

Dyli u gjend ngushtë. Fytyra u ngërdhesh dhe vrimat e hundës çuditërisht iu zmadhuan.

-Mos u mërzitni, burra! – tha ai, duke u munduar të shtrojë zërin. – Të tanë kanë me u rregullue. A jeni mirë nga shndetja? Në kjofshi mirë, e mira ka me ju gjetë. Mos e trazoni vedin. Tash, a ban me u njoftë, se, boll po bisedojmë e, për t'u njoftë, s'po njifena!

Ai zuri të na pyeste një nga një me radhë për emrin, për familjen, për profesionin. Donte të dinte se në ç'parti bënim pjesë, nga ç'krahinë ishim dhe sa kohë kishim jashtë. Pyetjet përpiqej t'i bënte me seriozitet, po fytyra e ngërdheshur dhe toni shakatar sikur e pengonin.

-Ne bashkë më duket sikur jemi parë, - tha Baftjari i menduar kur Dyli iu afrua ta pyeste. – Mos keni qenë gjë në Itali?

Për një çast ngërdheshja u zhduk nga fytyra e Dylit dhe ai padashur u vonua të përgjigjej:

-Në Itali, posi, Italia...

-Mos gaboj, keni punuar në administratën e kampit në "Regio Emilia". Atje ju kam parë. Tani më kujtohet.

-Posi, posi... Keni pasë vuejtë mjaft atëher... ju qyqartë... posi...

Dyli s'e zgjati më fjalën me Baftjarin. Me një lëvizje të shpejtë i ktheu kurrizin dhe vazhdoi të pyeste të tjerët, duke u munduar të tregohej i qetë. Po mua ai gjest i tij sepse më ra në sy ashtu siç më bënë përshtypje dhe dy kutitë bosh të cigareve që futi në xhep. Ai kishte lidhje të vjetër me emigracionin dhe këtë nuk deshi, si duket, ta mësonim që ditën e parë.

Para se të largohej, Dyli ua zgjati dorën disave dhe shtoi se do të vinte rishtas, të nesërmen, "me u çmallë me burrat e Shqypnisë s'vjetër".

Unë e Baftjari e përcollëm deri poshtë te dera e ndërtesës dhe atje vura re se zoti Dyl kishte lidhur në qafë një kravatë kuqezi me një shqiponjë njëkokëshe.

KREU I DYTË

1

Largimi ynë nga kampi "Lei" dhe shpërndarja nëpër punë nuk u krye në një ditë. Çdo firmë vinte dhe i tërhiqte njerëzit vetë dhe kjo dukej nga makinat e ndryshme që hynin e dilnin në kamp.

Shiu kishte pushuar, po frynte një erë e acartë që nuk na linte të rrinim jashtë. Ne prisnim brenda dhe vetëm kur dëgjonim zhurmë makinash dilnim në korridorin e gjatë dhe shikonim të vinte njeriu me syze të zeza. Ai ecte me nge, ngjiste shkallët, hynte në sallë, ngrinte dorën lart që të vendosej qetësia dhe, si hapte dosarin e verdhë, lexonte emrat e atyre që do të niseshin. Njerëzit që dëgjonin emrin hapnin rrugë me bërryla, shkonin e merrnin plaçkat dhe vraponin në shesh. Një skenë e tillë përsëritej disa herë në ditë, bile dhe natën, po natën listën e lexonte një oficer me gushë të fryrë.

Për të marrë grupin tonë, erdhi një mikrobus jeshil, i ndotur nga të gjitha anët me blozë. Ne prisnim zotin Dyl, po ai nuk u duk as ditën që na premtoi, as më vonë. Të gjithëve na përcillte burri me syze të zeza. Ai u thirri emrin disa vetave, po në makinë hipëm vetëm pesë: Unë, Halim

Çaudhi, Zake Molla, Baftjar Nuzi dhe Shpendi. Ky i fundit ishte shumë i gëzuar që kishte rënë në grup me mua, po nuk e dinte që këtë të mirë e kishte prej meje.

Makina la kampin prapa mjegullës së dendur dhe doli në autostradën që përshkonte një fushë krejt të shkretë. Mjegulla na rrethonte nga të gjitha anët. Xhamat kullonin ujë prej lagështirës së madhe. Ne qëndronim si të hutuar dhe vështronim jashtë me druajtje. Njeriu i huaj ngiste makinin me shpejtësi të rrufeshme, duke e vërtitur i qetë timonin, ndërsa në këndin e djathtë të buzëve i varej një llullë si grepç.

Udhëtuam kështu disa orë. Përshkuam disa kilometra nëpër autostradë, hymë e dolëm nëpër qytete krejt të panjohura, kaluam në rrugë të tjera, gjithnjë me shpejtësi të madhe. Baftjari vijonte të kollej, ndërsa dy të tjerët rrinin me kokën varur në gjoks. Njeriu që ngiste makinën thithte ngeshëm llullën. Unë e Shpendi shkëmbenim vështrime në heshtje. Prapa xhamave era vërshëllente me tërbim.

Kur u gjendëm në një kryqëzim rrugësh, makina mori djathtas dhe doli në një vend të rrafshët, ku horizonti herë pas here pritej nga kodrina të ulëta në ngjyrë të zezë. Tek shkonim drejt tyre, vumë re se dhe toka vinte si një fushë e djegur prej kohësh nga zjarri. Pastaj, papritur u dukën disa kulla, si karakolle, faqe kodrave të errëta dhe mbeturinat e mjegullës së mëngjesit që po davaritej.

Baftjari tani kishte pushuar së kolllituri dhe shikonte përjashta me ca sy të shqyer. Ai ndenji një kohë kështu e pastaj i ra me brryl Zakes, duke nxjerrë një zë si hungërimë. U zgjua dhe Halimi që e kishte zënë gjumi dhe të pestë njëherazi i ngulëm sytë përpara.

-Një Baba Ali e di se ku po na shpien kështu! – tha i trembur Baftjari.

-Pa pyete një çikë këtë zotërinë se ku po na shpie, tha Zakia, duke fërkuar sytë.

-S'ka nevojë ta pyesë, - u hodh Shpendi. – Fshati që duket, nuk do kallauz. A s'e sheh minierën?

-Këtu qenka zi dynjaja, - tha me të psherëtirë Halimi, pa e hequr shikimin nga xhami.

-Si duket, është minierë qymyri, - shpjegova unë i menduar.

-Pa, pa, pa, - thirri Zakja. – Mua s'më keni për këtu. Të del shpirti në mademet e qymyrit...

-Zure ti nga të tuat, - e qortoi Baftjari. – Pa prit të sosim njëherë.

I huaji në timon që na vështronte nga pasqyra, për herë të parë ktheu kokën dhe ndeshi me shikimin tim.

-Mos po arrijmë, zotni? – e pyeta në gjuhën e tij.

-Po, - tha ai prerazi.

-Çfarë miniere është?

-Është fabrikë briketi, - u përgjigj me të shpejtë ai, gjithë me atë ton dhe e vërtiti timonin majtas.

Makina ndaloi dhe përballë nesh, fare afër, u dukën kullat e errëta të fabrikës.

2

-Me sa shoh, ju jeni krejt të papërgatitur për punën që kryhet këtu. Kjo nis që nga veshja juaj e pamjaftueshme...

Ai ngriti kokën nga disa letra që kishte hapur mbi tavolinë dhe u kthye paksa me trup nga ana e dritares. Ne kishim hyrë në zyrën e punës së minierës dhe qëndronim në këmbë para një nëpunësi me leshra krejt të bardha. Sytë tanë lëviznin sa nga ai, sa nga dritarja e madhe që binte më të djathtë.

-E shikoni atë kodrën atje? – pyeti ai. – Atje do të jetë vendi i punës suaj. Këto kodra janë krijuar nga mbeturinat e qymyrit për vite me radhë. Tani ato kthehen në briket. Fabrika rrëzë kodrës që shihni, këtë punë bën. Gjithë procesi pothuaj kryhet jashtë. Prandaj, ju thashë, përsa i takon përgatitjes suaj...

-E qartë, zotni, - ia prita duke tundur kokën, pa i larguar sytë nga dritarja. – Mund t'ua tregoj bashkatdhetarëve të mi?

-Posi, tregojuani, u flisni realisht. Puna është e vështirë.

Megjithëse ata e kishin kuptuar, unë e përsërita gjithë sa më tha nëpunësi me leshra të bardha. Zëri im qe pak i pikëlluar dhe sytë më shprehnin po atë merak e pasiguri që tregonin dhe sytë e tyre tek rrinin ashtu si të rrahur. U bë një heshtje që e prishi hungërima e Zakes. Ai lëshoi një zë me hundë e me buzë sa i huaji ngriti kokën nga letrat.

-Pyete zotërinë e tij, e di ai nga vijmë ne? – tha Baftjari me fytyrë të rrudhur. – Në mos e dittë, t'ia thuash që s'e kemi zanat punën, aq më shumë punët e zorshme si këto.

-I di, si nuk i di, - ia ktheva unë menjëherë. – Dokumentet tona përpara i ka.

Nisën të flisnin dhe të tjerët, në fillimn me zë të ulët, pastaj harruan se ku gjendeshin dhe biseda u ndez.

-Kur shoh këtë vend të sterosur këtu dhe atë fabrikën e zezë, them se s'ishim keq atje ku qemë, - tha Halimi duke psherëtirë.

-Kjo punë do takat, - u mundua të arsyetonte Baftjari. – Ne takat s'kemi. Thuaj mos lipsen roje për të ruajtur.

-Ti po flet si e ëma e Zeqos, - u hodh Shpendi. – Çfarë do të ruajmë këtu, qymyrin e djegur?

-Pse, o Shpend, s'u dashkan roje, fabrika qenka e tëra jashtë, - ia priti Halimi. – Mund të kenë nevojë. Le t'ia thonë që ne s'jemi të kazmës, po të kësaj, - dhe mblodhi gishtin tregues, në drejtim të nëpunësit që dëgjonte indiferent bisedën tonë.

-Ju s'jeni në këtë dynja, - u nxeh Shpendi. – Akoma s'e keni marrë vesh që USEP-i na nxori këtej që të punojmë e të mbajmë frymën gjallë. Apo mos kujtonit se do të na prisnin punë të lehta? Këto janë punët, s'ka të tjera. Të të bjerë bretku, ndryshe kthehu nga ke ardhur.

-Kthehem që ç'ke me të dhe do të kthehem, - mori zjarr papritur Zakja që deri në atë kohë s'qe ndier fare, po rrinte mënjanë me sytë gati të mbyllur, ndërsa mbante mjekrën me dorë. – Pse si thua ti, t'i lë kockat këtu? Jo or baba, se këtë duam komunistët, të na shohin të katandisur kësisoj.

-Shpendi flet kështu se është i ri, - tha Baftjari, - prandaj mos i vër faj. Mua dhe ty këtu na e pret e na e grin mishin era, më keq se era e Tepelenës në Shënëndre!

-T'i lëmë tani llafet! – ndërhyra unë. – Bisedojmë pastaj, se burri i botës na pret. Po më dëgjuat mua, vemi njëherë në punërat që do të na caktohen e më pas shohim e bëjmë. Vetëm mendoni që, po të mos ishin këto fabrika këndej, ne akoma do të rrinim mbyllur në kamp.

-Të keqen e kampit! – thirri Zakja i papërmbajtur.

Po unë s'ia vura veshin dhe iu drejtova sakaq nëpunësit që mbante sytë mbi letrat, me duar mbledhur kutullaç përsipër.

-Ne jemi gati, zotni. Sa për kushtet e punës, kemi bindjen se do t'i merrni parasysh rrethanat tona të veçanta.

Ai ngriti kokën dhe zgjidhi duart.

-Fabrika jonë ka nevojë për krahë pune, zotni, - tha ai ftohtë, me pakënaqësinë e varur në shtegun e vetullave. – Të tjerat nuk kanë asnjë rëndësi për ne. Kontrata e lidhur e pasqyron mjaft qartë. Shumë keq në rast se s'jeni njohur me këtë dokument.

Ishte krejt e panevojshme të zgjatesha. Unë nuk e kundërshtova më dhe ai më vuri përpara disa fletë që duheshin firmosur prej nesh. Shokët e mi ngurruan një çast dhe me përjashtim të Shpendit që e firmosi përnjëherë, të tjerët i mbanin në duar.

Nëpunësi e humbi durimin dhe u ngrit në këmbë.

-Ç'bëni, pse nuk i firmosni? – u thashë atyre jo pa zemërim.

-Ti i di të gjithë si veten, - tha Halimi pa e prishur gjakun. – Sos na e ngjeve gishtin me bojë dhe ne nuk e vulosëm kartën.

Kishte të drejtë. Unë nuk e dija se ata qenë analfabetë dhe u erdha menjëherë në ndihmë. Ata iu afruan tavolinës dhe ngjeshëm gishtin e madh lyer me bojë mbi letrën e bardhë. Nëpunësi i huaj hapi sytë dhe pastaj buzëqeshi i habitur. Kjo qe e vetmja buzëqeshje e mikpritësit.

3

Ditën e parë të punës na u duk sikur po na çonin për të na rrahur. Edhe unë që mbahesha më mirë se të tjerët, u trondita. U zgjova i trembur nga zhurma alarmante e sirenës dha ashtu siç isha i përgjumur, u vesha me nxitim dhe dola në rrugë. Jashtë akoma nuk kishte gdhirë. Nëpër shtyllat lëkundeshin dritat e zbehta. Binte shi me rrëmbim dhe era e ftohtë kuiste si një kafshë e plagosur, fshehur diku në errësirën e thellë. Për një çast m'u duk sikur po shikoja një ëndërr të keqe dhe erdha në vete kur pashë Shpendin me jakën e palltos ngritur dhe pas tij, Halimin me Baftjarin që thithnin cigaret.

-Po Zaken ku e keni?

-Zakja nuk vjen, - tha me zë të dredhur Baftjari. – Ka vendosur të kthehet atje ku ishte.

-I faleminderit atij kara Dylit, - tha Halimi gjithë pezm duke fërkuar duart nga të ftohtët. – Ai na e bëri këtë nder që na solli këtu.

-Na e bëri si shqyptar, - shtoi Shpendi, duke imituar zërin e Dylit.

-Phy... i poshtri! – shfryu Halimi.

-Kështu siç jemi katandisur ne, s'ka ç'bën dhe Dyli i shkretë, - thashë unë duke ngrohur duart me frymë. – Ç'i thonë, bën dhe ai. Padronët duan njerëz për punë. Të tjerat s'kanë asnjë rëndësi. Ju e dëgjuat se ç'tha ai flokëbardhi dje?

Pas pak ne u nisëm për në fabrikë prapa vargut të gjatë të punëtorëve. Po fillonte kështu një ditë e zakonshme pune, po për ne që s'ishim mësuar me punë të rënda e që vinim nga viset e ngrohta të jugut, ishte një mundim i madh. Çapiteshim duke u shtrënguar pas njëri-tjetrit dhe rruga na dukej sikur nuk do të kishte sosur kurrë. Baftjari dhe Halimi shanin e shfrynin pa pushim. Ata dridheshin nga zemërimi e të ftohtët, duke u munduar të fshiheshin herë pas meje, herë pas Shpendit për t'i shpëtuar erës që vinte nga përpara.

Kur arritëm përballë fabrikës, gati s'u besuam syve. Në dritën e zbehtë të mëngjesit të zymtë pamë një skelet ndërtese, vetëm kolona betoni dhe hekuri, ngritur rrëzë një kodre të zezë. Veshët zunë të na buçisnin. Zhurma e motorëve përzihej pa mëshirë me një rropamë shurdhuese që vinte nga larg.

Një burrë i shëndoshë, që mezi i dukej fytyra nga kokorja e ngjeshur deri në rrëzë të hundës, na përshëndeti me kokë dhe na e bëri me shenjë t'i venim pas. Ai ishte kryepunëtori, mesa morëm vesh më vonë, që na caktoi punët dhe na shoqëroi vetë nëpër vendet. Në fillim, na shpjegoi pothuajse duke thirrur, proceset e punës së fabrikës e pastaj detyrën që do të kryente secili. Kështu, ne shëtitëm nëpër tërë fabrikën, u ngjitëm lart në kodër te buldozerët ku gërmonin dheun e zi, pamë rripat e gjerë që transportonin mineralin nga pika të ndryshme brenda në fabrikë, punëtorët me lopata e vare. Gjithë vendi gjëmonte nga zhurma e motorëve dhe sokëllima e erës së veriut.

Ne dridheshim dhe mezi qëndronim në këmbë. Kudo ajri ishte i lagësht dhe i ftohtë.

-Allah, allah! – dëgjohej herë pas here zëri i trembur i Baftjarit.

Në fund, na ndanë nëpër vendet e punës. Mua me Halimin na lanë brenda në fabrikë, kurse Baftjarin dhe Shpendin i çuan në majë të kodrës.

Nuk do ta harroj kurrë atë ditë. Ajo ka qenë ndoshta dita më e lodhshme e jetës sime. Më dukej sikur nuk ngopesha dot me frymë. Më kishte mpirë krejt të ftohtët. Era më rrihte egërsisht nga të katër anët. Mbaja në dorë një vare të madhe dhe gjithë puna ime ishte të ndiqja me vëmendje gurët e mëdhenj që transportonin rripat. Ata kalonin para meje dhe unë duhej t'i godisja në kohë mesa fuqi kisha, ndryshe ata ngecnin diku dhe atëherë jepej alarmi dhe ndërpritej puna. Kjo ngjau me Halimin që punonte disa metra më tutje. U ndezën papritur disa drita të kuqe, buçiti një piskamë çjerrëse dhe pastaj u dëgjuan të thirrura nervoze, si sharje. Një burrë me këmbë shumë të gjata, veshur me çizme, bërtiste nga lart, mbi kokat tona. Halimi rrinte e vështronte pa e prishur terezinë fare.

-Ç'thotë ky? – u kthye nga unë Halimi, me fytyrë të prishur e flokë të ngritur përpjetë. Ai ishte gjysmë i ngrirë.

Unë ia tregova dhe ndërkohë burri me këmbë të gjata, që ishte kontrollori, qe afruar.

-I thuaj zotërisë së tij, - tha Halimi i hakërryer, - se unë nuk kam ndërmend t'i jap shpirtin dreqit këtu. Për të shpëtuar xhanin, kam ikur dhe nga nëna ime, ta dijë ai! Dua të rroj unë e jo të ngordh si qen!

Ai e hodhi varenë përtokë, uli sytë dhe zuri të ngopej me frymë duke dihatur rëndë. Kontrollori ngriti supet, u step një çast e pastaj më pyeti:

-Mos është gjë i sëmurë nga nervat?

-Jo, - i thashë, – po nuk e përballon dot këtë punë.

-Pse erdhi këtu atëherë? – pyeti i huaji duke tundur supet, pa e fshehur dot përbuzjen.

-Ju e dini nga vijmë ne, - i thashë me zë të butë.

-Unë nuk di asgjë, zotni. Unë di që ju kanë dhënë varenë në dorë. Shikojeni si u pengua puna...

-Po dhe ju, zotni, e shikoni se në ç'gjendje jemi ne, zura të arsyetoja pak i nxehur. – Këtu nuk punohet me veshjen tonë, pa peliçe, pa kokore, pa çizme. Këtë duhet ta keni parasysh...

-Këto duheshin biseduar më përpara e jo tani, - tha ai me shpërfillje. – Ata që ju dërguan, morën përsipër edhe t'ju pajisnin. Në kontratë këto gjëra shprehen qartë... Gjithë puna është se me ju emigrantët bëhet një tregti e ndyrë, prandaj ndodhin edhe këto skena...

Ai foli me aq neveri e përbuzje, sa, kur u largua, m'u duk sikur më kishte pështyrë.

Pasdite, si lamë punën, u mblodhëm në dhomën ku flija unë me Shpendin. Kishim zënë vend në ndërtesën e punëtorëve të huaj. Ajo qe një kazermë e errët dhe e ftohtë, ngritur majë një bregoreje ku e grinin në çdo kohë erërat.

Baftjari, Halimi, dhe Zakja rrinin ulur mbi krevate dhe rrinin sikur t'i kishte rrahur njeri, kokëvarur, duke tymosur orë e çast cigare. Unë e Shpendi u qëndronim përballë. Jashtë frynte suferina e në xhamat e dritares binin pika të mëdha shiu.

Ata kishin vendosur të largoheshin. Çdo përpjekje për t'u ndërruar mendjen ishte e kotë. Në të vërtetë asnjëri prej tyre s'kishte fuqi për punë të rënda. Jo vetëm që vinin të paktë nga shëndeti dhe ishin të moshuar, por, gjithë jetën s'kishin zënë kurrë punë me dorë. Baftjari kishte qenë xhandar, Zakja rojë të një bej, ndërsa Halimi qe marrë me kontrabandë. Ishin që të tre ballistë. Jeta e vështirë nëpër kampe i kishte lodhur tepër dhe qenë zvjerdhur nga çdo gjë.

-Po të ishit të partisë së mbretit, - thashë unë sa për të thënë diçka, - nuk do t'ju kisha lënë të iknit.

-Kur është puna për kokën e tij, se kush është mbret për vete, - tha Zakja tek rrinte shtrirë në krevat.

Të tjerët shikuan nga unë. Baftjari lëvizi buzën e poshtme që i qe nxirë përgjysmë nga duhani dhe tha:

-Ti mirë bën që e nderon mbretin. Mirë bëjmë dhe ne që i nderojmë të parët tanë. Po ç'bëjnë ata për ne? Opingën e Sheros!

-Po të mos ishin ata, - kundërshtova unë, - s'do të pyeste njeri në botë për ne. Do të dergjeshim gjithë jetën brenda telave. Puna e tyre është kjo që erdhëm këndej.

Nuk foli njeri dhe për një kohë ra heshtja. Në dhomë dëgjohej zhurma e shiut që trokiste mbi çatinë prej llamarine dhe jehona e rropamës së fabrikës.

-Puna e tyre, - përsëriti i menduar Zakja, - sigurisht, puna e tyre! – Po ku jemi ne e ku ata! Këtë gjë e mendoj gjithnjë...

-Zotrote, je i ri këndej, - mori fjalën Halimi, - pa pyetna ne që u plakëm...

-Kam disa vjet, - u hodha unë.

-Ti ke disa, kurse ne kemi njëzet e kusur vjet. Pak të duket? – vazhdoi Halimi. – Të hiqje e të vuaje dhe ti si ne, të të përplasnin sa andej-këndej dhe ty, pastaj flisnim bashkë. Në moshën tënde flet zemra...

-Këtij, bravo i qoftë, - mori prapë fjalën Zakja, - po të mos qe ky dhe ndonjë shoku i tij atëherë kush do të na jepte zemër. Po prapë, do të vijë një ditë që do të bëhesh dhe ti si ne e do të thuash: Kishin hak!

-Sa për hak, nuk ju jap as tani as më vonë, - thashë unë duke u hequr si i prekur. – Po të flasin të gjithë kështu, atëherë vaj halli!

Zëri im tingëllonte qortueshëm dhe nga mënyra se si i shikoja desha t'u tregoja se s'pajtohesh kurrsesi me ta. Po atyre kjo s'u bënte hiç përshtypje dhe këtë e shprehnin mjaft qartë me rrudhat e thella që u prisnin fytyrën dhe buzët e lëshuara. Mbi kokat e tyre ngriheshin pa pushim shtëllunga tymi.

-Shkurt fjala, ne do të largohemi që të tre prej këndej, - foli Zakja serbes. – Zotrote që ua di gjuhën, shko e thuaja. Të na çojnë atje ku na morën. Kushedi, do të gjendet ndonjë punë për takatin tonë. Në qoftë se jo, atëherë rroftë Llazira. Qenkësh thënë të vdesim atje në atë breg të shkretë! Apo s'është kështu?

Halimi dhe Baftjari tundën kokën me sytë ulur. Shpendi rrinte më këmbë afër dritares dhe shikonte jashtë. Atë kohë po binte mbrëmja. Një mugëtirë e zymtë po zbriste me të shpejtë bashkë me shiun. Në rrugë u ndezën dritat. Dhomën dalëngadalë po e mbulonte mugëtira. Ne qëndruam një kohë të gjatë në errësirë.

4

Pas dy ditësh ata u larguan dhe mbetëm unë e Shpendi. Në krye të javës dhe Shpendi u sëmur e unë shkoja vetëm në punë. Kur u shërua, unë vajta të bisedoja me kryepunëtorin që t'i ndërronte vendin e punës, pasi kishte rrezik të ftohej prapë. Por ai nuk pranoi, bile u nxeh keq:

-Pse talleni? – tha në sy të Shpendit, duke e vështruar me zemërim. – Mos doni të largoheni dhe ju si shokët tuaj?

Ai ishte aq i pakënaqur prej nesh, sa nuk pranoi t'i dëgjonte deri në fund arsyetimet e mia.

-Lëre, - më tha Shpendi, duke më tërhequr prej krahu. – Nuk u bë qameti, po shkoj atje...

-Atje do të shkoj unë, - i thashë i vendosur. – Ti do të punosh në vendin tim.

-Kjo është punë që s'bëhet, - kundërshtoi ai i tronditur. – Ç'taksirat ke ti të vuash për mua.

Ai nuk e priste këtë gjë dhe më shikonte i habitur, sikur po më njihte për herë të parë. Po biseda u këput, sepse u ndezën motorët dhe fabrika buçiste nga rropama. Punëtorët po nxitonin për në vendet e tyre. Kishte filluar dita e punës.

-Ti do të bësh atë që të them unë, - i thirra afër veshit në mes uturimës therëse të motorëve. – Unë jam më i madh se ti në moshë.

Ai ishte krejt i hutuar dhe, megjithëse kryepunëtori na shikon nga larg, nuk lëvizte nga vendi.

-Ec njëherë sa të marrësh veten, pastaj shohim e bëjmë, - i thirra rishtas dhe e kapa për krahu. – Nxito, se kaloi ora.

Ai u çapit dhe pastaj ngjiti shkallët e hekurta që të çonin në vendin tim të punës. Unë renda në kodër dhe nga ajo ditë fillova të punoja me lopatën e tij.

Kështu nisi miqësia ime me Shpendin. Pas kësaj ngjarjeje ai u lidh ngushtë me mua dhe bënte çmos që të tregohej sa më i afërt. Më donte e më dëgjonte si një vëlla të madh. Unë e kuptoja dhe më vinte mirë që nuk isha gabuar.

Ai djalë, që s'i kishte mbushur të njëzetepestat, më ra në sy që ditët e para në kamp. Me trup të lartë e fytyrë të hajthme, tipike malësore, me ca sy të mëdhenj ngjyrë gurkali e të menduar rrinte të shumtën e kohës mënjanë, i druajtur e i heshtur. Hapat i hidhte të mëdhenj, e lehtazi, sikur të kapërcente nëpër shkëmbinj. Ai kurrë nuk qëndronte në vend. Gjithë kohën ishte në lëvizje, po kurdoherë vetëm, rrallë e tek në shoqëri. Zakonisht, kur plasnin grindjet e vija re që largohej dhe i vetmi shok i tij, ishte një biçak i madh me të cilin punonte lugë e cigarishte prej druri.

Me mua u afrua kur më caktuan kujdestar për të shpërndarë sapunin e ndërresat dhe unë e mora për ndihmës. Ai tregohej i papërtuar e i drejtë dhe kjo qe si të thuash prova e parë për të njohur karakterin e tij. Pastaj iu bëra garant kur hodhi dokumentat për të dalë në Perëndim. Kohët e fundit ai qe lidhur tepër pas meje, prandaj, kur zbritëm në kampin e "Leit", u interesova të na caktonin në një vend së bashku.

Shpendi kishte ardhur në Llazirë më pas nga unë dhe këtë e mbaja mend mirë, se ditët e para, kur i grumbulloheshin njerëzit dhe kërkonin të mësonin të reja nga Shqipëria, ai u bënte bisht pyetjeve, ose u përgjigjej fare shkurt. Kurse më vonë, si e mori veten, dëgjova njëherë të thoshte:

-Më besoni, nuk më kujtohet asgjë. Më kanë rrahur aq shumë këndej, sa i kam harruar të gjitha.

Ai kishte ndenjur gjashtë muaj në burg, e kishin munduar keq dhe vetëm si qenë bindur për ato që thoshte, e kishin sjellë në kamp. Ishte shumë i tronditur, sepse nuk e kishte besuar se do ta pësonte ashtu siç e kishte pësuar. Ai qe arratisur thuajse për hiçgjë. Ishte zënë me sekretarin e këshillit të fshatit dhe në gjaknxehtësi e sipër e pati goditur rëndë me shat. S'kishte marrë vesh se ç'ndodhi më vonë, sepse nga frika e pasojave qe fshehur në mal dhe, meqenëse kufiri nuk ishte larg, qe arratisur. Të gjitha këto kishin ngjarë brenda një nate. Dhe, kur ai e kishte mbledhur veten, kishte kuptuar se gjendej në tokë të huaj.

Në kampin e Llazirës Shpendi u bë i njohur nga të gjithë një ditë vjeshte. Në vjeshtë, zakonisht, një pjesë e emigrantëve, sidomos ata që ishin të rinj, shkonin e punonin si argatë nëpër fshatrat përreth. Këtë e bënin me urdhër të kapiten Kocaqit, komandantit të kampit, i cili, siç pëshpëritej, nxirrte nga kjo përfitime të majme. Ai jepte e merrte me fshatarët e pasur dhe shpesh i caktonte vetë njerëzit për këso punësh. Ndodhi që atë vjeshtë, kapiten Kocaqi e dërgoi Shpendin të punonte te prifti i një fshati.

Urata kishte kërkuar një njeri punëtor, pasi nuk u bënte dot ballë punëve të shumta të vjeshtës, dhe miku i tij i kishte dërguar Shpendin.

Shpendi kishte vajtur në shtëpinë e priftit dhe kishte filluar menjëherë nga puna. Kishte punuar, ashtu siç dinte të punonte ai, ditë e natë. Kokulur e pa hile. Punë kishte plot dhe ai e kishte marrë punën me qesim në mënyrë që ta mbaronte shpejt, të merrte shpërblimin e me to të blinte një pallto të trashë se po afrohej dimri dhe të kthehej në kamp. Po urata i kishte bërë llogaritë ndryshe. Ai nuk kishte djalë, kishte vetëm një vajzë të mbetur. Prifti e priftëresha qenë të moshuar dhe gjithë merakun e kishin te vajza dhe pasuria. Mendonin për vreshtat dhe ullinjtë, për arat e shtëpinë, për një mulli me ujë. E kishin vërejtur dhe hetuar mirë Shpendin dhe i kishin rënë kalemit. Llogaria nuk u kishte dalë keq. Shpendi ishte djalë punëtor, i fuqishëm, i pashëm e tërë shëndet. A mund të gjente urata një rast më të mirë se ky? Vështirë, sepse, po ta kishte pasur, s'do ta kishte lënë t'i ikte nga dora. Atëherë kishte vendosur, si duket, që ta mbante emigrantin e huaj në shtëpi përgjithnjë. Djali s'kishte pse të kundërshtonte, ashtu si ishte katandisur ai, njeri i humbur, argat për një copë bukë. Në vend të huaj, ai s'kishte asnjë vlerë. Në vend të tij, me ato që kishte bërë, Shpendi ia kishte mbyllur ndofta derën vetes.

Një mbrëmje, pasi u kthye nga vreshta, urata e thirri Shpendin të pinin tok një kafe. Priftëresha dhe vajza nuk ishin në shtëpi. Prifti dukej pak i shqetësuar, fliste me gjysmë zëri. Shpendi e vuri re, po nuk merrte vesh se ç'po ndodhte. Prifti i tregonte me hollësi për pasurinë e vet, për "mundimet e telashet" që kishte hequr derisa i kishte vënë, mallkonte jetën zuzare që ishte aq e shkurtër dhe e pabesë. Pastaj i kishte qarë hallin argatit si njeri pa njeri në vend të huaj. Shpendi qe prekur nga kjo. Ai jo vetëm po e përfillte, por dhe po e çmonte. Bile, u trondit kur urata, më në fund, ia tha haptazi se donte ta bënte dhëndër.

-Ti mendohu mirë për këtë, more djalë, - i kishte thënë prifti, - se kjo nuk është punë e vogël. Ta jap kohë të mendohesh sa të duash. Unë vetëm pëlqimin dua nga ti. Sa për të tjerat, i ujdis vetë.

Shpendi nuk i dha përgjigje atë natë, as edhe të nesërmen. E mendoi punën mirë për disa ditë me radhë. Dhe dalëngadalë i mposhti kundërshtimet në vetvete. Ai ishte fshatar dhe pasuria e priftit e joshte. Pastaj, nuk do të ishte ai i pari që martohej me një vendëse. Duke u bërë dhëndër i uratës, do të shpëtonte më në fund nga kampi, nga jeta plot vuajtje e fyerje e emigrantit.

Shpendi u dha pëlqimin një mëngjes para se të shkonte në punë. Urata e dëgjoi, por nuk u ndie pothuaj fare, as u gëzua, as u hidhërua, si i thonë fjalës. U ndanë pa u marrë vesh dhe Shpendi mendoi se plaku me siguri ishte penduar dhe s'i erdhi hiç mirë. Në mbrëmje, kur hyri në oborr të shtëpisë, urata me një jelek krahëve rrinte ulur mbi një qilim me thekë te shkallët. Njeri tjetër sikur nuk kishte në shtëpi. Plakun dukej se e mundonin akoma mendimet dhe Shpendi u bind se puna e fejesës kishte mbetur. Bile, mendoi se pas këtij keqkuptimi atij s'i mbetej gjë tjetër veç të kthehej andej nga kishte ardhur.

Po prifti papritur u çel në fytyrë, buza i qeshi dhe u ngrit në këmbë. Shpendi qëndronte ulur dhe nuk dinte ç'të bënte. Atë kohë, urata hyri brenda në shtëpi dhe pas pak doli i veshur me rasën e zezë e me një kandil të ndezur në dorë. Ai i bëri me kokë Shpendit që t'i shkonte pas.

Urata zbriti shkallët dhe u drejtua nga dera e qilarit. Shtëpia e priftit ishte e madhe, me dhoma plot e me çati të lartë. Qilarët poshtë qenë të gjerë e të rregulluar për bukuri. I zoti i shtëpisë mbante aty zahiretë e dimrit, verën dhe vajin. Shpendi kishte hyrë kushedi sa herë për punë, po kësaj here nuk po e merrte vesh se ç'do të bënin tok atje.

Kur zbritën poshtë në qilar, prifti mbylli derën me kujdes, vari kandilin në një gozhdë ngulur në tra dhe mori në dorë një libër me kapak të trashë.

-Afrohu, more bir, - i murmuriti urata dhe Shpendi iu qas një buti të madh mbushur me vaj. Plaku merrte frymë rëndë dhe qepallat i mbante ulur. Djali vërtiste sytë përqark dhe nuk dinte se ç'po ndodhte.

Urata ngriti sytë nga ai dhe lëvizi buzët. "Djalli i merr vesh këta priftërinj se ç'duan të thonë kur murmurisin", - kishte menduar Shpendi, po atë kohë prifti kishte hapur gojën e i kishte thënë:

-Ma bëre shumë qejfin sot në mëngjes, që ma plotësove dëshirën. Më paç uratën, rrofsh e trashëgofsh, more bir!... Tani çdo gjë imja është jotja: edhe vajza, edhe shtëpia, edhe pasuria!

Shpendi ishte prekur duke menduar se kishte ardhur më në fund dita që edhe ai të rronte si njeri, po ndërkaq e mundonte parandjenja se mos plaku po i punonte ndonjë rreng. Të gjitha këto kishin ndodhur në fillim, se pastaj Shpendi i kishte rënë hilesë. Urata i kishte përsëritur disa herë që "ti tanimë je njeri i humbur" dhe kishte shtuar se "duhet ta nisësh jetën nga e para që të hysh në rrugën e zotit".

-Në vendin tënd ti s'ke për t'u kthyer më kurrë, - i kishte thënë urata. – Vendi yt do të jetë kjo shtëpi, këto toka që sheh përqark, vajza ime e gjithë ne të tjerët.

Shpendit këto fjalë i qëlluan rëndë, po megjithatë nuk e kundërshtoi. Duhet të duronte, përderisa i kishte kthyer shpinën vendit të tij dhe kishte mbetur rrugëve si një gjethe e rënë dhe era e përplas andej-këndej. Po, më tej, puna qe ngatërruar keq. Urata kishte qenë dinak i madh. E kishte marrë bisedën shtruar dhe dalëngadalë kishte dalë aty ku ia lypte interesi:

-Tani, - kishte thënë prifti, - para se ta shpallim, që të mos na qeshë bota, them që të të rregulloj pak. Fati im dhe yti, që qëllova unë prift. Do të të pagëzoj e me këtë ti do të ndërrosh fenë e kombësinë. Do të marrësh një emër për të qenë. S'do të bësh ndonjë gjë të madhe: do të shkelësh flamurin e vendit tënd, pastaj do të zhvishesh dhe do të futesh në këtë butin me vaj. Pas kësaj, nuk do të jesh më ai që ishe, do të kesh tjetër fe e tjetër komb. Them të pagëzohesh me emrin Petro. Të pëlqen?

Shpendi atë çast nuk e deshi veten më. I qenë errur sytë dhe kishte ndier t'i shtrëngoheshin fort nofullat. Urata priste në këmbë dhe, kur pa që dhëndri rrinte i hutuar, zgjati dorën që t'i hiqte vetë xhaketën. Sapo e kishte prekur prifti, Shpendi menjëherë ishte përmendur dhe e kishte shtyrë me zemërim të papërmbajtur:

-Ik tutje, o djall i zi! S'ka bir nëne të më ndërrojë mua kombësinë. Shqiptar kam qenë e shqiptar do të vdes. Po ti mirë ma bëre, derisa mbeta kësisoj rrugëve të botës!

Prifti qe zmbrapsur i trembur dhe nuk po i besonte as veshëve as syve. Shpendi po i dukej krejt i ndërkryer, sepse i kishte marrë ungjillin nga dora dhe e kishte përplasur përtokë, i kishte hedhur temjanicën që rrinte varur, pastaj, në inat e sipër, me duart e tij të fuqishme kishte shkulur nga vendi butin e vajit dhe e kishte derdhur... Pastaj i kishte kthyer kurrizin dhe, duke pështyrë përtokë, kishte dalë i handakosur nga qilari. Pas kësaj, Shpendi kishte ikur nga sytë këmbët; po ishte aq i tronditur, sa nuk i kujtohej se si e kishte mbajtur frymën deri në kamp.

S'do mend që prifti qe ankuar dhe kapiten Kocaqi qe hakmarrë kundër Shpendit. E kishte futur në burg, e kishin rrahur dhe, po të mos ndërhynim ne, do ta dërgonte në gjyq. Shpendi nuk deshi t'ia dinte për asgjë. Ai ishte i gëzuar që shpëtoi nga kurthi i priftit.

Për disa ditë me radhë historia e Shpendit kaloi gojë më gojë. Njerëzit e rrëfenin me shaka, si një histori zbavitëse, po ai që e mendonte thellë e kuptonte se ajo që i kishte ngjarë Shpendit mund t'i ndodhte secilit. Kjo donte të thoshte se ne kishim rënë aq poshtë, sa të tjerët mund të bënin me ne ç'të donin. S'e kishin për gjë të na ndërronin dhe kombësinë e bashkë me të dhe emrin!

KREU I TRETË

1

Puna në fabrikën e briketit ishte e rëndë dhe akoma më të rëndë e bënte gjendjen tonë klima e ashpër. Ne ishim të veshur hollë dhe mezi e përballonim të ftohtët. Unë që punoja majë kodrës ndihesha akoma më keq. Më ngrinin erërat që s'kishin të sosur. Nga cingërima shpeshherë nuk i ndieja gjymtyrët. Mezi ngopesha me frymë. Për më tepër, më kishte zënë një kollë që më shkundi fare. Kur kthehesha nga fabrika në fjetore, isha i raskapitur për gjumë. Puna e rëndë më sfiliste aq shumë, sa s'doja asgjë, veç të flija. E njëjta gjë ndodhte edhe me Shpendin.

Kështu kaloi gjithë muaji i parë, gati si në kllapi. Venim e vinim në punë kokulur e të heshtur. Asnjëri prej nesh nuk donte ta jepte veten para të tjerëve. Unë e kisha marrë parasysh që të duroja çdo gjë, të mos ankohesha. Shpendi, si malësor që ishte, e merrte këtë, mesa duket, si një provë burrërie dhe duronte, duke u mbyllur në vetvete.

"Përpiqu të mos e tërheqësh vëmendjen për asgjë. Puno si gjithë të tjerët, pavarësisht nga sakrificat... Ti je emigranti Manush Kelmendi..."

Pas muajit të parë, në ditët që erdhën më vonë, ne sikur e morëm pak veten. Dalëngadalë sikur u mësuam me punën e rëndë. Blemë rroba të trasha, u veshëm mirë dhe s'kishim më të ftohtë si përpara. Pak nga pak dhe punës ia morëm dorën. Edhe kryepunëtori nuk na bërtiste më. Ditët kalonin të flashkëta e monotone.

Po thellë në vetvete, me gjithë gjendjen e vështirë, unë isha i kënaqur me pozitën e re. Kisha shpëtuar njëherë e përgjithmonë nga kampi, nga telat, nga apeli i përnatshëm, nga gaveta e çajit. Tani isha punëtor, në mes të turmës së pafund të punëtorëve, e nxirrja bukën e gojës me duart e mia. Isha i lirë, aq sa mund të ishte i lirë një njeri si unë në vend të huaj.

Kur u përmirësua koha dhe unë e Shpendi disi ishim ambientuar, atëherë zumë të lëviznim nga pak. Shkuam për herë të parë në qytet, një ditë të diel. Qyteti nuk qe larg dhe rruga kalonte bri fshatrave e uzinave të nxira nga bloza dhe tymi. Zhimeti, kështu quhej ai, ishte qendër industriale, me rezerva të mëdha qymyrguri, me uzina hekuri e fabrika që nuk pushonin as ditë, as natë. Në qiell vareshin perde të zeza tymi. Një erë e rëndë qymyri dhe hekuri të djegur kutërbonte.

Ne zbritëm nga tramvaji në qendër të qytetit, te një shesh i madh, i rrethuar nga kafene e bare, me dyqane luksoze. Në krye u tërhoqëm pas vitrinave të magazinave dhe reklamave që u ngjanin arabeskave. Na ra në sy kisha e madhe që bënte ballë mbi ndërtesat e tjera. Pastaj filluam të barisnim nëpër rrugë. Unë doja të njihja qytetin. Këtu banonin mjaft emigrantë. Doja të dija ku ishte posta, ku binte stacioni i Brukselit, nga shtriheshin rrugët. Për këtë bleva dhe një plan të qytetit në librarinë e parë. Shpendi ishte krejt i hutuar dhe gjithë kujdesi i tij qe që të mos harronim stacionin e tramvajit ku kishim zbritur. Unë qeshja me të dhe e porosisja të hapte sytë mirë se mos shikonte në rrugë ndonjë emigrant të njohur. Po në një qytet të huaj, ku për ne çdo gjë ishte e re dhe rrjedha e madhe e njerëzve lëvizte pa pushim, kjo s'qe gjë e lehtë. Ne brodhëm shumë atë ditë, derisa u lodhëm dhe afër drekës u kthyem përsëri te sheshi.

Kur u gjendëm përballë kafeneve, më shkoi mendja se mos takonim aty ndonjë nga emigrantët shqiptarë. Atëherë i zumë me radhë, hynim e dilnim duke u hedhur nga një vështrim të kujdesshëm sallave e qosheve të bareve e të kafeneve derisa na tërhoqi vëmendjen një tavolinë e vendosur thellë në sallën e kafenesë "Saturius", ku një tufë burrash flisnin me zë të lartë dhe njëri prej tyre rrinte në karrige këmbëkryq.

-Këta do të jena dora jonë! – i thashë në vesh Shpendit dhe u drejtuam për nga tavolina. Kur dëgjuam të flasin shqip, atëherë çdo gjë u bë e qartë. Ndërkaq, dikush prej tyre, na kishte vënë re që larg dhe po na shikonte tek afroheshim.

-Shih, kush na qenkan! – u dëgjua një zë i njohur dhe papritur nga mesi i tavolinës u ngrit trupi i Baftjarit.

-Po ti këtu! – thirra unë i habitur, po nuk arrita të them më shumë, se Baftjari m'u hodh në qafë e pastaj më zunë në grykë të gjithë me radhë, si të ishim të njohur e miq të vjetër.

Kur u ulëm në tavolinë dhe u përshëndetëm sërish me secilin, duke vënë dorën e hapur në gjoks, sipas zakonit, vura re se mjaft prej tyre i njihja që në kamp ose i kisha parë për fytyrë.

-Gëzohem shumë, vëllezër, që u takuam këtu, - mora fjalën unë pas heshtjes që ra. – Më në fund dhe ne dolëm në selamet e po rrojmë si njerëz!

-Na e thau jetën ai kodosh kampi, - tha një burrë i imët e fytyrëvrenjtur që, tek fliste, i lëviznin lehtë të dy veshët. – Zotëria juaj ndejtët pak, po ne kaluam atje lulen e burrërisë. Sa më herët të kishim dalë këndej, aq më mirë do të qe!

-Thue se kishim vedin n'dorë na! – ia priti Ndue Pjetri, një bllokist që e njihnin të gjithë, pasi për çdo krishtlindje i bënte lutje papës që të ndërhynte për t'i liruar katolikët që ndodheshin në kamp. – Na gogla kena kenë e jena në lojën e politikës. Edhe me dashtë kurrkush s'mujte me na ndihmue. I paç çue papës lutje e i lypja me na zgjatë dorën na besnikëve të vet, por kje krejt punë e kotë...

Kjo qe vetëm hyrja e bisedës pa krye që nisi atë ditë. Ishte një avaz që unë e kisha dëgjuar sa e sa herë, por që puna ma donte ta dëgjoja prapë e me vëmendje. Hallet e rënda të mërgatës kalonin si tespihe dorë më dorë. Në fytyrat e tyre regëtinte kotësia dhe dëshpërimi.

Kur biseda shteri, unë u ktheva nga Baftjari:

-Ti me Halimin e Zaken, sikur ta kishit bërë me fjalë, ikët dhe hodhët gurë prapa. Asnjë lajm s'na çuat!

-Ah, t'i dish hallet e mia ti, - tha Baftjari me një ton qarës. – Nga të tre, vetëm unë sosa mirë këtu. Halimi, rahmet pastë, na la. E vrau të ftohtët, si duket. Lëre ç'ka vuajtur. Më mbeti në dorë. Mendo, i huaj, në tokë të huaj, pa gjuhë, pa para. Ç'të bëja? E nxora në mes të rrugës ta shihnin njerëzia të vdekur, se i vdekuri flet vetë e s'ka nevojë t'i flasësh tjetrit. Erdhi polici, e pa dhe pastaj mori makinën e bashkisë. Shpëtova, po unë e di se ç'hoqa!

-Po Zakja, ç'u bë? – e pyeta, pasi i shpreha habinë dhe keqardhjen për çka i kishte ndodhur.

-Zakja si Zakja, u kthye nga kishte ardhur. Më mirë të ha një copë bukë rehat, sa të vdes si qen rrugëve, tha dhe iku.

-Zotrote, u rregullove – e pyeti Shpendi.

-Po... u rregullova, të thuash... Bukën e nxjerr... Laj voza... Veç ai ujë i ftohtë m'i thau duart.. S'e duroj dot!

-Thuaj nuk duroj dot punën, - u hodh një burrë krejt i thinjur, duke dredhur cigare, me duart që i dridheshin. – Asnjëri nga ne s'është i rrahur me punën! Sikur të na ketë mallkuar zoti.

-Po ku keni pasur kohë për të punuar, zotëria juaj; - thashë unë. – Kur ishit andej, duart i kishit zënë me dyfek, dolët këndej, mbetët nëpër kampe duarthatë...

-Jo, unë për vete kam punuar, - kundërshtoi burri i thinjur. – Punoja tokën, paçka se ishte e Syrja beut. Bile, bile, gjithnjë këndej më hanin duart për punë dhe kur erdha këtu e fillova nga puna, thashë: "Ku paske qenë, o Sadush! Ishe i vdekur dhe u ngjalle". Puna është e rëndë vërtet, po punoj dhe rroj...

Biseda për punën u mbyll shpejt. Asnjë, mesa duket, nuk e kishte qejf. Po mua më tërhoqi vëmendjen ai burri i thinjur dhe pyeta Baftjarin që e kisha pranë.

-Është Sadush Toçi, - më tha me zë të ulët Baftjari! – Punon në madëmet e hekurit si minator.

-I partisë sate është? – pëshpërita.

-Jo, ka qenë, po tani s'bën pjesë në asnjë parti.

Gotat e birrës në tavolinë ishin zbrazur dhe unë thirra kamerierin t'i mbushte edhe njëherë nga ana ime. Muhabeti u trazua dhe njerëzit tani flisnin me zë të lartë. Unë bisedoja mënjanë me Baftjarin dhe herë pas here ngrija gotën me të tjerët. Baftjari ishte bërë në qejf dhe më tregonte për njerëzit që rrinin rreth tavolinës. Më foli dhe për gjendjen e partive dhe më tha se aty kishte nga të gjitha partitë. Atëherë unë gjeta rastin të pyesja nëse ndodhej në tavolinë ndonjë nga të partisë së mbretit dhe ai më tregoi se njëri prej tyre ishte Zenun Çoku, ai që kishte folur i pari e që rrinte karshi nesh, një burrë i imët, me fytyrë të vrenjtur dhe një nishan të zi majë të hundës, dhe tjetri ishte Loro Moshi, me një dorë cung që qëndronte në krah të majtë të tij. Të dy këta unë nuk i njihja, sepse ishin larguar që shpejt nga kampi i Llazirës, por, kur u ngritëm nga tavolina dhe filluam të dilnim, unë iu afrova Zenun Çokut dhe i vura krahun:

-Baftjari më tha se dhe ju jeni i partisë së mbretit.

-Po, - m'u përgjigj me zë të lartë, që ta dëgjonin dhe të tjerët. – I mbretit jam. Dhe ju i atij jeni?

-I tij dhe i Shqipërisë, - ia prita gjithë gaz dhe menjëherë, iu hodhëm në qafë njëri-tjetrit. Pas tij më rroku dhe Loro Moshi dhe të tre bashkë, të kapur për krahu, dolëm jashtë.

Para se të ndaheshim ne shkëmbyem adresat dhe premtuam se do të takoheshim së shpejti.

Kur u gjenda vetëm, desha të përshëndetesha me të tjerët, po ata, për çudi, ishin larguar. Atëherë menjëherë më vajti mendja se kisha harruar që ata u takonin partive të tjera dhe ajo skenë vëllazërimi e ndjekësve të mbretit, atyre s'u kishte pëlqyer.

Shpendi rrinte në trotuar dhe më priste.

-Shkojmë, - tha, - se po kalon ora e tramit...

-Nisemi me tjetrin, - i thashë buzagas dhe shtova. – Sa të shkoj deri këtu dhe erdha shpejt. Taksirat e ke të presësh pak.

Shpendi buzëqeshi i qetë si zakonisht dhe nuk u shty më gjatë. Unë dola në rrugën kryesore dhe, pasi ktheva kokën prapa se mos më ndiqte kush, u drejtova nga ndërtesa e postë-telegrafit, që e kisha pranë kur shëtisnim.

Në telegramin që i nisa Adem Boxhos e falënderoja për gjithë sa kishte bërë për mua, i lutesha zotit për shëndetin e Lartmadhërisë dhe, si e vija në dijeni për adresën time, shprehja dëshirën që ta shikonim sa më parë në mes nesh.

2

Papritur një ditë në fabrikë u ndërpre puna. Pushoi zhurma e motorëve dhe në ajrin e ftohtë buçitën sirenat. Punëtorët u mblodhën te sheshi para fabrikës dhe me zë të lartë shpallën grevë. Pastaj jehuan dhe sirena të tjera. Punëtoria e gjithë fabrikave dhe uzinave braktisën punën dhe dolën në rrugë.

Dolëm dhe unë e Shpendi. Nga të katër anët vërshonte një det i pafund njerëzish. Në mes tyre çanin herë pas here me alarm makinat e policisë. Kudo shikoje policë dhe xhandarë të armatosur që bënin rojë. Nëpër sheshe punëtorët mbanin fjalime, thërrisnin, këndonin këngë revolucionare. Unë isha shumë i emocionuar nga gjithë sa shikoja dhe tronditjen time mundohesha ta fshihja me heshtje.

Punëtorët e huaj nuk kishin të drejtë të bënin grevë, aq më tepër ne emigrantët politikë. Ne ishim sehirxhinj dhe qemë të detyruar të prisnim derisa të fillonte rishtas puna. Po në këso rastesh padronët dinakë përpiqeshin të përfitonin. Shumë nga emigrantët politikë bëheshin grevëthyes. Tani mund të gjeje punë kudo dhe punë të mira. Padronët na kërkonin me qiri.

-Sikur të ndërronim punën dhe ne, - më tha Shpendi gjatë ditëve që vazhdonte greva, - u robtuam në këtë dreq fabrikë.

Mua më erdhën papandehur këto fjalë. Jo se mendoja që Shpendi i gjykonte ngjarjet si unë, po sepse ai që ditën e parë u kishte dhënë të drejtë punëtorëve dhe e kishte miratuar grevën e tyre. Edhe ne punonim në kondita të vështira, bile paguheshim më pak.

-Ashtu është, u robtuam, - iu përgjigja i menduar, - po, e di, nuk më bën zemra t'u ha bukën kalamajve të punëtorëve...

-Edhe unë me zemër s'dua, - tha Shpendi, - po ti e sheh që këtej se kush shikon kokën e tij...

-Ah, more Shpend, të ishin punët kështu, do të qe mirë, - mora të arsyetoja i qetë. – Kështu mendojmë ne të ikurit, pa punëtoria nuk mendon kësisoj. Ti e sheh ç'po bëhet. Pesëdhjetë punëtorë pushuan padronët në uzinën e hekurit, pesëdhjetë mijë e lanë punën e u ngritën në grevë. E, pra, këta nuk mendojnë se kush për kokën e tij. Më beso që më është prishur gjaku këto ditë. Shikoja punëtorinë që kishte dalë në rrugë si të kishte dalë deti në stere dhe rashë në mendime. Mendoja se forca e punëtorëve është edhe forca e komunistëve. E, pra, këta janë armiqtë tanë, kundër këtyre do të luftojmë ne. Po ç'jemi ne para këtyre? Hiçgjë, për nder!

Po njeriu është i fortë, duron si budalla, se, po t'i mendosh thellë këto gjëra, hesapet s'të dalin mirë...

Ne nuk kishim biseduar ndonjëherë kaq seriozisht dhe Shpendi më shikonte në dritë të syrit. Si duket, nuk e priste që unë t'i flisja ashtu. Ai nuk e ngau më tutje bisedën. Heshti dhe unë e pata të vështirë atë çast të kuptoja pse e bëri këtë. E bëri nga respekti që kishte për mua apo pse dhe ai mendonte si unë.

Sidoqoftë, atë situatë të papritur që më krijoi greva e kapërceva pa vështirësi dhe s'më shkoi mendja që pas grevës më priste një telash tjetër më i rëndë.

Brenda një kohe të shkurtër unë ia kisha marrë dorën punës, kisha punuar në disa procese. Me kryepunëtorin merresha vesh në gjuhën e tij dhe kjo s'ishte gjë e vogël për një punëtor të huaj. Si duket, të gjitha këto nuk kaluan pa u vënë re nga administrata e fabrikës. Dhe ndodhi që disa ditë pasi punëtorët u kthyen në punë nga greva, mua më thirri në zyrën e tij burri flokëbardhë që na kishte pritur ditën e parë kur kishim ardhur në fabrikë. Më ndezi cigare dhe, pa e zgjatur, zuri të fliste se përse më kishte thirrur:

-Zotni, ne çmojmë punën tuaj të deritanishme, sjelljen tuaj dhe qëndrimin shembullor që mbajtët gjatë turbullimeve të kohëve të fundit. Për këtë arsye kemi vendosur ta përmirësojmë pozitën tuaj në fabrikë. Që sot e tutje nuk do të merreni më me punë të pakualifikuar, siç jemi marrë deri tani, po do të zbrisni në pultin e drejtimit në një vend të mbyllur e të mbrojtur nga të ftohtët. Puna atje është më e lehtë dhe do t'ju paguhet më mirë.

-Ju faleminderit, - ia ktheva unë duke u munduar të hetoj në mes të fjalëve dhe gjesteve të tij. – Ju po më çmoni shumë, zotni, po unë kam kryer vetëm punën e punëtorit për të cilën ju keni mirësinë të më paguani.

-Ashtu është, - tha ai, - dhe kështu duhet të mendojnë të gjithë. Po këtë e thoni ju, që te puna në fabrikën tonë keni varur jetën tuaj, po të tjerët, për fat të keq nuk e çmojnë. Ju e patë se ç'telashe na sollën me grevën e fundit.

Zëri i tij papritur u zbut dhe ai doli nga tavolina e m'u afrua.

-Në pultin e drejtimit ju do të zini vendin e një punëtori të vjetër që ka kohë që e ka mbushur kupën. Deri tani i kemi respektuar aftësinë dhe përvojën e tij në punë, po në grevën e fundit, ai u bë nxitësi kryesor.

Në pultin e drejtimit më çoi kryepunëtori. Drejtimi kryhej nga një kullë e veçuar, mbushur me aparate, të cilat zhurmëronin kohë më kohë dhe vetëtinin nga ca llambushka të verdha. Një burrë i gjatë e pak i kërrusur, me kominoshe të dalaboje, jepte e merrte me disa doreza. Kur ne e përshëndetëm, ai vetëm tundi kokën dhe, pa na zgjatur dorën, vijoi punën e tij. Si duket, ai ishte njoftuar që më parë, sepse kryepunëtori nuk dha shpjegime, më paraqiti dhe u largua.

Ne mbetëm të dy vetëm dhe për një kohë dëgjonim zhurmën nanuritëse të aparateve. Ndjeja se isha rrudhur në fytyrë dhe sytë më qenë zvogëluar. Ai rrinte më këmbë kundruall meje dhe thithte cigaren në heshtje. Unë mezi i bëja ballë vështrimit të tij mospërfillës.

Më ngjante sikur me qëllim ai e krijoi atë hop të gjatë heshtjeje. Ç'doja unë, vajtur nga një vend i largët, ta dëboja nga puna? Një punëtor vendës ndoshta këtë nuk do ta bënte. Po padronët edhe këtë kishin pasur parasysh, ndaj na kishin sjellë nga ana e anës. Ne bënim atë, që njeriu i ndershëm s'e bën dot.

-Sot ju do të njiheni në përgjithësi me procesin e punës, - dëgjova zërin e tij turbull. – Ndiqni veprimet e mia dhe mbajeni mendjen këtu.

Këto ishin të gjitha fjalët që tha ai ditën e parë. I shqiptoi ftohtë dhe prerazi, pa bërë asnjë gjest që të më fyente. Po më mirë do të kishte qenë të më fyente, të më shante sesa të më qëndronte ashtu. Për tetë orë rresht unë s'ekzistoja fare për të. E pra, s'e kam ndjerë veten kurrë ndonjëherë aq të braktisur e të përbuzur sa atë ditë.

Për pak sa s'u dhashë. Desha t'i rrëfehesha në njëfarë mënyre. T'i tregoja se nuk isha ai që pandehnin të tjerët dhe se nuk e meritoja përbuzjen e tij. Po ai s'kishte si të më kuptonte dhe unë s'kisha si ta sqaroja për pozitën time të vështirë.

"Do të të ndodhë që do të të kapin sentimentet, po mos e lër veten të biesh në grackën e tyre. Ta dish, që këndej fillon shmangia nga detyra. Ti duhet të jesh jo ai që je, po ai që të njeh armiku..."

Ditën tjetër e pata më të lehtë, jo vetëm sepse e kisha mbledhur veten dhe isha vënë në rolin që më takonte, po tërë kohën ai u mor me mua duke më treguar nga afër procesin e punës. Dashur pa dashur, ne u afruam, megjithëse ai qëndronte gjithnjë i ftohtë dhe fjalëpakë.

Në fund, si mora punën në dorëzim dhe hodhëm firmat në procesverbal, unë e falënderova dhe i zgjata dorën. Ai tundi kokën dhe tha me një qetësi që mua më tronditi:

-Zotni, ai që mohon një atdhe, e ka të pamundur të gjejë një atdhe të dytë...

Dora ime mbeti e nderur. Ai as mori mundimin ta zgjaste të tijën. Fytyra i qe rrudhur nga përbuzja e përçmimi. Këtë e ndjeva dhe në hapat që hodhi kur u largua.

"Mirë ma bëri, - thashë me vete. – Ndoshta, nuk do të m'i thoshte këto fjalë, po të mos i kisha zgjatur dorën. E tradhëtova veten si duket. Duke qenë një i arratisur i rëndomtë desha të tregohem i sjellshëm! Kushedi sa qesharak i jam dukur!"

Ditët e para nuk e kisha aspak të këndshme t'ia rrëfeja Shpendit se ma kishin ndërruar vendin e punës. Unë që e kisha kundërshtuar të venim të kërkonim punë të lehtë në kohën e grevës i kisha marrë vendin e punës një punëtori sindikalist. Burrëria nuk e pranonte këtë gjë!

Një mbrëmje, si kishim ngrënë darkë e po rrinim në dhomën tonë, troket dera. Ishte Hadun Haruni, një punëtor algjerian, që punonte në fabrikën e briketit dhe banonte në dhomën ngjitur nesh. Ai zgjati kokën, duke zbuluar dhëmbët që i zbardhnin në fytyrën ezmere e flokët të zinj pis dhe kërkoi të ndezte cigaren.

-Ulu, Hadun, - i thashë si i ndeza cigaren, duke i afruar një nga karriget që kishim në dhomë.

Me Hadunin ne ishim miqësuar jo vetëm se tregohej një fqinjë i gjendur e i dashur, po mua më kishte interesuar, sepse, duke qenë punëtor prej disa vjetësh aty, ai e njihte shumë mirë gjendjen në fabrikë e jashtë saj.

Ai ndenji, ndërsa Shpendi që rrinte shtrirë në krevat, hapi sytë dhe e përshëndeti me dorë.

-Flini ju? – pyeti algjeriani me frëngjishten e tij të çalë, duke i zgjatur fjalët si në arabisht.

-Jo, - ia ktheu Shpendi. – Lodhur shumë. Pushoj.

-Pjeri, burrë shumë i mirë, - tha papritur Haduni, duke mbajtur cigaren në gojë.

Mua më shkuan të dridhura në shtat dhe nuk e di si më doli pyetja:

-Kush, Pjer?

-Ai punëtori që punonte te pulti i drejtimit...

-Ëhë, - ia bëra unë. – E njoh vetëm për fytyrë...

Vura re Shpendin që ngriti trupin në bërryla dhe, megjithëse nuk e dinte gjuhën mirë, zuri të ndiqte bisedën.

-E njoh unë, shumë burrë i mirë, - vazhdoi Haduni. – Ai trim shumë... Sindikalist i drejtë... Proletariat..., - dhe tregoi me dorë zemrën e tij. – Vuan nga astma... Tani punon vend i keq...

"Hej, dreq o punë, ku ma gjete, more Hadun, të më flasësh kështu! Ç'të të them unë ty? Apo më mirë të shtirem i trashë që s'të kuptoj..."

-Padroni, - foli pas një heshtje të shkurtër përsëri Haduni, - i keq shumë këtu... dinak.

-Padronët gjithnjë janë dinakë, - thashë, sa për t'u lidhur në bisedë.

Algjerianin e mundonte, si duket shumë, padrejtësia që kishte ndodhur me Pjerin dhe tërthorazi donte të më qortonte mua, por s'e kishte të lehtë ta bënte këtë.

Unë gjatë tërë kohës e ndieja veten në gjemba dhe, për të shpëtuar nga ajo gjendje, u ngrita dhe mbusha një gotë me uiski.

-Jo, Haduni s'pi, - kundërshtoi ai. – Haduni agjëron.

Unë, pse e dija që ai agjëronte, desha me këtë ta kapërcej bisedën, sepse fill pas kësaj i tregova për herë të parë se dhe unë e Shpendi ishim myslimanë.

Ai u gëzua pa masë e gati sa nuk na u hodh në qafë dhe e harroi ç'kishte folur deri atëherë.

-Ne jemi vëllezër, - tha Haduni me sy të shkëlqyer nga gazi. – Babai ynë, Muhameti! Ju, hajdeni sonte tek unë, hamë syfyri.

Ai nuk e dinte se ne ishim emigrantë politikë. Kujtonte që ne kishim dalë me kohë në Turqi dhe prej andej kishim kaluar në Belgjikë. Po të merrte vesh se e kishim gënjyer, nuk do të na e falte. Ai nuk i donte emigrantët politikë. "Po të ishin të mirë, do të kishin ndenjur në vendin e tyre, - thoshte ai. Patrioti nuk e braktis kurrë atdheun e lirë".

Kur iku Haduni, ne mbetëm prapë vetëm. Shpendi u ngrit ndenjur dhe më tha:

-Më iku fare gjumi! Luajmë me letra?

-Luajmë, - iu përgjigja, po mendjen e kisha gjetkë. – Nuk e di, a e kupton ti, - vazhdova i menduar, - njeriu në pozitën tonë këndej nuk e ka veten në dorë. Ç'mund të thosha unë, veç të pranoja, kur më thirrën që t'i zija vendin atij Pjerit!

Të qortova ty, kur më the që të venim të kërkonim punë të lehtë gjatë grevës, ndërsa vetë unë e zura një punë të tillë...

-Ku të shkon mendja dhe ty, - tha Shpendi i prekur nga sinqeriteti im. – Mua as më ka shkuar mendja. Hajt, ndaji letrat i pari!

3

Ditët e grevave dhe të shtunave e të dielave, ne nuk qëndronim në shtëpi. I hipnim tramvajit dhe shkonim e takoheshim me shqiptarë.

Mua më duhej të njihesha sa më parë me gjendjen, me grupet politike, me njerëzit, të mësoja adresat e tyre. Duhej të dija ku mblidheshin e ç'bënin. Kjo ishte një punë e mundimshme, plot pengesa, që nuk mund të kryhej shpejt e që kërkonte durim e takt. Njerëzit ishin të shpërndarë në të katër anët e të futur në disa vrima që mezi gjendeshin. Një punë të tillë në fillim nuk mund ta bëja dot vetëm e për më tepër, ta kryeja drejtpërdrejt vetë.

Prandaj u mendova mirë e tërhoqa në këtë punë dhe Shpendin. Natyrisht, atij nuk i rashë në sy dhe ai më bëri një shërbim të madh, pa e kuptuar asnjëherë, se po më ndihmonte për një gjë serioze. Çdo porosi që i ngarkoja, ai kryente me qejf dhe zell të çuditshëm.

Shpendin e trishtonte pa masë vendi i huaj, e lodhte dhe e trembte vetmia. Kur ishte në kamp, nuk e ndiente dhe aq këtë, meqë jetonte në mes të shqiptarëve, kurse tani i dukej vetja krejt i humbur. Atje ku punonim e banonim ne, nuk kishte asnjë shqiptar dhe ai mezi priste rastin që të shkonte kudo tek gjendeshin ata. Në mes tyre, ai sikur gjallërohej dhe unë e kuptoja se, në njëfarë mënyre, Shpendi nxirrte kështu mallin e vendlindjes. Prandaj nuk e pengoja, përkundrazi e nxisja. Atëherë ai merrte hove të reja dhe dukej aq i gëzuar, sikur t'i kishte vënë një qëllim fisnik jetës së tij të çoroditur. Bile, e bënte me aq zell këtë punë dhe m'i thoshte me aq hollësi gjërat, kur kthehej pas kërkimeve të gjata, sa unë fillova të shqetësohesha se mos kushedi m'i kishte blerë mendimet dhe në këtë mënyrë donte të më shërbente. Po shqetësimi im qe i kotë: gjithë zelli i Shpendit për të kërkuar bashkëvendësit e tij, vinte nga dëshira e papërmbajtur për t'i shpëtuar një orë e më parë vetmisë, për të mos humbur si gjilpëra në kashtë, siç thoshte ai, në mes të mizërisë së njerëzve të panjohur. Dhe erdhi një kohë, që, me ndihmën e Shpendit, unë arrita të mësoja të gjitha adresat e të arratisurve që banonin në prefekturën e Sharlëruas.

Ne tani bridhnim lirisht lart e poshtë, bënim vizita nëpër shtëpi, shkonim në vendet ku mblidheshin shqiptarë, sidomos në kafenenë "Saturius", qendrën e tyre kryesore. Shpendi kishte ndryshuar dhe nuk ishte më i trishtuar si më parë. Ai gëzohej që ne nuk ishim më të vetmuar në mes të tokës së zezë të minierës dhe mjegullës që mbyllte horizontin në të katër anët.

Por dalëngadalë gëzimi i tij sikur u rrudh, ai s'kishte më hovet e para, jo vetëm se adresat u sosën dhe s'kishte ç'të kërkonte më, por pësoi një zhgënjim kur kuptoi se unë po filloja të merresha me politikë. Doli se interesimi im për të ditur ku gjendeshin bashkëvendësit kishte pasur një qëllim dhe kjo i erdhi krejt e papritur. Në të vërtetë, në kamp, ai më kishte njohur mua si njeri pa parti, kurse tani unë kisha filluar të kërkoja të takohesha me ndjekësit e partisë së mbretit dhe të bëja propagandë për Zogun. Në kafenenë "Saturius" ai një të diel dëgjoi dhe një debat të fortë që unë bëra me ballistin Dik Alltuni, i cili tha se "Zogu mund të jetë trim, po në 7 prill u tregua frikacak". Bile, Loro Moshi dhe Zenun Çoku qenë gati të rrihen me të, po unë i përmbajta dhe fjala ime e urtë u pëlqeu të gjithëve sa ishin aty.

Kur u kthyem për në Zhimet, atë mbrëmje, Shpendi, ndryshe nga herët e tjera, qëndroi i heshtur e i menduar dhe unë këtë e mora si një qortim të tërthortë.

"Pse duhet të trazohesh me politikë kur shumëkush e di që politikën e mërgatës e ka marrë me kohë e me vakt lumi? Ti në kamp ke qëndruar jashtë grupeve politike, larg grindjeve të tyre dhe nga kjo veç mirë ke pasur. Kush t'i hodhi trutë e qenit në kokë?"

Natyrisht, Shpendi nuk më tha asnjë nga këto fjalë, po më vështronte ngultas, ndërsa sytë e tij derdhnin herë inat, herë keqardhje e herë të dyja bashkë. Atij tani nuk para i pëlqente të qëndronte gjatë me mua. Unë hiqesha sikur nuk e kuptoja dhe tregohesha i sjellshëm si gjithnjë. Po në të vërtetë, edhe mua kjo situatë nuk më kaloi lehtë. Më dukej sikur e kisha prerë në besë, sado që nuk kishim zënë kurrë në gojë çështje politike dhe ai s'më kishte lypur ndonjëherë mendim për këtë gjë. Mesa kuptoja, ai kishte frikë se mos unë, në një mënyrë a në një tjetër, doja të futja në partinë time. Në të vërtetë, kjo gjë as më kishte shkuar ndërmend. Unë e dija që atij s'i kishte pëlqyer kurrë politika e mërgatës dhe s'kishte asnjë besim tek ajo. Ai donte të ishte i lirë e të mos ngatërrohej me asgjë që i sillte telashe vendlindjes.

-Dëgjo, Shpend, - i thashë një ditë kur rrinim në dhomën tonë, - mund të të jetë prishur pak qejfi që unë merrem me politikë. E shoh që nuk të pëlqen. Po kjo është puna jote, siç është puna ime që merrem me të. Unë them që miqësinë e vëllazërinë tonë të mos e ngatërrojmë me këtë gjë.

-Ti i di vetë punët e tua, - m'u përgjigj ai i tronditur, - e s'ke nevojë për mendtë e mia. Prandaj, s'kam ç'të të them... Unë ia pashë hairin politikës gjersa u gjenda në këtë gropë të zezë. Besoj se më kupton...

Ne u kuptuam shpejt dhe u lehtësuam që të dy, por e hodhëm muhabetin në një çështje tjetër.

Jetën tonë të përbashkët e mbushnin hallet e ditës, puna e rëndë për të siguruar bukën e gojës, kujdesjet për njëri-tjetrin. Shpendi vazhdonte t'i kryente të gjitha porositë e mia. Për hir të miqësisë, ai prapë lëvizte poshtë e lart, shkonte ku t'i thosha unë, jepte dhe merrte porosi, po gjithnjë duke menduar se qëndronte jashtë politikës. E megjithatë, ai jetën e mërgatës e bënte dhe dashur pa dashur merrte vesh çdo gjë që ndodhte në të... Me kohë atij iu largua frika se mos unë e trazoja me politikë dhe fitoi besimin në vetvete. Mua më vinte mirë kur shihja se, jo vetëm që nuk besonte dhe s'i merrte asnjëherë seriozisht predikimet tona, po nuk donte ta përziente veten me mërgatën. Vërtet ai ishte arratisur nga atdheu dhe kishte bërë një faj të dënueshëm, po megjithatë i pëlqente të bënte dallim në mes rastit të tij dhe atyre që mbanin në kurriz krime e i kishin sjellë popullit dëme të mëdha. Veç kësaj, ai ishte i ri, ishte ndoshta më i riu nga të gjithë ne dhe kjo i jepte të drejtë të mendonte më shumë për të ardhmen e tij.

Prandaj Shpendi dalëngadalë e braktisi kafenenë "Saturius" ku mblidheshin njerëzit e politikës së mërgatës. Ai u bënte bisht dhe ftesave të mia për të shkuar vizitë nëpër shtëpitë e emigrantëve. E dinte që unë do të flisja për hallet e mërgatës së përçarë e do të kërkoja të mos rrinim duarkryq, po të ndiheshim e ta merrnin vesh komunistët që ne ishim gjallë e s'kishim vdekur; e dinte që do të flisja, për mbretin që duhej ta ngrinim me hir ose pa hir nga ajo baltovina ku ishte zhytur...

Me kohë Shpendi krijoi shoqërinë e tij me njerëz që s'merrnin pjesë në grupet politike. Për këtë, në krye, u bë shkak, Sadush Toçi, me të cilin ishte nga një fshat. Ai jetonte krejt i mënjanuar dhe punonte bashkë me dy shokë në një minierë hekuri. Ishte njeri i thjeshtë, dinte vetëm të hidhte firmën sa për të marrë rrogën dhe fjalët i kishte të kursyera. Sadushi kishte qenë ballist, po këtë nuk ia kishte qejfi t'ia kujtoje. "Të kisha atëherë këto mend që kam nashti, nuk do të isha sot këtu", - më tha njëherë kur desha të hyja në bisedë për punët e mërgatës.

Në shoqërinë e Shpendit unë veja shpesh, sadoqë në fillim ata më prisnin ftohtë për shkak të predikimeve të mia. Por me kohë, kur panë, që unë isha aq i urtë sa të mos e ngatërroja bisedën me gjëra që atyre s'u pëlqenin, ndërruan qëndrim dhe më respektonin si burrë zakoni. Dhe unë gëzohesha për këtë, po më shumë gëzohesha për Shpendin, që kishte hyrë në një rreth njerëzish që nuk rrezikonin ta prishnin...

KREU I KATËRT

1

Me gjithë predikimet që shpërndaja lart e poshtë për Zogun dhe rrija në shoqëri me ndjekësit e tij fanatikë, prapë unë nuk kisha hyrë akoma si duhet në jetën politike të mërgatës.

Zogistët ishin të përhapur gjithandej ku kishte emigrantë dhe ne që jetonim në prefekturën e Sharlëruait qemë vetëm një pjesë. E hiqnim veten si të organizuar në një parti, por në të vërtetë i bënim qejfin vetes, siç ia bënin dhe grupet e tjera, sepse partia, siç na pëlqente neve ta cilësonim, në të vërtetë nuk ekzistonte. Në Brukel ishte një këshill i zogistëve dhe prej andej vinin herë pas here udhëzime që u ngjanin më shumë muhabeteve të kafeneve. Grupi ynë në Sharlërua kishte si të parë Zenun Çokun, me të cilin unë u lidha menjëherë. Afrimin tim, ai dhe shokët e tij e pritën mirë, jo vetëm sepse u veja pas oreksit, po me predikimet e mia mendonin se u ndihmoja në mbarëvajtjen e punëve partiake. Unë kisha shkuar në një kohë kur njerëzit qenë lodhur duke dëgjuar prej vitesh të njëjtin avaz. Për më tepër, Zenuni ishte i shthurur nga goja dhe thoshin se ai nuk di të flasë, por vetëm të shajë. Kjo i kishte ftohur disa nga ndjekësit e mbretit e i kishte bërë të pakënaqur. Bile, njëherë, një prej tyre e kishte qëlluar me thikë në shpatullën e djathtë dhe prapë ai nuk kishte vënë mend.

Po me mua sillej mirë. Përpiqej të më mbante pranë. I pëlqente seriioziteti im, logjika se si i arsyetoja punët e ngatërruara të mërgatës, që tregohesha i gojës e i merrja muhabetet shtruar. Për të gjitha këto ai ma kishte nevojën, prandaj nuk më ndau nga vetja derisa më njohu me rrethin e tij.

Në kafenenë "Saturius" ne rrinim gjithnjë në të njëjtën tavolinë. Shkonim e vinim shpesh në shtëpitë e njëri-tjetrit. Ai më çonte kudo ku jetonin ndjekësit e mbretit dhe më fliste për hallet. Po qëllonte dhe të hutohej para maturisë e vendosmërisë sime. Njëherë ai erdhi gjithë gaz në shtëpi tek unë dhe, pasi e vërtiti bisedën në gjëra pa rëndësi, më tha papritur me zë të ulët:

-Ti qenke dobiç i madh. Si nuk ma ke thënë deri më sot që je mik i Adem Boxhos? Adem Boxhoja është kyçi i mërgatës, e njëherazi kambana e mbretit tonë. E pra Ademi të çon selam e shëndet.

Unë u gëzova dhe u gëzova vërtet. Më në fund, Ademi ishte kujtuar për mua. Përderisa e dinte me saktësi se ku gjendesha, kjo donte të thoshte se e kishte marrë dhe kartolinën time. Duhej pra, të duroja akoma.

Pas kësaj dite Zenuni u afrua më shumë me mua. Filloi të më kallëzonte dhe ndonjë udhëzim të fshehtë që i vinte nga këshilli i Degës së Brukselit. Ma thoshte me zë të ulët dhe me seriozitet sikur po më besonte ndonjë sekret të madh. Në të vërtetë, udhëzimet që vinin, ai duhej t'ia kumtonte të gjithë grupit tonë, por shpesh i mbante të fshehta për një kohë, vetëm e vetëm, që t'i shtonte rëndësinë vetes para meje. Unë, natyrisht, hiqesha sikur s'e kuptoja hilenë dhe i tregohesha mirënjohës për besimin që më jepte.

Një ditë, kur po pinim në shtëpi të tij, më tha i mërzitur:

-Ah, këto grindjet që po na e hanë kokën. Të mos ishin këto, punët do të na venin siç lipset. Do të ta them, se nuk e mbaj dot, mik vëllai! Në këshillin e Degës në Bruksel ka plasur një sherr i madh. Dashtë zoti e na ndihmon, se vetëm zoti na ka mbetur. Të tjerët vetëm llafe kanë! Janë të tërë kodosha.

Unë ktheva gotën me fund dhe tunda kokën i vrenjtur:

-Më mirë të më kisha vrarë, o Zenun, sesa më the këto fjalë. As që më shkonte mendja deri këtu. Përkundrazi, mendoja se grindjet i kisha lënë në kamp dhe këndej do të gjeja bashkimin e zemrave...

-E ke gabim, - ia pat Zenuni me sy të nxjerrë jashtë. – Kampin ku ta gjesh, se njerëzit i ke të mbledhur në një vend dhe, duan s'duan, janë të bashkuar, po këndej njerëzit azdisen keq e secili bëhet kokë më vete. Asnjë s'do t'ia dijë për meritat e tjetrit. Ngrihet tashti Kamber Rusta, kryetar komune njëherë e një kohë, dhe kërkon t'i hiqet komanda Ihsan Maçit. Po prit, more zot i mirë. A di ti se kush është Ihsan Maçi?... Ihsan Maçi është kumbara e Abaz Kupit, njeriut më të afërt të lartmadhërisë. Po është nder i madh, more zot i mirë, ta kesh atë mbi krye! Shtëpi e mirë po, oficer i nderuar po, gjakosur me komunistët po, pesë vjet në male po, me plumbin e tyre në trup po! Ç'do tjetër mor kodosh, që e trazon burrin e botës? Trazon atë dhe ne të tjerët bashkë. Ne e njohim se kush është Kamber Rusta. Ta dijë mirë ai! Zotrote, të lutem, mos ia thuaj njeriu këto, se na bëhet dëm i madh, po ta marrë vesh bota.

Pas kësaj, grindja që kishte plasur në këshillin e Degës u bë shqetësimi ynë i përbashkët. Ne bisedonim kokë më kokë dhe psherëtinim për të njëjtin hall.

Unë ia thashë haptazi Zenunit se mbaja krahun e kryetarit, megjithëse nuk e njihja.

-Bashkimi qëndron mbi të gjitha, - përsëritja unë. – Njerëz si Ihsan Maçi, për meritat e mëdha që kanë, janë bajraku i vërtetë i bashkimit. Të tjerat nuk më interesojnë, sikur një mijë arsye të ketë Kamber Rusta.

Zenunit i bëhej qejfi dhe merrte zemër nga vendosmëria ime.

-Kështu është, si thua ti, - thoshte ai i prekur. – Por prapë unë them se, në qoftë se nuk vë dorë mbreti, nuk shuhet kollaj kjo e flamosur grindje...

-Jo, - ia prisja unë, – lartmadhërinë nuk kemi pse e trazojmë me këto gjëra. Këto janë punët tona.

Pas disa ditëve Zenuni shkoi vetë në Bruksel, por u kthye prej andej më i mërzitur se ç'ishte. Erdhi e më takoi natën në shtëpi kur Shpendi flinte. Dolëm në korridor dhe atje, në gjysmerrësirë, filloi të më tregonte. Ishte tepër i tronditur. Unë e vëreja dhe e dëgjoja me kujdes. Ai tregonte me hollësi gjithë maraz, aq sa, herë-herë kërciste dhëmbët. Sherri që kishte plasur në këshillin e zogistëve në

Bruksel ishte një shkak, po shkaku kryesor qenë nervat e tij të dobësuara, alarmi që i rrinte ndezur në shpirt prej shumë vjetësh.

Mendova këto dhe në çast ndjeva me tërë forcën se isha futur, më në fund, në vorbullën e asaj pune për të cilën, kisha dëshiruar e isha përpjekur prej kohësh.

2

-Të shtunën mbrëma Sadushi në ka ftuar të dy për dasmë... – më thotë Shpendi një natë sapo u kthye nga qyteti.

-Pse iu ngrit mendja dhe Sadushi të martohet tani në pleqëri! – u habita unë.

-Jo, ma priti duke qeshur ai, - nuk martohet vetë, po marton djalin...

-Si? Marton djalin? Pse këtu e ka djalin Sadushi? Shpendi nuk e mbante dot gazin.

-Djali martohet në Shqipëri, - më shpjegoi ai duke qeshur. – Dasma bëhet atje, po atij ia ka qejfi të bëjë një ziafet të vogël këtu...

-Po ti kështu thuaj, të shkretën, - qesha unë. – Gati më luajte menç, se Sadushi më duket burrë zakoni...

-Tamam, pse i ka për zemër zakonet, do të na mbledhë si në dasmë të shtunën mbrëma...

S'do mend që nuk kundërshtova. Unë e kisha për detyrë të shkoja kudo ku mblidheshin emigrantë. Aq më tepër kur ishte fjala për rrethin e Shpendit.

Në shtëpinë e Sadushit unë veja ngaherë me qejf. Ai ishte burrë i urtë e mikpritës. Gjithë kohën e lirë e kalonte në shtëpi. Banonte tok me Lefter Kicin dhe Çesk Prelën, në një shtëpi përdhese, të vogël e të lagështitur, rrethuar me listela, në mes të një lagjeje minatorësh.

Të shtunën mbrëma, unë e Shpendi i hipëm tramvajit. Ishim të ngarkuar, se helbete, venim në "dasmë" dhe zakoni e kërkonte të shpinim peshqeshe. Unë e dija mirë sa ia kishte qejfi zakonet Sadushit, prandaj nuk u kurseva të blija një mish të pjekur dhe disa shishe "shnapsi", një pije që i ngjante rakisë sonë. Me këto nëpër duar, ne mezi arritëm përpara shtëpisë së Sadushit dhe që nga gardhi i listelave, unë i thirra me zë të fortë:

-O i zoti i shtëpisë!

Shpendit i shkëlqente fytyra nga kjo lojë që i kujtonte vendlindjen. Dikush hapi dritaren dhe pastaj u duk koka tullace e Çesk Prelës.

-A doni miq? – thirra unë, ndërsa Shpendi, pa pritur përgjigje, ngriti mishin që kishte lëshuar përtokë dhe hyri i pari në oborrin e vogël.

-Bujrum, bujrum, mirë se ju ka pru zoti!

Ne kaluam nëpër oborr e ngjitëm ca shkallë të vogla nga ajo anë që dritaret qenë veshur me gazeta dhe u gjendëm ballë për ballë me të zotët e shtëpisë. I pari Sadushi na rroku në qafë e pastaj Çesk Prela e Lefter Kici dhe na hapën rrugë nëpër një korridor të ngushtë. Ne u përshëndetëm me zë të lartë duke shqiptuar urime sipas zakonit të krahinës së Sadushit dhe hymë në dhomën e vetme ku jetonin të zotët e shtëpisë. Një kundërmim i rëndë këpucësh e rrobash të ndenjura trazuar me erë qepe na ra në hundë. Shpendi shkarkoi peshqeshet mbi një tavolinë të vogël, që rrinte shtrënguar në mes tri krevateve.

-Po ç'jeni harxhuar kështu, more vëllezër? – tha Sadushi kur zumë vend nëpër krevate. – Jua paça borxh në gëzime. Tjetër s'di ç't'ju them! Gëzofshi dhe ju kur t'ju vijë sëra, po jo si unë me zemër plasur rrugëve të botës.

-Të lumtë goja, - ia prita unë me tonin e shtruar të një burri zakoni, - po fati ynë kështu qenkësh prerë: të baresim e të vuajmë rrugëve të botës derisa të kthehemi një ditë në shtëpitë tona.

-Të kthehemi, është fjalë goje, - tha Lefteri, - veç nga të thënët deri te të bërët në udhën tonë qëndrojnë tërë malet e dynjasë. Hajde, kapërceji, po qe i zoti!

-Po të përpiqemi të gjithë bashkë e, po të na ndihmojnë me gjithë mend miqtë tanë, s'ka gjë që s'bëhet...

Unë fola me zë të lartë, duke vështruar përqark dhomën e zhveshur dhe gozhdët e ngulura nëpër mure.

-Pasha gjakun e Krishtit, - u hodh Çesk Prela, - s'kena takat me luftue... Ne jena mujtë prej atyne kur kena kenë në lulen e burrnisë e tash kështu si jena ba, nuk i duhena kurrkujt... Çdo gja me kohë e me vakt...

-Për trimin s'ka pleqëri, themi ne andej nga anët tona, - shtova unë ashtu kot.

-Shikoi duert e mia, - tha Çesku, duke u përpjekur ta mbante veten dhe m'i zgjati duart përpara. – A i shikjon?

-I shoh, - i thashë duke rrudhur sytë.

-Shikjoi, shikjoi mirë... ai sheh si më dridhen... E, kur burrit i dridhen duert, si lypet ma trimnia... Boll me lidhë e me zgjidhë ushkurët e brekëve.

Të gjithë qeshën. Sadushi rrinte si në gjemba dhe nuk i pëlqente që biseda kishte hyrë në këtë rrugë...

-A nuk e lëmë këtë muhabet... – tha duke u munduar të më buzëqeshte.

-Ti mos vdeksh kurrë, o Çesk Prela! – u hodh Shpendi, - se na e nxore gazin me çengela!

-Një gjë është e vërtetë, foli Lefter Kici që deri atë kohë dridhte cigare dhe na i hidhte në prehër duke e vënë dorën në gjoks. – Këndej, ore vëllezër, nuk të pyet njeri për trimëri. Sa për shëndetin po. Në qoftë se e ke atë, vlen për ca groshë, gjen një copë punë dhe rron si gjithë të gjallët...

-Ashtu është, - fola me seriozitet pa i ngritur sytë. – Shëndeti është gjë e madhe. Ta ruajmë... Ta ruajmë për vete, po dhe për atë ditë kur të na thërresë zëri i atdheut...

-Për atdheun na kena dekë me kohë e me vakt, - më mori fjalën Çesku. – Ai nuk na ven ma në hesap, lum miku...

Ngrita kokën dhe buzëqesha. Ndërkaq vura re se Sadushit i erdhi mirë. Me këtë dhashë të kuptoja se nuk i merrja me gjithë mend ato që thoshte Çesku. Unë kisha ardhur në "dasmë" dhe duhej të tregohesha aq i arsyeshëm, sa të mos bëhesha shkaktar për grindje.

-Një gjë di të them, - fola pas heshtjes që pasoi, - po të ishin të gjithë si ti, Çesk, mjerë populli që pret prej nesh!

Çesku lëvizi nga vendi me vrull, po menjëherë u përmbajt sapo vuri re që nuk e vështroja me buzë në gaz.

-Vetë je tue m'gërga ta dijsh... A di çka? Ma mirë me ndejtë urtë e mos me i ra ma në qafë popullit. Mjaft i kena ra në qafë kur e kishim në dorë. Se, me thanë të drejtën, populli s'na ka ardhë mbrapa atherna e jo ma tash kur ne kena hup me të tana e ai asht mëkambë e zgjue për bukuri prej atyne...

-Atëherë ç'duhet të bëjmë? – e pyeta, duke e parë në sy.

-Po kje se na kanë mbetë dy pare mend në krye, atherna t'i lutemi zotit me na dhanë shndet, për me punue e me mbajtë frymën gjallë... Sa për gjanat e tjera, ju jeni të mençëm vetë.

Pastaj Çesku nxori kutinë e duhanit nga xhepi dhe ma zgjati mua:

-Nuk ta marr, - thashë unë duke u munduar të tregohem qejfprishur. – Ti flet me gjuhën e komunistëve...

Ai e tërhoqi përnjëherë dorën dhe e futi kutinë në xhep.

-Unë komunistat i kam luftue, - foli ai duke shtërnguar nofullat. – E ba me më zanë ata, një zot e din ç'ka kishin me më ba. Burri pse asht burrë. Edhe kur rrin shtrembët, flet drejt.

Në dhomë papritur ra heshtja. Nga dy dritaret e mbyllura fishkëllente era e rreptë e veriut. Unë shova cigaren që po më digjte gishtin dhe ndeza një tjetër. Sadushi më vështronte në sy. Pastaj tha:

-Do të bënim mirë sikur ta linim këtë muhabet. S'është rasti sonte.

Shpendi u ngrit në këmbë dhe, duke kërkuar me sy përqark, tha:

-Sonte kemi dasmë. Do të pimë. Ku i keni gotat?

Pak më vonë, ne ishim ulur të gjithë këmbëkryq përtokë. Kishim hapur vendin duke e vënë dy krevate njëri mbi tjetrin dhe kishim shtruar batanijet në dysheme. Përpara mbanim gotat, ndërsa në mes, qëndronin dy mishra të pjekura dhe rreth e qark qepë e djathë, patate të ftohta e turshi.

Ne ngritëm gotat dhe zumë të pimë dollitë e para. I ngritëm për dhëndrin e nusen në Shqipëri, për Sadushin që rrinte krejt i hutuar, për shoku-shokun. Pastaj, kur erdhëm pak në qejf dhe secili kishte këputur nga një copë nga mishrat e pjekura, unë u propozova.

-Të pimë, për një Shqipëri ashtu si na e do zemra!

Si i kthyem gotat deri në fund, qëndruam një copë herë e pa fjalë: Askush nuk guxonte të thoshte si e donte Shqipërinë. Ata mbllaçiteshin ngadalë, ndërsa kockat e fytyrës u lëviznin dhe unë, nga rrudhat që u sajoheshin orë e çast, mundohesha të lexoja mendimet e dëshirat e tyre të fshehura.

Kishin ngelur që të tre fshatarë të prapambetur, si nga pamja, me ato fytyra të fishkura e trupa të thatë; si nga rrobat se si i mbanin; si nga qëndrimi i heshtur dhe sytë plot dyshime, ashtu si nga mënyra si rrinin dhe arsyetonin. Dukej që jeta i kishte rrahur keq, ishin të lodhur e të ronitur nga një brengë pa mbarim. Në sy u regëtinte një dritë e zbehtë, si një xixëllonjë në fund të një grope të thellë. Vijat kryesore të fytyrës u qenë prishur nga rrudhat e shumta dhe cepat e rrëzuara të buzëve u jepnin një ngërdheshje maske. Cigaren s'e lëshonin kurrë nga dora dhe nga duhani u kishin ndërruar ngjyrë gishtat, buzët e mustaqet. Gjoksi u gjëmonte si gjyryk dhe mezi ngopeshin me frymë.

Ata vuanin nga sëmundje të ndryshme, kush nga reumatizmi kush nga zemra e tensioni, kush nga astma. Flisnin për vdekjen si për diçka që do të vinte së shpejti t'i merrte e do t'u jepte fund njëherë e mirë vuajtjeve. I mundonte vetëm ideja se do të groposeshin në dhe të huaj dhe do të humbisnin kështu pa nam e nishan.

Sadushi me Lefterin kishin qenë me "Ballin", kurse Çesku kishte luftuar me çetat e "Legalitetit", po me kohë që tre kishin hequr dorë nga politika dhe qenë dhënë pas punës. Puna e rëndë në minierë i kishte ndryshuar ngadalë dhe atyre pak u interesonte se ç'ndodhte në mërgatë. E në rast se frekuentonin kafenenë "Saturius", ku mblidheshin emigrantët ose venin e vinin nëpër shqiptarë, këtë e bënin nga mërzia, nga malli, nga dëshira për të marrë vesh se ç'ndodhte në botë e, mbi të gjitha, në Shqipëri. Sa për krerët e mërgatës as donin t'ia dinin, nuk u besonin më, i urrenin në heshtje e i përbuznin, bile ua hidhnin atyre fajin për gjithë ç'kishin hequr e po hiqnin.

Unë nuk i dija akoma mirë rrethanat se si qenë shkëputur nga krerët e tyre Lefteri dhe Çesku, kurse për

Sadushin diçka kisha dëgjuar, e pastaj ma kishte plotësuar Shpendi, me të cilin qe bërë mik i ngushtë.

Sadushi ishte nga një fshat i viseve të jugut. Në kohën e luftës ai kishte qenë rojë personale e Syrja bej Xhihanit, komandant i njohur Balli në krahinën e tij. Shpendi thoshte se fisi i Sadushit njihej për trimëri dhe bejlerët e Xhihanit i merrnin prej këtij fisi trimat për t'i mbajtur pas. Kështu kishte bërë i ati i Syrja Beut. Kështu dhe Syrja Beu vetë. E kishte zgjedhur Sadushin në mes të gjithë djemve të Toçajve që ishin bujq të tij, e kishte veshur dhe armatosur, i kishte dhënë një qeleshe të bardhë me zhgabonjë në mes dhe e kishte urdhëruar t'i shkonte pas. Sadushi ishte i fortë e i pashëm e, mbi të gjitha, qe trim. Beu për të atëherë qe gati perëndi, ashtu siç kishte qenë për të gjyshin e për të atin. Prandaj, ai i vente prapa me bindje dhe i shërbente me besnikëri. Fundi, ç'ishte Sadushi? Një copë fshatar që dinte të ruante vetëm bagëtinë e t'i frynte fyellit nëpër bregore. Kurse, pas hijes së Syrja beut, ai qe fuqia vetë dhe njerëzit ia kishin frikën. Sadushi mund të ndalonte çdo njeri në rrugë e t'i lidhte duart; me një të bërtitur, ai mbyllte dyqanet në pazar; bënte të qëndronin makinat dhe karrocat sapo hiqte pushkën nga krahu. Në fshat Sadushi urdhëronte që të çoheshin në vend dëshirat e qejfet e Syrja beut; shtrohej sofra në çdo kohë, tëholleshin byrekët me qindra petë sa të qëndronte dyfeku në këmbë, thereshin bagëtia për hiçgjë! Sadushi ishte kudo pas Syrja beut; hante dhe pinte te këmbët e tij dhe pushkën s'e hiqte kurrë nga dora. Për atë pushkë beu e mbante me vete. Dhe erdhi një ditë e Sadushit iu skuqën faqet, lëkura i shkëlqente nga dhjami dhe rripi i pantallonave filloi t'i priste barkun. Tamam në këtë kohë i ati e martoi Sadushin dhe brenda vitit ai u bë me djalë. Po djali s'paskësh qenë me këmbë të mbarë, se, sapo lindi ai, Sadushi rrallë e më rrallë shkonte në fshat. Fshati qe çliruar nga partizanët dhe ai, si trimi i Syrja beut, ishte i detyruar të rrinte në qytet. Tamam nga ajo kohë filloi e tatëpjeta e tij. Ishte bërë si një kalë i azdisur që e ngacmonte zekthi keq.

Po ndërkaq dhe Syrja beu s'i kishte punët mirë. Partizanët e kishin vënë në shenjë ta vrisnin. Njëherë i kishin hedhur një bombë dhe Sadushi e kishte akoma shenjën në veshin e djathtë nga një cifël që kishte marrë. Që atë ditë Syrja beu kishte shtuar dhe një roje tjetër, Zaçen, dhe bashkë me ta kishte vajtur në Tiranë. Për herë të parë, Sadushi nuk e kishte ndier veten mirë. I qe dukur se trimëria e tij nuk e kishte vlerën e mëparshme. Partizanët i qenë afruar shumë kryeqytetit. Natë për natë dëgjoheshin pushkët e tyre. Syrja beu tani tërë kohën rrinte xurxull dhe luante letra në hotel "Dajti". Sadushi me Zaçen prisnin jashtë dhe, kur dilte, e mbanin për krahu dhe e çonin me araba në shtëpi. Një ditë, partizanët qëlluan me top brenda në qeveri. Syrja beu atëherë e humbi keq pusullën. S'dinte gjë tjetër veç të pinte dhe me gjithë frikën që e kishte zënë, qe shëndoshur shumë, i qe trashur qafa dhe barku i qe ngritur kacek. Duart i dridheshin vazhdimisht, aq sa s'ishte në gjendje të lidhte pantallonat. Këtë punë ia bënin rojat, veçanërisht Sadushi, sepse Zaçja nuk e çante dhe aq kokën. Bile, ditët e fundit, kur shkonin nga Tirana për në Shkodër, Zaçja ishte zhdukur papritur në Milot dhe Syrja beu pastaj aq shumë ia kishte ditur vlerën Sadushit, sa për herë të parë i kishte hedhur duart në qafë e i kishte thënë me të lutur: "Se mos më lësh ti si ai qafiri! Të kam si djalin tim. Sadush, të kam ushqyer me bukë!"

Sadushi, që s'e kuptonte jetën e tij atëherë pa hijen e Syrja beut, qe prekur nga kjo, i kishte ardhur keq dhe e kishte harruar fare veten.

Dhe i kishte shkuar pas si ai qeni prapa të zot deri në Shkodër. Shkodra ato ditë nuk njihej fare, thua se qe kthyer në një han të madh, ku njerëz të derdhur nga anë e anës, me ca fytyra të shtrembëruara nga frika e ankthi, shkarkonin plaçkat, vërtiteshin rrugëve, duke hyrë e duke dalë nëpër zyrat e gjermanëve dhe s'dinin ku të fshihnin kokën. Këta ishin shokë e miq të Syrja beut, ministra e oficerë të lartë të qeverisë kuislinge, krerë të Ballit e të Legalitetit, bashibozukë, spiunë e agjentë që donin t'i shpëtonin shpagimit të popullit, duke iu qepur nga pas autokolonës së ushtrisë së mundur hitleriane.

Syrja beu tërë ato ditë nuk vuri gjumë në sy. Bridhte poshtë e përpjetë me Sadushin prapa. Kishte frikë se mos e linin në baltë dhe iknin pa e marrë. Më mirë ta vrisnin sesa t'i ndodhte kjo. Ai kishte vrarë e kishte djegur dhe partizanët do t'i kërkonin llogari një për një. Atëherë s'kishte ç't'i bënte Sadushi. Prandaj gjithë puna ishte të largohej sa më parë, të ikte nga sytë këmbët, mjafton që të mos binte në dorë të partizanëve. Sadushi e kuptonte mirë këtë dhe nuk i ndahej për asnjë çast, megjithëse mezi mbahej në këmbë nga lodhja, nga mërzia, nga frika. Se ç'do të bëhej me të, ai as e mendonte. Kjo s'i takonte atij. Ai qe bishti i Syrja beut dhe beu domosdo do të mendonte për bishtin e tij. Po tamam këtu u mbush kupa dhe mori fund durimi i Sadushit.

-Pashë zotin, Sadush, si të ndodhi ajo meseleja e fundit me Syrja beun? – e pyes unë dhe rri e vështroj ngultazi. Ai nuk e ka të lehtë të flasë për të kaluarën e tij, bile, kur është esëll, nuk i qaset fare kësaj bisede, aq më tepër natën e "dasmës" së djalit, sepse u bë shkak Syrja beu që ai mbeti këndej e të mos e njohë djalin kurrë, që "dasma" e të birit të bëhet pa të, duke qenë ai gjallë. Po mua, sepse m'u duk e udhës që tamam këtë natë t'i kujtoj Sadushit atë që ndodhi njëzet e ca vjet të shkuara. Sadushi rrëkëllen gotën me fund, shtrëngon nofullat fort, ndërsa fytyra i errësohet nga hijet e kuptimeve të hidhura dhe s'di si t'ia nisë. Përcillet disa herë dhe pamja e tij aq e qetë zakonisht ndërron papritur, e ai sikur bëhet tjetër njeri. Unë nuk ia ndaj sytë për asnjë çast dhe pres me durim.

-Lëre mos e nga atë mesele! – nis ai të tregojë, duke shtërnguar gotën fort me njërën dorë mbledhur grusht. – Robi nuk ka si ta provojë dënimin e perëndisë, veç kështu si më ngjau mua. Dhe mirë m'u bë! Këtë e them tashti që u zbardha. Atëherë kisha mend të tjera që sot s'i hanë as qentë.

Vdekjen e mendoja se mund të më vinte orë e çast, se partizanët na kishin rrethuar dhe ne kërkonim vrimën e miut, po, që të bënte atë që bëri Syrja beu, s'ma priste kurrë mendja. Mua që i kisha ruajtur kokën, që i kisha lidhur ushkuret, ore, më besoni, ma punoi keq, shumë keq. Edhe një qen nuk lihet ashtu, si desh të më linte ai, për Baba Ali!

Punët rrodhën kësisoj. Ishte tamam dita e fundit, më 27 të vjeshtës së tretë. Do ta mbaj mend këtë derisa të vdes. Atë ditë të shtënat zunë të dëgjoheshin që në mëngjes shpejt. Thoshin se partizanët qenë afruar shumë. Pritej të bënin yxhymin e fundit. Të gjithëve na kishte hyrë lepuri në bark dhe s'dinim ç'të bënim, veç vu andej e vu këndej. Syrja beu mbeti në komandën gjermane. Unë rrija e prisja jashtë në shi. Gjithë puna ishte të iknim një orë e më parë sa pa ardhur partizanët. Ishte hall koke, po gjermanët nuk na përfillnin më. Ata kishin hallin e kokës së tyre. Prandaj lanë beun tim në baltë ashtu siç lanë dhe të tjerë plot. E nisën autokolonën papandehur, natën, pa bërë zë fare dhe, kur e morën vesh këta zotërinjtë, t'i vrisje, gjak s'u dilte.

Thashë, ishte dita e fundit. Ne dolëm që herët nga hoteli. Ai përpara, unë pas me valixhen në dorë. Ajo djall valixhe nuk m'u nda gjithë ato ditë. Se nuk i dihej ikjes sonë. Mund të mos iknim, po mund të iknim dhe atë çast, sa të mos kishe kohë të rendje deri në hotel.

Syrja beu atë ditë nuk ishte në terezi fare. Ecte dhe pështynte paprerë e as e kthente kokën nga unë. E dinte se i veja nga pas. I veja i ngarkuar si hajvan. Ne ecnim zdrënkthi nëpër rrugët rrëmujë të Shkodrës. Kohë më kohë dëgjoheshin të shtëna, sikur binin në kala. Beu nxitonte, nxitoja dhe unë, thua se na ndiqte njeri nga prapa.

Kur kaluam pazarin, e kuptova se po venim nga ujërat e liqenit. Syrja beu kurrë nuk m'i kishte shkoqitur punët e tij që të m'i shkoqiste atë ditë. Prandaj, rrija gojëkyçur. Fundi ai kishte mend më shumë se unë dhe i dinte punët më mirë. Atëherë pse ta harxhoja llafin kot. Ai kurrë s'më kishte ndarë nga vetja, që të më ndante atë ditë kur ma kishte nevojën më shumë se asnjëherë tjetër. Po mirë thonë që dardha e ka bishtin prapa.

Pa arritur mirë, ç'të shikoje, një kallaballëk i madh mbledhur anës liqenit. Lëviznin e thërrisnin njerëzia, thua se u kishte hyrë zekthi. Një barkë e madhe qëndronte lidhur në breg. Kuptova se po iknim më në fund dhe zemra ma bëri tak. Për Baba Ali, kështu ma bëri dhe m'u mblodh një gjongël në grykë! Më vajti mendja tek ata të shtëpisë, te djali që po lija, pse të gënjej!

Sapo arritëm në breg, njerëzia zunë të hipnin në barkë. Aman o zot, ç'më kanë parë sytë atë ditë! Ç'nuk bënin njerëzit kush e kush të hipte i pari. U vranë keq. Barka vërtet ishte e madhe, po përpara atyre që prisnin në breg dukej e vogël. Dhe atëherë zura të mendoj: a thua do të kishte vend për ne të dy! Kështu mendova vërtet, se unë s'e ndaja veten nga beu dhe beu s'bënte dot pa mua. Po thashë, dardha e paskësh bishtin prapa; mund të të ngjajë ajo që s'ta pret mendja.

Kishin hipur pothuaj të gjithë dhe ne qemë nga të fundit. Syrja beu shkoi përpara dhe qëndroi tek ura me dërrasa. Aty ai seç çuçuriti me një burrë të hollë e të dobët e u kthye nga unë. Unë u ngjita në urë, kur ai m'u qas afër dhe deshi të më merrte valixhen. Unë nuk po merrnja vesh gjë dhe pa të keq i thashë: "Lëre, bej, se e mbaj unë". "Jo, ma priti ai, ma jep, se e mbaj vetë nashti". Mua më dogji kjo nashti, po prapë s'e dhashë veten. "Pse mundohesh, i thashë. Ta bie unë". Ai bëri sikur nuk më dëgjoi dhe u mundua të ma shkëpuste nga dora. "Po ky ç'bën kështu?! u habita me vete. Mos u çmend?" "Lërma nashti," tha ai me të fortë. Prapë bëhem si budalla e s'kuptoj gjë. Dua të flas, po nuk më vjen zëri. E megjithatë valixhen nuk e lëshoj nga dora. Ai tërhiq, unë tërhiq. Dëgjoj një zë që më thotë "Ore teleshmën, ç'bën kështu? Jepja gjënë e tij të zot!" Mua më janë errur sytë. Më ka hipur gjaku në kokë dhe mezi më mbajnë këmbët. Beu, sikur ta dijë këtë gjë, e tërheq valixhen, ma merr me forcë dhe rend për te barka. Atëherë unë s'duroj më. Heq automatikun nga krahu dhe bëhem gati ta qëlloj. Më shikojnë të tjerët, e veç kur më turren me vrap. Po ku ka perëndi që më mban mua. Unë u shpëtoj nga duart, kaloj nëpër urën e dërrasës dhe mbështes të dy këmbët mu buzë barkës. "O hapni udhë, o ju palosa të gjithë!" thërras. Bëhet një gjullurdi e madhe që dreqi e mori vesh. Beu më humbi fare nga sytë. Mbaj mend vetëm që papritur e papandehur m'u qas një burrë i hequr, gjataman, me buzët petë, me ca sy të përqarë, që duke iu marrë goja, më tha me një zë të mekur:

-Mmos, mmore bir, mmos këështu... Ppse e prrish gjgjakun... Uule atë të flamosurën... uule... Kka vvend dhe për tyy, kka... Nne bbijt e njëë nnnënne jemmi, që mmos qqofshim...

Po mua më ka hipur gjaku keq në kokë dhe bëhem gati ta shtyj, kur dëgjoj të më thonë: "Ç'bën, mos u çmende! Nuk e sheh që është Mithat beu?!".

Ku e dija unë se ai ishte Mithat bej Frashëri, kryetar i përgjithshëm i Ballit. Se mos e kisha parë ndonjëherë. Vetëm kisha dëgjuar që i mbahej goja dhe, shyqyr që e dija këtë gjë, se, ashtu siç isha bërë, do ta kisha hedhur mu në ujë. Dy duar për një kokë janë në këso rastesh! Të gjithë më hapin rrugë. Ai më merr me të mirë si të isha fëmijë. Unë automatikun e mbaj akoma në dorë. S'i zë besë asnjeriu, as Mithat beu që hiqet i mallëngjyer. Ulem në një vend dhe i hap sytë katër se mos më punojnë ndonjë rreng. Ata janë të gjithë ujq, për Baba Ali... Më shikojnë me ca sy sikur duan të më hanë të gjallë... Unë shtrëngoj automatikun dhe as dua t'ia di për pesë...

Aty ku u ula, aty ndejta, pa luajtur vendit, gjersa sosëm në Itali. Dhe mirë që sosëm, se me ato që hoqëm, varrit do t'ia tregoj. U bënë të gjithë burrat si pula e shkuar pulave, mezi mbaheshin më këmbë, ca nga deti i keq, ca nga frika, sikur do të lanin gjynahet e gjithë dynjasë! Kur zbritëm në stere, na morën anglezët e na mbyllën në kampe. E ç'ta zgjas më tutje muhabetin; kështu ma punoi beu im e kështu ia punova edhe unë. Po ç'e do, e, që të ngas llafin e parë, më erdhën mendtë në fund, se po t'i kisha pasur këto mend përpara, nuk do të isha këtu. Do të isha mbledhur dhe unë në kasollen time si tërë bota... Që atëherë ika nga beu, ika dhe nga "Balli". As ia pashë e as ma pa më surratin!

-Thua se nuk do të të kishin vrarë komunistët? – pyeti Shpendi pas një grimë here.

Sadushi nuk u përgjigj. Ai ishte i tronditur dhe djersët i kishin mbuluar ballin.

-Mbase për ta vrarë s'kishin arsye, - u përgjigja unë, - se ky krime s'kishte bërë, po do të paguante gjynahet, si qeni besnik i Syrja beut.

-Mirë e tha, zoti Manush, - u hodh menjëherë Sadushi. – Se vetëm qeni mund të lihet ashtu si deshi të më linte ai në mes të rrugës.

-Me e gjykue këtë punë hollë-hollë, - foli Çesku që rrinte pranë meje, - ma mirë do kishte kenë të mos i kishe hypë asaj barke. Do të kishe vuejtë do vjet në burg. Po burgu për burrat asht. Se, me thanë të drejtën, ma mirë me ia ulë kokën vllaut tand se nji të hueji. Do të punojshe në vendin tand e jo këtu ku dielli bahet sa një pare sermi dhe padroni të merr shpirtin e të flet me një gjuhë që s'ia merr vesh...

-Ti, Çesk, - thashë unë me të qeshur dhe i vura dorën në qafë, - më duket se po bën punën e komunistëve kur flet kështu.

Çesku u nxeh papritur dhe u kthye nga unë:

-S'due ma me e rrejtë vedin, as shoqin tem. Ç'ka asht e vërtetë, asht e vërtetë. Në kjoftë se komunistët mendojnë si unë, mirë boll...

-Është një gjë, - ndërhyra unë me seriozitet, - në rast se mendojnë të gjithë si ti, atëherë e mori dreqi mërgatën tonë. Ti duhet të dish, se ne këndej kemi mbetur për të shkruar historinë e Shqipërisë...

-Historia shkruhet n'Shqypni, lum miku, - tha i bindur Çesku. – Ne na ka harrue historia.

Shpendi mori gotën në dorë dhe tha me buzë në gaz:

-Më duket se hytë në të thella. Harruat që jemi në dasmë dhe në dasmë nuk bëhet politikë. Hajde, Hamiti të trashëgohet. Sadushi të gëzojë dhe nga nipat. Me fund!

-Ç'e bëre mirë, - tha Lefteri, pasi ktheu gotën dhe fshiu buzët me kurrizin e dorës. – Kushedi si valon atje dasma sonte, o Sadush!

Sadushi shtrëngon nofullat dhe, në vend që të fliste, mori shishen dhe zuri të mbushte gotat.

Unë u kollita dhe qërova zërin. Burrat kthyen kokën nga unë. Ula qepallat dhe fillova të këndoja me zë basi:

O kur më merr malli,
Rri e të kujtoj,
Moj më vjen të fluturoj,
Moj më vjen të qaj me lot...

U mbusha me frymë, ngrita sytë dhe në heshtje vështrova Lefterin që kisha karshi. Kur nisa rishtas, ndërsa zemra më rrihte fort, ai ia pat me zërin e tij të plotë:

Në ëndërr m'u shtire,
Me sy s'të shikoj,
Tek ty më rri mendja,
Veç për ty lotoj...

Qëndrova një pauzë të shkurtër, sikur me këtë desha t'u lija kohë njerëzve që të merrnin frymë dhe, i rrëmbyer nga kënga, vazhdova, i pasuar përsëri nga zëri i Lefterit:

O postë, më postë,
Kartë të dërgoj,
Moj më vjen të fluturoj,
Për ty më vjen të lotoj!

Sadushi ktheu gotën i vetëm dhe uli sytë përdhe. Çesku lëvizi në vend. Unë e Lefteri vështruam njëri-tjetrin.

-Hë, - i thashë, - ta sosim.

-Mua deri këtu më ke, - tha Lefteri, - më tutje s'e di...

-Vazhdoje, - tha Shpendi.

-Vetëm nuk vazhdohet, - i thashë unë dhe i mallëngjyer recitova vargjet që kishin mbetur:

Të vijë behari,
Të ik nga Rabistani,
Moj më vjen të fluturoj,
Për ty më vjen të lotoj!

-Ty t'lumt goja, he burrë! Bukur i dike kto kangët e Tosknisë! – tha Çesku dhe, si toku gotën me timen, e rrëkëlleu me fund. – Në mes t'Evropit jena, po, derisa jena larg Shqypnisë, Rabistan asht e shkue Rabistanit!

-T'ëmën! – thirri Sadushi. – Sikur të qante hallet e dertet tona! Ka shkelur atje ku s'mban dot burri, te gruaja! E?

Asnjë nuk foli. Kënga i kishte vënë në mendime. Shpendi nxori biçakun e tij dhe filloi të presë mish e të na e hedhë nga një copë përpara.

-Paska qenë i vjetër, - tha Lefteri duke vërtitur një brinjë nëpër duar.

-I vjetër, po i shijshëm, - tha Sadushi duke shikuar nga unë.

-Vjam ka boll – ia priti Çesku, - po shije hiç... E si ka me kenë mish i shijshëm kndej pari, kur dielli ngroh çerekun e çerekut që ngroh kah na!

Në vend me ushqye bagtinë me bar, si e ka dhanë perëndia, e ushqejnë me hapje si me kenë gjaja e gjallë e sëmurë. Phy, i marroftë zoti, i marroftë!

-Ashtu është, - i dhashë të drejtë. – Edhe unë për vete e pata shumë të vështirë këndej derisa u mësova. Çdo gjë më dukej artificiale, buka, mishi, uji... More, të më besoni, dhe dielli që është diell për gjithë botën, s'po më ngroh një herë...

-Të duket ngandonjëherë sikur rron kot së koti, - foli Sadushi me vetullat lëshuar mbi sy.

-Mos e çoni ma gjatë, vllazën, - u dëgjua zëri i rrëmbyer i Çeskut. – Burri asht ma i fortë se guri, ndryshej, kishim dekë të tanë me vakt e me kohë.

Pllakosi një heshtje e papritur. Në dritare vazhdonte të fishkëllente era e rreptë e veriut.

-Merrja njëherë, o Lefter, - thashë unë, - se ato anët tuaja kanë këngë për dertet tona!

Lefteri tundi kokën dhe u ngrit në gjunjë. Pas një hopi, zëri i tij i plotë gjëmoi:

Gjithë bota ven' e vijnë,
Burri im harroi shtëpinë...

Një melodi e trishtuar mbushi dhomën. Ajo u bë më e theksuar kur u bashkuam dhe unë e Shpendi:

Ju bëftë shesh a lëndinë,
Iku e më s'ka të vijë.
Ndë mos erthtë edhe nashtinë,
Do t'i marr t'i djeg shtëpinë!

Kur kënga mbaroi, sytë e të gjithëve vetëtinin sikur në mësallë të qe ndezur një zjarr. Asnjë nuk fliste dhe asnjë nuk e ngrinte kokën. Ajo këngë malli që vinte nga larg i kishte vënë poshtë e i kishte dërrmuar keq. Ata ndjenin sesi në heshtjen e thellë të asaj dhome të ftohtë, ku muret ishin shpuar nga gozhdët dhe përreth kutërbonte djersa dhe era e rëndë e burrave pa familje, papritur kishte ardhur e kishte hyrë zëri i dashur i vendlindjes. Ai ishte zëri i nënës e i fëmijëve, ishin psherëtimat e gruas, qenë jonet e fyellit në mal, gurgullima e burimit të fshatit, zëthi i kujtimeve të një kohe të pafajshme...

Unë rrija në vendin tim dhe i vështroja. Vështroja dhe hetoja sytë e tyre, mënyrën se si qëndronin, ashtu të përhumbur në mendime, rrudhat që u lëviznin nëpër fytyrë. Ky ishte një çast që i zbulonte ata pa dashur, një çast delikat për detyrën time. Sepse, më takonte mua dhe askujt tjetër, t'i ndihmoja ata njerëz për të dalë nga bataku ku kishin rënë.

"Mos harro se në mes tyre ka të gënjyer e të penduar. Ti do t'u zgjatësh dorën dhe do t'i kthesh në shtëpi..."

Kështu më fliste në zë në ato çaste, tek vështroja ata burra të zhburrëruar nga mërgata...

KREU I PESTË

1

Një të diel pasdite isha vetëm në dhomë. Shpendi kishte dalë dhe unë ushtrohesha në frëngjisht, duke folur me veten. S'kisha shumë që kisha filluar, kur troket dera. Kujtova se mos ishte Haduni, algjeriani, dhe s'u ngrita nga vendi. Ai na vizitonte shpesh; por, kur u hap dera, pashë një njeri krejt të panjohur, një burrë të shkurtër, shulak, fytyrëdhie, me mustaqe të zeza të lëshuara në të dyja anët e buzës së sipërme, veshur me ca pantallona vija-vija, të bëra kupë në të dy gjunjët.

U ngrita në këmbë e i dola përpara dhe, megjithëse isha i bindur që qe shqiptar, prita te fliste ai i pari:

-Më duket se nuk kam gabuar? – tha duke qëndruar në mes të derës. – Mos jeni ju zoti Manush Kelmendi?

-Dora vetë. Po ju kush jeni?

-Rezbat Tariku, - u përgjigj ai dhe shtoi duke i mëshuar zërit, - vij nga këshilli i Degës së Brukselit.

Pas këtyre fjalëve nuk kishte nevojë më për shpjegime. Ne u përshëndetëm me ngrohtësi dhe pastaj u ulëm në krevatet përkundrejt njëri-tjetrit.

-Sa më gëzuat që erdhët... – fola unë pastaj. – Ne këndej, ju të Brukselit ju kemi si vëllezër më të mëdhenj... Ç'thotë i madhi, bën i vogli...

-Ashtu është vërtet, - tha miku, duke marrë cigaren që i zgjata. – Veç ta dini mirë: ju kemi pritur, sapo na tregoi Zenuni që keni mbërritur këtu...

-Faleminderit, më ka folur Zenuni. Ç'është e drejta, unë duhet të vija tek ju, po ngela me sot me nesër... Pastaj, nuk doja t'ju mërzisja. Ushtari i mbretit, kudo që të ndodhet, mund të bëjë diçka për të. Zenuni këtu përpiqet dhe unë e ndihmoj sa mundem...

-Jo, jo, - ndërhyri ai, duke u kollur nga tymi i duhanit, - s'ke bërë hiç mirë. Ke kaq kohë që ke dalë këndej dhe bën një jetë të ndarë. Kështu është, kështu...

-Kështu, - ia prita unë, - po s'kisha si të merresha me politikë, pa siguruar bukën e gojës... Se, të themi atë që është, kur arritëm këtu, asnjë nuk erdhi të na takojë, veç një shqiptar që ia thonë emrin Dyl... Na çuan drejt e në punë të rënda dhe ne e dimë se ç'po heqim për ta nxjerrë atë të shkretë bukë...

-Ah, mor vëlla, - tha ai duke rrudhur buzët, - të gjitha që thua janë të drejta, po se mos ngremë aq kandar ne këndej! Thoni, shyqyr, që kemi Adem Boxhon, që çalltis për punët e mbretit dhe na ndihmon. Ja, po të mos ishte ai që të na çonte fjalë për ju, ta dini, nuk do të kisha ardhur as sot... Se nuk është kollaj që njeriu të gjejë njeriun... Sa për Dyl Sqollin, ai është si fandi spathi, veç kur mbin sapo këtu shkelin shqiptarë... Ke për ta njohur...

-Më gëzove shumë me këto fjalë, sidomos që më the për Adem Boxhon se qenka interesuar për mua. Mirësitë e tij nuk kanë të sosur...

-Kur ta bën ai të mirën, zëre se ta ka bërë mbreti, - tha Rezbati me zë të ulët, sikur po më thoshte një gjë të fshehtë. – Ai është si ai zinxhiri i artë që na lidh të gjithë dorë për dore rreth lartmadhërisë...

-Ah, sa nevojë ka mërgata jonë e shkretë për njerëz të këtillë, - thashë me të psherëtirë dhe shtova me një ton madhështor. – Kombi dhe flamuri rrinë të vrerosur dhe presin nga bijtë e zhgabonjës...

Ai puliti sytë sikur po përgatitej për t'u falur dhe s'foli një copë herë. Njërën këmbë e kishte vënë nën vete dhe unë shikoja gjurmët e këpucës mbi batanijen e verdhë të krevatit.

-Si janë ata vëllezërit andej? – zura ta pyetja pastaj. – A mbahen të fortë? Ne këndej nga ju i kemi sytë...

Miku u mundua të buzëqeshte, shtypi bishtin e cigares në shollën e këpucës dhe e hodhi në tavëll.

-Vëllezërit që atje të çojnë një barrë me të fala. Më dërguan kastile...

-Ju po më nderoni shumë, - e ndërpreva, me sytë ulur duke shqiptuar i prekur këtë frazë që përsërisja në ato raste.

-Ju e keni nderuar veten me punët dhe sjelljet e mira. Erdha që t'ju them që ne andej ju presim dhe të na urdhëroni në rastin e parë që do të mundeni...

E falënderova përsëri dhe përsëri u hoqa i prekur, duke treguar që në këtë mes kisha më tepër të drejtë unë të gëzohesha sesa ata, sepse, unë isha një e ata që më nderonin ishin disa.

Ne biseduam derisa erdhi Shpendi dhe pastaj miku u ngrit. Unë e përcolla te stacioni i autobusit dhe ai, para se të ndaheshim, më dha adresën e shtëpisë, ku do të paraqitesha në Bruksel.

Kur u ktheva në dhomë, Shpendi kishte shtruar darkën dhe, si gjithnjë, nuk më pyeti për njeriun të cilin sapo e kisha përcjellë.

2

M'u desh të prisja deri të shtunën pasdreke që të nisesha për në Bruksel. Nuk kisha pse të nxitohesha tani kur kisha aq kohë. Gjithë javën u përgatita për takimin. Mendova me hollësi gjendjen e punëve, duke sjellë para syve të dhënat që kisha nga Zenuni dhe Rezbati. Bleva një hartë të Brukselit dhe u njoha nga afër me qytetin, me rrugën që do të bëja dhe vendin ku do të arrija. Zenunit nuk i thashë asgjë për atë udhëtim. Sa për Shpendin, ai e dinte se ç'bëja kur vonohesha.

Në Bruksel mbërrita me trenin e mbrëmjes. Isha veshur si përdita, me kominoshet e punës, me të vetmin ndryshim, që kisha lidhur një kollare kuq e zi dhe javën e fundit i kisha prerë mustaqet të holla si ato të Lartmadhërisë...

Kishte kohë që ua kishte marrë dorën hartave të qyteteve të mëdha. Në punën time, pa këto ishte shumë e vështirë të lëvizje e të manovroje. Qeshë praktikuar disa herë, duke vajtur deri në Sharlërua dhe në Anvers për t'u takuar me emigrantë. Kështu, kur u gjenda në rrugët e ngatërruara të Brukselit, megjithëse ishte hera e parë, nuk hoqa aq zor që ta gjej rrugën për te njerëzit që kërkoja.

Shtëpia e tyre gjendej në lagjen Skarbek, në një rrugë të ngushtë, ku mbaronin trotuaret dhe kolona e gjatë e shtëpive ndërpritej nga disa ndërtesa që vinin të veçuara. Këtu, mesa mora vesh më vonë, banonin zakonisht emigrantë politikë dhe atë kohë që kalova andej u habita që kishte më shumë policë sesa në rrugë të tjera.

Miqtë e mi të panjohur, si duket, megjithëse nuk kishim lënë orë të caktuar, më prisnin brenda se dritaret nga rruga kishin dritë. Ngjita shkallët prej dërrase të një shtëpie të vjetër dykatëshe dhe trokita në derën që mbyllte shkallët. Ata më dëgjuan menjëherë dhe dikush trokiti me nallane nëpër dysheme e pyeti së brendshmi:

-Kush është?

Unë e njoha zërin:

-Hape, Rezbat, jam unë...

Ne u përqafuam sapo u hap dera dhe pastaj, të zënë për krahu, kaluam nëpër një korridor të errët, ku desh u rrëzova nga këpucët e çizmet që m'u ngatërruan nëpër këmbë dhe hymë në njërën nga dy dhomat që vinin ngjitur.

-Mirë se të ka pru zoti, Manush aga! A je, si je?

Një burrë i gjatë, trupdobët, me njërën shpatull pak të nxjerrë, me fytyrë tërë kocka, më doli përpara dhe më afroi nga vetja, duke më prekur në të dy supet me kokë të qethur kare.

Unë e mora me mend se ky ishte kryetari i degës së Legalitetit, Ihsan Maçi, dhe, për t'i bërë qejfin, i thashë:

-Edhe në mes të Brukselit po t'ju kisha parë, do t'ju kisha njohur, zoti Ihsan. Nuk humbasin kollaj burrat e vjetër të Shqipërisë!

Zoti Ihsan qeshi me të madhe, sa iu duk çarku i dhëmbëve të vënë, më rroku prapë në qafë dhe pastaj u la radhën të tjerëve të përshëndeteshin me mua. Atë kohë nuk arrita t'i shquaja dot të gjithë, por, kur zumë vend, Ihsani tha me zë të lartë:

-Të tanë kta burra që t'shef syni, Manush aga, janë antarë t'kshillit të degës. Sekretari, hallbu, s'asht, po s'ka gajle. Të kishte me na pa naltmadhnia, të mbledhun njikshtu, do t'i bahej qejfi birinxhi! Zoti me të madh të tij, ka mendue për gjithçka, veç durim me pas!

Pastaj m'i paraqiti anëtarët e këshillit një nga një, me njëfarë madhështie që ishte më tepër jehonë e kapadaillëkut të dikurshëm. Ata m'u dukën se kishin një fytyrë, tek thithnin në heshtje duhan, duke lëvizur kokën me ngathtësi e duke më vështruar me bisht të syrit. Unë i shikoja drejtpërdrejt, duke i hedhur secilit nga një buzëqeshje mirësjelljeje dhe, kur njohja mbaroi, u ngrita në këmbë dhe ia ngula sytë portretit të Zogut, varur në murin ndërmjet dy dritareve. Nuk di të them se ç'u bë me fytyrën time, po ndieja që muskujt që qenë lëshuar e qepallat më ishin pulitur, kurse buza e poshtme më qe ulur. Bile, ishte gati të bija në gjunjë e të falesha, po kisha frikë se mos e tradhtoja veten, pasi njerëzit nuk i njihja akoma. Atëherë, vura dorën me shuplakë poshtë në mes të gjoksit e barkut dhe nderova siç nderohej dikur. Për një çast të gjithë na gozhdoi heshtja e rëndë, kur, papritmas, u ngrit flakërim në këmbë kryetari dhe pas tij të tjerët me radhë dhe shtrinë dorën si unë, me përjashtim të njërit që nderoi ushtarakisht.

-Rroftë mbreti! – thirra unë.

-Rrnoftë! – ia priti Ihsani me ngërç.

Unë u ktheva në vendin tim dhe thashë me një fije zëri:

-Vëllezër, nuk e merrni me mend sa i gëzuar jam që gjendem në mes jush, besnikëve të parë të mbretit tonë! Tashti le të vdes ushtar i tij!

-Ne jena gati me dekë të tanë, veç me ardhë ajo ditë! – foli Martin Laca, me një zë të rrafshtë. Unë miratova duke tundur kokën fort. Ai më vështronte me kapakët e syve të përveshur dhe thithte hundët i nervozuar. Vinte në trup hollak si shkop i gjatë, me gjoks të përkulur përpara dhe me një fytyrë të plasaritur nga rrudhat e shumta.

-Të kena pritë, pasha të madhin zot, - mori prapë fjalën zoti Ihsan. – Apo jo, burra?

-Po, vallahi, - tha një burrë që rrinte pranë kryetarit. Ky ishte Lam Gjidi, që kishte qenë trimi i Abaz Kupit, me ca duar të shkurtra dhe eshtake, si breshkë moçali, dhe me një blanë plage në çaçkë të kokës. Bazi e kishte mbajtur me vete për një kohë dhe jashtë, po, kur kishte ikur për në Amerikë, ia kishte çuar kumbarës së tij, Ihsan Maçit.

-Kur thoni ju që më keni pritur, po unë ç'duhet të them? – iu drejtova të gjithëve. – Ademi më ka folur shumë për ju, për punët tuaja atdhetare, për sukseset partiake. Dega juaj është nga shpresat e mbretit, prandaj jam tepër i gëzuar që erdha në mes jush.

-Ç'asht e vërteta jena vonue derisa jena marrë vesht, - u përpoq të justifikohej zoti Ihsan. – Pse me rrejtë. Kena prit sa na ka çue fjalë Ademi e mandej Pallati...

-Duhet të na kuptoni drejt zoti Manush, - u hodh Rezbati duke zgjatur qafën me atë fytyrë dhie, - se këndej ka lloj-lloj biçimesh dhe zarari bëhet kur të duash...

-Ju kuptoj, si nuk ju kuptoj. Aq më tepër po të mendosh që armiqtë i kemi të fortë e të rafinuar... Po, t'ju them të drejtën, vëllezër, nuk e kam pasur të lehtë. Mendoja kështu: pse e mora jetën në sy dhe vura kokën në torbë, lashë familje e shokë, braktisa vendin tim që të dergjem në minierat e Zhimetit? Po të ishte kështu, unë rrija në Shqipëri. Atje punëtori ka më shumë të drejta dhe nuk vuan si këtu, të flasim atë që është. Një copë punë njeriu e gjen dhe atje. Po unë kalova këndej që të luftoj për mbretin tonë dhe gjithë së bashku, nën flamurin e tij, të përpiqemi për të mjerën Shqipëri... A e kam bërë këtë deri tani? Jo, s'e kam bërë dhe në radhë të parë, sepse kam qenë larg jush!

-Ke të drejtë, or mik, - foli një burrë qafëshkurtër e me shpatulla të rrëzuara, me dy bishta mustaqe të ngritura lart, që dridhte cigare me një kuti alumini përpara. – Burri pse asht burrë, derisa i punon kamba e dora, s'duhet me e lëshue vedin kurrsesi...

Zef Lusha fliste shtruar dhe shikonte nga unë me ca sy të dalë tërë rremza të kuqe. Dikur ai kishte qenë bajraktar i s'di se cilës krahinë nga veriu dhe pas Çlirimit kishte ikur me familjen përtej kufirit.

-Njashtu duhet me folë burri, si folët ju, - vazhdoi bajraktari. – Po kndejna ka kohë që ka bjerrë burrnia. Me folë të drejtën, jena da e përça si mos ma keq. Një grusht jena, një mendim s'e kena! Apo s'asht kështu, burra?

Burrat s'arritën të përgjigjen, se Rezbati lëvizi tavolinën dhe na vuri përpara gotat, një shishe, bukë, djathë, qepë e një tas me qiqra të kripura.

Zoti Ihsan mori një gotë e ma zgjati mua. Morën dhe të tjerët gotat, po kryetari nuk i la t'i kthejnë përpara sesa të thoshte disa fjalë për nderin dhe shëndetin e lartmadhërisë. Kur burrat mbllaçiteshin dhe fërkonin mustaqet, unë kapja fillin e bisedës që kishte lënë përgjysëm Zef Lusha dhe thashë:

-Besoj se të gjithë jemi të një mendje se përçarja është armik më i rrezikshëm se komunistët... Mendoni që as Shqipëria s'ka pasur ndonjëherë aq parti sa ka mërgata jonë sot! Kjo është plaga më e madhe në trupin e mërgatës!

-Asht kanceri ynë, thuej ma mirë, - ia priti Martin Laca. – Sa herna kena rrejtë vedin se asht mbyllë, veç kur ka plasë gjetit...

-Fajin s'e kena na, pasha të madhin zot, - thirri kryetari duke u gëlltitur. – Ne boll jena përpjekë e boll po durojmë... Phu... Turp për faqen e zezë, shqyptarë janë e mbretin s'duen me e njoftë. Po vallahi bilahi fajin e kena vetë që ia kena zgjatë. Thuej bre: ik, mre edepsiz se për popullin shqyptar ti je mi qenefi...

-Ashtu është, të gjithë minj qenefi janë, - fola unë me duf, - dhe fatkeqësia jonë qëndron në atë që ne duhet të bashkohemi me ta, që të luftojmë kundër të njëjtit armik. Përndryshe nuk ia dalim dot.

-Po a e din ç'ka thonë ata për Naltmadhninë, bre? – u hodh prapë zoti Ihsan. – Një mijë të zezat, që, me i ndie, ma mirë me hy pesë pashë nën dhe...

-Ashtu është, ashtu... Veç duhet të bëjmë një vesh të shurdhër, - ia ktheva me ton të butë. – Puna është të bashkohemi siç na këshillon Lartmadhëria: Historia bën punën e saj. Ajo e di se ç'dëme të mëdha i kanë sjellë Shqipërisë ballistët, agraristët, bllokistët... Ne nuk na intereson t'i hapim këto deftere se atëherë do të çonim ujë në mullirin e komunistëve...

-Zoti Manush flet drejt, - tha Rezbati. – Edhe mbreti këtë thotë.

-E ku din ai qyqari, që i puthsha kambë e dorë, - thirri zoti Ihsan, - se ç'ka nxjerrin prej goje ata kopila...

-Mbreti i di të gjitha, - u dëgjua një zë si piskamë prapa meje, dhe unë pa e parë kush ishe tunda kokën.

-I din dhe s'i din, Ramë Draga, - e kundërshtoi kryetari tërë mllef dhe unë atëherë ktheva kokën e pashë atë njeri, tek rrinte në cep të një krevati, i mbledhur gërmuq. – Ba me ia thanë atij, larg qoftë, s'kishte me dashtë vedin...

-Ti mos e baj Naltmadhninë grue, he burrë! – luajti vendit, si një bretkosë e trembur dhe drejtoi trupin Rama, duke dalë karshi meje. Ai dukej më i ri nga të gjithë dhe vinte me trup mesatar, i thatë e i hajthëm, me ca sy të gjelbër që i picërronte orë e çast, me buzë petë e të puthitura, me veshë të mëdhenj, që çuditërisht i lëviznin lehtë kur fliste. Dukej tepër i shkathët, si shqarth.

-Grue s'asht, - tha zoti Ihsan, ndërsa fytyra kockëdalë i fërgëlloi nga zemërimi, - po politika asht kurvë e madhe dhe ia dredh bishtin insanit të shkretë!

-Ah, more vëllezër, - u qava unë, - do s'do, njeriu, po të rrijë mbyllur, të mirë s'ka, veç të keqe, po thuaj që Lartmadhëria ka veshë e sy më shumë se ne...

-A don me ta thanë shqyp, - u hodh përsëri kryetari, duke parë nga Rama, - se ky burri i malsisë s'ka të drejtë: provo zotnia jote me ndejë mbyllë në shpi, jo një vjet e dy, po njëzet e kusur e flasim mandej...

-E shkele, Ihsan aga, - ia priti Rama me triumf, ndërsa flegrat e hundës iu zgjeruan pa masë. – Mbas mendjes sate, mbreti na asht ba grue. Atëherna, kot kena varë shpresat te ai dhe ma kot, që po përpiqna për fron e atme!

Diskutimi u ndez keq. Folën dhe të tjerët. Kush të fliste më parë e bashkë me ta dhe unë. Donim të provonim se mbreti kishte mbetur mbret, megjithëse kishte njëzet e kusur vjet që nuk ishte më në fron dhe rrinte mbyllur në shtëpi tok me gruan dhe të motrat. Zoti Ihsan u tërhoq e, ndonëse nuk e shprehu me fjalë, u prish në fytyrë dhe papritur u bë i heshtur e shtrëngonte nofullat, sikur ta kishte zënë ngërçi. Pastaj ngriti dorën e i ra shpatullës së djathtë me grusht dhe lëshoi një të sharë të thekur.

-Të dhemb, a? – e pyeti Lam Gjidi. – A don me ta fërkue?

Zoti Ihsan u hoq sikur nuk e dëgjoi dhe i ra përsëri shpatullës me grusht. Unë nuk po kuptoja asgjë dhe heshta derisa vetë kryetari tha:

-Njiktu e kam kopilin!

-Çfarë keni aty? – e pyeta i habitur.

-Plumbin, he burrë! A s'e din, a?! Ma kanë shti komunistët kur luftojshe n'Shqypni. Kur më hypin rebet, s'më len rehat dhe ai!

Unë u tregova aq i prekur dhe i çuditur thuajse atë çast s'kishte gjë më të rëndësishme, sesa plumbi i komunistëve në trup të kryetarit tonë! Po të tjerët, si duket ishin mësuar me atë lojë të zotit Ihsan, sepse rrinin krejt indiferentë. Rezbati më shpjegoi i qetë:

-I kemi thënë sa herë ta heqë atë të shkretë, po nuk do... Më shumë i dhimbsen paratë sesa ka frikë nga operacioni...

-As njëra, as tjetra s'janë fjalë për t'u thënë, - thashë unë. – Sa për shpenzimet, le t'i heqim të gjithë së bashku. Nuk nderohemi që në trup të kryetarit tonë lëviz plumbi i komunistëve...

Njerëzit qëndronin kokulur e nuk flisnin. Pastaj Martin Laca tha:

-Derisa nuk e ka hekë me kohë e me vakt, ai s'i ban gja tash...

-A e lamë kët muhabet, burra! – tha kryetari i vrenjtur dhe na ftoi të pinim, duke rrokur gotën i pari. Të gjithë e çuam në vend urdhrin e kryetarit, me përjashtim të Ramës, i cili e ngriti gotën dhe nuk e piu. Ai vështronte tërë kohën me bisht të syrit.

-Po në shtëpinë tonë si i kemi punët? – pyeta, pa iu drejtuar askujt, dhe, si pasoi heshtja një hop, i ngula sytë zotit Ihsan.

-Po dhe keq nuk i kena, - u përgjigj me zë të zvargur ai, duke parë nga të tjerët.

-Zemra na e do t'i kemi punët mirë e më mirë, prandaj pyes. Ju shoh të gjithë kështu bashkë dhe mendoj për veten, që rroj si zhapi nën gurë, ndarë nga shokët e idealit...

-Po nuk varen të gjitha nga zemra... – foli ngadalë Rezbati.

-Ashtu është, - thashë, - të varej puna jonë nga zemra, ne nuk do të gjendeshim këtu sot.

-Ah, bre burra, - thirri Lam Gjidi, - tash m'asht mbushë mendja top se punën tonë e ka në dorë i madhi zot e askush tjetër... Kusuri asht rrenë, rrenë me bisht...

-Ti po një vrimë i bie, - e qortoi Rezbati. – Të ishte për ty, ne duhej të hidheshim të gjithë në lumin e Senës...

-Sigurisht, perëndia na ka në dorë të gjithë, - arsyetova unë i qetë, - po dhe ne nuk e kemi veten në dorë, derisa marrim frymë. Nuk di nga niset zoti Lam, po mua më duket gjë e madhe që e kemi mbretin gjallë, që ekziston një këshillë që na udhëheq, dhe që në krye qëndron një luftëtar i sprovuar, siç është zoti Ihsan...

-A, kryetarin e kena të mirë boll, - u dëgjua zëri piskamë i Ramës. – Ai asht shtylla jonë.

-Zoti Ihsan është tamam shqiptar i Shqipërisë së vjetër, - shtova unë.

-Ky qyqari s'e kursen vedin për mbretin, - vazhdoi Zef Lusha, - po me atë sekretarin nuk e kena mirë punën. Ai po na e luan bishtin.

-Kamberi, pasha zotin, ka kenë i mirë, - u hodh Martin Laca.

-I mirë, por kur ishte nënprefekt i lartmadhërisë, - ndërhyri Rezbati.

-Atëherna, po se po, - u përgjigj Martini, - po dhe ma vonë. Tash se vjet e kena sekretar. Fol, Ihsan Maçi!

-Kamber Rusta po ju thotë Ihsani ju, asht prishë qysh kur u martue me at bythmadhen... Phu, turp e për faqe të zezë... Tue pasë gruen n'Shqypni, me djemtë burra, shkon e martohet me gruen e huej. E pse? Se don me rrnue rahat e qyl. S'don ma me ia dijtë as për mbret, as për Shqypni, as për grue e fëmijë. Allabelaversën!

-Çudi, vërtet! – ngrita zërin mbi të tjerët që bisedonin me të madhe. – Mua më tha diçka Zenuni në Zhimet, po prapë arsyet që ai tërhiqet nga detyra nuk po i kuptoj... Çfarë thotë zoti Kamber?

-As na nuk e dimë tamam arsyen, - tha i menduar kryetari. – Veç thotë se due me heqë dorë nga politika. Thotë se jam lodhë e mjaft ma. Thotë due me ba jetë më vedi e punët tash e ktej me i ba të tjerët. S'di ç'ka me thanë...

-I ka mbetë hatri se s'ia kena varë ndonjëherë, - shpjegoi Zef Lusha, duke parë nga Ihsani.

-Na nji kryetar kena, - tha Ramë Draga. – Të kishim dy, atëherna po!

-Ka dhe sekretari vendin e tij, - u hodh Rezbati. – Kamberi është burrë namuzqar...

-Pse me zgjatë tërkuzë muhabetin, - mori zjarr papritmas zoti Ihsan. – Thuej nuk don me i shërbye ma mbretit! Ne s'kena ndërmend t'i lutena. Naltmadhnia s'i asht lutë kujt...

-Përsa thoni, të gjitha janë të drejta, - fola unë pastaj. – Ashtu është, lartmadhëria nuk i është lutur asnjeriu që të më lutet mua apo Kamberit. Mbreti qëndron mbi ne. Po unë them, mbase e kam gabim, që nuk duhet të ngutemi...

-Njashtu... – më ndërpreu Martin Laca. – Na s'durojmë as me dëgjue shoqin...

-Duhet ta dëgjojmë me durim, - vazhdova unë me vetullat varur mbi sy. – Mos harrojmë që jeta e mërgatës sonë është shumë e vështirë. Njeriu këndej duhet të ketë shtatë shpirtra, pa të rrojë me durimin e gomarit. Pra, njerëz jemi dhe mendoni që me këtë jetë qeni që bëjmë, të kemi dhe krimbin e përçarjes. Zoti Kamber do të kuptojë këtë. Në kohën e mbretit, ai ka drejtuar një nënprefekturë të tërë. Ne e kemi për detyrë t'ia mbushim mendjen.

-Sekretarllëkut të Kamber Rustës i ka dekë nana, - tha me fodullëk, duke shfryrë Ramë Draga. – Ai s'ka lanë gja pa na sha. Ka thanë se jena bagëti e tretun rrugash e zotni Ihsani asht qen plak që s'i duhet kuj. Pse s'flisni, burra?

Burrat nuk ndiheshin për të gjallë. Thithnin duhan dhe shtëllungat e tymit u vërtiteshin mbi kokë.

-Pse të arsyetojmë kështu, o Ramë?! – prisha qetësinë që kishte pllakosur dhomën. – E pranojmë që i ka thënë këto fjalë. Po pse t'i kujtojmë Kamberit disa fjalë të pamatura që paskësh thënë në një çast zemërimi e të harrojmë punët e mira që ka bërë për mbretin. Është kollaj të prishesh me një njeri, po sa zor të ndreqesh!

Kryetari u kollit e lëvizi vendit si i ndërkryer dhe tha i vendosur:

-Pasha të madhin zot, unë me këtë radaken teme Kamber Rustën e kam hjekë prej defteri. Mirë a keq, e kam hjekë. Tash del se s'duhet me u ngutë...

-Tamam, s'duhet të ngutemi, - foli Rezbati. – Të shkojmë të bisedojmë prapë! Mua më pëlqen mënyra se si arsyeton, zoti Manush. Kështu të bisedojmë me Kamberin... Është kollaj ta lëmë jashtë, po hajde gjej të tjerë. Ne sa vijmë e firojmë...

-Firojmë e plakemi, - foli Zef Lusha. – Pasha gjakun e Krishtit jena tue dekë dekikë për dekikë. Zoti Manush na ka ngjallë sonte... Posi, me shkue me e takue Rustën, me bisedue shqyptarisht...

-Mue për vedi s'më keni, - ia priti zëri piskamë i Ramës.

Kryetari nuk u ndie për të gjallë. Plasi përsëri një sherr i vogël dhe aty për aty u vendos që të bisedohej edhe njëherë shtruar me Kamberin. Në takim, veç zotit Ihsan dhe dy të tjerëve do të shkoja dhe unë...

Pas kësaj, biseda sikur shteri. Të tri shishet ishin boshatisur dhe Lami me Zotin Ihsan kishin varur kokën. Fytyrat e të gjithëve qenë fishkur e rrudhur keq nga lodhja dhe gjumi.

Unë, sipas zakonit, u kërkova leje të largohesha dhe pas ndonjë kundërshtimi të vogël, u ngrita.

Dolën më përcollën të gjithë me përjashtim të Ramës, i cili më zgjati dorën që në dhomë.

-Tash që u njohëm vetëm deka ka me na da, - më tha zoti Ihsan poshtë në rrugë. – Ti rrofsh e kjofsh për mbret e për vedi. Sonde na i ke lehtësue vjetët në shtat, apo jo, burra?

Në rrugë të thante era e veriut dhe burrat dridheshin në këmbë nga cikma e akullt. Unë u mbajta një ligjëratë të shpejtë mirënjohjeje e nderimi dhe pastaj ndjeva që më rrokën me ngut në qafë një nga një.

Rrugës për në stacion më vinte për të vjellë. S'më ndahej fryma e tyre e rëndë që të klliste krupën. Ishin orët e para pas mesit të natës.

3

Ndërsa mendohesha të gjeja rast për të shkuar prapë në kryeqytet, arriti lajmi se në Bruksel kishte ardhur një gazetar shqiptar i radio Londrës dhe donte të takohej e të bisedonte me mërgatën tonë. Dega e Brukselit porositi që të vinin të gjithë dhe për këtë Zenuni s'la njeri pa njoftuar. Po kur u mblodhëm në stacion të trenit, s'ishin më shumë se një grusht burrash. Njerëzit, mesa duket, nuk kishin qejf të lëviznin, jo vetëm se u duhej të shpenzonin, po dhe ishin ngopur me fjalë. Ç'mund të thoshte ai gazetari, më shumë se ç'kishin thënë të tjerët para tij!

Ne mbërritëm në Bruksel pasdreke herët dhe, kur shkuam në kafenenë "Mysketierët" që ishte caktuar për mbledhje, gjetëm zotin Ihsan ulur në një tavolinë me Rezbatin dhe Lam Gjidin. Brenda pak kohe sallën e mbuluan të thirrurat dhe të përplasurit e duarve. Njerëzit përshëndeteshin me potere dhe i zoti i kafenesë, me përparëse të bardhë, duke ndjekur me sy lëvizjet e tyre, rrinte e bisedonte me një polic afër banakut.

-Po ky polic ç'është? – pyeta Rezbatin që kisha në krah.

-Pse, nuk e di zotrote?! Në mbledhjet tona të gjera e kemi gjithnjë pilaf policinë. Ajo nuk na zë besë. Se mund të zihemi e të rrihemi për hiçgjë. Bile, ka pasur raste që jemi prerë me thika. Kanan Tarja në një mbledhje të këtillë dha shpirt nga thika e Shabës, Shaban Zunit... Pastaj...

Rezbati zuri të më tregojë dhe raste të tjera, po u detyrua ta ndërpriste se tavolinën tonë e mësynë ndjekësit e mbretit. Në mbledhje kishin ardhur nga të gjitha grupet politike dhe secila parti vendosej më vete, larg njëra-tjetrës. Tavolina jonë ishte nga kreu dhe zoti Ihsan e kishte zgjedhur me qëllim për të treguar se ne ishim aty partia e parë.

-Ç'ka po shikjon? – më pyeti kryetari i acaruar, tek vuri re që vërtisja sytë nëpër sallë. – Të tana parti kopilash janë. Mbreti s'ka dorë në to. Ai as i ka njoftë e as i njeh!

Pa filluar mirë mbledhja, salla u mjegullua nga tymi i duhanit dhe zërat ushtonin si në bursë. Ishte një rrëmujë e vërtetë, aq sa nuk u mor vesh kur hyri i ardhuri nga Londra dhe si u gjend në tavolinën që binte përkarshi nesh. Veç kur pashë një burrë që u ngrit më këmbë me fytyrë nga salla dhe trokiti fort me gishta në tavolinë.

-Ky është Fehmi Dani, - më pëshpëriti në vesh Rezbati, - që ka qenë disa muaj kryeministër në kohën e gjermanëve. Tani ngroh vezë si të gjithë ne. Hiqet pa parti e nuk e do mbretin...

"Kryeministri" kishte një kokë të vogël për trupin e gjatë dhe lëkura e fytyrës së tij qe aq e zbehtë, sa vende-vende vetëtinte. Një tufë mustaqesh të kuqërremta i mbulonin gjithë buzën e sipërme.

-Pushoni, burra! – u dëgjua zëri i thatë i "kryeministrit". Ai ngriti të dyja duart, sikur po niste të falej. – Këto ditë ka arritur nga Londra, këtu në mes nesh, zoti Tajar Zalani, atdhetari i dorës së parë, shkronjëtar në zë i mërgatës. Nuk dua të zgjatem, se të gjithë e njihni. Mjaft të themi se zëri i tij ka kushedi sa vjet që i flet Shqipërisë sikur t'i flisnim të tërë bashkë...

Zoti Fehmi harroi se ç'tha në fillim dhe u dha aq shumë pas prezantimit të mysafirit, sa zuri të molloiste me hollësi për të, duke na kujtuar se ai ishte djalë i një fisi të vjetër bejlerësh dhe se gjithë jetën e kishte kaluar në mërgim "për hir të zotit e të Shqipërisë", se, në sajë të tij e të shokëve të tij, mërgata ndihej gjallë në këto kohë të vështira...

Mysafiri qëndronte me trupin drejt mbi tavolinë, me duart e kryqëzuara në gjoks, ndërsa tundte lehtë kokën tullace. Fytyrën e kishte të bëshme e të rrumbullakët, si një disk. Vetullat mezi i shquheshin, po sytë e larmë i dukeshin tek i hidhte orë e çast nëpër sallë.

-Kënaqem pa masë, - u ngrit pastaj mysafiri duke vazhduar t'i mbante duart e kryqëzuara në gjoks, - që gjendem në mes të vëllezërve të mi të idealit, të cilët jetojnë të lirë këtej perdes të hekurt...

Zoti Tajar kishte një zë të lehtë që e valëzonte sikur të luante era me të. Ai zë dhe lëvizjet e spitulluara të duarve, sepse të kujtonin priftërinjtë katolikë.

-Zemrat tona të zhuritura s'ka si të mos token në këto raste të lumtura, si bijtë e një nëne të shumëvuajtur që jemi... Ju jeni shpresa dhe fuqia e Shqipërisë sonë të shtrenjtë...

Papritur, ai shkëputi duart nga gjoksi dhe i shtriu nga ne. Në mugëtirën e sallës vezulloi guri i blertë i një unaze të trashë. Mysafiri i ngriti zërin duke i dhënë një ton të përqarë:

-E kujt, veç jush, i takon të jetë nesër bari i popullit... Sot Shqipërisë sonë i janë hedhur prangat e komunizmit. Populli ka mbetur pa zot... Ne të gjithëve për këtë na qan zemra... dhe do të na qajë derisa të jemi gjallë... Detyra jonë historike është që të qarët tanë ta marrë vesh gjithë bota... Ky është dhe qëllimi i ardhjes sime në mes jush, të bëhem zëdhënësi juaj para opinionit. Miqtë dhe aleatët na japin mjete që zëri ynë të dëgjohet. Prandaj flisni haptazi e pa frikë. Unë kam ardhur t'ju dëgjoj dhe të shënoj çdo gjë...

I ardhuri pastaj u ul, nxori me të shpejtë nga xhepi i brendshëm i xhaketës një bllok dhe u kërrus mbi të duke kthyer çaçkën e zhveshur të kokës nga ne. Në sallë u ngrit menjëherë një valë e shurdhët murmuritjesh dhe dalëngadalë shpërthyen zëra. Për një kohë kërciti muhabeti dhe nuk merrej vesh se ç'bëhej. Në tavolinën pranë nesh dy agraristë bisedonin:

-Ku punon ky?

-Në Bibisi...

-Nuk të marr vesh, fol shqip.

-E, a derëbardhë s'e ke dëgjuar, në Radio Londra!

-Po ashtu fol ti e mos më ngatërro me bibirona kalamaqërish...

"Kryeministri" përplasi shuplakat dhe ftoi njerëzit të merrnin fjalën. Zoti Ihsan ktheu sytë nga unë dhe me këtë donte të thoshte që të ngrihesha të flisja. Po atë kohë në tavolinën tonë plasi gazi, sepse Lami pyeti Rezbatin "A paguen zotëria e tij?" dhe Rezbati u përgjigj: "Atë e paguajnë për vete!" Lami tha: "Pse me miellin tonë don me ba bukë, Tajar begu?!"

-Është mirë të flasin më parë ata që kanë dalë tani vonë nga Shqipëria, - sqaroi zoti Fehmi.

-A të flas unë? – u dëgjua një zë dhe nga mesi i tavolinave u ngrit lart nga koka shpatuke e një mesoburri me flokë të shkurtër që i vinin deri në gjysmën e ballit.

-Ti ke njëzet vjet që ke ikur... – tha dikush.

-Lëreni të flasë, përderisa ka qejf, - ia pat një tjetër.

-Flisni, zoti... – ndërhyri Tajar beu dhe, si mori vesh emrin që i tha "kryeministri", shtoi: - Faik... Po ju dëgjoj me kënaqësi...

-Të më dëgjosh, - tha ai gjithë fodullëk, - se për këtë punë të paguajnë... Ne vuajmë këtu... që thua ti... po në Shqipëri vuajnë më shumë. Vdesin njerëzit nga uria... Vdesin, ore... Në fshatin tim kanë vdekur dhjetë shpirt... Kërkonin bukë dhe s'u jepte njeri... Vetë s'i kam parë... Me të thënë e me të dëgjuar i kam... Por, përderisa ka dalë fjala, fjalë pa gjë s'ka. Zotëria juaj i di më mirë këto punë...

-Shumë bukur foli vëllai ynë Faik, - tha Tajar beu i kënaqur, - po e mira e të mirave është të flasë ndonjë që i ka parë me sytë e tij dhe zërin e tij ta dëgjojnë pastaj miqtë tanë...

-Bëni mirë të flisni ju, zoti Aristidh, - gjëmoi zëri i "kryeministrit" në sallën e mbushur me zhurmë.

-Të miat u vjetruan tani, - u përgjigj një zë i hollë prapa kurrizit tim.

-E vërteta nuk vjetrohet kurrë, - ia pat Tajar beu.

-Po unë kam folur kushedi sa herë për këto gjëra, - tha zëri i hollë. Atë çast ktheva kokën e pashë një verdhacuk me kurriz pak të kërrusur, me flokë të zez të lëshuar deri në zverk e me mustaqe alla cigane. Ky shkruante në një gazetë të mërgatës me pseudonimin Artan Iliri.

-Fol, fol, - e nxitën nga salla. – Fol, se s'u bë qameti...

-Burri i botës ka ardhur nga Londra...

-Atëherë po i them dhe unë dy fjalë, - tha Aristidhi, duke lëpirë buzët.

-Prisni, ju lutem, - e ndërpreu mysafiri dhe nga poshtë tavolinës nxori një aparat të vogël magnetofoni dhe e ndezi.

-Aa, kështu nuk e kemi, - u dëgjua nervoz zëri i hollë.

Çatisi përnjëherë heshtja dhe njerëzit kthyen kokën nga ai.

-Ç'patët, - i mëshoi zërit me habi Tajar beu. – Shqiptari s'ka pasur kurrë frikë nga teknika, që të keni ju.

-Teknika më rruan, me nder b... dhe as që dua t'ia di për të, - tha zëri i hollë i zemëruar. – Po lala nuk e ha atë tek. Unë e dua më shumë veten se Bibisinë... S'kam qejf të ma dëgjojnë zërin komunistët... Besoj, u kuptuam.

Ai u ul krejt i pakënaqur dhe zoti Ihsan më pëshpëriti në vesh. "A e ndive ç'ka tha agraristi? Tash po ia tregoj vendin!", dhe ngriti dorën për të folur.

-Mendja ma thotë, - filloi zoti Ihsan i ngrehur si gjeli në pleh, - se këtij shoqit ia paskan shti frikën në shtat komunistët... Mos ashtu... bre burrë... Na kena plumba në trup e s'dona me dijtë...

Zoti Ihsan mesa duket nuk dinte të fliste ndryshe veç duke u nxehur, sepse papritur sytë iu rrudhosën, fytyra iu shtrembërua dhe supat i tundte sikur ta ngacmonte njeri. I ardhuri drejtoi magnetofonin nga ai dhe shtypi një buton.

-Populli shqyptar, pasha të madhin zot, vuen dhe ktë e din bota mbarë... Unë për vedi e kam pa me syt' e mi... Kam shkue me aeroplan, kam luftue, kam krye detyrën e mandej jam kthye... Populli shqyptar vuen pasha të madhin zot... dhe na duhet me u kthye tek aj, duhet me u kthye se s'ban... se kena gjak me marrë... Zotnia juej, - kryetarit zuri t'i pengohej gjuha dhe spërka pështyme më ranë në fytyrë, - që hani bukë në një tryezë me njata që e kanë botën në dorë e flisni me shoqi-shoqin si flas unë me zotninë tuej, me ia kja pak hallet mërgatës, me u thanë se jena në ditë të hallit, se... me nder jush, veç fjalët na kanë mbetë... Se miqtë kndejna as armët tash nuk po na lanë me i mbajtë në brez... Po atëherna, burri s'asht ma burrë. Me ia ba të kjartë se kena njëzet e kusur vjet që jena tue pritë, me sot e me nesër. Pasha të madhin zot, s'dona me më ndigjue "prisni", se boll kena pritë. Sa për prova, prova kena dhanë, këtë e din bota mbarë... Na kanë thanë, hidhnju me aeroplana, jena hjedhë, delni nga deti, kena dalë, hyni nga kufini nëpër tokë, kena hy... Të tana i kena ba, pasha të madhin zot... Jena ba zogj, jena ba peshq, deri në hardhuca jena ba, po kurrgja tek e fundit. Njisoj se njisoj... Pra prova kena dhanë e jena gati me dhanë prapë, po jo me shkue na e ata me na mbajtë me gajret. Puna asht me shkue të tanë së bashku. Vetëm e provuam e s'doli gja, lamë madje dhe rrashtat... Na shuen... he... nanën... Pranej due me pyetë zotninë tuej, a do të bahet dasma e madhe sa t'jena gjallë na, apo lypset me dekë unë e zotnia juej e mandej... Në kjoftë njikshtu, atëherna zoti na paska dënue keq...

-Martirëve të lirisë gjithnjë u takon të vuajnë – thirri Tajar beu dhe shtypi një nga butonat e magnetofonit. – Unë ju kuptova shumë mirë. Ju jeni të dëshiruar për një kryqëzatë të madhe kundër armiqve të lirisë. Po më lejoni t'ju them se në këtë gjë nuk duhet të llogariten vetëm dëshirat... Kjo është një llogari e ngatërruar dhe shumë e vështirë, që s'po e zgjidhin mendjet më të ndritura. Që të arrihet ajo që duam ne, duhet të bëhet një luftë e re botërore e, që të bëhet kjo, mendoni sa halle ka... Prandaj, mos i ngarkoni me aq faj miqtë tanë... Neve na dhemb një herë, atyre dhjetë. Veç duhet durim, durim dhe një herë durim, vëllezër. Më duket se u larguam nga qëllimi për të cilin jemi mbledhur. Ju lutem, flisni...

Po njerëzit nuk folën një copë herë, rrinin e shikonin me ca sy të fjetur, jo se nuk u pëlqenin ato që thoshte i ardhuri, po e dinin se fjala e tyre nuk peshonte gjë në kandarin e punëve të botës. Zoti Tajar nuk ishte as i pari, as i fundit që u fliste aq bukur, që u sajonte ylbere, që u buzëqeshte e u premtonte diçka, diçka që as ata vetë nuk e dinin se ç'ishte tamam. Të ardhurit vinin e iknin dhe ata si gjithnjë mbeteshin duarbosh.

E megjithatë, ky ishte një rast që secili, në mos bënte gjë për të qenë, të paktën mund të shfrynte, mund të shfrynte dufin dhe marazet, paçka se gënjente dhe thoshte ç't'i hipte në kokë. Kështu, u ngritën disa, ata më fanatikët si duket, që ua kishin marrë dorën këtyre punëve, sepse flisnin krejt të shpenguar sikur t'i kishin mësuar përmendësh.

-Në Shqipëri armët i kanë kyçur nëpër depo pse s'kanë besim t'ua lënë në dorë ushtarëve.

-S'ka ndodhur ndonjëherë, po ja që në Shqipëri nëpunësit kanë disa muaj pa marrë rrogat. Të zeztë ata si rrojnë e durojnë!

-Asnjëherë Shqipëria s'ka parë anarki me të madhe sesa sot. Të gjithë janë njësoj si këmbët e dhisë...

-Kanë bërë tokën kolektivçe, thuhet se tashti do të kërkojnë të bëjnë dhe gratë... Turp për faqe të zezë!

Ata flisnin e flisnin dhe mua më dukej sikur kanali i ujërave të zeza po zbrazej në sallën tonë... Zoti Tajar tregohej i kënaqur, se jo vetëm i miratonte orë e çast duke tundur kokën tullace dhe duke zbuluar tej e tej dhëmbët e vëna, po jepte e merrte me magnetofonin dhe mbante shënime. Ai i kishte gjetur punë vetes, prandaj i lejonte njerëzit të flisnin lirisht ç'të donin e sa të donin.

Nga ata që folën kështu, unë nuk njihja asnjë, me përjashtim të Ramë Dragës që foli nga ana e zogistëve. Hodhi dhe Ramë Draga një bombë tymi, meqë tregtari i tymit kishte ardhur nga larg dhe hiqej sikur e blente me çmim të leverdisshëm.

-Tash e keni ju me folë, - më pëshpëriti zoti Ihsan. – Pasha zotin, na e kaluen partitë e tjera...

Unë tunda kokën dhe i shkela syrin e djathtë. Me këtë, desha t'i thosha të mos shqetësohej, po ndërkaq po luftoja me veten për të mposhtur zemërimin që më kishte kapur.

Ngrita dorën dhe u çova duke picërruar sytë për të fshehur zemërimin.

-Më vjen shumë keq që nuk pata fatin t'i them unë ato fakte mjaft kuptimplotë që thanë parafolësit. I mbetet penës suaj të njohur, Tajar bej, që t'ia paraqesë botës ashtu siç është gjendjen e mjeruar të Shqipërisë sonë! Bukur e thatë: Shqipëriza jonë e shtrenjtë!

Mora frymë thellë dhe me kaq sosa fillimin e ligjëratës. Ndjeja vështrimet e njerëzve përreth dhe më vinte të pështyja, po, në vend që ta bëja këtë, vazhdova të flisja:

-Për mua, mbase dhe për shumë të tjerë, është një ditë e lumtur që kam rastin të njihem me ju, Tajar bej, t'ju shoh nga afër e të dëgjoj fjalën tuaj. Ju keni bërë shumë për çështjen tonë të përbashkët. Megjithatë, meqë jemi mbledhur këtu vëllazërisht dhe na jepet rasti t'ju kemi pranë, dëshiroj të na shkoqisni disa pika të errëta që lidhen me secilin nga ne. Në qoftë se do të gaboj, të ma thoni haptazi, mos u druani!

-Ju lutem flisni pa teklif, - tha zoti Tajar dhe rishtazi kryqëzoi duart në gjoks.

Në sallën e mjegulluar nga tymi i duhanit nuk pipëtinte asgjë. Kishte pushuar dhe të kolliturit e pleqve.

-Pyetja e parë është kjo: Ç'ju shtyu ju në vitet e Luftës së Dytë, të flisnit në emisionet e Radio Londrës për aksionet e komunistëve shqiptarë kundër fashistëve dhe nacionalizmës? A mendoni se duke popullarizuar luftën e tyre i keni sjellë dëm çështjes së shqiptarizmës së vërtetë?

Padashur në mes heshtjes së thellë që ra, vura re sytë e çakarritur të zotit Ihsan.

-Pyetja e dytë, mund të duket si një gjë që lidhet kryesisht me punët tuaja personale, por, meqenëse ju jeni një nga idealistët e njohur dhe ne të tjerët ju kemi si shëmbëlltyrë, më lejoni t'jua bëj: kemi marrë vesh se ju dhe gruaja juaj para disa kohësh keni ndërruar emrin dhe fenë.

D.m.th. nuk ju thërrasin më me emrin Tajar, por Tomas dhe nuk i besoni më Muhametit, por Krishtit të fesë protestante...

Të hapeshin dritaret e mbyllura e të hynte zhurma e rrugës së madhe, nuk do të ishte më e fortë sesa ajo që shpërtheu papritur në sallë. "Kryeministri" përplasi shuplakat për të ndjellë qetësinë. Zoti Tajar mundohej të buzëqeshte duke përveshur buzët, ndërsa duart vijonte t'i mbante të kryqëzuara në gjoks për t'u treguar gjakftohtë.

-Desha të di, - ngrita zërin kur zhurma reshti, - dhe me këtë besoj se shpreh dhe mendimin e vëllezërve të tjerë, se ç'do të ndodhte me fatin e mërgatës, në qoftë se ne të gjithë, kështu si jemi, të ndërronim emrat shqiptarë me emra të huaj, të ndërronim fenë që na i kanë lënë amanet të parët e të merrnim fe që populli shqiptar as i ka parë, as i ka dëgjuar? Jam i bindur se Tajar beu do të më kuptojë drejt. Ai është shumë i ditur, politikën e ka zanat, po shumica nga ne që jetojmë me ndjenja, jemi të prekur dhe do t'i luteshim, brenda mundësive, të na i shkoqiste këto dy pika.

Unë u ula dhe furia e zërave shpërtheu përsëri. Njerëzit shikonin me kureshtje nga tavolina e kreut. Dikush tha me zë të lartë:

-Zoti Tajar i di vetë punët e tij. Nuk është nevoja të japë llogari.

-Nuk po i kërkon njeri llogari, - ia priti Rezbati nga tavolina jonë.

-Ju të mbretit doni të tregoheni mendje më vete, - iu drejtua një agrarist zotit Ihsan.

-Mendja e tyt eti, - u nxeh kryetari dhe ia bëri me dorë "kryeministrit" që ishte ngritur në këmbë i shqetësuar.

Po zërat nuk do të kishin të reshtur, në qoftë se mysafiri nuk do të kishte ndërhyrë në kohë:

-Më lini të flas, vëllezër, - tha ai me një ton të përdëllyer e krejt të pafajshëm. – Pyetjet më janë drejtuar mua dhe mua më takon t'u përgjigjem... Të them të drejtën, më zutë pak ngushtë, jo sepse më duhet të flas faqe të gjithëve, se fundi më në fund gjendem në mes të vëllezërve të mi, po çështjet nuk janë aq të thjeshta sa të shkoqiten kollaj. Megjithatë, unë do të përpiqem... Në gabofsha, ju më dënofshi gjithnjë!

A kam bërë mirë apo keq që kam folur në Radio Londra për komunistët shqiptarë? Këtë pyetje ia kam drejtuar dhe unë vetes kushedi sa herë. Por, para se t'i përgjigjem kësaj, do të desha t'ju kujtoj se gjatë Luftës së Dytë s'kam qenë tjetër veçse një spiker i thjeshtë që përktheja dhe lexoja në radio ato që shkruanin vetë anglezët. Domethënë, isha një nëpunës si gjithë nëpunësit, që paguhen për punët që kryejnë. Po dihet nga të gjithë se miqtë tanë të tanishëm dhe me ta dhe anglezët, qenë atëherë aleatë me komunistët. Armiku më i madh atëherë ishte fashizmi, komunizmi qe rrezik i dytë. Komunistët luftonin kundër fashizmit dhe s'luftonin keq, këtë e di tërë bota dhe ne ishim të detyruar në një farë mënyre ta thoshim në radio. Ta thoshim anglisht dhe, kur e thoshim anglisht, do ta thoshim edhe shqip. Dhe më ra llotaria mua, që ta bëja këtë punë. Domethënë të tregoja se komunistët shqiptarë luftonin kundër pushtuesve, bile dhe t'i lavdëroja ndonjëherë. A ishte gabim? Po ta gjykojmë me mendjen e tanishme, gabim ishte, po atëherë nuk i gjykonim tamam kështu, sadoqë nuk i donim komunistët. Mbaj mend, njëherë, që një gjeneral anglez aty nga fundi i luftës u kthye nga Shqipëria e i raportoi Çërçillit se ky vend po binte në duart e komunistëve dhe i kërkoi këshilla se ç'duhet të bënte. E dini si iu përgjigj Çërçilli? "Ju, zotëri i nderuar, ku dëshironi të jetoni në Shqipëri apo në Ingliterë?" Gjenerali domosdo në Ingliterë, i tha "Atëherë, shiko të kryesh detyrën," dhe e mbylli me kaq muhabetin Çërçilli.

Domethënë, kish të tjerë që merreshin me punën për të penguar e ndaluar komunistët, secili kish detyrën e tij. Kështu dhe puna ime.

Sa për pyetjen e dytë, nuk dua të zgjatem, se s'është për t'u shqetësuar. Ju do të më kuptoni drejt, sepse, si unë dhe ju, jemi muhaxhirë, në vend të huaj. Në rast se unë bëj ndonjë ndryshim në gjendjen time civile, kjo është më shumë se një çështje lehtësie e komoditeti, është, si të thuash, përshtatje me ambientin, me zakonet, me klimën e atij populli ku jetojmë. Unë jam dhe mbetem për ju dhe Shqipërinë Tajar Zalani. Për këtë ju siguroj, vëllezër. Sepse, fundja më në fund njeriu nuk njihet nga fjalët apo nga emrat, po nga veprat. E, po të nisemi nga kjo, unë kam bërë diçka sa të mos më skuqet faqja para jush. Dhe të mos shkojmë larg, kohët e fundit kam hartuar dhe stamposur një histori të Shqipërisë dhe, kur them të Shqipërisë, kam parasysh historinë e luftërave tuaja të paharruara kundër komunizmit. Libri është stamposur me emrin Tajar Zalani dhe jo Tomas. A nuk mjafton kjo, për të bindur çdo shqiptar që unë kam mbetur ai që isha? Si thotë populli ynë i mësuar e filozof: mos shiko gunën, po punën! Apo s'është kështu?

-Kështu e gjithë ditën e perëndisë, - iu përgjigj nga vendi "kryeministri", sapo u ul mysafiri. – S'është fjalë për t'u thënë kjo. Një gjë duhet të dimë mirë, burra, zoti Tajar është historiaku i nacionalizmës shqiptare. Gjithë sa kemi bërë ne, ka kaluar nëpër majë të penës së tij! Pra, është fat i madh, bile shumë i madh, që u gjet më në fund një burrë që të shkruajë për brezat e rinj atë ç'kemi bërë ne për mëmëdheun. Prandaj, është vendi e rasti sot, jo për t'i lypur llogari Tajar beut, po për ta falënderuar nga loçka e zemrës...

-Ku mund ta gjejmë këtë libër, zoti Fehmi? – pyeti dikush nga mesi i tavolinave, pa u ngritur.

-Më falni që po i përgjigjem unë, - tha Tajar beu, me duart kësaj here lëshuar. – Libri ka një vit e kusur që është stamposur, po për fatin e keq të nacionalizmës sonë, akoma nuk është blerë. Dhe të më besoni, një nga arsyet që mora rrugën deri këtu është dhe ajo, që t'ju bëj thirrje vëllazërore që ta blini. Të paktën të nxirren harxhet e stampimit. Zoti Fehmi merr përsipër të grumbullojë të hollat tuaja, unë zotohem t'jua dërgoj me rastin më të parë...

-A thue i kanë dhanë Naltmadhnisë kryet e vendit, - më pëshpëriti në vesh zoti Ihsan i shqetësuar.

-S'ma merr mendja, - i them. – Ky është nga ata që i ka ngrënë bukën mbretit tonë dhe, kur ka ardhur puna, i ka kthyer shpinën...

Kryetarin tani mezi e mbante vendi dhe me siguri do t'i kishte hedhur ndonjë fjalë mysafirit, po mbledhja papritur u gjend e prishur, mbasi kishte mbaruar orari i paguar i lokalit dhe i zoti i kafenesë filloi të shërbejë. Tajar beu ishte ngritur nga tavolina e tij dhe së bashku me zotin Fehmi u qe afruar tavolinave të tjera. Ai përqafohej me të gjithë pa përjashtim dhe të gjithëve u bënte gati të njëjtat pyetje:

-Si quheni? Nga jeni? Sa kohë keni në dhe të huaj?

Zotit Ihsan nuk i erdhi hiç mirë që Tajar beu s'e filloi nga tavolina jonë. Ne ishim jo vetëm nga tavolinat e para, por edhe na takonte si partia më e vjetër. Bile, ai na tha të ngriheshim e të iknim, po Rezbati kishte porositur kafetë dhe ne u detyruam të qëndronim më. Atëherë zoti Ihsan kërkoi të afroheshin tavolinat e anëtarëve të Legalitetit. Ne u ngritëm në këmbë dhe u vumë të gjithë në lëvizje. U bë aq zhurmë e rrëmujë, sa dhe polici nga banaku nuk na i ndante sytë. Po kjo qe punë minutash, se tavolinat u bashkuan shpejt dhe ne u gjendëm të ulur, duke pasur në krye zotin Ihsan. Tamam në këtë kohë u afrua mysafiri dhe i hapi krahët kryetarit. Ne të tjerët u ngritëm në këmbë.

-Gëzohem tepër që po ju njoh, - iu drejtua ai zotit Ihsan. – Të më besoni se në rrethet tona të mërgatës personi juaj është kthyer në legjendë. Ju shoh si kapedan në mes të kapedanëve...

Kryetari ynë drejtoi shtatin e nxori gjoksin përpara. Ne qëndronim pa lëvizur dhe mezi prisnim të mbaronte kjo lojë, meqë kafetë po na ftoheshin në tavolinë. Po loja zgjati shumë, pasi mysafiri zuri të na pyeste një nga një.

Kur erdhi radha ime, mysafiri m'i nguli sytë sikur donte të më zhbironte dhe më tha buzagaz:

-Besoj se e kalova provimin me sukses!

Pastaj zuri të më pyeste me hollësi se kush isha e nga isha, po, mesa kuptoja, mbeti i pakënaqur nga përgjigjet e mia, mbasi unë isha njeri krejt i panjohur për të dhe ai nuk kishte nga të kapej për t'u treguar i afërt me mua. Në fund, më kërkoi adresën meqë do të më dërgonte një histori të tij me autograf dhe më përqafoi në mënyrë demonstrative para të tjerëve. Në atë çast unë i thashë:

-Më vjen shumë mirë që nuk ju ka mbetur hatri. Me këtë ju na jepni një mësim të tërëve. Na bëni të kuptojmë se për hir të bashkimit, çdo pakënaqësi personale ose partiake duhet lënë mënjanë...

-E dëgjuat, vëllezër? – iu drejtua zoti Tajar njerëzve që qenë grumbulluar përqark dhe dëgjonin me kureshtje bisedën tonë pas asaj që kishte ndodhur. – Bashkimi në rend të ditës! Këtë kërkon prej nesh mërgata halleshumë.

Unë nuk kisha ëndërruar rast më të mirë se ky. Zoti Tajar po më paraqiste vetë para grupeve politike të mërgatës si partizan të bashkimit!

KREU I GJASHTË

1

Për mua ishte një rrethanë e favorshme që punët në këshillin e Degës së Brukselit nuk shkonin mirë. Grindjet që kishin shpërthyer bëheshin tani biseda kafenesh dhe disa nga zogistët fanatikë ishin seriozisht të shqetësuar. Zenuni, bile, kërkonte t'i shkruanin mbretit që të vinte dorë për ta shuar ai përçarjen. Të tjerët, që ishin mësuar me të tilla gjëra, ngrinin supet dhe thithnin duhan pa u merakosur shumë. E pse të merakoseshin kur dhe kjo situatë do të kalonte vetë!

Unë qëndroja në mes të dy palëve. Isha i vëmendshëm dhe nuk lija të më shpëtonte asgjë. Në muhabete tregohesha i matur e në të njëjtën kohë hiqesha optimist se punët do të shkonin mbarë përderisa kishim mbretin gjallë.

Nga Brukseli vinin lajme gati përditë se grindjet në këshillë vazhdonin dhe se partitë e tjera i gëzonte kjo gjendje. Muhabetet zienin nga të gjitha anët. Kishte shumë arsye që unë të ngrihesha e të shkoja në kryeqytet. Lufta politike bëhej atje. Po, nga ana tjetër, nuk harroja që në këtë situatë s'duhej të lija asnjë shteg dyshimi se interesohesha më shumë nga të tjerët. Në rast se ma kishin nevojën, ata do të më çonin vetë fjalë, aq më tepër, kur kishim rënë në një mendje që më parë. Tani nuk isha më i panjohur në rrethet e mërgatës. Sidomos pas mbledhjes me Tajar Zalanin bisedonin për mua si për një njeri kurajoz që mendonte seriozisht për mirëkuptimin në mes ndjekësve të mbretit.

Rrija gjithnjë në pritje, kur një ditë mora një letër nga Adem Boxhoja. Deri atë kohë, ai më kishte dërguar vetëm kartolina përshëndetjeje. Tani ai më shkruante një letër të gjatë, mbushur plot me këshilla e udhëzime, me anën e të cilave më ngarkonte me detyrën që të futesha pa vonesë në jetën politike dhe të ndihmoja sa më shumë për mbarëvajtjen e Legalitetit në Belgjikë. Në mes të rreshtave të letrës ndihej qortimi që unë akoma rrija mënjanë politikës. "A thua nuk të mjaftuan vitet e kampit të Llazirës që përsëri rri e bën sehir? Ti dhe sëra jote jeni shpresa e gjallë e mbretit dhe vendi yt është atje ku e lyp interesa jonë partiake. Prandaj, i dashur vëlla pa pritur të vij unë aty, hidhu në Bruksel dhe piqu me vëllezërit tanë, shiko se punët atje nuk venë si na e do zemra. Mundohu të pajtosh gjakrat që i kemi me kursim të madh".

Pas letrës së Ademit zoti Ihsan më dërgoi telegram dhe të nesërmen më priti vetë në stacionin e trenit.

-E kena lanë me u takue te "Kapi" me të – më tha kur dolëm nga stacioni në rrugë. Me këto fjalë ai deshi të thoshte se Kamber Rusta na priste në kafenenë "Cap nord", qendra ku mblidheshin emigrantët e Brukselit.

Zoti Ihsan ecte shpejt, dhe megjithëse unë e ndiqja, duke i qëndruar në krah të majtë, vija re që ai më linte gjysmë hapi prapa vetes. Në fillim nuk e kuptoja dhe mundohesha të ecja me hapin e tij, por më vonë mora vesh se kryetari kishte disa huqe që kërkonte t'ia respektonin dhe një nga këto ishte që të tjerët, t'i rrinin pas, qoftë dhe një pëllëmbë, mjafton që të kuptohej, se ai ishte i pari në mes të njerëzve të mbretit. Në brez, zakonisht, shtrëngonte dy rripa dhe njëri nga ata, ai më i trashi, ishte rripi i revoles, sadoqë ligji ia ndalonte ta mbante me vete. "Burri pa njiktë, - dhe tregonte rripin, - këputet n'mjedis".

Ne hipëm në një urban për të shkuar në qendër dhe zbritëm në mes të një sheshi të madh, ku nga një anë ngrihej hoteli "Alberti i Parë", nga ana tjetër magazina shumëkatëshe "Bomarshe". Në krahun e djathtë, në cepin e kthesës lexohej nga larg tabela "Cap nord". Dritaret e mëdha të kafenesë binin në rrugë. Ishte e shtunë mbrëma, kur në shesh e në rrugë lëvizja e njerëzve dendësohej sa asnjëherë dhe unë çaja me bërryla, duke shkuar pas zotit Ihsan.

Në kafene, tavolinat qenë pothuaj të gjitha të zëna dhe neve na u desh të kalojmë në mes të njerëzve për të dalë në fund të sallës, ku dy burra u ngritën më këmbë dhe na bënë vend. Ne u përqafuam sipas zakonit dhe u ulëm rreth një tavoline katërkëndëshe mbuluar me fibër të bardhë.

Njëri ishte Ramë Draga dhe kjo nuk më pëlqeu, siç nuk më kishte pëlqyer dhe vetë ai që në takimin e parë. Tjetri ishte Kamber Rusta, një burrë që i kishte kapërcyer të pesëdhjetat, trupshkurtër e i shëndoshë, me faqe të qullëta si pelte, flokëzi e leshator deri në majë të hundës e me mustaqe të holla mbi buzë.

Pasoi një heshtje e shpejtë që e mbushën tingujt e zërit të Edith Piafit nga banaku, pastaj Kamberi rrahu shuplakat dhe thirri kamerieren. Një grua e bëshme, faqemadhe, me leshra të oksigjenuara e me përparëse të bardhë, lidhur në belin e trashë, erdhi mori porosinë. Kamberi diç foli me të me zë të ulët. Dy të tjerët u vështruan në sy dhe pastaj më vështruan mua. Unë bëra sikur s'kuptova gjë, por e mora me mend që ajo ishte gruaja për të cilën ata e akuzonin Kamberin.

Kamberi u kthye nga unë dhe zuri të më pyeste me radhë për shëndetin, për punën, për njerëzit që njihte në Zhimet. Ai mundohej të dukej i qetë, po flegrat e hundës i dridheshin nga një tik nervor. Zoti Ihsan lëvizi këmbët dy herë nën tavolinë. Kjo do të thoshte se nuk i pëlqente që ne të bisedonim gati veças tij. Për mua duhej të bëhej e qartë se ai ishte kryetari dhe kryetarit i takonte t'i printe muhabetit në tavolinë. Po Kamberi ia dinte këtë zakon dhe me qëllim e zgjaste bisedën derisa unë gjeta një rast dhe i thashë:

-A i hapim letrat, zoti kryetar?

Zotit Ihsan i erdhën papritur këto fjalë, sepse u hutua për një çast e nuk më kuptoi:

-Çfarë letrash, bre burrë! Ktu s'lanë me luejtë. Luejmë mandej te shpia!

Mua desh më hipi gazi, ndërsa Kamberi shpjegoi:

-S'e ka fjalën për letrat e bixhozit, po për muhabetin që më keni thirrur.

Kryetari u rrudhos në fytyrë nga ky keqkuptim. Kamberit sikur iu bë qejfi dhe unë, për ta kapërcyer këtë situatë, nxitova të flisja i pari:

-Më besoni, vëllezër, se nuk e kam të lehtë t'i hap fletët e bisedës për të cilën jemi mbledhur. S'më takon as nga mosha, as nga pozita... Ju jeni koka jonë, unë e Rama, jemi shumë-shumë gishta. Megjithatë, është e drejta dhe detyra e tërë besnikëve të mbretit që të shqetësohen e të merakosen për punët partiake... Apo jo?

-Ashtu është, - tha Kamberi duke tundur kokën, ndërsa zoti Ihsan ndërroi pozicionin e karriges dhe vuri një këmbë nën vete. Rama, me sy lëshuar përdhe, nuk ndihej për të gjallë. Unë vazhdova me vetullat mbi sy.

-Lufta jonë është e vështirë dhe një zot e di se kur mbaron. Historia nuk do të na falë në rast se nuk do të dimë të punojmë e të luftojmë...

-Historia nuk i di të gjitha, - ndërhyri Kamberi, - dhe s'ka si t'i dijë. Kamber Rusta nuk është dorëzuar kurrë.

-Mos u ngut, - ia priti kryetari. – Ndiqe njiherna shoqin...

Kamberi bëri një xhest mospërfillës dhe mblodhi në një vend filxhanët e kafesë të shpërndarë nëpër tavolinë.

-Nuk thashë se jeni dorëzuar, zoti Kamber. Më falni në rast se u shpreha gabim. Unë dhe gjithë besnikët e mbretit që jetojmë në tokën e Belgjikës, ju njohim ju si sekretar të Degës. Të paktën deri në këtë çast. Zoti Ihsan dhe ju keni meritën e madhe që po mbani ngritur këtu në mes të Evropës flamurin e lartmadhërisë. Këtë s'e harron kush.

-Ty t'lumtë goja! – thirri kryetari dhe luajti nga vendi duke ulur këmbën që kishte nën vete. Kamberi më kishte qepur sytë dhe priste i shqetësuar se ku do të dilja.

-Nuk është puna t'i bëjmë gjyq njëri-tjetrit, po të mendojmë bashkarisht për mbarëvajtjen e partisë së mbretit. Ju, bie fjala, keni deklaruar, mesa thotë dhe kryetari, se hiqni dorë nga veprimtaria praktike politike e si pasojë do ta lini postin e sekretarit të këshillit të Degës sonë.

-Po, kjo është e vërtetë...

Unë s'e prisja një përgjigje kaq të hapur e të prerë. Ai tani mezi e përmbante veten nga zemërimi që i dallohej përbrenda.

-Isha betuar të mos trazohesha më me këtë muhabet, - nisi të shpjegonte Kamberi, - dhe ta dini zotëria juaj se ne nuk do të ishim pjekur bashkë në këtë tavolinë, po të mos më kishte shkruar Adem Boxhoja e po të mos ju kisha dëgjuar atë ditë kur folët para zotit Tajar. Më pëlqyet, bile shumë. U treguat i mençur e i urtë, nuk i ratë legenit si të tjerët. Prandaj dhe unë pranova të vij t'ju dëgjoj e të më dëgjoni.

Le të flasim pa doreza: unë kam dhënë dorëheqje nga detyra, sepse jam lodhur, jam lodhur me të gjitha. Keni parasysh që kam gati njëzet vjet që merrem me këto punë. D.m.th. kam lënë veten time për të tjerët. Më në fund, zoti më dha mend që të kuptoj që këtë punë mund ta bëjë dhe një tjetër. Dua të jetoj dhe unë si gjithë bota!

-Burri në luftë asnjiherë nuk e dorëzon armën, Zotni Kamber, - foli Rama i ngrysur.

-Armën Kamber Rusta s'e dorëzon. Unë po dorëzoj postin, sepse s'e kam marrë me tapi. Kush të dojë, le të urdhërojë ta marrë, - dhe, si kroi kokën me nervozizëm, shtoi. – Merre ti, Ramë, luftë ke bërë, djalë bajraktari je dhe për fis e ke t'u prish njerëzve...

Ramës i vetitën bebëzat si teh thike, po ndërkaq u hodh kryetari e tha i acaruar:

-Njat punë e dimë na e nuk të takon ty...

-Atëherë pse nuk e caktoni sekretarin një herë e mirë dhe biem rehat të dyja palët?

Zoti Ihsan sikur s'e deshi më veten, afroi karrigen nga tavolina, vetullat iu çuan përpjetë, u zbeh në fytyrë dhe, duke iu dridhur kockat nën lëkurë, tha:

-Ndij ktu, o Kamber Rusta, po ta them nji fjalë burrash që s'ta kam thënë kurrnjiherë. – Ai mblodhi dorën e djathtë grusht mbi tavolinë. – Ihsan Maçi një plumb komunisti e ka në trup. Mund të besojsha se kishe me e marrë dhe nji tjetër në pleqni prej tyne, po kurrë s'ma kishte rrokë mendja se Kamber Rusta, do të më lente midis rrugës... Jo, pasha të madhin zot!

Në banak shfryu me zhurmë aparati i ekspresit. Ritmi i një muzike të gëzuar më përkëdheli në vesh. Ishte çasti që unë duhej të tregohesha i tronditur dhe me ton dramatik thashë:

-Ndofta ju, zoti Kamber, ngaqë gjendeni prej shumë vjetësh në botën e lirë, keni filluar ta harroni krismën e plumbave të komunistëve. Po mua dhe shokëve të mi akoma më fishkëllejnë në vesh plumbat e tyre. Prandaj, kur dëgjoj fjalë dëshpërimi nga idealistë si ju, tronditem dhe them: mjerë mërgata jonë!

-Ju mund të thoni si të doni, - ma priti Kamberi – po unë e kam vendosur një herë e mirë. Kur të vijë koha e veprimit, unë do të jem i pari. Tani që është koha e llafeve, s'kam nge të merrem me to! Ju thashë një herë, dua të jetoj si gjithë bota. Mbretin e kam në zemër!

-A po ndin ç'ka thotë, zoti i mirë? – ia bëri zoti Ihsan dhe me njërën dorë zuri të fërkonte shpatullën e djathtë ku kishte plumbin. – Thue se jena t'marrë, me punue e me luftue na e ktë me e thirrë kur të gatitet sofra. Jo, pasha të madhin zot, jena nda qysh tash, sod e për tanë jetën!

Zoti Ihsan bëri zhurmë me këmbë nën tavolinë dhe mori të ngrihej, po unë i vura dorën në sup dhe e mbajta.

-Ngadalë, bre burra, se partitë e tjera, janë tue ba gallatë me na... – pëshpëriti Rama duke zgjatur qafën.

Në tavolinat përqark dukej se flisnin për ne. Njerëzit kthenin kokën, bisedonin, qeshnin nën hundë. Ekspresi vërshëllente sikur ta kishte gjetur tamam kohën.

Ne mezi heshtëm një copë herë. Zoti Ihsan merrte frymë rëndë dhe rrudhat i lëviznin nëpër fytyrë. Pastaj Rama tha:

-Me thanë të drejtën, zoti Kamber asht i lodhun.

-Si mos me u lodhë! – ia priti kryetari me shpoti dhe vuri përsëri njërën këmbë nën vete. – Tani ditën e zotit, më rrin ktu në kafe. Atëherna si ka me u marrë me punët partiake?

-Kryetarit tonë ngahera dymbëdhjetë i ka rënë sahati, - thirri Kamberi, duke larguar karrigen nga tavolina, - kujton se akoma është rrethkomandant xhandarmërie dhe të tjerët duhet t'ia kenë doemos frikën! Unë kam kohë që nuk ulem në një tavolinë me të. Me Ihsan Maçin, s'shkoj të vras turtuj, e jo më të luftoj kundër komunistëve.

Gruaja leshverdhë, sa dëgjoi zërin e Kamberit, qëndroi në mes të kafenesë me tabaka në dorë dhe ktheu kokën nga ne. Një burrë me mustaqe të gjata u ngrit në këmbë. Pëshpëritjet nëpër sallë u shtuan. Zoti Ihsan dhe Kamberi vështroheshin të vrerosur sikur do t'i hidheshin në fyt njëri-tjetrit. Unë qëndroja në mes tyre.

-Mbani gjakftohtësinë, ju lutem, - u thashë me të pëshpëritur. – Në mos për ne e për vete, të paktën për mbretin. Turp kush të na dëgjojë!

-Turpi i mbetet atij që e bën! – tha me mllef të papërmbajtur Kamberi dhe u ngrit në këmbë. – Unë s'kam ndërmend t'i mbaj tërë jetën në kurriz turpet e të tjerëve!

Kujtova se atë çast do të plaste grushti, sepse zoti Ihsan rrinte i hakërryer, po ai as që u ndje fare dhe vetëm kur Kamberi u largua nga tavolina e doli jashtë, ai e zgjidhi gjuhën e zuri të fliste çapraz. Po unë mezi e dëgjoja, sepse përqark kishte shpërthyer gazi dhe hidheshin romuze sheshazi.

-Po dëgjojnë të tjerët! – pëshpëriti përsëri Rama, me qafë të zgjatur në mes të dy kokave tona.

-Ç'ka po na lypen ata kodosha, - shfreu zoti Ihsan i zemëruar, duke tundur dorën në drejtim të tyre. – Leni të pjerdhin sa t'duen...

S'donte mend se ata që e bënin zhurmën përreth nesh ishin të partive të tjera. Mezi kishin pritur rastin. Zotin Ihsan e mbytën jargët e inatit e prapë nuk pushonte së foluri:

-He, qeni! Qeni i biri qenit! Thotë asht lodhë... S'jena lodhë na që kena luftue mal më mal, asht lodhë ai që ka mbajtë bythën nxehtë tanë kta vjet. Ma mirë të thotë se asht lodhë tue i shkue pas njasaj shake me krela të verdha. Ajo, po, asht tue ia marrë shpirtin tash në pleqni! Phy, turp e faqja e zezë, bahet jaran burri me grue e fëmijë n'Shqypni! E tanë ktë, e ban, sepse s'don me punue, don me hangër qyl e me mbajtë ajo halldupja! Pasha zotin, me i shkue në vesh Naltmadhnisë, kishte me e pshtye mu në surrat! Phy, allabelaversën!

Në fund, kryetari deshi të na gostiste me birrë, bile u bë gati të rrihte shuplakat, po Rama ndërhyri menjëherë:

-Hajt, çohena e pimë gjetiu. Tash Emilia nuk të vjen. I kena sha jaranin.

Zoti Ihsan pështyu përtokë dhe u ngrit i pari.

2

U përqafuam me zotin Ihsan në stacion dhe në sy të tij i hipa trenit të Zhimetit. Në të vërtetë, biletën e kisha marrë për në ndalesën e parë.

Pas disa minutash zbrita dhe hyra në barin e stacionit të panjohur. Nga harta që kisha në xhep dija që ndodhesha në një nga paraqytetet e vogla që rrethojnë Brukselin. U ula në një tavolinë, mora diçka për të ngrënë dhe prita derisa erdhi një tren që shkonte për në kryeqytet.

U ktheva prapë në stacionin nga më përcolli zoti Ihsan. Tani lëvizjet qenë rralluar. Po afrohej mesnata dhe, kur dola nga peroni, ndjeva se po vesonte shi.

Kisha vendosur ta takoja medoemos atë natë Kamberin. Adresën e shtëpisë e kisha marrë nga Zenuni dhe rrugën e kisha studiuar qysh më parë. Ai jetonte i ndarë nga emigrantët e tjerë që kur ishte lidhur me gruan e "Cap nordit". Banonte diku afër pallatit të lojrave me dorë.

Shtëpinë e gjeta me vështirësi, ndërrova dy herë autobus dhe, megjithëse ishte vonë, vonesa nuk më shqetësonte. Dija që ai nuk kthehej në shtëpi para mesnatës, sepse priste sa të mbyllej "Cap nordi" dhe të shoqëronte kamerieren leshverdhë.

Dhe nuk u gënjeva. Bile, për pak, mund të qemë takuar në rrugicën e ngushtë që të shpinte në shtëpinë e vogël ku banonte, pasi, kur trokita, ai sapo kishte ardhur dhe po zhvishej. Dy dritat e dhomës së tij binin në rrugë dhe gazetat që kishte vënë nuk e mbulonin dot, aq më tepër që dhomën e kishte në katin e parë.

Unë trokita në fillim lehtë te xhami, pastaj i rashë derës me kujdes. Ai më pyeti në gjuhën e vendit se kush isha dhe, kur unë iu përgjigja shqip, sikur nuk deshi të besonte dhe më tha të dilja në dritare. Dritaret qenë rrethuar me hekura.

Kur më pa, gati sa nuk u besoi syve:

-Ju jeni, zoti Manush?

-Vetë dora, - iu përgjigja me një ton miqësor dhe u mundova të buzëqeshja.

Ai mbeti një hop, pastaj u dëgjua zhurma e çelësit dhe dera u hap. Unë hyra brenda pak i druajtur dhe, pasi u përqafuam sipas zakonit, i thashë:

-Zoti Kamber, të më falni. E di që nuk është koha për vizita në këtë orë, po nesër në mëngjes duhet të gjendem në punë. T'ju them të drejtën, nuk më ikej, pa ju takuar një herë vetëm për vetëm.

-Urdhëroni, uluni, ju lutem, - tha ai duke më vështruar me një habi të përmbajtur dhe më zgjati të vetmen karrige që ishte fshehur pas derës. Një krevat me shtresa të prishura qëndronte me njërën këmbë të thyer në cepin e dhomës krejt të zhveshur. Ai u ul me kujdes mbi të dhe, megjithëse krevati u anua nga përpara, i zoti i shtëpisë vijoi të fliste:

-Shumë mirë bëtë që erdhët. U ndamë në mënyrë të papëlqyer nga ai qafiri dhe kushedi ç'keni menduar për mua!

-Po të kisha menduar keq, nuk do t'ju kisha ardhur në shtëpi. Aq më tepër në këtë orë. Desha të bisedojmë vetëm për vetëm. Kam shpresë se do të kuptohemi.

-Hë, të kuptohemi! – psherëtiu ai me një mënyrë shpotitëse. – Në ka të keqe më të madhe prej së cilës vuan mërgata, është të moskuptuarit. Unë kam kaq vjet që merrem me punë partiake, urtësia nuk më ka munguar kurrë e megjithatë tani jam i bindur plotësisht se me njerëzit e mërgatës nuk mund të merresh vesh... Me njerëz si Ihsan Maçi, për flamur, dhe Lartmadhëria nuk do të merrej vesh... Ihsani i ka mendtë në të ndenjur. Sa kupton ajo vërë, aq kupton dhe ai! Më falni që po ju flas kështu, po nuk mund të flas ndryshe... Ndryshe, do t'ju gënjeja...

-Në qoftë se erdha të bisedoj me ju vetëm për vetëm, - i fola me një ton serioz, duke shtërnguar nofullat, ndërsa ai s'mi ndante sytë, - i mendova e i studiova punët që përpara. Unë vij si luftëtari i ri te luftëtari i vjetër, vij t'ju nderoj dhe të mësoj prej jush. Këtë na këshillojnë dhe ata që kemi mbi krye. Prandaj, s'mund të largohesha prej këndej, pa ju takuar dhe pa qarë hallet bashkarisht. E pra, ne duhet të flasim me letra të hapura, t'i themi të gjitha, në mënyrë që pastaj të gjejmë rrugën më të mirë për t'i shërbyer mbretit...

-Ah, more mik vëllai, - tha ai me një duf dëshpërimi, - me këta njerëz nuk i shërbehet mbretit. Mjerë ai që na ka ne! Ju keni ardhur gjithë ëndrra e dëshira, keni synime serioze dhe kjo s'ka si të mos më gëzojë. Bile, po të doni të dini, unë u gëzova pa masë që kur na dërguan rekomandimet për ju. Thoshin fjalët më të mira. Po të flasim atë që është, keni ardhur në një kohë të keqe. Gjithë mërgatën po e hanë grindjet nga brenda. Nuk gjen dy veta në një mendje e jo më dy parti. Jemi bërë të tërë qyqe, qyqe të vjetra. E ç'mund të bëjë qyqja? Qyqja e vjetër as këndon më, as pjell, veç ndjell zi e vdekje... Më falni që po ju flas kështu, - vazhdoi ai pasi heshti pak, - po Ihsan Maçi më ka shkelur atje ku s'mban. Mendoni që kohën më të mirë të jetës sime e prisha me këto punë dhe as ta di njeri për nder...

-Në qoftë se nuk jua di Ihsan Maçi, - u hodha unë i prekur, - jua di Lartmadhëria dhe atdheu i robëruar. Këtë mos e harroni. Po ju jeni i lodhur, shumë i lodhur, zoti Kamber dhe nga lodhja harroni meritat tuaja.

Ju keni bërë gjithë ato gjëra, ju keni mbajtur mbi supet një barrë aq të rëndë që unë e shokët e mi, jua kemi zili, i keni zbardhur faqet mbretit... Këto i di gjithë bota, kurse ju doni të hiqni dorë...

Ai qeshi me hundë dhe rrahu duart mbi gjunjë, duke marrë një pozë teatrale.

-Barrë të rëndë, thoni? – pyeti ai me ton gjysmë komik, ndërsa mustaqet e holla iu zgjatën në dy cepat e buzëve. – E ç'barrë të rëndë kam mbajtur? Gjithë këto vite kam bërë vetëm llafe, llafe e asgjë tjetër. Kisha marrë përsipër të mbaja me gajret një tufë njerëzish, për të cilët s'bëhej merak njeri në botë. Mbaja me gajret ata, mbaja dhe veten, gënjeja ata, gënjeja dhe veten.

-E kush veç jush mund ta bënte këtë? – thashë unë i qetë. – Ju keni qenë nënprefekt i mbretit dhe juve ju takonte detyra t'i drejtonit këta njerëz.

-Këto, qyqe, thoni, - ndërhyri ai zemërak. – Njerëzit, po, mund t'i drejtosh, po qyqet, jo, të kam rixha... Këtë gjë unë, zoti Manush, nuk e kuptova që në krye. U tregova budalla. Të tjerët dolën të mençur, mbretin e donin, po donin dhe veten ama. Pse të rrinin me kopenë, të çanin kokën, të shkatërronin nervat e të prishnin jetën si unë? Secili shkoi në punën e tij, shkoi ku e paguanin më mirë, gjetën nga një vend për të jetuar, pa ato telashe që hoqa unë...

Fytyra e tij e bëshme erdhi e u squllos, zëri i dridhej nga gulçima e një inati të vjetër. Ai tani donte vetëm të shfrente.

-Pse e paktë qe ajo që hoqëm nëpër kampet e profugëve?[1)] – pyeti dhe u përgjigj po vetë. – Zotëria juaj keni qenë me fat që s'jeni ndodhur asokohe me ne. Keni qenë nën komunistët, po prapë ishit në shtëpinë tuaj, në

1) Refugjatëve.

fund të fundit ishit të lirë, paçka se s'ju pëlqente regjimi. Po pyetna ne? Megjithëse ishim në dorë të miqve dhe qemë gati t'u shërbenim, aleatët na mbyllën nëpër kampe. U bëmë si bagëtia, bile më keq. Plasën grindjet, spiunllëqet, s'pyeste njeri për të parë. Flisnin krerët sa ngjireshin, po nuk i dëgjonte njeri fare. Mbaj mend Mitat beu, ashtu si gjithnjë, zuri të na bëjë teatër. Teatër, për flamur. Sepse me të folura e me të bërtitura s'ia vinte kush veshin. Atëherë u desh të na bëhej shenjtor. Ta shikoje, të vinte për të qeshur. Rrinte i veshur keq, më keq se Daut Matrashi, hante pak dhe gjithë kohën shpërndante këshilla e bekime lart e poshtë, me një zë të mekur, thua se i qe sosur fuqia. Dhe erdhi një ditë që aleatët, këshillat e lutjet e tij i shtypën në një libër dhe na dhanë të gjithëve, një për një, që t'i lexonim e të na qetësoheshin shpirtrat. E s'mjaftonte kjo, po Mitat beu, çdo mëngjes na ftonte ne, mëkatarët e të dëbuarit, të mblidheshim dhe të përsërisnim me zë të lartë lutjet e tij. Dhe ne, ç'është e vërteta, ashtu të lodhur e gjithë frikë siç qemë atëherë, s'kishim ç'të bënim, e dëgjonim dhe i venim pas avazit. Atij të shkretit, rahmet pastë, i merrej goja e megjithatë, kërkonte që riti të kryhej ashtu siç donte ai. D.m.th. e niste Mitat beu duke iu mbajtur goja, dhe ne pas tij i thoshim lutjet të gjithë horas. Kjo vazhdoi për disa muaj me radhë. Po erdhi një ditë, që dhe ne të tjerët filluam t'i thoshim lutjet duke belbëzuar. Zuri të na merrej goja të gjithëve, për flamur. Kundërshtarët e Mitat beut na dëgjonin dhe qeshnin dhe u bë shkak kjo e qeshur që ne dalëngadalë të shpëtonim prej kësaj angarie. Më vonë dhe Mitat beu s'ia pati ngenë, sepse aleatët i lejuan krerët të dilnin nga kampi dhe ai iku të rrojë rehat. Në kampe mbeti bagëtia dhe unë e shokët e Ihsan Maçit si barinj, dhe qysh atëherë krerët s'bëjnë gjë tjetër veç parada, vijnë mbajnë ndonjë fjalim, pëshpërisin sa në një vesh në një tjetër, shpërndajnë rryshfete dhe krisin e ikin. Kusurin e heqim ne dhe mendoni që unë gjithë këta vjet jam marrë me këto kusure...

Ai fliste i lodhur me supet të lëshuara. Fikthi nën mjekrën e parruar i lëvizte nervoz.

-Të themi atë që është dhe të mos na vijë hidhur: mërgata emrin e ka shqiptar, po asgjë shqiptare s'i ka mbetur. Të gjithë e kanë shitur atë çikë shpirt që u kishte mbetur për një grosh turku.

Më e keqja është se ne e heqim veten politikanë, por siç e thoshte një nga gazetat tona, ne jemi sekserë të politikës. Ne vetëm i biem dërrasës së kraharorit, thua se kraharorët tanë të drobitur do t'i bëhen mburojë Shqipërisë! Kraharorët e qyqeve!

Ju me siguri habiteni që flas kështu. Mund të mendoni dhe keq, po, sado keq të mendoni, një gjë duhet ta dini, që unë me komunistët jam vrarë, ata nuk ma falin këtë kurrë dhe as unë s'u bie në gjunjë. Po ajo që është e vërtetë duhet pranuar. Ju jeni njeri i pjekur e besnik i mbretit, ndaj ju fola haptazi, ashtu siç janë punët, pa zbukurime. Mbase dhe e teprova, sepse, të them atë që është, çdo natë hedh ndonjë gotë, e mbys helmin me helm, po të më besoni, e bëra dhe nga marazi. Po s'ka gjë se i dëgjuat, ju jeni i fortë e akoma s'jeni molepsur me pisllëqet e mërgatës.

Me kaq, Kamberi u duk se i dha fund rrëfimit, sepse nuk u ndje një copë herë. Sytë i mbërtheu përtokë, duart i lidhi në bark, u mblodh në vetvete aq shumë, sikur erdhi e u zvogëlua.

Edhe unë nuk fola një kohë. Rrija dhe e vështroja i menduar. Më bëhej se ai kishte rënë në një gropë të thellë dhe unë qëndroja buzë saj.

-T'ju them që keni të drejtë, - zura të flisja me pikëllim të shtirë, - gaboj, po edhe t'ju them që s'keni të drejtë, prapë gaboj. Gjendja e mërgatës sonë paraqitet vërtet shumë e vështirë. Me ato që dëgjova, zemra ime, si zemra e çdo ushtari besnik të mbretit mori një goditje të rëndë. Mendoni se unë tani sa po hyj në frontin e luftës, kurse ju, një ushtar i vjetër, po e lini. Të ishin punët ndryshe dhe jo në këtë gjendje të mjerë siç janë, nuk do të bisedonim kaq të qetë. Të vdekurin as e shan, as e qorton dot! Më falni, që po ju flas kështu. Po, meqë ju më folët haptazi, detyrohem dhe unë të flas në këtë mënyrë. Kur gjendesha në Shqipëri, mendoja shpesh për ju dhe, pa jua bërë qejfin, ju them se ju kisha zili që Shqipëria e vjetër jetonte akoma te ju dhe se një ditë mund t'i kthehej popullit shqiptar vetëm me armët tuaja. Por, nga sa thoni ju, ushtarët e mbretit janë kthyer në qyqe, në qyqe të vjetra dhe, në qoftë se është kështu, atëherë mjerë ne, mjerë populli që pret prej nesh. Një gjë është e vërtetë: Ju jeni të lodhur sa s'ka më. Disfatat, vuajtjet, pritja e gjatë, çorganizimi, të gjitha këto jua kanë mbytur besimin. Ju keni harruar se kush jeni. Keni harruar se ne jemi partia e mbretit, partia nënë, e ligjëruar nga populli shqiptar me kushtetutën e vitit 1928. Pra, na takon neve të bëhemi shtylla e mërgatës, të japim shembullin për bashkim, të tregohemi të arsyeshëm dhe të kuptojmë se, po nuk farkëtuam bashkimin, mërgatën e mori lumi...

Kamberi ngriti kokën. Sytë i qenë zvogëluar tepër dhe buzët me hundën e lëshuar, thuajse po takonin njëra-tjetrën.

-Në qoftë se do perëndia, mund të bëhet kështu si thoni ju, - foli ai me zë të zvargur, - po kam frikë se perëndia nuk na vë në hesap, bile na ka harruar për fare. Përsa më takon mua, me zemër jam me ju, po vallen nuk e heq dot më... Më vjen keq që po ju flas kështu... Besoj, më kuptoni drejt...

Unë nuk fola. Në mes nesh ra një heshtje e thellë. Heshtja më e thellë e natës. Pashë orën. Ajo po vente tre. Kamberi hapi gojën disa herë dhe padashur mbylli sytë.

-Më falni, tani po ju lë, - i thashë, duke u ngritur në këmbë. – Dua të arrij në punë me trenin e parë të mëngjesit.

Kamberi, i përgjumur, nuk kundërshtoi, përkundrazi u çua menjëherë, sikur ta priste këtë me kohë. Hapi derën dhe aty unë shqiptova fjalët e fundit:

-Më vjen shumë keq, që nuk jua ktheva dot mendjen. Me largimin tuaj, Legaliteti pëson një humbje të rëndë. Më ngushëllon vetëm fakti që, me këtë rast, fitova një mik të zemrës. Besoj se nuk do të ma refuzoni ndihmën, po të jetë se jua kërkoj.

-Për ju dera ime do të jetë gjithnjë hapur, - tha ai i gjallëruar papritur. – Më besoni, kisha harruar se mund të kishte njerëz në mërgatë që të më kuptonin e të më qanin hallin... Më vjen shumë keq që do të keni të bëni me Ihsan Maçin, po zemra ma thotë se me dashurinë e vendosmërinë që keni për mbretin, do t'i sillni shërbime të çmuara Legalitetit...

Ne u ndamë pa fjalë përpara shtëpisë, ndërsa shiu i hollë e i ftohtë vazhdonte të binte.

Ngrita jakën e palltos dhe dola në rrugë për të shkuar në stacionin e veriut. Atë kohë po kalonin me fenera në dorë një grup minatorësh të metrosë që merrnin turnin e ri. Më erdhi t'i përshëndesja. Kisha qenë edhe unë dikur minator në hekurudhën e rinisë. Po shpejt ndërrova mendje dhe buzëqesha me atë dëshirë naive të çastit...

"Zotësia jote është të qëndrosh në gjysmëhije. Bëje jetën të shpërndarë që askush të mos ta ndërtojë dot biografinë e vërtetë..."

Nasho Jorgaqi

KREU I SHTATË

1

Zënia që ndodhi në "Cap nord" i shpejtoi ngjarjet. Pas kësaj zoti Ihsan shpalli botërisht se Kamber Rusta ka shkelur në bukë të mbretit dhe është tradhtar. Kryetari kishte marrë aq inat, sa nuk linte gjë pa thënë kundër tij kudo që të ndodhej.

Filluan sërishmi thashethemet, romuzet, akuzat se në partinë e mbretit janë mbledhur llafazanë e grindavecë. Dhe partitë e tjera shkak kërkonin. Në "Cap nord" e kudo tek mblidheshin emigrantë s'kishte bisedë tjetër veç asaj të zënies e përçarjes sonë të re. Me këtë rast plasën grindje të tjera. Disa nga zogistët fanatikë u rrahën me një grup agraristësh.

Në kafenenë "Saturius" në Zhimet, Zenuni u ngrit në këmbë në mes të gjithëve dhe mbajti një fjalim kërcënues:

-Kush do të marrë nëpër gojë partinë e mbretit, do ta pësojë keq, - iu kanos ai të pranishmëve.

Në këtë situatë e quajta të udhës të mos bija në sy. U largova një kohë nga "Saturiusi" e i rrallova vizitat nëpër miq. E dija se kjo valë do të kalonte shpejt. Psikoza të tilla i kapnin shpesh rrethet e mërgatës. Atyre u pëlqente të talleshin me njëri-tjetrin dhe mezi prisnin rast.

Zenuni vinte gati përditë në dhomën tonë. Ai ishte i mërzitur dhe, duke më treguar se ç'po ndodhte, tërë kohën shante, sikur t'i kishte kundërshtarët përpara. Unë mundohesha ta qetësoja, po ndonjëherë dhe ta ndizja më keq, siç ma lypte interesi i punës, ndërsa Shpendi rrinte e dëgjonte në një qoshe, duke i vërtitur sytë nëpër dhomë me një vështrim që mua më dukej shpërfillës.

Një mbrëmje, papritur e pa kujtuar, dhoma jonë u mbush me njerëz. Unë e Shpendi atë kohë sapo qemë kthyer nga puna dhe ishim shtrirë.

-Ku je futë, o i zoti i shtëpisë? – u dëgjua një zë i trashë që thërriste në korridor. Ishte një zë i njohur, po unë, ngaqë isha i lodhur e i përgjumur, nuk e dallova mirë. U ngrita menjëherë, hapa derën dhe u gjenda ballë për ballë me trupin gjataman të Ihsan Maçit. Kur ndeza dritën, pashë se pas tij vinin Zenuni, Rezbati, dhe Martin Laca.

-Pasha të madhin zot s'ma kishte marrë mendja se kisha me të gjetë në këtë birucë! – tha zoti Ihsan, kur zuri vend në krye të dhomës, duke i hedhur sytë përqark. – Po ky çun kush asht? – pyeti.

-Është shoku im me të cilin banoj.

-Aha! – lëshoi një habi me grykë kryetari dhe vështroi Shpendin nga koka te këmbët. Pastaj kërkoi t'i thoshte se nga ishte e i kujt ishte. Po, kur mori vesh se nuk bënte pjesë në asnjë parti, u ngrys dhe i tha qortueshëm:

-Pse, mor bir, a nuk e din ti se berrin që dahet prej tufe e han ujku?!

-Edhe ne kemi tufën tonë, zoti Ihsan, - tha Shpendi buzagaz. – S'kanë ç'na duhen tufat e tjera!

-Njajo tufë s'i duhet kuj, - ngriti zërin kryetari. – Pse u banë shumë tufa, e mori dreqi Shqypninë! Shqyptar i vërtetë asht ai që shkon pas mbretit.

Shpendi deshi të fliste, por unë i shkela syrin dhe kryetari vazhdoi për një kohë t'i jepte këshilla. Pastaj befas ai ndërroi tonin dhe tha:

-A po del një dekikë jashtë, se dona me bisedue do çështje partiake?

Shpendi pa fjalë, hodhi pallton krahëve dhe doli.

-Tash puna e Kamber jaranit u pa, - nisi të fliste zoti Ihsan, duke u përpjekur të hiqej i qetë. – Ai don ma shumë atë bythmadhen, sesa mbretin. Jazëk i kjoftë! Gojët e kqija janë tue folë mbarë e prapë për na. Çka nuk po thonë... he nanën...

Por papritur, atë e kapi kolla dhe s'mundi dot të vazhdonte. Atëherë Zenuni zuri të numëronte, një nga një emrat e atyre që kishin folur e ishin tallur me mbretin e njerëzit e tij.

-Naltmadhnia s'ka me i falë asnjikaq! – thirri kryetari, duke kruar zërin e ngjirur. – Mbretnia shqyptare nuk pyet për pordha. Njikshtu asht si them unë...

-Ah, të kishim mbretërinë, dinim ne! – psherëtiu Rezbati, ndërsa bishtat e mustaqeve të lëshuara anash iu drodhën. – Po sot për sot nuk shikon dot të pish një kafe në "Kap". Të duket sikur të gjithë duan të të tallin, sikur të qajnë hallë. Nuk duhej të kishte ndodhur ajo që ndodhi. U bëmë gazi i botës...

-Edhe na jena tallë me ta kur ka kenë rasa, - u hodh Martin Laca duke thithur hundët, - pse e vogël të duket ty, kur Abaz Ermenin, kryetarin e agraristve, e xuni gafil policia n'Paris dhe unë e ti ç'ka s'kena folë në mes të "Kapit"!

-Sa për kët gja, as mos nxeni kryet, burra, - tha i vendosur zoti Ihsan. – Njikshtu e kanë kto punë në mërgatë: nji herë ta hypa, nji herë ma hype!

-Sigurisht, nuk duhet të mërzitemi sa ta humbasim toruan, - mora fjalën dhe i mëshova zërit. – Unë e kuptoj, mërgata e mbytur në halle mezi çpret një rast që të argëtohet. Njerëzit s'dinë ç'të bëjnë në këto raste, tallen me njëri-tjetrin, qeshin dhe harrojnë se armiqtë tanë këtë duan! Kjo nuk duhet të ndodhë kurrsesi ose të ndodhë sa më rrallë. Ne të gjithë së bashku duhet të gjejmë shkaqet dhe shkaktarët... Bie fjala, në vend që t'i turremi me inat Kamber Rustës, më mirë të gjejmë kush e ftohu Kamberin?

-E di unë se kush e ftohu Kamberin! – ia priti Rezbati dhe pa nga kryetari me sy të picërruar.

-Thuaje, - thirra unë me zë të plotë dhe i ngula sytë.

-Kryeministri, Fehmi Dani, - tha Rezbati.

-Fehmi kurva, thuej ma mirë, - shtoi kryetari. – Ai asht si ajo grueja që ka ndërrue njiqind burra... Punën ma të keqe kundër mbretit, ai e ban në mërgatë... Ah, të kisha me e hedhë në Kanalin e Madh!

-Ja, këto gjëra duhet të bisedojmë kokë më kokë dhe jo t'i bëjmë muhabete kafenesh. Të marrim vesh se përse e bën këtë zoti Fehmi, ka arsye, ka shkaqe apo s'ka. Detyra jonë si parti e mbretit është t'i studiojmë punët mirë dhe pastaj të veprojmë, ndryshe bëhemi qesharakë, siç jemi bërë me rastin e Kamberit.

-Fehmi Dani ban lojën e tjetërkuj dhe për ktë i vjen çeku çdo muej, - tha rëndë-rëndë kryetari. – Ça kujton ai, bar hamë na! E paguejnë njata padrona që s'shkojnë mirë me miqt' e naltmadhnisë... Ai han bukën e grekut...

-A e shihni, pra! – thirra unë me zë të lartë. – Hahen shtetet që e lakmojnë mërgatën dhe ne për qejf dhe interes të tyre i fusim fitila njëri-tjetrit. Kështu e pëson keq mërgata. Prandaj ne do të tregojmë kush jemi. Në qoftë se "kryeministri" gënjen një ish-nënprefekt si Kamber Rusta, nuk duhet të na gënjejë ne të tjerët...

-Ty t'lumtë ajo gojë, o Manush aga! – thirri Martin Laca që rrinte i thyer në dysh në cep të njërit krevat. – Pasha gjakun e Krishtit, ai njikshtu e ban gjithnji, hedh gurin e mshef dorën!

-S'ka gjë, ai le të hedhë gurë, - ia bëra unë me zë autoritar. – Ne të tregohemi të durueshëm. Apo s'është kështu, zoti kryetar?

-Njashtu, pasha të madhin zot! Fehmi begu asht prej atyne që kanë ngrënë bukën e mbretit e mandej i kanë përmbysun, kupën! Ai t'bajë lojën e kujt të dojë, na kena hak m'e marrë!

-Hakun do ta marrim patjetër, - ngrita zërin unë, - po vetëm atëherë kur të na vijë rasti në shteg. Sepse mendoj që do të bënim gabim të pandreqshëm po qe se do ta godisnim tani kur mërgata është e ndarë dhe e përçarë keq. Mos harrojmë se ai është këtu një nga shtyllat. Për mërgatën tonë këtu s'është gjë e vogël të ketë në gjirin e saj dhe një "kryeministër".

-Phy! – s'u përmbajt kryetari. – Ai asht ba kryeministër dy muej në vakt të gjermanit. Njashtu mund t'ish ba çdo oficer e bajraktar. Gjermani kishte nevojë me shtrue popullin. Ma mirë se vendsi s'e bante kush!

-Sidoqoftë ai ka hyrë në histori, - thashë unë duke shkelur synë e djathtë, - dhe ne s'kemi të drejtë ta heqim nga historia!

-Kena, si s'kena! – u nxeh kryetari. – Historinë e ban mbreti. Ai din se kush duhet me hy e kush jo!

Unë nuk e kundërshtova. Heshta. E dija se, po të vazhdonim kështu, mund të qëndronim deri në mëngjes. U ngrita dhe bëra detyrën që më takonte si i zoti i shtëpisë. Nxora shishen e shnapsit me gotat dhe i vura mbi tavolinë. Vura dhe gjellën e darkës që kishte përgatitur Shpendi dhe afrova tavolinën.

Kryetari mori gotën i pari dhe tha:

-Sa mirë bane! Se na kena ardhë me t'urue e me t'gazmue!

Unë hapa sytë i habitur dhe mbeta një çast. Ai vazhdoi:

-Meqenëse kena mbetë pa sekretar, jena marrë vesh në mes vedi e fjalën ia kena çue dhe Pallatit, që zotnia juej për tash e kndejna me kenë kshilltar i Degës.

Atëherë mua m'u desh që dhe kësaj here të tregohesha i prekur. Kryetari m'u hodh në grykë, duke lëshuar një kutërbim të rëndë që të kujtonte erën e cjapit. Të njëjtën gjë bënë dhe të tjerët, dhe, pasi tokëm gotat, u përkulën mbi tavolinë dhe i ranë darkës sime dhe të Shpendit. Unë qëndrova në këmbë dhe, duke i dhënë zërit tone mallëngjimi, mbajta një ligjëratë mirënjohjeje e premtimi. Për këtë nuk hoqa zor, sepse sapo e kisha kthyer gotën me fund.

-Tani vendin e ke në Bruksel, - tha Rezbati, duke fshirë buzët me kurrizin e dorës. – Të largohesh sa më parë nga kjo gropë e mallkuar!

-Po, po, - u bashkua me gojën plot kryetari. – Qysh nesër shko lajmoje padronin dhe në krye të javës të presim. Dyl Sqolli ta ka gjetë punën. Kam bisedue vetë me të. Sa për shpi, asht nji dhomë, dy rrugë ma poshtë se shpia jonë, veç asht pak shtrenjtë. Po të doli hesapi, merre, në mos po gjejmë tjetër.

Kur shishja u sos dhe unë desha të dilja të blija një të dytë, zoti Ihsan nuk më la. Brofi në këmbë dhe urdhëroi të tjerët që të çoheshin.

Në rrugë, para se të ndaheshim, në errësirën e plotë të natës, iu drejtova kryetarit me këto fjalë:

-Edhe babanë të kisha këtu, nuk do të kishte bërë aq sa po bëni ju për mua. Faleminderit.

Zoti Ihsan diç murmuriti, por s'e mora vesh. Atë kohë ai çoi njërën dorë të mbulonte sytë nga drita verbuese e urbanit që po vinte drejt nesh.

2

Në fund të muajit, unë u largova nga Zhimeti dhe vajta në Bruksel. Padroni nuk më nxori ndonjë pengesë. Përkundrazi më lëshoi një çertifikatë mirësjelljeje që ta kisha me vete sidoqë të vinte puna. Sa për lidhjet e tjera, ato i këputa kollaj. Mora rrogën e fundit në administratën e fabrikës, pagova qiranë e pensionit, mblodha plaçkat në valixhen e vetme që kisha dhe shkova në stacion të trenit. Nuk lajmërova asnjë nga shqiptarët, s'doja të bija në sy.

Në stacion, përpara biletarisë, më priste Shpendi. Ai kishte lënë punën dhe, megjithëse qemë përshëndetur në mëngjes, kishte ardhur të më përcillte.

Ndarja për të dy nuk qe e lehtë. Ai ishte prekur tepër, ashtu siç isha prekur dhe unë që po largohesha prej tij. Ne provonim një keqardhje të sinqertë dhe këtë e kalonim në heshtje pa qenë në gjendje të shpjegoheshim deri në fund. Dhe kjo na mundonte pa masë, sidomos Shpendin. Ai e kishte shumë të vështirë të bisedonte.

Ne nuk dëshironim kurrsesi të ndaheshim dhe prapë nuk bënim asnjë përpjekje që kjo të mos ndodhte. As unë i thosha të vinte në Bruksel, po as ai nuk më thoshte të rrija. Unë shkoja në Bruksel për arsye politike dhe bëhesha një nga drejtuesit e degës së Legalitetit. Shpendit kjo gjë nuk i pëlqente. Nuk i pëlqente që unë po futesha thellë e më thellë në punët e politikës. Dhe, sadoqë më donte e më nderonte, nuk mund të pajtohej me këtë gjë. Në rast se ai do të vinte me mua në Bruksel, pozita e tij do të vështirësohej e ndërlikohej. Lufta politike e mërgatës ishte një batak që, dashur pa dashur, do ta thëthinte. Këtë ai s'do ta pranonte, qoftë dhe për hir të miqësisë me mua. Pësimet e hidhura të jetës e kishin mësuar të shikonte hesapin e tij dhe të mos trazohej me hesapet e mërgatës. Për më tepër, ai kishte krijuar shoqërinë e vet me njerëz që i qenë shtruar punës dhe mendjen e mbanin në vendlindje. Të gjitha këto unë s'mund të mos i merrja parasysh kur mendoja për të ardhmen e një njeriu si Shpendi.

Prandaj ne nuk e hapëm fare këtë bisedë dhe në heshtje pranuam t'u nënshtroheshim rrethanave të reja. Ai do të banonte në Zhimet, kurse unë në Bruksel. Për punën time, kjo rrethanë përveç ndarjes nga njëri-tjetri, s'kishte asgjë të keqe. Shpendi ishte shoku im dhe mua më interesonte që ai të mbetej atje ku qe.

"Është detyra jote të ndihmosh e të sjellësh në rrugë të drejtë të gabuarit e të penduarit. Ti je dora e popullit që u zgjat atyre kudo qofshin, në çdo pikë të dheut..."

Rrinim në kafenenë e stacionit dhe prisnim trenin.

-Më vjen shumë keq Shpend, që po ndahemi, - i thashë, - por besoj se e kupton që një njeri në pozitën time nuk e ka veten në dorë. Nuk mund të kundërshtoj kur më thërret detyra. Ti je i lirë dhe qofsh gjithnjë kështu. Megjithatë, kjo nuk na pengon të jemi miq e shokë, që ta duam e ta ndihmojmë njëri-tjetrin në rast nevoje. Apo s'është kështu?

Ai rrinte karshi meje me qepallat gjysmë të ulura, ndërsa me dhëmbë kafshonte një fije shkrepëse. Gotën e konjakut e mbante shtrënguar në dorën e djathtë.

-Ç'të them unë, - tha pastaj me një zë të pasigurt, - ti i di më mirë punët. Qejfi ma kishte të rronim e të punonim tok. Si duket, s'qenkësh e thënë e u dashka të ndahemi medoemos.

-Sa për ndarjen, ti mos u mërzit. Unë s'po shkoj jashtë kufijve. Në fund të fundit, disa kilometra na ndajnë. Veç kësaj, duke pasur një mik në krye të mërgatës këtu, ti vetëm të mira ke, apo jo?

Shpendi ngriti sytë dhe më vështroi qortueshëm:

-Ta them një fjalë si vëlla?

-Thuaje! – buzëqesha, duke e marrë me mend se ç'do të thoshte.

-Nga mërgata, vallahi, unë nuk pres asnjë të mirë.

Qesha dhe kapa gotën e konjakut.

-As nga unë?

-Ty të kam mik!

-Atëherë, çoje ta pimë për miqësinë tonë.

Qesha përsëri, sepse nuk doja që ai të shtyhej më gjatë në arsyetimet e tij. Një bisedë si kjo nuk mund të duronte më shumë se kaq. Me Shpendin nuk më pëlqente të shtiresha, doja të tregohesha ashtu siç isha, një mik i tij i vërtetë. Ai e meritonte këtë.

Këto qenë minutat e fundit të ndarjes, pasi atë kohë, u dëgjua një fishkëllimë e trenit dhe ne u ngritëm e dolëm në platformë. Te shkallët e vagonit ai më zgjati në distancë valixhen dhe aty u ndamë duke u puthur në buzë.

Në Bruksel nuk kisha lajmëruar njeri të më priste. Me të mbërritur, zura vend në një hotel – pension dhe ditën e parë e të nesërmen nuk dola pothuajse fare. Isha i lodhur, po më shumë doja të mblidhja veten dhe të mendoja për kohën që kisha përpara.

Hoteli ishte i qetë, një ndërtesë e vjetër, siç janë zakonisht në Perëndim hotelet e rëndomta, diku në kthesën e një rruge të shtruar me kalldrëm në Brukselin e vjetër. Gjithë kohën rrija shtrirë dhe ngrihesha sa për të ngrënë bukë. Kisha marrë disa libra dhe lexoja. Sadoqë kisha njohuri për vendin ku jetoja, prapë, më duhej në kushtet e reja të njihja më mirë historinë, ligjet, psikologjinë e vendësve. Brukseli, këtej e tutje do të qe terreni i punës sime. Njerëzit me të cilët do të kisha të bëja qenë shpërndarë në të katër anët e tij. Mërgata këtu kishte vatrën e saj kryesore dhe unë nuk harroja se kjo qe për mua një djerrinë e minuar.

Ditën e tretë, pasi hëngra drekë në restorantin karshi hotelit, u ktheva në dhomë dhe po rrija shtrirë. Dëgjoj zhurmë këmbësh në shkallët prej dërrase të korridorit dhe zërin e zonjës së hotelit. Pastaj një të trokitur në derë dhe thirrjen:

-A je gjallë, o burr' i Shqypnisë s'vjetër!

Ishte një zë që e kisha dëgjuar njëherë, po që aty për aty nuk më binte ndërmend. Bile, u trondita pak, se më erdhi krejt i beftë, mbasi nuk kisha njoftuar njeri se ku ndodhesha. Vetëm kur hapa derën dhe pas trupit të bëshëm të zonjës së hotelit, bëri ballë koka tullace e një burri të gjatë, atëherë u kujtova:

-Urdhëro, zoti Dyl, urdhëro!

Ne u hodhëm në krahët e njëri-tjetrit dhe e zonja e hotelit mbylli derën nga pas. Ai nxitoi të shpjegonte, duke qëndruar në këmbë, me njërën dorë në supin tim:

-Thashë me vedi, a asht ky apo m'bajnë sytë? Ti po hyjshe m'hotel, unë po kalojshe atypari me gruen. Thashë prapë me vedi, ky asht, Dyl, ço gruen në shpi dhe ec baj nji dorë muhabet Shqypnie. S'ma kishte marrë mendja se do t'vijshe bash afër shpis seme. Po si je bre burrë, si shkon, a je lodhë, a je mërzitë?

Kur u ulëm, ai në karrige e unë në krevat, i zgjata kutinë e cigareve "Royal" e i thashë buzagaz, duke i shkelur syrin:

-Paske kujtesë shumë të fortë. Një herë më ke parë në tufë me të tjerët, dhe më paske mbajtur mend mirë.

-Jo, - ia priti ai me zërin që i vërshëllente në mes të dhëmbëve të rrallë, - të kam pa dy herë. Edhe nji herë kur pat ardhë Tajar Zalani. Tanë Brukseli të ka mbajtë në gojë atëherë. Zotni Tajari erdh për lesh e iku, me nder jush, i qethun para e mbrapa! Ha, ha, ha!

Ai qeshte me potere të madhe, me një zë kumbues, duke e hapur gojën cep më cep dhe përplaste duart sipër gjunjëve. Gjithë kohën trupi i tij ishte në lëvizje të pandërprerë, ndërsa sytë nën vetullat e trasha nuk i rrinin kurrë në një vend.

-Më ka mbetur qejfi prej teje, - ia ktheva me një ton shakatar, mbasi nga sa kisha kuptuar me Dylin nuk mund të bisedohej ndryshe, veç duke qeshur e duke hedhur romuze. – Të kujtohet atëherë kur na erdhe në kampin e "Leit", e na premtove se do të vije në minierë të na shihje? Ne prit Dylin, Dylit as që i binte ndërmend se ishim gjallë.

Dyli u përpoq të shtirej i prekur, bile gati i mbuloi sytë me vetulla dhe tha:

-S'ka faj Dyli, për flamur t'Shqypnisë! Dylin e thirrne ne nesre në polici. Ti a s'more vesh se ç'bani vaki? Dy ballista thernë me thika një agrarist e na turpnuen fis e atme. U derdh gjaku rrkajë në tokë të huej, kur toka e Shqypnisë lyp gjak për vedi. Ç'ka me të thanë Dyli ty, Sal Maxhuni vdiq n'spital e Xim Rashën e Kolë Mashin i rrasnë në burg, e Dyli herë në spital e herë në polici, terxhuman për faqe të zezë. S'di sa zgjati kjo punë e kshtu, ju dola fjalës ju, se!

-E paske mirë me ata të policisë, siç duket, - i buzëqesha dhe i shkela syrin.

Ai s'i priste këto fjalë dhe njëherë, s'diti ç'të thoshte, po pastaj kundërshtoi i hutuar:

-Jo vallahi... Po si me ta shpjegue Dyli ty?... Tanë jetën Dyli terxhuman ka kenë, terxhuman me ndihmue vllaznit e vet. Bash për kta, për më mbrojtë nderën e Shqypnisë shkoj ndër policina.

Dyli fliste dhe mundohej të merrte një pamje serioze, po e pengonin lëvizjet e vetullave, ajo fishkëllima e zërit që i shkaktonin dhëmbët e rralluar dhe fytyra që i ngërdheshej. Atëherë dukej më qesharak se ç'ishte dhe, kur e kuptonte këtë kthehej prapë te shakatë e tij të zakonshme.

Ne u hodhëm pastaj në jetën e njëri-tjetrit. Unë i tregova timen, ai të tijën. Gjithë kohën qeshnim dhe nuk merrej vesh se nga vinte tërë ai gaz.

Ai u gëzua dhe gati sa s'më rroku në qafë, kur dëgjoi që im atë kishte qenë oficer i Zogut, siç u preka dhe unë, kur mora vesh për së dyti se babai i tij, një nga tregtarët më të mëdhenj të Shkodrës, kishte qenë deputet i mbretit. Dyli tha se "ishte rritun midis tanë të mirave, me pasuni të madhe, me shërbëtorë e guvernante italiane n'shpi" se "baba kishte pasë gjysmën e dugajve t'reja n'Shkodër, e se ishte ai që mblidhte xhelepin e malcisë nga Vermoshi e der n'fush t'Shtoit. Tash – shtoi Dyli, - komunistët na kanë lanë lakuriq me gisht në gojë. E thuej si të duesh, na i besojmë e i lutena perëndisë e ata s'i besojnë hiç e prapë atyne u prin e mbara!"

Dyli ishte larguar nga Shqipëria që shpejt dhe s'qe kthyer më. Kishte shkuar para lufte në Itali për studime dhe mezi kishte hedhur dy vitet e para. Më tutje s'kishte ecur dot. Me mbarimin e luftës iu pre burimi i të ardhurave. Atëherë u detyrua të martohet me të bijën e zonjës së pensionit ku banonte dhe hyri dhëndër brenda. Prej asaj kohe banonte e ushqehej falas e vijonte të vente e të vinte në universitet me një çantë të vjetër që e kishte blerë përpara dhjetë vjetësh kur kishte shkelur për herë të parë në fakultet. Më vonë kishte gjetur punë, duke hyrë si nëpunës në administratën e kampeve të emigrantëve që kishin ngritur anglo-amerikanët. Ai kishte punuar në të gjithë kampet, në fillim në "Reggio Emilia" e në "Santa Maria de Leuca", e më pas në Cine Citta, afër Romës. Zakonisht kryente punën e përkthyesit, po ishte trazuar dhe me punë të tjera. Në kampe qenë mbyllur dhe disa miqtë e babait, kishte dhe njerëz të tjerë nga "dyert e mëdha" që "lufta i kishte zezue" dhe Dyli u qe gjendur "si vlla e si shqyptar".

Qysh atëherë ai e lidhi jetën e tij me këtë punë, i braktisi fare studimet dhe, siç thoshte ai, u zgjati "dorën shqyptarisht vllazënve t'vet në ditë të vështira". Asnjëherë Dyli s'kishte pasur më shumë vlerë e të holla sa në ato vite të pasluftës. Po më tej punët qenë ngatërruar ca. Kampet në Itali qenë mbyllur e njerëzit i kishin shpërngulur në vende të tjera dhe Dyli papritur ishte gjendur në një situatë të vështirë. Ata që e paguanin e kishin urdhëruar të shkonte në Belgjikë, ku qenë mbledhur një pjesë e madhe e emigrantëve dhe ndihej nevoja e Dylit. "Profugët e shkretë, - thoshte Dyli, - s'dijshin asnji gjuhë veç gjuhës s'nanës dhe mue m'u desh, për t'mirë t'Shqypnis me u shkue mbrapa".

Në Itali, Dyli kishte lënë gruan me dy fëmijë dhe qe martuar rishtas në Belgjikë me një hollandeze dhjetë vjet më të madhe. Kur në bisedë e sipër e pyeste ndonjë se përse e kishte bërë këtë gjë, ai thoshte si pa të keq:

-T'mos kishte qenë ajo, Dyli do të kishte mbetë sod e tanë ditën n'rrugë t'madhe, pa shpi e pa pare n'xhep. M'besoni, vllazën, se njat femën e kam edhe grue, edhe motër, edhe nanë!

Kishte raste, dhe kjo ndodhte më shpesh, që Dyli ishte i pakënaqur prej saj dhe atëherë shfrente:

-Feqenia! Pare ka boll e të tana i ka vue në bankë në emën të vet. Veç me e pa, pesë pllambë mbi dhe, rrasht e lëkurë, mezi i rrinë teshat n'trup! Dy pare s'ban e tanë pare asht! Po si thotë i urti: i duruemi, i fituemi!

E pyes dhe unë Dylin për të shoqen. Ai më shikon me vërejtje, më heton dhe pastaj ia plas gazit:

-Ti m'pyet për të parën a për t'dytën se na myslimanët e kena të lejueme nga Muhameti deri n'shtatë, po ku i mbushet rradakja asaj italianes, m'ka da për s'gjalli nga fmijt e as don me ia ditë ma për mue!

Unë ia kam gjetur: i shkel syrin dhe qesh.

-Ka të drejtë, - i them pastaj seriozisht. – Na ke nxirë faqen si shqiptar.

-Joo, - kundërshton ai me të madhe, - e kam ba si Dyl, e jo si shqyptar. Mandej mor zog Shqypnie, dona me rrnue, po pa hile nuk rrnohet kndej pari. Ke me e provue vetë e ke me m'dhanë të drejtë...

Ai fliste dhe tregonte pa pushim, me një lehtësi të çuditshme. E dëgjoja e ndërkaq më shkonin sytë padashur te gjoksi leshtor që i ngjitej deri te fikthi dhe më vinte për të qeshur. Aq më tepër sepse Dyli s'dinte të rrinte një çast i qetë, po, tek bisedonte, lëvizte herë duart, herë këmbët, kurse sytë me xhufkat e vetullave sipër i vërtiteshin sa andej-këndej me një shpejtësi gazmore e komike.

-Mesa kam dëgjuar, Dyl Sqolli është dorë e fortë e mërgatës, - i them unë kur më në fund biseda jonë reshti një grimë herë.

-Po kje se don me më pasë mik, me mërgatën s'ke pse m'ngatrron, - ma kthen i pakënaqur. – Dyli i nep dorën çdo shqyptari.

-Po mua a do të më ndihmosh?

-Bash si vlla!

-Veç pa hile?!

-Mos e thuej at' fjalë, bre burrë. E, në daç me dijtë, punën ta kam gjetë njashtu siç m'ka porositë zoti Ihsan.

-Po hë, më thuaj, ku?

Dyli para se të përgjigjet, gagarit njëherë me potere dhe thotë:

-Punë pllumbash! Nji nanë me dy çika që ban abazhure. Ti mashkulli midis tyne, mbyllë për bukuri midis katër mureve. Zoti Ihsan m'tha se zanatin e elektriçistit e din. Kjo mjafton me ia marrë dorën zanatit t'ri...

-E di si është puna, Dyl? Dega e Legalitetit më ka caktuar këshilltar. Këtë detyrë nuk e kryej dot në mes të katër mureve, duke pasur në krye gra...

-Ti mos u shpejto, bre burrë. Tash po e rregullon për bukuri. Provoje nji herë.

-Jo, jo, s'kam ç'të provoj, - kundërshtova. – A ka mundësi të më gjesh një vend për elektriçist, ku ka dhe shqiptarë të tjerë.

Dyli vrenjtet:

-Ke me u pendue, ta dijsh. Mandej s'ka lezet, ti këshilltar i nalmadhnisë, elektriçist.

-Jo po, ka lezet këshilltar i naltmadhnisë në mes të grave!

Ai më shkel syrin fort sa i rrudhoset fytyra dhe ia jep të qeshurit:

-Mirë, pra elektriçist! A thue se ka me pranue Naltmadhnia?

Unë s'i përgjigjem, bëhem serioz dhe e vështroj rreptë. Ç'ka që e merr nëpër gojë ashtu emrin e Lartmadhërisë?! Ai bën sikur nuk kupton e pastaj më propozon:

-Hajt, a po dalim? Shkojmë në "Kap".

-Dalim, - them ftohtë dhe marr të vishem.

3

Kur zbritëm në rrugë, Dyli më shtiu krahun dhe s'ma hoqi derisa mbërriti tramvaji. Ishte mbrëmje dhe kishte lëvizje të madhe, po Dyli s'donte t'ia dinte, çante përpara duke më tërhequr dhe mua nga pas. Sapo hipëm, pagoi i pari dhe s'më la të futja dorën në xhep. Në stacionin e dytë hynë në mes nesh njerëz të tjerë dhe ne papritur u gjendëm të ndarë. Unë e shikoja Dylin, kurse ai nga mënyra se si rrinte, nuk më vinte re. Kur po i afroheshim qendrës, padashur më shkuan sytë te Dyli. Ai nxori portofolin dhe, duke vështruar me bisht të syrit nga unë, futi në të dy biletat e grisura të tramvajit. Unë bëra sikur nuk pashë gjë. Sapo zbritëm në shesh, ai nxori portofolin dhe tha:

-Duhet me i dhanë llogari asaj feqenes deri n'santim. A e shef ku ka mbrri puna!

-I paske shkelur, më duket, zakonet e vjetra shqiptare, - qesha, duke i dhënë kështu të kuptonte se e besova vërtet, po në të njëjtën kohë më tërhoqi vëmendjen shqetësimi i tij i fshehtë.

Në "Cap nord" dritat ishin ndezur dhe prapa xhamave të dritareve të mëdha dukeshin kokat e njerëzve. Ne pritëm të hapeshin semaforët dhe të kalonin në anën tjetër. Dyli më mbante për dore si fëmijë dhe mua më vinte për të qeshur.

Salla e madhe e kafenesë ishte plot, sidomos tavolinat pranë dritareve qenë të zëna. Disa kthyen kokën. Dyli shikonte përpara dhe përkulte trupin, duke hapur pëllëmbën e dorës në gjoks dhe duke përsëritur me gjysmë zëri:

-Merhaba, burra merhaba!

Unë përshëndesja me kokë dhe, megjithëse nuk njihja pothuaj asnjë, e merrja me mend se shumë prej tyre ishin emigrantë dhe qenë mbledhur si zakonisht, të shtunave mbrëma. Vetëm kur u ulëm në një tavolinë bosh nga krahu i djathtë i sallës, më zuri syri Kamber Rustën dhe Ram Dragën, që bisedonin kokë më kokë pranë banakut.

Tavolina jonë binte pothuaj karshi të tjerave, përballë derës, ndërsa dritaret i kishim larg. Sallën e kishte mbuluar tymi i duhanit dhe dëgjoheshin të kollitura.

Dyli rrahu dy herë shuplakat dhe pas pak erdhi kamerierja e shëndoshë flokëverdhë. Kamber Rusta vështroi nga ne.

-Dy kafe turke të forta, - porositi Dyli dhe, ndërsa ajo u largua, ai ktheu kokën me kujdes nga Kamberi dhe më pëshpëriti:

-E kena nusen tonë ktë. Marshallah! Tanë shndet e kuvet! Ajo imja, si krande, me i fry, rrxohet. Ku ka shkue e i ka dhanë perëndia njiksaj t'Kamberit tanë atë gji e vithe e atë temen e ka harrue fare. Thuhej, pra, n'daç qi perëndia s'gabon. Merr me mend kur gabon n'vithet e grave, ç'ka me pritë prej saj drejtësi në gjanat e tjera ma t'randsishme! A e njef Kamber jaranin? Asht ai atje te banaku!

-Kamberin e njoh, po ai tjetri kush është? – pyeta kastile, pa i ngritur sytë.

-Ai asht Ram Draga, çuni i vogël i Maxhun Dragës, bajraktarit s'di se i kujt nahije n'malci. Babën e vllanë ia kanë gri komunistët. Vetë ka kalue n'Jugosllavi, ka ndejtë do kohë n'kampin e Getovës dhe mandej asht hudhë kndejna. Thotë se punon për mbret e atme! S'di ç'ka me të thanë ma. Ke me e njoftë vetë ma mirë, se e ke në partinë tande!

Kamerierja solli kafet dhe Dyli vuri dorën në xhep. Unë kujtova se ai do të paguante dhe nxitova të nxirrja paratë, po ndërkaq ai nxorri paketën dhe s'e bëri veten. Atëherë pagova unë në heshtje, kurse ai zuri të rrufiste kafenë, duke psherëtirë me kënaqësi:

-Oho ho... nji kjo kafe m'kujton Shqypninë! Vij sa herë ktu kur m'dalldis malli! E kena dhe na nji nanë e nuk jena kopila!

Ktheja pa u ngutur filxhanin e kafesë dhe vështroja tavolinat përballë. Shumë nga fytyrat më dukeshin të njohura, sikur t'i kisha parë e takuar dhe herë të tjera. Ishin po ato fytyra që kisha ndeshur në kafene "Saturius" apo në dhomat e ftohta tek mblidheshin pas punës. Disa prej tyre më dukeshin fytyra të damkosura nga ligësia dhe veset, të shtrembëruara e të fishkura, me një shprehje të rëndë e të ndotur, që të kujtonin herë qentë e rrahur, herë maçokët e plakur. Vështroja sytë e cave, të groposur thellë e të turbullt, që shpërndanin shikime të ngrira dhe më bëhej sikur kishin zbritur aty tërë shpendët grabitqarë.

Secili rrinte në qejf të tij, me trup të lëshuar në karrige, kush me njërën këmbë nën vete, kush këmbëkryq, kush me këmbët e zgjatura tej e tej. Rrobat e rrudhura e të lyrosura feksnin që larg. Një pjesë, mbanin kapele apo shapka të zbërdhylura e pa formë, që nuk i hiqnin tërë kohën nga koka.

Nëpër tavolina bisedat shpërthenin herë pas here si piskamë, sepse shumë prej tyre s'dinin veç të bisedonin me zë të lartë ose të heshtnin e të mos ndiheshin fare për të gjallë. Kishte dhe nga ata që koteshin e flinin ndenjur duke gërhitur lehtë. Dhe gjatë kësaj kohe, kolliteshin e kruheshin lirisht, si të qenë shtrirë nëpër shilte dhe thithnin pa pushim duhan, aq sa xhamat visheshin dhe një mjegullnajë tymi lëvizte vazhdimisht nëpër sallë.

Unë kisha ardhur në "Cap nord" në një nga ato mbrëmje kur mblidheshin secili në shoqëri të tij.

-Boll je tue i shique, - theu heshtjen Dyli, - po mos baj çudi hiç që rrijnë kshtu si t'fjetun e s'begenisin. Shqyptarë jena vërtet, po jena të ndamë ndër partina. N'kët kafe i kena tanë partitë e Shqypnisë.

Ai fliste me një pamje serioze, po zëri i tingëllonte qesëndisës:

-Vallahi, bilahi, s'ka pse me pas dert Shqypnia!

-Kjo është e vërtetë, - thashë unë prerazi, duke kryqëzuar vështrimin me të. – Fat i madh për Shqipërinë!

-A din ç'ka? – Dyli u kthye i tëri nga unë. – Të kishit fitue ju, Dyli tash do t'rronte si zotni në Shkodër, me dugajë e me shpija, me toka të veta, po fituene komunistat e Dylit mbet me gisht në gojë...

Unë qesha nën hundë:

-Ti pse s'thua ne, po thua ju?... Domethënë kur s'je me ne, je me komunistët. Kështu del!

Dyli luajti vendit:

-M'ngjan se po flasim marrina. Shkurt fjalët, mue s'më ke për politikë.

-Pse, si thua ti? Ne të nxjerrim gështenjat nga zjarri, ti t'i hash...

-Unë di me thanë nji ktë gja; gjithkush ka punën e vet. Do punojnë, do bajnë tregti, do japin mend, do luftojnë. Mue njiherna për luftë s'më ke. Në daç me e dijtë, dorën ma kanë zgjatë të tanë, rahmet pastë, nga Mithat begu e der si me t'thanë ty, tek Ihsan aga. U kam thanë falemenders shumë prej jush, po ju në punë tuej e unë në punë teme. Gjithkush e din vetë si me i shërbye shqyptarisë...

Tunda kokën dhe zura t'i them Dylit se lufta e vështirë kundër armiqve të fesë e të flamurit, kundër atyre që i kishin marrë pasurinë atij e të tjerëve kërkonte bashkimin e të gjithëve. Dyli më dëgjonte me fytyrë ngërdheshur dhe herë thithte dhëmbët, herë hundët.

-Domethënë, - thashë unë në fund të një heshtjeje të gjatë, - ti, Dyl, nuk bën pjesë në asnjë parti?

-Për kë e ke fjalën, për njikto partitë ktu n'kafe?

-Për partitë e mërgatës!

-E pra, partitë e mërgatës të tana ktu i ke të mbledhuna, në "Kap". Fillo nga të dy krahët, prej derës e n'banak pothuaj çdo tavolinë asht parti m'vedi. Nuk i njeh, a?

-Jo, - ngrita supet si pa të keq.

-Tash, po t'i tregon Dyli, nji për nji. Nga don me ta fillue?

-Nga të duash. Vetëm, të lutem, pa rënë në sy.

-Mos kij dert se s'je as i pari, as i mbrami që po t'kallxoj... Kush vjen n'Bruksel, vjen me pa dhe "Kapin" si kuriozitet.

Ai bënte sikur fërkonte kurrizin e hundës dhe duke fshehur një pjesë të gojës, më pëshpëriste:

-Njata te penxherja e madhe janë partia e agraristve. Siç e din, kta janë të "Ballit", por tue u zanë e gri, kanë dalë gjysmëparti m'vedi... sepse siç e din Balli asht nda e përça tri pjesësh. Kta thonë se duen me i dhanë tokë katundarisë, thue se komunistat nuk ia kanë nda me kohë e me vakt. S'di ç'ka duen me i dhanë. A i din sa potere bajnë? Janë fort t'idhtë. Besa, dy fjalë s'i ndrron dot, se kërset thika e koburja. S'dinë me folë ndryshej. Ai pinuci asht Anton Kumashi, bir tregtari prej Tosknije. Asht bash i pari i agraristve. Inatçi i madh boll, ai kishte me i rrjepë komunistët nji për nji. Ngjitë me të ke Sopot Vrapin. A e shef si e ka fytyrën të çapërlueme me blana plagësh? Njai ka kenë me komunistët, mandej asht prishë e, pasi ka vra bash shokun e vet ma të ngushtë, asht arratisë. Edhe ai s'ta ban të gjatë, kryet e ka kobure. Njikshtu i ke të tanë, dorë e zezë!

Dyli kafshoi buzën dhe rrudhi hundët:

-Kuku, çka po flas! Pasha të madhin zot, me m'ndigjue, kishin më me vjerrë te njaj abazhuri i madh atje nalt.

Unë nuk ua vura veshin këtyre fjalëve dhe vazhdoja të pyesja gjithnjë si i paditur:

-Po ai buzëholli atje, që rri rëndë, kush është?

-Pse nuk e njeh, a? Nji "kryeministër" kena ktu, zotni Fehminë, Fehmi Danin. Ka mbetë qyqari pa kabinet tash sa vjet. Rrnon me Kaloshin, nji malcuer që ka marrë me vedi kur ka ikë. Kaloshi i shkretë, ç'ka me ba ma parë, me i shkue pas e me e ruejtë a me punue si shërbtuer e si grue n'shpi. Mirë thonë si Fehmi begu, veç n'hale s'e merr me vedi, po gjithkund me të! A e shef si i ka mbyllë sytë Kaloshi? Flen trimi dhe mirë ia ban. Zotni Fehmija po ban politikë me Koço Mushin. Asht ai burri i shkurtë me bark të vogël, përkarshi Fehmi begut. Mesa di vetë, ka kenë mësues katundi, po mërgata e thërret profesor. Boll me pasë krye nji shkollë e me ta dhanë nji titull shoqnia kndejna. Fehmi begu, duen të thonë, në kabinetin e tij të ardhshëm i ka caktue portofolin e arsimit, por tash për tash zotni Koçoja, lan fuçia djathi në një magazinë nozullimi. Siç e shef, tanë kohën rrijnë bashkë e ia bajnë fort qejfin njani-tjetrit.

Dyli harroi se ku ndodhej dhe mori të fliste lirisht, që sa unë ia hoqa vërejtjen dhe ai, duke kafshuar gishtat, thirri ultazi:

-Kuku, çka po bërtas!

-Ti mirë po flet, po fol ngadalë. A jemi burra?

-Pasha zotën, ktu në mërgatë, s'po merret vesh, jena burra apo gra. Kuku...

Atij i ra në fytyrë një hije e lehtë shqetësimi, ndërkaq unë, duke vështruar tavolinat, e pyeta sërish:

-Po ata të dy që rrinë në një tavolinë e s'flasin, ç'janë?

-Janë të paparti, po prapë e kanë nga nji zot si Fehmi begu që ia çon krye mueji paret e tagjisë...

Nga dera hynë një tufë njerëzish që bisedonin pa radhë dhe u ulën në krahun e majtë të sallës.

-N'daç me u ngi me fjalë, shko n'tavolinë të tyne. Janë partia e Lidhjes së dytë të Prizrenit. Tanë ditën zihen e grihen që, o zot, thue se kanë në dorë çelësat e Shqypnisë.

Në sallë u rrit zhurma dhe dikush ngriti radion. Ekspresi fishkëllente herë pas here.

-Nuk kuptoj pse rri bosh ajo tavolina e kreut.

Dyli qeshi mbyturazi dhe më shkeli syrin:

-Ajo asht tryeza juej, e partisë së mbretit. Prit se tuj ardhë janë. Ky asht tabori ma i madh ktu. Veç me dijtë se ç'sherr e gallatë bahet me atë tryezë. E tanë kjo nga Ihsan aga! Nuk don kurrsesi me ia zanë. E thotë açik: "Na jena ma e vjetra parti. Mandej, na jena ktu në kambë të mbretit. Ku ka ba vaki që mbreti mos me ndejtë në krye të vendit?" Njikshtu thotë Ihsan aga, e hallku qeshet. Ty mos t'vijë randë, n'mos nuk po flas, se drue e ma merr prapë për keq.

Unë ula sytë dhe s'u ndjeva një copë herë, derisa ai filloi rishtas:

-Shikoi njata atje, bri banakut, tanë serbesllëk, veshun e stolisun si esnafë. Janë partia e Bllokut. Ai në krye asht Rrok Koliqi, ministër, s'di se për çka në qeverinë e Mustafa Merlikës. Ke me e pa kur të çohet. Asht topall në njanën kambë. E kanë plagosë komunistat, bash n'shpi të tij e ai s'dron me thanë se komunistat janë trima. Për kët kambë, i vjen pensioni nga Italia muej për muej. Unë me sy s'e kam pa, po hallku kshtu flet. E gërgasin boll qyqarin e ai tregohet i durueshëm si me kenë Krishti vetë. Thonë sa herë: "Mos e thoni fjalën e keqe, vllazën. Bajeni zemrën sa kumbona e madhe e Shën Pjetrit!" Ç'ka me ba zotni Rroku, dersa asht njeri e ka gojë, i takon me thanë dhe ai nji fjalë...

Dylin papritur e kapi gazi dhe, duke vënë dorën përpara buzëve, ma bëri me shenjë të shikoja nga dera e kafenesë.

Një burrë trashaman, me kapele të vjetër republikë rrasur deri në mes të ballit, me një tufë gazetash në dorë, kaloi ngadalë nëpër sallë, vajti deri afër banakut dhe pastaj u kthye e zuri vend vetëm në një tavolinë pranë nesh.

Dyli u afrua nga unë dhe me zë të ulët më tha:

-Ky asht ma simpatiku i të tanëve! A s'ia ke ndi zanin? Kush nuk e njef Daut Matrashin ndër shqyptarë. Ka pasë kenë ballist, mandej ka luejtë mendsh e tash asht ba anmiku ma i madh i tyne. Me e lexue gazetën e tij, vdes gazit! Po, nxjerr një gazetë t'shaptilografueme nji herë në vjet me emrin "Gajreti". S'di nga i merr paret e si e rregullon, po vedin e quen gazetar të gyrbetit. Ke me e njoftë e ke me ndigjue vetë...

-Po me kë është, nuk e thotë?

-Me asnji e kundër të tanve, veç me ndigjue, kur i nxjerr të palamet mërgatës. Nji herë agraristët e kanë zhdëp për vdekje, po ai s'deshi me ia dijtë... Barabar si ma parë. Duhet me kenë i marrë me u marrë me të marrin! Përnjimend, flet marrina, por thotë dhe do të vërteta që ma mirë pika e n'vend, sesa gazi i Daut Matrashit.

Dauti kishte vënë kapelen mbi tavolinë dhe kishte hapur gazetën e tej e tej duke mbuluar me të gjysmën e trupit. Këmbët i kishte shtrirë sa gjatë gjerë në rruginën në mes të tavolinave dhe që larg i dukeshin benevrekët dhe lidhsat e këpucëve të zgjidhura. Duke ndenjur kështu, ai nuk deshi të përfillte asnjë tavolinë përqark.

-Po shqiptarë të tjerë, veç mërgatës sonë, a ka në Bruksel?

-Ka, posi. Jam veta njiherë. Mandej do familje kosovarësh gyrbeti... Asht dhe Lazja... Laze Dushi... një tosk i vjetër që ka tridhetë e kusur vjet njiktu... Ka nji dugajë bri muzeut të armëve e shet ambëlcina... Ata që s'vijnë në "Kap", shkojnë te Lazja... Ai e ka mbushë dugajën me fotografi të fabrikave të komunistave... Ven dhe muzikë shqyptare, që, kur e ndigjon, t'përqethet shtati e t'myt malli... Unë për vedi, pasha të drejtën, shkoj sa herë m'bjen rruga andej pari.

-Qenka për të shkuar...

-Shiko, veç mos i trego se je armik i komunistave, ndryshej del ashtu si hyn, nji fjalë shqyp s'ta thotë. Nuk don me u trazue kurrsesi me mërgatën. Njiherna, nga marazi, agraristët e bllokistët kanë shkue e i kanë thye vitrinën me gurë. Po ai s'ka ba za, as në polici s'asht ankue, e ka rregullue e ka shikue punën e vet. Pas do kohe, Lam Gjidi i partisë suej, i ka shkue në dugajë e ka dasht me i grisë fotografinat... Ksaj here, Lazja asht zemrue keq dhe asht rrahë me Lamin. Ka ardhë policia, i kanë marrë të dy, mandej Lazen e kanë lshue... Ne nesre kanë lirue dhe Lamin, pasi Ihsan aga ka lypë ndihmën e monsinjor Bertuçit.

Dalëngadalë tavolinat zunë të zbrazeshin. Dëgjohej shushurima e ujit në banak dhe gërhima e një bllokisti që flinte me kokë të varur mbi gjoks. U ngrit dhe "kryeministri" duke përshëndetur me dorë në zemër, i pasur nga "profesor" Koçoja. Daut Matrashi kishte hequr gazetën dhe qëndronte i menduar me sytë përtokë.

-A ngrihemi të hamë darkë? – propozova.

-Posi, çohena, - ia priti Dyli dhe u ngrit i pari, po, për të më nderuar mua përpara të tjerëve, qëndroi në vend dhe më la të kaloja unë i pari.

Jashtë nata e vjeshtës farfurinte nga dritat dhe reklamat. Unë çova jakën e palltos dhe ndjeva që Dyli përsëri më vuri krahun.

-Sonte je mik te unë, - i thashë duke ecur nëpër trotuarin e fshirë nga era e thatë. – Na ço ku të duash tani.

-Mos kij dert... Të çon Dyli në "Ballkan". Në kjoftë se don me hangër si te nana, n'Shqypni, restorant ma t'mirë se ai s'gjen kund... Kuku Shqypnia e shkretë, si na ka pshtue duersh!...

Kapërcyem bulevardin dhe hymë në një rrugë të ngushtë, ku përballë lëshonte dritë një reklamë e madhe e restorant "Ballkanit".

4

Në kryeqytet u sistemova shpejt. Me ndihmën e zotit Ihsan e të Rezbatit zura një dhomë të vogël me qira në rrugën e shtëpisë së tyre. Si fillim kjo më mjaftonte. Punën ma gjeti Dyli në një shoqëri ndërtimi që ngrinte banesa në të katër anët e Brukselit. Po nga puna nuk fillova menjëherë, vetëm sa u paraqita. Kërkova leje të pushoja 10-15 ditë, meqë isha i lodhur nga miniera. Për këtë nguli më shumë këmbë zoti Ihsan. Ai thoshte se kishte nevojë për ndihmën time pasi dezertimi i Kamberit nga Legaliteti e kishte dëmtuar degën dhe disa nga ndjekësit e mbretit kishin filluar të çoroditeshin. Nga ana tjetër, kryetari donte të më njihte me njerëzit e tij dhe me rrethet e mërgatës në kryeqytet. Nuk kisha pse ta kundërshtoja, përkundrazi, u tregova menjëherë i gatshëm.

Ihsan Maçit i erdhi më në fund dita që t'ia punonte Kamber Rustës. Dhe jo vetëm atij, po gjithë partive të mërgatës në Bruksel. Pas disa vjetësh zëniesh e fyerjesh të vazhdueshme me sekretarin, që i kishte nxjerrë telashe dhe u kishte dhënë shkas kundërshtarëve të flisnin e të talleshin, ai kishte gjetur një njeri që dukej i aftë dhe i bindur. Këtë gjë, ai donte me këmbëngulje që ta merrnin vesh të gjithë, pa përjashtim, në rrethet e emigrantëve.

Kështu filluan ditët e paradës sime nëpër Bruksel me zotin Ihsan.

Unë hiqesha sikur nuk kuptoja asgjë nga loja e tij. Tregohesha i mallëngjyer dhe i nderuar, që ai për hir tim kishte braktisur gjithçka dhe po merrej me mua.

Vallja e vizitave ishte e pafund. Neve na duhej të shkonim kudo tek gjendeshin ndjekësit e mbretit. I nisnim në mëngjes e i sosnim pas mesit të natës. I binim Brukselit në të katër cepat, duke hipur e zbritur nëpër tramvajë e urbanë, duke hyrë e duke dalë nëpër rrugica të panjohura, duke trokitur nëpër dyer, me kohë e pa kohë. Kjo ishte një punë e lodhshme dhe e mërzitshme, që zgjati me ditë e net të tëra.

Në të vërteta, lëvizja poshtë e përpjetë nëpër qytetin e madh ishte vetëm fillimi i punës sime. Sepse ceremonia vinte më pas dhe, kjo kërkonte durim e maturi, fjalë të thekura, po dhe vëmendje të vazhdueshme. Unë, sadoqë isha burrë i ri, qeshë i detyruar të tregohesha burrë i moçëm, njeri që i njihja mirë dhe i nderoja zakonet e vjetra, pasi këto zakone i mbanin e i lidhnin ata me mbretin.

Zoti Ihsan gëzohej pa masë që unë i veja pas avazit, që, pa më thënë gjë ai, kisha kuptuar se politika e mbretit në mërgatë nuk bëhej dot "pa kujtimet e doket e Shqypnisë së vjetër..." Por për mua kjo s'ishte gjë e lehtë. Qe si një valle e ngatërruar, që më duhej ta mësoja mirë brenda një kohe të shkurtër. Fillonte nga ndërhyrjet që duhet të bëja, me zakonet e të pirit dhe vijonte me radhën e muhabetit e me dollitë e çdo krahine. E në të njëjtën kohë mendoja se ishin tamam disa nga këta njerëz, që dikur s'e kishin pasur për gjë t'i prishnin jetën popullit e t'i shkelnin zakonet më të mira dhe tani mbanin maskën e urtësisë e të burrërisë shqiptare!

Të gjithë zunë të mendonin tani se unë isha shërbëtor besnik i mbretit dhe dora e djathtë e zotit Ihsan. Kjo dukej që në pamjen time të parë: nga kostumi i zi, nga kravata me ngjyrat e flamurit dhe stema mbretërore në thile të xhaketës. Po në të vërtetë, serioziteti dhe vendosmëria ime para tyre tregohej në biseda, rreth halleve të mërgatës. Me kalimin e kohës hallet e mërgatës qenë ngatërruar keq dhe mirëkuptimi qe bërë tepër i vështirë. Çdo njeri që kishte dy para mend në kokë nuk kënaqej vetëm me fjalë e thashetheme, po deshi të dëgjonte një bisedë serioze, që ta shtynte sadopak të mendonte. Unë, si duket, i tërhiqja me mënyrën e shtruar të arsyetimeve dhe me vlagën e vakët të besimit që mundohesha të zgjoja...

Zoti Ihsan më çonte në mes tyre me bujë dhe nuk i kursente fjalët më të mira, për të treguar se unë isha një kuadër tek i cili duheshin varur shpresat. Mendja e tij dinake e shfrytëzonte këtë rast, nga një anë për t'u dhënë zemër pasuesve të vet, dhe nga ana tjetër, për të shfryrë inatin e vjetër kundër Kamber Rustës, i cili kishte hapur fjalë se nuk mund të punohej me Ihsan Maçin dhe se dega, me largimin e tij, do ta kishte të vështirë të mbahej në këmbë. Prandaj, në këto vizita, gjysmën e bisedës kryetari e shkonte duke sharë me rrënjë e me degë Kamberin, si njeri të pabesë e frikacak, e në të njëjtën kohë lëshonte njëra pas tjetrës mallkime e të shara, ca në gjuhë të nënës e ca turqisht, sa shkumbëzonte e i dilnin jargë.

Unë e merrja fjalën gjithmonë pas tij. Flisja i qetë, shtruar, pa inat e pa mburrje. Në zërin tim derdhja shqetësim e pikëllim për fatin e rëndë të mërgatës. I jepja të drejtë kryetarit për çdo gjë, po emrin e Kamberit nuk e merrja nëpër gojë, duke lënë të kuptohej se nuk kishin rëndësi emrat para gjendjes kritike në të cilën ndodheshim. Duhej t'i vinim gishtin kokës sa s'është vonë, ta kuptonim se gjendeshim buzë greminës. Dhe, për t'i shtuar peshën ligjëratës sime, thërrisja në ndihmë historinë dhe ngatërrohesha me emra e fakte që shumë nga ata vetëm sa i dëgjonin, po që nuk u hynin në kokë e as arrinin të bënin lidhje në mes fatit të tyre dhe përrallave që u thurja unë.

Rasti më i përshtatshëm për të filluar predikimet e mia ishte koha e pijes. Zakonisht para kësaj bisedat kishin të bënin më shumë me njohjen e me shëndetin e njëri-tjetrit dhe fjalën e merrte kryetari që si gjithnjë shfrynte dufet e veta. Njerëzit dukeshin të lodhur e të ftohtë ndaj bisedave politike, atyre s'para u pëlqente të përsërisnin më kot avaze të vjetra. Jeta i kishte bërë indiferentë e skeptikë dhe këtë e rrëfenin haptazi kur ishin esëll. Po kjo gjendje niste të ndryshonte, sepse, sapo fillonin të pinin, ata vinin e ngroheshin, u zgjoheshin pasionet e vjetra dhe lidheshin në muhabet. Tamam në këtë kohë, unë ngrija "flamurin e bashkimit" që ata e kishin shkelur kushedi sa herë me këmbë dhe e tundja para tyre, duke e shoqëruar me avaze nga më të çuditshmet. Në këto raste, më vinte në ndihmë dhe pija. Unë kisha mësuar të ngrija gjithfarë dollish dhe këtë e bëja me një madhështi të veçantë e me fraza të stisura.

Zoti Ihsan ishte i pari që më dëgjonte gojëhapur. Në një dorë mbante gotën, në tjetrën tespihet e zeza dhe tundte kokën i kënaqur. Të zotërit e shtëpisë merrnin zemër nga kryetari dhe miratonin fjalët e mia.

-Qyre, more, qyre, si kumri kndon, pasha të madhin zot! – thërriste ai, si të kishte përpara ndonjë çingi ahengu. – Kush thotë se iu mbaruen burrat mbretit, pastë faqen e zezë...

Para valëve të entuziazmit të kryetarit unë e përmbaja veten, tregohesha i thjeshtë e i bindur, po në të njëjtën kohë ngrihesha mbi ta e bëhesha serioz kur e donte puna të dënoja grindjet dhe të predikoja bashkimin e zemrave të ronitura. Kjo gjë, ata i tërhiqte e i hutonte.

Pas çdo vizite, përpara se të ndaheshim, unë u lutesha të dilnim bashkarisht në fotografi. Këtë punë e kryeja vetë. Kisha blerë një aparat me blic dhe e merrja në çantë kudo që shkonim. Kryetari jo vetëm ma kishte pëlqyer idenë, por ishte i pari, që turrej për të dalë. Ai ftonte njerëzit të pozonin dhe vetë zinte kryet e vendit.

Në fund, ata më luteshin për fotografitë dhe unë ua premtoja, po me këtë rast, u lypja emrat e adresat dhe ata m'i jepnin menjëherë.

Kështu vizitat me zotin Ihsan, më ndihmuan veç të tjerash, që brenda një kohe të shkurtër të krijoja evidencën e emigrantëve, me emrin, adresën dhe fotografinë e secilit. S'do mend që kjo hynte në punën time...

"S'ke si të punosh, pa i njohur njerëzit, pa i njohur një për një dhe pa fituar besimin e tyre..."

5

Mbledhja e këshillit të degës u bë një mbrëmje në dhomën e zotit Ihsan. Dhoma e tij mbahej si zyra e ndjekësve të mbretit, megjithëse s'kishte asgjë që të kujtonte një zyrë. Një tavolinë e vogël, që gjendej në fund të saj ishte gjithnjë e zënë me pjata dhe rroba të palara. Karrige nuk kishte, veç një stoli me tri këmbë ku i zoti i shtëpisë grinte duhanin.

Anëtarët e këshillit zunë vend nëpër krevate, ca me këmbë nën vete e ca me këmbë të varura dhe vetëm zoti Ihsan me Zef Lushën u ulën këmbëkryq në dyshemenë e shtruar me batanije. Këpucët i kishin vënë radhë te dera nga brenda, kurse përballë tyre, në mur, vështronte portreti i Zogut me uniformë ushtarake.

Unë në fillim qëndrova nga fundi i dhomës, po zoti Ihsan, sapo më pa, më ngriti e më mori pranë. Këshilltarët e miratuan këtë gjest të kryetarit, kush me zë e kush me kokë, dhe unë u gjenda i rrethuar nga vështrimi i tyre.

Kjo ishte mbledhja e parë që bëhej pas shumë kohësh, mbasi këshilli i degës që nga dorëheqja e sekretarit, nuk mblidhej rregullisht. Të gjithë anëtarët e këshillit, me përjashtim të Ramë Dragës dhe timin, ishin si shpurë personale e kryetarit dhe atij, duke i pasur përherë bisht nga prapa, i dukej e panevojshme t'i thërriste në mbledhje, kur mund të bisedonte me ta në kafene apo rrugëve.

Natyrisht, unë, si këshilltar i Degës, këtë situatë nuk e quajta të kënaqshme dhe gjëja e parë që kërkova nga kryetari ishte një mbledhje e rregullt e këshillit.

-Ne vërtet jemi shumë ushtarë të mbretit, - i thashë zotit Ihsan vetëm për vetëm, - dhe ju njohim ju për të parë, po nuk duhet të harrojmë se jemi parti dhe partia, sado e vogël qoftë, duhet të funksionojë...

Kryetari u bind pa fjalë dhe pas disa ditësh na ftoi në shtëpi. Tani ai na kishte të gjithëve përpara dhe mund të fliste ç'të donte. Ne thithnim duhan dhe mbushnim dhomën me tym.

-Burra! – thirri zoti Ihsan, duke u munduar t'i jepte zërit ton zyrtar. Ai ishte ngritur në gjunjë, sikur do të falej. – Ju kam thirrë me pleqnue së bashku hallet që na kanë ra mbi krye. Zotnia juej jeni në dijeni se Kamber Rusta duel i pabesë, shkeli në bukë të mbretit, tue damtue naltmadhninë e na të tanve, që allahu e marroftë, atje tek ashtë! Ta dijë se buka e mbretit ka me e zanë. Jazëk i kjoftë e me faqe të zezë!

Trupi thatuq i kryetarit zuri të dridhej lehtë nga zemërimi. Në të dy cepat e buzëve i zbardhnin pika jargësh.

-Faj të madh ka, - u dëgjua zëri i rrafshtë i Martin Lacës, - po dhe na kena faj që e kena lanë me i shkue pas asaj lavireje...

-Mos bre, se s'janë fjalë për burra kto, - ia priti kryetari, duke i mbledhur këmbët kryq. – Phy, e marroftë zoti, e marroftë...

-Njeriu ka nevojë në pleqëri për hyzmet, - u hodh Rezbati. – Ohu, i punon mendja Kamberit... Puna jonë i duket pemë pa koqe...

Fjalën e fundit të Rezbatit, kryetari e kuptoi keq dhe u xhindos aq shumë sa, duke iu marrë goja, shtoi se, në rast se mbreti do të kishte nevojë për hallatet e Kamber Rustës, atëherë të gjithë ne, të na hante mortja një orë e më parë. Rezbati u prek dhe u përpoq ta sqaronte. Bile folën dhe të tjerët e u bë një rrëmujë e vërtetë, po zoti Ihsan nuk dëgjonte dhe nga inati që i hipi zuri të rrihte me dorë shpatullën e djathtë ku i kishte mbetur plumbi.

Dikur zërat reshtën, po në dhomë zotëronte një atmosferë nervozizmi. Unë rrija me sy përdhe dhe s'ndihesha. Prisja që ta merrte përsëri drejtimin zoti Ihsan...

-Njikshtu e kena na, si magjypt, s'dijmë me folë, - tha qortueshëm kryetari. – Ju prani, bre burra, se u bamë si kambët e dhisë... Me na dëgjue mbreti, kishte me iu skuqë faqja. Don ai i vorfni me na ba nesër bari të popullit në Shqypni, por na s'jena as për vedi...

Inati si ngërç ia këputi fjalën në mes. Ai mori të dridhte një cigare nga kutia që i zgjati Martin Laca. Ndërkaq sytë sepse më mbetën te gishtat e këmbëve që kishin dalë nga çorapet e grisura të këshilltarëve përballë meje.

-Burra! – thirri kryetari, sikur do ta niste fjalimin sërish nga e para. – Kamber Rustën e rren mendja, në kjoftë se kujton se mbretit i janë mbarue besnikët. Zotit të madh, që tash sa vjet na ka mbulue me tanë të kqijat e dynjasë, i jena dhimbsë derisa na ka dërgue zotni Manushin që vetë sot e kam në krah. Kjo don me thanë se nën bajrakun e mbretit gjithnji kanë me ardhë burra që do të dijnë me i kapërcye gropat e kurthet tinzare të mërgatës. Zotni Manushi, ma thotë zemra, asht nji prej tyne dhe s'ka si me kenë ndryshe. I dalë prej nji dere të naltë të Shqypnisë së vjetër, me babën oficer të mbretit, që komunistët e kanë mundue keq, njeri me shkollë e me mend, që e don me gjithë shpirt naltmadhninë, ai ka ardhë tamam në ma t'mirin vakt me i shërbye Shqypnisë! Prandej, kërkoj prej jush me ma caktue sekretar të degës... Si thoni, burra?

Burrat lëshonin tym duhani dhe picërronin sytë e vegjël, kruanin kokën dhe hapnin gojën. Vetëm Ramë Draga shikonte nga unë me bisht të syrit.

-A ban me e thanë një fjalë, Ihsan aga, - tha Zef Lusha, duke lagur buzët me majën e gjuhës.

-Ta thuesh, posi, veç me mend në krye!

-Mend në krye i kam e s'i kam ndër kambë, - ia ktheu Zefi i prekur, me sytë e dalë, tërë rremëza të kuqe. – Zotni Manushi, po kje se nuk më rren mendja, i mirë boll m'duket, veç, ai tash ka ardhë e drue se e kanë radhën t'tjerët që janë ma t'vjetër e s'kanë ba pak për mbretin...

-Thue ti kshtu, - s'iu durua kryetarit, - po ti nuk i din punët ma mirë se unë...

Zoti Ihsan u ngrit përsëri në gjunjë dhe pamja e tij u bë akoma më arrogante.

-Punët ndoshta s'i dij ma mirë, po, kur ti lyp mendim, mendimin tem kam me e thanë ashtu si dij vetë. E pra, unë them, radha i takon Ramë Dragës. Ka tash sa kohë që ka ardhë, djalë bajraktari asht, komunistat i kanë gri babë e vlla. Mbretin e don fort...

-...Veç rri ditë e natë me Kamber Rustën, - vijoi kryetari me zë shpotitës. – Unë për vedi Ramën e due, po s'ia pëlqej kurrsesi shoqninë me at kopukun...

Ramë Draga për herë të parë lëvizi nga vendi dhe telat e krevatit kërcitën nën të. Sytë e tij u egërsuan. Ai nuk dinte ku t'i vinte duart.

-Kamberi e don mbretin, - thirri Rama i ngrysur. – Kjo mjafton. Të tjerat s'kanë aq randësi, sa njeriu mos me ba dy pare muhabet...

-Oj, oj... – ia pat kryetari dhe zgjati duart përpara sikur desh të shtynte diçka që e pengonte.

Atëherë u dëgjuan të thirrura nga të katër cepat e dhomës. Secili donte të fliste, por asnjëri s'i linte radhë tjetrit. Zëri i zotit Ihsan fshikullonte djathtas e majtas. Lëviznin kokat kërcënueshëm dhe jepnin e merrnin me duar, sa unë për pak mendova se do t'i hidheshin në grykë njëri-tjetrit. Po kjo nuk ndodhi sepse Martin Laca u ngrit në këmbë dhe hapi duart e thirri aq fort, sa kryetari heshti i pari.

-Në qoftë se haheni për mua, - thashë kur në dhomë reshti zhurma, - s'keni të drejtë. Unë s'kam ardhur në mes jush për pozitë. Si ushtar i mbretit, jam i kënaqur të punoj e të luftoj nën drejtimin e zotit Ihsan. Kjo është kryesorja. Sa për Ramën, që të zgjidhet sekretar, s'kam asnjë kundërshtim. Ju e njihni, prandaj, në rast se e meriton, le ta zgjedhim të gjithë së bashku.

-Jo, pasha të madhin zot, - kërceu në gjunjë kryetari si ai maçoku që bëhet gati t'i hidhet gjahut. – Mos u ngutni. Jam apo s'jam vetë i parë ktu? Unë di ma shumë se ju e ju s'dini asgja. E thotë një fjalë e urtë: Hyqymeti i din punët vetë e populli t'hajë nji m...

Këshilltarët ulën kokën dhe s'u ndien. Zoti Ihsan rrinte më gjunjë dhe merrte frymë rëndë.

-Kryetari s'besoj të flasë kot, - theu heshtjen zëri i qetë i Rezbatit. – Helbete diçka di që flet kështu...

-Në qoftë se din, të mos i mbajë letrat mbyllun, - tha Zef Lusha. – Na s'jena bagti...

-Askush s'pyeti dhe vetë s'e kam për detyrë me ua thanë të tana, - foli me inat kryetari.

-S'don mend që din ma shumë, përderisa je kumbara i Bazit e na të kena kryetar, - ndërhyri Martin Laca duke u kthyer nga zoti Ihsan. – Por gjithsesi, mirë do të baje me na thanë diçka... Na dona me e njoftë sekretarin...

Kryetari shau nëpër dhëmbë dhe u mundua të drejtonte trupin e kërrusur.

-Dikush ka thanë se Ihsan Maçit i kanë rrjedh trut, po s'di vallahi se kujt i kanë rrjedhë! Jua merr mendja ju se Ihsani ban sekretar nji njeri që s'e njef? Duhet me e dijtë mirë se për zotin Manush, vllaznit me detyra t'randsishme n'mërgatë na kanë çue ma të mirat fjalë që mund të thuhen. Merreni, na kanë thanë, në kjoftë se s'doni me jua marrë të tjerët. Po, a dini ju se për të asht interesue vet Pallati?... Ju s'dini asgja, prandej flisni andrra n'diell...

Ai fshiu bulëzat e bardha në dy cepat e buzëve dhe vazhdoi:

-Rama asht burr' i mirë fort e nana s'e ban nji të dytë. Unë e due si shpirtin, veç ai s'e ka shkollën e s'asht i gojës si zotni Manushi. Me thanë t'drejtën, shumë prej nesh as firmën s'dina me hjedhë e lene me u mat në fjalë me kundërshtarët e mbretit! Ju vetë e ndiet sa bukur foli kur erdh Tajar begu! Me t'u knaqë shpirti... Si thue, Ramë Draga?

Rama i ngriti dhe i uli menjëherë sytë që i mbante zakonisht fshehur dhe tha:

-Rama s'din me folë kurrë për vedi!

-Rama ka dhanë gjak për mbretin, - u hodh Zef Lusha, duke u shpupulitur me sytë e dalë jashtë.

-Të gjithë kemi dhënë e jemi gati të japim, - tha shtruar Rezbati. – Veç mos harroni se zoti Manush ka vuajtur si mos më keq nëpër burgjet e kampet e miqve tanë dhe i ka duruar të gjitha me shpirt nëpër dhëmbë, vetëm e vetëm, që një ditë të vijë pranë mbretit, të punojë e të luftojë siç e do interesi i tij. Po të mendojmë kësisoj, atëherë s'kemi ku gjejmë sekretar më të mirë se zotin Manush! Unë jam për të!

Diskutimit i erdhi shpejt fundi, sepse si foli dhe një këshilltar tjetër në favorin tim, kryetari nuk priti më, po përplasi shuplakat e u ngrit në këmbë duke thirrur! "Rroftë mbreti!" Entuziazmi i zotit Ihsan i kapi dhe të tjerët, aq sa dhe Rama me Zef Lushën rrahën shuplakat dhe u detyruan të më zgjasin dorën për urim.

Kur të gjithë u ulën, unë mbeta në këmbë dhe mbajta një fjalim të shkurtër:

-Ashtu është, siç tha Zefi, unë akoma nuk kam dhënë gjak për mbretin, por, ja ku po jua them se me besimin që ju më dhatë, jam gati ta jap gjakun tim, pikë e nga një pikë, derisa lartmadhëria e tij të kthehet në fron!

-Ty t'lumtë njajo gojë dhe fjala yte n'vesh t'allahut... – thirri kryetari dhe u ngrit e më përqafoi rishtas si i ndërkryer. Në dhomë të zihej fryma nga ajri i keq dhe asnjë s'guxonte të hapte dritaret, se ftohej zoti Ihsan.

-Ç'do të bëjmë për të kremten e flamurit? – pyet Rezbati, duke vështruar nga unë, kur këshilltarët ishin qetësuar nga vala e gëzimit që sapo kishte kaluar.

-Ti mos u ngut, bre burrë, - ia priti kryetari. – Tash po e pleqnojmë...

-Ta pleqërojmë siç lipset, se çdo vit për dreq na ka vajtur, - shtoi Rezbati.

Kryetari u nxeh, sepse nuk i vinte mirë që të flisnin të tjerët për një çështje kur ai s'kishte folur ende. Rezbati u mat të fliste prapë, po zoti Ihsan atë çast u kollit dhe mori një pamje të rëndë:

-Burra! Edhe nji muej ditë na ndajnë nga dita e flamurit. Kjo asht dita ma e madhnueshme e popullit shqyptar, prandej na dona me e kremtue me gazmend të madh, për me i tregue botës mbarë se flamuri i Skanderbegut e Ismail begut asht sot bajraku i naltmadhnisë dhe na s'jena kopila, po bash shqyptarë e bir shqyptari! Dhe ta dijnë mirë partitë e tjera e mos na shesin mend se me mendtë e tyne populli shqyptar s'shkon as në xhephane! Kjo asht dita jonë, prandaj të bajmë aheng sa t'çuditen i madh e i vogël!

-Aheng s'kena si me ba, - ia priti Martin Laca me zërin e tij të rrafshtë. – Mos harro, Ihsan aga, se s'jena ma të ri. Mandej, jena n'vend të huej e s'të len kush me ba si n'shpi tande.

-Posi, të mblidhena, - tha Lam Gjidi që fliste rrallë, - po jo si vjet, qi pagueme sa frëngu pulën dhe kur erdh puna hangrëm ka nji koc.

-Derisa hynë në komision Dyl Sqolli dhe Ahmet Shati dukej ajo punë, - tha Rezbati. – Ata vjedhin dhe babanë!

-Pizevengat! – shau Ihsani duke kruar veshët.

Këshilltarët kaq donin që t'ia nisnin një bisede pa kokë e pa radhë. Ata tregonin se ç'kishin ngrënë e ç'kishin pirë për festën e flamurit, shanin një pije që i ngjante rakisë po që s'ishte raki, thoshin se pa mish e pa raki nuk ka kuptim një ditë e shënuar për shqiptarin...

Kryetari përplasi duart për të vendosur qetësinë dhe duke më shkelur syrin e djathtë, ma dha fjalën mua:

-Tash don me fol sekretari i këshillit të Degës së partisë së "Legalitetit" zotni Manush Kelmendi.

Ai i shqiptoi këto fjalë aq solemnisht, sa dhe unë, padashur u ngreha dhe mora një pamje të rëndë.

-Është puna më me mend që po bën mërgata, ajo që mundohet të festojë ditën e flamurit. Në mungesë të kësaj dite, ne do të kishim humbur pa nam e pa nishan, sepse jemi aq të përçarë, sa s'do të gjenim mënyrë tjetër që të mblidheshim e të gëzonim bashkarisht, qoftë dhe disa orë në vit. Prandaj, ta dimë të gjithë, se para Ditës së Flamurit ditët e tjera nuk janë asgjë. Janë vetëm ditë llafesh e grindjesh të pafund. Të paktën, një ditë në mot të paraqitemi përpara miqve të bashkuar dhe t'u vëmë kapak gjithë atyre që ngjajnë gjatë një viti. Na takon neve, njerëzve të mbretit, që nuk jemi jetimë, po kemi baba e nënë, të japim shembullin të parët e t'u shtrijmë dorën grupeve të tjera. Dita e Flamurit, megjithëse ne nuk e nderojmë siç e meriton, është rasti më i mirë që të mblidhemi e të tregohemi të bashkuar.

Kishte rënë një qetësi memece dhe në fytyrat e tyre nuk lexoja asgjë. Sytë u dacllonin nga unë, tek thithnin duhan të përhumbur. Kryetari qe rrudhuar aq tepër, sa turinjtë sikur i qenë holluar. Ramë Draga vidhte me sy rreth e përqark.

-Me hy e me zhbirue gjithë këtë punë, s'asht kollaj, - foli zoti Ihsan i menduar, - po për mue, derisa thue ti, kshtu duhet ba... Apo jo burra?

Disa nga këshilltarët ulën sytë.

-Unë për vedi, - tha Zef Lusha nëpër dhëmbë, - s'kam si me ra në godi, se e din tanë bota si jam sha e rrahë me kundërshtarët e mbretit...

-Na magjypa s'jena! – u hodh Ram Draga.

-Politika e mërgatës kështu e ka, - arsyetova unë.

-Ata të Ballit kanë pre me thika nji shoq tonin, - tha Lam Gjidi duke shtrirë këmbët mbi krevat. – Na ktë s'kena si me e harrue.

-S'ka qenë punë politike ajo, - u hodh Rezbati. – Punë femrash, a derëbardhë! Kapllani, ndjesë pastë, ishte harapçi i madh për këto gjëra, të themi atë që është, desh t'ia merrte atë femrën Gurit. Atëherë Guri nuk duroi dhe bëri të tijën. Ne na erdhi keq se e kishim njeri të mbretit, po dëmi qe i madh se na hyri sherri më keq...

Martin Laca tha i ngrysur:

-Para se me vendosë, duhet me dijtë mirë, burra, se ata të grupeve të tjera s'kanë lanë gja pa thanë kundër Naltmadhnisë...

-Mos m'i çoni rremat tash, - briti kryetari i pezmatuar.

-Veç dhe na s'kena mbetë prapa, tha Zef Lusha. – Tana të palamet ua kena qitë.

Ramë Draga lëvizi vendit dhe u kreshpërua në fytyrë.

-Çka po na duhet me u bashkue, - tha ai. – Mirë boll jena kshtu!

-Si nuk na duhet?! – ia prita unë me ton të vendosur. Neve, si partia nënë, na takon të japim shembullin të parët.

-Zotnia juej e keni kollaj, - kundërshtoi përsëri Rama, - se keni ardhë tash vonë dhe ende s'e keni ndye gojën, po unë me shoqtë e mi jena ba qenef...

-Ne të përpiqemi të jemi politikanë, zoti Ramë, - arsyetova unë. – Nuk duhet ta ulim veten kaq poshtë.

Rama nuk u ndije më. Këshilltarët ranë në mendime. Turiri i kryetarit sa vinte e hollohej më shumë.

-Boll zeher kam në zemër, - foli kryetari si me vete. – Njata kopilat e Ballit ma kanë prue shpirtin në majë të hundës. Lene "kryeministrin", Fehmi kurvën. Mandej bllokistët, e s'di kush ma, po tanë mërgata e keqe e kanë marrë nëpër gojë mbretin e mbretëreshën, princin trashigimtar e deri dhe qejt e pallatit. S'po përmendi as vedin, as ju se ç'kena heqë prej atyne, se nuk i ve n'hesap para Naltmadhnisë, po mendja ma thotë se zotni Manushi ka të drejtë. E jo vetëm ma thotë mendja, po edhe miqtë ktë lypin prej mërgatës. Me dalë t'bashkuem s'paku nji herë në vit. Zotni Manushi asht tue u tregue politikan i hollë qi don me i pri ksaj pune...

-Ju po tregoheni tepër modest, zoti kryetar, - u hodha unë i prekur. – Para meritave tuaja, unë nuk jam asgjë...

Zoti Ihsan më hodhi dorën në qafë dhe s'më la të vazhdoja. Atëherë unë ndërrova bisedë dhe, duke marrë pozën e predikuesit, thashë:

-Ne duhet të tregohemi të arsyeshëm, të mos bëhemi kapadainj dhe të themi siç kemi thënë deri tani: ne jemi këtu e s'ka të tjerë! E pse ta themi këtë, kur tërë bota e di që ne jemi nëna, se ata s'ishin lindur kur Lartmadhëria e tij, Zogu I, mbreti i shqiptarëve, ishte në fronin e Skënderbeut! Prandaj, unë mendoj të veprojmë kështu: për të kremtuar Ditën e Flamurit, të krijojmë një komision të përbashkët me të gjitha grupet. Komisioni do të përgatisë ziafetin, do të paguajë secili gjysmën e parave që ka vënë vitet e tjera dhe do t'i thërrasim të gjithë pa përjashtim nga "kryeministri" e deri te Daut Matrashi.

-Bah! Dautin me e thirrë! – kundërshtoi menjëherë Martin Laca. – Ai asht krejt i marrë...

-Po erdh Dauti, - tha kryetari, - festa asht e pshurrun...

-Nuk vjen Dauti, mos kini merak, - tha Rezbati me buzë në gaz. – Ai e ndan veten prej nesh. E dini si thotë? Pse u bashkova me ju, në Shqipëri më quajnë tradhtar...

-Epo mirë, - vazhdova. – Dautin e lëmë jashtë. Puna është të zgjedhim një lokal të madh që të na zërë të tërë. Pastaj, të shtypim ftesa, ku, veç emrit secilit t'i drejtojmë një thirrje të zjarrtë për bashkimin që e kërkon atdheu i robëruar...

-Bukur, për besë! – u dëgjua një zë.

-Me këtë rast, - shtova pastaj, - do të mbahet një fjalim dhe fjalimin them t'ia kërkojmë ta mbajë zoti "kryeministër". Zotit Ihsan besoj se nuk do t'i mbetet hatri, pasi këtë e bëjmë, kryesisht për qëllime taktike: t'u themi të tjerëve se ne nuk qëndrojmë mbi ju dhe që të mos ngjallen pakënaqësi, fjalimin ta mbajë një i paparti. Mos harrojmë se zoti Fehmi ka qenë "kryeministër", qoftë dhe për disa muaj, d.m.th. ka pasur pozitën më të lartë nga të gjithë ne. Dhe kjo ka rëndësi se ne do të thërrasim në mbrëmjen tonë përfaqësues të policisë së vendit e të shoqërive mirëbërëse, do të vij monsinjor Bertuçi, siç vjen çdo vit... Prandaj, duhet treguar kujdes që ta organizojmë sa më mirë... Kështu mendoj unë.

Kryetari u ngrit rishtas në gjunjë dhe, i fryrë si gjel deti, tha:

-Pasha t'madhin zot, ç'ka tha zoti Manush, do t'bahet se s'ban! Ne deri tash s'kena dijtë me ba politikë, veç me sha kush e kush ma fort...

-Ashtu është vërtet, - u hodh Rezbati. – Të dalim nga kjo gropë ku kemi rënë, të dëgjohemi një çikë dhe të marrë vesh bota se njerëzit e mbretit s'merren më me grindje, se ata i kanë zgjatur dorën e bashkimit gjithë mërgatës...

-Ti bash mirë e the, - ndërhyri Martin Laca i mbështjellë nga një shtëllungë tymi, - se shqyptarë jena, nji gjak jena, nji gjuhë flasim e s'po merrena vesh tash sa vjet. Jena lodhë pasha gozhdën e Krishtit, prandej kena hupë dhe urtinë e s'jena ma burrat që kena kenë...

-Sa për punën e komisionit, - mori përsëri fjalën Rezbati, - unë them që ta drejtojë zoti Manush. Ne të tjerët ta ndihmojmë...

-Unë për vedi, - deklaroi kryetari si u kthye këmbëkryq, - i nap hyqmin tem me pash. Ai e din ma mirë se ç'ka lyp sot Naltmadhnia prej ushtarëve t'vet! A s'asht njikshtu, burra?

Kokat e këshilltarëve u lëkundën në mes të tymit të dendur të duhanit dhe zëri i tyre miratues tingëlloi i zvargur. Fytyra e Ramë Dragës rëndonte nga vetullat dhe buzët. Në krah të tij, Lam Gjidi kishte mbyllur sytë e po flinte.

-Një gjë kërkoj nga ju, - thashë serbes, duke lënë të kuptohej se po e merrja përsipër detyrën që më ngarkonin, - të tregohemi të bindur e të matur. Ajo që thuhet, të zbatohet nga të gjithë, ndryshe të mos i hyjmë kësaj pune, se turpërohemi keq.

-Zotnia juej mos e bani fjalën qeder, - tha qortueshëm Zefi, duke vështruar nga kryetari. – Na jena burra!

-Jo, - ia ktheva menjëherë, - se shoh zotin Ramë që rri menduar.

-Pse, si thue, ti, Ramë Draga? – u kthye kryetari nga ai, duke e shikuar vrenjtur.

-Të bahet si thotë zoti, - foli Rama pa i ngritur sytë.

Këshilltarët kishin ngritur kokat, me përjashtim të Lam Gjidit që gërhiste në krah të Ramë Dragës.

Kur mbaroi mbledhja dhe kryetari po më përcillte poshtë, te shkallët, unë e pyeta me zë të ulët:

-Pashë zotin, ç'ka ai Ramë Draga që rri ashtu sikur i kam ngrënë bukën?

Kryetari mori menjëherë zjarr dhe shfryu:

-E dij vetë, çka don ai: ai don me u ba bajraktari jonë. Ia ka mbushë mendjen Kamber Rusta, se tanë ditën e zotit me të rri. Po e rren mendja qyqarin, se bajrakun e ka tjetërkush ktu!

Dhe më rroku në qafë, duke më dhënë të kuptoj se ai dhe unë ishim, këtej e tutje, të parët e punës në mes të njerëzve të mbretit.

"S'ka rast më të mirë se ky për ta joshur e rrekur mërgatën aty me idenë e bashkimit... Ke për të parë se çfarë rrebeshi fjalësh e betimesh do të dëgjosh nga të gjitha partitë!..."

KREU I TETË

1

Të mblidhje në një vend grupet e përçara, qoftë dhe për një natë, nuk ishte punë e lehtë. Në dukje, askush nuk ishte kundër bashkimit të mërgatës. Po në të vërtetë, një armiqësi e egër ziente në rrethet e emigrantëve. Megjithatë, në raste të caktuara, mund të arrihej një bashkim i përkohshëm, në qoftë se do ta quanim bashkim të mbledhurit për një natë, në një kafene. Në këtë rast, të gjithë krerët donin të nxirrnin përfitime politike.

Pra, duhej filluar nga bisedimet me krerët e grupeve që gjendeshin në kryeqytet. Koha nuk priste më. Ishin ditët e para të nëntorit. Duhej të krijohej sa më parë komisioni i mbrëmjes me përfaqësues nga të gjitha partitë e mërgatës.

Nga këshilli i Degës ngarkuan kryetarin, Martin Lacën, Rezbatin dhe mua që të hynim në bisedime. Në radhë të parë, duhej të bënim ç'ishte e mundur për të afruar në këtë punë "kryeministrin", të cilit i dëgjohej pak a shumë fjala. Zoti Ihsan me të hiqeshin si miq në kafene, po në fakt asnjëri nuk e donte shoku-shokun. Bile, disa muaj në vit ata qëndronin të zemëruar, sidomos kur i vente në vesh zotit Ihsan se Fehmi beu kishte folur keq për Lartmadhërinë.

Ne i ndamë detyrat. Unë do të takohesha me "kryeministrin", kurse zoti Ihsan me Martinin dhe Rezbatin do të bisedonin me krerët e tjerë.

Me "kryeministrin" isha njohur dhe disa herë kishim ndenjur në "Cap nord" në një tavolinë. Nga Dyli kisha marrë vesh se atij i pëlqenin seriozitet dhe maturia ime, kishte mendim të mirë për mua. Vetë ai mbahej me të madh, ishte hijerëndë dhe nuk afrohej kollaj. Tërë vitet e mërgatës ai qe përpjekur të qëndronte mbi të tjerët. Hiqej sikur nuk merrte pjesë në asnjë grup politik, po në të vërtetë, me ndjekësit e tij, që ishin kryesisht njerëz të një krahine, ai kishte krijuar një grup më vete. Ëndrra e tij ishte të bëhej strumbullari i mërgatës, dhe të mos ndërmerrej asgjë pa pyetur atë. Dhe unë, për t'i përkëdhelur sedrën e me qëllim që të bisedonim vetëm për vetëm e t'i blija sa më shumë, nuk e takova në kafene. Vendosa t'i shkoja në shtëpi.

Fehmi beu banonte në një nga lagjet e qendrës së kryeqytetit dhe këtë ai nuk e kishte bërë rastësisht. Një shtëpi në qendër, kishte më pak rreziqe se në periferi, ku banonin turli emigrantësh.

"Kryeministri" banonte bashkë me Kaloshin dhe qenë bërë hija e njëri-tjetrit. Qeshnin njerëzit kur thoshin se Fehmi beu ka mbledhur në kokën e tij dhe mendjen e Kaloshit dhe Kaloshi i ka marrë të zot gjithë fuqinë, sepse ai s'ishte në gjendje të bënte asgjë pa ndihmën e ordinancës. "Kryeministrit" i pëlqenin shumë nderimet e shërbimet e të tjerëve dhe, kur këto nuk ia kryenin të tjerët, ia kryente Kaloshi në çdo kohë. Ai rrinte gjithnjë një hap prapa të zotit, i hapte derën në kafene, shkonte pastaj përpara, i zinte tavolinën, i shërbente faqe të tjerëve me një përulje dhe bindje teatrale.

Në shtëpi i vajta natën. E dija se me të nisur të ftohtët e dimrit, ai nuk rrinte vonë në "Cap nord". Mbyllej brenda që shpejt me Kaloshin dhe një zot e di sesi e kalonte kohën. Disa thoshin se flinte herët, disa të tjerë se lutej e lexonte kuranin, kurse Dyli pëshpëriste se "Fehmi begu asht tue shkrue nji doracak se si mundet me u qeverisë një guvernë me ligjet e moçme të maleve".

"Kryeministri" banonte në katin e fundit të një ndërtese të vjetër pesëkatëshe. Nga rruga vura re që kishte dritë në dy dritaret e ngushta me ballkon artificial. Kjo do të thoshte se ai ishte në shtëpi.

Hyra në korridorin e katit të parë dhe zura të ngjitja zig-zagun e shkallinave prej dërrase, ndërsa mbi kokën time ndriçonin disa llambushka. Kur hipa në katin e fundit, u gjenda para një apartamenti të ulët. Një sy magjik vezullonte dobët në mes të derës.

Shtypa zilen mbi derë dhe nga brenda erdhi tingëllimi i shurdhët i saj. Kaloi një grimë kohe, pastaj u dëgjuan disa zhurma të pashquara mirë. Ndjeja se dikush përgjonte prapa syrit magjik.

-Kush a? – bubulliu një zë i trashë.

-Jam unë, - u përgjigja shkurt, i bindur se ai më shikonte se kush isha.

Pasoi një heshtje e plotë.

-Kush? – përsëriti ai.

-Manush Kelmendi, - shqiptova qartazi dhe ngula shikimin te syri magjik.

Kaloi një copë herë pa përgjigje dhe, kur u bëra gati t'i thërrisja rishtas, u dëgjua prapë zëri i trashë:

-Zotnia ka ra me fjetë... Asht vonë tash.

-Më falni, - ia ktheva, - po kisha një punë. Megjithatë, s'ka gjë. Po vij njëherë tjetër në një kohë më të përshtatshme.

Nisa të zbrisja shkallinat ngadalë dhe me qëllim përplasja këpucët. Isha në katin e tretë, kur dëgjova që lart të kërciste dera dhe qëndrova. Ngrita kokën dhe te parmakët e drunjtë pashë zotin Fehmi me këmishë të bardhë deri në fund të këmbëve si felah dhe me qeleshe ngjeshur në kokë. Dy hapa më tutje të zotit, zbardhte tulla e shtypur e Kaloshit, veshur me brekushe të errëta.

Ata më kërkonin me sy dhe vetëm kur u afrova te llambushka në krye të shkallëve të katit të tretë, më besuan se kush isha. Atëherë më erdhi në vesh zëri i "kryeministrit".

-Zoti Manush!

Unë u ktheva me trup nga ai dhe ia bëra me dorë.

-Ju jeni?! – pyeti sërish ai nga lart.

-Po.

-Urdhëroni, ju lutem, - ia pat dhe u zhduk nga parmakët e zuri të zbriste me ngut shkallinat e para. Unë s'e prisha terezinë dhe u takuam në mes të shkallëve.

-Na falni që ju bëmë të prisni, zoti Manush, - foli me zë të lartë, gjë që nuk e kishte zakon, dhe më përqafoi, duke mbështetur mjekrën në të dy supet e mia.

-Jo, - e kundërshtova unë, kur zumë të ngjitnim shkallët, - të më falni ju mua që erdha pa njoftuar. Po ditën jam gjithë kohën në punë. Deri të dielën, thashë, vete vonë. Kalova këndej dhe, kur pashë dritë, vendosa të kthehem.

Zoti Fehmi më kishte vënë krahun dhe me zë të ulët mundohej të më shpjegonte:

-Njeriu në vend të huaj duhet të tregohet i kujdesshëm. Sepse nuk i dihet, kemi miq, po dhe pa armiq nuk na ka lënë perëndia. Një pakujdesi e vogël të kushton dhe hajde ndreqe po deshe... S'do të thotë gjë që ke shpëtuar nga e madhja. Të gjen e vogla kur të duash.

Kaloshi priste në mes të derës dhe, pa luajtur nga vendi, më zgjati dorën me një lëvizje të prerë, sikur ta kishte krahun të ngrirë. Trupgjatë e i dobët skelet, me sy të vegjël, të dalë si të pulave, ai ishte aq i fishkur e i rrudhur, thua se i qe mbuluar fytyra me një rrjetë të vjetër pa ngjyrë.

Apartamenti përbëhej nga korridori, ku qe një krevat portativ, ku mesa dukej flinte Kaloshi, dhe nga një dhomë e gjatë dhe e ngushtë. Ishte po ajo dhomë karakteristike e emigrantëve me mure të zhveshura e gozhda të ngulura gjithandej, me enë, ushqime e rroba të trazuara në një vend, me karrige të çala, me shtresa të vjetra e të ndyta, me ndryshim që në dhomën e zotit Fehmi kishte aq kapele, bastunë, çadra e skelete çadrash të varura nga të gjitha anët sa s'kisha parë ndonjëherë. Në fund, sytë e mi u ngulën te një flamur i vogël dhe një syret kurani qëndisur me shkronja arabe që qenë varur mbi krevatin e të zotit të shtëpisë.

-Ja, një gjë, zoti Fehmi që nuk na ka shkuar mendja ne të tjerëve: atdheu dhe feja! – thirra i përmbajtur, sikur të kisha zbuluar diçka të rëndësishme.

Dhe u ngrita e i preka me dorë, duke marrë pamjen e një njeriu të mallëngjyer e të habitur. Pastaj vura re në parvazin e dritares një libër të trashë në botim luksoz, të pluhurosur e të pistë.

-Merreni, shikojeni, - tha zoti Fehmi, - çdo mysliman i mirë duhet ta ketë një libër të shenjtë. Mund ta blini pa ndonjë shpenzim të madh.

Unë e mora në dorë dhe e shfletova, megjithëse e kisha parë dhe në një librari në bulevardin e madh. Ai ishte kurani në një botim çek, i shtypur enkas për të nxjerrë fitime, sidomos në vendet myslimane.

Ne qëndronim përballë njëri-tjetrit: zoti Fehmi në krye të dhomës, ulur buzë krevatit, dhe unë në karrige, dy hapa më poshtë tij. Kaloshi rrinte pranë derës më këmbë, pa u ndier për të gjallë.

Unë e kisha marrë vesh zakonin që "kryeministrit" i pëlqente ta drejtonte vetë bisedën dhe isha përgatitur të dëgjoja më parë predikimet e tij. Ai fliste i qetë, me një zë monoton, pa gjeste, sikur të fliste me veten.

-Ne të vjetrit, - filloi ai nga predikimi, - që jemi trungu i mërgatës, gëzohemi që dalin filiza si ju dhe mbajnë gjallë shpresat tona... Mërgata ka shumë nevojë për njerëz. Koha, zotni i mirë, është si i thonë fjalës, e pamëshirshme: po nuk u përtërimë, kemi mbaruar me të tëra. Mendoni që ne erdhëm këndej burra dhe tani po i afrohemi pleqërisë, për të mos thënë se jemi plakur vërtet. E gjithë mërgata, pra është plakur. E më shkon mendja ndonjëherë si tuhaf, sikur të kishte mundësi të mblidheshim në një vend gjithë sa dolëm që andej, s'do të kishte pamje më të zymtë: të gjithë të plakur, të drobitur, të damkosur s'di nga çfarë... Të vjen për të qarë dhe, po arriti burri deri këtu, ta dini se punët nuk kanë si të jenë mirë... Jua them juve këto, që t'i keni parasysh, zoti Manush, se jeni i ri dhe sapo i jeni futur kalvarit të mërgatës... Dhjetë-pesëmbëdhjetë vjet të shkuar unë isha optimist, aq sa mund të jetë optimist njeriu në konditat tona. Komunistët kishin vështirësi në Shqipëri, kishte dhe njerëz të goditur nga reformat radikale që ikin nga skëterra e tyre: sadoqë disa nga ata nuk lidheshin me ne, prapë rronim me shpresa, kurse tani do të gënjenim veten në rast se do të ushqenim po ato shpresa. Situata në Shqipëri ka gjetur karar. Njerëzit që andej po dalin pak më rrallë. Prandaj gëzohem, kur na vijnë njerëz si zotëria juaj, idealistë të moderuar, që ju punon mendja e ju qan zemra për fatin e mërgatës dhe jo si shumëkushi këndej që është bërë si dhi e zgjebosur dhe prapë bishtin e mban përpjetë...

Kaloshi më zgjati me duar të dridhura filxhanin me kafe dhe qëndroi sërish pranë derës, në këmbë, si trung i tharë.

-Është e vërtetë, zoti Fehmi, - zura të arsyetoja unë duke vështruar filxhanin, - që mërgata është plakur, po të mos harrojmë se dëshirat tona janë po ato që kanë qenë njëzet e ca vjet përpara... Të paktën, ne të Legalitetit nuk kemi ndryshuar... Ndofta, kjo vjen nga se Lartmadhërinë e kemi, shyqyr zotit, gjallë e shëndoshë dhe kjo na mban me shpresa...

"Kryeministrit" i lëvizi disa herë fikthi nën mjekër, po nuk foli. Unë pëshpërita një urim dhe fillova të rrufisja kafenë.

-Mirë se ardhët dhe ardhshit gjithmonë, - tha zoti Fehmi. – Shtëpia ime, shtëpia e gjithë shqiptarëve të vërtetë!

Ai preku me dy gishta mustaqet e kuqërremta dhe vazhdoi me zë të gjallëruar:

-Entuziazmi juaj, vendosmëria që tregoni në rrugën që keni zgjedhur, nuk mund të mos më kujtojë rininë time. Njëherë e një kohë dhe unë kam qenë ndjekës i po atij njeriu që ndiqni ju sot. Madje, po deshët ta dini, kam qenë nga ata të paktët që e kam ndihmuar me armët e mia për ta sjellë në fuqi. Ai ishte bajraktar, siç isha dhe unë, po kishte ambicje më të mëdha dhe gjithnjë atë që mendonte do të arrinte me çdo mjet. Mbaj mend kur të dy ishim në Vjenë. Ka qenë koha e Luftës së Parë Botërore dhe u ndodhëm në ceremoninë e kurorëzimit të princit trashëgimtar. Një ceremoni madhështore që të linte pa mend. Ne ndenjëm të dy tërë kohën bashkë dhe më kujtohet se atij vazhdimisht i shkreptinin sytë. Ishte i hutuar, i tronditur dhe i kaplluar nga mendimet. Nuk fliste pothuajse hiç. Dhe unë, ç'është e drejta, nuk e kuptoja se ç'mendonte ai në atë kohë. Do të kalonin vetëm disa vjet, që ai të kërkonte pastaj të bëhej mbret. Një histori kjo fort e ndërlikuar, me skena e prapaskena që unë s'e kam të lehtë ta tregoj. Por një gjë është për t'u admiruar: idenë që i frymëzoi ceremonia e kurorëzimit të princit trashëgimtar në Vjenë, ai e arriti, e shpalli veten mbret, duke vënë në kokë një kurorë me brirë dhie që s'di nga e gjeti. Me një fjalë, hipi aq lart, sa harroi se ishte një bajraktar si unë dhe atëherë ndodhi ftohja jonë. Disa kohë më vuri komandant të zonave të Veriut e m'u desh të kryeja punë jo fort të këndshme: të çarmatos malësorët, t'u marr armët me të cilat ata kishin luftuar turqit dhe serbët. E megjithatë, ai nuk ma diti për nder... Pastaj mori para nga jugosllavët, e më vonë nga italianët. Nderi ma donte që të ngrija një kullë më të madhe, me qoshe të gdhendura e me avlli. Unë s'isha tani një bajraktar i thjeshtë. Isha me gradë nënkolonel. Prandaj i kërkova para dhe më dha një shumë të hollash qesharake, po të mendoje sa i kishin dhënë ata që e kishin sjellë në fuqi. Edhe sot s'më ka dalë inati. Atëherë e kuptova më mirë se kurrë se në këtë botë gjithkush shef interesin e vet. Ika nga ushtria e u ktheva në kullën time në katund. Qëndrova aty duke u marrë me punët e bajrakut derisa erdhi Italia. Më tutje, zotria juaj e dini mirë se ç'ndodhi dhe s'është nevoja t'jua them... Ju mund të habiteni që ju fola kaq haptazi. Madje, disa fjalë me siguri ju kanë qëndruar dhe rëndë... Po më mirë t'i dimë mendimet e njëri-tjetrit e të mos shkelim atje ku s'mban! Apo e kam gabim?

Unë ngrita sytë dhe, për habi të tij, buzëqesha.

-Si ta marrësh, zoti Fehmi!

-Më pëlqen që tregoheni i arsyeshëm. Është hera e parë që një njeri i Legalitetit dëgjon e flet me gjakftohtësi. Të më besoni, jua thashë mendimet e mia, që t'i dëgjoni drejtpërdrejt nga unë dhe jo nga të tjerë. Të tjerët janë vetëm për të na ngatërruar...

-Ashtu është, - fola i menduar, - mërgata po heq e vuan më shumë nga ngatërresat e saj të brendëshme sesa nga ato të jashtmet... Se, në fund të fundit, komunistët janë në Shqipëri, kurse ne i hamë kokën njëri-tjetrit këtu! Prandaj, megjithëse nuk më vjen mirë për disa gjëra që thatë, prapë kjo nuk më pengon t'ju dëgjoj. Ne vërtet jemi kundërshtarë politikë, po armikun e kemi të përbashkët. Këtë nuk e kupton shumëkush këndej...

-E kanë humbur, more zotni i mirë, fare durimin, - ndërhyri ai. – Janë bërë nervozë e shpirtvegjël sa kurrë ndonjëherë. Juve, mos t'ju vijë keq, po njeriu nuk e ka të lehtë të merret vesh me një Ihsan Maç. Më mirë i kupton punët Kaloshi im, sesa ai që është kryetar i Legalitetit këtu!

-Shumë nga njerëzit e mërgatës, - thashë unë, duke mos i vënë veshin fjalëve të fundit, - nuk dinë të bëjnë politikë, s'dinë të arsyetojnë, jo se s'duan, po kështu janë prerë. Merreni me mend, ata kanë folur gjithnjë me gjuhën e forcës, koka u është bërë kobure e s'kanë menduar gjë tjetër, veç për të vrarë. Ja, merreni, kryetarin tonë, sa nervoz e bën ai plumbi i komunistëve që ka në trup! Kjo s'është gjë e vogël...

-Epo, tamam këta njerëz i kanë sjellë dëmin më të madh mërgatës, - ngriti zërin ai. – Pse kishim këta njerëz, pse u mbështetëm te këta, ne dolëm të humbur nga Shqipëria. Dhe s'mjafton kjo, po pjesën më të madhe të tyre i morëm me vete dhe pasojat i vuajmë sot e gjithë ditën! Atëherë, ç'mund të presësh prej tyre? Asgjë, veç grindjeve, intrigave, përçarjes së plotë. Shtoni pastaj, ambiciet e kapadaillëkun e krerëve. Ta dini, shumë të këqija kanë ardhur nga ata. E pse të shkojmë larg: a nuk u rrahën në mbledhjen e komitetit të tyre dy kokat e "Legalitetit", Bazi i Canës dhe Gaqo Gogua? Ka turp më të madh? Atëherë ç'mund të presësh nga Ihsan Maçi apo Daut Matrashi që e kanë kokën bosh?! Ja, kështu janë punët tona, zot i mirë. Mbase, të tëra këto, nuk ishin për t'u përmendur, po kur shoh që ju keni aq dëshira e energji, sepse, thellë në shpirt, më regëtin një shpresë dhe më pëlqen të mendoj mirë ndonjëherë për mërgatën tonë të shkretë!

Kaloshi kishte mbyllur sytë dhe po flinte.

-Po fle?! – u habita unë.

-S'prish punë, - tha "kryeministri". – Nuk e gjen gjë atë. Madje, nga një pikëpamje, ia kam zili. Ah, them me vete ndonjëherë, të kisha mendjen e tij, do të isha rehat dhe s'do të më binin në kokë gjithë ato telashe. Fundja, më në fund, do të shikoja punën time dhe do të rroja si njeri...

-Këtë e thoni nga mërzia e nga lodhja, - kundërshtova. – Harroni se mërgata ka varur shpresa te ju dhe shokët e sërës suaj, zoti Fehmi! Ju jeni nga shtyllat e mërgatës këtu!

-Shtyllë mund të jesh vetëm në vendin tënd, - vazhdoi ai me një ton të pikëlluar, - po, në vend të botës, si zor. Këndej fryjnë shumë erëra... Zotëria juaj jeni aq i mençur sa ta kuptoni që mërgata jonë gjithmonë është lojë e mjerë në duar të huaja. Ne, me dashje ose pa dashje, bëjmë lojën e tyre. Sepse duhet ditur që të gjithë ato forca të huaja që kanë interesa në Shqipërinë e sotme e fillojnë nga ne. Kuptohet, atëherë, pse unë e ti nuk e kemi veten në dorë. Ne vërtet jemi shqiptarë, flasim një gjuhë, po ti je lidhur me atë që s'jam lidhur unë e unë s'e njoh atë me të cilin je lidhur ti. Nga këto vijnë pastaj grindjet, përçarja dhe megjithëse flasim një gjuhë, s'merremi vesh, sepse njëri i bie potkoit e tjetri gozhdës.

Fjalët e tij më vunë në mendime dhe m'u desh të kalojë një grimë herë që të flas rishtas:

-Ju keni të drejtë, gjendja e mërgatës është e vështirë. Por ç'do të fitonim në qoftë se do të mbeteshim vetëm me konstatime të hidhura? Do ta shtonim akoma më shumë dëshpërimin e mërzinë që na kanë kapur për fyti. Në këtë situatë, e vetmja rrugë e shpëtimit është bashkimi i saj. Të lëmë mënjanë çdo gjë që na ndan dhe të bashkohemi. Ju vetë e dini se miqtë tanë, si tej ashtu dhe me këtë anë të Atlantikut, na ftojnë, bile dhe na urdhërojnë, që të bëjmë gjithë ç'kemi në dorë për afrim me njëri-tjetrin. Nuk di ju personalisht, por, mesa kam marrë vesh, me ndonjë përjashtim, të gjitha grupeve politike u është thënë t'i lënë mënjanë grindjet dhe të afrohen. Rast më të mirë se tani që kemi përpara Ditën e Flamurit, s'ka. Ju, zoti Fehmi, duhet të jeni nga ata që t'i hapni rrugën afrimit të bashkësisë sonë.

Ai qeshi nën hundë sikur të hungëronte e tha:

-Afrimi në politikë, mor zot i mirë, nuk është panair, ku secili bën ç'të dojë, ashtu siç ndodh në mes tonë. Politika e vërtetë do një qëllim të përbashkët, do veprim e organizim. Po si mund të bëhet ky afrim, duke ndenjur tërë kohën nëpër kafene e duke rendur pas atij që jep më shumë?!

-Ju i thoni gjërat me një qartësi tronditëse, zoti Fehmi. Lus zotin, të bisedojmë sa më rrallë kështu! – Unë psherëtiva me tërë gjoksin dhe shtova: - Megjithatë, ju jeni i një mendjeje me mua që përpjekjet tona për bashkim nuk duhet t'i pushojmë. Për këtë kam ardhur të bisedojmë. Ju duhet të na ndihmoni me autoritetin tuaj, me urtësinë dhe mençurinë tuaj.

Pastaj i tregova ç'kishim vendosur në këshillin e Degës, për programin e mbrëmjes së përbashkët, për bisedimet me grupet politike dhe përfundova me zë të ulët:

-Puna është, zoti "kryeministër", ta ruajmë fasadën e mërgatës. Të paktën, një herë në vit, ta marrë vesh bota që ne jemi të bashkuar...

-Ju kuptoj... – pëshpëriti ai duke m'i ngulur sytë, - dhe jam me ju, veç ta dini që mos prisni ndonjë gjë të madhe...

-Gjërat e mëdha fillojnë nga të voglat, - qesha unë.

Ai u bë serioz. Fikthi nën mjekër i lëvizi disa herë. Sytë i uli përgjysmë dhe pastaj tha me zë të lodhur:

-Ka qenë një kohë, mor bir, që isha unë ai që i hapja tërë mbledhjet e ziafetet e mërgatës këtu. Ishte një kohë kur akoma shpresonim dhe kishim dëshira. Mblidheshim dhe të paktën pinim bashkarisht gjithë sa ishim. Po pastaj na hyri përçarja keq dhe u ndamë secili më vete. Të më besoni, kam kaq vjet që e kremtoj në shtëpi Ditën e Flamurit, në shtëpi vetëm... me Kaloshin... Ju tani doni ta ktheni prapë atë kohë... S'do të kishte gjë më të mirë... Sa për mua, mos u bëni merak. Fehmi Dani vjen i pari atje ku ngrihet bajraku i bashkimit të mërgatës.

Unë u hoqa i prekur, lëviza nga vendi dhe ndjeva se kisha ndërruar në fytyrë.

-Fjalimin do ta mbaj me qejf, - shtoi ai. – Mërgata e mjerë ka nevojë më shumë se për një fjalim në vit. Po le të kënaqemi me kaq... Ishallah, na ndihmon perëndia. Tani perëndia na ka mbetur!

Kur po bëhesha gati të ngrihesha, ai më vuri dorën në sup dhe, sikur të përgatitej të më thoshte ndonjë gjë të fshehtë pëshpëriti:

-Ju lutem, mos m'u zemëroni, mbretin tuaj nuk do ta përmend dot në fjalim. Kështu ta kemi fjalën. Ia thoni dhe atij kryetarit tuaj, se ai është gati të bëjë skandale...

-S'ka gjë, - ia prita i vrenjtur, me sy përdhe. – Do ta bëjmë kabull për hir të bashkimit!

2

Avazi për mbrëmjen e bashkimit filloi me ndarjen e ftesave. Ftesë do t'i dërgohej çdo emigranti politik që ndodhesh në mbretërinë e Belgjikës. Një ide të tillë e hodha me qëllim që të shtija në dorë disa nga adresat që s'i dija akoma. Për këtë propozova që partitë t'i sillnin komisionit listat e anëtarëve dhe komisioni pastaj t'i shpërndante. Bllokistët u treguan të gatshëm dhe i paraqitën menjëherë. Mjaft adresa solli dhe partia "Lidhja e dytë e Prizrenit", po qëllimi nuk u arrit plotësisht, mbasi ata të Ballit papritur ndërruan mendje. E quajtën këtë si shkelje të konspiracionit partiak dhe i ndanë vetë ftesat e tyre.

Në ftesën që e hartova unë dhe që komisioni e miratoi pa asnjë ndryshim, midis të tjerash thuhej:

"Kjo thirrje i drejtohet çdo pjesëtari të mërgatës për t'i kujtuar se jemi vëllezër dhe se armiku i përbashkët na ka shpërndarë, si zogjtë e korbit, nëpër botë. Dita e moçme e Flamurit na thërret të bashkohemi. Në qoftë se të ka mbetur një pikë gjak shqyptari, dëgjoje këtë zë. Eja të gëzojmë flamurin, që qan e rënkon.

Ditën e shtunë, më ora tre pasdreke, në kafenenë 'Aurora', përballë 'Bursës', organizohet një mbrëmje kremtimi.

Ardhja juaj është një guriçkë në themelin e bashkimit të mërgatës së shumëvuajtur..."

Grupet politike, edhe pse i shpërndanë ftesat e mbrëmjes së bashkimit, prapë nuk tregonin ndonjë entuziazëm. Përfaqësuesit e tyre në komision ishin të ftohtë dhe shfaqnin tërthorazi njëfarë mosbesimi. Ata e dinin që në rast se mbrëmja do të dilte mirë, meritat e lavdërimet do t'i merrte "Legaliteti".

Ditët e fundit i shpalla, si të thuash, mobilizim të përgjithshëm të partisë sime. Bëra disa mbledhje urgjente të këshillit të Degës. Kërkova prej secilit që të linte punën e të sillte në mbrëmje tërë miqtë kudo që i kishte. Mbrëmja ishte e të gjithëve, pasi dhe flamuri u takon të gjithëve!

Me këtë rast lypja ndihmë nga këshilli që të më jepnin disa të holla hua dhe bleva një motoçikletë. Motori më lehtësoi nga shumë telashe. Tani lëvizja lirisht, shkoja kudo që e donte puna. Brenda ditës i bija në të katër anët Brukselit, duke marrë me vete herë zotin Ihsan, herë Rezbatin. Askush nuk duhej të mbetej pa ardhur në mbrëmjen e bashkimit!

Një natë shkova në Zhimet te Shpendi. Ai u ngazëllua sapo më pa. I erdhi mirë që s'e kisha harruar dhe nuk dinte si të më gëzonte. Qëndruam në dhomën e tij, biseduam kokë më kokë rreth tavolinës së vogël dhe pimë uiski me gota uji. Gjëja e parë, më tregoi për disa letra që kishte marrë nga Shqipëria, bile më lexoi një prej tyre, i munduar nga mallëngjimi. I shkruante një nga motrat dhe i shkruante gjëra interesante, por ai nuk bënte asnjë koment. Unë tundja lehtë kokën dhe sytë i mbaja ulur, sepse nuk doja të tradhtoja veten, megjithëse ai ishte i vetmi njeri pranë të cilit ndihesha i qetë.

Por këtë situatë m'u desh ta kapërceja shpejt, jo vetëm sepse emocionet në punën time ishin gracka, po unë kisha ardhur me detyrë të caktuar. Prandaj nuk vonova t'i flisja për mbrëmjen që do të bëhej, duke marrë një pamje serioze e të merakosur e duke i dhënë zërit një ton paksa të prerë, me atë vendosmëri që ai e njihte prej kohësh.

Shpendi u vrenjt e vari kokën. Nuk i erdhi mirë që po e tërhiqja në një punë që s'kishte pasur qejf asnjëherë të trazohej. Po ndërkaq, duke e ditur se i pëlqenin takimet me shqiptarët, u përpoqa ta bindja që kjo mbrëmje s'kishte të bënte me politikën, se ajo do të qe më shumë një ziafet çmallimi. Pastaj, iu drejtova si mik që të më ndihmonte, duke ardhur jo vetëm vetë, por të merrte dhe shokët e tij pa parti që banonin në Zhimet.

Në ditët që mbetën, futa në valle Dyl Sqollin. Ai ishte tellalli i mërgatës sonë.

I dërgova fjalë që të takoheshim në "Cap nord", po mora vesh se ishte i sëmurë dhe atëherë u detyrova të shkoja në shtëpi. Kishte një shtëpi të vogël, rrethuar me kangjella, në një rrugicë të Brukselit.

M'u desh të pres gjatë para portës prej hekuri derisa doli dhe ma hapi përgjysmë një grua në moshë të Dylit, me trup të hollë shkop, e dobët sa s'ka më dhe me paruke të kuqe në krye. Unë hoqa menjëherë kapelen republikë dhe i zgjata dorën me respekt. I thashë emrin me zë të lartë, në mënyrë që ta dëgjonte i shoqi nga prapa, dhe prita i qetë. Ajo, pa fjalë më ktheu kurrizin dhe pas një grimë here, dëgjova zërin e potershëm të Dylit:

-Bujrum, burri i Shqypnisë së vjetër! Bujrum!

Gruaja hollake hapi derën kat e kat dhe unë u gjenda në krahët e Dylit, veshur me pizhame dhe peshqir lidhur në kokë si çallmë hoxhe.

Pasi kaluam nëpër rrugën që përshkonte oborrin e vogël, hymë brenda në shtëpi, një shtëpi e ulët me dy shkallina; ai më futi në një dhomë dhe, duke më treguar me dorë një minder, mbuluar me lëkurë deleje, më tha:

-Urdhnoni, zotnia juej! Hekni kundrat dhe uluni kambkryq. Zene se jena n'Shqypni. Kuku! Jena tue hupë si krypa n'ujë!

Ai e mbylli derën dhe e zonja e shtëpisë mbeti jashtë e s'u duk më.

-S'ma muer mendja se kishit me kenë ju! – tha Dyli dhe hoqi peshqirin nga koka duke marrë një pamje, sikur po fillonte një rol tjetër. – Më thanë se më kërkojshit, po s'mujshe me dalë.

-Dëgjova se ishit sëmurë, - i thashë, - prandaj dhe erdha. Ç'patët?

Ai më shkeli syrin dhe zuri të qeshte:

-Nga shndetja Dyli asht mirë, po nga shpyrti s'ka ma keq! Rrezik me më mbytë!

-E ku do t'ia dijë Dyl Sqolli! Sa mbytet topi i llastikut, aq mund të mbytesh dhe ti!

-Vetë s'kam si me u mbytë, po më mbyt Lem Vrapi se!

-Sa ke parë si Lemi ti, - qesha unë.

-Ehe! – ma priti ai me xhufkat e vetullave mbi hundë, - kët herë ka mbetë gozhda keq. Mirë ka pas thanë ai i pari: çka po të duhet me ba mirësina! E mira shpërblehet me të keqe në kët dynja!

-Shqip po flet, dhe nuk po të marr vesh. Si është puna?

-Ti a njeh Lem Vrapin?

-Po, e njoh!

-Ai do me më mbytë!

-Do të të mbysë në Kanalin e Madh?

-Jo, besa, n'kanal s'e la me më mbytë, po më vret pas shpine me armë t'nxehta a t'ftohta e m'len fëmijt jetima!

-S'ma merr mendja! Lemi duket burrë i urtë, - u shtira i habitur unë.

-Lem Vrapi burr' i urtë?! – ma priti Dyli, duke u ngritur nga minderi. – Po Lem Vrapi ka mbytë dynjanë n'Shqypni! Ku janë vra e therë fëmi e grani, Lemi ka kenë i pari. Ai ka djegë katundet e Tosknisë. Unë për vedi s'i kam pa me sy, po ç'ka tregon shoqnia e vet...

-Ashtu do të jetë, përderisa thonë dhe shokët e tij. Unë nuk e njoh. Në pamje duket dy para burrë, si hu në një këmbë!

-E shef, pra, - u hodh Dyli. – S'e kanë lanë t'kqiat me vue mish. Thuhej, shyqyr zotit që s'e ke n'parti!

-Më trego atëherë si është puna me të?

-Puna asht se ai don me më mbytë!

-Këtë e mora vesh. Po më trego tani shkakun.

-Phi! – shfreu Dyli. – Unë e dijsha burrë, ai kje ujk!

Kishte ndodhur kështu: Lem Vrapi, nga një aksident në minierë ishte shtruar në spital. Dyli e kishte marrë vesh dhe meqenëse në këtë mes mund të përfitonte diçka, i kishte vajtur në spital. Gjendja e të sëmurit s'ishte e mirë, atij i kishin prerë njërën këmbë dhe Dyli e dinte se ai nga kjo dilte invalid përjetë dhe fitonte njëfarë pensioni. Atëherë Dyli kishte marrë përsipër t'i nxirrte pensionin. Lemi i kishte dhënë pasaportën dhe autorizimin. Dyli kishte bërë veprimet dhe kishte filluar të merrte pensionin por, në vend që t'ia jepte të zotit, e mbante për vete. Këtë marifet e kishte bërë disa muaj me radhë.

Lem Vrapi e kishte marrë vesh dhe qe çmendur nga inati. Si kishte dalë nga spitali, i kishte çuar fjalë që të mos i dilte përpara, se do ta vriste. Atëherë Dyli ishte mbyllur brenda në shtëpi. Kjo kishte ngjarë atë javë që kishte filluar fushata për mbrëmjen e përbashkët. Dyli ishte aq finok, saqë këtë gjë nuk e kishte bërë rastësisht. Ai e dinte se mungesa e tij do të ndihej dhe në atmosferën e fjalëve të bashkimit ai mund të përfitonte doemos diçka.

-Të ma kishte thënë ndonjë tjetër, nuk do ta kisha besuar, - fola unë i zënë ngushtë. – Burri i vërtetë i Shqipërisë ka besë e nder!

-Nderja e burrit në tokë të vet, - tha Dyli, duke tërhequr hundët si një rrugaç i kapur në faj. Pasha zoten, dona me jetue, përndryshej ktu cof si qen. Tek mbramja, çfarë i janë dashtë paret atij në spital kur e paguante tjetërkush. Mue me m'dekë unit djemt' n'Itali e grueja ktu me m'u smue...

-E unë pa shkue kafehaneve, - shtova duke e imituar.

-Jo, besa, - mori hov Dyli, - shërbëtuer i tij s'jam, se ai s'asht kurrkushi para meje. T'ishim n'Shqypni, as dorën s'kisha me i dhanë. Po fajin e kam vetë se ç'ka m'duhet me u ngatërrue me ksi horrash e kriminelash...

-Lëri fjalët e tepërta, paret a ai hëngre?

Atij iu mor goja dhe u ngatërrua:

-Poo... vveta... s'kam dalë kndejna me ba sevap për shpirt t'babs... Ato pare m'takojshin mue derisa ai pushojte n'shtrat...

-Po që ai të vret, nuk e more parasysh? – ngrita zërin unë.

-Rrnoftë shoqnia, - thirri ai e më shkeli syrin. – Gjithkush e din se Dyli ka lanë Shqypni e familje dhe rrin njiktu afër Polit t'Veriut...

Unë zura të qesh dhe ai shkak donte e dhoma u mbush me kukurimat e tij të potershme.

-Pasha të madhin zot, t'takon ty e shoqnisë me pshtue Dylin. Me m'ba derman, përndryshej keni me mbetë pa Dyl!

-Pa Dyl mos mbetshim kurrë, - thashë unë duke e mposhtur gazin. – Ti mirë s'ke bërë që i ke ngrënë paratë, po taksirati ynë t'i shtojmë halle të tjera vetes, sikur s'na mjaftojnë ato që kemi. Do të shkoj vetë të bisedoj me Lem Vrapin.

-Me fjalë, s'ha shqyp ai, - kundërshtoi Dyli. – Ban çarje paret. Kështu, po!

I premtova se do ta qetësoja Lem Vrapin dhe se ai duhet të dilte pa frikë qysh të nesërmen nga shtëpia. Pastaj i fola për mbrëmjen dhe kërkova të vihej në shërbimin tim, pa bërë naze.

-Mos ki dert hiç, - ma priti Dyli i lehtësuar. – Ksaj pune i ka dekë nana, veç mos m'raftë n'qaftë ai i pafytyri!

-Qëllimi është, - shpjegova unë, - që në këtë mbrëmje të mblidhet i tërë emigracioni i këtushëm. Ti ke për detyrë t'i njoftosh ku janë e ku s'janë. Shpenzimet t'i ka siguruar partia e mbretit.

-T'u rrittë ndera, o Manush Kelmendi!

-Nderi t'i rritet Lartmadhërisë sonë, - ia prita unë. – Atij ia kemi borxh të gjitha!

-Vallahi bilahi unë e baj për ty. T'jetë për tjetërkënd, s'luhej vendit, - foli Dyli me zë të ulët. – Vetë s'merrem me politikë dhe pikë!

Ai u mundua të vrenjtej, po fytyra si gjithnjë iu ngërdhesh dhe unë i shkela syrin.

-Po policinë si ta njoftojmë?

-E për ç'ka? – Ai sa s'luajti vendit nga pyetja e papritur.

-Për mbrëmjen... – shtova si pa të keq. – A nuk duhet autorizim?

-Ç'a di veta... – u hutua Dyli dhe për herë të parë iu lidh gjuha. Ky qe vetëm një çast fluturak, kundër vullnetit të tij dhe ai u mundua në çast ta kapte veten duke mbushur heshtjen me një shpërthim gazi.

Ishte rasti që ta kuptonte se s'ma hidhte dot dhe, duke i ngulur sytë, i thashë:

-Ti si më i vjetër këtu i njeh mirë ata të policisë. A nuk shkon të nxjerrësh autorizimin?

-Thuej që s'je zog kurvet! – thirri Dyli dhe shpërtheu sërish në gaz. – Po komisioni ç'a don me ba? Mandej unë s'i përkas mërgatës. Kanë me më thanë: çka po të lypet ty?!

-Atëherë shkojmë së bashku, - e ndërrova unë. – Kushedi se ç'pengesa mund të dalin.

-Kshtu po, - ra dakord ai. – Për Shqypni Dyli jep jetën!

-Lëre Shqipërinë, mos e ngit, - qesha unë, - s'ke pse e trazon në këtë mes.

-Si të duesh, - tha ai mëdyshas, kur befas e ngriti zërin e shtoi:

-Po kjo feqenia ç'u ba?! – dhe zuri të vërtiste sytë nëpër dhomë, sikur e shoqja të ishte fshehur diku rrotull.

-Mos u shqetëso, - fola unë dhe u çova në këmbë. Ai lëshoi një të sharë dhe, duke më vënë krahun, tha:

-S'ke çka ban. Ku din evropiani se ç'asht mikpritja shqyptare! Ta kam nji kafe borxh në "Kap".

3

Javën e fundit para mbrëmjes, në rrethet e emigrantëve u ndje njëfarë gjallërie. Në "Cap nord" tavolinat e partive sikur u afruan. Biseda e parë e ditës vërtitej rreth këtij afrimi. U shtuan të qeshurat me zë të lartë. Krerët u panë disa herë të pinin kafe së toku.

Zoti Ihsan sa nuk fluturonte nga gazi. Tërë kohën rrinte në "Cap nord" këmbëkryq në karrige, fërkonte mjekrën dhe mundohej të tregohej serioz, po dhe i arsyeshëm. Mua më vinte në krah të djathtë dhe i pëlqente që ta nderoja sa më shumë faqe të tjerëve. Ta merrnin vesh se afrimi i mërgatës po vinte nga Legaliteti, se ai me trimat e tij po bënin të frynin erëra të ngrohta...

"Kryeministri" dukej i kënaqur dhe i kishte shtuar predikimet. Gjithë kohën ai përsëriste avazin e tij të mërzitshëm: "Shqipëria dhe fati i saj mizor". Ai kishte dalë nga natyra e vet e përmbajtur, qe bërë pa e ditur llafazan. E quante për detyrë t'i ushqente shpresat e njerëzve që dukeshin sikur po ngjalleshin ato ditë.

Krerët e tjerë flisnin më pak. Atyre s'u vinte mirë që iniciativa qe në dorën e "Legalitetit". Anton Kumashi, kryetari i agraristëve, më raportonte Dyli, i kishte thënë një mikut të tij se "Kjo që do të ndezë Manush Kelmendi është një flakë kashte, po le ta nxjerrë dhe ai merakun!"

Dyli më tha gjithashtu se Antoni ato fjalë nuk i kishte nga xhepi i vet. Kur kishte marrë vesh për mbrëmjen që propozonte "Legaliteti", nuk kishte folur; mesa duket kishte pyetur të parët e tij që i kishte larg dhe vetëm si i kishte ardhur përgjigjja, kishte nisur të fliste.

-M'ngjan se Antonit ia kanë thanë shqyp: mos len aty me kndue dy gjela. Ti e askush tjetër! – shtoi Dyli.

Megjithatë, askush nuk guxonte të nxirrte pengesa dhe të gjithë ishin vënë në lëvizje për mbrëmjen e bashkimit. Bile, në dukje u shtua aq shumë mirëkuptimi, sa dikush javën e fundit e quajti "java e paqes". I vetmi rast që e prishi pak atmosferën qe ai i Daut Matrashit. Dautit nuk i pëlqeu afrimi i grupeve, ajo kapardisje e krerëve nëpër tavolina, predikimet e zotit Fehmi dhe dy ditë para mbrëmjes, u ngrit të mbante fjalim në "Cap", kur salla ishte plot e përplot. "Ju s'jeni shqiptarë, po zagarë të ndjekur, - thirri ai. – Dëgjoni t'ju thotë një fjalë Daut Matrashi!"

Po ai nuk arriti ta thoshte. Atë kohë u turrën Kaloshi me një të agrares, e mbërthyen nga pas, i mbyllën gojën dhe, duke e tërhequr zvarrë, e nxorën jashtë. Në kafene për një çast u bë heshtje e pastaj shpërthyen romuzet. Vetëm tavolina e krerëve s'u ndje. Pas pak, "kryeministri", i prishur në fytyrë, u ngrit e iku para kohe.

Të nesërmen në darkë, kur njerëzit u ulën në "Cap nord", gjetën nëpër tavolina të shpërndarë gjithandej një "manifest" kundërshtimi, të shkruar me dorë nga Daut Matrashi.

"Të gjithë sa gjendemi këtu e flasim një gjuhë ta dini që kemi dalë nga rruga e zotit, - shënohej në të me një shkrim të madh e të shtrembër. – Zoti i madh e i fuqishëm na ka dënuar të mërzejmë për jetë të jetëve qosheve të Evropës. Jazëk na qoftë! Ta pranojmë sheshazi se jemi zagarë të ndjekur, zagarë të rrahur paq...

...Në qoftë se duam të rrojmë si njerëz, të mos bashkohemi, të rrojmë veç e veç, se ndryshe do t'i ngjitim njëri-tjetrit sëmundjet e shpirtit e të trupit... Bashkimi dhe afrimi i mërgatës është punë e qoftëlargut..."

Kësaj here njerëzit qeshën më pak. Daut Matrashi, si gjithnjë i vetëm në tavolinën e tij, rrinte ngrehur dhe vështronte me mospërfillje. Zoti Ihsan urdhëroi Rezbatin t'i mblidhte letrat dhe për një kohë në sallë pllakosi një zhurmë e belbët.

Me përjashtim të kësaj ngjarjeje, tërë java e fundit kaloi në qetësi të plotë, grindjet dhe fyerjet u fashitën përkohësisht. Pasionet e ndezura ranë. Të gjithë u pëlqente të bisedonim për bashkim!

Gjatë kësaj kohe, unë me komisionin kishim bërë gjithë ç'kishin në dorë. Rëndësi të madhe kishin sidomos dukja dhe zhurma. Kudo që ndodheshin emigrantë, kishim çuar ftesa. Dyli i kishte rënë kryq e tërthor vendit dhe i kishte mbushur me gënjeshtra. Kishte thënë se nga kjo mbrëmje varej fati i mërgatës, se në festë do të vinin autoritete të larta dhe se e ardhmja fshihte ngjarje të rëndësishme. Sipas Dylit, të gjitha këto ishin shumë sekrete dhe askush nuk duhej të hiqej se i dinte.

Në të vërtetë, ne i kishim çuar ftesë vetëm monsinjor Bertuçit, të dërguarit të Vatikanit, që drejtonte një shoqëri "bamirëse" fetare për emigrantët; kishim njoftuar organet e policisë, siç e kërkonte rregulli dhe u kishim çuar fjalë të vinin dhe disa emigrantëve të huaj, sidomos atyre bullgarë, meqenëse mbreti ynë mbante miqësi me mbretin e tyre. Sa për atë që të vinte ndonjë nga autoritetet civile, kjo ishte shumë e vështirë, me gjithë përpjekjet e "kryeministrit" dhe ndërhyrjet e tjera. Emigracionin tonë nuk donin ta përfillnin!

Lokalin e mbrëmjes e zumë me kohë, duke kontraktuar që më parë me pronarin. Një nga pikat e kontratës ishte se ne merrnim përsipër të mbanim rregull të plotë dhe njëkohësisht përgjegjësi para organeve të policisë, në rast se ndodhte ndonjë gjë.

Kafene "Aurora" ishte nga lokalet e rëndomta, por qe mjaft e gjerë dhe, për më tepër, kishte WC pa pagesë dhe kjo kishte rëndësinë e saj, po të merrje parasysh që shumica e festuesve ishin të kaluar nga mosha.

Ishte ngritur aq zhurmë për mbrëmjen, sa të gjithë e prisnin me padurim. Prisnim që të ndodhte diçka me këtë rast, diçka jo e zakonshme që mund të lehtësonte sadopak pozitën e tyre, megjithëse askush s'e kishte të qartë se çfarë do të dilte nga tërë kjo zhurmë e reklamë e madhe. Këtë kisha dashur edhe unë të arrija.

Prandaj, kur erdhi mbrëmja, një mbrëmje e ftohtë nëntori dhe salla e kafene "Aurorës" u mbush plot, ndërsa jashtë binte llohë dëbore, detyrën time kryesore unë e quajta të kryer. Mbrëmja vetë nuk kishte ndonjë rëndësi kushedi. Ajo do të kalonte si tërë mbrëmjet e tjera, me ndryshim që kësaj here programin e kisha hartuar unë. Fjalimin do ta mbante "kryeministri", do të ngriheshin dolli me radhë e pa radhë, do të shpërthenin thirrjet e shfrimet e tyre histerike. Njerëzit do të deheshin, do të fillonin të qeshnin e të qanin njëkohësisht. Sallën do ta mbyste tymi dhe duhma e rëndë kutërbuese e pleqve beqarë.

Gjithë puna ishte që ata të silleshin këtu, të lëviznin, të ngriheshin ngado që të qenë e të mblidheshin nën një çati, t'u ngjallej për një çast shpresa se mund të bëhej diçka për bashkim, të gënjeheshin me fjalë, të besonin se fati i tyre i rëndë mund të lehtësohej, qoftë dhe pak nga pak. Dhe tani që kjo ishte arritur, unë s'kisha se si të mos gëzohesha, të rrihja shuplakat kur mbaheshin fjalime, të ktheja gotat me fund sa herë ngriheshin dolli, të shkoja tavolinë më tavolinë e të përqafohesha me të gjithë, pa marrë parasysh dasitë politike, të lëshoja parrulla e të mbaja predikime, me fytyrë të djersitur e sy të ndezur nga pija.

"Kryeministri", kur ngriti dollinë e parë, pas dollive tradicionale, e ngriti për mua. Dyli që kishte zënë vend në krye e ishte gëzuar jo aq nga festa, sesa ngaqë puna me Lem Vrapin qe rregulluar, përplaste duart dhe thërriste duke nxitur dhe të tjerët. Krerëve, natyrisht, s'u vinte mirë për këtë, po prapë ishin të detyruar të bënin si gjithë salla.

Kur të pirët arriti kulmin, unë u çova dhe thirra "Rroftë bashkimi i mërgatës" e pastaj vajta e u përqafova me Anton Kumashin, sadoqë ndjeja që zotit Ihsan nuk para i pëlqente.

Afër mëngjesit, të dehurit u shtuan aq shumë, sa dy policët trupmëdhenj që rrinin në këmbë pranë banakut, kërkuan që ata të bëheshin zap, ndryshe do t'u tregonin vendin. Atëherë unë, që të mos ndodhnin skandale si vitet e fundit, ftova krerët që mbrëmja të shpërndahej dhe secila parti të kujdesej për të dehurit e saj. Njoftuam me telefon një agjenci taksish dhe larguam me të shpejtë të dehurit për në shtëpi.

Dalëngadalë salla u zbraz, zhurma ra dhe, kur gdhiu fare në tavolinën kryesore, kishin mbetur "kryeministri", gjë që s'kishte ngjarë ndonjëherë, zoti Ihsan, Rrok Koliqi dhe disa pleq me kokë të varur nga pija dhe gjumi. Ndërkaq, unë nuk qëndroja në një vend, lëvizja orë e çast, herë përcillja ata që largoheshin, herë bisedoja me policët e të zotin e kafenesë. Padashur duke qenë kryetar i komisionit, isha bërë si zot shtëpie.

Zoti Ihsan më kishte hedhur njërën dorë në qafë dhe s'dinte si ta shprehte gëzimin. Ramë Draga në një tavolinë përkarshi, shikonte me bisht të syrit nga ne dhe priste në heshtje.

-Ti qeshu, bre burrë, - i tha qortueshëm zoti Ihsan, - partia e mbretit sot e ka ba fora!

Rama nuk u ndje fare. "Kryeministrit" nuk i erdhi mirë dhe i tha aty për aty:

-Lëre avazin e vjetër, Ihsan aga! Fora ia bënë gjithë partitë dhe jo vetëm juaja!

Unë i shkela këmbën zotit Ihsan dhe ndërhyra:

-Kjo është fitore e të gjithë mërgatës dhe për këtë mos kini asnjë dyshim, vëllezër.

Dikush ngriti gotën dhe kërkoi ta pinin për të fundit herë. Një tjetër thirri: "Rroftë bashkimi". Njerëzit i kapi sërish tallazi i një gazi të dalldisur. Gëzoja dhe unë bashkë me ta. Por gëzimi i vërtetë më regëtinte diku thellë, tek mendoja se askujt nuk i shkonte ndërmend se ç'goditje të rëndë do të merrnin këta njerëz, kur të nesërmen do t'u dilte pija dhe do të kuptonin se asgjë nuk kishte ndryshuar. Se mërgata kishte ngelur ajo që kishte qenë, e ndarë dhe e përçarë si mos më keq. Se përsëri mbeteshin grindjet dhe pabesia, intrigat e gënjeshtra, se në jetën e tyre kishte llafe e vetëm llafe. Se përsëri do të pllakosnin ditët e rënda plot halle, ditë të rrafshta si një natë e pambarim. Se përsëri dëshpërimi dhe frika e vdekjes do t'i mbërthente për fyti. Ajo që kishte ndodhur ishte vetëm një fishekzjarr i mjerë në qiellin e zi të mërgatës.

Këto mendime më silleshin në kokë tek kthehesha në shtëpi atë mëngjes të acartë nëntori me motoçikletë.

KREU I NËNTË

1

Sa isha kthyer nga puna dhe po rrija shtrirë në krevat, kur bubulloi dera nga një grusht i fortë. E mora me mend se kush do të ishte dhe e hapa menjëherë.

-E kena tundë, pasha të madhin zot! – thërriste Dyli, ndërsa mjekra e tij e parruar më gërricte faqet, - Qe, nji kshtu lypet! Tanë Brukseli për ktë po flet, pasha të madhin zot...

-Prandaj ke ardhur ti, - u shtiva unë i pakënaqur. – Pse s'ndejte dhe ca e pastaj të vije... U mbush java nga ajo ditë...

Dyli u ul pranë tavolinës, mori një cigare nga paketa "Royal" dhe e ndezi me çakmakun e tij. Unë u shtriva përgjysmë në krevat, karshi tij.

-Ti, a je i marrë, a shtihesh? Si me ardhë Dyli pa bereqet! – Dhe më shkeli syrin e zuri të vështronte përqark sikur të kërkonte diçka. E kuptova dhe u ngrita.

-Ti a s'po pin, a? – ia bëri ai kur i vura përpara shishen e uiskit me një gotë.

-Jo, faleminderit, tani sa hëngra bukë.

Dyli nuk priti më, po kapi shishen për gryke dhe tha:

-Njikshtu ta ndifsha zanin, gjithnji për mirë, siç po ta ndij tanë kto ditë...

Prita sa ktheu shishen dhe e pyeta:

-Pa hë, ç'thotë bota? A mbetën ndopak të kënaqur?

-Njaj që s'ka mbetë i kënaqun kët herë, duhet me e marrë e me ia shti kryet te ai kopili i vogël që pshurr n'pazar.*) A din ti ç'ka ndodhë vjetët e kaluem? Njerëzit janë rrejtë me ka nji gotë e me do fjalime e të tana paret i ka hangër komisioni, mandej janë sha e rrahë sa ashtë bindë dreqi e ka ardhë policia.

-Vërtet, - ndërhyra unë si pa të keq, - ata të policisë patën ndonjë ankesë?

-Bukur fort, s'ka ma mirë! – ia pat ai në mënyrë të papërcaktuar dhe vazhdoi: - E din çka tha Fehmi begu në mes të "Kapit"? "Na e ruejttë zoti atë djalë. Na ka freskue të tanë. Mërgata ka nevojë për idealista si ai!" Desha me i thanë, ty t'freskoi birra "Dreher" e jo Manush Kelmendi,

---

*) Është fjala për "Maniken pissin", shtatore e një djali të vogël që derdh ujët e hollë, vendosur në një nga këndet karakteristike të Brukselit të vjetër.

mor Fehmi beg! Nji kshtu! Ta thotë Dyli. Ty t'lumt, se ke ba sevap të madh. Kta i ka mallkue zoti me ndejtë tanë jetën të shkapërderdhun e mos me u bashkue kurrë njiherë!

Kisha ulur sytë dhe, kur ai mori të ndizte cigaren nga paketa e tij, unë i zgjata timen e i thashë:

-Merr nga kjo, - dhe shtova: - Trimi i mirë me shokë shumë, sepse, pa përpjekje të përbashkëta, asgjë nuk mund të bëhet. Ty, në radhë të parë, të jam mirënjohës dhe, në këtë rast, të falënderoj në emër të Legalitetit. Ti kështu ke nderuar mbretin.

Fytyra e Dylit u ngërdhesh dhe ai, për t'i shpëtuar së qeshurës, nxitoi të kthente shishen e uiskit.

-Pasha të madhin zot, - thirri dhe u mundua të fliste serioz, - e kam ba për shoqni. S'e kam ba as për mbret, as për Legalitet. Mbreti ka hallet e veta, Dyli hallet e tij. S'ke pse e ngatërron me politikë. Ai rron e punon vetëm për shoqni!

-Po Shqipërinë e harrove?

-E shkreta Shqypni! Po lypi ndihmën e Dylit, vaj medet!

Çdo bisedë serioze në gojën e Dylit merrte një tingëllimë komik dhe soste shpejt.

-Ti a s'po e pin nji gurmaz? – pyeti ai papritur dhe më mbushi gotën. – Pije, pash zotin, se s'po m'shkon vetëm. – Nuk ia prisha dhe ai u gjallërua akoma më tepër. – E din ç'janë tue thanë kopilat? "Ihsan agës i erdhën mendtë në pleqni". "Derisa jena mbledhë, me fjalën e tij, ai na ka ba sir tanëve".

-Ihsan Maçi është vërtet frymëzuesi i bashkimit kësaj here, - shqiptova serbes.

Dyli tërhoqi poshtë me gisht syrin e djathtë dhe nxori majën e gjuhës.

-Prralla me mbret! Ihsan aga din vetëm me u kapardisë si maçoku n'thekën!

-Ne nuk do të kishim asnjë vlerë, në rast se nuk do të punonim nën hijen kombëtare të mbretit tonë.

Ai bëri një gjest mospërfillës me kokë dhe, si ngriti shishen dhe afroi buzët, para se ta kthente, tha me një ton djallëzor:

-A ta thotë Dyli nji fjalë? Kta kndejna, s'dijnë ku kanë kryet e jo ma me e pyetë për hije e ça dij veta. Mbreti kjoftë shëndoshë atje ku asht!

-Kjo nuk është e vërtetë, - e kundërshtova rreptas dhe lëviza nga vendi. – Hija e mbretit gjendet në çdo zemër shqiptare. Në rast se ty të ka prishur mërgimi i gjatë aq sa të harrosh mbretin, kjo nuk të jep të drejtë t'i fusish të gjithë në një thes e të thuash dokrra...

-Ti prit, he burrë, mos u nxeh.

-Nxehem se shkel aty ku s'mban. Dhe s'është hera e parë që e bën këtë. Të lutem, matu para se të flasësh. Je dhe burrë i vjetër...

Unë kisha tamam pamjen e njeriut të zemëruar. Nofullat i mbaja shtërnguar e sytë sa s'më lëshonin xixa. U ndeh një heshtje e rëndë dhe Dyli e ndjeu veten aq ngushtë, sa s'iu durua e tha me ton të përqarë:

-E shof se ta kam thye zemrën. Po, në daç me dijtë, mos ia ven veshin Dylit. S'asht Dyli për politikë.

Unë mora sërish zjarr dhe e ngrita zërin:

-Thua me fjalë që nuk merrem me politikë, po, kur politika të sjell përfitime, merresh që ç'ke me të!

-Besa, ajo asht tregti, - tha ai i bindur. – Dyli don me rrnue. Falemnders shumë prej jush, më keni ndihmue, veç me politikë unë s'merrem. S'jam marrë kurrë!

Ishte e tepërt ta zgjasja me Dylin. Ai nuk e kishte për gjë të vihej në çdo rol, mjaftonte që të mos i prishej puna. Bile, kur pa që mua s'po më binte inati, ma mbushi gotën rishtas dhe tha me një zë të stisur:

-Hajt pra, po e çojmë për shndetin e mbretit e mbretneshës. E qes prej zemret kët urim. Dyli, sa ka me harrue rrashtat e babës n'vorr, ka me harrue dhe naltmadhninë! M'beso, pra!

E ngrita gotën me përtesë dhe ai ma toku fort me shishe, aq sa s'mu derdh, po nuk u ndjeva. Gjithë biseda që pasoi ishte e ngathët dhe e ftohtë. Unë qëndroja qejfprishur dhe hiqesha sikur s'ua vija veshin shakave të tij, megjithëse nuk e kisha të lehtë.

Dyli duhej të bindej një herë e mirë se unë isha ndjekës fanatik i mbretit dhe me mua nuk mund të bëje asnjë shaka, po qe se prekeshin sadopak emri dhe interesi i tij. Dhe kjo kishte shumë rëndësi, pasi, në kishte njeri të përshtatshëm që mund ta përhapte këtë opinion në rrethet e mërgatës, ky ishte Dyl Sqolli!

-Shtrëngoja pak litarin atij gomarit plak, - më tha Dyli për zotin Ihsan duke dalë te dera. – S'din me folë ndryshe, veç me shitë mend. Deri dhe Daut Matrashi ka fillue me u tallë. A e din çka i tha Dauti kryetarit tand mbramë në "Kap"? "I fute njerëzit në shishe të rakisë dhe kujtove se i bashkove! Kush nuk bashkohet ashtu!" I marrë, i marrë, po fjalën e keqe ta thotë e damin ta ban! Ihsan aga s'ka rrasht për ksi punësh që t'punon mendja ty. Ai ne nesre ka dalë në "Kap", ka rrahë gjoksin e ka thanë, "Partia e mbretit i ka ba të tana". E kanë ndigjue partitë e tjera dhe kanë varë hundët. Dyli ta thotë si mik. Kujton ti se harroj veti qi m'pshtove nga Lem Vrapi!

Unë e dëgjova i qetë, pa e ndërprerë dhe bëra sikur nuk u dhashë rëndësi fjalëve të fundit. Bile, dhe kur u ndamë, vetëm i dhashë dorën. Desha t'i jepja të kuptonte edhe një herë se kush isha. Sa për shërbimet që më sillte, ia kisha shpërblyer dhe do të kishte raste për t'ia shpërblyer përsëri...

2

Pas suksesit të mbrëmjes ishte e pamundur t'i përmbaje njerëzit e mi. I kishte kapur një histeri e vërtetë. S'dinin veçse të mburreshin kudo që të gjendeshin. Mburrej kryetari, mburreshin anëtarët e këshillit, mburreshin të gjithë. "Partia e mbretit është nëna e mërgatës". "Vetëm mbreti mund ta bëjë bashkimin". "Kush nuk e do mbretin, nuk është shqiptar i vërtetë". Këto biseda zienin në "Cap nord", nëpër kafe, nëpër shtëpi. Me këtë rast, njerëzit e mi shfrynin tërë inatet dhe pakënaqësitë e vjetra. Natyrisht, disa nga këto pasoja, unë i kisha parashikuar, po prapë nuk ma kishte marrë mendja se ata do të bëheshin si të ndërkryer e do të tregoheshin kaq të papërmbajtur. Partitë kundërshtare u gjendën pothuaj në befasi dhe gjithë sa po ndodhte e morën si njëfarë pabesie nga ana e Legalitetit. Kështu situata u ndërlikua më shumë se përpara.

Ndërkohë, unë hiqesha sikur nuk dija se ç'po ngjante, shkoja gjithnjë me mendjen se mërgata ishte ndarë e kënaqur nga mbrëmja e Festës së Flamurit. Bile, në mes të njerëzve të mi, tregohesha entuziast, u mbaja avazin, mburrja zotin Ihsan dhe falesha për mbretin sikur ta kisha përpara. Asnjëherë partia e tij nuk kishte pasur aq vetëbesim dhe shpresa për rolin e saj në fatin e mërgatës sa ato ditë.

Dhe, për të përfituar nga kjo, nxitova të bëja mbledhjen e këshillit. Kësaj here i thirra njerëzit në shtëpinë time.

Kisha disa kohë që e kisha ndërruar shtëpinë. Dhoma afër zotit Ihsan më pengonte të lëvizja lirisht dhe dashur pa dashur isha nën kontrollin e të tjerëve. Gjeta një apartament të vogël me një dhomë e sallon të gjerë, në krahun e kundërt të lagjes së emigrantëve. Kryetarit në fillim nuk i erdhi mirë po, kur i thashë se dhoma kishte lagështirë të madhe e, për më tepër, i futa në kokë idenë që shtëpia ime të bëhej dhe zyra e këshillit e nga vetë natyra sekrete e punëve partiake, ajo duhej të ishte pak mënjanë, ai më dha të drejtë dhe ma miratoi.

Para mbledhjes, unë rregullova apartamentin ashtu si e kërkonte rasti. Dhomën e fjetjes, natyrisht, e lashë siç ishte, po sallonin e ktheva në zyrë. Bleva me të lirë, te një magazinë që kishte shpallur falimentimin, një tavolinë të madhe e disa karrige, një dollap kancelarie, të gjitha të përdorura, dhe i vendosa në sallon. Në krye vara në kornizë fotografi të Zogut e Geraldinës, që mezi i zmadhova sa gjysma e dritares dhe një tjetër të vogël të familjes së tij, ku në mes të tufës së hallave fytyrëngrysura qëndronte princ Leka, gati dy herë më i gjatë se ato. Në murin përballë kisha vënë stemën mbretërore, të cilën u mundova ta vizatoja vetë: një përkrenare me dy brirë dhie, të prishur nga një Z e madhe.

Kur erdhën, anëtarët e këshillit mbetën të habitur. Shëtitnin sytë nëpër mure, sikur të mos i kishin parë ndonjëherë ato që qenë varur, preknin tavolinën, lëviznin karriget dhe më përgëzonin me anë të kryetarit, i cili përsëriste pareshtur: "Marshallah, marshallah!"

Vetëm Ramë Draga, kur u ul në tavolinë më hoqi vërejtjen:

-Ke harrue flamurin e Shqipnisë!

Unë s'e bëra veten dhe shqiptova me solemnitet:

-Lartmadhëria e tij, Zogu I është për ne flamuri i Shqipërisë!

-Njashtu, besa, - hodh Martin Laca, - Shqipnia pa të s'i lypet kurrkuj!

Kundërshtuan dhe të tjerë e Rama s'u ndie më. Atëherë unë hapa dollapin dhe me ndihmën e Rezbatit vura mbi tavolinë dy shishe uiski, meze të ndryshme dhe gotat.

-Kjo është para se të fillojmë mbledhjen. Për fitoren që arritëm në mbrëmjen e bashkimit! – dhe i mbusha gotën të parit zotit Ihsan.

-Tash dhe me dekë, - tha i papërmbajtur kryetari, - dij se kujt ia la ushtarët e mi. Çojeni, burra, për shëndetin e Manush Kelmendit!

-Jo, - kundërshtova unë menjëherë. – Dollia e parë i takon gjithnjë Lartmadhërisë së tij. Ta pimë për atë, me fund!

Anëtarët e këshillit lëshuan një hungërimë miratimi dhe, pa fjalë, kthyen gotat. Zoti Ihsan m'u afrua e më përqafoi, duke më jargavitur rrëzët e veshit.

-E kena tundë, pasha të madhin zot! – e mori prapë fjalën kryetari duke u ulur në vend. – Tash qi mbrrimë me tregue se ç'jena t'zot me ba, ta marrë vesh i madh e i vogël se nuk lamë kënd me na kalue mbi mbretin. Ku paskemi kenë, bre burra! A dini se m'çohej gjyryk drrasa e krahnorit atë natë prej gazmendit!

-Gzimi ynë marazi i hasmit, - tha Lam Gjidi, duke fshirë buzët me mëngët e xhaketës.

-Vërtet ka plasun nji haset i madh, - shtoi Rezbati që rrinte pranë meje, - po asnjë nuk guxon ta thotë sheshazi.

-Nuk guxon, - tha Zef Lusha, - se e din që e drejta asht me ne, prandej, kush guxon me u çue kundër nesh, çohet kundër së drejtës, dhe atëherna e vret zoti!

-Po besa, e vret zoti..., - u dëgjua zëri i ngadalshëm i Martin Lacës, - veç nji gja due me thanë:

Tash sa vjet e dimë se kena të drejtë, po askush nuk na e ka vue veshin...

-Ashtu asht, - u hodh Rama me cigare në cepin e buzëve. – Këtë herë Manushit i punoi mendja ma shumë se na t'tjerve e i lumtë, për besë!

-E pse s'të punoi ty dhe mua? – ia priti Rezbati me një farë mllefi, duke vështruar përqark.

-Hë, pra, pse s'na punoi?!... – tha Rama sa për të kaluar radhën dhe hoqi cigaren nga goja, duke e hedhur përtokë.

Unë u përkula nga ana e Ramës, mora cigaren nga dyshemeja e shtypa në taketuken që kisha përpara dhe fola:

-Në qoftë se arritëm një sukses të madh atë natë, merita historike për këtë nuk është e asnjërit prej nesh. Nuk i mblodhëm ne natën e flamurit shqiptarët e mërgatës nën një kulm! Ishte hija kombëtare e Lartmadhërisë që i thirri dhe ata, dashur pa dashur, iu bindën. Pa hijen e tij, as zoti Ihsan, as unë, asnjë nga ne të gjithë, s'jemi në gjendje të bëjmë asgjë. Ta dini se unë nuk i njoh asnjë meritë vetes, veç asaj që i shërbeva atij si ushtar e shërbëtor besnik... Pastaj të mos harrojmë se partitë e mërgatës kishin udhëzim që kësaj here të bënin ç'kishin në dorë për ta festuar ditën e flamurit të gjithë së bashku! Po ne u treguam më të shkathët se ata e ua hodhëm...

Kishte rënë një qetësi e thellë dhe sytë e të gjithëve ishin kthyer nga unë. Ky qe një rast i mirë që ta vazhdoja ligjëratën time, e prandaj, si bëra një pauzë të shkurtër dhe kalova shikimin nga fotografia e Zogut, fillova me një ton të shtruar:

-Detyra jonë është t'i bindim të tjerët se mërgata halleshumë mund të bashkohet vetëm nën hijet e Lartmadhërisë së tij, Zogut I, mbretit të shqiptarëve!

Sepse një gjë është e vërtetë: ngado që të hedhësh sytë, gjen armiq të bashkimit, bukëshkalë e tinëzarë, që hedhin gurë e fshehin dorën, dhe në radhë të parë gurët ia hedhin atij, që mund dhe duhet të bëhet shtylla e bashkimit të mërgatës. Dikush, i djegur nga dashuria për mbretin, do të propozonte që t'i bëjmë zap sa më parë këta tradhtarë me hir ose me pahir. Sigurisht, një ditë do t'ia arrijmë dhe kësaj. Por, tani për tani, as duhet të flemë, as duhet të rrëmbehemi. Le të mësojmë nga Lartmadhëria e tij, që matet njëqind herë pa vepron njëherë. Gjithë bota e di që kanë kaluar kaq vjet dhe ai akoma nuk e ka thënë fjalën e tij. Rri atje ku e ka caktuar ora e Shqipërisë, në vend të huaj, në mes të katër mureve dhe mendon e punon për të na shpëtuar nga fati i rëndë!

Prandaj, në këtë moment historik që po kalojmë, kur sapo hodhëm hapin e parë drejt afrimit, ju bëj thirrje t'i mbajmë veshët hapur, të dëgjojmë se ç'flitet poshtë e lart, të bëjmë opinionin për vete dhe, kur të mbushet kupa, dimë ne atëherë...

-Pasha të madhin zot, veç të vijë ajo ditë, - shfreu kryetari duke e mbajtur gotën me njërën dorë. – Ka me u tundë Bruksela. Madje dhe pushkë do të qesim, po na e ban borxh. Nji herë vdes burri!

-Ndoshta s'është nevoja të hedhim pushkë, - ia prita gjakftohtë, - me ndihmën e zotit e të mbretit do të gjejmë një ditë rrugën e mjetin si t'ua mbyllim gojën...

-Ta thotë Ihsan Maçi ty, veç pushka të qet në selamet, po deshe me ba punë tamam!

-Kryetari do të thotë, - ndërhyri Rezbati, - se derri do plumb e jo saçma, siç po hedhim ne vite me radhë e s'po arrijmë gjë.

-Na e dimë se ç'kena heqë prej tyne, - tha Zef Lusha. – Tanë jetën ata s'kanë dijtë veç me na tallë e me na gërga e tash që bamë një punë për së mbari, prapë s'duen me e pranue...

-I urti pranon, - u hodh Martin Laca.

-Ata, të kishin kenë të urtë, kishin me dëgjue mbretin me kohë e me vakt dhe mërgata s'kishte me kenë si ajo kurva që e kanë shkërdhye tanë të huejt e dynjasë...

Ky ishte zëri inatçor i Lam Gjidit që mbante sytë gjithnjë gjysmë të mbyllur, me blanën e një plage në çaçkë të kokës, por që s'i shpëtonte asgjë përqark.

-Ata pranojnë sa për sy e faqe, - shpjegoi Rezbati, - pastaj fillojnë sërish avazin e parë.

Unë nuk fola, i lashë një valë here të shfrenin lirisht dhe rrija i dëgjoja. Dëgjoja vetëm të shara e kërcënime. Ata flisnin gjithnjë me inat, e ngrinin zërin lart e, sadoqë ishin të një mendjeje për të gjitha, i suleshin njëri-tjetrit, thua se i kishin kundërshtarët aty në sallon.

Pastaj i ftova të pinin një dolli për trashëgimtarin e fronit, princin Lekë, dhe, duke qëndruar në këmbë, mora të drejtën të flas përsëri:

-Vëllezër! – thirra me një zë patetik, - kam kaq kohë që pyes veten: ç'jemi ne, unë dhe ju të gjithë? Duhet të pranojmë se jemi barinjtë e popullit të një mbretërie të rrëzuar nga valët e padrejta të historisë. Dhe na takon neve, të parëve, të drejtojmë fatet e popullit të shumëvuajtur. Kjo na jep të drejtën të jemi nëna e mërgatës dhe këtë meritë na e ka dhënë historia! Por ç'kemi bërë ne për ta merituar? Të rrimë shtrembër e të flasim drejt: për fat të keq nuk kemi bërë pothuajse asgjë. Ashtu si të gjithë, kemi lënë të na mbulojnë hallet dhe dëshpërimi, kemi ngrohur karriget nëpër kafene, jemi marrë me llogje e thashëtheme, s'kemi lënë gjë pa thënë kundër njëri-tjetrit, jemi grindur si gratë e këqija. Në qoftë se do të vazhdojmë kështu, do të vijë një kohë e do të përfundojmë të gjithë si Daut Matrashi. Do të përçahemi më keq sesa jemi përçarë, secili do të zërë tavolinën e tij e do të flasë me veten. Atëherë do të na duhet të pranojmë botërisht se jemi fajtorë e gjynahqarë para historisë, se të gjithë na ka zënë mallkimi i nënave!

-Tanë çka kena hekë e vuejtë mallkim asht, - tha Lam Gjidi. – Ç'ka me kenë ndryshe?

-Nuk e di, - ia ktheva i nxehur. – Di vetëm se kanë shkuar kaq vjet dhe ne akoma nuk jemi të organizuar si lypset. Çfarë presim më? Mos kërkojmë që të vijë vetë mbreti të na organizojë? Ku është parë që mbreti të merret me ushtarët! Ai që mendon kështu, nuk e do mbretin. Mbretit i takon vendi atje ku është, neve këtu ku jemi. Në të vërtetë duhet të pranojmë se partia e mbretit nuk ekziston. Kemi vetëm emrin parti e Legalitetit, sepse gjithë bota e ka marrë vesh që partia që krijoi Bazi i Canës u prish atë ditë kur ai u rrah me Gaqo Gogon në mbledhje dhe qysh atëherë ne kemi mbetur pa kokë, apo s'është kështu?

-Bash ashtu, s'e luan topi, - tha kryetari.

-Komiteti i udhëheqësisë së Legalitetit u shpërnda dhe e gjithë kjo për shkak të asaj së mallkuare rrahje. Ju e kuptoni ç'grusht të rëndë mori mbreti ynë, sikur të mos i mjaftonin hallet e tjera. Bota u tall me ne, siç i deshi qejfi. Sigurisht, Bazi i Canës pati të drejtë që u nxeh dhe bëri mirë që i tregoi vendin atij vagabondit, po neve besnikëve të mbretit na shkaktoi një dëm, të pandreqshëm. Qysh atëherë, Legaliteti s'e ka marrë dot veten dhe mendoni se kanë kaluar kaq kohë. Ne kemi mbetur pa udhëheqësi. Prandaj është detyra jonë që t'i drejtojmë një lutje Pallatit dhe t'i propozojmë që të mblidhen besnikët më të njohur të mbretit, me në krye Bazin dhe të rikrijojnë partinë e Legalitetit, duke formuar komitetin e udhëheqësisë. Me këtë rast të shprehim besimin tonë të verbër se ne do t'u bindemi në çdo kohë urdhrave të komitetit dhe do të bëjmë ç'të na thotë ai. Atëherë, ma merr mendja, s'do të kenë gojë partitë e tjera të flasin mbarë e prapë, siç kanë bërë deri sot. Si thoni?

-Bukur fort, - briti kryetari. – Edhe Bazit ka me iu ba qejfi. Me atë qafirin prej Tosknije s'kena punë...

-Mbas mbretit, - tha Martin Laca, - Bazi i Canës vjen e kurrkush tjetër.

Në të vërtetë ideja për t'u riformuar partia e "Legalitetit" nuk është imja. Kohët e fundit kishte arritur nga Londra në Bruksel, mister Filipsi, zëvendësi shëtitës i mis Hendersonit. Ai erdhi e më takoi në shtëpi një natë vonë. Hyri krejt pa druajtje dhe unë gati nuk e njoha. Por duke i hedhur një vështrim të shpejtë pamjes së tij e mblodha menjëherë veten. Mister Filipsi kishte mbetur gjithnjë ai që kisha njohur: tip sportiv, si nga shkathtësia ashtu dhe nga veshja, bile dhe parfumi ishte po ai që lëshonte në kafenenë e kampit të Llazirës. Ai, si zakonisht, u tregua i përzemërt e i lirshëm dhe pa e shtyrë gjatë, pasi më solli të falat e Adem Boxhos, hyri drejt e në bisedën për të cilën kishte ardhur. "Ka arritur koha, - tha, - që ta ringjallni partinë e shpërndarë të Legalitetit. Ta krijoni rishtas komitetin e udhëheqësisë dhe kjo duhet të dalë si dëshira e juve monarkistëve që jetoni këtu".

Pastaj ai më dha udhëzime, më besoi disa hollësi të fshehta dhe kërkoi që çdo gjë të mbetej në mes nesh. Për këtë s'ishte nevoja të kishte dijeni as këshilli, as Ihsan Maçi. Lidhjet do t'i mbaja vetëm me Ademin. Unë duhet të filloja sa më shpejt nga përgatitja e opinionit. Dhe kjo do të niste me shtrimin e çështjes që në mbledhjen e parë të këshillit të degës.

Pas kësaj, - këshilloi ai, - duhet të merreshin disa masa organizative, qofshin dhe të jashtme, që të dëshmonin se ekzistonte dhe funksiononte partia e mbretit. "Ja, bie fjala, - tha mister Filipsi, - ju mund të përgatisni një distinktiv. Po kështu, mendoni vetë dhe për reforma të tjera".

Ne u ndamë brenda në dhomë. Ai nuk deshi që unë ta përcillja as te dera.

Salloni i vogël për një kohë u shndërrua në një kënd pazari. Këshilltarët s'dinin të bisedonin kurrë të qetë. Aq më tepër, kur pija ua kishte zgjidhur gjuhën. Vetëm Ramë Draga fshinte buzët me mëngën e xhaketës dhe, si gjithnjë, vidhte me sy përqark. Unë u ktheva nga kryetari:

-A mund të vazhdojmë, Ihsan aga?

-Posi, bre! Ndigjoni shoqin, burra!

-Ndofta s'është e drejtë që sot po flas më shumë se ju...

Martin Laca ngriti qepallat që i mbante ngaherë rrëzuar mbi sy e tha me zërin e tij të trashë:

-Atij që ka mend ma shumë, i takon me i dhanë nga pak të tjerëve. Na s'trazohena n'punt e zotit!

-Ashtu është, - ndërhyra duke u shtirë sikur Martini e kishte fjalën për Zogun. – Pa mendjen e tij, ne as do të bisedonim për këto që po bisedojmë. Rron e mendon ai, rrojmë e mendojmë dhe ne këtu...

-Naltmadhnia i ka dhanë mend një Shqypnie të tanë e mos me na dhanë neve, një grushti burrash... – tha kryetari me fodullëk.

-Puna qëndron këtu, vëllezër, - e ngava fjalën unë prapë, pasi reshti muhabeti për mendjen e mbretit. – Ne duhet të organizohemi, ashtu siç na ka hije. Ç'ndryshim kemi ne nga partitë e tjera? Le ta themi haptazi: asnjë ndryshim! Ne, si gjithë mërgata, jemi më shumë bashibozukë sesa parti politike. Le të mos na vijë keq për këtë. Kjo është aq e vërtetë sa ç'është e vërtetë dhe gota që kam përpara. Ne s'kemi një zyrë ku të mblidhemi, s'kemi evidenca të rregullta të njerëzve të mbretit, bëjmë shkresa e lutje e s'kemi një vulë. Lëre pastaj që njerëzit tanë nuk dallohen nga të tjerët, sepse nuk kanë një shenjë që të dëshmojnë se janë ushtarë të mbretit. Dua t'ju pyes, sa përqind e anëtarëve të degës sonë e kanë fotografinë e lartmadhërisë? Turp të themi, hiq katër-pesë veta, të tjerët jo vetëm që s'e kanë po kushedi sa kohë kanë pa e parë. Atëherë, si do t'i mobilizojmë njerëzit, kur të na bëjë thirrje nesër mbreti?

-Zyrë më të mirë se kjo ku jemi sonte s'ka, - tha Rezbati duke parë nga kryetari.

-Dakord, - ia prita i rrëmbyer nga ideja që më buiste në kokë. – E para e punës, të krijojmë një evidencë të plotë të besnikëve të mbretit, po jo lista të thata, po evidencë siç i ka hije një mbretërie. Ta dijë mbreti se cilët janë ushtarët e tij, ç'kanë bërë ata për të, cilët janë sakrificat dhe kontributi i secilit para historisë.

Unë di që Pallati është i interesuar për të gjitha këto dhe mund të ndodhë që një ditë vetë mbreti t'i kërkojë. Do të jetë turp në rast se ne s'do të jemi në gjendje t'i përgjigjemi. Babai dhe nëna e kombit kanë të drejtë të dinë gjithçka për bijtë e tyre. Ne kemi në radhët tona luftëtarë trima si zoti Ihsan, që ka luftuar për vite me radhë nëpër malet e Shqipërisë fytafyt me armiqtë e mbretit. Ç'është "kryeministri", Fehmi Dani, para tij, që veç ka bredhur nëpër Tiranë me veturë ose pajton nën hijen e gjermanëve? Martin Laca, kur Andon Kumashi maste rrugët e Romës e të Athinës, rrinte fshehur nëpër shpellat e Veriut që të godiste komunistët. Po kështu dhe Rezbati, Lam Gjidi, Zef Lusha, për të cilët do të shkruajë historia nesër. Nuk po flas për zotin Ramë që vjen nga një familje e njohur bajraktarësh dhe komunistët i kanë vrarë njerëzit e familjes. Të gjitha këto duhen shënuar me kujdes, që të mos i hahet haku askujt, në mënyrë që, kur të vijë koha, secili të marrë shpërblimin që i takon, qoftë dhe grada, qoftë me pozitë, qoftë me të holla...

-Pah, ç'na kënaqe shpyrtin, - thirri zoti Ihsan. – Thue se kjo ka me ba vaki nesër!

-Posi dhe nesër mund të ndodhë, mos u çuditni,... – ia rrëmbeva fjalën nga goja. – Kjo nesër mund të jetë pas disa muajsh, po mund të jetë dhe pas disa vjetësh. Asnjëri nga ne nuk i di planet e aleatëve tanë. Kjo ka të bëjë me strategjinë botërore!

-Ishallah, një luftë e tretë botnore, - ngriti duart lart sikur po falej Lam Gjidi. – Përndryshe as për njëqind vjet s'hyjmë në Shqipni... Lufta botnore u ven kapak të tanave!

-Luftë e tretë s'kena pse ta lusim, - tha i menduar Martin Laca. – Ajo ka me kenë një vuejtje e madhe. Mandej komunistat janë shumë të fortë...

-Xhehenem të bëhet! – u hodh Rezbati. – Pse pak kemi vuajtur e po vuajmë ne!

-Populli nuk e do luftën, - ndërhyra unë, - dhe, po të marrë vesh se ne lutemi për luftë, do të na mallkojë.

-Mos kij dert për popullin, - u hodh kryetari dhe më kapi dorën. – Edhe me e prishë, mbin vetë si bari. Lypet me mendue për vedi ma parë, se me mendue për të!

-Të mendojmë për fronin, - shtova unë, - se jemi ne ata që historia u ka ngarkuar detyrën ta kthejnë fronin e mbretit në Shqipëri. Të mos shkojmë më larg: a nuk do të ishte mirë që të bënim një distinktiv të Legalitetit, duke marrë për bazë frëngun e mbretit dhe të shënonim në të: Mbret, Flamur, Atdhe e ta varte secili në jakën e xhaketës? Ne kemi gjallë babën dhe nënën e kombit dhe ky është një fat i madh. Atëherë pse të mos i shumëzojmë në fotografi dhe t'ia çojmë çdo shqiptari në shtëpi, kudo që të ndodhet?

-Ti po më heq do vjet të randa nga shtati, - iu shtrembërua nga mallëngjimi fytyra kryetarit. – Na kishte mblue pluhni e ti po na e shkund...

-Jo pluhni, - u dëgjua zëri i ulët i Martin Lacës, - po dheja, dheja e zezë. Kishim harrue se dhe na mund të bajshim diça për me tregue se jena gjallë e shëndoshë!

-Këto punë të vyera duhet t'i fillojmë pa vonesë, - tha Rezbati, duke hedhur në prehrin e secilit nga një cigare "Samsun".

-Zoti Manush i ka mendue mirë këto punë, - hapi gojën më në fund Ramë Draga, pa i ngritur sytë, - po veç drue për nji gja. Drue se mos partive të tjera u mbet hatri, që ne po marrim vrik përpjetë e ata rrinë ku kanë kenë...

-Ta lumsha! – s'u përmbajt kryetari. – Po ku me e gjetë atë ditë! Ata, pasha të madhin zot, s'kanë lanë gur pa luejtë si e si me e varrue mbretin e ushtarët e tij. Njimijë e nji të zeza kanë dashtë me na shartue. E kanë marrë mbretin e mbretneshën nëpër gojë e s'kanë lanë gja pa thanë. Kanë thanë, pos, sa e sa të tjerash, se ai s'çan kryet për besnikt e vet sa kohë që i janë firue florijt qi, medemek i ka vjedhë popllit! Çfarë popllit, more! Phy, estrafkullah! Ku kishte poplli flori! Poplli s'kishte brekë me veshë. Poplli, phy! Medemek i paska marrë nga arka e shtetit. Po shteti, a kje i tij? I tij e i askujt tjetër, dersa kje mbret! Mandej gjyshi i tij e babai i tij kanë ken pashë në vakt të Turkisë e sulltani i ka pasë pague me flori... M'besoni se, kur ndij ksi fjalësh, m'vjen me qitë pushkë n'mes t'Brukselës...

Kryetari ishte nxehur keq dhe, ndonëse e kishte zakon të fliste çapraz, prapë unë ia mora me gjithë mend dhe tërthorazi i tërhoqa vërejtjen:

-Të gjitha sa thatë janë pa dyshim të vërteta dhe ne, kur të vijë rasti, do të hakmerremi, se çdo gjë në këtë botë lahet. S'do mend, që ne jemi të parët këtu dhe këtë do ta pranojnë edhe ata një ditë, po puna është që të mos ngutemi e të mos tregohemi fodullë. Përndryshe, do të vuajmë më keq sesa po vuan mërgata e shkretë!

-Të tanë janë ba me nerva, - foli Ramë Draga i ngrysur. – U mbetet hatri për asgja e t'hidhen n'fyt nji grimë me i prekë. Rrezik ndoj ditë m'u vra shoq me shoq këtu, midis Evropit... Prandaj lypet me pasë kujdes të madh, sepse atëherna, në vend që me vue vetulla, kena me i nxjerrë sytë bash vllaut tonë!

Jo, pasha zotin! Para se me i nxjerrë ai, ia nxjerri vetë, - u nxeh zoti Ihsan, duke goditur me grusht atë anë të shpatullës ku kishte plumbin. – Dy duert për një krye janë, burra. E na s'po luftojmë për vedi, po për mbret e atme!

-Mandej, - e përkrahu kryetarin Martin Laca, - ne s'jena njisoj. Kët gja ata s'duen kurrsesi me marrë vesh tridhetë vjet.

-Më e keqja e të këqijave, - tha Rezbati, - është se na ka hipur nji haset i madh si të ishim shemra...

-Për këtë arsye, duhet hija kombëtare e mbretit, - fola unë i menduar. – Ajo i shuan grindjet dhe sjell afrimin dhe, që të arrihet kjo, neve na takon të organizohemi sa më parë e sa më mirë...

Shishet dhe gotat mbi tavolinë ishin zbrazur. Taketuket qenë mbushur plot me bishta cigaresh. Mbi kokat toka voziste tymi. Anëtarët e këshillit rrinin të përgjumur. Unë vështrova nga kryetari që t'i jepnin fund muhabetit, po ai kishte nxjerrë gjuhën në mes të buzëve të varura dhe njëra qepallë e fishkur i dridhej mbi syrin e djathtë.

-Kërkon njeri të flasë? – pyeta unë në vend të tij.

Zoti Ihsan hapi sytë dhe me gjuhë të ntrashur tha:

-Si të dojë shoqnia!

-E kisha dhe një fjalë, - u hodh Ramë Draga.

-Folë, Ramë aga! – i thashë.

-Me folë të drejtën, ktu shumë gjana u pleqnuen mirë e bukur. Unë nji gja kisha me e kundërshtue. Them mos me u ngutë për punë t'arshivës, siç u tha ktu. Mue për vedi nji kjo gja s'ma mbush mendjen. S'duhet me harrue, se jena n'vend t'huej e s'dimë se ku kena kryet. Njerëz të kqij ka boll e me marrë e me qitë të tana çka kena në mendje e në zemër, s'm'duket punë e urtë. Ma mirë me pritë. Ajo ditë ka me ardhë, veç mbretin me e pasë gjallë e shndosh...

Unë i kisha ngulur sytë Ramës dhe mundohesha t'i kapja vështrimin, po ai e lëvizte djallëzisht. Në dhomë kishte rënë një heshtje behote. Anëtarët e këshillit hapnin gojën dhe koteshin. Kryetari ngriti qepallat dhe shpërvoli buzët, po nuk u ndje. Askush, nuk e kishte mendjen për të folur. Atëherë unë i prekur, thashë:

-Dëgjo, Ramë, në qoftë se s'do t'i kishe thënë këto fjalë këtu, po gjetkë, ne do të ishim prishur bashkë njëherë e përgjithnjë. Po ti i the këtu e unë po ta jap përgjigjen. S'ka gjë më të keqe sesa të hedhësh farën e mosbesimit. Sipas teje, besnikët e mbretit nuk duhet t'i besojnë këshillit, as kryetarit, as mua, e prej kësaj del që as Pallatit... Atëherë, le të bëjmë llogje në "Kap Nord" e ta lëmë politikën e mërgatës, kështu, thua ti?

-Unë s'them njikshtu, - iu mor goja Ramës, - kshtu thue ti... Për mua kto janë punë të ngatërrueme e pikë...

-Pse punë e ngatërruar të duket ty?, - ngrita zërin dhe anëtarët e këshillit sikur u shpërgjumën, - që Pallati, e pra vetë lartmadhëria të njohë besnikët e tij dhe nesër, kur të vijë koha e luftës, t'i japë secilit detyrën e meritën që i takon?

-Në qoftë se asht njikshtu puna, - foli Rama i hutuar, - atëherë unë për vedi vetëm Naltmadhnisë mund t'i kallxoj...

-Domethënë, - u hodh Rezbati që rrinte karshi Ramës, - sipas teje, gjithë ne besnikët e mbretit, duhet të nisemi për haxhillëk, të marrim trenin e të shkojmë atje tek është Lartmadhëria, në Kanë. E para e punës, mbreti s'ia ka ngenë të presë këdo, se helbete, i thonë kurbet dhe këndej janë mbledhur turli; e dyta, që të shkosh deri atje tek është ai, duhet ta kesh xhepin plot, e ne këndej me ato që marrim mezi mbahemi gjallë; e treta, kush të lë të lëvizësh, të shkosh në Francë, kur ti dhe unë jemi nën mbikëqyrje... Pastaj, mbi të gjitha, me këto që thua ti, i vë këmbën këshillit të Degës... Pse të mos bëjmë dhe ne disa punë me mend, ashtu si i propozon zoti Manush, që t'i japim të kuptojë botës dhe mërgatës se ne nuk jemi bashibozukë, se dhe ne kemi organizim, kemi historinë dhe therorítë tona?

Zoti Ihsan lëvizi nga vendi dhe turfulloi, duke iu kërcënuar Ramës:

-Ti ç'dreqin ke, që rrin aty n'qoshe si dac e s'di ç'ka flet?! Boll kena halle të tjera. Rri, pashë zoten, mos pirdh ma! Për çka ke ba e ç'ka din ti, mbaji për vedi. S'kena nevojë me i dijtë. Sa për të tjerët, do bahet si them unë. Ktu jam vetë në kambë t'mbretit e Manush Kelmendi asht krahu jem i djathtë...

Ramë Draga u prish në fytyrë dhe me sy të çakarritur murmuriti diçka që s'u mor vesh. Të tjerët vështruan njëri-tjetrin dhe asnjë nuk u ndje. Kryetari zuri të godiste me grusht shpatullën e djathtë. Heshtja gjumëndjellëse sa vinte e shtohej.

-Para se të shpërndahemi, - fola unë, - do t'ju lexoj një thirrje që kam hartuar...

Thirrja i drejtohej gjithë mërgatës nga këshilli i degës sonë. Në të shprehej gëzimi i madh për hapin që ishte hedhur drejt bashkimit në Ditën e Flamurit, flitej për shpresat që ngjalli ajo natë gazmore dhe ftoheshin gjithë grupet politike që këtë frymë mirëkuptimi të mos e linin të shpërndahej. Thirrja do të hapej me një fotografi të mbretit veshur ushtarak dhe do të mbyllej me fjalët e tij: "Shqyptarë, me kenë të bashkuem e të disiplinuem si gjymtyrt e nji trupi të shëndoshë".

Kryetari përplasi duart i pari. I përplasën dhe të tjerët e pastaj u gjendën në këmbë për të ikur. Ata ishin të trullosur dhe nuk u shkonte ndërmend se me këtë thirrje, po hidhej në mes të mërgatës një mollë e re sherri...

3

Detyra ime ishte t'i afroja e t'i bashkoja përkohësisht pasuesit e mbretit. Ata kishin kaq vjet që vërtiteshin të bënin diçka për t'u dukur e megjithatë nuk kishin nxjerrë gjë në krye. Për më tepër, ishin të prekur e të fyer dhe mendonin se u ishte ngrënë haku, përderisa nuk i kishin njohur si të parë. Kjo ishte një padrejtësi që duhej të ndreqej, me hir ose me pahir. "Legaliteti" po jepte prova se ishte nëna e mërgatës dhe ai që kishte dy pare mend në kokë duhej ta kuptonte!

Në bisedat kokë më kokë me njerëzit e mi të afërt, hapa fjalë se drejtimin e partisë së Legalitetit e kishte marrë në dorë vetë mbreti dhe se prapa mbretit fshihej më e forta fuqi në mes të fuqive, prej së cilës vareshin grupet politike të mërgatës. Këto fjalë brenda disa ditëve u shpërndanë lart e poshtë, bashkë me thirrjen që hartoi këshilli, të damkosur me fytyrën e mbretit, që kërkonte prej të gjithëve bashkim pa asnjë kusht. Me ndihmën e Dylit u arrit të përgatitej dhe distinktivi i Legalitetit, po, meqenëse prej metali kushtonte shumë, e bëmë prej plastmasi. Shumë prej besnikëve të mbretit e varën në thile të xhaketës. Fotografinë e Lartmadhërisë, me uniformë ushtarake, e shtypëm shpejt dhe po shpejt e përhapëm. Të gjitha këto erdhën aq papandehur, sa grupet e tjera u hutuan dhe e patën të vështirë ta kundërshtonin menjëherë. Ndërkaq, ofensiva jonë rritej çdo ditë. Legaliteti ishte fryrë si një balonë që vërtitej mbi kokat e të gjithëve. Në tavolinat e "Cap Nordit" s'dëgjohej veç zëri ynë. Kudo që gjendeshin shqiptarë, shkonim e trokisnim dhe bisedonim sikur të qemë besimtarë të kthyer nga Meka. Flisnim për bashkimin, bile me zjarr, por s'ishte e vështirë të kuptoje se për çfarë bashkimi qe fjala. Sepse, zakonisht, pasi tundnim flamurin e bashkimit, zinim e krekoseshim dhe, dashur pa dashur, e nxirrnim muhabetin te mbreti dhe atëherë e sillnim dhe e përcillnim emrin e tij, si tespihe:

-Pashë zoten, - më thoshte Dyli, - m'thuej, kush u ka ba sir ktyne të tuve! Ata që dukeshin ma t'urtët, papritë e pa kujtue u duelën puplat e s'lanë kënd tjetër me folë veç vedit. Partive t'tjera po u bjen pika nga marazi. Pashë zoten, m'thuej ç'ka po bahet, se unë s'marr vesh nga politika?

-Po përpiqemi të arrijmë ëndrrën e vjetër të mërgatës, - i përgjigjesha me seriozitet. – Të bëjmë bashkimin e saj, përderisa kemi gjallë mbretin tonë. Sigurisht ne nuk detyrojmë asnjeri. Po dhe asnjëri nuk lejojmë të na pengojë ta shpallim dashurinë dhe besimin tonë për të! Prova e parë u dha me sukses. A nuk na bashkoi hija e mbretit në mbrëmjen e Ditës së Flamurit?

Dyli ngrinte supet, ngërdheshte fytyrën dhe mundohej ta fshihte gazin shpotitës. Ai tanimë e njihte kokën time dhe s'ia mbante të bënte shaka. Për mua kishte rëndësi, që gjithë sa i thosha t'ua transmetonte të tjerëve. Sepse, pa shkuar larg, në mbrëmje ose të nesërmen, ai do të ulej në tavolinë me "kryeministrin" apo me krerët e grupeve të tjera dhe do të tregonte...

Ç'është e vërteta, ne të këshillit, vazhdonim të takoheshim në "Cap nord" me krerët dhe bisedonim, po bisedat tani ishin të ftohta dhe të shkurtra. Vetullat e "kryeministrit" qëndronin të mbledhura, Anton Kumashi rrinte rëndë, kafetë nuk ia paguanim më njëri-tjetrit. Pëshpëritej që Legaliteti ishte treguar i pabesë dhe se, po ta dinin grupet këtë gjë që më parë, nuk do të qenë mbledhur atë natë nën një çati. "Kryeministri" kishte thënë i habitur: "Tashti u kujtuan këta të nxjerrin fotografinë e Zogut. Zogu ka njëzet vjet që është mbyllur brenda si grua".

U ndez kësisoj një luftë e ashpër, por e pashpallur, në mes nesh dhe partive të tjera. Secila palë bisedonte fshehtazi me njerëzit e saj, po fjalët merreshin vesh dhe pakënaqësia ziente përbrenda.

Kishte plot arsye që ata ishin të pakënaqur. Nuk qe puna vetëm tek ajo manovër tinëzare që bëri Legaliteti, duke e mbledhur mërgatën nën një çati e duke i marrë për vete meritat. Ndjekësit e mbretit linin të kuptohej se kishte ardhur koha që mërgata e lodhur ta pranonte më në fund bashkimin nën drejtimin e Zogut! Po krerët këtë nuk e pranonin kurrsesi dhe e quanin një gjë të kapërcyer, sepse të gjithë e dinin se përpjekjet e Zogut në vitet e para të pasluftës për të marrë në dorë drejtimin e mërgatës kishin dështuar. Askush nuk kishte dashur ta njihte për të parë dhe ai ishte treguar aq dinak sa të mos dilte njëherë përnjëherë haptazi në skenën politike.

Të gjitha këto unë i dija mirë, po megjithatë bëhesha krejt i paditur dhe kjo i zemëronte pa masë kundërshtarët. Zemërimi i tyre fillonte nga një fakt fare i thjeshtë. Si mund të pranonte "kryeministri" apo Anton Kumashi me Rrok Koliqin, që e hiqnin veten intelektualë e me karrierë politike, të kishin mbi krye Ihsan Maçin, një injorant e kriminel ordiner, që s'dinte të rrinte në karrige dhe e kishte mendjen kobure! Këtë as e merrnin dot me mend dhe as e vlente të bisedohej, po kjo mjaftonte që ata të hapnin defterët e vjetër, të flisnin e të përflisnin për Zogun.

Kështu filloi fushata kundër njëri-tjetrit dhe njerëzit s'dinin tanimë të përmbaheshin. Natyrisht, krerët hidhnin gurin e fshihnin dorën. Zoti Ihsan kërkonte të përzihej, siç kishte vepruar në të kaluarën, por unë nuk e lashë dhe kjo ma lehtësonte pozitën. Sepse, ndonëse lufta ishte ndezur dhe pasuesit tanë hanin kokën, ne krerët e bënim veshin shurdh. Ne vazhdonim të bisedonim e të pinim kafe në "Cap nord".

Në zënien që shpërtheu, gjithë puna ishte që kush e kush t'i nxirrte të palarat njëri-tjetrit, që çdo grup politik, për të goditur grupet e tjera, të sillte sa më shumë fakte për të treguar dëmet e mëdha që i kishte sjellë popullit dhe njollat që i kishte vënë historisë së Shqipërisë. Gjëja më lehtë ishte të godisje partinë e Bllokut, sepse e gjithë bota e dinte se bllokistët kishin qenë fashistë të deklaruar dhe se u binte atyre përgjegjësia e pafalshme që kishin përgatitur pushtimin e atdheut dhe i kishin shkaktuar popullit vuajtje e fatkeqësi të mëdha. Për këtë arsye ata i largoheshin luftës politike si lepuri zagarëve.

Grindja jonë ishte e përqëndruar më shumë me Ballin Kombëtar. Balli në mërgatë qe ndarë e përçarë në grupe e degë që kishin marrë emra të ndryshëm dhe që bënin çmos t'ia hidhnin njëri-tjetrit përgjegjësinë për të kaluarën. Megjithatë, kjo nuk i pengonte kundërshtarët e tyre që, për t'u mbrojtur nga akuzat, t'u përgjigjeshin me kundërakuza. Në këtë mes, suksesi varej nga faktet e reja që silleshin. Ata kishin kaq vjet që ziheshin dhe e akuzonin njëri-tjetrin, po kësaj here ballistët nuk e patën të lehtë t'i përballonin akuzat e pasuesve të mi. ky ishte një rast që unë mund të thosha gjithçka që dija për Ballin, për krimet e tij, për tradhëtinë ndaj atdheut dhe unë, natyrisht, i shfrytëzova, por me kujdes, në mënyra të tërthorta dhe pak e nga pak. Nga një anë, hiqesha sikur më vinte keq që mërgata po grindej ashpër, nga ana tjetër, kur dëgjoja akuzat që i drejtoheshin mbretit e partisë së tij, detyrohesha dhe u rrëfeja pasuesve të mi fakte që ata s'i dinin e që mund t'i përdornin kundër Ballit. Kjo ishte një lojë e rrezikshme, po unë përfitoja ngaqë pasionet qenë të ndezura dhe shumë prej tyre nuk kishin kohë të arsyetonin.

Kulmin grindja e arriti atëherë kur njërit prej atyre të Legalitetit i ra në dorë një broshurë, botuar s'di se ku, që shkruante për të zezat e Ballit gjatë luftës. Aty tregohej me dokumente se si Balli Kombëtar kishte qenë i lidhur shumë ngushtë me pushtuesit, se u kishte shërbyer pa pikë turpi atyre dhe për këtë silleshin plot fakte e shembuj, flitej sa ministra kishte pasur në qeveritë kuislinge, sa funksionarë e komandantë nëpër krahina, sa fshatra kishte djegur e sa njerëz kishte vrarë. Kjo u ra rëndë ballistëve, sepse ata kishin shumë vjet që mburreshin me përrallën se kishin luftuar gjoja kundër fashistëve, bile flisnin për beteja e dëshmorë të trilluar. E quanin patriotizmin një portofol të cilin historia ua kishte caktuar atyre në radhë të parë në mërgatë!

Broshura kishte ardhur në kohë dhe njerëzit e mi, megjithëse shumë gjëra diheshin botërisht, i trumbetonin poshtë e lart. Atëherë ballistët shkak donin dhe filluan një fushatë të gjerë kundër Zogut. Unë edhe tani bëja sikur i dëgjoja për herë të parë dhe tregohesha i pezmatuar, por, që të mos ndodhnin skandale, predikoja urtësi dhe durim.

Gati çdo javë këshilli i degës sonë mblidhej e dëgjonte paditë dhe akuzat e kundërshtarëve. Secili tregonte se ç'kishte marrë vesh, ç'kishte thënë njëri e ç'kishte thënë tjetri, me kë ishte zënë e si i qe përgjigjur. E vërteta qe se shumë nga ato që thuheshin ishin tepër të rënda për një zogist dhe njeriu jo vetëm që s'i hidhte dot poshtë, por as i kundërshtonte sa për të kaluar radhën. Ata thoshin se Zogu kishte qenë një mbret karnaval dhe se ai e kishte shpallur veten monark duke shkelur çdo të drejtë të popullit, se kur kishte ardhur në fuqi, i kishte shpërblyer miqtë e tij jugosllavë, duke u shitur Kosovën dhe duke u dhënë Shën-Naumin dhe Vermoshin; se kishte vrarë patriotë të shquar si Bajram Curri, Luigj Gurakuqi e Hasan Prishtina, se, kur kishin sulmuar fashistët, ai që e hiqte veten trim, nuk kishte shtënë asnjë pushkë, po ia kishte mbathur natën për në Greqi; se, para se të ikte nga Shqipëria, kishte grabitur arkën e shtetit të varfër shqiptar; se ai kishte depozituar me kohë floririn e popullit ne bankat e Zvicrës e të Londrës; se asnjëherë në mërgim Zogu nuk u njoh gjatë Luftës së Dytë nga Fuqitë e Mëdha, bile as Anglia nuk ia njohu statusin si kryetar shteti, e lëre pastaj më vonë; se Zogu ishte kartë e djegur dhe mërgata halleshumë s'kishte nevojë për karta të djegura!

Nga tërë sa thuheshin poshtë e lart, pasuesit e mi ishin të revoltuar dhe, megjithëse u përgjigjeshin kundërshtarëve me akuzat e tyre, prapë nuk qenë të kënaqur. Ata kërkonin medoemos të shfrenin, të rriheshin, t'u tregonin vendin sidomos disave, që ishin burimi i shumë fjalëve të përhapura. Bile, zoti Ihsan më tha një ditë që "kryeministrit" mund t'i bëhej dermani, duke e hedhur në Kanalin e Madh, kur ai kalonte natën andej. Po unë e kundërshtova, siç përpiqesha t'i qetësoja dhe të tjerët që ishin të prekur dhe të alarmuar. Në fund të fundit, mua nuk më interesonte që të ndodhnin skandale, që mund të përfundonin dhe në vrasje dhe të ndërhynte policia. Kjo do t'i nxirrte telashe të mëdha Legalitetit, do të vështirësonte pozitën time, do të bënte të humbisja emrin e mirë, si njeri i moderuar e partizan i bashkimit. Para ardhjes sime këtu kishin ngjarë plot rrahje e vrasje, veçanërisht nga agraristët; policia kishte marrë masa të rrepta, duke i futur shkaktarët në burg ose duke i dëbuar jashtë vendit. Anëtarët e këshillit këto i dinin më mirë se unë, se i kishin jetuar, megjithatë, kjo nuk më pengoi t'ua kujtoja dhe t'i flisja për rreziqet me një ton dramatik. Ata më dëgjonin me ca sy të çakërritur e të çapluar nga zemërimi dhe heshtnin. Jeta i kishte mësuar të bindeshin në këso rastesh që më tepër kur tani kishin besim tek unë, sepse mendimet e mia shumë herë u kishin dalë për mbarë.

Në këtë kohë neve na erdhi një letër nga Pallati. Letra ishte e firmuar në emër të mbretit prej Hysen Zamanit, kryeadjutantit të tij. Kjo më dha dorë ta përhapja si një sihariq të madh. Thirra me urgjencë një mbledhje të këshillit të degës, duke ftuar dhe të tjerë dhe e lexova me solemnitet atë copë letër që s'arrinte të mbushte as një faqe.

"Pallati" përshëndeste përpjekjet e degës sonë si "bajrakun e vetëm të mbretit në Evropë" dhe falënderonte për besnikërinë që tregonim ndaj Lartmadhërisë e familjes mbretërore. Pastaj, shtonte në mënyrë zyrtare "që Pallati e mbajti shënim" dëshirën që shprehte dega për t'u krijuar rishtas udhëheqësia e partisë monarkiste dhe shprehte besimin se nuk do të ishte e largët dita kur besnikët e mbretit me ndihmën e zotit dhe të orës së Shqipërisë do t'ia zgjasnin dorën njëri-tjetrit. Letra porosiste që ne të qëndronim të bashkuar dhe të ishim shembull për gjithë mërgatën. Pastaj më përgëzonte mua për punën e mirë që kisha bërë dhe vinte në dukje se kjo ishte një përgjigje për ata që thoshin se "Legaliteti" ka mungesë kuadrosh. Në fund, kërkonte të tregoheshim të durueshëm e të urtë dhe të qemë gati sa herë që e lypte interesi i lartë i mbretit.

Letra kishte ardhur në një moment kur unë kisha nevojë për t'i qetësuar njerëzit e mi. Me këtë rast mbajta një varg fjalimesh të gjata në disa mbledhje, duke përsëritur të njëjtat gjëra. Përpiqesha t'u mbushja mendjen se kishte ardhur koha që partia të riorganizohej mbi themele të shëndosha dhe s'kishte si të ndodhte ndryshe, përderisa punën e kishte marrë në dorë vetë mbreti. Neve na takonte të qëndronim urtë dhe të shpresonim për kohë të mira. "Keni për të parë, - thosha unë, - se nuk do të jetë e largët dita kur Lartmadhëria, si një baba i madh, do të marrë në krahët e veta mërgatën jetime".

4

Sajimi i evidencës së "Legalitetit" nuk ishte punë e lehtë. Kjo u duk që në fillim. Megjithëse këshilli i degës për këtë kishte marrë vendim dhe vendimi u qe shpallur tërë pasuesve të mbretit, prapë nuk ngjalli ndonjë interesim të veçantë. Përveç kryetarit e Rezbatit që erdhën vetë, të tjerët nuk u ndien pothuajse fare.

Njerëzit s'e kishin të këndshme ta kujtonin të kaluarën, bile dhe atëherë kur thuhej se prej saj mund të nxirrnin përfitime. Një pjesë u dukej punë e kotë, mbasi nuk shikonin asnjë lidhje në mes së kaluarës dhe së ardhmes. Të tjerë, ngaqë qenë mbytur në halle, kush nga puna e rëndë, kush nga sëmundjet, as u shkonte ndërmend se do t'ia arrinin asaj dite kur mbreti do t'i shpërblente. Kishte dhe nga ata që të kaluarën e quanin si një mallkim, prej së cilës po vuanin tërë jetën dhe s'ua kishte ënda fare ta kujtonin. Po nuk mungonin dhe shokë të Ramë Dragës që, megjithëse nuk e shprehnin haptazi, e merrnin këtë gjë si punë të dyshimtë. Ç'ishte nevoja të bëheshin rrëfime që sot, kur nesër secili mund të deklaronte vetë? Sepse, në fund të fundit, ç'dobiu do të kishte ai vetë si person që të tregonte se sa njerëz kishte vrarë e cilët qenë këta apo që kishte marrë pjesë në djegien e atij fshati ose asaj shtëpie? Çfarë i duheshin Pallatit lidhjet e fshehta me zyrat e zyrtarët e aleatëve, kur këto ishin shënuar nëpër dokumente dhe, kur ta donte puna, nesër mund të shikoheshin?

Në qoftë se për periudhën e luftës, arsyetonin disa, kjo mund të bëhej në njëfarë mënyre, për kohën e mëpastajme, ishte një gjë me zarar të madh. sido që ta ktheje, kishte pasoja të pandreqshme. Një pjesë e tyre kishin qenë diversantë në Shqipëri, i kishin rënë popullit në qafë, kishin bërë krime, kishin lidhje të vjetra, të panjohura. Shumë prej këtyre diheshin, por, t'i pohoje me gojën tënde, në një kohë kur komunistët nuk lënë gjë pa marrë vesh, s'ishte punë me mend!

Kisha pra pengesa të mëdha për t'i gërmuar e për t'i vjelë këta njerëz. Nuk mund të arrihej qëllimi që i kisha vënë përpara vetes me një fushatë, qoftë dhe duke përdorur me marifet autoritetin e yshtur të mbretit. Pastaj, këtë punë nuk mund ta kryeja vetëm, por më tepër s'ishte e udhës ta bëja vetë. Kjo i takonte gjithë këshillit, sidomos këshilltarëve më të vjetër. Duke menduar këto, nuk e ngrita çështjen në mbledhjen e këshillit, sepse aty ishte dhe Ramë Draga, po bisedova me kryetarin. Gjeta rastin e ia thashë, kur i gëzoheshim së bashku përgjigjes që kishim marrë nga Pallati dhe thurnim ëndrra në diell për të ardhmen e Legalitetit.

-Ju jeni babai i partisë këtu, - i thashë ato ditë tek rrinim kokë më kokë. – Kush është ai djalë që s'i tregon prindit!

Mjaftonte një fjalë e këtillë që zoti Ihsan të fryhej si gjel deti dhe të bënte ç'i thoshe. Ai pranoi me qejf të madh, veçse kërkoi që ta ndihmonte dhe Rezbat Tariku, meqenëse ai "njihte bythën e dreqit" dhe s'e kishte lënë kujtesa, siç e kishte lënë atë.

Në korrespondencën që kisha nisur me Pallatin, i raportova njëherë dhe për "evidencën" duke e paraqitur këtë si ide dhe vepër të zotit Ihsan. Kryeadjutanti, në përgjigjen që më dërgonte nuk e zinte gjë në gojë, por, kur më vonë, për t'i bërë qejfin kryetarit, i çova të vjelat e para, ai na përgëzoi, veç nuk linte pa porositur që të tregohej kujdes i madh "tue e krye çdo gja n'msheftësi ma të rreptë".

Ndërkaq, përpilimi i "evidencës" ecte ngadalë, por ecte. Detyrat qenë të ndërlikuara e delikate, prandaj kërkimet i bëja duke iu përmbajtur një plani të përpunuar që më parë deri në hollësi. Për kryetarin dhe Rezbatin kisha sa për sy e faqe një evidencë të veçantë, kisha dosjet e arkivit, kisha raftin në dollap me çelës të posaçëm, mbaja disa shënime, të cilat ua lexoja dhe atyre herë pas here. Të gjitha këto, atyre u dukeshin krejt normale, dhe çdo detyrë për "evidencën" e kryenin me dëshirë e zell të madh, jo vetëm se kështu pandehnin se i shërbenin mbretit, po kishin dhe një mall të dalldisur për atë kohë që kishte ikur e s'kthehej më. Gjithë qejfi i tyre ishte të rrëmonin në kohën e luftës, kur bota qe kthyer në kasaphanë dhe ata rronin akoma me shpresa se mund të fitonin një ditë. U pëlqente të përsërisnin avazet e vjetra, të kujtonin vendet ku kishin luftuar me komunistët, t'i zmadhonin ose t'i zvogëlonin ngjarjet e hollësitë sipas qejfit. Në këtë rast, s'e kishin për gjë të gënjenin e të mburreshin pa pikë turpi, të flisnin për veten, për guximin dhe durimin që kishin treguar, të përmendnin emra komunistësh e politikanësh, të bënin bilancin e betejave, duke ia hedhur fajin e disfatave këtij apo atij personi.

Por mua nuk më interesonte koha e luftës. Se ç'kishte bërë Legaliteti gjatë luftës, populli e dinte mirë. Gjithë puna ishte të mësoja se ç'kishte ndodhur më pas me këta njerëz. Një pjesë e tyre i kishin rënë prapë më qafë popullit. Qenë vënë përsëri në shërbim të armiqve të atdheut, kishin hyrë tinëz si hajdutë në Shqipëri. Disa kishin lënë kockat, të tjerët qenë kthyer nga kishin ardhur. Këta kishin vrarë, kishin djegur, kishin grabitur. Këta kishin pasur lidhje me armiq të fshehur brenda vendit. Këta qenë të lidhur me gjithfarë agjenturash të huaja, u shërbenin atyre në forma nga më të ndryshmet, jepnin e merrnin me ta në dëm të atdheut... Populli i dinte këto, por ai donte të dinte akoma. Sepse, në fund të fundit, unë isha në mes tyre syri dhe veshi i tij...

Po ata nuk e kishin të kollajtë të flisnin për këto, nuk u bënte zemra të tregonin për disfatat. Gjithë kjo kohë e skëtershme u qëndronte në kujtesë si një arkivol i zi...

Atëherë detyrohesha t'i lajkatoja, t'u varja në qafë "merita" historike, t'i dehja me fjalë, të gjuaja rastet për të hyrë në xhunglën e kujtimeve të tyre... Këtë punë fillova ta bëja ngadalë, me takt të madh, pasi ata qenë dinakë e tinëzarë, nuk u besonin as rrobave të trupit...

E nisa me zotin Ihsan, jo vetëm se e kisha më të lehtë, por ai ishte çelësi dhe për shumë të tjerë. I nxitur prej tij, m'u zbërthye dhe Rezbati. Pastaj filluan një nga një tërë anëtarët e këshillit, duke e quajtur këtë për detyrë partiake. Vetëm Ramë Draga nuk u afrua.

Rrugën për në të kaluarën e hapte vetë kryetari. Ai e dinte aq mirë të kaluarën e gjithsecilit, sa unë nuk trazohesha drejtpërdrejt. Mbaja vesh e dëgjoja më vëmendje, duke qëndruar përherë prapa tij.

Këto biseda nuk bëheshin në kafene, po në shtëpitë e njëri-tjetrit. Në netët e gjata të dimrit të veriut, ne shkëmbenim dendur vizita, ia shtronim me të pirë, qanim hallet e ditës sa për t'u nxehur e pastaj gjithë koha që mbetej shndërrohej në një shëtitje topitëse e joshëse njëkohësisht nëpër errësirën e viteve të shkuara. Ata i tërhiqte më shumë e kaluara, sa harronin fare se ku gjendeshin, dhe në këto çaste kuptoje se për këta njerëz nuk ekzistonte e tashmja, kurse për të ardhmen as që mund të bëhej fjalë fare.

Provën më të madhe të durimit njeriu mund ta jepte vetëm në mes tyre. Duhej të ishe shumë i fortë për t'u treguar i urtë, që të përballoje tërë atë rrëke të ndyrë fjalësh e të sharash, ato mendime të mshefta e boshe, përzier me gogësima e të kollitura pleqsh. Dukej sikur furtuna e fortë që kishte kaluar i kishte hedhur në një greminë – batak e ata qenë kthyer në disa qenie të përçudnuara e të neveritshme. Tregimet e tyre më kapnin shpesh për fyti si një makth. Po s'kisha ç'të bëja! Isha i detyruar t'i dëgjoja e për më tepër t'u shkoja pas avazit... Sepse ata flisnin e tregonin për ngjarje e njerëz, për vende e hollësi për të cilat unë isha shumë i interesuar...

Bisedat tona fillonin nga kampet, ku i kishin mbledhur tërë të arratisurit pas lufte, për të dalë pastaj tek ata, që zgjidheshin për t'u hedhur në Shqipëri... Disave kjo i tingëllonte një histori shumë e hidhur, prej së cilës mërgata s'kishte pasur veçse të këqija. Të tjerë e quanin një të keqe të domosdoshme, sepse mërgata do të kishte vdekur me kohë në një mënyrë apo në një tjetër, po të mos kishte dhënë këtë provë para zotërve të saj. Po mua nuk më interesonin arsyetimet e tyre. Unë doja të dija ç'kishte bërë secili, si qe përgatitur, kush e kishte drejtuar, në ç'rrugë kishte hyrë në Shqipëri. Shumë krime ata i kishin kryer natën dhe tinëzisht. Një pjesë ishin zbuluar, të tjera kishin mbetur në errësirë. Ata flisnin për lidhje të fshehta që të jepnin në dorë adresa misterioze nëpër kryeqytetet e

Evropës apo të çonin në Shqipëri, te njerëz me të cilët kishin bashkëpunuar dhe për këtë nuk dinte gjë askush.

Në pije e sipër, ata nuk e kishin për gjë të tregonin se kë kishin vrarë e si e kishin vrarë. Në kujtesën time skaliteshin emra shokësh, që ishin qëlluar pas shpine apo që ishin vrarë a rrëmbyer befasisht në gjumë. Përpiqesha të mbaja mend shtigjet e fshehta nëpër të cilat kishin kaluar kufirin. Të mësoja për jatakët e tyre në Shqipëri, dhe të kthehesha disa herë në këto biseda për t'i kontrolluar të dhënat mirë…

Megjithëse shumë herë ata flisnin e tregonin për ngjarje e njerëz që unë s'i dija e s'i njihja, prapë në thellësi të shpirtit tronditesha dhe kuptoja se në ato çaste arma ime e vetme ishte gjakftohtësia, durimi për t'i dëgjuar deri në fund ato rrëfime kriminale. Po nuk qenë të rralla rastet që të gjendesha përpara njeriut që kishte vrarë tamam këtë apo atë shok tonin me të cilin kishim luftuar së toku kundër tyre ose që e njihja!

Ç'mund të bëja unë atëherë? Unë që dikur e kisha kërkuar vrasësin e shokut tim për muaj të tërë nëpër male e pyje, e kisha tani në krah, ose përkarshi, ngrija me të dolli, apo dhe përqafohesha!

Kështu më ndodhi një natë kur pinim në dhomën me mure të plasaritura të Lam Gjidit dhe ai papritur e pa kujtuar, pasi dëgjoi tregimin e kryetarit se si i kishte vënë zjarrin dyqanit të ushqimeve të minatorëve në Bulqizë, na foli për një ngjarje që dhe unë e kisha jetuar.

...Ishte viti i dytë i Çlirimit dhe unë me shokët e mi të ndjekjes luftonim akoma kundër bandave nëpër malet e veriut. Një ditë zbritëm në një fshat të fushës. Atë ditë do t'u shpërndaheshin tapitë fshatarëve, dhe disa nga ne shkuan të merrnin pjesë në këtë gëzim. Fshati kishte qenë çiflig i dajës së mbretit. Po jeta e re u kishte hapur sytë njerëzve. Mbaj mend që gjithë fshati u mblodh te sheshi para kishës dhe binte daullja me të madhe. për ndarjen e tapive kishte ardhur Dan Deda, i pari komunist që kishte nxjerrë ai fshat, partizan i njohur i atyre anëve. Dani ishte trim i madh e u kishte ardhur hakut bejlerëve. Në fillim kishte luftuar vetëm kundër atyre, pastaj me të dalë partizanët maleve qe lidhur me ta e kishte marrë nam për guximin e urtësinë e tij, aq sa fshatarët i kishin ngritur dhe këngë. Dani vinte i gjatë e i drejtë si një pishë e rritur në shkëmb, me ca sy që i shkreptinin, me leshra të zeza, kaçurrela e mustaqe të shtruara mbi buzën e sipërme. Ai qe në lulen e burrërisë e megjithatë fshatarët e thërrisnin babë, në shenjë nderimi. Babë Dani i kishte marrë në mbrojtje kushedi sa herë fshatarët e varfër e të pafuqishëm. Ai kishte pajtuar gjaqet e tërë malësisë së asaj ane. Atë e donin dhe e respektonin të gjithë. Ç'thoshte babë Dani e nuk kishte dalë!

Prandaj armiqtë e urrenin për vdekje dhe qenë munduar sa herë ta zhduknin, po s'ia kishin dalë dot. Ai luftonte gjithnjë në këmbë, ballë për ballë, aq sa ata i trembeshin më shumë pamjes së tij, sesa plumbit! Dhjetëshja e babë Danit ishte e njohur në mbarë malësinë!

Mbaj mend atë ditë kur qe mbledhur tërë populli te sheshi dhe babë Dani u fliste, para një tavoline, ku qenë radhitur tapitë e fshatarëve. Prapa shpinës së tij ishte kisha. Prifti kishte zënë vend në mes të fshatarëve. Donte të tregonte dhe ai se ishte i gëzuar atë ditë.

Babë Dani tha disa fjalë të mallëngjyeshme që s'i kishte zakon t'i thoshte dhe, si mori një tapi dhe e puthi, thirri emrin e një plaku të vjetër, të Çun Jakut, më të varfrit të fshatit. Njerëzit brohorisnin e duartrokisnin me të madhe dhe babë Dani rrinte me tapinë në dorë e priste plakun që çante në mes të turmës. Po tamam në atë çast, u dëgjua një krismë që erdhi nga kisha. Unë me shokët e mi u ngritëm vrik në këmbë. Kishin qëlluar babë Danin. E pashë me sytë e mi se si u lëkund disa herë si një lis i goditur nga rrufeja, se si u mbajt pas tavolinës dhe pastaj me tapinë të shtërnguar fort në dorën e majtë dhe në të djathtën dhjetëshen e vet, ai ra me fytyrë nga dielli. Ajo që ndodhi më pas s'ka rëndësi. Armiqtë qenë hakmarrë më në fund kundër tij duke e qëlluar prapa shpine.

Dhe ja, ai që kishte shtënë kishte qenë Lam Gjidi, anëtar i këshillit të degës, që tani punonte nën urdhërat e mi dhe e gënjente mendja se do t'i kthente një ditë çifligun dajës së mbretit.

-Kjo që do të të tregoj është e fundit e fshehtë që të mbaj... - më pëshpëriti një natë Rezbat Tariku tek rrinim të dy në dhomën time e sistemonim dosjet e arkivit, pasi kishim mbledhur të dhëna për disa muaj me radhë. – Këtë nuk e di asnjeri, përveç zotit Kakanalis që udhëhoqi operacionin. Sa për shokët e mi, ata e kanë marrë me vete në botën tjetër. Kurse komunistët s'kanë për ta marrë vesh kurrë.

Ka qenë vjeshta e vitit 195... Grupi ynë, ma thotë mendja, ishte nga grupet e fundit që kishin mbetur në Shqipëri. Qe ajo kohë kur komunistët na zhdukën si minjtë. Një pjesë na vranë, të tjerët i kapën gjallë. vetëm disa mezi mundën të shpëtonin. Në grupin tonë kishim për kryetar Gjin Zhurin, oficer i lartmadhërisë.

Ne vërtiteshim në një zonë afër kufirit, në ca vende që i njihnim mirë. Nuk do të them ç'bëmë e si na vajti filli, se është një histori që s'ka të sosur, por do të të tregoj se ç'i punuam një komunisti. Hasëm i kemi që të dy, po farë njeriu më të fortë se komunistët, ta thotë Rezbati, nuk gjen. Këtë e them, se e kam provuar në lëkurën time. Bile, po deshe ta dish, ai i nëmur i dogji kartat në dorë zotit Kakanalis. Me një fjalë, na e kishte nxjerrë qumështin e nënës nga hunda... dhe neve s'na bënin këmbët të kapërcenim kufirin, për herë të fundit, pa zbrazur një herë e mirë vrerin tek ai...

I thonin Haxhi Zeta, një pëllëmbë burrë qe, bir i lopçarit të fshatit dhe lopçar do të ishte bërë dhe ai, po të mos ia kishin marrë mendjen komunistët. Shkoi partizan që fëmijë, luftoi e u plagos në njërën këmbë dhe, meqë mbeti i çalë, s'e mbajtën në ushtri dhe e kthyen në fshat. U kthye për të na nxjerrë belara e bidate neve që silleshim andej. Ai, vërtet, nuk ishte në krye të punëve të fshatit dhe njërën këmbë mezi e tërhiqte, po për të na ndjekur ne s'e kishte shokun. Ishte i pari që na binte në erë dhe veç kur vinte me forcat e ndjekjes. I dinte të gjithë shtigjet, s'linte jatak tonin pa zbuluar, mjerë ai që qëllonte në luftim përballë tij, se s'i shpëtoje dot. Na kishte vrarë kështu disa shokë, kurse vetë atë nuk e zinte plumbi për qamet!

Atëherë vendosëm t'i qepeshim pas dhe ta qëronim pa derman. E ç'nuk bëmë! Çuam njeri në shtëpi ta priste, i zumë pusi në një qafë tek kthehej nga qyteti, u përpoqëm ta gënjejmë në lloj-lloj rrugësh, po ishte punë e kotë! Ai na rrëshqiste gjithnjë dhe sa mund të kapje erën, aq mund të shtije në dorë atë. Erdhi një ditë dhe e humbëm shpresën. Ama, qemë të lodhur e të mërzitur sa s'bëhej. Operacioni kishte ngecur që në fillim. Gjysma e grupit na qe shfarosur. E kishim humbur si Xhaferi simiten dhe mendja s'na punonte më për asgjë. Atëherë na erdhi në ndihmë mendja e Kakanalisit. Ai na dha planin e një kurthi për të shtënë Haxhiun në dorë. Kjo qe me të vërtetë puna më me mend gjatë tërë asaj kohe, se sa për të tjerat, qenë punë që nuk ngrejnë kandar…

Atë ditë dolëm nga shpella që gjendej në faqen e pasme të malit dhe zbritëm në pyllin e Balcës. Kishim disa kohë që përgatisnim kurthin. Në fshatin e Haxhiut kishim një jatak tonin të pazbuluar nga komunistët. Ky ishte Jaho Muçi, një bujk që të kuqtë e kishin me sy të mirë. Sipas planit të Kakanalisit, ai duhej të arratisej bashkë me tre të tjerë nga fshatrat përqark, por përpara se ta bënte këtë. Jahoja do të njoftonte Haxhiun në shtëpi se e prisnin me axhele shokët e ndjekjes te pylli i Balcës. Jahos kjo i erdhi papandehur dhe sikur s'ia pat qejfi, por ne ia thamë troç, se s'mbante më ujë pilafi. Të kuqtë i kishin rënë në erë. Puna është që Jahoja deshi s'deshi, porosinë tonë e çoi në vend. U ngrit e i vajti me vrap Haxhiut drejt e në shtëpi. Po nuk e gjeti. Gjeti të shoqen, Haxhiu vetë paskësh shkuar në këshillë. Atëherë ç'të bënte? I shkruan një pusullë, i thotë kështu e kështu dhe ia dërgon me të birin e Haxhiut. E tregonte vetë pastaj Jahoja se nuk kishte dashur ta takonte drejtpërdrejt, sepse ua kishte frikën syve të tij. Haxhiu të zhvishte me sy. Do ti që Haxhiu e kishte ngrënë. Fati ynë, kushedi se si e kishte lënë fjalën me ata të tijtë dhe të na bjerë neve në kurth. Kur veç e dëgjojmë që po vinte nëpër pyll. Nuk kishte rënë nata akoma. Ishte proto-vjeshtë. Ai ecte dhe qëndronte, qëndronte në ca vende dhe ia bënte si gjel i egër. Kështu, mbase e kishte parullën me ata të tijtë. Ne qemë shpërndarë nëpër pyll e i kishim zënë të gjitha shtigjet. E kam parasysh si tani, tek vinte ashtu çalthi, sepse unë kisha hipur në një dru dhe për një copë herë e pashë mirë. si unë, kishin hipur dhe të tjerë, pasi kësisoj qe plani. Ne pritëm sa u afrua dhe, kur erdhi në një shenjë vendi, iu hodhëm nga lart menjëherë disa bashkë dhe e vumë poshtë. Ndryshe do ta kishim pasur zor, megjithëse ne ishim disa burra e ai ishte një i vetëm. po ta thashë, na kishte shpëtuar aq herë, sa nuk i zinim më besë vetes. Bile, edhe kur e vumë poshtë e ai s'foli asnjë fjalë, veç mbylli sytë fort, ne prapë frikën ia kishim se mos na punonte ndonjë rreng. E çarmatosëm me të shpejtë, e lidhëm fort me litar e me tela pas një druri dhe i qëndruam përballë.

Ai nuk i hapte sytë. Nuk donte të besonte akoma që kishte rënë në duart tona. Po dhe ne, megjithëse e kishim lidhur dhe e kishim përpara, prapë na dukej si çudi. Nuk di të them sa kohë kaloi kështu, ai me sy të mbyllur e ne me sy të hapur. Pastaj, Dine Rrapi nuk duroi më, iu qas dhe deshi t'i hapte sytë me dorë. Po i lidhuri e kuptoi sepse sapo u afrua Dinja, ai hapi sytë menjëherë dhe e pështyu mu në surrat. "Mirë ma bëre, more qen, - i tha Dinja, - se shumë po ta zgjasim" dhe nxori revolen ta qëllonte. Dhe do ta kishte vrarë në vend në qoftë se do ta kishim lënë ne të tjerët. Kështu Haxhiu do të vdiste menjëherë, kurse ne kishim aq inate, sa donim ta vdisnim një çikë e nga një çikë. Të kishte mundësi, të vdiste disa herë e prapë nuk do të kishim të ngopur. Ai kishte qenë fara e tërë dështimeve tona në ato anë.

Si hapi sytë, ne nuk e ngamë fare me dorë një copë herë. Ta pysnim për sekretet e tij, ishte punë e kotë, sepse ia njihnim kokën e veç kësaj ai e dinte mirë se, sido që të ndodhte, ne nuk do t'ia falnim.

E pyet Gjin Zhuri:

-Ti je ai që ke thënë se do të na zhdukësh të gjithë ne nga faqja e dheut?

-Po, unë jam, - përgjigjet Haxhiu.

-Ti je ai që ke thënë se për partinë ther djalin e vetëm? – e pyes unë.

-Po, unë jam, . ma ktheu Haxhiu.

Morën ta pyesin dhe të tjerë. Po ai i qepi buzët pastaj e nuk pranoi për qamet të nxirrte fjalë. As sytë nuk na i hidhte.

-Ç'keni për të bërë, e bëni! – na u kërcënua më në fund.

-Atë ç'kemi për të të bërë, ke për ta parë tani, - tha Gjin Zhuri dhe i nguli thikën në anën e kundërt të zemrës. Pas tij, iu sulëm ne, secili për hesap të vet. të më besosh, ia shqyem rrobat e ia shkulëm mishin për së gjalli. E copëtuam me thika, i dogjëm flokët me zjarr, ia ngulëm bajonetat në shputat e këmbëve. Nuk tregohen ato që i kemi punuar atij njeriu. E megjithatë, sa po dëgjohesh ti që s'ishe atje, aq u dëgjua dhe ai. Ai paskësh pasur shtatë shpirtra. Nuk tha njëherë: oh, xhanëm! Pastaj bëmë atë që s'ta merr mendja. Pa i dalë xhani, e premë copa-copa dhe e groposëm, një çikë më tutje nga vendi ku kishim qëndruar.

Para se të iknim, u kujdesëm që të zhduknim çdo gjurmë dhe pa u vonuar ia mbathëm për nga kufiri. Po atë natë, u arratis dhe Jaho Muçi me shokët e tij, duke përhapur fjalë që tok me ta, kishte shkuar dhe Haxhi Zeta. Si kaluan disa muaj, u gjet një marifet dhe Jahoja i dërgoi familjes kartë, ku i shkruante se edhe Haxhiu ishte mirë e shëndoshë, por tani për tani nuk e kishte të kollajtë të çonte kartë, sepse i vinte turp. Më vonë, u sajua dhe një kartë e tillë, e shkruar gjoja nga dora e Haxhiut, dhe tok me një fotografi iu dërguan familjes në fshat. Të gjitha këto u ujdisën me marifet të madh nga Kakanalisi, aq sa komunistët i besuan dhe e hoqën Haxhiun nga listat e tyre. Të birin ia damkosën si djalë tradhtari…

Kështu vajti ajo meseleja e Haxhi Zetës. Morëm hak si nuk kishim marrë kurrë ndonjëherë. Edhe sot e kësaj dite s'e di njeri në Shqipëri që ai kalbet në mes të pyllit të Balcës…

"Kujtoni ju se ne e hëngrëm, por po ta pyesni zotin Kakanalisin, ai e di mirë se nuk na e hodhi dot dhe se ajo manovër i kushtoi shtrenjtë" – thashë me vete dhe, nga zemërimi që më digjte, u ngrita në këmbë.

KREU I DHJETË

1

Sapo dëgjova se kishte arritur në Bruksel Adem Boxhoja, nuk prita të më çonte fjalë, po vajta vetë dhe e takova. Ai ishte vendosur në "Pallac", në një nga hotelet më luksoze të kryeqytetit.

Shkova në mbrëmje dhe nga nëpunësi i sportelit mora vesh se ai ishte në dhomë. I telefonova nga holli dhe u ngjita pastaj në katin e pestë.

-Nuk ma mori mendja se do të ishit ju, - tha Ademi duke më puthur në buzë dhe më kapi për krahu e më futi në dhomë. – Mbrëmë sapo arrita dhe çuditem si e morët vesh. Më besoni se do t'ju çoja fjalë të parit.

-E para e punës, - thashë unë me një ton gazmor, - miku nuk thirret. Në këto raste zemra e gjen vetë zemrën. E dyta, dhe kjo është kryesorja, shumë u vonuat. Kam kaq kohë që m'u thanë sytë duke ju pritur. Vetëm letrat sikur ma lehtësonin mallin. Sa për lajmin e ardhjes suaj, më dërgoi telegram mister Filipsi.

-Po kështu fol ti... - tha Ademi, duke u munduar ta fshihte habinë dhe largoi nga mesi i dhomës dy valixhet e zbukuruara me etiketat plot lulka të udhëtimeve ajrore. Ne u ulëm afër njëri-tjetrit në treshen e kolltukëve. Nuk kishte ndryshuar pothuajse fare, veç ishte shëndoshur, barku i kishte marrë pak të kërcyer dhe nën hundën e shtypur mustaqet i qenë thinjur. Flokët e prera shkurt e të nxira me kujdes, i zbardhnin tek – tuk mbi zverk.

-Më ka marrë malli, të më besoni, - tha Ademi, duke ndezur me një çakmak – revole cigaren. – Dhe në qoftë se e mora këtë rrugë e mora vetëm për miqtë e mi. pa miq mërgata do të ishte varr dhe, ta dini, këtaj here erdha në radhë të parë për ju…

Ai më lajkatoi akoma dhe derdhi aq fjalë përgëzuese, sa unë e lashë cigaren të më digjej në dorë dhe nuk ia ndava sytë. Në fund, tha:

-Ju lumtë, dhe një herë ju lumtë! Në rast se sot mërgata ju mban në gojë si një politikan i shquar i mbretit tonë, në këtë mes kam dhe unë një meritë. Isha unë i pari që ju zgjata dorën në kampin e Llazirës, dhe nuk gabova…

Biseda jonë u shpërnda pastaj nëpër botë, se Ademi nuk dihej nga vinte më parë. Po unë s'e pyeta për këtë. S'do mend që në krye e pyeta për shëndetin e mbretit e të familjes mbretërore dhe, si u gëzova që ata qenë shëndoshë e mirë, i mora me radhë njerëzit gjithë sa njihja, sipas shkallës e rëndësisë. Ai zuri të më fliste një për një, duke thënë për secilin gjënë kryesore, pa u ndalur gjatë, ndërsa unë nga toni shpesh mundohesha të kapja opinionet e tij dhe të mos i bija në sy për asgjë të veçantë.

Gjallëria e bisedës sonë sikur ra pak kur Ademi më tregoi për njerëzit e mërgatës që kishin vdekur, duke thënë se vitet e fundit të vdekurit po shtoheshin shumë, po kjo, arsyetoi ai, është e natyrshme se koha bën të vetën dhe ne këtë shpesh e harrojmë, sepse s'na pëlqen!

-Fatkeqësia më e madhe, - tha i ngrysur Ademi, - është se mërgata po plaket. Në qoftë se nuk e marrin në dorë vërsnikët tuaj, të jemi realistë, nuk e kemi punën mirë... Prandaj, disa nga humbamenot këtu, në vend që të të shajnë e të sajojnë intriga kundër jush, më mirë t'ju dëgjojnë e t'ju ndjekin nga pas...

Atëherë gjeta rastin, i raportova për gjendjen dhe i shpreha besnikërinë time ndaj mbretit. Por si gjithnjë, ai më ndoqi me atë shpërfilljen e tij të zakonshme, me sytë e ngulur në këmbët e kolltukut tim, sikur t'i dinte që më parë gjithë sa i thosha. Megjithatë, unë s'e bëra veten, i fola i qetë e me seriozitet dhe kur mbarova, ndeza një cigare nga paketa ime. Ai s'u ndie një copë herë, ashtu i lëshuar në kolltuk e i rrudhur në fytyrë dhe mua m'u kujtua zakoni i tij i vjetër, që, kur tërhiqej kështu në mendime, përgatitej të thoshte diçka të rëndësishme.

-Ju i keni drejtuar një lutje Pallatit për të ngritur rishtas udhëheqësinë e partisë së mbretit, - tha ai, duke fërkuar mustaqet me dorën e djathtë, ku vezullonte një unazë e trashë floriri. Ademi kësaj here i kishte lënë mustaqet spic siç i mbante Zogu. – Kjo është një punë me mend. Të themi të drejtën, nuk nderohemi që e kemi lënë pas dore kaq vjet me radhë. Prandaj, këtë detyrë ta kryejmë pa vonesë. Ta kryejmë dhe ta kryejmë sa më mirë, ashtu siç e do interesa e Lartmadhërisë. Ju e dëgjuat me veshët tuaj mister Filipsin. Ai ato nuk i ka nga xhepi i tij.

Në veprime të këtilla ka dorë Departamenti. Dhe kjo duhet të na gëzojë e të na japë zemër. Kësisoj ju takon juve këtu barra që të përgatisni opinionin se kush duhet të jetë në krye të partisë. Ata që qenë, nuk ditën ta mbajnë. Abaz aga me tërë ato vite në trup vajti u rrah në mbledhje me Gaqon dhe këtë turp as sot e kësaj dite s'e ka harruar bota. As ju nuk duhet ta harroni. Në qoftë se nuk i ka dënuar historia, të paktën t'i dënojë opinioni. Këtë duhet ta keni parasysh. Sepse ka dhe njerëz të tjerë me merita përpara mbretit…

Ai foli gjatë dhe nga tërë ato fjalë që derdhi unë kuptova se po bëheshin përgatitje për të krijuar udhëheqësinë e Legalitetit. Në qoftë se këtë më parë e kishin bërë anglezët, tani e bënin amerikanët. Ademi kërkonte nga dega jonë përkrahjen e saj për kandidaturën e tij. Në këtë mes, rolin kryesor, ai ma besonte mua.

-Mund të mblidhet dhe një kongres i vogël për këtë, - tha Ademi duke e ulur zërin me një ton misterioz. – Unë po bëj me ç'kam në dorë që të vini dhe ju atje. Të përpiqemi që të fitojë mendimi i moderuar, ndryshe do të mbetemi prapa kohës. Atëherë, të mos presim që t'na ndjekë kush!

Unë rrija serbes, me buzët shtrënguar, sikur ai të ma kishte vënë që atë çast mbi kurriz barrën e detyrave që më prisnin.

-Ta themi në mes nesh, - vazhdoi Ademi gjithë me atë ton duke u afruar nga unë. – Bazi me shokë nuk dinë t'i përshtaten politikës. Ata kujtojnë se, duke bërë be për mbretin e duke sharë me nënë komunistët, e kanë kryer detyrën karshi historisë. E di si thotë Bazi? "Me e ruejtë shndeten se mandej bahena veja kllukë e s'i duhena kujt". Të kesh t'i thuash: "More, të plaçin sytë, po ti vezë kllukë je, përderisa flet kështu. Po të merakosemi kësisoj për shëndetin, siç thotë ai, atëherë punën e mërgatës e mori lumi. Atëherë, vërtet, s'i hyjmë në punë as Xhike arixhiut për të thurur kanistra! Apo s'është kështu?

-Kështu është, - thashë dhe shqiptova një frazë të përgjithshme. – Ushtar i mirë është ai që rri gati për luftë në çdo kohë!

-Thoni ju kështu dhe bravo ju qoftë, - u hodh Ademi, - se jeni i ri dhe ju vlon gjaku, po pyesni vërsën e Bazit e të Ihsan Maçit, ata, me nder jush, puna e parë që bëjnë, kur takohen në mëngjes, i thonë shoku-shokut se sa herë janë ngritur natën, e pastaj bisedojnë për hallet e Shqipërisë. Jua merr mendja juve, se, kur të vijë ora e bekuar, ata do të jenë në gjendje të luftojnë? Për një gjë jam i sigurt: secili do t'i kërkojë Lartmadhërisë grada, pozita, çifligje e më the e të thashë. edhe kjo do t'i duhej mbretit tonë halleshumë. Në qoftë se para lufte pati një Lalë Kros, tani do të ketë disa. Populli këtë nuk ta duron. Se të rrimë shtrembët e të flasim drejt, pengesa më e madhe që na kanë ngritur komunistët është ajo që kanë zgjuar popullin. S'është më ai popull injorant e leckaman që kemi lënë. Armiku im dhe yti i ka bërë për vete dhe i ka dhënë aq të mira sa të mos ta kenë nevojën ty dhe mua që vijmë e kujtohemi pas njëzet-tridhjetë vjetësh. Bile, nuk të njeh fare, të ka harruar dhe harresa është gjë e tmerrshme. Më fal se po të fillosofoj tepër, punët tona nuk e kanë me të fillosofuar. Po ta zëmë me fillosofi, ne nuk fitojmë kurrë. Ne çdo gjë do ta mbështetim të forca, te forca e miqve tanë, në radhë të parë. Po jo të vemi pas qerres së vjetër të inglizit. Se, të vesh pas saj sot, do të thotë të mbetesh prapa dynjasë, kur mund t'i hipësh ekspresit të historisë që drejton Amerika. E po Bazi është si ai qeni plak që e ka zor ta ndërrojë të zonë. I shkon pas qorrazi qerres. Po unë e ti s'jemi vërsa e tij dhe mendojmë për më tutje. Nuk e di, a më kuptoni?

-Ju kuptoj shumë mirë. ju po prekni nyjën e nyjave të të gjitha halleve të mërgatës. E pra, si do të vejë halli ynë? Ju vini nga burimi, i dini planet e miqve, ç'duhet të bëjmë?

Ademi qeshi hidhur dhe fytyra i fërgëlloi nga një dridhje e lehtë nervoze:

-Ç'duhet të bëjmë? – përsëriti ai pyetjen duke tundur kokën anash. – Ta dija përgjigjen e saktë, nuk bridhja nëpër botë, siç po bredh, po vija e të thosha "eja të shkojmë të luftojmë" dhe do të bitisej kjo punë. Ç'është e vërteta, ne jemi gogla në oqeanin e politikës dhe, që të dalin këto gogla në breg, varet nga drejtimi i dallgëve. Njëherë e një kohë ne u detyruam që t'i hedhim njerëzit tufë në Shqipëri. Mirë keq, i hodhëm se kështu e desh politika e miqve. Tani veç rrugëve ilegale, duke i futur njerëzit fshehurazi nga kufiri ose me dokumente false, si turistë të huaj, do të ndjekim dhe rrugët legale, sepse janë krijuar rrethana të tjera. Njerëzit tanë mund të kthehen në

Shqipëri nën maskën e pendimit. Në mos unë e ti që drejtojmë, të tjerë. E mira është që një pjesë jona të gjendet atje kur të vijë ora e luftës, sesa jashtë. Kurse ne që jemi këndej na takon të punojmë ndryshe nga ç'kemi punuar. S'do mend, derisa të kemi gjuhën e lagur nuk do të pushojmë së foluri kundër komunistëve, po dhe kështu siç e kemi nisur jemi bërë si gratë e këqija. Kush ka pasur dobi nga llafet pa bukë. Pse të mos na punojë një çikë mendja për t'i dëmtuar armiqtë tanë në një mënyrë apo në një tjetër? Ne mund t'i godasim ata me dollarë, bile pa e kuptuar fare. Ju mos u habisni për këtë: a nuk mund t'i çojë secili prej nesh familjes dollarë prej këndej? Mund t'i çojë. Sigurisht, me sakrifica, duke punuar më shumë, duke ia hequr gojës e trupit, po të paktën e di që me këtë, jo vetëm ndihmon familjen, po lufton dhe komunistët. Dhe kjo është kryesorja. Nga ana tjetër, të krijojmë përshtypjen që ne këtej jetojmë në bollëk. T'u shkruajmë nëpër letra që kemi blerë shtëpi e kemi ngritur dyqane, që fitojmë kaq e s'kemi se ç'i bëjmë paratë. Mund të gënjeni duke u thënë sa kam kryer ose po kryej studimet. Të dalim në fotografi të veshur sa më mirë, elegantë, mundësisht afër ndonjë pallati të madh apo duke ngarë veturën e ndonjë marke të shtrenjtë. Njeriu i thjeshtë nga të gjitha këto hutohet dhe i ngrihet mendja. E pra, këto janë disa nga llojet e fishekëve që duhet të përdorim sot, dollari, peshqeshi, letrat e qëndisura me fjalë të bukura... Apo s'është kështu?

-Kështu është domosdo! – i thashë unë i entuziazmuar duke luajtur vendit. – Me këto që po më thoni dhe ato që tha mister Filipsi ju po i hapni horizont punës sonë partiake. Më besoni, kemi kaq kohë që përsërisim të njëjtat gjëra. Ta kuptojnë dhe partitë e tjera se partia e mbretit nuk ha bar. Na takon neve t'u japim mend të tjerëve. Forcimi i Legalitetit është themeli i bashkimit të mërgatës.

Sytë e Ademit, që deri atë kohë ishin të qetë, papritur u rrudhën dhe vështrimi iu bë aq depërtues, thua se lëshonte gjilpëreza mbi mua.

-Kam frikë një gjë, - tha ai ngadalë si të peshonte çdo fjalë, - se mos bashkimi i besnikëve të mbretit e thellon më shumë hendekun me grupet e tjera të mërgatës. Atëherë në vend që të vëmë vetullat, nxjerrim sytë. Lipset të mendohen të gjitha. Të jemi më të moderuar…

-Të më falni në qoftë se u shpreha gabim. Ne nuk duam kurrsesi ta dëmtojmë bashkimin e mërgatës, përkundrazi – thashë pak i prekur. – Por në qoftë se ne forcojmë partinë e mbretit dhe ngremë lart nderin e Lartmadhërisë, kjo s'do të thotë se luftojmë partitë e tjera. Ai që ka dy para mend, e kupton këtë. po partitë e tjera në të vërtetë po i mbyt zilia. Ata, në vend që të gëzohen që ne mbretërorët po organizohemi në një parti për të qenë, s'lënë gur pa hedhur kundër nesh, vetëm e vetëm që partia e mbretit të mos ua kalojë. Kjo s'është e drejtë dhe ne nuk do të lejojmë të shkojë e tyrja…

Unë me qëllim kisha marrë zjarr dhe ai ndërkohë kishte vënë buzën në gaz.

-Mos ma merrni për të keq, - tha Ademi, duke lëmuar njërin cep të mustaqeve, - po ju që jeni aq i moderuar dhe që e keni rrëfyer këtë me vepra, nuk duhet të arsyetoni kësisoj. Sepse dhe ju jeni dakord me mua që, në qoftë se bashkimi i një partie prish bashkimin e mërgatës, atëherë për hir të interesit të përbashkët, ai bashkim është me zarar. Historia nuk do të na e falte. Në qoftë se nesër vjen ora e luftës dhe ne na gjen të përçarë, me ç'sy e faqe do të dilnim përpara miqve? Askush s'i merr parasysh grindjet e llafet për mustaqet e Çelos. Prandaj, mos i merrni gjërat kaq prerazi sa të ngjallni mëritë e partive të tjera. Mos harro se ai plumb që do të vriste Anton Kumashin apo Rrok Koliqin, do të të vriste dhe ty. Kjo është një gjë më e rëndësishme sesa pasioni politik që na kap të gjithëve herë pas here. Le të marrim dhe për këtë shembull nga mbreti. Po të ishte rrëmbyer ai nga pasionet politike, do të ishte vrarë e therur kushedi sa herë me kundërshtarët e tij. Po ai ka preferuar më mirë të qëndrojë, qoftë dhe pak mënjanë, vetëm e vetëm që t'i hapë udhë bashkimit.

Unë e dëgjoja me sytë ulur dhe duart i mbaja lidhur më prehër. Ai kafshoi cepin e djathtë të buzëve e tha:

-Të duken të ngatërruara, ë?

Unë tunda kokën dhe, i thithur në mendime, thashë:

-Në Athinë nuk kemi biseduar kështu. Ju duhet ta dini se, kur erdha këtu, partinë e mbretit e kishin marrë nëpër këmbë. Sekretari i degës po dezertonte. Lidhjet me

Pallatin qenë ndërprerë. Njerëzit qenë të pakënaqur. Atëherë unë veprova si më porositët ju për t'u ardhur në ndihmë vëllezërve të mi. E bëra këtë për hir të mbretit. Në qoftë se kam gabuar, ma thoni. Mua s'më vjen keq që të mbetem ushtar i thjeshtë, kur s'jam në gjendje të drejtoj punët partiake.

-Jo, jo, - thirri Ademi, duke fshehur shqetësimin pas një buzëqeshjeje fluturake, - këtë nuk duhet ta thoshit. Mbase e kam fajin unë që nuk dita të shpjegohem shkoqur. Fola më shumë si përfaqësues i komitetit "Shqipëria e lirë" sesa si besnik i mbretit. Keni hak, po më besoni se që të dy jemi të një mendjeje dhe për këtë përpiqemi bashkarisht ta lehtësojmë mërgatën nga barra e madhe e fatkeqësive. Po ta bëjmë këtë siç duhet, do të marrim bekimet e historisë...

-Ndofta e kam gabim, - ia preva fjalën, - po para bekimeve të historisë, unë dua të marr bekimet e mbretit. Historia është sjellë padrejtësisht karshi mbretit tonë. Se, të themi atë që është: në qoftë se do të dëgjoja historinë, më takonte të qëndroja në Shqipëri. Po unë s'e dëgjova atë. Dëgjova thirrjen e Lartmadhërisë dhe erdhi të luftoj si ushtar i tij besnik...

Ademi u bë akoma më i menduar dhe sa shtypi një cigare në taketuke, mori të ndizte një tjetër.

-Keni të drejtë, - tha ai. – Po dhe unë kam të drejtë... Ne të dy i takojmë mbretit: ju si politikan këtu, unë si politikan i tij nëpër botë; veç fjalën politikani e ka të lakueshme, e jo si ushtari të prerë. Nuk e di a më kuptoni?

-Ju kuptoj shumë mirë.

-Unë vij që nga pazari i politikës së madhe, di më shumë pa flas kështu. Ai që na ka në dorë ty dhe mua e që na mban me bukë, nuk do telashe. Ai të thotë, në qoftë se do të të mbajë, atëherë rri urtë, bashkohu e organizohu, ndryshe, s'ka ç'më duhen stane me lepuj. Prandaj ka krijuar dhe një komitet mu në Nju Jork, që të shuajë grindjet e të koordinojë punën e grupeve politike për të mirën e përbashkët. Do të thoni ju, a e ka bërë detyrën e tij komiteti? Të themi të drejtën, nuk e ka bërë, por jo për faj të tij. Komitetin nuk e përfillin dhe atëherë, s'do mend, që plasin grindjet dhe të gjithë në mërgatë bëhen si këmbët e dhisë.

-Kur qenka kështu, - u hodha unë i vendosur, - dhe kështu është vërtet, pse ne të "Legalitetit" të sakrifikojmë mbretin kur mund ta ngremë lart si flamur bashkimi për të gjithë?

-Prisni, xhanëm, prisni, - e humbi durimin për herë të parë Ademi dhe luajti njëherazi duart e këmbët. – Ju po arsyetoni në mënyrë të tillë, sikur unë s'e vënkam në hesap mbretin tonë. Zogu I, mbreti i shqiptarëve, është perëndia ime dhe, në qoftë se kam njëzet vjet që s'më ka pushuar një herë shtati mirë, kjo ka ndodhur ngaqë i kam rënë botës përqark vetëm e vetëm për t'i hapur udhë atij, që të vijë prapë në fron. Po bota është ngatërruar keq. Armiqtë i kemi shumë të fortë. Pastaj politika është kurva më e vjetër e historisë. Po i dole ballazi, ajo ose s'të përfill, ose të vë përfund. Atëherë, mos i thuaj vetes politikan. Zër një qoshe si Ihsan Maçi, gri llogje e luaj tespihet. Nuk e di, a më kuptoni? Tregohuni, ju lutem, më i manovrueshëm. Nuk mund të zbresësh nga një e tatëpjetë me akull duke ecur allabraca, po duke rrëshqitur...

Ademi heshti. Flegrat e hundëve i qenë zgjeruar. Ai e kishte humbur qetësinë e parë.

-Jetën e zbrazët të këtyre njerëzve që drejtoj këtu, - mora të flisja unë, - vetëm me frymën e mbretit mund ta mbush. Po të arsyetoj ashtu siç më folët ju, të bëj, si të thuash, politikë të madhe, jo vetëm që s'do të më kuptojnë, po do të më vënë drunë. Atëherë ç'do të fitojmë?

-Frymën e mbretit ta ruani e ta mbani, - këshillon ai. – Pa këtë, do të humbisnim me gjithsej. Puna është që njerëzit të mos i dehim, sa t'i bëjmë zarare mërgatës. Bariu i mirë i jep kopesë kripë me masë.

Ne kishim harruar kohën fare. Në tavolinë taketukja nuk mbante më bishta cigaresh.

Si kaloi një copë herë në heshtje, Ademi më tregoi për qëllimin e ardhjes dhe m'u lut që ta shoqëroja gjatë kohës që do të qëndronte në Bruksel. Ai kishte ardhur si i dërguar i komitetit "Shqipëria e lirë", po gjithë bota e dinte se ai qe partizan i mbretit. Megjithatë, kjo s'e pengonte të takohej e të bisedonte me krerët e grupeve politike.

Para se të largohesha, ai hapi valixhen dhe më vuri në duar një pako pa më thënë asgjë, ndërsa, kur po më përcillte te ashensori, më kapi për krahu dhe më pëshpëriti intimisht:

-Ju lutem i thoni Dyl Sqollit të më dërgojë ndonjë nga ato. Të mos shikojë çmimin. Mjafton të jetë e mirë dhe e pastër. I jepni numrin e dhomës. Mundësisht të vijë sonte, e porositni.

Unë tunda kokën dhe i shkela syrin, duke zbardhur dhëmbët. Ai më shtrëngoi dorën dhe shtoi ultazi:

-S'ke si bën ndryshe. Unë kështu e kam gjetur. Po të qemë martuar këndej, gratë atje do të na kishin ndarë e sikterisur. Mirë e thotë ajo fjalë e urtë: kur ke qumësht në pazar, s'ke pse të mbash lopë në shtëpi!

Kur zbrita në holl, m'u desh të marr në telefon Dylin dhe t'i jap porosinë për dhomën 407.

2

Gjithë kohë sa qëndroi Ademi në Belgjikë, për të arsyetuar mungesën në punë, mora një raport mjekësor dhe e shoqërova atë kudo. Ai kishte shumë miq të shpërndarë në të katër anët e vendit dhe duke qenë një nga politikanët më të mirinformuar të gjithëve ua kishte qejfi të takoheshin e të bisedonin me të.

Këto qenë ditë e net të lodhshme, të mërzitshme e gati-gati përsërisnin njëra-tjetrën, me një monotoni të rëndë. Ishte gjithmonë po një avaz, ishin të njëjtat fjalë, të njëjtat gjeste, po ato pyetje e përgjigje që s'kishin të sosur. Takimet i bënim ku të mundnim, herë nëpër kafene, herë nëpër dhoma. Shpesh udhëtonim me orë të tëra, për të përfunduar në ca vrima të ftohta e të ndotura, ku të zihej fryma nga lagështia e nga ai kutërbim i zakonshëm. Për më tepër, isha i detyruar të pija me kohë e pa kohë, të ktheja gotat njëra pas tjetrës, të ngrija dolli e të mbaja fjalime, të shaja e të kërcënoja armiqtë që na kishin degdisur në fund të botës dhe që do t'i vriste një ditë zoti, në qoftë se nuk do të arrinim t'i vrisnim ne, me armët tona! Ademi takohej me të gjithë, pa marrë parasysh grupet politike, dhe ky ishte një rast i mirë për mua, sidomos pas atyre që kishin ndodhur.

Njerëzit e mi, kudo që shkonin, s'gjenin dot fjalë për të miratuar politikën time, aq sa nuk i linin shteg emisarit të "Komitetit" për t'u dhënë ndonjë këshillë.

-Adem vëllai, dëgjomë mua siç më ke dëgjuar njëherë e një kohë, - i tha Zenuni në Zhimet, në mes të kafenesë. – Beso se tani partia e mbretit këtu ka dalë në selamet! Na kishin mbytur vagabondët…

Ademit i bëhej qejfi, buzëqeshte e tundte kokën, ngrinte dolli për mua, pa harruar natyrisht dhe zotin Ihsan, dhe këto ishin çastet më të përshtatshme që të mbante fjalimin e të derdhte këshillat e porositë e tij. Gjithë puna ishte te bashkimi dhe për këtë ai përsëriste vazhdimisht disa fjalë të zgjedhura me kujdes që më parë, tregonte një anekdotë romake, moralin e së cilës, shtonte ai, populli shqiptar e ka gdhendur në fjalën e artë: "Delen e ndarë nga tufa e ha ujku!", pastaj ulte zërin dhe thoshte se dielli i shqiptarëve është mbreti e në qoftë se disave sot ua vret sytë ky diell, tani duhet të tregohemi aq të durueshëm sa të vijë ajo ditë kur t'u mësohen sytë të gjithëve.

Në bisedat me grupet e tjera, Ademi ishte më i matur, megjithëse kjo nuk e pengonte të hiqej i afërt dhe i respektueshëm. Ai u drejtohej të gjithëve në emër dhe një pjesë të mirë të bisedës ua kushtonte halleve të secilit. Çdo gjë që kishte të bënte me jetën e emigrantëve, i interesonte Ademit. Në radhë të parë, atë e merakoste shëndeti i tyre dhe në punë të shëndetit, ai e vërtiste fjalën si një mjek i kujdesshëm, pyeste me hollësi e jepte këshilla, interesohej për kushtet e punës e për të ardhurat e secilit, s'linte adresë pa marrë. Pastaj fliste për vete, për hallet e dertet e tij personale, sikur t'i rrëfehej ndonjë të afërmi. Këtë e bënte edhe kur tavolina ishte plot!

Për çështje të politikës së mërgatës, sidomos për grindjen në mes të grupeve, Ademi tregohej i përmbajtur. Fliste me një gjuhë gati zyrtare, me fraza të zgjedhura. Ai mundohej t'u mbushte mendjen të tjerëve se ishte armik i fanatizmit dhe partizan i sinqertë i bashkimit. Kur në muhabet e sipër hidhej ndonjë ankesë apo dikush shante me emër, Ademi nuk jepte mendim ose e kapërcente bisedën me takt. Këtë zakon ia kishin mësuar të gjithë dhe qenë të detyruar të respektonin.

Po biseda që i tërhiqte më shumë njerëzit e ua prishte mendjen keq ishte ajo për fatin e familjeve në Shqipëri. Në këtë gjë, Ademi hiqej se i dinte të gjitha dhe i punonte fantazia sa asnjëherë. Atij i kishte dalë nami si ambasador i mërgatës, dhe ishte e vërtetë se valixhet e Ademit qëndronin më shumë nëpër aeroporte sesa në shtëpi. Bile, askush nuk e dinte saktë se ku e kishte shtëpinë Ademi, në Amerikë apo në Evropë. Një gjë dihej, që ai nuk kishte shtëpi të përhershme, shtëpinë Ademi e ngrinte atje ku e desh puna! Prandaj, sapo arrinte Ademi në mes të emigrantëve, njerëzit rendnin tek ai.

Ademi vinte nga Meka e politikës dhe i dinte mirë punët. Nga ana tjetër, siç linte të kuptohej ai, detyra ia desh që të shkonte deri në kufi të Shqipërisë dhe të shikonte me sytë e tij tokat e shkretuara nga çizmet e komunistëve! Ai fliste dhe për njerëz që dilnin nga Shqipëria, sado që kohët e fundit qenë rralluar, me të cilët kishte biseduar mbarë e prapë, kishte nxjerrë mallin e kishte shfryrë vrerin. Prej tyre ai gjoja merrte vesh për vdekjet e të afërmve të emigrantëve në Shqipëri dhe në këto raste sajonte çfarë i vinte për mbarë. Gjithnjë bënte fajtorë komunistët që kishin vdekur pleqtë dhe plakat e tyre. Trillonte për kampe, ku njerëzit rronin si bagëtia cip mbi cip dhe hanin krunde me barishte. Thoshte se për të afërmit e tyre qenë të mbyllura të gjitha dyert e spitaleve e të shkollave. Ai që zakonisht ishte i qetë e i matur, në këto raste luante rolin e njeriut të zemëruar, shante e hakërrohej derisa ua ngjiste këtë të tjerëve dhe pastaj vetë tërhiqej, ndizte cigare ose kthente gotën dhe i vështronte sikur të mos kishte qenë ai që kishte folur pak më parë.

-Ta kuptojmë mirë, vëllezër, - merrte fjalën ai më pas. – Komunistët do t'i luftojmë tani jo me armë, po me para, me plaçka. Të shkruajmë letra, ku ta paraqesim jetën tonë këndej si parajsë! Mos harroni se kohët kanë ndryshuar. Ka ndryshuar dhe politika.

Njerëzit e dëgjonin dhe hapnin sytë. Ademi s'kishte si të fliste kot. Atij nuk para i pëlqente të bisedonte për luftën e ardhshme, siç bisedohej vite të shkuara. Ai që ka dy para mend duhet ta hedhë vallen sipas avazit të kohës.

-Ç'ke që mendohesh, o Lam Gjidi, s'të pëlqejnë fjalët e mia? – e pyeti me një ton shpotitës njëherë Ademi.

-Pse s'po thue ma mirë me i rrejtë me sheqera si kalamajtë! – ia ktheu Lami turivarur, duke iu marrë goja. – S'janë fjalë burrash njikto, po ta thom shqyp.

-Ti e thua me të tallur, se vërtet sheqerkat gjak nuk derdhin, po një punë e bëjnë, - ia priti i qetë Ademi. – Provo zotrote të dërgosh në fshat karamele e çokollata nga ato të vitrinave më të mira të Brukselit, pa bisedojmë pastaj. Ata që na i këshillojnë këto gjëra, kanë më shumë mend se unë e ti, more Lam vëllai!

Zoti Ihsan ngriti supet e shtrembëroi buzët, ndërsa sytë i uli përdhe e, sikur të murmuriste ndonjë lutje, tha:

-S'di, s'di çka me thanë, pasha të madhin zot!... Po bahena dhe nji herë kalamaj n'pleqni!

-Domethënë, s'do të bënim keq t'u çonim ndonjë fustan të modës së këtejshme plakave tona?! – u hodh Rezbati buzagas.

-Në mos plakave, - vazhdoi Ademi, - vajzave ose mbesave. Një punë e bëjnë dhe ato!

-Mue për vedi s'më keni për ksi gjanash, - tha Martin Laca, me një zë inatçor, duke lëvizur faqet e groposura. – Me e ditë se janë tue dekë grania n'Shqypni, nji franxhollë bukë s'i çoj. Turp e faqja e zezë, me u marrë burri me sheqera e me havra grash! A ka punë me luejtë gishtin? S'ka. Atherna, ma mirë cofë si qen!

Ademi ndërkaq u bë serioz dhe, duke i vështruar të gjithë një për një, shpjegoi:

-Për gishtin jemi të gjithë, por kur të vijë koha e gishtit. Tani për tani situata është e tillë që murit me kokë s'i bihet. Po të ketë mall ndonjë prej jush për ta lëvizur gishtin, ia siguroj unë pasaportën deri në kufi. Le të vejë ta zbrazë atje e të tregojë trimëri po t'ia mbajë. Hë, nënën! Nuk flitet kështu, vëllezër. Kujtoni ju se unë nuk e dëshiroj atë kohë. Hë! Kam njëzet e ca vjet që punoj për këtë, natë e ditë, pa më zënë këmbët dhe gjëkundi. Po të themi atë që është, komunistët tani për tani janë shumë të fortë. Këtë e thonë dhe mendjet më të mira të miqve tanë. Vërtet, gjeografikisht Shqipëria është e izoluar, por brenda ata e kanë bërë tërësisht popullin për vete. Po nuk mbuloi tymi botën, ne nuk futemi dot!

Para se të largohej nga Belgjika Ademi na mblodhi ne krerët e grupeve politike në një kafene loksoze pranë "Automiumit" dhe duke na vënë përpara nga një gotë koktej, mbajti një fjalim në emër të komitetit "Shqipëria e lirë" për punën e bashkimit të mërgatës. Në krah të djathtë ai mori "kryeministrin", ndërsa në krahun tjetër vuri Anton Kumashin. Zoti Ihsan dhe unë i ndejtëm karshi.

Mbledhja kaloi e qetë, pa asnjë telash. Krerët ishin aq të zgjuar sa të mos rrihnin ujë në havan. Ademi ishte pasues i mbretit dhe çdo ankesë kundër Legalitetit qe e kotë t'ia thoshin atij. Pas fjalimit të mikut, kohën që mbeti e kaluam duke treguar qyfyre të Daut Matrashit.

3

Atë drekëherë kur trokiti dera e apartamentit unë isha brenda dhe po zbardhja filmat me të cilët kisha nxjerrë emigrantët. Kisha një javë pa punë, meqenëse sindikata e punëtorëve të ndërtimit ishte në grevë.

Desha të mos e hapja derën, por, kur pashë nga syri magjik trupin e zotit Ihsan dhe pas tij, një burrë të shëndoshë, me kapele republikë në dorë, me flokë të prera kare e mustaqe të rralla, ndërrova mendje. Mbylla dollapin pa zhurmë, mbulova me të shpejtë enët e laboratorit, shprisha flokët e zbërtheva rrobat sikur të isha ngritur atë çast nga shtrati dhe thirra prerazi.

-Kush është?

-A don miq prej Naltmadhnisë, hej, burr' i Shqypnisë s'vjetër? – kumboi zëri i zotit Ihsan.

Atëherë s'prita më dhe me një ngut që s'e kisha për natyrë, hapa derën. Kryetari bëri një hap anash dhe unë u gjenda menjëherë në krahët e një njeriu të panjohur.

-Mos u shkëput prej tij, - thirri kryetari, - se kur ke përqafë zotni Ashimin, zene se ke përqafë vetë mbretin.

I ardhuri më vështronte drejt e në sy dhe unë, i nxitur nga fjalët e kryetarit tim, e shtrëngova edhe një herë pas vetes, aq sa atij i ra kapelja republikë nga koka. Ne u sulëm të tre të ngrinim kapelën dhe si arrita ta ngre unë, hymë në sallon dhe aty u bë njohja e plotë.

-Zotni Ashim Kuveti, adjutanti i Naltmadhnisë së tij, Zogut I, mbretit të gjithë shqiptarëve! – bubulliu zëri i kryetarit, që në raste të këtilla s'dinte ta shprehte valën e gëzimit, veç duke thirrur me të madhe. Kjo më detyroi t'i hidhesha rishtas mikut në qafë e t'i drejtohesha dhe unë me zë të lartë:

-Zoti Ashim, vizita juaj më gazmon e më nderon pa masë. Shtëpia ime këtu e në Shqipëri s'është sajdisur ndonjëherë deri në këtë shkallë. Më vjen shumë keq që s'pata nderin të dal t'ju pres.

-Faleminderës shumë prej jush, - foli i ardhuri, duke lëkundur kokën dhe gjoksin, sikur të gogësinte. – S'desha me ju kastigue. Mjaft jeni tue u mundue për mbret e për atme!

-Të themi atë që është, - fola unë e i zgjata paketën e cigareve, ndërsa ai nxori të vetën. – Jo, jo, mos i harroni zakonet shqiptare, - ndërhyra. – Ne këndej mezi i presim këto ditë. Ditë të tilla hyjnë në historinë tonë partiake. Kur keni ardhur ju, ka ardhur një pjesë e frymës së tij... Apo s'është kështu, Ihsan aga?

-Ashtu asht, pasha të madhin zot. Fryma e tij asht fryma e perëndisë dhe pa të na s'bajmë hije mbi dhé.

Në këso rastesh duhej të tregoheshe i durueshëm e i gojës, sepse komplimentet zinin vendin kryesor. S'prishte punë se do t'i jepje më shumë se i takonte ose do të shkëmbeje gënjeshtra sy për sy.

-Letrat tueja i kena marrë, - gogësiu zoti Ashim dhe, duke ngritur sytë nga fotografia e mbretit, shtoi: - Birinxhi, birinxhi. Pas letrave, na kanë mbrri n'vesh tana gjanat e mira që asht tue ba Legaliteti ktu, i primë prej udhëheqësisë suej e t'Ihsan agës. E na, për shkak të uzdajës së madhe, s'kena durue pa ia raportue menjëherë Naltmadhnisë e Naltmadhnia asht knaqë e i asht gzue shpirti e për kte ai ju shtrëngon duert burrnisht e ju falet me shndet. Kët, me ia ba të njoftun tanë mbretnorëve që janë me banim kndej pari?

Unë mezi prita të mbaronte ai dhe u çova vrik në këmbë, duke mbajtur drejtqëndrim mu përballë fotografisë së mbretit, me dorën nderur mbi gjoks. Pas meje u detyruan të çoheshin edhe ata, duke nderuar ushtarakisht, megjithëse ishin veshur civilë dhe fotografinë e kishin prapa kurrizit.

Nuk di të them se çfarë më sajoi gjuha atë çast. Ajo qe një përçartje e vërtetë e përzier me një tallazitje mallëngjimi dhe vetëm si u ula dhe e përmblodha veten, pyeta:

-Si është me shëndet baba i kombit?

-Mirë, shyqyr zotit! Shndetja e tij asht e mbara e Shqypnisë! – tha ai me një zë të përdëllyer.

-Mbreti ynë është i pavdekshëm, - thashë unë serbes. – Ç'ka hequr ai dhe s'e ka hedhur.

-Hjekë, thue? Mos pyet! – psherëtiu adjutanti dhe, si vërtiti sytë përqark, murmuriti. – Ma merr mendja se s'kena njeri të huej, apo jo?

-Flisni pa merak, - e qetësova unë.

-Ai veç e din! – vazhdoi zoti Ashim. – Sepse, me thanë të drejtën, mbreti, kur s'asht m'fron t'vetin, n'fronin që i ka caktue perëndia, e tanë bota i duket burg e shkue burgut. Atëherna, ç'të mirë ka me pasë ai? Veç të kqijave! E ka thanë nji fjalë princesha Sanije: Kush na paska hedhë n'shpinë tanë gjynahet e dynjasë! Njimend, unë e di ç'ka kanë hjekë…

-Tanë njata kopila e kanë fajin, - s'u përmbajt kryetari, ndërsa shikimi iu egërsua më keq dhe buzët iu varën si gjuhë qeni. – Ah, me i dijtë insani punët me kohë e me vakt! Pasha të madhin zot, kishim me i vra me gurë, njata kopila që kanë lanë Naltmadhninë pa fron! Po ç'ka me ba tash?!

Kryetari i ra gjoksit me grusht. Zoti Ashim rrinte i përhumbur me sytë e lëshuar përdhe. U bë heshtje dhe unë në këtë kohë u ngrita dhe shkova në dhomë.

Ishte hera e parë që takohesha me një njeri të Pallatit dhe e kisha për detyrë ta prisja sa më mirë e të mësoja sa më shumë prej tij. Prandaj, si gjithnjë nxora dy shishet rezervë të uiskit dhe bashkë me ushqimet e thata të javës ua vura miqve përpara. Zoti Ihsan nuk bëri zë, veç lëvizi nga vendi dhe mbështolli këmbët kryq në karrige, ndërsa miku tha:

-Mos u kastigoni, zotni Manush! Na s'kena ardhë me ju harxhue.

-Harxhime, thatë? – ia ktheva i ngazëlluar. – Po unë, për flamur të mbretit, jam gati t'i vë flakën shtëpisë që tani, mjafton të urdhërojë zotëria juaj! Ah, të ishte gjallë i ziu babë, ta merrte vesh, se shtëpinë e të birit e ka nderuar adjutanti i Lartmadhërisë, do t'i shtohej ymri, të paktën, dhjetë vjet!

Zoti Ashim, nga kënaqësia, ngriti dorën dhe u mundua të shtronte flokët kare. Pastaj mori shishen e uiskit dhe, duke psherëtirë, tha:

-Lulet e vorrit na dolne mbi krye e rakinë e Shqypnisë, meazallah, se dona me e harrue. Ba me e harrue njatë, atherna, mos i thuej ma vedit shqyptar!

-Kam ndi, - u hodh zoti Ihsan, - se kndejna e bajnë rakinë edhe prej muti. E pra, me pi burri ksish, s'asht ma burrë!

Ne qeshëm dhe tamam në atë çast gazmor, unë i ftova miqtë të ngrinin gotat dhe shqiptova një ligjëratë të thekur për babanë dhe nënën e kombit. Pas dollisë së parë, mora hov dhe ngrita disa dolli njëra pas tjetrës. Miqtë nuk më kundërshtuan, përkundrazi zbraznin gotat dhe me dhëmbët e vënë bluanin qiqrat e kripura që kishin përpara. Ishin të dy në qejf, sidomos zoti Ashim, sepse herë pas here më hidhte njërën dorë krahëve dhe më shtrëngonte pas vetes.

-E ndij vedin bash midis vllazënve t'mij, - mori të fliste shtruar adjutanti, me një gjuhë të shkathtësuar, duke rrotulluar sytë përqark. – Tjetërkend s'kena ktu, apo jo? E, pra s'ka gja na t'mirë se me kenë insani midis t'vetve. Se kur ju kam folë juve, i kam folë vendit. E pra, m'besoni, kam pas mall t'madh me u gjendë midis jush, me fol, me za t'nalt, me dhanë e me marrë, si insani me insanin. Se u banë do vjet t'mira që flas me vedi se s'kam me ke me folë. Pallati asht pallat, ka do rregulla, ka huqe dhe ai! S'mundet njeriu me folë kur don e si don. Mbreti asht mbret e ai s'ka si me bisedue me mue. Njimend rrimë nën nji kulm, po nji fjalë s'e ndërrojmë n'mot. ai ma shumë s'bzanë. Rrin tanë kohën mbyllë n'kthinë t'vet e mendja veç në Shqypni i punon. Ç'ka t'bajë qyqari! Mbretnesha, helbete grua, e burri s'ka ç'ka me lypë me gratë. Mandej, e huej, ku din ajo me bisedue e me t'qa hallet. Më thanë t'drejtën e ju jen i tue e pa me sy tuej, t'huejt vrejnë si e si me ia pi sa ma shumë langun jetës dhe mirë ia bajnë. Perëndia një ymër i jep insanit. Edhe princi i mirë asht, i shkreti, po rrit e msue n'vend t'huej, ka marrë me trup përpjetë, si një pemë rritë n'odë të zjarrmit. Shtatin ma t'nalt të rodit tonë ai e ka, veç me e pa, dy metra e kusur. Doktorat janë frigue, demede, po ç'ka me ba, punët e perëndisë! I ati s'ka lanë shkollë pa e futë, po ai, me sa duket i ka ngja ma tepër s'amës. Ma t'parën gja, ka qejfin për zemër. S'mblidhet dy ditë bashkë n'shpi, veç tue dhanë e marrë me makinat. I ndrron sa herë dalin marka t'reja dhe ku nuk shkon, shoqnue me varza. I ri ma, çka me ba!

Zoti Ashim mori frymë me gurmaz dhe vazhdoi:

-Ç'ka me ju thanë për princeshat? Ju i njifni vetë. S'mujt me shkëmbye njeriu dy fjalë. Grueja do burrë, bre vllazën! Fati i tyne i mbrapsht me mbetë pa martue. Fati ynë me qenë nën urdhnat e tyne. S'dinë ku me e shfry mllefin, thue se kanë faj muret e shpis. Shkurt, hiq nji Sanije me t'cilën mundesh me u marrë vesh, s'di çka me thanë, drue se m'vret zoti e ora e Shqypnisë. Zotni Hyseni, kryeadjutanti, siç e kena pa e njoftë edhe vetë, asht njeri i mbylltë e fjalëmangët. S'ke si me i vue faj, se tanë jetën kshtu ia ka dashtë detyra. Fjala e tij s'asht veç urdhën. Po foli, urdhnoi, po urdhnoi, foli. Jo, nuk asht me i vue faj. Të tjerët, s'do, me i vue a mos me i vue n'hesap t'shoqnisë seme. Sadiku që tash sa vjet, natë e ditë asht rojë te dera jo që jo. Mendja e tij s'ka punue me kohë e me vakt, e jo ma tash që po plaket e asht ndryshkë tue ndej. Limani, akçia s'asht burr i keq, po tue ndejt me gra asht ba ma zi se gratë. S'di veç me u grind e me u ankue. "Pse s'm'gradon Naltmadhnia? Pse s'ma rrit rrogën?" Dij vetë pse nuk ia rrit?! Naltmadhnia ka qeverisë nji mbretni t'tanë e s'dijka me rregullue nji grusht njerzish n'shpi t'tij! E pra, nji arsye ka me pas qi s'e ka gradue akçinë. Ç'ka me ba dhe Naltmadhnia! Rrin ndrye n'kthinë t'vet dhe s'kastigon kërkënd e Limani përkundej qet shkelma. Ç'ka me i thanë ksaj jallane! Në kso rasash, njeriu që ka dy pare mend n'krye lypet me mendue ç'ka hjekë e ç'ka vuen Naltmadhnia për te e për mue e për t'tanë ne! Vetë që e kam ndjekë për mbrapa nga dekiku që doli prej pallatit n'Tiranë njatë ditë prilli e deri tash, di me folë e me tregue për të.

-Ndije zotni Manush, ndije, - u hodh kryetari im, - ç'ka heq robi e s'e duron!

-E pra, - zuri të kallëzonte adjutanti, duke lëpirë buzët e thara me majën e gjuhës, - më bjen n'hatër tamam si me pasë ndodhë jo ma larg se dje. Jena nisë, bre burra, nji tabor i madh, që kryet e di ku e kishte, po bishtin jo. Kishin tubue, thue, tanë makinat e Shqypnisë e jena vue për rrugë, pa e dijtë tamam se kupo shkojshim. Na kishte zanë nji frikë që aman, o zot! Burra pushke ishim t'tanë e pushkë nuk qitshim, veç ik e mos e kthe kryet përmbrapa. Kur kena mbrritë në një shenjë vendi, mbreti ka pa aeroplanat mbi vendi e ka urdhnue mos me i shkue t'tanë përmbrapa se e diktojshin e mandej bahej hataja. Atëherna, njerzit janë shkapërderdhë e firue e, kur kena mbrri n'vijë t'kufinit, kishin mbetë, ai e familja e tij, do ministra e na t'shpis. Edhe tre dekika t'ishim vonue, rrezik me e gjetë kufinin mbyllë. Fill sa kena kalue na, menjiherë pas mesnatë, nga frika e Italies i vue çelsin kufinit. M'besoni, veç kur kena dalë përmatanë jena ngi me frymë. Ta shifshe Naltmadhninë, gjak s'i kishte mbetë n'fytyrë. Na e dimë si kena dalë matanë kufinit, si me na gjimue tanë zagarët e Italisë. Ec e mos u ndal kund. Tanë pluhni e balta e rrugës kishte ra mbi ne e mbi makinat dhe, kur kena zbrit, gati-gati s'e kena njoftë shoshoqin. Aman, o zot, si bahet burri kur e kap frika prej fyti. S'don me e dashtë vedin!

Në Greqi, mbretit t'tyne s'ia kishte qejfi me na mbajtë, por dhe Naltmadhnia s'desh. Shqypnia ishte afër. S'dihet si mershin punët. Ma mirë sa ma larg s'keqes. E kena vazhdue mandej rrugën për në Turqi. Askush s'e ka dijtë tamam se për ku e kishim marrë tanë atë turr. Në Stamboll, ministri i mbretit, Qemal begu, s'kishte rregullue gja me t'part' e vendit. Atëherna Naltmadhnia i dërgoi menjiherë fjalë inglizit. E përsëri jena nisë. Po si? Nji fjalë goje. Bota ishte ngatërrue keq e Italia i kishte zanë të tana shtigjet. Me shkue nëpër det, rrezik me na zanë ndonji anije e tyne. ç'ka me ba? Shkuem n'Rumani. Korali a Karoli, s'di si e kishte emrin tamam e priti mbretin e e muer për drekë, po gja s'kishte në dorë me e ndihmue. Merreni me mend, mbreti Karol na ka vue me fjetë n'nji hotel me ambasadorin italian, madje dhe në nji kat. Bajshim rojë na n'korridor, bajshin roje dhe njerzit e ambasadorit. U pa puna: teshat n'krah prapë dhe, o burra, ik! Kaluem n'Varshavë e prej andej i ramë përmidis

Evropit nga nalt dhe duelme n'Paris. Thamë se shpëtuem. Ma s'pari zume nji shtëpi bri Versajës: mandej banuem n'Paris, po mbreti ruhej mjaft, sepse ua kishte frikën pusive t'qytetit të madh. At'herna duelëm jashtë Parisit e u vendosme n'Pontorsi. Tamam në këtë vakt, filluen bombardimet e gjermanëve. Mandej, njerzit, rreth e qark, nuk dij, pse na shifnin shtrembët... Ç'ka të bajshim? U kthyem prapë n'Paris. Naltmadhnia shkoi vetë te ambasadori ingliz. Vijshin mandej dhe do civila inglizë e bisedojshin, po gja s'po bahej. At'herna, Naltmadhnia u takue me ambasadorin spanjoll. E kam shoqnue vetë me kolonel Hysenin deri te dera. E ka pritë dhe e ka përcjellë për bukuri, po punën s'ia ka krye. Frankja ia harroi t'mirat që i pat ba Naltmadhnia. Na ka mbajtë me shpresë deri n'dekikun e fundit dhe, kur erdh fundja, pasaportën s'na e dha. Inglizi s'kishte çua haber hala, po Naltmadhnia s'e kishte hupë uzdajën e dha urdhën me e lanë Parisin. Muerëm prapë teshat n'krah dhe, duelëm n'rrugë t'madhe. Në qoftë se s'kena vdekë kësaj here, s'kena me vdekë kurrë. dojshim me dalë n'veri, me iu afrue Bretanjës, po ne e dijmë se ç'kem heqë. Na mbytën bombardimet. Në Bordo thamë se u vramë. Thue se po kalojshim përmidis xhehnemit. E di çka do t'ishte ba me ne, në qoftë se nuk do të na kishte mbrri telegrami nga Londra: "Dakord. Udhëzimet e din konsulli ingliz n'Bordo".

E pra, na ka nisë konsulli ingliz, nji pllamb burrë, me nji ani t'vogël nga Zhan de Luzi. Kjo ka kenë anija e mbrame që mbrrijti në Liverpul prej bregut t'Francës.

Kujtuem se shpëtuem ma në fund, po m'kot na rrejti mendja. Pikë se pari, inglizi na pranoi n'tokë të vet, po nuk e përfilli Naltmadhninë si mbret. S'di ç'ka me thanë për kte. Shkuem n'Londër dhe u vendosëm si jabanxhi n'hotel "Ric". Pa mbrri mirë, ia filluen bombardimet. Kena pas vdekë disa herë n'ditë e veç kur e ndijshim se kishim mbetë gjallë. S'mjaftoi kjo, na vjen dhe haberi se teshat prej Liverpuli s'kishim pse me i pritë pasi kishte ra bomba n'magaze t'portit e i kishte hangër dreqi t'tana. Atherna tha princesha Sanije: "Paskeshim pasë ba gjynahet e dynjasë!" Ishin djegë njiqind e pesëdhetë valixha e arka t'mdhaja!

Dalim prej Londre dhe u ngulëm në nji katund. Askat i thirrshin. Aty, sikur gjetëm njifarë rehati. Ishim t'anë të dekun nga t'lodhunit dhe sikleti. Tamam n'atkohë, i çuen fjalë mbretit, qi n'kjoft se kishte qejf me luftue, t'ngrihesh e t'shkonte n'Greqi. Shqiptarët nuk i dojshin italianët dhe ishin gati me luftue kundra tyne. Naltmadhnia nuk pranoi. Mjaft kishte vuejtë për atë popull! Kishte nevojë me pushue. Mandej s'ia kishte qejfi me luftue si cub!

Njiherë për njiherë, bleu nji pallat, pallatin e lordit Pamvor, që ishte vra nga bombardimet dhe u vendosme të tanë atje. Pallati ishte në një vend t'rehatshëm, pak si larg botës qi kishte marrë flakë. Tanë meraku i Naltmadhnisë kje princi i vogël që kishte lindë në nji vakt shumë t'keq. po gjithsesi, princi rritej e pas do kohe Naltmadhnia bleu dhe nji zog gomari, që mezi e kena gjetë. me atë kafshë të shkretë, mbreti dëfrente çunin dhe nxirrte qyqari mallin e

Shqypnisë. Mbretnesha, nga ana e vet, msonte anglisht dhe bante shoqni me lordin Dasli dhe me nji oficer t'ri, t'quejtun Xhuli Ameri. Kahnjiherë vinte dhe ambasadori i mbretit Faruk t'Egjyptit. E pra, njiktu e kaluem t'tanë luftën. Për Naltmadhninë, me thanë t'drejtën, kjo s'ka kenë mirë, po shyqyr zotit shpëtuem kryet e, pik s'pari kryet e tij...

Zoti Ashim nxori nga xhepi i pantallonave një shami të zhubravitur dhe fshiu ballin. Kryetari im mezi e ndiqte dhe herë pas here kotej.

-Për besë, - thashë unë me një zë të përvuajtur, nuk i dija gjithë këto sakrifica të familjes mbretërore. Këto janë faqe të ndritura të historisë së kombit që duhet t'i mësojë çdo shqiptar. Vetë ju, zoti Ashim jeni një person historik përderisa e keni ndjekur pas Lartmadhërinë në tërë këto peripeci duke shërbyer besnikërisht...

-Falemenderës shumë prej jush, zotni Manush, - tha adjutani me shaminë e zhubravitur në dorë, - po ujnat e historisë janë turbullue keq dhe drue se s'ma din kush për falemnderës. Merre me mend qi shumkushit edhe sot e gjithë ditën s'i bjen ndër mend që ai rron e lshon hije për Shqypni e flamurin kuqezi!

Zoti Ashim ishte lodhur së treguari dhe unë e ftova të ngrinte gotën. Ai e mori, po dora i dridhej lehtë. Kryetari s'u ndje.

-Se me thanë t'drejtën, - vazhdoi adjutanti plak me një zë të mpakur, - çka kena hekë gjatë luftës, s'ishte asgja përpara asajna që hoqme përmbas lufte. Puna u pa, qi kur inglizi arriti me tregue për trimnitë e komunistëve në

Radio Londra. Mbreti u nxeh keq, po s'e pyeste kush. Inglizi e luan te bishtin. Bazit n'Shqipni punët po i shkojshin rokopujë. A don mandej, ma e madhja: vjen haberi se diku n'Shqipni komunistat kishin ba kuvend mos me e lanë Naltmadhninë me u kthye n'fron t'vet. Kuku, nane, ç'na ka gjetë! Mbreti, kur s'asht çmendë aherna, s'ka me u çmendë kurrë! Asht mbyllë tri ditë e tri net n'kthinë qyq vetëm dhe e ka pleqnue punën vet me vedi. S'i ka besue askujt. Mandej ka dalë prej shpie e ka trokollitë atje ku duhej, po, me thanë t'drejtën, askush s'e ka ndigjue. Tanë i bajshin veshët shurdh, madje dhe inglizi qi kishte mbret vetë, mbretin tonë s'dojte me e vue në hesap! Pasha t'madhin zot, s'kishte ba vaki, mbreti mos me ia zgjatë dorën mbretit. Do t'thuesh zotnia jote se kishin ardhë kohë t'kqija! Po ashtu asht, por me e pre n'bes, burrin e parë t'Shqypnisë s'e kishte thanë perëndia. Tanë ai dert e maraz i madh e plakën Naltmadhninë sa për njizet vjet. Veç ta kishe pa: u gjysmue burri e filloi me folë me vedi! Kur mbrrit Bazi prej Shqypnie, m'u qorrofshin sytë në t'rrej, nuk e ka pranue menjëherë, po e ka lanë trimin e Krujës me pritë si qen, te dera. Kje ba bishë e s'dijte kujt me ia shprazë inatin. Komunistat e kishin tërheqë popullin me vedi dhe të tana rrugët për Shqypni ishin mbyllë. Bazi, pra, s'kishte faj. Çka kishte me ba dhe ai qyqari! Dil po qe burrë me e ndalë lumin! Lumit qi kishte dalë n'Shqypni s'dijti me i ba ballë as inglizi, as Amerika e askush, pasha të madhin zot. Mandej, shorti i keq s'i kishte ra vetëm mbretit tonë. Shumë mbretën përmbas lufte mbetnë pa fron. Veç ktij tonit i vinte maraz se aleatët s'dojshin që s'dojshin me e njoftë zyrtarisht. Atherna, ç'ka me ba? Murit me krye s'i bihet. Dorën që s'ke si me e kafshue, t'takon me e puthë. E pra, mbreti prapë e pshteti kryet te inglizi. Çka kishte me ba!

Përmbas lufte, s'pat kalue shumë, kur inglizi harroi që i kishte lavdue komunistat për trimni dhe xuni me i sha. Vetë Çurçilli i pat sha i pari në radio. Atë ditë Naltmadhnia, nga uzdaja ka shtrue n'pallat gosti. Në krye t'javës veç kur mbrrini nji njeri prej Londret. Se harrova me t'thanë qi mbreti iku prej Bretanje, s'i kishte besë ma inglizit dhe erdh n'Misir. E pat thirrë vet mbreti Faruk, dhe ktu për do vjet kena kenë rehat te zoti.

E pra, erdhi njeriu prej Londret, nji oficer civil, mik i vjetër i Naltmadhnisë, e i thotë ktu, ktu puna: shqyptarët që s'e duen komunizmin, duhet me u bashkue, me u organizue e me luftue kundër komunistave, prandaj lypet medoemos me hy dhe ti n'valle. Mbreti e priti dhe e përcolli si mik, po fjalën nuk ia dha. Deshi me u mendue se ky ishte hesapi i inglizit e ai kishte hesapin e tij, pale i delte për mirë. Mandej u mundue e u takue përsri me mikun e vet e iu zotue se do t'hynte n'valle, veç me nji kusht, qi me u vue ai e askush tjetër në krye t'mërgatës politike, se helbete, shqyptarët nji mbret kishin. Miku, i xanë ngushtë, i tha se kjo s'varej prej tij. "Kët gja, tha ai, do ta zgjidhin shqyptarët n'mes vedi". Prapë inglizi e luente bishtin.

Ç'ka kishte me ba Naltmadhnia? Atherna, deshti s'deshti, hyni n'valle. E bani ket për t'mirë t'Shqypnisë. Belqim kishte ardhë koha me shpëtue ajo qyqare! S'dij sa ka pritë e përcjellë, ka bisedue natë e ditë me tanë krenat politikaj. Naltmadhnia u ka thanë troç: Hajt bashkojmë njerëzit e paret dhe shkojmë me luftue nën urdhnat e mia. Se, helbete, ai ishte mbret e ata askushi. Por ata s'deshtën me e njoftë mbretin për të parë, e thanë me luftue ashtu si ishin dhe t'parin me e caktue n'Shqypni. Po Naltmadhnia s'pranoi. E s'kishte si me pranue: mos me t'njoftë komunistat, merrej vesht, po, mos me t'njoftë as anmiku i komunistave, bash ai qi ka qenë oficer a nëpunës i joti, për t'madhin zot s'e ka thanë perëndia. Kët, ai s'e kishte pritë e as e kishte mendue. E mjera Shqypni, me e pasë mbretin shndoshë si molla e mos me e përfillë kush! Prandaj punët e mërgatës s'kanë shkue kurrë për mbarë e rokopujë kanë me shkue tanë jetën. S'due me e thanë ket gja, po kundërshtarët e mbretit e kanë fajin.

Kur pat fillue ajo puna me futë njerëz n'Shqypni, ka ardhë prapë ai oficeri civil e ka bisedue gjatë me Naltmadhninë. I ka thanë ai qi tash fillon e mbara e orës s'Shqypnisë. Atje populli asht gati me luftue e pret njerzit me e drejtue. Mbreti e ka dijtë se komunistat janë t'fortë, po dhe inglizi din te ç'ka bante e s'urdhnonte kot. Atëherna, ka caktue Zenel Shehun, adjutantin e vet, bash shokun tem ma t'ngushtë, dhe do trima të tjerë e i ka dorëzue te inglizi. Inglizi bashkë me amerikanin i kanë përgatitë do kohë e me shoq të tjerë i kanë futë n'Shqypni.

Pasha t'madhin zot, vdekjen e kam pritë, po atë çka ka ba vaki ne Zenelin s'ma ka rrokë kurrë mendja. Ne pritshim habere t'mira, kur, kuku, çka me ju diftue, marrim vesh se Zeneli me t'tjerë kishin ra n'duert e komunistave. Përmbas do kohe, kena ndigjue zanin e

Zenelit n'radio. Komunistat e kishin nxjerrë n'gjyq dhe Naltmadhnia, pshtetë me kryet ndër duar, e ka ndigjue fill e mbarim, ç'ka t'bante ma, qyqari, m'thuej zotnia juej? E pra, atëherë, u betue mos me i çue ma njerzit e vet n'Shqypni, mos me i hupë kot. Por dhe kjo s'ishte punë që bahej! Si mundet me i luftue komunistat, pa dërgue njerëz kundra tyne. Lufta e marazi e banë ma vonë me ndrrue mendje...

Zoti Ihsan e kishte mbështetur mjekrën ne gjoks dhe po gërhiste. Unë e miku u pamë në sy, por s'e ngamë. I ndezëm rishtas cigaren njëri-tjetrit.

-Si duket, - thash unë me fytyrë të zymtë, - miqtë tanë dhe ju vetë atëherë nuk e keni njohur situatën në Shqipëri. S'ishte ashtu si jua kanë paraqitur. Komunistët e kishin situatën në dorë. Unë që ndodhesha aso kohe atje, e pashë me sytë e mi se ç'u bë. Veç të ishit atje e të shikonit: ngrihej vetë populli, i rrethonte, i kapte dhe ua dorëzonte komunistëve.

-Njashtu asht, - tha zoti Ashim duke tundur kokën mbi supet e rrëzuara, - s'ke çfarë ban. Tash tanë uzdajën e kena varë te miqt e te armt tona... Ani s'ka gajle që jena më pak. Na veç me kenë gati se çka bjen dekika, s'e bjen moti.

Adjutanti i mbretit fshiu buzët që zbardhnin në të dy cepat dhe pyeti me zë të lartë: - Ju çka jeni tue ba kndej pari? – Zoti Ihsan hapi sytë e u zgjua.

-Ne këndej jemi gati të vdesim për mbretin tonë august! – thashë unë me madhështi, duke vështruar nga kryetari.

-Pasha t'madhin zot, - u hodh zoti Ihsan duke kapsallitur sytë e duke kruar zërin, - tanë besnikt' e Naltmadhnisë, ç'mban prej kufinit t'Holandës e deri n'kufi t'Francës veç urdhën presin!

Zoti Ashim fërkoi mustaqet dhe drejtoi trupin e kërrusur mbi tavolinë.

-I kena marrë listat. Naltmadhnia i ka lexue dhe i ka mbyllë n'dollap t'vetin.

-Një gjë duhet pasur parasysh, - thashë unë serioz, - listat janë ashtu siç jua kemi paraqitur: emër e kokë, po, që ta dini dhe ju, se në letër s'mund ta shkruajmë, jo të gjithë kanë mbetur ushtarë. Pleqëria, sëmundjet, mërzia një pjesë të mirë po i nxjerr jashtë përdorimit. Atyre u dridhet pushka në dorë, s'vrapojnë dot pesë hapa, se u zihet fryma. Pallati duhet t'i dijë këto, që, kur t'i bëjë llogaritë me miqtë, t'i marrë parasysh e të mos i dalë hesapi gabim... Se lufta është dhe llogari...

Kryetari u zymtua e lëvizi buzët, u përcoll disa herë, po nuk nxori zë.

-Pleqnisë s'kena ç'ka me i ba, veç shndeten duhet me e ruejtë mirë, se i lypet mbretit e Shqypnisë, - tha zoti Ashim me autoritar. – Mërzinë duhet me e luftue katër qoshesh. Burri prandej asht burrë! Mandej duhet me gjuejtë ku ka të ri e me i ba për vedi, mos me ua lanë partive të tjera. Me luftue cmirzijt e asetqarët. Njatij, Fehmi begut, me marifet me ia tregue vendin. Pallati ka marrë dhe do letra plot ankime. Dikush n'kshillin tuej s'asht i knaqun e hjedh gur.

-Ramë Draga, - shtoi Ihsani.

-Ç'ka po na duhet emni, - vazhdoi zoti Ashim. – Na s'jena tue ia vue veshin. Naltmadhnia me t'madhen uzdaje ktu e ka, tek ju t'dy. Me thanë të drejtën, dega juej asht ba krahi i tij. Kur kanë ardhë e i kanë thanë me e ngrehë partinë, ai s'ka thanë jo. Madje i kanë shkrue letra për ket gja, Nuçi e Ademi, Gaqo e Hamzaja. Po, kur ka marrë letrën tuej, e kam pa me syt' e mi, i asht ba qejfi fort. Ka pritë mandej ambasadorin ingliz që rrin n'Paris dhe ne nesre ka dhanë urdhën me e ngrehë prapë partinë qi shkatrruen para do vjetësh Bazi me Gaqo Godon.

-Ashtu, - thirra unë duke e ndërprerë, - po ju gëzimin më të madh e paskeni lënë për në fund!

-Ti ç'ka po thue, bre burrë, - ia pat zoti Ihsan.

-Po, për pejgamber, i ka çue fjalë t'birit t'kryeministrit t'vet, Nuçit, që punon n'Amerikë, do ministrave që janë gjallë, imam Hafizi n'Çikage, Bazit, po se po, e nja dhjetë oficerave, tash dhe ju t'dyve qi me mbledhë nji kongres e me ngrehë sa ma parë partinë mbretnore, qi asht shpërnda njiherë e nji vakt. Bash për kte punë kam marrë rrugën për te ju.

-Tash kanë me plasë partitë e tjera prej marazit, - tha zoti Ihsan. – Shyqyr qi ia mbrrimë ksaj dite!

-Mos harroni, burra, - u hodh adjutanti, duke marrë një pamje serioze, - Naltmadhnia lyp besë e urti! Na kurrsesi nuk duhet me u ba molla e sherrit...

Unë e kryetari mund dhe ta kundërshtonim adjutantin e mbretit, bile ta mbanim gjithë natën e t'i tregonim se partitë e tjera na kishin rënë në qafë, aq sa e kishin mbushur kupën e s'duroheshin më. Po preferuam më mirë të heshtnim e të dëgjonim këshillat e tij.

Zoti Ashim foli akoma. Po shpejt u dorëzua, erdhi e u rraskapit, iu ntrash gjuha, mezi i shqiptonte fjalët. Megjithatë në fund, para se të ngrihej nga tavolina, tha qartazi:

-Pallati, ju zotni Manush, ju ka caktue me shkue i dërguem prej kndejna në kongres. Ihsan agës s'ka pse me i mbetë hatri. Për vjetët qi ka n'shtat e shndeten e dobët, rruga deri në Amerikë asht tepër e gjatë. Mandej, Naltmadhnia prej kuadrove t'reja ktu s'sheh njeri ma t'përkushtuem se zotni Manushi!

-Na jena ushtarë t'tij, - ia priti prerazi kryetari.

Atë kohë zoti Ashim u ngrit në këmbë dhe, duke e mbajtur njërën dorë në tavolinë, bëri hapin e parë:

-Pasha zoten, nuk i kena këmbët tona, - tha duke parë nga miku i tij, që po lëkundej në anën tjetër të tavolinës.

-Prisni, s'keni ku të shkoni kështu, - thashë unë. – Po zbres në rrugë e po ndaloj ndonjë taksi.

Ata hungëruan dhe në të njëjtën kohë u çuan duke u mbajtur te njëri-tjetri.

"Tani mundohu t'i hapësh rrugën vetes për në Pallat. Takimi me zotin Ashim është vetëm hapi i parë. Në pallat do të kapësh disa nga ato fije që nuk i kap dot aty ku je…".

KREU I NJËMBËDHJETË

1

Zoti Ashim nuk qëndroi në Bruksel si na kishte thënë në fillim. Pasi bëri vizita nëpër miq dhe mori pjesë në mbledhjen e këshillit të degës, atij i ra entuziazmi i parë dhe ndihej vazhdimisht i shqetësuar. Shumë nga anëtarët e Legalitetit ishin të pakënaqur, bile të armiqësuar me partitë e tjera. Zoti Ashim i dëgjonte me ballin e mbledhur, duke kafshuar herë pas here fijet e mustaqeve. Njerëzit e mbretit s'dinin si ta shprehnin mllefin që u ishte grumbulluar prej kohësh.

Unë qëndroja në krah të adjutantit e s'flisja. Në vend tim, flisnin të tjerët. Ta merrte vesh Pallati se njerëzit e mbretit tani nuk qëndronin më kokulur si më parë.

-Na jena nana e Shqypnisë, - tha Martin Laca i hakërruar me zërin e tij të zvargur, - e s'kena si mos me kenë dhe nana e mërgatës!

-Nuk lejojmë më të merren nëpër këmbë nderi dhe emri i Lartmadhërisë, - tha Rezbati. – Na kanë marrë nëpër këmbë si t'ishim evgjitë.

-Tash që po na prin e mbara, pasha t'madhin zot, na s'kena me u ndalë, - përsëriste kryetari në mbarim të çdo muhabeti.

Adjutanti mezi i bënte ballë kësaj bubullime fjalësh që i shpërthente nga të katër anët. Gjithë sa dëgjonte e shihte i erdhën krejt papritur, prandaj heshtte ose jepte ndonjë përgjigje më të rrallë. Vetëm kur dolëm ta përcillnim te treni disa minuta para se të ndaheshim, na mblodhi kokë më kokë dhe na përsëriti me një zë të përqarë avazin e bashkimit të mërgatës.

-Durim e urti, vllazën, - porositi në fund. – Kët lyp Pallati mbretnuer prej zotnisë suej. S'di çka me ju thanë tjetër. Zoti i madh iu qitt n'selamet!

Në këtë rast unë nuk heshta dhe, duke marrë fjalën, i premtova se këshilli i degës do të përpiqet me ç'ka në dorë për të shtruar gjakrat e për t'u marrë vesh me të gjithë shqiptarët e mërgatës. "Për këtë kemi besim, - arsyetova në mënyrë të përgjithshme, - pasi ata flasin shqip ashtu siç flet mbreti!"

Por nuk kaloi shumë nga largimi i zotit Ashim dhe situata u ndërlikua papritur. Ne s'arritëm dot të bënim, qoftë dhe një manovër, sa për sy e faqe për punën e bashkimit, sado që një javë pas ikjes së adjutantit i dërgova Pallatit, në emër të këshillit të degës, një letër qetësuese.

Në të hyrë të dimrit vërshoi një masë e madhe kosovarësh, të ardhur nga Turqia për punë. Tamam kjo ngjarje i ndezi më keq grindjet tona me grupet e tjera. Tani çdo parti përpiqej të përfitonte. Unë natyrisht bëra punën time.

Kosovarët në fillim i mbajtën në kampin e "Leit", në atë vend ku patëm zbritur dhe ne dikur. Brenda një kohe të shkurtër ndërtesat gjatoshe të kampit u mbushën plot e përplot, po ndryshe nga ne, grupet kishin dhe gra, pleq e fëmijë. Për ditë e javë të tëra, turma e muhaxhirëve të lodhur e të mërzitur vërtitej në mes gardhit të telave me gjemba, pa ditur se ç'e priste.

Në pjesën më të madhe këta qenë njerëz të thjeshtë. Pas lufte i kishin shpërngulur me forcë nga tokat e stërgjyshërve në Kosovë e në Rrafsh të Dukagjinit dhe, pa dëshirën e tyre, qenë gjendur në Turqi. Edhe pse ishin shqiptarë denbabaden, i kishin shpallur se qenë turq. Kudo i kishte pritur një jetë e rëndë dhe gjithnjë ishin në kërkim të bukës së gojës. Për këtë bukë ata kishin mbërritur dhe në këto vise të ftohta, kishin ardhur të gjithë tok dhe tok donin të qëndronin në mënyrë që të mos harronin gjuhën e zakonet e tyre, të mos humbitnin nëpër botë.

Si të gjithë muhaxhirët, edhe ata jeta i kishte vrarë keq, qenë hallexhinj e të pamësuar në politikë. Tërë kujdesi i tyre ishte të zinin një punë, të gjenin një strehë për të futur familjet e mëdha me nga një valle fëmijë, të kishin me ç'të rronin, pa qenë nevoja t'u ndernin dorën të tjerëve.

Në kampin e "Leit" grupet e kosovarëve qëndronin me javë e muaj të tërë. Gjatë asaj kohe kampi kthehej çdo ditë në një pazar të vërtetë. Ashtu si ne dikur, edhe këta nxirreshin në ankand. Njerëzit me çanta, përfaqësues të firmave të ndryshme, hynin e dilnin në kamp, shfletonin lista, bënin pyetje e kontrolle pa mbarim, numëronin familjarët, zgjonin fëmijët nëpër djepe, u hidhnin vështrime mospërfillëse e përbuzëse grave e pleqve. Kjo ndodhte në çdo kohë të ditës e të natës. Ata vinin të blinin me çmim të lirë fuqinë e këtyre njerëzve fatkeqë dhe në këtë tregti njerëzish, merrnin pjesë dhe partitë politike të mërgatës.

Krerët e partive vrapuan në kampin e "Leit" që ditët e para. Pas tyre turreshin të tjerë, kush e kush gjoja t'u uronte sa më parë mirëseardhjen, por të gjithë hallin e kishin te përfitimet materiale dhe t'u fitonin zemrën, t'i bënin për vete.

Unë isha përgatitur me kohë për ardhjen e kosovarëve. Para meje qëndronte detyra që këta njerëz, të rrahur nga jeta e vështirë, t'i ndihmoja medoemos për t'u shpëtuar kthetrave të mërgatës politike. Sepse krerët, të cilëve u qenë katandisur grupet në një grusht pasuesish, kishin nevojë për njerëz. Natyrisht, t'i bëje për vete këta njerëz nuk ishte një gjë e lehtë. Afrimi me muhaxhirët fillonte qysh kur ata vinin në kamp. Koha e kampit ishte për ta plot telashe dhe krerët dinakë e dinin se, po t'i ndihmoje tani, ata do të ndiheshin borxhlinj më vonë dhe me borxhliun që është burrë zakoni e ke më lehtë të merresh vesh. Prandaj, bashkë me përfaqësuesit e firmave silleshin nëpër sheshet e korridoret e "Leit" dhe të dërguarit e partive të mërgatës.

Në krye, ata paraqiteshin si shqiptarë, pa treguar se në ç'parti bënin pjesë. Shkonin të veshur sa më mirë, lidhnin kravata kuqezi, ose vinin në thilenë e xhaketës shenja të flamurit. Secili hiqej burrë zakoni e patriot i djegur nga malli e dashuria për Shqipërinë, psherëtinte ose mallkonte fatin e rëndë që e kishte degdisur larg. Fytyrat e tyre asnjëherë nuk shtrembëroheshin sa në këto ditë, për të treguar dhembshurinë e kujdesin për vëllezërit e një gjaku!

Kafeneja e kampit rrinte gjithmonë plot. Kamerieri, një burrë qose me një zë të hollë gruaje mezi merrte frymë nga puna e madhe. Njerëzit e partive gostitnin muhaxhirët, përqafoheshin me zë të lartë si në shtëpi të tyre, merrnin e binin lajme, tregoheshin sa më të afërt.

Muhaxhirët hutoheshin nga gjithë këto përkujdesje dhe e kishin të vështirë të kuptonin menjëherë se ç'po ndodhte ne të vërtetë.

Njeriu më i njohur nga të gjithë, pa dyshim ishte Dyli. Kakarisja dhe të qeshurit e tij dëgjoheshin kudo. Dyli ishte përkthyesi zyrtar në pazarin që bënin njerëzit me çanta. Ai prezantonte, ai sqaronte, atij ia kishin nevojën të tërë. Në këto ditë, Dyli nxirrte shpenzimet e gjithë vitit.

Por për të nxjerrë shpenzimet nga pazari i "Leit" punonin të gjitha partitë, sidomos krerët. Vërtet, ata kalonin një pjesë të madhe të kohës në kamp dhe harxhonin të holla, duke gostitur të ardhurit apo duke u dhënë ndonjë pare xhepi, po nga kjo gjullurdi nuk dilnin kurrë pa gjë. Shumë agjenci që blinin fuqinë punëtore kishin nevojë për ndërmjetës, për t'i njohur njerëzit para se t'i merrnin në punë. Këtë detyrë e kryenin partitë e mërgatës. Njerëzit e tyre hynin lirisht në kamp dhe bisedonin në gjuhë amtare, rrëmonin në jetën e të ardhurve, verifikonin të dhënat e dokumenteve, shkoqisnin çështje të shëndetit e të aftësive të tyre. Po çdo gjë kryhej fshehurazi e me dhelpëri të madhe.

E megjithatë pazari është pazar, aty bëhej tregti dhe s'kishte si të mos merrej vesh, sidomos po të kishe miqësi me Dylin. Dyli dinte shumë gjëra nga allishverishet që partitë e mërgatës bënin në kurriz të muhaxhirëve nevojtarë. Kështu, krerët e Ballit dhe të Lidhjes së Dytë të Prizrenit kishin lidhur kontrata me një shoqëri të njohur të ndërtimit dhe me disa ferma bujqësore që kërkonin njerëz për punë të rënda.

Unë këto i mora vesh me kohë, mësova bile dhe hollësira. Dyli m'i tregonte siç e kishte zakon herë në pije e sipër, herë duke bërë shaka. Për më tepër, si kaluan disa ditë, këto biseda nisën të qarkullonin në "Cap nord". Shkak u bë një zënie që ndodhi rastësisht. Halil Brami, një agrarist nga Luma, iu paraqit kosovarëve si kosovar nga Drenica. Dikush nga të Lidhjes së Dytë të Prizrenit u gjend aty dhe, sa e dëgjoi, e shau gënjeshtar Halilin në sy të të tjerëve. Lumjani e vërtiti bisedën dhe tha se kishte nënën kosovare, po ai i Lidhjes e vuri përpara keq. Agraristët u zemëruan dhe do të kishte filluar thika jashtë kampit, por krerët u treguan dinakë dhe i dolën së keqes përpara. Ata e dinin se, po të pëlciste zënia, do t'u dilnin në shesh mjaft gjëra të papëlqyera dhe atëherë do të humbitnin krejt besimin e kosovarëve, sidomos kredinë politike, për të cilën kishin aq nevojë.

Megjithatë, zënia u mor vesh, u mor vesh dhe shkaku dhe kjo më mjaftonte mua si fillim. Duhej bërë medoemos zhurmë, prandaj thirra menjëherë mbledhjen e këshillit të degës dhe mbajta një ligjëratë të ndezur nga zemërimi. Thashë se po bëhet tregti me vëllezërit tanë kosovarë, po luhej një lojë e ndyrë në kurriz të fëmijëve, grave e pleqve, po përfitohej nga fatkeqësia e tyre. "Në qoftë se na ka mbetur, - thashë, - qoftë edhe një pikë gjak shqiptari, s'duhet të pranojmë që partitë e mërgatës të kthehen në matrapazë siç janë kthyer, të bëjnë punën e kapitalistëve e të mbushin xhepat e veta pa pikë turpi".

Isha i inatosur dhe i revoltuar vërtet, megjithëse e dija se zemërimi im në këtë rast ishte i kotë. Këshilltarëve nuk u bënte asnjë përshtypje. Rrinin e dëgjonin me fshehtësi ose më hidhnin vështrime shpotitëse dhe, kur mbarova, kryetari, më vuri dorën në sup e tha:

-Mirë kishte me kenë si thue ti, zotni Manush, po hallbu kto punë njikshtu e kanë kndejna. Kndejna edhe në qenef me shkue, t'lypin pare.

-Mos e prish gjakun, Manush, - u hodh Rezbati, - s'është ndonjë qamet, përderisa ata kanë nevojë dhe mërgata është nevojtare.

Kundërshtuan dhe të tjerët, sikur të ishin lidhur të gjithë me fjalë. Po më shumë e ngriti zërin Rama:

-Ma mirë të mos ndihena hiç, përndryshe do të zihena keq. Përçarja ka me u thellue e mërgata veç dam, madje dam të madh ka me pasë.

Nuk ishte puna vetëm që atyre s'u bënte përshtypje ajo që po ndodhte në "Lei", por shumë nga ata qenë përzier në këtë allishverish. Kishin shkuar me detyra në kamp, kishin verifikuar të dhënat e agjencive të fuqisë punëtore, kishin marrë shpërblime... Këtë e kishte bërë Rezbati, Martin Laca, që dukej burrë zakoni, Lam Gjidi, Rama. Kishin vrapuar dhe disa zogistë nga Anversa e Zhimeti.

-Një gjë mund t'ju them me bindje, - thashë i menduar më në fund, - në rast se një ditë vëllezërit tanë kosovarë do ta marrin vesh se ç'lojë është luajtur me ta, ta dini që ata nuk do të na quajnë më shqiptarë. Shqiptari nuk e ka zakon të bëjë pazar njerëzish, lëre pastaj me shoshoqin!...

M'u duk sikur fola në një dhomë të zbrazët. Askush nuk u ndje. Atëherë s'e shtyva më gjatë dhe e mbylla mbledhjen...

2

Në kampin e "Leit" nuk ishte vështirë të njiheshe e të afroheshe me të ardhurit. Mjaftonte të ishe shqiptar e të flisje shqip, të uleshe me ta në një tavolinë në sallën e kafenesë së kampit dhe të shtroheshe në bisedë. Të tjerat nuk kishin rëndësi, se vinin vetë më pas.

Mua m'u desh të shkoja që ditët e para në kamp. Erdhi më mori Dyli dhe me anë të tij unë u njoha shpejt me shumë kosovarë. U paraqita thjesht si shqiptar, Dylin e kisha porositur që përpara që të mos u thoshte gjë për detyrën time si sekretar i partisë së Legalitetit. Bile, jepja të kuptohej se isha kurbetli, i vendosur me kohë në Bruksel. Dyli më nderonte dhe kjo tërhiqte vëmendjen e të ardhurve. Nga ana tjetër, sa herë shtroheshim në kafene, ai nuk paguante kurrë dhe, rregullisht, isha i detyruar të paguaja unë. Prej kësaj dhe nga bisedat e shtruara që unë bëja, nuk vonoi të njihem si burrë zakoni.

Një të diel pasdite kur rrinim në kafene, hyn papritur një djalë i vogël me sy të përlotur dhe me zë të dridhur i drejtohet të atit:

-Nana asht tue vdekë!

Malësori që ishte karshi meje, tundi kokën dhe, pa e bërë veten në sy të të tjerëve, u ngrit dhe, duke shtrënguar nofullat, doli me djalin, pa thënë asnjë fjalë. Ne të tjerët u vështruam në sy e ndërkaq unë u çova dhe i vajta pas. Pas meje erdhi dhe Dyli.

-S'kena ç'ka me ba! Sot asht e diel e s'çan kryet kush, - më murmuriti Dyli.

Kosovari dëgjoi hapat tona dhe qëndroi në mes të sheshit pa folur. Djali përlotej nën zë.

-Çfarë ka gruaja? – e pyes.

-E xenë nji dhimbt e keqe n'zemër qi i merr frymën, - tha kosovari. – Nuk e duron t'ftohtit e ktuhit. Qyshse kena ardhë, s'ka ba nji dekik rehat!

-Mos u bëni merak, - u mundova ta qetësoja. – Po shkoj të marr doktorin.

Një fjalë goje, po hajde gjeje doktorin. Edhe Dyli hapi sytë. Jo vetëm se ishim larg prej qendrës, po doktori nuk të vinte kollaj, aq më tepër, kërkonte shpenzime të mëdha. Megjithatë, fjalën e thashë e s'mund ta ktheja. Atëherë vendosa ta provoja. Njihja një mjek italian, tek i cili kisha marrë disa herë raporte për pushim, duke i dhënë të holla nën dorë. Njëherë ia kisha çuar dhe zotit Ihsan kur qe sëmurë. Ia dija numrin e telefonit. Dija gjithashtu që ai kishte makinë të vetën dhe në rast se do të pranonte, s'do ta kishte të vështirë të vinte deri në "Lei", duke ia paguar unë të tëra shpenzimet. E gjithë puna qe që ajo grua të shpëtohej po të kishte mundësi.

Shkova në telefon dhe bisedova. Mjeku italian u tregua i arsyeshëm, më mori adresën dhe erdhi pas një ore. Po gruaja me sa duket ishte në gjendje tepër të rëndë dhe në mbrëmje ajo vdiq. Atë natë dhe të nesërmen kampi ulëriu nga vajet e grave dhe të fëmijëve. Unë qëndrova gjithë kohën me Hasanin, të shoqin e së vdekurës dhe ai me gjithë hallin që i kishte rënë mbi kokë, nuk dinte si të ma shprehte mirënjohjen. Prej asaj dite ne mbetëm miq me Hasan Rexhën.

Në ditët që erdhën unë e ndihmova prapë Hasanin. Bashkë me Dylin i gjetëm punë dhe u interesova për shtëpi. Hasani kishte familje të madhe. veç tetë fëmijëve, të mitur e të rritur, kishte me vete dhe prindërit pleq. Ai hyri si punëtor llaçi në ndërtim, ndërsa më vonë, rregullova dhe dy djemtë e mëdhenj, Destanin shofer e Sadriun hamall në stacionin e veriut. Kështu u gjenda mik shtëpie në familjen e Hasan Rexhës.

Bacë Azemi, i ati i Hasanit, ishte nga Drenica, tamam nga "Arbania e Vogël" vendi i Shotës e i Azem Galicës, e dëgjuar për luftërat kundër turqve dhe serbomëdhenjve. Nga të pesë djemtë që kishte pasur, i kishte mbetur vetëm një. Katër të tjerët ia kishte rrëmbyer UDB-ja dhe të nesërmen ia kishin pushkatuar në një rrëzë mali, tok me dyqind të tjerë. Shkak për këtë ishte bërë Isa, djali i vogël i bacë Azemit, i cili ditën e çlirimit të fshatit nga fashistët, nga gëzimi kishte nxjerrë flamurin shqiptar nga shtëpia dhe me të në dorë i kishte hipur kalit dhe e kishte valëvitur nëpër fshat para bashkëfshatarëve. Kështu bacë Azemi, qe armiqësuar edhe më keq me "shkjaun", siç i thoshte ai, dhe ç'nuk kishte bërë për t'u hakmarrë, derisa një ditë e kishin dëbuar me forcë nga shtëpia dhe me vargun e pafund të të shpërngulurve e kishin përcjellë për në Turqi. Në Turqi kishte hequr pikën e zezë dhe kishte vite që bridhte me plaçka në krah për një copë bukë.

Kur erdhi në Belgjikë, baca Azem i kishte kaluar të tetëdhjetat e, megjithëse e kishte humbur fare shikimin e s'dëgjonte mirë për shkak të torturave të një udbashi, prapë kishte mbetur një burrë i hijshëm. Ishte i gjatë e i drejtë si pishë, me mustaqe si ato të Isa Boletinit, veshur me rroba të ashpra shajaku, me tirqe, me jelek e gujë,[1] me

[1] Xhaketë shajaku me mëngë të shkurtra.

qeleshe të bardhë e opinga vendi. Fliste pak e rrallë dhe, kur merrte fjalën, dukej sikur vazhdonte një bisedë që e kishte lënë përgjysmë. Ai s'dinte të bisedonte veç për vendlindjen, për luftërat e të parëve e të shokëve të tij kundër shkjaut, përmendte emra të ndryshëm, sikur ne t'i njihnim të gjithë dhe betohej për "shpirt të bacë Bajram Currit". Ai kishte luftuar në një krah me Azem Galicën.

Disa ditë pasi kishin zënë një shtëpi të vjetër me qira, unë e Dyli vajtëm për t'i parë e për t'i uruar. Ishin shumë të prekur nga kujdesi ynë e nuk dinin si të silleshin. Edhe pse qenë të përzishëm e të mërzitur nga vdekja e gruas së Hasanit, nuk e jepnin veten. Nxorën dhe vajzat e rritura, Hanën dhe Adlijen për të na treguar se na kishin tanimë miq të shtëpisë. Por Dyli i harronte të gjitha këto dhe qeshte si e kishte zakon me të madhe, aq sa baca Azem rrudhte ballin dhe rrinte gojëkyçur, ulur këmbëkryq në një lëkurë dashi. Të tjerët, për ta nderuar si mik, e dëgjonin e i mbanin avazin, ndërsa unë e tërhiqja prej mënge, por ai as që donte t'ia dinte. Kulmi arrit atëherë kur Dyli, pasi hodhi nja dy gota, e pyeti plakun e shtëpisë me zë të lartë:

-Pashë zotën, Kosovë, a mundesh me m'diftue pse bani tanë ata fëmijë tue pasë gjithfarë dertesh e kasavetesh?

Plaku, megjithëse nuk e shikonte, e ngriti kokën dhe i drejtoi sytë e turbullt nga ne. Në dhomë papritur pllakosi heshtja.

-Pyetje t'randë je tue më ba! – foli plaku. – Kshtu m'ka pyetë njiherë e nji vakt kapidan Dushani. Kishte ardhë n'shpi e tanë robt i kisha aty. I shef e m'thotë: Të tanë të tutë i ke? Bash të mitë janë, i thashë. Pse pyet, i gjegjem, a nuk janë të tutë njata qi ke n'shpi? Mandej ai më cyt prapë: Ça t'janë dashtë kaq shumë, he burrë? Mos u mërzit, ia kthej, ta kallxoj vetë psehin. Shqiptarit i thashë, kta as i dalin e as i mjaftojnë. Ai msheli sytë. Po, i thashë, sepse nji e due për vedi, nji për mal, nji për gjak, nji për gurbet, e nji për burgun tuej. Kapidan Dushani ndej e m'ndigjoi e s'foli, veç kur ia desh puna erdh e m'i mori bash katër për nji natë, qi heu, i shitoftë ajo zana!

Pas këtyre fjalëve, Hasani e ndjeu veten ngushtë, se plaku sado që kishte thënë një të vërtetë, nuk duhej ta thoshte këtë para nesh. Por unë e qetësova dhe u qetësua akoma më shumë, kur Dyli zuri prapë të kakarisej si të mos kishte ndodhur asgjë.

Kështu, për herë të parë pas aq vjetësh, gjeta dhe unë një strehë miku ku mund të shkoja si në shtëpinë time. Plaka, nënë Sadetja, një grua shtatlartë, paksa e kërrusur, që s'e kishte zënë dielli gjëkundi, më priste e më përcillte si djalin e saj, veç të tjerash, më donte se "isha prej Shqypnisë nanë" dhe i nxirrja mallin e një nipit që kishte në Shkodër. Djemtë më thërrisnin axhë e vajzat nuk druheshin të më dilnin në çdo kohë. Sa për bacë Azemin, ai s'më hiqte nga goja dhe kur ndonjëherë nuk i veja, më dërgonte fjalë me nipat në shtëpi.

Por miqësinë e vërtetë e kisha me Hasanin. Hasani nuk i harronte ato që kisha bërë dhe vazhdimisht e ndiente veten të detyruar. Pastaj më çmonte si burrë zakoni që Evropa e keqe nuk më kishte prishur e që kisha ditur të mbetesha shqiptar e bir shqiptari. Vetë Hasani ishte patriot i flaktë, mbante në shtëpi varur në dhomën e miqve portretin e Skënderbeut dhe flamurin kombëtar.

Në fillim ne nuk folëm për politikë dhe ai nuk e mori vesh se ç'isha unë. gjithë marrëdhëniet tona kishin të bënin me telashet e punës e të shtëpisë. Një pjesë të madhe të kohës së lirë e kalonim duke shëtitur nëpër qytetin e madh. Bisedat tona s'kishin të sosur. Unë isha i interesuar të merrja vesh për të gjithë kosovarët që kishin ardhur. Ai më fliste miqësisht dhe më besonte. Po dhe unë s'kisha qenë ndonjëherë aq i qetë shpirtërisht gjatë kohës së mërgimit, sa kur u miqësova me Hasanin.

Hasani njihej si burrë i urtë e i ndershëm. Kudo që venim nëpër kosovarë, e nderonin dhe ia dëgjonin fjalën. E nderonin dhe si djalin e Azem Rexhës. Ai kishte hijen e malësorit të Kosovës, sado që nga veshja e dikurshme i kishte mbetur qeleshja e bardhë. I gjatë e bojalli si i ati, me shpatulla të gjera dhe eshtërmadh, lëkurëzeshkët, me shikim të fortë e mustaqet të trasha, pamja e tij ndillte burrëri e krenari.

Muajt e parë, Hasani nuk rrëfente asgjë për veten, ishte i mërzitur e gati i hutuar. Vdekja e papritur e gruas e kishte vrarë shumë. Veç kësaj, ardhjen në Belgjikë nuk e kishte marrë me qejf, jo vetëm se ishte larguar shumë nga vendlindja, po nuk e duronte dot klimën, atë atmosferë të lagështitur, me qiell gjithë kohën të mbyllur, që ia zinte frymën. Megjithatë, ai ishte njeri i vuajtur e i rrahur në jetë e nuk e lëshonte veten kurrsesi. Brenda një kohe të shkurtër, erdhi e u mësua me atë qytet të panjohur ku e kishte hedhur fati i rëndë.

Mërgatën politike që gjendej në Belgjikë, Hasani nuk ma zuri në gojë fare një kohë. As unë nuk kisha interes njëherë për njëherë ta hapja këtë bisedë. Në çështjen politike, ai tregohej mjaft i përmbajtur dhe kjo më detyronte të isha edhe unë i matur. Por kësaj s'mund t'i shmangeshim. Një ditë u mor vesh sheshazi se shumë nga krerët dhe pjesëtarët e mërgatës nuk i kishin ndihmuar kosovarët vëllazërisht siç hiqeshin, po kishin nxjerrë prej tyre përfitime. Hasani ma hapi vetë bisedën dhe për herë të parë më foli për mërgatën. Ai më dha gjithashtu të kuptoja se i vinte mirë që miqësia jonë nuk ishte ngatërruar me punë parash. Unë ia pohova ato që tha ai dhe shtova të tjera, i përmenda emra, i fola për prapaskenat që qenë organizuar dhe pa e futur në një thes tërë mërgatën, i tregova miqësisht se shumë nga shqiptarët këndej ishin prishur dhe nuk u duhet besuar pa i njohur e provuar mirë.

-Jo, pasha zoten, shpërtheu Hasani i zemëruar, - kta s'janë shqyptarë. Besa, gjithçka mundet me kenë, po, shqyptar jooo... Shqyptari nuk e shet vllaun e vete, në dit të mirë, apo të keqe.

Pas kësaj që ndodhi në mes të mërgatës dhe kosovarëve u hap një hendek që s'mund të mbushej dot. Të gjitha partitë kishin bërë plane dhe kishin shpresa që t'i afronin e t'i shtonin radhët me ta, po shumë nga kosovarët qenë prekur dhe s'kishin besim te to. Tani ishte e vështirë t'u flisje për politikë.

Miqësia ime me Hasanin kishte përballuar provën e parë. Unë e dija se Hasani ishte njeri me influencë dhe fjala e tij peshonte. Brenda një kohe të shkurtër u pa qartë se një pjesë e mirë e kosovarëve, jo vetëm nuk pranonin të regjistroheshin në partitë e mërgatës, por as afroheshin me to. ata kishin shoqërinë e tyre dhe kjo, si të thuash, u mjaftonte.

Në këto rrethana, sidomos me kalimin e kohës, pozita ime në marrëdhëniet me Hasanin u vështirësua tepër. Ne, megjithëse ishim bërë miq, prapë nuk i kisha pohuar gojarisht se isha nga krerët e partisë së mbretit. Këtë ai le ta merrte vesh nga të tjerët. Unë lija të kuptohej se nuk isha i detyruar t'i jepja llogari kujt për punët e mia politike. Sa për miqësinë, ai tanimë ishte i bindur, sepse kisha dhënë prova dhe s'kishte si ta mohonte.

Por megjithatë, marrëdhëniet tona nuk ishin fort të rregullta derisa u sqarua pozita ime politike. Kjo zgjati edhe për arsyen se Hasani qëndronte larg rretheve të mërgatës. Disa herë ai kishte refuzuar të bisedonte për punë politike me njerëzit e partive që i kishin shkuar në shtëpi ose që i qenë afruar në kafene. "Në kjoftë se doni me folë shqyp, bujrum, po flasim, - u thoshte prerazi. – Sa për gjana të tjera, s'më keni! Po këtë përgjigje Hasani ua këshillonte dhe miqve të tij dhe s'kaloi shumë e krerët e kuptuan se ai po u prishte punë. Sepse Hasani nuk e kishte për gjë që, kur vinte rasti, t'i dënonte haptazi ata që ishin bërë ortakë me agjencitë e punës dhe kishin marrë para "bash prej vllazënve të gjakut të tyne". Krerët ma vinin fajin dhe mua, që e kisha mik dhe e bëja veshin shurdh për gjithë sa thoshte kundër mërgatës. Bile, ata të Lidhjes së Dytë të Prizrenit, thoshin se e gjithë ftohja e kosovarëve kishte ardhur nga Hasan Rexha dhe Hasanit i paskësh bërë sir Manush Kelmendi për t'i futur një ditë të gjithë kosovarët në thes të mbretit…

Po erdhi rasti më në fund dhe Hasani e mori vesh se unë isha sekretar i partisë së Legalitetit. Ai shkonte shpesh në pastiçerinë e vogël të Laze Dushit, në rrugën "Albania" dhe Lazja, si duket, i kishte treguar për mua. Për gjithë sa dëgjoi, Hasani u trondit tepër, bile u dëshpërua. Ai kishte mentalitetin e malësorit dhe i dukej njëfarë pabesie që unë e kisha kaluar në heshtje pozitën time politike. Po nga ana tjetër, sjellja ime nuk linte shteg për dyshime. Mjafton të kujtonte ato që kisha bërë unë për të dhe familjen e tij që ta ndiente veten borxhli tërë jetën. Dashur pa dashur, tani ai ishte i detyruar ta pranonte miqësinë time.

Dhe tamam në atë kohë, i shkuan një natë në shtëpi zoti Ihsan me anëtarë të tjerë të këshillit që ta ftonin zyrtarisht për të hyrë në partinë e mbretit. Hasani i kishte rënë hilesë e megjithatë i kishte pritur bujarisht dhe s'e kishte bërë veten. pas kafesë, bacë Azemi kishte kërkuar të nxirrte raki dhe zoti Ihsan, i prekur atëherë, s'e kishte përmbajtur dot veten dhe i kishte hapur bisedën për të cilën kishte vajtur. Pastaj, kishte ngritur gotën e i kishte ftuar që të pinin për shëndetin e Lartmadhërisë. Plaku, që s'dëgjonte mirë nga veshët, e kishte kthyer gotën pa fjalë, ndërsa Hasani, i qe afruar dhe i kishte thirrur me zë të lartë:

-Për kë e pive, o bacë?

-Për vedi, për kë tjetër?

-Zotni Ihsani po thotë me e pi për mbretin Zog.

-Jo, qe besa, për atë s'e pi e s'kam me e pi kurrë. Ai na ka vra ma t'mirtë burra t'Kosovës, bacën Bajram e Hasan Prishtinën! Ai i ka dhanë shkjaut tokat shqyptare.

Zotit Ihbsan i qe dridhur gota në dorë. Në dorë u kishin mbetur gotat dhe anëtarëve të këshillit. Të gjithëve papritur u qe qepur goja. Pastaj kishte marrë fjalën Martin Laca:

-Na kena ardhë me i dhanë dorën shoshoqit si shqyptarë e jo me u zanë, burra!

-Bajram Currin e ka vra gjaksi i vet, - kishte thënë zoti Ihsan. – Në daç me e dijtë t'vërtetën, Naltmadhnia ka pasë çue fjalë e atherna me e vorrue Bajramin me hoxhë e n'vorr me e shti t'pështjellun me flamur t'Shqypnisë.

Plaku flokëbardhë nuk kishte përfillur të ngrinte as kokën. Gjithë biseda më pas i kishte mbetur Hasanit, po dhe ai ia kishte prerë shkurt:

-Na s'kena ardhë n'Belgjikë me u marrë me punët e Shqypnisë. Punët e saj i dijnë ma mirë ata qi e fituen me gjak e po e gzojnë. Ju në dorë e patët e ia dorëzuet t'huejit pa qitë pushkë. E populli kte s'e harron, njashtu si s'harron sa e sa mbrapshtina tjera. E unë për vedi, ktu nuk njof kurrkend veç Shqypnisë e kurrkush prej jush s'asht Shqypnia! N'daçi me ju hapë derën e konakut si shqyptarë n'dhe t'huej, mirë, përndryshe gjithkush n'punë t'vet: mbretin mbajeni për vedi. Mue e robve t'mi s'ka çka na duhet!

Mysafirët nuk kishin hapur gojë fare, ishin parë në sy dhe qenë ngritur vrik në këmbë. Te dera, kur po mbathnin këpucët, zoti Ihsan, duke iu mbajtur goja nga zemërimi i kishte thënë Hasanit, sikur fliste me vete:

-Borxh s't'i pata njato fjalë qi m'the, o Hasan Rexha… Po çka me ba? Më xune ngusht se të kisha ardhë mik në konak, se ndryshej, pasha të madhin zot, dijsha vet si me t'u përgjegjë…

Pastaj kishte dalë nga dera jashtë, pa i dhënë dorën të zotit të shtëpisë. Hasani s'e kishte prishur gjakun, i kishte shoqëruar dy të tjerët deri te shkallët sipas zakonit dhe qe ndarë në heshtje.

Pas kësaj që ngjau pozita ime para Hasanit u sqarua njëherë e mirë. Unë s'e lashë të kalonte këtë rast. Shkova e takova, dhe për herë të parë i fola haptazi. Ai ishte mjaft i shqetësuar. Ndofta mendonte se refuzimi i tij për të hyrë në partinë e mbretit do të bëhej shkak që të prishej miqësia jonë. Unë, jo vetëm që nuk u tregova qejfprishur, por i kërkova të falur për mungesën e taktit nga ana e kryetarit.

Nuk u futa fare në hollësi. As ai s'e quajti të nevojshme të më jepte shpjegime. U duk sikur të dy palët i kishim të qarta rrethanat dhe s'mbetej veç ta pranonim këtë gjendje.

-Ne, - i thashë i trazuar, duke e parë në sy, - më parë se të jemi politikanë, jemi shqiptarë. Prandaj, politika s'duhet të na pengojë të jemi miq. Unë për vete, pavarësisht se ndahemi në politikë, e kam për nder që jam mik yti e i familjes sate. Në qoftë se ti nuk e do mbretin dhe unë e dua, kjo s'duhet të bëhet shkak që ne të prishemi.

Ky qe sqarimi i parë për pozitën tonë politike. Më vonë unë u ndodha në rrethana tepër të ngatërruara dhe jeta do të më mësonte si të veproja. Sidoqoftë ne mbetëm gjithnjë miq për kokë dhe shtëpia e tij u bë si shtëpia ime…

"Kosovarët janë njerëzit tanë, janë patriotë të flaktë dhe është detyra jote që të gjesh rrugët e mënyrat për t'i shpëtuar nga rreziqet e grackat që i ngre reaksioni... Kurrë të mos dobësohen lidhjet e tyre me vendlindjen...".

KREU I DYMBËDHJETË

1

Më në fund, pas shumë vështirësish e telashesh, duke u shtyrë disa herë, arriti të mblidhej në Nju Jork Kongresi i Legalitetit. Unë, megjithëse isha caktuar delegat nga Pallati, nuk munda të merrja pjesë, sepse autoritetet amerikane nuk pranuan të më jepnin vizë. Atëherë përsëri me porosi të Pallatit i dërgova fletëmandatin dhe diskutimin tim Adem Boxhos. Kështu si unë kishin vepruar dhe disa të tjerë e, siç mora vesh më vonë, Ademi kur shkoi në kongres mbante në xhep disa fletëmandate. Kjo gjë i nxori telashe kongresit, sepse gjithsej në të morën pjesë njëzet vetë dhe, kur erdhi puna për zgjedhjet, delegatët desh u rrahën. Ademi kishte mbledhur më shumë fletëmandate nga gjithë të tjerët, gati një të katërtën e delegatëve të pranishëm dhe në luftën që qe ndezur midis krerëve kjo kishte peshën e vet. Ai ëndërronte e përpiqej të vihej në krye të "Legalitetit", po urdhri i mbretit ishte për Bazin. Dhe në të vërtetë, edhe pse u bë potere e madhe e Ademi s'la gjë pa thënë kundër Bazit e përkrahësve të tij, prapëseprapë kryetar u zgjodh Bazi. Atëherë Ademi qe ngritur për të fundit herë dhe kishte mbajtur një fjalim qortues e shpotitës njëkohësisht.

-Historia nuk do të na lëvdojë, në qoftë se nuk e hedhim çapin si gjithë bota. Në kohën e bombës atomike nuk pyet njeri për luanin plak…

Kështu kishte thënë Ademi në mes të tjerash dhe të gjithë e kishin marrë vesh se ku po godiste. Si njeri që punonte për amerikanët, ai bënte thirrje që Legaliteti të mos vente pas Bazit, që vazhdonte t'u shërbente anglezëve kur punët në botë kishin ndryshuar dhe luanit britanik i kishin rënë krifet.

Disa javë pas kongresit sekretari i përgjithshëm i Legalitetit, Nuçi Kota, me një letër të veçantë njoftonte këshillin e degës së Belgjikës dhe gjithë ndjekësit e Zogut për zgjedhjen time si anëtar të komitetit të udhëheqësisë së partisë së mbretit. Letra i drejtohej personalisht kryetarit, po në të njëjtën kohë më çonte dhe mua njoftimin zyrtar, bashkë me raportin e fjalimet e mbajtura në kongres.

Zoti Ihsan nuk e priste këtë gjë dhe për herë të parë tregoi një pakënaqësi të hapur. Dhe kjo u duk, jo vetëm ngaqë e mbajti letrën disa ditë në xhep pa ma kallëzuar as mua, po dhe kur u detyrua të thërriste mbledhjen e këshillit, letrën s'e lexoi vetë, po ia dha Ramë Dragës; ai zuri ta lexonte çalthi dhe, ndërsa Rama lexonte, kryetarin papritur e kapi një kollë nervoze që herë pas here ia mbyste zërin Ramës. Natyrisht, kjo që po ndodhte me zotin Ihsan erdhi papritur dhe ishte një telash i ri për mua, po prapë s'e bëra veten. Sapo mbaroi letra dhe të tjerët m'u sulën për të më uruar, unë u tregova aq i prekur nga ky nder, sa kryetari me Ramën, me gjithë mllefin e madh, nuk e patën të lehtë të qëndronin mënjanë.

Po më pas, kur vura shishet me shnaps në tavolinë, meqë ishim mbledhur në shtëpinë time, kur filluam të pinim e të ngrinim dolli dhe kryetari e Ramë Draga akoma lëshonin hije e rrinin tërë hundë e buzë, atëherë s'm'u duk me vend të heshtja më. Ishte një rast ky për të vënë në provë autoritetin tim dhe për t'ua bërë të qartë kundërshtarëve se zgjedhja ime në udhëheqësinë e partisë së mbretit qe diçka krejt e merituar. Durova një kohë derisa këtë e pohuan të tjerët, prita sa foli dhe më plaku i këshillit, Martin Laca, dhe pastaj u çova e fola. Thashë se tani që partia e mbretit u ngjall, meritë historike kishte dhe dega jonë e në radhë të parë, këshilli ynë me zotin Ihsan në krye dhe, në qoftë mua më zgjodhën në udhëheqësinë e partisë, kjo ishte një detyrë aq e rëndë sa s'mund ta kryeja kurrsesi pa ndihmën e këshillit të degës.

-Megjithatë, - ngrita zërin në fund gjithnjë i prekur, - kush mendon se unë nuk e meritoj detyrën që po më ngarkon Lartmadhëria, jam gati t'ia jap dhe që tani të njoftoj Pallatin. Veç, nuk lejoj asnjë, kushdo qoftë ai, të më pengojë në luftën që bën Legaliteti për t'ia kthyer sovranin popullit jetim!

Pa mbaruar mirë, zërat e anëtarëve të këshillit mbushën dhomën. U dëgjua përsëri kolla nervoze e kryetarit. Sytë e vegjël të Ramë Dragës zunë të vidhnin përqark. Unë ktheva fillthi gotën me fund.

-Ç'ka thue ti, Ramë draga? – foli Martin Laca, pasi reshti zhurma.

-Për çka? – ia priti Rama rëndë.

-Për njatë qi na lexove!

-Asgja.

-Në kjoftë se je burrë, qiti. Ty ta tregon balli.

-Na jena ushtarë t'mbretit e ushtarit s'i takon me i ndryshue urdhnat qi i vijnë prej s'naltni... Në kjoftë se ty e ndonjenit i ka mbetë hatri, fajtuer jeni vetë e kurrkush tjetër. Zotni Ihsani rrnoftë sa malet e kryetar e paçim për tanë jetën!

Martin Laca e mbylli me kaq dhe, kur ai heshti, sytë e të gjithëve u kthyen nga kryetari.

-Nji ksaj gjaje i thonë shqyp: kopili, - tha kryetari me zë inatçor. – Vetë s'thashë gja e mue pasha t'madhin zot jeni tue ma lanë kopilin n'derë!

-Zoti Ihsan! – thirri Rezbat Tariku me gotën në dorë. – Gjithë bota e di që ju s'jeni njeri i llafeve, po i veprave. Ngrijeni këtë shëndet për zotin Manush, anëtarin e udhëheqësisë së partisë së Legalitetit. Ai gjithnjë ka pasur mend e gjithnjë ju ka respektuar, aq më tepër tani e prapa! E viva!

Me këtë dolli u mbyll dhe mbledhja e këshillit. Pas kësaj, këshilltarët u shpërndanë nëpër errësirën e lagështitur të Brukselit, ndërsa unë, anëtari i udhëheqësisë, që do të isha këtej e tutje me cilësinë e misit të "qeverisë" së ardhshme, u shtriva në krevat dhe hapa radion që mbaja te koka për të dëgjuar, Tiranën.

2

Rama për hir gjoja të detyrave partiake, ndërroi vendin e punës dhe erdhi në kantierin ku unë punoja si elektriçist. Ky ndërrim ndodhi pak papritur, megjithatë unë u hoqa sikur s'i rashë fare hilesë, bile u gëzova që do të ishim bashkë. Në të vërtetë, me këtë që bëri ai kishte hedhur një hap të pamatur. Ata që e kishin urdhëruar, qenë nxituar.

Ai tani nuk më ndahej pothuaj gjatë tërë kohës së punës. Më ndiqte pas kudo që veja. Kishte një kureshtje që s'e fshihte dot. Këtë e justifikonte herë me faktin që ishte i ri në punë, herë me dëshirën, gjoja të sinqertë, për të punuar së bashku. Natyrisht, unë nuk ndihesha. Duhej të duroja, po gjithsesi durimi kishte një kufi, sepse prania e tij më kufizonte, dhe erdhi një kohë që më pengonte seriozisht. Ai mundohej të ndiqte lëvizjet e mia, të më kontrollonte!

Atëherë filloi tërheqja ime me takt. Ne punonim të dy elektriçistë. Po kantieri ishte aq i përhapur, sa mund të punonim në vende të ndryshme dhe të mos e shihnim njëri-tjetrin për ditë e javë të tëra. Unë isha i vjetër në kantier dhe më shkonte pak a shumë fjala te kryepunëtori, prandaj, pas ca kohe, gjeta një shkak për t'u futur në një grup tjetër pune, që më ndau përfundimisht nga Rama.

Afër mendsh që Ramës s'i erdhi hiç mirë. Ai kishte një sedër të sëmurë dhe qe ambicioz i çartur, për më tepër, me kalimin e kohës nervat sa vinin dhe e lëshonin. Situata të këtilla ai s'i kishte lehtë t'i kapërcente me durim e urtësi, përkundrazi rrëmbehej. Dhe megjithëse ne për një kohë qemë afruar e unë kisha dhënë prova miqësie, kur mori vesh që kalova në një grup tjetër pune, ai u tërbua nga zemërimi. U duk sikur u kthye në qëndrimin e parë, gati nuk më fliste dhe, kur fliste, zakonisht do të ankohej ose do të hidhte ndonjë romuz. Zuri të tregohej aq kapadai e tekanjoz, sa me ato që bënte, dashur padashur pranonte se kishte pësuar një dështim të ri në luftën kundër meje. Prandaj nuk vonoi dhe një ditë u largua nga kantieri.

Por Rama nuk hiqte dorë nga qëllimet e tij dhe atë që nuk e bënte dot me mua, përpiqej ta arrinte me Ihsanin. Në radhë të parë, ai deshi të mësonte çdo gjë që lidhej me punët e degës dhe miqësia me kryetarin i vinte në ndihmë për këtë. vërtet zoti Ihsan nuk ishte aq i informuar sa ç'isha unë, po prapë ai mund të vilej më kollaj se kushdo tjetër.

Rama me Ihsanin u bënë miq menjëherë pas zgjedhjes sime në udhëheqësinë e Legalitetit. Sado që zoti Ihsan nuk e shprehte me fjalë, dukej që ishte shumë i pakënaqur, bile i dëshpëruar. Fytyra i qe zvogëluar si një dardhë e fishkur, shpina erdh e iu kërrus më tepër, ndërsa dorën e mbante shpesh te shpatulla ku i kishte mbetur plumbi. Edhe ai po bindej se i kishte filluar tatëpjeta e karrierës politike, se unë po i bëja hije dhe se pushteti i tij po kalonte tek unë.

Erdhi një kohë që ata të dy i gjeje kudo bashkë. Rama s'druhej t'i bënte temenara e t'i shërbente faqe të tjerëve sikur të ishte ordinanca e tij. Në "Cap nord" filluan thashethemet. Njerëzit talleshin dhe pëshpëritnin hamendje nga më të çuditshmet. Disa e quanin Ramën kanakar, disa dylber të zotit Ihsan. Të tjerë thoshin se Ihsan Maçi kërkon t'i ndërrojë sekretarët e vet si mbreti gratë, po me Manushin i ka ngecur sharra në gozhdë. Dikush kishte thënë se zoti Ihsan i kishte çuar fjalë kumbarës së tij Bazit, që të vinte të më hiqte nga posti e plot e plot hamendje të tjera...

Zoti Ihsan tani nuk para fliste me zë të lartë. Kishte ikur ajo kohë kur, kudo që të ndodhej, do të dëgjohej vetëm zëri i tij çjerrë. Kishte pushuar së mburruri dhe nuk betohej më për kokën time. Kur binte fjala për mua, ai preferonte më mirë të heshtte dhe, nga hutimi e mërzia, merrte pamjen e një njeriu të pakënaqur.

Por, s'donte mend, ai s'mund të ndërronte huqet në pleqëri. Dhe nuk kaloi shumë dhe kryetari zyri prapë nga avazi i parë. Papritur iu shpif një mall për kohën e trimërive të mëdha kur vërtitej nëpër skërkat e maleve të Shqipërisë, i ndjekur nga komunistët. Fliste e fliste pa pushim. I pëlqente t'i shkëmbente kujtimet me Ramën dhe këtë e bënte sidomos në sy tim. Sado që mburreshin, aq sa dhe vetë s'u besonin atyre që thoshin, gjithë tregimet e tyre lidheshin me rrethime e ndjekje të pareshtura, me kurthe e pusi djallëzore, me vrasje të pabesa, me plaçkitje. Kudo s'u kishin zënë këmbët dhe, s'kishin marrë një herë frymë tamam, gjithnjë të uritur, të dëshpëruar e të lodhur për vdekje e kishin mbajtur vrapin në vijën e kufirit, të ndjekur nga të gjitha anët.

Rama kishte qenë një njeri i mbyllur e fjalëpakë, por, kur, zoti Ihsan zuri të hapte nga këto biseda, ai ndryshoi, i pëlqente të fliste për veten, të tregonte për trimëritë e tij. I skuqeshin sytë nga një instinkt i egër, veçanërisht kur tregonte se si kishte vrarë një komunist të fshatit të tij dhe, si i kishte vënë zjarrin shtëpisë, që t'i digjte brenda edhe fëmijët, po s'e kishte bërë dot, pasi kishin mbërritur populli dhe forcat e ndjekjes dhe ai ia kishte mbathur. Unë e dija, sepse këtë ngjarje ai e kishte treguar në disa variante, herë sikur e kishte vrarë kur kthehej në fshat nga një mbledhje që kishte pasur në qytet, herë kur lëronte vetëm në arë, herë sikur i kishte vajtur në shtëpi dhe e kishte qëlluar në sy të gruas e të fëmijëve. Puna ishte që këtë akt zoti Ihsan e quante trimëri të madhe.

Me këto biseda që tirreshin në "Cap nord" ose nëpër dhomat e pleqve beqarë, zoti Ihsan filloi fushatën për ta ngritur Ramën në sy të mërgatës. Ta merrnin vesh më në fund se Rama kishte qenë trim mbi trima, se ai ua kishte punuar komunistëve, se ai e paskësh kaluar sa herë kufirin si ta kishte gardhin e shtëpisë; se Rama qenkësh bir bajraktari dhe ai e kishte për fis t'u printe njerëzve, se dy nga xhaxhallarët e tij kishin vdekur si oficerë të mbretit dhe vetë ai ishte nga besnikët e parë!

Nuk e di sa do të vazhdonte dhe se ku do të dilte zoti Ihsan me tërë ato që fliste poshtë e lart për Ramën, në qoftë se nuk do të kishte ardhur një grup i ri muhaxhirësh në "Lei". Kësaj here nuk vinin nga Turqia, po drejt nga Jugosllavia. Për disa vjet me radhë, ata qenë mbajtur mbyllur në një kamp përqendrimi në Getovë. Përbërja e tyre ishte mjaft e ngatërruar. Një pjesë e mirë i kishin shërbyer UDB-së, të arratisur nga Shqipëria, kishin qenë diversantë dhe kishin shumë gjynahe mbi vete. UDB-ja i kishte përdorur sa kishte pasur nevojë dhe tani i kishte dëbuar e i kishte sjellë jo pa qëllim në mes të mërgatës sonë. Kishte ndërmjet të ardhurve dhe njerëz që kishin kaluar një jetë plot peripeci, pasi kishin kundërshtuar dhunën dhe shtypjen e egër të shovinistëve jugosllavë. Fati i tyre i vështirë i kishte përplasur në Getovë te njerëz që i ushqente UDB-ja.

Ishin qindra veta, të gjithë nevojtarë për bukën e gojës. Prandaj edhe kësaj radhe të gjitha partitë e mërgatës u sulën për të siguruar fitime.

Tamam në atë kohë, zoti Ihsan na thërriti në dhomën e tij për një mbledhje urgjente të këshillit të degës. Askush nuk e dinte se çfarë do të bisedohej. S'donte shumë mend që kryetari me Ramën po kurdisnin diçka. Këtë e vura re sapo hyra. Zoti Ihsan jo vetëm nuk më thirri pranë vetes, siç vepronte përherë para çdo mbledhjeje, po nga mënyra se si qëndronte, ulur këmbëkryq në krye të dhomës, dukej sheshit që s'deshi të më përfillte.

-Kujtoj se të tanëve ua ka zanë veshi, - mori fjalën zoti Ihsan, duke iu shmangur vështrimit tim, - që para do ditësh kanë mbrri në "Lei" do vllazën të tjerë. Kanë kenë në Jugosllavi e i kanë qitë kndejna. Tanë janë qyqarë e rob të zotit e kurrkujt veç nesh s'i takon me vue dorën n'zemër e me i ndihmue vllaznisht. Gjithsecila parti asht tue ba punën e vet. edhe na s'kena pse me ndejtë duerlidhë. Prandaj dhe ju kam thirrë. E kam pleqnue mirë vetmevedi këtë punë dhe them se s'asht nevoja me u trazue të tanë. Ket herë, si kryetar që jam, urdhnoj qi me ket punë me u marrë vetëm Ramë Draga. Rama i njef mirë shumë syresh, pasi asht i një treve me ta... Kshtu kisha me urdhnue unë...

Ai thithi disa herë cigaren e shuar dhe vështroi nga Rama me bisht të syrit. Këshilltarët tymosnin pa pushim të shkujdesur.

-E dini ç'ka, vllazën? – u hodh Rama, duke u munduar të zbuste zërin e tij metalik. – Asht në t'mirë të partisë s'mbretit që ju mos me u trazue ksaj here... Vetë kam qenë disa vjet në Getovë. I njoh nji për nji e ma merr mendja se kanë me m'ndigjue...

-Për çka kanë me t'ndigjue? – e ndërpreu Lam Gjidi.

-Me hy n'partinë e mbretit...

-Tani ata s'dinë ku kanë kokën, - tha Rezbati.

-Thuej t'drejtën, - ia priti Zef Lusha me një ton shpotitës, - sa franga ke marrë? Ta dijsh, na s't'hyjmë n'hise...

Rama u prish në fytyrë dhe ia ktheu me zërin metalik.

-Nuk po t'marr vesht!

-Me sa ma merr mendja mua, - ndërhyra unë me buzë në gaz, - zoti Zef pyet mos e ke rregulluar gjë me ndonjë agjenci të fuqisë punëtore, siç bëjnë të gjithë këtu, dhe nuk dëshiron që të ngatërrohemi dhe ne të tjerët.

Rama s'arriti të përgjigjej menjëherë se dhoma ushtoi nga gazi, aq sa kryetari zgurdulloi sytë dhe thirri gjithë inat që të mbahej qetësi.

-Pasha ket tokë e ket qiell, - u betua Rama i turbulluar, - s'kam rregullue kurrgja me kerkend. E baj kte për të mirë të Naltmadhnisë e t'partisë së tij, m'besoni...

Filloi atëherë diskutimi, nëse duhej të shkonte vetëm Rama në kamp apo të venin edhe këshilltarët e tjerë. Unë rrija mënjanë e dëgjoja. Rama me siguri kishte marrë udhëzime dhe këto udhëzime kishin dalë po prej atyre që e kishin dërguar atë turmë nga kampi i Getovës këtu. Ky ishte një paralajmërim i saktë për mua dhe kjo më mjaftonte.

-Unë jam dakord me propozimin e kryetarit, - mora fjalën, kur këshilltarët të lodhur pushuan së thirruri. – Rama është një kuadër besnik i mbretit dhe kam besim që, duke hyrë në mes të njerëzve që i njeh, do të bëjë një punë të mirë në dobi të Legalitetit. Sa për ne të tjerët, s'është e thënë të mos vemi fare t'i takojmë vëllezërit tanë, se do të binte keq në sy, por të vemi privatisht dhe jo si këshilltarë të degës së Legalitetit. Rama, pra, të jetë përfaqësuesi ynë zyrtar!

Ndërkaq, kryetari me Ramën shkëmbyen vështrime të shpejta, po si duket nuk u morën vesh, sepse Rama u vrenjt në fytyrë kur zoti Ihsan tha plot entuziazëm.

-Besa s'ka ma mirë. Rama ka me shkue si njeri i mbretit n'mes t'vllazënve t'vet.

Me kaq mbledhja u prish dhe unë me një pamje të gëzuar u ngrita e i shtrëngova dorën Ramës në sy të të gjithëve. Me këtë gjest lashë të kuptohej se para interesave të mbretit, unë isha në gjendje t'i harroja grindjet dhe luftën që ai bënte kundër meje.

Kryetari hapi sytë nga habia dhe u detyrua të më vinte njërën dorë në sup pas disa kohë ftohjeje.

3

Edhe pa shkuar në kampin e "Leit" mund të merrja vesh se ç'bëhej atje. Në "Cap nord" ardhja e muhaxhirëve të rinj ishte në rend të ditës. Dyli, gjithnjë, hynte e dilte në kamp si në shtëpi të tij. Shumë nga anëtarët e këshillit të degës nuk ndenjën dot pa vajtur.

Por ato ditë, më shumë se me asnjë, kisha nevojë të bisedoja me Hasan Rexhën. E takova siç e takoja ngaherë dhe në bisedë e sipër e nxora fjalën te muhaxhirët e ardhur nga Getova. Ai më tregoi se kishte shkuar në kamp disa herë, jo vetëm t'i takonte si shqiptarë në dhé të huaj, por edhe sepse në mes të tyre kishte dhe ndonjë farefis e rreth miqësie. Pastaj shtoi se tok me njerëzit hallexhinj, kishin arritur "dhe mjaft gjirize bash prej atyre spiujve t'UDB-së".

-E pra, njikta qena, tue i shkue përmbrapa UDB-së, na kanë përzanë prej trojesh tona…

Unë e dëgjoja mikun tim dhe detyrohesha të hiqesha krejt i paditur për gjithë sa fliste. Ai e mezi e përmbante zemërimin e prapë shante e hakërrohej dhe s'dinte si ta shfrente dufin që i dallgëzonte gjoksin e gjerë. Pas bisedës së parë që bëmë në një kafe, bisedat tona vazhduan në shtëpi të tij. Tani i shpeshtova bisedat dhe për këtë më ndihmoi dhe sëmundja e bacës Azem. Ai kishte kohë që s'ishte mirë me frymëmarrjen, pasi s'e duronte dot klimën plot lagështirë e tymra të vendit të huaj.

Nëpërmjet Hasanit unë isha njohur me mjaft kosovarë dhe njihja mirë gjendjen e kolonisë së tyre. Zakonisht takohesha me ta si shqiptar dhe, duke e ditur qëndrimin ndaj mërgatës, u shmangesha bisedave që lidheshin me politikën e saj.

Kur erdhi grupi i Getovës, Hasani padashur më solli një shërbim të madh. bisedat në shtëpi të tij, përreth sofrës më ndihmuan të merrja vesh shpejt përbërjen e të ardhurve, tarafet e tyre, njerëzit që sipas Hasanit ishin të mirë ose të ligj. Ai më tregonte dhe për punën e krerëve të mërgatës që vërtiteshin përditë nëpër kamp, ndërsa për njerëzit e partisë sime ai fliste kalimthi e pa përmendur emra.

Një mbrëmje, Hasani më erdhi në shtëpi. Ai vinte rrallë tek unë dhe kjo më dha të kuptoja se kishte ardhur për një çështje të ngutshme. Që kur hyri në dhomë, e pashë pak të druajtur dhe druajtja iu shtua kur dëgjoi që kisha vënë Radio Tiranën. Tingujt e një fyelli përhapnin nëpër shtëpi një melodi baritore. Unë me qëllim nuk e ngava. Megjithatë, ai nuk foli gjë, po, siç e kishte zakon vështroi fotografinë e Skënderbeut që kisha varur në mur dhe tha:

-Dhe t'duem me e harrue Shqypnin, s'na len ky burrë me e harrue!

Hasani shtoi pastaj me pikëllim se, në qoftë se do ta dënosh një njeri, largoje nga vendi i tij.

-Atdhetari i njimendët asht si puna e atij drunit të fortë që lyp tokën e vet. e shkule prej tokës s'vet, ta dijsh se s'merr për mbarë kurrnjiherë!

Unë nuk u ndjeva, sado që më tingëlluan qortueshëm fjalët e tij. Heshtjen time e përligja me muzikën e përmallshme që vinte nga Shqipëria e që të pushtonte shpirtin.

-A more vesht, çka bani vaki në "Lei"? pyeti gati në befasi Hasani, duke më hedhur një vështrim hetues.

-Jo, - i thashë plot kureshtje. – Po kur kështu?

-Bash mbramë në t'errun në kafe t'kampit, Oso Sadria pshtyni n'fytyrë, në sy t'tanëve, Ramë Dragën... Rama nxuer thikën me i ra. Osja u tregue ma i shpejtë, i vuni kambën dhe e rrxoi përtoke. Kje tue u derdhë gjak, po për fat lajmuen shpejt dhe erdhne xhandarët e kampit e sherrit u shue...

-Jo, more! Ç'po më thua kështu! – thirra i habitur, pa mundur ta fshihja gëzimin që më zgjoi befas ky lajm. – Ramë Draga është anëtar i këshillit të degës së Legalitetit.

-Njatë nuk e dij, - foli prerazi.

-Faleminderit, - ia prita, pa ditur as unë se si më shpëtoi kjo fjalë.

-Po kje për Ramën si anëtar i këshillit të Legalitetit, s'ke përse me m'falnderue, - tha ai me fytyrë serioze. – As kisha me e ba mundimin për të e për shoqt' e tij. Por për ty, pse e dij që e don fort...

Toni i tij ishte ironik.

-Tashti të kuptova... - thashë me sytë përdhe.

-Edhe vetë prandaj erdha me të thanë, - vazhdoi Hasani, - qi në qoftë se m'ke bash mik, ndigjoje nji fjalë prej meje: Ramë Dragën e ke n'partinë tande, po Oso Sadrinë e njef tanë malcia për atdhetar, burrë trim e me besë... Me t'thanë t'drejtën, ti je vetë i squet e i din punët tueja ma mirë se unë, veç krahin mos ia mbaj Ramë Dragës. Gjindja nuk e flet një fjalë të mirë për të. Kët dij me t'thanë.

I kisha ngulur sytë dhe e vështroja me vëmendje e, kur ai m'u duk se e tha atë ç'kishte për të thënë, fola i thithur në mendime:

-Sigurisht kjo s'është aspak gjë e mirë për partinë e mbretit... Do të na nxjerrë telashe të reja.

Hasani nuk u ndje dhe fjalët e mia u shuan, sikur të mos ishin thënë fare.

-Rama e ka zakon që rrëmbehet, - arsyetova unë, - po megjithatë një shkak bile një shkak të fortë duhet të ketë pasur që Oso Sadria mori guximin dhe e pështyu faqe gjithë burrave...

-S'dij, për besë, - ngriti supet Hasani, duke iu ruajtur vështrimit tim dhe, kur unë ngula këmbë e s'ia ndava sytë, ai u detyrua të shtonte: - Rama, shqyptar i mirë s'asht. Ktë dij me t'thanë...

Unë nuk e kundërshtova dhe ai s'u habit për këtë. kaloi një kohë në heshtje. Ndërkohë muzika pushoi dhe zëri i valëzuar i spikerit të Radio Tiranës gjëmoi papritur. Unë u ngrita dhe e mbylla. Ai bëri sikur s'e vuri re.

-E njifke mirë Oson, si duket?

-Oso Sadrinë e njef tanë malcia si mos me e njoftë! – buzëqeshi ai dhe sytë nuk m'i ndante. – E pse pyet?

-Thashë, mos e ke gjë mik.

-Poo dhe mik e kam, pse me t'rrejt…

Unë mblodha buzët e ula sytë. Ai lëvizi në vend. Dukej pak i shqetësuar.

-Kur del Osoja nga kampi?

-Kujtoj kto ditë, pasi punën e ka gjetë e deri sa t'zajë shpi, robt ka me i çue te Mal Zadrima, një ilaka i tij…

-Desha ta takoj, - propozova papritur.

-Zor se pranon, po t'marrë vesht qi je në nji parti me Ramën, - tha Hasani, i rrudhur në fytyrë.

-Puna është të marrim vesh arsyen se ç'e ka shtyrë Oson ta fyejë Ramën. Në qoftë se ka të drejtë Osoja, mbreti dhe ne besnikët e tij s'kemi pse ta mbajmë Ramën në mesin tonë.

-S'dij çka me t'thanë, vallahi, - foli ai mëdyshas. – Këto janë punët tueja e ti e din se mue s'm'keni për kto gjana…

-Desha vetëm të më ndihmosh sa për ta takuar e asgjë tjetër..

Ai nuk u përgjigj menjëherë, ndërsa nofullat i mbante shtrënguar. Unë nuk ia ndaja sytë.

-Më ke zanë ngushtë, për besë… - tingëlloi i pakënaqur zëri i Hasanit.

-Një gjë di të them, sido që të vijë puna, me politikën e mërgatës nuk të ngatërroj... Fjala e mikut!

-S'dij, vallahi... Shqyptarë jena... e barabar s'jena përpara Shqypnis. Pse me t'rrejtë!... Oso Sadria veç Shqypnisë nuk njef kurrkend, as mbret e as mërgatë... E me i shkue si politikaj, drue se s'ka me pranue me bisedue...

-Jo, jo si politikan, - u hodha unë, - po thjesht si shqiptar. Të marrim vesh, xhanëm, ç'i ka bërë Ramë Draga këtij njeriu...

Hasani uli kokën dhe në çastin që unë kujtova se ai u bind, papritur lëvizi vendit, u skuq në fytyrë dhe i tronditur tha:

-Due me ta thanë nji fjalë të mirë, bash si mik qi t'kam. Unë për mikun e djeg shpinë qitash. Në qoftë se t'duhet ndonjani prej djemve, merre e hupe kur t'duesh. Atë ç'ka m'ke ba ti, nuk ta harroj. Shqyptari, po harroi mikun, ka harrue vendin. Veç gjithkush ka idenë e tij. Ti ke idenë tande, unë kam temen. Ti ke mbretin, unë Shqypninë. Shqypninë, ashtu siç asht sod e tanë motet. Sepse na s'kena ndër mend me dekë në dhé të huej. Prej tokash tona na dbuen, por prapë tokat janë, njashtu siç asht tanë Shqypnia. Njikshtu asht puna.

Ai foli i tronditur e i vendosur. Sytë sa nuk i lëshonin xixa. Nofullat e shtrënguara i kishin zvogëluar fytyrën. Duart i lëvizte në ajër, me një nervozizëm që nuk e kisha vënë re më parë. I shkreti Hasan! Ishte zënë ngushtë. Po akoma më ngushtë gjendesha unë. Si mund të shkelja mbi ato mendime aq të arsyeshme që më thoshte ai e që ishin njëkohësisht edhe të miat? Po ç'të bëja? Ishte akoma shpejt që t'i hapesha. Duhej dhe ca kohë që ta njihja e ta provoja... E vështroja dhe ai s'më kuptonte dhe vetëm kur shikimet tona u takuan, i buzëqesha dhe tunda kokën:

-Më fal, Hasan, - i fola me një ton vëllazëror. – Nuk e mendova se do të merrte këtë rrugë muhabeti. Po ta dija, ndofta s'do ta kisha ngarë fare. Ne jemi miq dhe miqësia me ty për mua është gjë e madhe. Dhe të më besosh se s'ka ç'më duhet Ramë Draga para miqësisë sate. Ai është ashtu si thua ti dhe, pse është i tillë, duhet t'i tregojmë vendin, pavarësisht se hiqet si besnik i mbretit. Ti s'ke mundësi të më ndihmosh, s'ka gjë. Mua s'më mbetet hatri, përderisa ti nuk do kurrsesi të ngatërrohesh me politikë. Sa për Oso Sadrinë, unë do të gjej patjetër mënyrën për ta takuar. Fundi në interes të tij do të jete, në qoftë se Osoja tregon zullumet që ka kryer Ramë Draga andej nga ka ardhur...

Hasani u prek nga kjo kthesë e beftë që mori biseda dhe rrinte e më dëgjonte me sy të çapluar e me njërën dorë në mjekër.

-Në qoftë se do të ketë mundësi, - vazhdova, - të më japësh adresën e Mal Zadrimës ku do të vendoset Osoja apo të më tregosh vendin ku do të punojë. Në rast se nuk ke mundësi, s'bëhet qameti...

-Posi, bre, - u gjallërua Hasani. – Kte mund ta baj qysh nesër...

-S'ka gjë, kur të të vijë për mbarë, - thashë. – Nuk kemi pse të nxitohemi.

Ai qëndroi një çast me sytë në dysheme dhe tha:

-A din çka? A shihena të dielën në kafen e "Atomiumit"? Unë po e nxjerr Oson me e shetitë dhe takohena gjasme rastësisht si shqyptarë?

-Dakord. Kjo është zgjidhja më e mirë. Kështu dhe nuk trazohesh në punët e mërgatës…

-Me thanë t'drejtën, - ia priti ai i çelur në fytyrë, - m'vjen mirë qi, megjithëse je në nji parti me Ramën, e me Ramën s'bahesh shok… Ai asht ma i poshtmi burrë njiktu, ta dijsh…

Unë e ndieja që në gjoksin e Hasanit ziente një ndjenjë e zjarrte hakmarrjeje kundër Ramës.

-Ramë Dragës duhet t'i tregojmë vendin. Në qoftë se Oso Sadria ka të drejtë… - fola rreptë me sy të zemëruar.

Hasani mori frymë i lehtësuar dhe si duket s'deshi ta zgjaste më, sepse u ngrit të ikte, po unë e ula përsëri. Si mund të ikte pa kthyer nga një gotë, kur miku më kishte ardhur në shtëpi e të gjithë më njihnin si burrë zakoni?

4

Oso Sadrinë e takova tamam atje ku e lamë me Hasanin, në kafenenë afër "Automiumit", në atë pjesë të Brukselit, ku para disa vjetësh ishte ngritur Eskpozita Botërore. U takuam gjoja rastësisht dhe u ulëm të katër në tavolinë, sepse unë kisha marrë me vete dhe Rezbat Tarikun.

Biseda në fillim qe pak e vështirë, bile u përqendrua më shumë në mes meje dhe Hasanit dhe kjo erdhi jo vetëm sepse ne sapo ishim takuar, por dhe ngaqë Oso Sadria qëndronte pak rëndë. Ai ishte një burrë rreth të gjashtëdhjetave, kockëmadh e korozi, me mustaqe të rralla e me qeleshe që të merrte sytë nga bardhësia. Gjithë kohën rrinte pak i kërrusur dhe dridhte cigare nga një kuti metalike, duke folur më të rrallë.

Hasani, me sa dukej, ndihej ngushtë, mbasi e merrte fjalën shpesh dhe kjo ishte në kundërshtim me natyrën e tij të heshtur. Pastaj biseda pothuajse ngeci dhe kishte rrezik që Osoja të kërkonte të ngrihej, po unë porosita edhe nga një kafe. Osoja kundërshtoi. Atëherë unë me shaka i thashë se shqiptari i vërtetë, edhe kur gjendet në vend të huaj, nuk i harron zakonet e të parëve të tij dhe pse nuk i harron mbetet gjithnjë shqiptar. Ai u detyrua në fund të pranojë. Të tjerët qeshën dhe biseda filloi të gjallërohej. Osoja dalëngadalë sikur nisi të çelej pak, por prapë më shumë dëgjonte sesa fliste. Vetëm kur e pyeta për kampin e Getovës, ai sikur u lidh më në fund në muhabet.

-Para Getovës kampi i "Leit" asht si me shkue në bjeshkë me verue me bagti, - tha Oso Sadria, duke lëvizur cigaren nëpër gishta. – Ç'ka ka vjellë Shqypnia tanë njatje i kishin mbledhë për me na e zezue jetën na të tjerëve…

-Ju më duket jeni grupi i parë që dilni prej andej? – e nxita.

-Si një grup, po, - ma ktheu ai, duke më matur me sy, - po kokrra – kokrra UDB-ja ka nxjerrë kndejna sa herë ia ka lypë interesa…

-Edhe Ramë Draga prej andej ka ardhur, - u hodh Rezbati dhe, në vend që të shikonte nga Osoja, vështroi nga unë.

Osoja rrudhi vetullat dhe shkëlqimi i syve iu mpak, po nuk foli. Hasani më shikoi vëngër.

-Po, nga Getova, - nxitova të përgjigjesha unë, - megjithëse ai asnjëherë këtë nuk e ka thënë hapur.

-Dhelpna s'don me i kallxue kurrë gjurmët e veta, - tha Osoja.

Ra një heshtje e papritur dhe Hasani, për të na lehtësuar, porositi katër kriklla me birrë.

-Në mos gabohem, - thashë, - juve ju ndodhi diçka me Ramën këto ditë?

Osoja m'i nguliti sytë rreptë dhe tundi kokën, pa thënë asnjë fjalë. Rezbati shikonte me habi nga ai.

-Ti pse je tue më pa kshtu, hej burrë? – pyeti Osoja me një ton qortimi.

-Jo për gjë tjetër, po s'ma kishte marrë mendja se do t'ju takoja kësisoj, - tha Rezbati pa e marrë vetën akoma nga habia.

-Pse, e ke gja, a? – tingëlloi shpotitëse pyetja e Osos.

-Gjë jo… po…

-Puna është kështu, zoti Oso, - ndërhyra me të butë, - unë e Rezbati jemi në një parti me Ramën dhe, meqë na ra fjala, interesohemi...

Osoja lëvizi karrigen dhe shikoi nga Hasani. Hasanit i kishte ikur gjaku nga fytyra. Osoja tha me kërcënim:

-Në kjoftë se keni ardhë me marrë hakun e Ramës, bujrum! S'jam prej atyne që tuten. Armë s'po kena, po dy duer për nji krye janë.

Unë buzëqesha dhe, duke e vështruar qetësisht, iu drejtova:

-As mos t'ju shkojë ndër mend se kemi dalë këndej për t'i marrë hakun Ramës. Ne vërtet jemi në një parti me të, po në çështje personale nuk ngatërrohemi... A, po, në qoftë se ju do të na kishit rënë në qafë si parti, atëherë ndryshonte puna.

-Unë s'kam punë me partina e as due me pas kurrë, - tha ai me zemërim. – Po deshët, si shqyptarë po bisedojmë, përndryshe gjithkush n'punë t'vet.

Kaloi një copë herë në heshtje. Ishte një heshtje e rëndë, aq sa dëgjohej fryma e zorshme e Osos. Hasani s'donte ta bënte veten nga gjithë sa po ndodhte, po, kur heshtja zgjati dhe mua m'u desh me doemos për një çast të tregohesha i prekur, ai e kuptoi dhe më erdhi në ndihmë:

-Zotni Manushi asht bash miku jem, Oso. Kët shoqin tjetër, sod po e shoh për ftyrë, por zotni Manushi din me ke rrin. Pra, mos u baj merak për kurrgja! Je n'besë teme. Hajt, burra, i çoni gotat.

Pa shqiptuar asnjë fjalë, ne çuam gotat. Osoja vetëm e ngriti, po nuk e afroi as te buzët. Ai, si duket, ishte inatçor dhe akoma s'e kishte marrë veten.

-Duhet t'u tregojmë vendit të gjithë atyre që hiqen si shqiptarë dhe hanë bukën e huaj... - kërcënova unë.

-Me thanë t'drejtën, - ia priti Osoja, - politika kndejna të qet n'sahan t'huej...

Rezbati vështroi nga unë. Përsëri befas pllakosi heshtja dhe biseda sikur ngeci. Secili pinte në hesap të tij. Pastaj unë thashë:

-Gjithë Brukseli e ka marrë vesh se ju e pështytë Ramë Dragën në fytyrë, po asnjë nuk e di tamam pse e bëtë këtë...

Osoja ngriti sytë dhe më pa rreptë.

-Me sa di unë, - foli Rezbati, - Rama nuk ishte me ju. Ai pinte në një tavolinë tjetër...

-Ti ke marrë krahin e Ramës, a? – ia bëri kërcënueshëm Osoja.

-Të flasim qetë, zoti Oso, - ia ktheva. – Na besoni që ne s'kemi ardhur të zihemi, po të marrim vesh të vërtetën. Bile është në interesin tuaj që të na sqaroni se si rrodhën punët dhe të dinë njerëzia kush është fajtori.

-Ai qi e njef Ramë Dragën s'ka nevojë me u skjarue, - tha me ton të vendosur Osoja. – Një njeri që ka dashtë me ngrit vllaznit e vet kundër Shqypnisë nanë, dihet ma se kush asht...

-Varet se kundër cilës Shqipëri, - iu hodh Rezbati.

-Unë një Shqypni njoh, - ia preu Osoja. – Dy Shqypni s'ka. E për besë s'ka me pasë, edhe dheu me u rroposë!

-Mos e ngatërroni bisedën, - mora t'i qetësoja unë. – Fjalën e kemi për zënien. Të tjerat nuk na duhen.

-Në daçi me dijtë, unë në zyrë të major Çedos kur bisedonte me Ramë Dragën nuk kam qenë, - zuri të fliste krejt i shpenguar Osoja, - po zyra e tij ishte dhe zyra e Ramës. Në Getovë të tanë e dijshin se Ramë Draga ishte dylberi i Çedo Llazaroviçit. E pra, asgja nuk bahej me shqyptarë pa pyetë Ramë Dragën. Rama asht sjellë posht e përpjetë në kamp, si n'oborr t'vet derisa e kanë nxjerrë për kndejna…

-Po pse e nxorrën këndej? – pyeta unë.

-Atë s'e di. Pyetnje vet. Gjithkush i din punët e tij ma mirë.

Hasani qëndronte mënjanë dhe përpiqej të mos trazohej, po, kur biseda hyri në qorrsokak, ai, duke iu drejtuar Osos, tha:

-A ban me na diftue se si pat ndodhë ajo puna me babën tand?

-Posi, - ia mori fjalën nga goja Osoja.

-Në mujsh, ket na kallxo. Të tjerat s'na hyjnë në punë, - shtoi me zë të shtruar Hasani.

-Ka pasë kenë ditë dimni, me diell. Baba, rahmet pastë, ishte tue ndejtë me do pleq nj'shulla. Vjen Ramë Draga e don me e çue prej andej. S'dij pse, baba i pat kundërshtue. I patne kundërshtue dhe të tjerët, po baba ma fort. Atherna Rama ka çue dorën e i ka ra. Baba, plak njeri, ka dashtë me ia kthye, po s'ka muejtë e asht rrxue përtokë. E Ramës s'i ka mjaftue qi e ka goditë nji herë, po i ka ra dhe tjera herë derisa kam shkue vetë e i jam hjedhë në fyt, po nuk m'lanë e mandej m'kanë futë n'burg e m'ka rrahë Çedo Llazaroviçi me njifarë Matovski qi ish i zi e i randë si buell. Kur kam dalë prej burgu, Ramën s'e kam pa ma në kamp. Thojshin se e kanë çue në nji kamp tjetër, pse drojshin mos po i bajnë gja, bash vllaznit e vet, shqyptarët. Mandej muerme vesh se e kishin nxjerrë për kndej...

Malësori ishte skuqur në fytyrë e sytë i lëshonin xixa.

-Veç kjo që ju kallxova, - vazhdoi pastaj Osoja, - s'asht gja para mbrapshtinave të tjera qi ka pasë ba Rama në vakt t'mbledhjes së armëve nga klyshët e Rankoviçit. Ai ka pas ardhë me ta n'katund tonë dhe ka hy shpi m'shpi, tue kthye përmbys çdo gja, thue se kishin zbritë tanë egërsinat e bjeshkve në ato troje. Burrat e pushkës kanë pasë ikë në mal, po pleqt s'kanë mujtë. Atëherna, Rama me shoqt' e vet, i kanë nxjerrë prej shpie rrshqanas, i kanë zdeshë midis borës e akullit e i kanë rrahë me kamxhik. Askush s'ia ka ba kte burrit t'Kosovës veç qent' e Rankoviçit me urdhën të t'parëve n'Beograd. E pra, ksi zagari asht Ramë Draga.

-Po kështu flisni, more vëllezër, - thirra i prekur. – Ju paski pasur të drejtë, jo ta pshtynit, po dhe ta vrisnit.

-Jo, besa, me e vra s'dojsha. Pse me i flliqë duert. Ma mirë me e pshtye, me e koritë e me e lanë të gjallë për faqe të zezë. Burrit t'vërtetë ksisoj s'ka çka i lypet jeta.

Rezbati kishte hapur sytë dhe rrinte i hutuar. Hasani kthente gotën i qetë. Biseda bëhej në mes meje dhe Osos.

-Ju kuptoj, ju kuptoj, - përsërita unë. – Çdo njeri me namuz do të bënte ato që bëtë ju. Po të them të drejtën nuk ma kishte marrë mendja që Rama të kishte vënë dorë deri te pleqtë.

-Derisa e keni n'partinë tuej, e mbajtshit me shndet, - tha hidhur Osoja.

-Ne s'e kemi ditur, për flamur, - u betua Rezbati.

-E çka me dijtë ma parë, bre burrë, - ia ktheu me triumf Osoja. Me folë t'drejtën, politika kndejna asht batak... pse me ju rrejtë. Ju i dini punët tueja ma mirë...

-Jo, jo, - ngrita zërin unë, - deri këtu nuk bashkohemi. – Mos na fut të gjithë në një thes...

-E pra, në nji parti jeni... S'dij ç'ka me thanë...

-Rama do të përgjigjet në qoftë se i ka bërë këto që thoni ju, - thashë rreptë unë. – Ne do ta sqarojmë mirë këtë çështje dhe do t'i shkruajmë bile, dhe Pallatit.

Osoja ishte zymtuar në fytyrë.

-Shkruani kujt të keni qejf. Unë për vedi s'due me dijtë gjë. Punët e mia me Ramën i rregulloj vetë. Kte mujshi me ia thanë. Oso Sadria s'ia ka pasë e s'ia ka frikën. Tash, burra, po ju la.

Ai u ngrit menjëherë dhe pas tij u çua dhe Hasani.

Ne u përshëndetëm ftohtë dhe, kur ata u larguan, Rezbati tha:

-Tashti ç'i dëgjon partitë e tjera. Ai e paska qelbur zyrtarisht…

Rezbati vazhdonte të fliste, ndërsa unë dëgjoja me sytë ulur dhe vetëm kur u ndamë, e porosita me një fytyrë të rrudhur nga mërzia.

-Tani për tani, mos e bëj fjalë me njeri. Do të bisedojmë bashkarisht para se ta shtrojmë në këshillin e degës.

KREU I TREMBËDHJETË

1

Brenda një kohe të shkurtër, ajo që i ndodhi Ramës me Oson në kampin e "Leit" mori dhenë. Partitë kundërshtare këto raste gjuanin, prandaj, sapo ra në vesh, filluan një fushatë të re kundër partisë sonë. Puna arriti deri atje saqë për një kohë, ata më vunë aq keq përpara, sa shumë nga ne të këshillit të degës s'e kishim të lehtë të shkelnim në "Cap nord". Vetëm zoti Ihsan me atë këmbënguljen e tij prej mushke hynte e dilte në kafe, dhe s'donte t'ia dinte, herë duke e bërë veshin shurdhë, herë duke u zënë me kë mundte. Rama ishte zhdukur pothuaj dhe thoshin se kishte shkuar për disa ditë te një mik në Anversë.

Por hallin ata nuk e kishin tek ai. Gjithë puna ishte të goditeshin mbreti dhe partia e tij.

"Ne vërtet, thoshin, u kemi marrë para kosovarëve e i kemi ndihmuar me interes, po njerëzit e mbretit i kanë rrahur e spiunuar. Anëtari i këshillit të degës së legalitetit, Ramë Draga, ka vënë dorë mbi pleq dhe ka qenë armik i shqiptarëve në Getovë". Pastaj zbuluan se i ati i Ramës kishte qenë një nga ata që e kishte rrethuar Bajram Currin në Dragobi dhe kishte gisht në vrasjen e tij. Kjo fjalë kishte dalë nga "kryeministri", megjithëse ai, nuk merrte pjesë hapur në këto biseda dhe si zakonisht, hidhte gurin e fshihte dorën.

Fushata u acarua dhe më keq kur gjithë sa fliste Rama për mua zunë të binin në vesh të kundërshtarëve të mi politikë. Për herë të parë, filloi të pëshpëritej se çka ka bërë ky njeri kundër komunistëve që pretendon të drejtojë fatin e një pjese të mërgatës. Ishin arsyetimet e Ramës kur nëpër biseda poshtë e lart thuhej se njerëzit më të devotshëm të mërgatës kishin luftuar nëpër male kundër komunistëve për vite me radhë, ishin gjakosur, mbanin dhe plagë në trup, kurse ai e vetmja gjë që kishte bërë ishte se kishte ikur nga shtrati i gruas kish kaluar kufirin dhe kishte ardhur në mes të mërgatës. A mund të quhej trimëri kjo?! Në të vërtetë, thoshin gojët e këqija, asnjë nuk e ka njohur për të tillë atje ku tregohet trimëria. Trim me fjalë, trim nëpër kafenetë e Evropës, mund të jetë gjithkush, sidomos kur të punon gjuha.

Mjaftonin këto, që partitë kundërshtare, prapa të cilave luanin duart e huaja, të më merrnin tani nëpër gojë, të më zhvishnin "nga meritat", të përhapnin dyshime rreth meje... Ata donin të arrinin kështu që të më hiqnin qafe vetë pasuesit e mi nga udhëheqja e Legalitetit.

U krijua atëherë një situatë e nderë dhe e rrezikshme. Çdo ditë më vinin lajme të reja, gati kërcënuese. Rama, për të mbuluar skandalin e vet, s'linte gjë pa thënë prapa krahëve. Rezbati, të cilin e kisha ngarkuar me detyrën e informatorit të mbretit, më raportonte rregullisht. Ai ishte shumë i shqetësuar dhe habitej me gjakftohtësinë time. Bile kërkonte që të thirrej sa më parë një mbledhje e posaçme e këshillit të degës dhe t'i tregohej vendi Ramës. Një mbrëmje më erdhën në shtëpi Martin Laca e Zef Lusha. Ata e mbanin veten për burra zakoni dhe nuk u vinte mirë që Rama fliste prapa krahëve. Nuk u vinte mirë dhe që zoti Ihsan ishte bërë qojle e tij.

Unë i dëgjoja me gjakftohtësi dhe përsëritja me zell emrin e mbretit, sikur të mjaftonte kjo për t'u shpëtuar rreziqeve që i kanonseshin degës së Legalitetit.

Gjithë puna ishte që të mos dilja njëherë përnjëherë ballazi dhe atë që duhet të bëja unë, ta bënin të tjerët. Dhe në të vërtetë, me përjashtim të kryetarit e të Ramës, tërë anëtarët e këshillit më respektonin dhe qëndronin krah meje. Ata nuk kishin si të harronin përpjekjet e mia për ta organizuar degën, për ta nxjerrë atë mbi partitë e tjera. Sepse askush s'kishte punuar më shumë se unë në mes të mërgatës për t'u përfillur emri i mbretit. Po në të njëjtën kohë, kuptoja se shumë prej tyre, duke qenë tërë jetën mercenarë, me armë në krah, nuk para u vinte mirë që unë, udhëheqësi i tyre nuk kisha kryer ndonjë akt trimërie për të qenë. Sigurisht, kur arsyetonin drejt e pranonin që unë isha i ri e s'qeshë ndodhur në ato situata nëpër të cilat kishin kaluar ata, po thellë në ndërgjegje ua kishte qejfi që unë të jepja prova të vërteta se nuk isha frikacak, po përkundrazi, isha trim jo vetëm me fjalë, po dhe me vepra.

Kjo më vuri për shumë ditë me radhë në mendime. Ç'mund të bëja unë për t'i mbushur mendjen opinionit të mërgatës, e sidomos pasuesve të mi? A mund ta arrija këtë, duke u ndeshur haptazi me Ramën, duke i treguar vendin, qoftë dhe me armë, në sy të të tjerëve? Një gjë e tillë ishte me telashe të mëdha dhe do të më duhej shumë kohë pastaj për ta marrë veten.

Atëherë ku mund ta tregoja trimërinë unë? Të kërkoja të hyja fshehurazi në Shqipëri, siç kishte bërë vite të shkuara zoti Ihsan me shokë? Po mërgata në këtë punë kishte dështuar aq keq, sa nuk guxonte njeri ta përmendte. Megjithatë kjo s'ishte e pamundur, përkundrazi po të donin padronët tanë, një ditë mund të na çonin të gjithë ose një nga një. Kjo varej nga situatat që krijoheshin. Po në këtë kohë që kërkoja të dukesha unë nuk bëhej fjalë për këtë. Atëherë mendoja se fushë tjetër nuk kishte, veç të futesha në mes grindjeve që plasnin herë pas here ndërmjet tarafeve dhe, duke marrë anën e ndonjërit që ishte më i dobët, të shkoja të rrihesha e t'i tregoja vendin. Po prapë kjo ishte punë që s'bëhej, sepse do ta ulja veten dhe do të humbisja shumë nga autoriteti im që kisha krijuar me mundim e sakrifica.

"Mos u nxito... Çdo hap a veprim i nxituar do të kushtonte shtrenjtë. Nga përvoja e luftës së heshtur nxirr mësime dhe hapi shtigje punës sate. Ndiqi me kujdes situatat. Zgjidhjen e ke përpara..."

Kur marrëdhëniet e mia me Ramën ishin acaruar në kulm, më arriti nga Nju Jorku një letër sekrete që ma dërgonte zyrtarisht zoti Nuçi. Më shumë sesa një shkresë, ajo ishte një lutje që më bënte udhëheqja për të studiuar mundësinë e ndërhyrjes e pastaj të sjelljes në Belgjikë të një besniku të mbretit, i cili mbahej në një kamp emigrantësh në Austri.

Ky ishte majori i Zogut, Gjin Zhuri, një kapobandë i njohur, që kishte hyrë e kishte dalë disa herë në Shqipëri dhe kishte kryer krime të shëmtuara. Gjini i qe drejtuar për ndihmë Pallatit, bile drejtpërdrejt mbretit, që të ndërhynte për ta tërhequr nga kampi, po Pallati nuk kishte arritur të bënte gjë dhe atëherë këtë detyrë ia kishte ngarkuar udhëheqësisë së Legalitetit. Zoti Nuçi në letër sqaronte me hollësi tërë përpjekjet e tij për të gjetur një zgjidhje praktike, po telashet e mëdha që kanë "miqtë tanë sot në botën e trazuar" dhe largësia gjeografike e vështirësonte ndërhyrjen e tij, prandaj na lutej dhe shprehte besimin e madh se kësaj detyre do t'ia dilnim mbanë unë me vëllezërit e mi monarkistë. Në fund, ai më udhëzonte që të kërkoja ndihmën e shoqërive mirëbërëse, e sidomos të USEP-it, që të thoshin fjalën e tyre pranë organeve kompetente dhe Gjin Zhuri të sillej "në gjirin e bashkësisë mbretërore".

Ç'është e vërteta, detyra që më ngarkonte ishte shumë e vështirë, në mos krejt e pamundur për ta kryer. Njerëz si Gjin Zhuri që mbaheshin akoma në kampe të posaçme e që qenë të njohur si kriminelë të regjur mund t'iu nxirrnin telashe organeve të rendit të çdo vendi. Zakonisht, emigrantët politikë silleshin në Belgjikë në grupe dhe vetëm për nevojë të fuqisë punëtore. Kurse Gjin Zhuri ishte një i vetëm, për më tepër i moshuar e i sëmurë, një kufomë që s'i duhej kujt.

Shumë-shumë, Gjini dhe shokët e tij mund të hynin në punë në situata të caktuara politike, po njëherë për njëherë ata nuk sillnin ndonjë dobi, veç ngatërresave.

Megjithatë ky ishte një rast që s'duhej lënë të kalonte, ishte ndofta një nga shtigjet e mundshme për të dalë nga situata e rëndë ku gjendesha. Prandaj unë, si u mendova mirë e mirë, thirra një mbledhje të posaçme të këshillit, lexova letrën dhe kërkova mendimin e këshilltarëve. Ata, me përjashtim të kryetarit e të Ramës që heshtën, qenë të mendjes që të mos mungonin përpjekjet për ta sjellë Gjin Zhurin në Belgjikë, por, duke i ditur vështirësitë e mëdha, askush nuk u tregua optimist se një gjë e tillë mund të arrihej. Heshtjen e zotit Ihsan dhe të Ramës të gjithë e morën si një pakënaqësi tjetër ndaj meje. Natyrisht, edhe kësaj here, unë u hoqa sikur nuk i dhashë rëndësi sjelljes së tyre e s'fola, po nga mbarimi i mbledhjes Martin Laca s'u përmbajt dhe i tërhoqi vërejtje kryetarit: "Ti si nuk e the nji fjalë të mirë, për Gjinin, mikun tand të ngushtë!" Zoti Ihsan u shti sikur nuk e dëgjoi.

Në fund këshilli vendosi të më ngarkonte mua që ta ndiqja çështjen zyrtarisht dhe unë ia nisa punës që të nesërmen. Paraqita një lutje të gjatë në policinë e prefekturës, bisedova me zyrtarë të rëndësishëm të USEP-it, vajta në një shoqëri "mirëbërëse" dhe më në fund trokita dhe te monsinjor Bertuçi. Por të gjithë, ashtu si hyja, dilja, sepse fjalët e mia binin në vesh të shurdhët. Në radhë të parë, askush nuk merrte përsipër që të ndërhynte për ta liruar Gjin Zhurin nga kampi, sepse e quanin si një gjë jashtë kompetencave të tyre. Por, edhe sikur të rregullohej lirimi në rrugë të tjera, ata prapë nuk jepnin asnjë premtim se mund t'i siguronin të drejtën për të hyrë në Belgjikë.

Shpejt u pa qartë se të gjitha rrugët zyrtare ishin të mbyllura. Dhe ne, sado që të mburreshim se qemë miq e aleatë të disa qeveritarëve të vendit, prapë nuk na përfillte kush. Veçanërisht në këto raste, çdo njeri me mend kuptonte se mërgatës nuk i dëgjohej fjala, qoftë dhe për një njeri si Gjin Zhuri, që kishte luftuar kaq vjet kundër komunistëve. Vlera e mërgatës rritej e ulej sipas situatave e interesave të padronëve të saj.

Më shkrepi në kokë atëherë, të bëja unë vetë ndonjë gjë. Në fillim, ky mendim m'u duk një marrëzi. Ç'mund të bëja unë, një elektriçist emigrant, që dilja nga shtëpia pa zbardhur mirë, duke udhëtuar nga dy orë në ditë për të shkuar në punë e që lodhesha tërë ditën për të siguruar bukën e gojës? Vërtet kisha pas vete një tabor njërëzish, që vrisnin kohën me muhabete dhe thurnin ëndrra në diell, po mua nuk më pyeste njeri dhe, si gjithnjë, këtë e provova dhe kësaj here. E pra, ç'mund të bëja unë, kur miqtë e mërgatës, ata që na kishin sjellë në këtë vend të ftohtë e plot mjegull dhe na kishin ndarë nëpër kope partish gjoja si njerëz të politikës nuk bënin asgjë?

Për ditë e net me radhë vrava mendjen se si mund të zgjidhja këtë nyjë të fortë që më kishte nxjerrë jeta përpara. Po të arrija ta zgjidhja, kjo do të qe një fitore e madhe, sepse do të rritej akoma besimi i Pallatit, bile dhe i mbretit ndaj meje, do të forcohej pozita dhe autoriteti im në mes të mërgatës. Për të gjitha këto isha i bindur dhe pse isha i ndërgjegjshëm mendoja parreshtur dhe mendja e fantazia më punonin si kurrë ndonjëherë. Por shumë gjëra nuk vareshin nga dëshira dhe vendosmëria ime. Ideja që më rrihte në kokë si çekan për ta marrë vetë përsipër detyrën, paraqiste mjaft vështirësi e rreziqe. Nga disa pikëpamje, ndonjëherë dukej krejt e pamundur. Por në të njëjtën kohë, rrethanat që qenë krijuar papritur e bënin aq të domosdoshme, sa unë i lidhja karrierën time të mëtejshme si një nga drejtuesit e Legalitetit me arritjen e këtij qëllimi.

"Ndalu mirë te ky rast dhe përpunoje detyrën me hollësi. Të pret një punë e vështirë, po me vlera të pallogaritshme..."

2

Jehona e skandalit të Ramës në kampin e "Leit" akoma s'qe shuar. Në "Cap nord" prisnin që unë të shfrytëzoja këtë rast kundër tij, sepse nuk kisha si të lejoja që një turp të tillë ta merrte përsipër gjithë partia e mbretit. Po këtë gjë e mendonin dhe mjaft nga anëtarët e këshillit të degës dhe habiteshin me maturinë time të tepruar.

Një të diel pasdite thirra me ngut në shtëpinë time mbledhjen e këshillit. Të gjithë kujtuan se e bëja këtë për të dënuar Ramë Dragën. Bile, zoti Ihsan nuk do të kishte ardhur fare po qe se unë nuk do ta kisha sqaruar që më parë. Sado i trashë e i paditur që ishte, natyra e tij djallëzore i ndiente instinktivisht rreziqet dhe, sapo erdhi, u hoq si i sëmurë dhe ma la mua drejtimin e mbledhjes.

Prisnin që unë të hidhja bombën. Kishte rënë një heshtje që s'ishte e zakontë në mbledhjet tona, kurse Rama, si gjithnjë, vështronte vjedhurazi, thithte cigare dhe mundohej të mos e jepte veten. E mora fjalën dhe raportova. U thashë ku kisha qenë, ç'u kisha thënë e si më qenë përgjigjur. Përfundimi ishte i qartë: të gjitha rrugët zyrtare qenë të mbyllura dhe sa për të çuar në vend porosinë e Pallatit s'kishte pse prisnim ndihmën e miqve të mërgatës. Prandaj, shtova, meqenëse kjo ishte hera e parë që Lartmadhëria i ngarkonte degës sonë "një detyrë historike", duhej të bënim ç'ishte e mundur që të dilnim faqebardhë para mbretit!

-Si thoni, vëllezër të idealit? – thirra në fund me një ton patetik.

Ata rrinin syulur dhe sipër kokave shtrembaluqe zunë të silleshin shtëllungat e para të tymit të duhanit. Vështrimi im shëtiste nëpër fytyrat e tyre. Po dhe pse nuk prisja nga ata ndonjë gjë për të qenë, prapë më duhej ta luaja me kujdes këtë lojë. Doja t'i prekja në sedër, t'u matja pulsin, ta kuptonin dhe vetë ata se sa qenë në gjendje të mobilizoheshin, kur qe fjala për një detyrë a porosi me rëndësi. Po tamam në ato raste, kur ishte puna jo për të dërdëllitur fjalë, po për t'u vënë në lëvizje, për t'u hedhur në veprime, që kërkonin zgjuarsi e sakrifica, ata tregonin se kush ishin në të vërtetë. Mendja e tyre kishte kohë që s'punonte dhe besnikëria që ruanin ndaj mbretit të kujtonte më shumë një qen plak që s'është në gjendje të bëjë asgjë, veç të lehë e të shtrihet në këmbët e të zotit.

Ndala shikimin te kryetari dhe prita që ai të merrte fjalën i pari, si zakonisht. Po ai s'u ndje për të gjallë. atëherë Lam Gjidi e ngau:

-Diça duhet me ba, burra! Bizbili, Naltmadhnia e ka nji hall që don me ia prue Gjinin afër! Ç'ka thue, ti zoti Ihsan?

Ai ngriti kokën, ndërsa me njërën dorë në mënyrë demonstrative tregonte supin e plagosur. Të tjerët e mbështollën me vështrime kureshtare.

-Me i çue fjalë Bazit, - tha i menduar, duke kruar zërin.

-Nuk mbeti ta mësojmë ne Lartmadhërinë! – u hodh Rezbati. – Bazin e ka më afër nesh dhe detyrën ia ngarkoi degës sonë. Domethënë, ai di se ç'bën!

Pas këtij arsyetimi, biseda ngeci dhe asnjeri s'guxonte të jepte mendim.

-Kush dreqin ia shtini n'mend me ardhë kndejna, - shfryu papritur kryetari me sy të çakërritur. – Thue se s'asht mirë bollë atje ku asht! Barabar, tok' e huaj, gjithkund. Ç'ka thue ti, Ramë?

-Çka të thotë Rama, - ia pat ai me një urtësi të shtirur. – Kur s'don qeveria, çka kena me ba na, veç me i ra murit me krye!

-Nuk ka thënë njeri që t'i bihet murit me kokë, - thashë i vrenjtur. – Mbreti e di që na ka ushtarë dhe ushtari i vërtetë për mbret e atdhe hidhet në zjarr... Prandaj, në vend që të vëmë në dyshim urdhrin e Pallatit, të mendojmë si ta kryejmë detyrën që na ngarkon!

-Sa për fjalë, zotnisë suej s'ia del kush, - ma priti Rama i egërsuar. – Në qoftë se don me dijtë, besnikët e vet mbreti s'i ka njoftë kurrë prej fjalësh...

Njerëzit lëvizën nga vendi dhe vështruan nga unë të druajtur. Martin Laca zgurdulloi sytë kokërdhokë dhe ngriti zërin:

-Çka dreqin ke, Ramë Draga, që i bie m'qafë shoqit?

-Ai na bjen në qafë neve e jo ne atij, - kundërshtoi Rama duke drejtuar dorën nga unë. – Tanë bota e di çka kena ba na për mbret e për atdhe. Në qoftë se tash bajmë më shumë fjalë se punë për këtë s'kena faj... Punët kanë ardhë mbrapsht e na jena lidhun duersh keq!

-Atëherë sipas teje, Rama Draga, - ia prita i prekur, - qenkam fajtor pse njëherë e një kohë, kur ti luftoje kundër komunistëve, unë isha fëmijë... Në qoftë se ti aso kohe e kishe moshën e unë s'e kisha, kjo s'varej prej nesh e s'është ndonjë meritë sa për t'u mburrur. Unë një gjë di t'ju them se, posa erdha në moshën që njeriu kupton se ç'ndodh në botë, duke qenë i biri i një oficeri besnik të mbretit, bëra të pamundurën e dola këndej, lashë nënën plakë, braktisa grua e fëmijë, vuajta nëpër kampe e punova si qen, piva helmin e mërgatës, vetëm e vetëm që t'i shërbej mbretit e partisë së tij. E megjithatë, ti jo vetëm që s'i përfill këto, po bën ç'bën e më merr nëpër gojë. Unë vërtet s'kam luftuar në mal si ti, po nuk është e paktë lufta që po bëjmë të gjithë këtu me kundërshtarët e mbretit për ta vënë partinë e tij, ashtu siç i takon, në krye të mërgatës? As plagë nuk kam marrë nga plumbat e komunistëve, siç ka marrë kryetari ynë i nderuar, as me parashutë s'jam hedhur si Martini, apo Rezbati. Dhe në qoftë se nuk i kam këto merita, ju s'duhet të m'i kujtoni orë e çast. Si unë është i gjithë populli shqiptar, kurse si Rama e kryetari, si Martini e Lami, janë vetëm disa. Atëherë sipas këtij arsyetimi duhet ta përjashtojmë në këtë mes popullin... Në qoftë se i vëmë minat njëri-tjetrit, ne i kemi vënë minat vetë Pallatit, themelit të kombit! Një gjë mund t'i them Ramë Dragës, se kam aq urtësi e burrëri të hesht, kur është puna për të mirën e mbretit, por njëkohësisht nuk lejoj asnjë të më shkelë me këmbë!

E ndieja që isha prishur në fytyrë dhe një damar në qafë më dridhej me vrull. Fjalët e mia i vunë këshilltarët në mendime, sepse pasoi një heshtje e gjatë. vetëm Rama i vërtiste sytë rreth e qark vjedhurazi. Fryma e rëndë e kryetarit dëgjohej si gjyryk i shpuar.

-E pra, m'ngjan se po merrena me goglat e Ramës e s'po i japim dum njasaj që duhet me i dhanë, - tha Martin Laca, sikur të fliste me veten.

-E ngatërruem shoqin, - u hodh Lam Gjidi, - ai diçka deshi me thanë.

-A bën ta dëgjojmë zotin Manush, - thirri Rezbati. – Si thotë kryetari?

Zoti Ihsan kishte mbyllur sytë e rrinte mbledhur si struc, po, kur dëgjoi emrin e tij, ia pat:

-N'vend i kam veshët, Rezbat Tariku!

Zhurma pushoi dhe unë ndjeva menjëherë vështrimet e të gjithëve mbi vete. Kishte ardhur ai çast të cilin e kisha pritur me kohë. Thashë qartazi:

-Vendosa të shkoj vetë. Rrugë tjetër nuk ka!

Ata hapën sytë dhe për një hop mbetën krejt të çoroditur.

-S'jam tue të marr vesh! – murmuriti Martin Laca.

-Ai e di punën më mirë, - u hodh Rezbati. – Kur merr një gjë përsipër, di se ç'bën…

-Ai e din, - tha me kryeneçësi kryetari, - po dhe neve na duhet me dijtë… se nuk jena ktu veç për me lshue hije mbi dhe!

-Sa për hollësi, hatri të mos ju mbesë, jam i detyruar të mos ju them asgjë, - fola prerë. – Çdo gjë e kam menduar mirë dhe shpresoj se do t'ia dal mbanë!

-Të lumtë! – thirri Martin Laca. – Punë burrash!

Burri i vërtetë e lyp trimninë vetë!

Kryetari e humbi pusullën dhe zuri të kruante kokën me të dyja duart. Atëherë mora hov dhe thashë më i vendosur:

-Duhet të keni parasysh se çdo gjë do të kryhet në fshehtësinë me të madhe. prandaj, si anëtarë të këshillit të degës, jeni të detyruar, derisa të kthehem, ta mbani sekret. Në rast të kundërt, do të jepni llogari para mbretit!

Bëra një heshtje teatrale. Dhe, si pashë që asnjë s'kundërshtoi, vazhdova:

-Për këtë sigurisht duhen shpenzime. Do të më duhet të marr disa të holla hua. Por pasi të kthehem, këshilli ka për detyrë të hapë një fushatë ndihmash. Huanë duhet ta lajmë vetë, pa i rënë fare në qafë Pallatit. Edhe një herë ju kujtoj se kryesorja është sekreti.

-A s'mundena me dhanë, gjithsekush nga pak? – u dëgjua zëri i Zef Lushës që s'ishte ndier deri atëherë.

-Faleminderit, - ia prita, po njëherë për njëherë, e kam rregulluar punën e të hollave…

-Po leje prej qeverisë së ktushme a ke marrë? – pyeti Rama.

-Pse si ta merr mendja ty?, - ia ktheva.

-A thua e ke rregullue pasaportën për vendet ku ke me shkue? – s'iu durua pa pyetur prapë Ramën.

-Këshilli të mos bëhet merak për asgjë, - iu përgjigja gjithë ton patetik. – Të jeni të sigurt që nuk do të shkel në dërrasë të kalbur.

-A thue ka me dashtë major Gjini me ardhë kësisoj… si hajn… - tha kryetari pa e fshehur dot mërzinë që i kishte zvogëluar sytë.

-S'ka pse të mos dojë, kur nuk ka rrugë tjetër…

-E pra, kollaj s'asht… - ia pat Rama tërë mllef. Duhet me pasë qenë atje, për me kuptue kët gja…,

-Nji gja duhet me dijtë, burra! – u mundua të drejtonte trupin e kërrusur kryetari, duke parë nga Rama, sikur të kërkonte miratimin e tij. – Kjo që don me ba

Manushi, për ne asht punë e mirë, veç, me thanë t'drejtën, për ligjet kndejna asht punë e mbrapsht... Drue se mos e turpnojmë mbretin...

-A din gja Pallati? – nxitoi të pyeste Rama sërish.

-Leni shoqin me folë, - ndërhyri Martin Laca me sy të zemëruar. – Mos u bani si gratë e kqija!

-Pallati vetë po e kërkon, - ia ktheva unë. – Në qoftë se nuk e ke kuptuar këtë, atëherë kot bisedojmë.

Njerëzit qeshën dhe, megjithëse kryetari ktheu turirin e inatosur nga ana e tyre dhe deshi në fund të merrte drejtimin e mbledhjes, asnjë nuk ia vari. Çdo gjë ishte bërë e qartë. Vetëm në dhomë tymi i duhanit ishte dendësuar sa asnjëherë dhe unë u ngrita dhe hapa dritaret. Atëherë njerëzit u ngritën në këmbë. Mbledhja kishte mbaruar.

3

Megjithëse në mbledhjen e këshillit të degës deklarova se do ta silljа vetë Gjin Zhurin në Belgjikë, kuptohet se këtë aksion të vështirë nuk mund ta kryeja kurrsesi vetëm.

Kisha përpara planin e aksionit dhe tani më mbetej mua për ta zbatuar. Kjo fillonte që nga përgatitja për nisje.

"Ti nuk je një zbatues mekanik... Vepro dhe ndërto variante në përputhje me rrethanat. Guxim e urtësi, guxim e mençuri!"

Në radhë të parë, më duhej të gjeja dy ndihmës besnikë e të shkathët për t'i marrë me vete. Por sigurimi i tyre paraqitej fort i vështirë. Këta nuk mund t'i zgjidhja në mes anëtarëve të këshillit, jo vetëm se s'kishin moshë të përshtatshme, por kishte rrezik të më nxirrnin dhe telashe të papritura. Veç nuk mund t'i zgjidhja as dhe nga pasuesit e tjerë të mbretit, ata as i njihja mirë e as u kisha besim; për më tepër, shumica e tyre qenë njerëz hallexhinj dhe nuk e kishin të lehtë të shkëputeshin nga puna.

Në këto rrethana, njeriu i parë që mund të më shërbente me besnikëri ishte Shpendi. Marrëdhëniet tona kohët e fundit kishin ndryshuar kryekëput. Ne qemë afruar shumë dhe për sytë e botës qemë bërë vëllamë. Po në të vërtetë ne ishim kuptuar dhe kjo kishte ndodhur pothuaj pa fjalë. Ai më në fund e kishte marrë vesh se ç'isha unë, për kë punoja, se çfarë fshihej pas dukjes sime. Mbas kësaj Shpendi ishte bërë tjetër njeri dhe qe gati të hidhej në zjarr për mua. kështu, kur unë i propozova dhe i thashë për udhëtimin e gjatë që do të kryenim, ai sa nuk fluturoi nga gëzimi. Dhe nuk më kërkoi asnjë shpjegim. Më vështronte buzëqeshur dhe pa fjalë më lëmonte mëngën e xhaketës.

Biseda jonë qe e shkurtër. Ai mori përsipër që çdo gjë ta rregullonte vetë dhe ditën e caktuar të ishte gati.

Për njeriun e dytë s'mbetej rrugë tjetër veç t'i drejtohesha Hasanit. Atë vetë, sigurisht, nuk kisha si ta trazoja, po mendova për njërin nga djemtë dhe më i përshtatshmi ishte Destani. Destani punonte shofer dhe kohët e fundit kishte blerë me këste një veturë të përdorur "Citroen". Kjo makinë do të më jepte shumë dorë, veç të tjerash, sepse "Citroeni" ishte nga markat më të shpejta. Me sa e kisha njohur unë, Destani dukej djalë i shtruar e i mençur, ndaj meje tregonte mjaft respekt, si ndaj një miku për kokë të familjes. Sa për guximin e burrërinë e tij, këtë as që e vija në dyshim.

Po hajde ta bisedoje me Hasanin! Kjo s'ishte gjë e thjeshtë. Vërtet ai më kishte mik të besës, po a do të pranonte të ma jepte djalin për një aventurë që u shërbente interesave të Legalitetit e që ishte në dëm të Shqipërisë?

Isha i bindur se, sado mik që të më kishte dhe sado në mënyrë patriarkale të gjykonte për miqësinë tonë, prapë nuk kishte si të shkonte kundër vetes, të shkelte mbi ato ndjenja e mendime që i kishte të shenjta në jetën e tij të vështirë.

E ftova në shtëpi një mbrëmje pas pune. Po nga t'ia filloja? Unë që isha aq gjakftohtë e i përmbajtur, aq i kuptueshëm me Hasanin, kësaj here rrija përballë tij dhe s'guxoja të flisja. Isha i tronditur, por akoma më shumë kisha ngecur keq në rrjetën e arsyetimeve të pafund që kisha thurur gjithë ato ditë. S'po mundja dot të flisja. Më kishin mbuluar djersët, aq sa Hasani, si priti një grimë herë, më pyeti i shqetësuar:

-Mos je gja i lig?

-Jo, - i thashë, duke i rrëshqitur vështrimit të tij hetues, - po nderin e kam në rrezik dhe vetëm ndihma e mikut mua më shpëton.

Ai brofi në këmbë, sikur rreziku të ishte aty prapa derës, dhe tha me një vendosmëri të prerë:

-Gati na ke, mua dhe tanë robt' e shpisë. Qysh njitash!

-Ulu, Hasan, ulu, se pret puna, - i thashë, duke mbledhur veten dhe e tërhoqa prej dore.

-E pra, si asht puna? – pyeti ai gati kërcënueshëm dhe mori të ulej ngadalë pa m'i ndarë sytë.

-Dua Destanin…

-Pos, merre, qysh njitash…

Unë buzëqesha hidhur e shtova:

-Ti pyet një herë, he burrë, se përse e dua?

-Miku s'pyetet! Ti a m'the se don me pshtue nderin. Shqiptari për një nder rrnon!

-Po, ashtu është, - thashë me sytë e mbërthyer në fytyrën e tij të ashpëruar.

-E atëherë, çka po m'lypet tjetër?! Merre Destanin, të kjoftë falë! Çarte po deshte!

Padashur po luaja me zjarrin…

Unë i kisha menduar të gjitha këto, e kisha marrë me mend se Hasani kështu do të përgjigjej dhe atë çast mendova fluturimthi se ç'do të ndodhte nesër, po të merrte vesh se unë i kisha rrezikuar jetën djalit për të sjellë në Bruksel një ish-oficer të Zogut, një kapobandë! Hasani, që ishte aq i prerë në qëndrimin e tij ndaj mërgatës, do të vihej në një pozitë tepër të ngatërruar kur të pëshpëritej se ai tani qe vënë në shërbim të njerëzve të Zogut. E jo vetëm kaq, po mbi të gjitha atë do ta vriste keqas mendimi se ai ishte bashkuar kështu me armiqtë e Shqipërisë dhe këtë ai s'do t'ia falte kurrë vetes!

Dhe, po të ndodhte kështu, kjo do të ishte një pabesi e madhe nga ana ime dhe miqësia jonë do të prishej njëherë e përgjithmonë... Po këtë nuk e doja në asnjë mënyrë. Në radhë të parë, se edhe për mua ndjenjat e mendimet e tij qenë të shenjta. Prandaj nuk kishte rrugë tjetër veç t'i tregoja të vërtetën. Dhe zura t'i tregoja, i thashë se përse më duhej Destani, se ç'rrugë do të bënim e ç'rreziqe do të kalonim për t'ia arritur qëllimit. Po akoma nuk kisha dalë, atje ku duhet të dilja. E gjithë kjo ishte gati-gati si një provë, prova e fundit dhe ai mezi e mbante veten. Më dëgjonte i tronditur, me sy të çapluar, me dhëmbët shtrënguar, ndërsa flegrat e hundës i dridheshin lehtë nga një frymëmarrje nervoze dhe, sapo unë mbarova, ai s'priti më po më pyeti gjithë zemërim:

-Domethënë me rrugëtue përmidis tanë Evropit për nji shoq të Ramë Dragës?!...

-Jo për shokun e Ramës, - i thashë i qetë duke u përpjekur që ta kapja vështrimin e tij e ai të më kuptonte para se t'i shprehesha me fjalë, - po për një besnik të mbretit.

Hasani brofi sërish në këmbë dhe fytyrëprishur më tha:

-Jo, qe besa! Për Zogun kurrë! Ta dij se m'vjerrin për kambësh. Ktu dahena për sa t'jena gjallë. Me Zogun m'dan gjaku i bacë Bajramit, tokat shqiptare që ai ia shiti shkjaut, m'dan cubnia e tij e tanë ato mbrapshtina që i ka ba n'kurriz t'popullit shqiptar! Ai kurvnoi me krajlin e serbit e me Pashiçin e mandej me Italen sa qe n'fuqi e në fund iku si cub tue lanë Shqipninë n'ditë ma t'keqe! Kurrë s't'i kam thanë njikto e sot po t'i thom. Po t'i thom jo ty, Manush Kelmendi, se t'kam mik, po njasaj mërgatës, që ma mirë me i thanë ligatë, se unë as kam kenë, as jam, as do të jem me ta. Për mue e për çdo shqyptar të vërtetë rrnoft Shqypnia e Enver Hoxhës!

Unë për çudi të tij qëndroja gjakftohtë, bile sa vinte e një gaz i çiltër më mbulonte fytyrën. Ai heshti dhe dëgjohej dihatja e tij e rëndë. Unë përsëri e ftova qetësisht:

-Ulu, Hasan, ulu të bisedojmë shtruar…

-Ta thashë, po kje për coftina, s'kena çka bisedojmë. Në kjoftë se don mikun, mos e vrit ksisoj. Kte dij me t'thanë.

Asnjëherë nuk e kisha dëgjuar të fliste kaq rreptë e me një zemërim që e trondiste gjithë atë burrë. Sytë gati sa s'i lëshonin flakë e atë flakë më dukej sikur ma lëshonte pa mëshirë në fytyrë. Ai vazhdonte të rrinte në këmbë, krejt shpërfillës e padashur t'ia dinte për lutjet e mia. Ai nuk donte të dëgjonte dokrra!

Atëherë mora e i fola me një zë të ulët e me ton të ngrohtë sikur po i flisja vetes:

-Harroji gjithë sa të thashë në fillim, o Hasan Rexha. Ti fole si burrë dhe shqiptari i vërtetë kështu flet. Mirë e the kjo s'është mërgatë, por ligatë, burim vetëm të ligash!

Tërë ai zemërim në fytyrën e Hasanit erdhi e u shndërrua në një habi të madhe dhe ai mori të ulej ngadalë e mekanikisht. S'po u besonte as veshëve, as syve. Donte të fliste e s'fliste dot. Vetëm zgjati qafën dhe u afrua nga unë.

Ishim të dy të tronditur si asnjëherë. Ngrita zërin dhe, duke mposhtur emocionet, i thashë:

-Ja, ku po ta them, o Hasan Rexha, si mik e vëlla që të kam e të kam provuar kushedi sa herë, se unë luftoj e përpiqem jo për mërgatën, po për Shqipërinë, për atë Shqipëri që ty ta do aq fort zemra!

-Ti shqyp po flet e unë, për besë s'jam ka t'kuptoj çka je tue thanë, pashë zoten!

-Erdhi dita, o Hasan, të të them që unë s'jam ai që dukem. Mos ma merr për të keq këtë vonesë kaq të gjatë. Dije se një detyrë e lartë më ka sjellë këtu dhe në emër të kësaj detyre të ftoj të lidhemi këndej e tutje me besë, me besën e Shqipërisë!

Hasani ishte ngritur në këmbë dhe, kur unë shqiptova fjalët e fundit, ai tha:

-Ti kshtu fol, he burr' i dheut, se po më luen mendsh!

Dhe ai burrë që nuk dinte se ç'ishte loti, kur m'u hodh në qafë, ndjeva të më lageshin faqet. Burrin e

Kosovës e kishin tradhtuar lotët dhe s'ishte më në gjendje të lidhte një fjalë.

Ne rrinim pranë njëri-tjetrit dhe unë i shtrëngoja fort dorën e djathtë, sikur të ishim takuar atë çast pas një ndarjeje të gjatë. Ndieja që isha çliruar nga një ankth që më kishte munduar prej shumë kohësh. Tani mund ta shikoja drejt e në sy mikun tim të dashur. Ai më kishte dhënë besën, besën e shqiptarit për një çështje të madhe.

Gjithë koha që mbeti na mjaftoi për të biseduar rreth udhëtimit të afërm.

Natën e fundit para nisjes e kaluam në shtëpinë e Hasanit.

Kishte ardhur dhe Shpendi nga Zhimeti. Të zotët e shtëpisë na kishin shtruar darkë dhe për herë të parë në sofrën e burrave u ulën të hanin dhe gratë. Kjo nuk kishte ndodhur ndonjëherë. Me këtë Hasani deshi të tregonte se më kishte bërë përfundimisht njeri të familjes.

Përballë meje kishte zënë vend në sofër Hana, vajza e madhe e Hasanit, fytyrëbardhë e me flokë korb të zez, shtathedhur e me sy përherë të ulur. Në krah kisha Shpendin që hante i qetë e mezi thoshte ndonjë fjalë më të rrallë. Dhe nuk e di se si tek ngrija një dolli për të pamartuarit më vajtën sytë te këta dy të rinj dhe zuri të më ngacmonte një ide që s'm'u largua gjatë tërë darkës. Por mendimet e mia atë natë vërtiteshin rreth udhëtimit të nesërm dhe sado joshëse dhe e gëzuar që ishte kjo ide, prapë nuk arrita ta shprehja…

Pas shumë ditë përpjekjesh e shqetësimesh të vazhdueshme, përgatitjet kishin marrë fund. Plani i aksionit po shkonte mbarë. Të dy ndihmësit i kisha gjetur dhe i kisha në krah. Që të tre ishim pajisur me dokumente zyrtare. "Citroenin" e kishim kontrolluar për herë të fundit. Ai na priste poshtë në rrugë. Çdo gjë që na duhej e kishim mbyllur nëpër çanta.

Dy ditë më parë, unë kisha marrë një letër nga major Gjini.

"M'beso, i dashtun vlla, - shkruante ai, - se u banë tash sa kohë qi po hingëllij ktu si ai kali që ka ra n'batak e kurrkujt nuk i bjen ndër mend me ardhë e me e nxjerrë. Po ju pres si vetë perëndinë... tue falë natë e ditë për shndeten e Naltmadhnisë..."

Atë natë ne ramë të flinim herët dhe, sado e çuditshme të duket, asnjë nuk e zuri në gojë udhëtimin, megjithëse të gjithë e dinin se ne të nesërmen do të niseshim për një rrugë të gjatë e të rrezikshme.

KREU I KATËRMBËDHJETË

1

Akoma nuk kishte gdhirë mirë kur të tre u përqafuam me Hasanin në mugëtirën e ditës së re dhe u futëm në makinë.

Ishte fillimi i nëntorit. Binte shi, shi i imët i viseve të veriut. Nëpër xhama fishkëllente një erë e ftohtë dëbore.

Dritat e makinës sonë mezi çanin mjegullën e errët, që kishte mbytur qytetin. Destani shtrëngonte timonin dhe ndiqte me kujdes vezullimin e semaforëve. Lëvizja nëpër rrugë sapo kishte filluar. Ne shkonim drejt qendrës, për të dalë në anën tjetër të Brukselit.

Unë kisha zënë vend vetëm në ndenjësen e pasme dhe herë pas here vështroja rrugën që linim prapa. Ne vozitnim ngadalë dhe shkëmbenim më të rrallë ndonjë fjalë. Djemtë nuk m'i ndanin sytë.

Si kaluam qendrën dhe dolëm në autostradën e jugut, rruga u lirua. Destani ndërroi marshet dhe shtoi shpejtësinë. Rrjeta e shiut nëpër xhama u dendësua, po dalëngadalë drita e mëngjesit e zbardhi rrugën. Vargu i makinave sa vinte e rrallohej. Vetëm një "Citroen" i zi ngiste vazhdimisht pas nesh.

-Më ngadalë, - i pëshpërita Destanit. – Ti, Shpend, shih përpara, mos e kthe kokën.

S'kaloi shumë dhe largësia në mes dy makinave u zvogëlua. Për një kohë, bile, m'u duk sikur dhe "Citroeni" i zi e ngadalësoi shpejtësinë dhe unë fillova të dyshoja. Gjithë puna ishte mos na ndiqte kush. Po te kthesa e parë makina e zezë na parakaloi me shpejtësi dhe na humbi nga sytë.

-Ka dhe policia makina kësisoj, - tha Destani, duke lexuar fytyrën dhe lëvizjet e mia nga pasqyra e vogël.

-Atë mendova dhe unë, - iu përgjigja dhe i rashë supeve Shpendit që hapte gojën i përgjumur.

-Dokumentet ne i kemi në rregull, - shtoi Shpendi i qetë.

-S'ka asgjë për t'u shqetësuar, - ngrita zërin e, megjithëse nuk ua thashë, isha i kënaqur që ata qenë treguar të vëmendshëm e gjakftohtë.

Ne udhëtuam për një kohë të gjatë nëpër autostradë pothuajse vetëm. rruga prapa ishte krejt e zbrazët. Nëpër xhamat anash dukeshin e zhdukeshin fshatrat fushore, të mbështjella nga mjegulla e përhimë. Vendqëndrimet buzë rrugëve sa vinte e rralloheshin. Tani isha i bindur se qemë larg çdo vëzhgimi të mundshëm, jashtë çdo rreziku.

-Merr djathtas, - urdhërova Destanin tek pashë një rrugë fshati që fshihej pas disa drurëve të dendur. Ai e ngadalësoi shpejtësinë dhe e ndali makinën në të hyrë të rrugës.

Unë hapa çantën dhe nxora hartën. Ata u kthyen me fytyrë nga unë.

-Afrohuni, - thashë duke e shtrirë hartën mbi çantën që mbaja në prehër dhe i tregova me gisht vijën e kuqe që shënonte autostradën ndërkombëtare.

-Shikojeni. Kjo është e gjithë rruga që do të bëjmë. Prej këtu deri këtu janë 3000 km! Do të vemi e do të vijmë pa qëndruar gjëkundi. Domethënë kemi përpara gjithsej rreth 6000 km! Si thua, Destan?

Destani ngriti kokën dhe më nguli sytë e tij të mëdhenj plot dritë.

-Na po shkokemi në fund të dynjasë, - qeshi ai dhe kapi një tufë flokësh që i dilnin hajdutçe nga kasketa që mbante në kokë.

-Aty afër, - qesha.

-E pra, nuk e kemi të lehtë, po dhe të pamundur s'e kemi. – Dhe, duke vështruar nga Destani, vazhdova. – Megjithatë, në qoftë se ndonjë prej jush, e ka të vështirë, stacioni i trenit prej këndej është afër e mund të vemi deri atje…

-Unë për vete i kam marrë parasysh të gjitha, - tha menjëherë Shpendi.

-Burri s'kthehet mbrapa, - shtoi Destani me zë të thellë.

-Mirë, atëherë, - thashë. – Detyra jonë është të arrijmë, sa të jetë e mundur më parë.

Me qëllim unë fola në mënyrë të papërcaktuar. Nuk desha t'u përmendja as mbretin, as partinë e Legalitetit. E dija mirë se Destanit nuk i pëlqenin këto. Çdo gjë e bënte për mua me porosi të të atit…

-Do të udhëtojmë natë e ditë pa pushuar. Do të hamë e do të flemë brenda në makinë. Makinën do ta ngasim me radhë, unë e Destani. Zëri im tingëllonte i vendosur e urdhërues. – Në rast se keni ndonjë mendim, e bisedojmë tani sa pa u nisur mirë.

-E ç'mund të themi ne, - tha Shpendi, - ti i ke menduar të gjitha.

-A nisena, tash, axha Manush? – u hodh Destani, ndërsa sytë i shkreptinin në mugëtirën e kabinës.

-Nisemi, - thirra gazmor.

-E pra, na qoftë për hajër! – ia priti Destani, duke kthyer çelësin e gazit dhe shkeli pedalin poshtë këmbëve.

Pas pak makina u kthye nga kishte ardhur. Ne u vumë prapë në rrugë. Autostrada zgjatej përpara si një shigjetë e zezë që shponte horizontin plot dritë e hije.

2

Udhëtuam gjithë ditën dhe pasdreke vonë arritëm në kufi me Luksemburgun.

Kishim bërë një rrugë të rrufeshme. Ndonëse nuk kishim shkelur kurrë nëpër këto vende, prapë kjo nuk na pengonte të zbrisnim gjithnjë për në jug. Përpara mbanim hartën dhe ndërkaq ndiqnim me kujdes tabelat e shigjetat e trafikut rrugor. Përpiqeshim të zgjidhnim udhën më të shkurtër dhe zakonisht qytetet i linim anash. Shiu s'kishte të pushuar dhe era fishkëllente pa prerë nëpër xhamat e makinës.

Më të shumtën e kohës, ne pothuaj nuk flisnim. Dëshira për të arritur në vend sa më parë, padashur na i fashiste fjalët. Dhe sado që unë përpiqesha herë pas here të hapja bisedë a të hidhja ndonjë shaka, prapë ata tregoheshin të kursyer. Përtypnin vazhdimisht çamçakëz dhe ndiznin e fiknin radiolinën "Braun" që e mbanin varur te xhami i përparmë.

Para se t'i afroheshim kufirit, ndaluam për të furnizuar makinën. Pastaj hymë në një kafe e pimë më këmbë nga një ponç të nxehtë. Ndërtesa e kafenesë ngrihej sipër autostradës dhe ne, duke qëndruar afër dritares, shikonim që andej postën e kufirit.

Posta binte mbi një urë dhe ura ishte e vetmja rrugë për të kaluar matanë. Kjo gjë më mërziti. Mendova se me këtë pozicion të postës ishte si shumë e zorshme, në mos e pamundur, futja e një njeriu pa pasaportë. Po djemve nuk u thashë asgjë. Mora vetë timonin dhe e drejtova makinën për nga vija e kufirit.

Kur arritëm në postë, papritur shpërtheu një shtrëngatë në kalim dhe ne i paraqitëm dokumentet, pa dalë fare nga makina. Oficeri i erdhi një herë rrotull "Citroenit" dhe, ndofta, do të na kontrollonte, po era e ftohtë sa vinte e shtohej dhe ai, nuk deshi ta zgjaste. Ngriti dorën lart dhe postblloku u hap. Ne kaluam nëpër urë dhe dolëm në një luginë të mbuluar me re. kishim hyrë në tokën e Luksemburgut.

Po binte mbrëmja, një mbrëmje e lagështitur vjeshte. Shtrëngatën e kishim lënë pas dhe retë e dendura sikur zunë të davariteshin. Në autostradë llamburitën dritat e para të makinave.

-Ma ngadalë, axha Manush, - tha Destani duke ma bërë me dorë. – Shiqoni!

Më të djathtë, vinte në drejtimin tonë një fshatar duke tërhequr nga pas një kalë të ngarkuar. Ishte një pamje jo e zakonte për këto vise.

-Thue se jena n'vendet tona, - foli prapë Destani.

-Vërtet, të nxjerr mallin e fshatit, - tha Shpendi.

-Shikojeni mirë se s'do ta shikoni më. – Unë ngadalësova shpejtësinë e makinës.

Ishim që të tre fshatarë, nga fshatra të futur thellë në mes malesh, prandaj ai plak që tërhiqte pas vetes një kalë të ngarkuar, na u duk si një vegim i vendlindjes, ndërsa rrugëtonim përmes Evropës, nëpër vise krejt të panjohura.

Shpejt ra nata dhe përpara nesh vezulluan dritat e qytetit të parë të Luksemburgut.

Errësira e natës e bënte tani më të vështirë udhëtimin. Për më tepër shiu derdhej me furi, aq sa shpesh na dukej sikur vozisnim nëpër ujë. E megjithatë, akrepi i bardhë i shpejtësisë anonte gjithnjë nga e djathta. "Citroeni" ynë nuk donte t'ia dinte për asgjë. Ai kalonte pa u ndaluar mes për mes Luksemburgut.

Djemtë filluan të koteshin dhe atëherë i urdhërova të flinin. Radiolina jepte lajmet e para të mesnatës.

Afër mëngjesit, një tabelë e madhe në kryqëzimin e rrugëve na tregoi qytetin e fundit të Luksemburgut. Po i afroheshim kufirit me Gjermaninë Perëndimore.

Kishim njëzet e katër orë që udhëtonim pa ndërprerje. Mua më rëndonin qepallat dhe sytë më digjnin.

Duart gati më qenë mpirë. Ndonjëherë më bëhej sikur makina ecte përpara dhe unë mbetesha në vend me timon në dorë. Isha i lodhur.

Te një kthesë malore u duk një makinë breshkë me rrota përpjetë. Policia rrugore sapo kishte mbërritur. Kjo pamje më solli në vete, më nxori gjumin. Shtrëngova fort timonin dhe pashë nga djemtë që flinin akoma dhe më vinte keq t'i zgjoja para se të arrinim në kufi.

Në postën e dytë na detyruan të qëndronim më shumë se në të parën. Një oficer i shëndoshë, barkmadh e me fytyrë të bardhë si letër, na urdhëroi të zbrisnim dhe zuri të kontrollonte me imtësi: ngriti ndenjëset, hapi vendin e bagazheve, zbuloi motorin. Dhe të gjitha këto i bëri në heshtje, duke mbajtur në dorë dokumentet tona. Ndërkaq, unë vështroja me kujdes vendin përqark, që më duhej ta njihja për në kthim, kurse Destani shante me një gjuhë që gjermani s'e kuptonte dhe e vërente kërcënueshëm. Po roja nuk e prishte gjakun dhe vetëm si u bind se ne s'kishim ndonjë gjë kontrabandë, dha urdhër të ngrihej lart binari metalik i postbllokut.

Kur u nisëm rishtas, timonin e mori Destani. Rruga tani vinte e vështirë, ishte malore dhe me kthesa të shumta. Unë u mblodha kutullaç në ndenjësen e pasme, po derisa më zuri gjumi nuk më rrihej pa dhënë herë pas here ndonjë porosi me zë të lodhur.

Gjumin e bëra të trazuar dhe u zgjova në të dalë të një qyteti të panjohur afër një stacioni treni. Në ndalesën e parë, urdhërova të qëndronim e të hanim ndonjë gjë të ngrohtë. Djemve menjëherë u shkëlqyen sytë.

Kur shkelëm në tokën e ngrirë dhe hymë në një restorant të tipit alpin, ku çatia ishte më e lartë se vetë ndërtesa, këmbët sikur s'i kishim tonat. Na merreshin mendtë dhe na pëlqente të thithnim ajrin e ngrohtë të restorantit.

U kthyem në makinë duke biseduar me zë të lartë e të qeshur. Pushimi i shkurtër dhe ushqimi i ngrohtë na kishin çlodhur. Kishim kapërcyer më shumë se gjysmën e rrugës dhe po zbrisnim gjithnjë për në jug.

Po, për në jug! Udhëtimi ynë, po shkonte me shpejtësi drejt fundit dhe kjo s'kishte se si të mos më gëzonte. Po akoma më shumë më prekte brenga se asnjëherë nuk i qeshë afruar Shqipërisë sa kësaj radhe dhe prapë qesh i detyruar të qëndroja larg. Më dukej se isha më afër Tiranës se Brukselit!

Ditën e dytë rruga u vështirësua më shumë për shkak të kohës së keqe. Humbitnim maleve në mes reve të dendura, kurse nëpër ultësira gjendeshim vazhdimisht të mbështjellë nga dushi i shiut. Kudo qielli na qëndronte përsipër si një kapak i zi që kullonte ujë. Diellin nuk e pamë asnjëherë me sy. Rrapëllima e erërave godiste pa prerë nëpër xhamet. "Citroeni" ynë gulçonte pa pushim dhe herë voziste i vetmuar, herë futej në rrjedhën e makinave, duke ecur me shpejtësi gjithmonë përpara.

Në mbrëmjen e ditës së dytë u dukën galaktitet vezulluese të dritave të një qyteti të madh. Harta tregonte se po i afroheshim Munihut.

-Këtu ka do bare nate t'mira m'kanë thanë, - foli Destani duke e futur makinën nëpër rrugën kryesore të qytetit.

Unë e kuptova se ku rrihte ai me këto fjalë. Djemtë ishin të lodhur dhe qejfi ua kishte të pushonin, qoftë edhe disa orë. Po kjo, për shumë arsye, ishte punë me rrezik dhe në vend që të përgjigjesha drejtpërdrejt, hapa hartën e qytetit dhe thashë:

-Do të qëndrojmë vetëm sa të marrim vizën në konsullatën austriake.

Ata nuk folën dhe unë për herë të parë ndjeva nga Destani një lloj pakënaqësie të heshtur. Megjithatë s'u tërhoqa dhe, derisa e gjetëm konsullatën austriake, nuk shkëmbyem pothuaj asnjë fjalë.

Kur dolëm nga qyteti, në timon u ula unë dhe ata i porosita të flinin.

Jashtë filloi të qëmtonte dëborë. Nata ishte ftohur shumë dhe cingërima e saj ndihej brenda në makinë, sado që tubi i ajrit të ngrohtë qe hapur i tëri. Dëgjohej gërhitja e fortë e Shpendit dhe zëri i radiolinës në duart e Destanit.

Udhëtonim nëpër autostradë dhe gazin e kisha shkelur pa frikë. "Citroeni" dridhej nga shpejtësia. Në xhamin e përparmë fluturzat e dëborës vallëzonin me ca lëvizje nanuritëse. Herë-herë sytë më visheshin nga dritat e makinave që vinin përkundrejt.

Në kabinë ra një qetësi e thellë. Ata të dy i zuri gjumi. Nëpër autostradë lëvizja u rrallua. Dy hinkat e dritave çanin errësirën dhe hapnin rrugën. "Citroeni" vraponte nëpër tokën e ngrirë.

Në kryqëzimin e parë, e ktheva makinën më të djathtë, ku rruga kalonte mes dy kolonash pishash të veshura me hala të gjelbra e pah dëbore. Befas ai blerim që rrezëllinte nga dritat më ndolli kujtime. Sepse ashtu, padashur, më erdhi përpara syve vargu i blirëve që shushurinin e kundërmonin përmatanë dritave të asaj ndërtese, ku punoja në Shqipëri. M'u kujtua Batoja, shoku im, që ngrihej sa herë, sidomos mbrëmjeve, dhe hapte dritaren nga ana e bulevardit e në dhomë hynte era e ëmbël e qetësuese e blireve. Ne qëndronim në parvazin e veshur me lule drethkëza dhe kundronim jetën që gjallonte përqark.

-Mos i harro këta blirë, - më tha njëherë Batoja. – Gjithë botën të bredhësh, nuk ke për t'i gjetur gjëkundi!

Kurse unë i thashë i menduar:

-Ta dish, ngado që të vete nëpër botë, prapë te këta blirë do të kthehem.

-A ndrrohena? – dëgjoj zërin e Destanit, sikur të më vinte nga larg, dhe ndiej se kujtimet më kishin marrë me vete dhe vetëm duart i kisha të kapura pas timonit. Menjëherë tund kokën, hap sytë, ngadalësoj shpejtësinë dhe pastaj frenoj. Destani shikon nga unë i habitur dhe unë shoh nga ai duke fërkuar sytë. Ai buzëqesh dhe atëherë kuptoj se, po të mos kisha atë në krah tim, kushedi se ku do të ishim rrokullisur. Ai më kishte sjellë në vetë nga ëndrra që shihja me sy hapur.

Ne ndërruam vendet dhe unë mbështeta kokën në ndenjëse. Gjumi po më vinte poshtë keqas.

-Mos nxito shumë, - e porosita me sy mbyllur. – Kufirin duhet ta kalojmë pasi të ketë gdhirë.

Nuk di sa fjeta, veç kur ndjeva dorën e Destanit mbi supin tim. Hapa sytë. Drita e makinës kishte rënë mbi një tabelë metalike. Nga emri i gjatë, mbushur plot bashkëtingëllore të vështira, kuptova se po i afroheshim qytetit të fundit, para se të dilnim në kufi.

Jashtë ishte akoma errësirë dhe s'merrej vesh mirë nëse binte shi apo llohë dëbore. Era e fortë lëkundte dritat e rrugëve dhe nëpër mugëtirën e thellë mezi shquheshin siluetat e shtëpive me çati të larta.

Kur hymë në qytet, qëndruam në një shesh të vogël, prapa ca shtëpive, ku nuk të rrihte era. Shuam dritën dhe pritëm në errësirë derisa u gdhi.

Disa metra më tutje, ishte një bar me xhama opakë të ndriçuar. Zbritëm, dhe, si shpimë gjymtyrët, duke lëvizur nëpër shesh, u futëm në bar dhe pimë në këmbë nga një kupë ponç.

Kufiri tani ishte afër. Në rrugën që të çonte për atje kishte lëvizje të madhe. "Citroeni" ynë qëndronte në mesin e një vargu të gjatë makinash. Lëviznim në vijë të drejtë dhe, sa më shumë i afroheshim kufirit, aq më tepër ishim të detyruar të ngadalësonim shpejtësinë.

Në njëfarë vendi, ne u shmangëm djathtas dhe dolëm në një rrugë të dytë. Zbritëm dhe, ashtu siç e kishim bërë me fjalë, Destani hapi kapakun e motorit, kurse unë e Shpendi zumë të ecnim në këmbë në drejtim të vijës së kufirit.

Posta qe në një qafë mbi kodër, ndërsa vendi në të dy krahët vinte i sheshtë. Më të djathtë, toka ishte krejt e zhveshur, vetëm tek-tuk dukej ndonjë shtëpi. Gjithë krahu i majtë nxinte nga drurët e një pylli që shtrihej derisa të zinte syri. Fushën përpara pyllit vende-vende e kishin mbuluar pellgje uji. Bile, atij krahu, s'kishte asnjë qendër banimi. Vendi dukej krejt i shkretë.

-Shikon gjë nga pylli? – pyeta Shpendin.

-Asgjë, - ngriti supet ai.

Në krahun tonë makinat lëviznin pa ndërprerë në të dy drejtimet. Unë mendoja për kohën e kthimit. Kjo që po shikonim ishte dyndja e parë e mëngjesit. Një gjë e tillë përsëritej zakonisht dhe në mbrëmje, më kishin thënë. ndërkohë, fantazia ime punonte. Gjithë puna ishte si do ta kalonim Gjin Zhurin këndej!

U kthyem te Destani dhe hymë rishtas në vargun e makinave. Timonin e mora unë. djemtë, pa fjalë, e kuptonin situatën dhe mundoheshin të hapnin sytë sa djathtas e majtas.

Në zonën e kufirit makinat u dendësuan aq shumë, sa "Citroeni" ynë humbi fare në mes tyre. Dhe, megjithëse i kishim dokumentet në rregull, prapë doja që të mos binim në sy fare. Dhe kështu ndodhi në të dyja postat. Kontrolli qe i shpejtë dhe ne kaluam pa asnjë telash.

Rruga tani qe krejt e hapur dhe, sado që kishim përpara qindra kilometra, vështirësitë më të mëdha i kishim lënë prapa.

3

Në Vjenë mbërritëm në orët e para të mbrëmjes. Kishim nxituar dhe, kur qëndruam diku që të studionim hartën, ishim të trullosur, sikur sapo kishim zbritur në tokë pas një fluturimi të gjatë. Veç kësaj, na mundonin emocionet, sidomos kur shihnim se më në fund po arrinim.

E patëm të vështirë të orientoheshim nëpër rrugët plot lëvizje të qytetit të madh. prandaj na u desh të zbritnim disa herë dhe të pyesnim, duke iu shmangur gjithnjë policëve, derisa dolëm në anën tjetër të qytetit.

Kishim dalë në krahun lindor të tij. Kampi gjendej në një fshat rreth tridhjetë kilometra larg dhe ne, si lamë autostradën, udhëtuam nëpër një rrugë të rëndomtë. Ishim krejt vetëm, kur në gjysmën e rrugës Destani vuri re një makinë me drita të kuqe që vinte me nxitim pas nesh. Drita të tilla ndiznin zakonisht makinat e policisë. Këtë unë e dija, po nuk u thashë gjë derisa kapërcyem kthesën e fundit dhe makina me drita të kuqe na parakaloi me shpejtësi.

Pas kthesës, ne lexuam emrin e fshatit me shkronja të mëdha dhe pamë shtëpitë e para, rrethuar me gardhe e kangjella. Atëherë unë ndalova makinën dhe u hodha duart në qafë Destanit e Shpendit. Kishim mbërritur, më në fund, pas gjithë asaj rruge të gjatë! Qëndruam ashtu sa mblodhëm veten dhe u nisëm për nga qendra e fshatit. të tre mendonim për detyrën që na priste, por askush s'thoshte gjë.

Rrugët ishin krejt të shkreta sikur era e ftohtë që ulërinte jashtë dritareve, të kishte fshirë çdo gjë të gjallë nga faqja e dheut. Dukeshin vetëm dritat e ndezura të shtëpive të ulëta dhe diku, pas tyre, bënte ballë në errësirë silueta e një ndërtese të lartë.

Pasi përshkruam rrugën kryesore të fshatit, u kthyem përsëri dhe zbritëm përpara një kafeneje, që llamburiste nga dritat. Mbyllëm makinën dhe u futëm brenda…

Salla trekëndëshe e kafenesë ishte plot e përplot dhe gumëzhinte nga zëra burrërorë dhe trokëllitja e gotave. Ne pritëm në këmbë derisa u lirua një tavolinë dhe u ulëm. Destani rrinte i habitur duke vështruar një grua të re, të gjatë e me flokë të mbledhur rrotullamë mbi kokë, që mbushte krikllat e birrës në banak. Ne rrinim në heshtje. Të drejtën për të folur e kisha vetëm unë.

Erdhi kamerieri, një burrë i hollë, me hundën kërrutë dhe unë i fola anglisht. Ai ngriti supet dhe ma ktheu serbisht. Atëherë foli Destani e i dha porosinë.

-Me sa po më kap veshi, - pëshpëriti Shpendi, - këtu flasin sllavisht...

-Jo vetëm sllavisht, po disa gjuhë, - shtoi Destani.

-Prisni kur të dëgjojmë dhe shqip, - thashë unë. – Si duket, kjo është kafeneja e emigrantëve.

-Domethënë i kemi rënë në të, - buzëqeshi Destani, duke vështruar me bisht të syrit nga banaku.

Atë natë, për herë të parë, ne hëngrëm me nge darkë të ngrohtë dhe qëndruam derisa kafeneja filloi të zbrazej. Kjo ndodhi pas mesit të natës. Pastaj u ngritëm dhe orët që kishin mbetur i kaluam në makinë.

Bënte shumë ftohtë dhe Shpendi mezi e duronte, kurse Destani ishte në qejf, pasi kishte pirë mirë dhe gjithë kohën tregonte gazmore kosovare. Vetëm në të kthyer të natës morëm nga një sy gjumë dhe, kur u gdhi, vura re se gjendeshim në mes dy rreshta shtëpish. Në fund të rrugës përballë ngrihej ndërtesa e lartë, siluetën e së cilës kishim vënë re natën duke ardhur. Destani dhe Shpendi vazhdonin të flinin, po nuk i ngava. Ishin shumë të lodhur.

Unë rrija dhe shikoja në heshtje ndërtesën përtej, atë shtëpi pesëkatëshe, me dritare të zhveshura, rrethuar me mure dhe me një portë hekuri.

Nga porta hynin e dilnin njerëz lirisht, sado që një roje bënte ecejake te sheshi përpara. Tani s'kishte asnjë dyshim se aty ishte kampi ku gjendej Gjin Zhuri.

Kur ata u zgjuan, unë po përgatitesha të dilja nga makina.

-Ju qëndroni këtu, - i porosita. – Do të shkoj të shoh njëherë vetë.

-S'ban me shkue vetëm, - tha Destani.

-Jo, jo, s'ka ndonjë gjë, - e qetësova. – Në rast se do të kem nevojë, do të kruaj kokën me dorën e majtë. Atëherë të niset njëri prej jush. Prandaj ju shikoni nga unë e mos i ndani sytë nga porta.

-E në rast se vonohesh? – pyeti Shpendi.

-Të vijë njëri prej jush e të më kërkojë.

-Na pa ty, gjallë s'luejmë prej kndej, - u nxeh Destani. – Mos na e kurse trimninë, hej burrë!

Zbrita nga vetura dhe u drejtova për nga porta prej hekuri. Përkundrejt frynte erë e fortë. Unë ecja dhe mbaja kapelën republikë me dorë. Nëpër rrugën që të çonte për në kamp venin e vinin njerëz me jakat e palltos ngritur e me kapele të rrasura në kokë. Unë bëja sikur nuk vija re. Në të vërtetë, atyre u dukej vetëm nga një copë fytyrë.

Te porta e hekurt përshëndeta rojën dhe i fola anglisht. Ai më vështroi ftohtë dhe, pa m'u përgjigjur, shtypi butonin e një zileje. Pas pak doli një burrë i shëndoshë me ca rroba të ngushta ushtarake dhe m'u drejtua anglisht.

-Jam një shqiptar, - i thashë, duke hequr kapën. – Dua të takoj mikun tim që ndodhet këtu, zotin Gjin Zhuri.

-Të shikojmë, nëse ndodhet aty, - tha ai, pasi më bëri disa pyetje të shpejta, dhe u fut brenda. Një altoparlant gjëmoi në oborr prapa murit në një gjuhë që s'e kuptova.

Oficeri u duk rishtazi te porta dhe në bëri me dorë. Unë i vajta pas dhe, si përshkuam oborrin, hymë në një sallë si korridor që ishte krejt e zhveshur e me mure prej betoni. Ai më la aty dhe vetë u ngjit nëpër ca shkallë të brendshme. Këtu me sa dukej kishin vendin e pritjes të të huajve.

U ula në një stol hekuri dhe rrija e shikoja nga dera që binte përballë. Isha si në gjemba, jo vetëm sepse papritur u gjenda në një ambient krejt të huaj, po njeriun që prisja nuk e njihja, nuk e kisha parë kurrë ndonjëherë. Ne do të takoheshim në sy të oficerit dhe ai mund ta kuptonte këtë gjë. Megjithatë, më mbante shpresa se Gjini do të tregohej, të paktën, i përzemërt, si bashkatdhetar.

Në derë u shfaq papritur një mesoburrë, hollak, mjaft i dobët, aq sa të binin në sy kockat e një fytyre të plloçtë, me flokë të rënë e mustaqe të rralla, veshur me rroba gjysmëcivile, që i rrinin lirshëm në trup. Ai qëndroi në mes të derës dhe, sikur të mos isha vetëm unë që e prisja në sallë, tha rëndë – rëndë:

-Kush m'ka kërkue mue?

Ai mundohej ta mbante veten, duke i dhënë një dukje fodulle fytyrës e duke nxjerrë gjoksin përpara. Por megjithatë, pamja e tij tregonte druajtje e pasiguri. Dhe mua të gjitha këto sepse më erdhën krejt të befta dhe menjëherë më kaloi një e rrëqethur nëpër trup.

-Unë ju kam kërkuar, - i mëshova zërit, duke u ngritur në këmbë. – jam nga vëllezërit e degës së legalitetit të Brukselit.

Dhe hodha disa hapa drejt tij e prita që ai të më afrohej, po ai si bëri një hap, befas, qëndroi në vend. Unë u hoqa sikur s'e vura re, i zgjata dorën dhe pastaj iu hodha në qafë. Ai rrinte krejt i lëshuar, aq sa ndjeva t'i kërcisnin kockat e skeletit në gjoksin tim. Duart menjëherë i ranë poshtë dhe sytë e çakërritur s'dinte ku t'i mbante. Qëndronte i mpirë e i çoroditur, dhe unë për një çast ngela, sepse kujtova se mos ishim keqkuptuar:

-A jeni ju major Gjin Zhuri?

-Po, vetë jam.

-A jeni ju që i keni dërguar letër pallatit mbretëror?

-Po, vetë ia kam çue…

-A jeni ju që i keni dërguar letër Manush Kelmendit?

-Po vetë jam.

-Atëherë, më falni, po nuk po ju kuptoj, - fola me ton qortues.

-Ju jeni, zotni Manushi?

-Po, i tëri unë, - thashë pa e mbajtur dot pezmin që më shtrëngonte në grykë.

-Thue jeni ju kryetari i degës? – pyeti ai me një zë të habitur.

-Jo, jam sekretari politik i degës, personalisht ai që i keni dërguar letrën.

Dhe nxora nga xhepi zarfin e korrespondencës së tij, shkruar në letër të trashë, me një shkrim të përdredhur e të rrëzuar, dhe ia hapa përpara:

-A është shkrimi juaj ky?

-Po, bash imi.

Ne kishim mbetur në këmbë dhe për një copë herë na ndau heshtja, një heshtje e rëndë që këputej prej zhurmës që vinte herë pas here nga jashtë.

-A ulena ma mirë? – tha ai, sikur t'i mbante fjalët nëpër gojë.

U ulëm krah njëri-tjetrit në stolin metalik dhe mbetëm një copë herë pa folur. Ai mbante sytë vazhdimisht përdhe. Unë akoma s'po kuptoja se çfarë po ndodhte. Në vend që të gëzohej, ai rrinte turivarur dhe mua më dukej vetja krejt i tepërt.

-Nuk e di, zoti Gjin, a e morët vesh kush jam dhe për çfarë kam ardhur? – dhe ia lëshova mbi gjunjë letrat që mbaja në dorë, duke shtuar pastaj me zë të rreptë. – Mos harroni se nuk kemi kohë për t'u menduar gjatë.

Ai më vështronte me ca sy të ftohtë e të palëvizur, si prej qelqi, ndërsa vija e buzëve i qe shtrembëruar aq keq, sa nisa të dyshoja se mos nuk ishte mirë nga shëndeti e sidomos nga mendja. Bile desha ta pyesja, por shpejt u pendova. E ç'mund të prisja nga një njeri si ai, që kishte hyrë e kishte dalë në Shqipëri vetëm për të vrarë e për të prishur jetën e njerëzve? Fytyra e tij nuk mund të mos e shprehte këtë!

-Dëgjo këtu, Gjin Zhuri, - ngrita zërin i pakënaqur, duke u përpjekur të kapja vështrimin e tij. – Me porosi të Pallatit dhe sipas kërkesës sate, kam ardhur bashkë me dy besnikë të mbretit për të të marrë me vete. Siç je në dijeni, ne bëmë çdo përpjekje për të të tërhequr në rrugë legale, por qe krejt e pamundur. Atëherë vendosëm që, për të çuar në vend urdhrin e Pallatit, të bëjmë të pamundurën: të vijmë e të të nxjerrim ilegalisht prej këtij bataku, siç e thua edhe vetë në letër. Ty kjo të mos të shqetësojë, sepse ne i kemi marrë të gjitha masat dhe të jesh i sigurt se nuk do të të gjejë asgjë e keqe. Ndaj kemi ardhur edhe tre shokë. Vetura na pret përtej. Rrugës kur erdhëm, kemi studiuar terrenin nga do të kalojmë. Puna është vetëm të mos humbasim kohë. Ti përgatitu sa më shpejt dhe dil jashtë mureve me kujdes. Mos i trego askujt e mos jep asnjë shkas për të dyshuar…

Unë flisja i bindur për ato që thosha, gati-gati sikur ta urdhëroja dhe ai, sado që e kishte të shkruar në fytyrë kundërshtimin, kishte ngritur kokën dhe më dëgjonte i hutuar.

-Kështu? – e nxita unë të hapte gojë.

-Asha zotin, he burrë s'due me ardhë si hajn!

-Po ti ke gati njëzet vjet që hyn e del ilegalisht nëpër kufi… - ia ktheva me inat.

-Kam qenë budallë, n'daç me dijtë, - më ndërpreu ai. – Tash due me e ruejtë kryet…

Pastaj rrufiti hundët disa herë e pështyu në mes të këmbëve. Mua m'u përzje padashur. Pllakosi rishtas heshtja.

-Zoti Gjin, për gjithë sa the nuk dua ta besoj... Mendo që ne kemi braktisur punët tona e kemi vënë në rrezik veten për ty... Arsyeto mirë para se të flasësh...

-Boll me arsyetue se jena n'vend t'huej e na takon me i respektue ligjet. S'kam, pra, si me ardhë pa pasaportë. Kte lypet ta kishit mendue...

-Po ti a e ke mendue se kush je? Për ty dhe për mua s'çan njeri kokën sot në botë. Bile, po deshe ta dish, as Lartmadhëria nuk arriti dot të bëjë gjë. Prandaj zgjodhëm këtë rrugë...

Gjin Zhuri kishte zgurdulluar sytë dhe gjuha e ntrashur i kishte mbuluar një pjesë të buzës së poshtme.

-Asha zotin, s'di çka me thanë, boll ngushtë m'ke zanë...

Unë lëviza vendit dhe i ngula sytë rreptë.

-Ti e ke një hall, më duket. Thuaje dhe të mos rrahim ujë në havan.

-Nji hall, the? Nji, asht pak, - murmuriti ai i menduar.

-Me mua një hall duhet të kesh... Ma thuaj haptazi... të mos humbasim kohë, të lutem!

Atij i lëvizën kockat e fytyrës dhe lëkura iu rrudhos më keq. Uli sytë përdhe e tha me gjysmë zëri:

-S'di çka me thanë... Personalisht s'ju njof... Njikshtu si jena ba, komunistat mundet me luejtë harushë me na!

Unë ia shkrepa gazit dhe thirra:

-Po ti kështu fol se unë, po vrisja mendjen se ç'hall i madh është ai që të mundon!

Dhe futa dorën në xhepin e brendshëm të xhaketës, hapa portofolin dhe i zgjata një fotografi.

-Meqë nuk u beson letrave që ke shkruar me dorën tënde, atëherë urdhëro shiko këtë...

Ai u step, sikur t'i lija një thëngjill të ndezur në dorë, dhe pastaj e mori mekanikisht. Unë s'e trazova një grimë herë.

-A po i njeh? – e pyeta.

Sytë e tij të habitur lëvizën lehtë.

-M'duket se asht Ashim Kuveti, adjutanti i Naltmadhnisë...

-Jo, më duket, po tamam ai është, ia prita unë dhe shtova duke vënë buzën në gaz. – Në qoftë se je i tronditur, fajin s'e ka fotografia, zoti Gjin!

-Për gozhdë t'Krishtit, nuk po jam mirë... Pse me ju rrejtë...

Për herë të parë, major Gjini sikur u çel pak.

-E shoh, e shoh... As shokun tënd nuk e njohe... megjithëse njëherë e një kohë keni qenë të dy në gardën e mbretit.

-Po... kena kenë... kena kenë... - përsëriti ai, duke rrufitur hundët dhe vazhdoi si t'i fliste vetes: - Kena kenë dikushi, po sot çka jena? Nji, shof zotninë tande n'fotografi qi ke dalë me te, t'shof dhe t'gjallë afër vedit, e prapë s'due me u besue syve...

-Të kuptoj, bile shumë mirë, dhe të jap të drejtë, por jo deri në atë shkallë sa të mos njohësh vëllezërit e tu, besnikët e mbretit...

Ai bëri sikur s'u vuri veshin këtyre fjalëve dhe, duke mbajtur fotografinë përpara, nisi të më pyeste me hollësi, për të cilat unë i përgjigjesha me njëfarë shpotie. Pastaj nxora disa fletë të vogla mandaposte dhe ia zgjata përpara:

-A ke marrë disa të holla?

-Po, faleminderës atij që m'i ka dërgue.

-T'i kam postuar unë personalisht në emër të degës... Këto janë dokumentet që të besoni...

Ai tundi kokën.

-Ju boll, besa, paskit ba për mue... po unë, ç'ka me i ba ksaj rradakes sime...

Nga heshtja e zgjatur po më humbiste durimi. Ai akoma s'po merrej vesh se ç'kishte. Kuptova se me arsyetime nuk ia dilja dot mbanë. Ai duhej prekur në atë pak sedër që mund t'i kishte mbetur. Duhej fyer dhe këtë e kishte hak. Dhe ashtu siç rrinim, papritur mora fotografinë dhe e futa në portofol, ndërsa mandapostat ia lëshova në prehër e u ngrita në këmbë.

-Zoti Gjin, është e tepërt të bisedojmë më tej. Tani e kuptoj shumë mirë gabimin që kemi bërë duke ardhur deri këtu. Kjo që po ndodh është një disfatë e madhe për

Pallatin. Turp, kur ta marrin vesh partitë e tjera! Për mbretin tani e tutje dije se ke vdekur. Po ta them dhe këtë: Nuk ia vlen barra qiranë të sakrifikosh e të mundohesh për njerëz që i ka vënë poshtë frika... Ata s'janë më burra!

Ne u gjendëm menjëherë në këmbë, me fytyra të hakërruara. Ai m'u kërcënua, po zëri i dobët e tradhtoi:

-Asha zotin, njate fjalë mos e thuej... A nuk shef qi kena hupë? Na kanë mbyllë midis telash si bagëtia...

-Në qoftë se je akoma njeri... - ia ktheva akoma me ashpërsi, - luaj vendit. Bagëtia lidhen me litar. Njeriu me fjalë. Unë për vete detyrën që më ngarkoi Pallati e kreva. Ti rri kalbu këtu, veç më jep një deklaratë që të dola borxhit...

-Ma mirë t'm'kishe vra, hej burrë! Çka po flet kështu?

-Mjaft më me fjalë, - thirra i nxehur. – Fjalët i ke të bukura boll. Tani ulu e shkruaj deklaratën për Pallatin.

-Ti prit, hej burrë i Shqypnisë, se kam dhe vetë arsyenat e mia... Pikë së pari, ju baj të ditun qi jam i smundë. M'shkon tensioni gati tridhetë, pa përmendun plagët që kam n'trup...

-E vetmja arsye është se ti ke frikë e pikë!

Fytyra e tij u zgërdhesh dhe ai shfreu me hundë:

-Ju mundeni tash, me thanë çka doni. Por, për besë, Gjin Zhuri s'ashrt gjetë kurrë ma ngushtë se sot...

-E pra dhe unë s'jam vënë në pozitë më të vështirë sesa kjo e sotmja, Gjin Zhuri...

Gjithë dukja e tij, me atë fytyrë të plloçtë plot rrudha e gjuhën e ntrashur mbi buzën e poshtme, të kujtonte një qen të rrahur keq që s'di ku të futet. Ai po fillonte të dorëzohej dalëngadalë.

-Dëgjo atëherë, - thirra me ton urdhërues, - po të jap një orë afat. Mendohu mirë dhe eja më sill përgjigje në klubin e fshatit...

Burri ngriti kokën dhe mori frymë i lehtësuar, pastaj belbëzoi diçka pa kuptim. Dëgjova vetëm fjalën "mirë" dhe, pa i dhënë dorën, dola nga salla, kalova nëpër korridorin e ngushtë dhe u gjenda në oborrin e shtruar me beton, ku binin pika të mëdha shiu. Te porta, nën strehë, vura re ca fytyra të murrëtyera, po oficerin nuk ma zuri syri gjëkundi.

Rrugës mendoja për situatën e papritur që ishte krijuar. Akoma nuk e merrja me mend mirë se ç'hall i fshehtë e mundonte atë njeri. Na kishte dalë përpara një pengesë e madhe që nuk e kishim parashikuar. Për më tepër, zura të dyshoja se mos ai, pas largimit tim, mund të shkonte të më kallëzonte. Çdo gjë mund, të pritej prej këtyre njerëzve! Atëherë i gjithë aksioni do të shkonte kot ose do të dështonte fare... E pra, ç'duhej bërë në këtë situatë?

Isha aq i tërhequr në mendimet e mia, sa harrova që, duke u çapitur drejt makinës, djemtë më kishin kuptuar që larg.

-Do të mendohet akoma, - sqarova shkurt, - dhe do të na sjellë përgjigje në klub.

Djemtë, u nxehën dhe, në vend që të më kërkonin shpjegime, filluan të shanin major Gjinin. Më tutje ata s'u shtynë. Më besonin mua…

… Para meje vezullonte xhami i një kabine telefonike. Unë hyra brenda, ngrita dorezën e aparatit dhe formave numrin. Një zë i ngrohtë më gurgullonte në vesh. "Gjakftohtësi, gjakftohtësi, prapë gjakftohtësi…" Unë ula dorezën, u mbusha me frymë dhe, tek hodha hapin e parë, e ndieja veten të fortë, të përtërirë…

Në kafene ne zumë një qoshe prej nga dukej dera dhe qëndruam në pritje. Në sallë endej një murmurimë e lehtë që prishej nga gërvima e dyerve. Destani vështronte herë pas here nga banaku, po gruaja me flokët rrotullamë nuk ishte më. Ne morëm nga një aperitiv dhe bisedonim. I porosita djemtë që, kur të vinte Gjini, s'qe nevoja të flisnin, po të kishin mendjen përqark.

Ai erdhi më shpejt sesa e prisnim. E vura re sapo hyri. U ndal pranë derës dhe na kërkonte me sy. Kur na pa, u rrudh dhe iu afrua tavolinës me hap të lehtë si hajdut. Na dha dorën në heshtje dhe u ul me kurriz nga salla. Pastaj nxori nga xhepi një letër të hapur dhe ma vuri përpara në tavolinë. Unë s'e preka për një çast dhe ai i shqetësuar tha:

-Shikoje, hej burrë!

-S'ka nevojë, - ia prita ftohtë e me indiferencë. – Çdo gjë është e qartë.

Ai u ngërdhesh dhe shtoi me njëfarë triumfi:

-S'asht deklarata, po diçka tjetër.

Djemtë vështruan nga unë. Sytë e mi menjëherë ranë mbi letrën e hapur dhe, si lexova nga larg fjalët "I dashtun vlla Gjin", e mora në dorë:

Asht detyra jonë mbretnore e atdhetare me t'lajmue se vjen aty, me të marrë zotni Manush Kelmendi. Personi asht komunist numer nji, prandaj rueju ktij kurthi në kjoftë se të dhimbet kryet. Ka shumë gjasë që ai n'vend se me t'pru ktu, ka me t'çue n'Tiranë. Në kjoftë se s'ka ardh deri tash, prite se po vjen prej dekiku n'dekik...

Letrën mbaje të msheftë e mos i kallxo kujt. Në rast se zbulohet gja, kena me e pas punën keq, na bashkë me robt që kena n'Shqypni.

Vllaznit tuej
Bulqiza e Bjeshku

Ngrita kokën dhe e pashë se shikimi i të treve më kishte vënë në mes.

-Qe shkaku, - dëgjova zërin e gjallëruar të Gjinit. – Prandaj jam sjellë si gabel!

Unë s'u përgjigja një valë herë. As djemtë nuk folën. Mendja më punonte në Bruksel.

-A e di se kush janë këta? – pyeta rëndë e i vrenjtur.

-Si me thanë, - foli ai mëdyshas. – Njenin e kam bash mik, se kena luftue në mal kundër komunistave, tjetrin, për besë, s'e njof...

-Atë që s'e njeh ti, e njoh unë, - fola i zemëruar. – Po ja ku po ta them: ata nuk janë burra e s'ka si të jenë që, nga një anë hiqen sikur luftojnë për mbretin, nga ana tjetër i vënë minat njerëzve që mbreti i ka dërguar me detyrë. Veç, unë për vete nuk habitem, se i njoh mirë. a e dini se kush janë? – thashë duke u kthyer nga djemtë, - Bulqiza është Ihsan Maçi, e Bjeshku, Ramë Draga.

-Turp për zotin Ihsan! – tha Shpendi.

-Ramë Draga asht spiun i UDB-së, - u hodh Destani. – Hala s'e keni njoftë!

Gjini kishte ulur kokën dhe rrufiste hundët me zhumrë.

-Unë nuk ju njoh, - tha Destani, - e as kam punë më ju. Në qoftë se erdha deri ktu, kte e bana për zotin Manush. E për çka m'dëgjojnë veshët, turp e marre i kjoftë. Ata s'janë ma burra!

Foli dhe Shpendi. I tha për rrugën e vështirë që kishim bërë, i tregoi për numrin e kilometrave dhe postat e kufirit, i përmendi të ftohtët dhe kohën e keqe.

Gjini nuk ndihej për të gjallë. Fytyra i qe ngurtësuar e duart i kishte mbërthyer mbi gjunjë. Vetëm hundët i bënin zhurmë.

-E pra, qite, at zot fjale, - s'iu durua Destanit pas një pauze të gjatë. – Burrit s'i ka lezet me e përcjellë fjalën si çamçakëz...

-Jo, besa, s'kam çka flas ma, - ia bëri ai me një zë të zvargur si t'i dilte nga një gjyryk i shpuar. – M'paçi në qafë, në qoftë se m'prisni n'besë!

-Ti kshtu fol, hej burrë! – ia priti Destani.

Atë kohë në kafene hynë dy xhandarë dhe u ulën në një tavolinë afër banakut. Gjini i pa me bisht të syrit dhe pëshpëriti:

-Mos kini hiç dert prej tyne. Frikën duhet me ua pasë civilave. Qeveria nuk të survejon me uniformë.

Shpendi kishte porositur kamerierin dhe ne morëm gotat në dorë dhe i tokëm me major Gjinin, që vazhdonte të ishte akoma i shqetësuar.

-Koha nuk na pret, zoti Gjin, - thashë unë.

-Tungjatjetani, burra, - u dëgjua një zë prapa shpine. Tavolinës sonë i qe afruar një burrë me trup mesatar, dorëcung, me kasketë të zezë, rrasur deri në mes të ballit, e me kapotë të vjetër ushtarake hedhur krahëve, si ta kishte bërrucë. Ai na zgjati dorën e majtë me radhë. Pastaj pa pyetur, mori një karrige dhe u ul pranë meje.

-Shqiptari s'ulet në tavolinë pa ftuar, - fola me zë pak të ashpër dhe shikova nga Gjini. Gjini i hutuar s'dinte nga t'i lëvizte sytë dhe rrinte si i zënë në faj. – Kush jeni ju?

-Jam Petro Derveni, miku më i afërt i Gjinit. Mos u shqetësoni, unë i di të gjitha... - shqiptoi ai duke u munduar të buzëqeshte.

-Zoti Gjin ka bërë shumë gabim, në qoftë se ju ka treguar, - ia ktheva unë. – Ne kemi vënë kokën në rrezik për të dhe ai duhet të kuptojë se këto nuk janë punë fëmijësh.

-E pra pse s'janë punë fëmijësh, po punë burrash, njeriu e ka shumë të vështirë në këso rastesh të vendosë, - tha burri me kapotë krahëve.

-Ju mund të shkoni të kallëzoni që tani. Ne i kemi marrë parasysh të gjitha, - e provokova për të hetuar mendimet e tij.

-Mbase zotëria juaj e thotë me të qeshur, - tha burri me sy të errur, - por, po të mos kishte qenë Gjini, edhe atë mund ta bëja. Mirë atij iu gjend mbreti, po për mua dhe shokët e mi, as i bie ndërmend njeriu se jemi gjallë. E, pra, ne duhet ta nxjerrim vetë gomarin nga balta. S'kemi nijet të pleqërojmë në mes këtyre telave. Prandaj mos u çuditni, këndej është sekush për vete. Një kokë kemi e jo dy!

Shokut të Gjinit i priste gjuha brisk dhe, ndërsa bisedonte, porositi me dorë t'i sillnin një gotë birrë.

-Në daçi me dijtë, - tha Gjini, - mue ktu n'kafe m'ka çue bash zotni Petro. Shko, m'tha, mos i len vllaznit me pritë, dhe unë erdha. Tjetër s'di çka me thanë.

Unë mora frymë i lehtësauar dhe vështroja nga djemtë. Destani sa ishte kthyer nga jashtë. S'kishim ç'prisnim më!

-Atëherë, në qoftë se është kështu, - fola me një ton zyrtar, - më lejoni t'ju falenderoj në emër të Lartmadhërisë. Kjo tregon se ju s'e keni harruar mbretin, siç nuk e harron çdo shqiptar kudo që të gjendet…

-Jo, xhanëm, - më ndërpreu i nervozuar Petroja, - nuk e kam bërë për mbretin, po për Gjinin. Mbreti qoftë shëndoshë atje ku është bashkë me ata krerët e mi...

-Zotni Petro asht i partisë së Ballit, - sqaroi me të shpejtë Gjini.

-Sido që të jetë, - kapërceva bisedën unë, - ai ka bërë një gjest fisnik, se, të themi të drejtën, mërgata jonë flet shumë për besë e burrëri, po në të vërtetë ato nuk ekzistojnë. Njerëzit po i hanë kokën njëri-tjetrit...

-Ashtu është, ashtu, sekush b... e tij, - ia pat i nxehur Petroja, - unë e Gjini jemi nga budallenjtë e fundit që dolëm nga Shqipëria...

Ndërkohë, në kafene njerëzit qenë shtuar dhe salla sa vinte e mbushej me zhurmë e tym. Xhandarët kishin dalë. Dera e jashtme gërvinte paprerë. Fytyrat e emigrantëve shtoheshin.

Unë ngrita gotën dhe i ftova ta pinim për shëndetin e Petros. Këtë e bëmë ngadalë e pa zhurmë dhe mikut të ri iu bë qejfi, aq sa deshi të porosiste rishtas nga ana e tij, po nuk e lashë:

-Jo, jo faleminderit. Nuk na pret puna, se jemi për rrugë. Do të shkoni që tani të përgatiteni. Keni vetëm gjysmë ore kohë. Ne do t'ju presim te baraka e zezë, afër shtyllës së tensionit të lartë. Tani të përshëndetemi, tamam sikur do të ndahemi vërtet. Pagesën do ta bëjmë ne. Asnjë fjalë, ju lutem. Këtë e kërkon detyra.

Ata u bindën menjëherë dhe pas pak u ngritën të luanin rolin që u kisha ngarkuar. Na u hodhën në qafë e na puthën në buzë, duke na mbllaçitur keqas.

Kur mbetëm vetëm, djemtë nuk e përmbanin dot gëzimin. Kishin qejf të flisnin dhe mund të më kishin rrokur në qafë, po vështrimi im serioz i zmbrapsi.

-Dëgjoni këtu, - thashë, pa e bërë veten, - mos harroni, se tani që na duket se çdo gjë mbaroi me sukses, mund të vijë rreziku më i madh. pra, kini mendjen. Unë e Shpendi do të qëndrojmë dhe pak në tavolinë. Ti, Destan, do të ngrihesh e do të shkosh te makina. Shiko se ç'drejtim kanë marrë ata të dy. Shiko dhe nëse takohen me njeri. Na prit atje.

Pas disa minutash, si paguam kamerieren, dolëm dhe unë e Shpendi nga kafeneja. Në rrugë kontrolluam përqark me kujdes dhe morëm drejtimin për te makina. Destani po e pastronte nga jashtë, megjithëse shiu e kishte larë tërë natën.

4

Ata erdhën përsëri të dy. Ne i pamë larg tek vinin ngadalë, sikur po shëtisnin. Bile, zura dhe të dyshoja se mos kishte ndërruar mendje, sepse nuk mbanin asnjë plaçkë me vete. Po kur u afruan, vura re se Gjini ishte i fryrë nga trupi dhe ma mori mendja se ç'kishte fshehur nën kapotën e zezë.

Sapo u gjendëm përballë, unë ia bëra me dorë nga timoni dhe Destani i hapi menjëherë derën e pasme.

-Sikur të më merrnit edhe mua, - tha Petro Derveni, duke zgjatur kokën te xhami. – Do të bënit sevap të madh!

-Me gjithë qejf, - ia prita për të mos e lënë pa përgjigje, - po s'kemi asnjë vend. Po të doni, i bëni lutje mbretit. Ne gati jemi.

Ndeza motorin pa humbur kohë dhe ndërkaq nga pasqyra e vogël pashë major Gjinin që bëri kryq dhe zuri të gëlltitej e të gromësinte njëkohësisht. Çdo vonesë tani ishte me rrezik. I zgjata dorën Petros, shkela gazin dhe veç kur vura re që po kalonim përmes rrugës kryesore të fshatit.

Detyrat i kishim ndarë që përpara. Shpendi, në krahun tim shikonte jashtë se mos e ndiqte kush. Destani prapa merrej me Gjinin. E kishte shtrirë nën këmbëte tij, duke e mbuluar me dy batanije e sipër tyre kishte vënë disa plaçka. Në të parë, asnjë s'mund të dyshonte se aty rrinte shtrirë një njeri. Bile, as unë nuk e mendoja që Gjini të mblidhej ashtu e të bëhej një grusht burrë!

Derisa dolën në autostradë, ishin në tension. Mund dhe të na ndiqnin. Prandaj gjithë puna qe te shpejtësia dhe manovrimi për të humbur gjurmët. Makinat na vinin prapa një kohë e pastaj zhdukeshin. Destanit dhe Shpendit nuk u shpëtonte asgjë.

Afër kryeqytetit e ula shpejtësinë. Kishim hyrë në lumin e madh të makinave. Në Vjenë mezi çamë derisa dolëm matanë. Në një pikë të vetmuar u furnizuam dhe kontrolluam për herë të fundit makinën. Çdo gjë ishte në rregull.

Filluam prapë të vozitnim nëpër autostradë. Përpara na priste një rrugë e gjatë, e lodhshme, për më tepër me rreziqe. Misioni ynë tani po hynte në fazën më të vështirë.

Makina dridhej nga shpejtësia dhe veshët më gumëzhinin. Në rrugë lëvizja sa vinte e rrallohej. Ne ishim larguar mjaft nga kryeqyteti e megjithatë, djemtë nuk i ndanin sytë nga xhamat.

Në qytetin e parë urdhërova që ta zbulonin Gjinin. Destani ngriti batanijet dhe ai nxori kokën me flokët e rrallë, të ngjitur pas ballit, me nofulla të shtrënguara e sy të skuqur si sy lepuri, i mbytur i tëri në djersë.

-Çka ba vaki? – pyeti i trembur, duke mbajtur gojën hapur.

-Asgjë, po ngrehu e rri drejt…

-Shyqyr, shyqyr, - murmuriti me një zë lutës dhe u mbështet pas shpinës së ndenjëses, duke u përpjekur të ngopej me frymë.

-Ishallah, na daltë për hajër! M'besoni se jam dhe i smuetë. Plagët e të pafeve hala i kam gjallë n'trup.

-Besnikëve të mbretit gjithnjë u prin e mbara, Gjin Zhuri!

Padashur këto fjalë tingëlluan pak shpotitëse, sepse Shpendi më shkeli syrin, kurse Destani buzëqeshi në pasqyrën e vogël. Unë s'e bëra veten, po qëndrova serioz dhe, kur pashë që Gjini fuste e nxirrte duart nëpër xhepa, e pyeta:

-Ç'ke? Nuk je mirë?

-Pash Krishtin, ma nepni nji cigare se s'dij, se ku m'kanë hupë t'miat. M'janë hallakatë sendet nëpër trup…

Shpendi nxori paketën dhe ia vuri cigaren në buzë. Destani ia ndezi. Ai filloi ta pinte si i babëzitur, pa e hequr nga buzët, duke e mbajtur brenda një pjesë të tymit.

-Si, more zoti Gjin, nuk deshe të vije, - tha Shpendi duke u kthyer nga ai. – Nisen tre burra nga ana e anës, venë kokën në rrezik dhe zotrote bëje naze! Për nder të familjes, e di si më vinte të vija atje, të të rrëmbeja e të të futja me zor në makinë! Çdo gjë mund ta mendoja, po këtë jo!

Major Gjini tundte kokën me fytyrën e shtrembëruar:

-Randë je tue m'folë, po të drejtë ke. Tash dhe mue më vjen marre kur e kujtoj. Pasha Krishtin, s'e kisha mendue se paska ende trima, me ardhë mu n'zemër të Evropit e me t'zgjatë dorën vllaznisht. Mue kurrnjiherë s'm'asht ndie zani pët tutës, po para jush, pse me rrejtë, nuk jam trim. Kte qi keni ba ju, s'e kam ba kurrnjiherë, madje njiherë e nji kohë, kena hy n'Shqypni, hem prej toke, hem prej deti, hem prej qielli e kjo lypte trimni…

-Ajo trimni s'i duhet kujt, - u hodh Destani. – Me hy si hajn e me i ra popullit në qafë…

Në pasqyrën e vogël u duk fytyra e zymtë e Gjinit.

-S'kanë pasur faj këta të shkretët, - u detyrova të merrja fjalën unë. – Këta vuanin e humbitnin kokën nëpër male, të tjerë kapardiseshin në kafenetë e Evropës e të Amerikës. Mbreti, thonë, s'e deshi veten sapo e kuptoi më në fund se po i vinin njerëzit dëm.

-Komunistët, - tha Shpendi, - e kanë bërë vendin vakëf. S'bëhet shaka me ta.

Major Gjini lëshoi një të sharë të rëndë sikur ta kishte shkelur njeri në vend të keq. Unë s'desha të zgjatej më kjo bisedë dhe urdhërova:

-Nxirrni, o Destan, ato ushqime, të hamë, se kemi që mbrëmë pa futur gjë në gojë.

Pasdreke vonë zuri të binte shi. Hijet e natës zbrisnin me nxitim nga malet. Ne kishim lënë pas autostradën e ngjiteshin nëpër rrugë malore. Udhëtonim gjithnjë nga lindja në perëndim, duke i rënë Austrisë gati mes për mes. Akrepi i shpejtësisë tani anonte nga e djathta. Unë e Destani kishim ndërruar vendet. Ai kishte marrë timonin. I huaji flinte në krahun tim. Një erë e rëndë s'më linte të merrja frymë lirisht.

Unë s'isha i qetë derisa të kapërcenim kufirin e parë. Shqetësimi më rritej sidomos kur vija re ndonjë dritë që na shoqëronte nga pas për një copë herë. Sepse më shkonte mendja te Petroja. Ç'mund të kishte ndodhur vallë pas ikjes sonë? A e kishin marrë vesh autoritetet e kampit se një emigrant ishte larguar fshehurazi?

Ne duhej të arrinim sa më parë kufirin, në mënyrë që të mos u jepnim atyre kohë për të marrë masa. Në qoftë se ata do të njoftonin postat e kufirit, punën do ta kishim pisk.

E pra, e mendoja dhe këtë. mendoja sikur të na kapnin, ç'mund të ngjante? Ne nuk po merreshim me kontrabandë. As hajdutë nuk ishim. Njeri s'kishim vrarë. Unë kisha ardhur në këtë vend neutral të kryeja një detyrë që i shërbente popullit tim, sigurisë së atdheut. Ishte fare e qartë se nuk bëja asgjë të keqe, përkundrazi po i hiqja qafe një njeri që, në fund të fundit, çdo gjykatë e paanshme do ta dënonte për krimet që kishte kryer. Po ky ishte vetëm një iluzion i çastit, sepse, po të ndodhte kjo, sado të drejtë të kisha, do të vihej në rrezik tërë puna ime dhe një gjë e tillë s'ishte hiç e mirë. Detyra ma kërkonte që kriminelin e luftës, Gjin Zhurin, ta nxirrja matanë kufirit dhe ai të më shërbente mua, ashtu siç doja unë...

Para se të hynim në zonën e kufirit, ramë në një rrugë të drejtë, prej nga mund të kontrollonim gjithçka prapa. Dy drita verdhoshe që m'u dukën për një kohë se na vinin pas ishin zhdukur. Lëvizjet e makinave tani qenë të pakta. Ora sapo kishte kaluar mesnatën. Çdo gjë tregonte se ishim larg rrezikut të ndonjë ndjekjeje.

Unë kisha mbështetur ballin në dritare dhe shqyeja sytë jashtë. Sipas hartës, po i afroheshim brezit kufitar dhe këtë e kuptova akoma më mirë nga një kishë që ndodhej buzë rrugës, të cilën e kisha vënë re që më parë, I thashë Destanit të ndalonte. Ai frenoi menjëherë dhe Shpendi hapi sytë. I huaji nuk u ndje fare.

-Arritëm, - pëshpërita, - shuaji dritat përpara.

Në errësirën e natës së thellë shquanim projektorët e postës kufitare sipër në qafë. Ne qëndruam një copë herë në terr derisa na u mësuan sytë. Pastaj unë lëviza dhe ndjeva që koka e Gjinit u ngrit lart dhe ai tha i trembur:

-Ç'asht? Ç'ka ba vaki?

-Arritëm në kufi, - u përgjegj Shpendi.

-Pashë zoten! – psherëtiu ai i lehtësuar e lëvizi duart. Me siguri bënte kryq. Unë sytë i mbaja përpara.

Rruga ishte kredhur në errësirë të plotë. Deri në qafë kishte afro katër kilometra.

-Dëgjoni, - thashë me një zë urdhërues, - tani fillon pjesa më e rëndësishme e detyrës sonë. Jemi para momentit më delikat. Prej këndej varet suksesi ose disfata jonë. Prandaj, duhet kujdes, gjakftohtësi e guxim. Po, në radhë të parë, kujdes! Do të veprojmë në këtë mënyrë: ju të dy, ti Destan, e ti, Shpend, do të merrni makinën dhe do të kaloni kufirin legalisht. Unë e zoti Gjin do të çajmë pyllin në këmbë e do të dalim matanë. Rruga është e vështirë dhe krejt e panjohur. Mund të na dalin dhe rreziqe të papritura. Po ne duhet t'i kapërcejmë se s'bën. Ju do të na prisni dy kilometra tutje kufirit. Do të rrini atje me drita të shuara. Në qoftë se mua dhe zotit Gjin na ndodh ndonjë gjë, atëherë ju mbathjani për Bruksel. Ju duhet të shpëtoni.

-Jo, për besë, s'e kena kështu, - tha Destani. – Pse mos me shkue unë me zotni Gjinin e ju me kalue me makinë.

-Atë e di unë, - ia ktheva pa mëdyshje. – Mos ki merak, se çdo gjë e kam menduar mirë.

Si gjithnjë dhe kësaj here më preku bujaria e guximi i Destanit. Po dëshirën nuk mund t'ia plotësoja, jo ngaqë s'kisha besim, por sepse mendoja se në atë moment të vështirë më takonte mua të jepja shembullin, aq më tepër që Gjini kur të arrinim në Bruksel, do të fliste e do të tregonte. Atëherë ç'më mbetej mua, në qoftë se i nxirrja gështenjat nga zjarri me duart e huaja?!

Unë për këtë qëllim kisha marrë këtë rrugë.

-Mue baba m'ka porositë mos me iu nda mikut, - tha Destani i pakënaqur.

-Po kur mikut, - ia prita buzagaz, - i bëhet më mirë kështu, duhet ta dëgjosh…

-Pasha zotin, - u betua Destani, - në qoftë se t'ndodh gja, unë u ktheva. Pa ty, nuk shkoj gjallë n'shpi…

Hapa derën dhe e këputa bisedën në mes:

-Zbrit, zoti Gjin. Hiqi sendet që ke futur në trup. Ju nisuni dhe mos na prisni atje përpara dy orësh.

Kur mora të zbrisja, Destani murmuriti diçka nëpër dhëmbë. Bëra sikur nuk dëgjova dhe dola jashtë në rrugë.

Shiu kishte pushuar, po në qiell kishte lëvizje të madhe resh dhe frynte era e jugut. Një vello e zbardhëllyer mjegulle, që mezi shquhej, po binte mbi drurët e dendur të pyllit. Kjo nuk ishte gjë e mirë. Nuk më pëlqente as lëvizja e madhe e reve për në lindje, se mund të dilte hëna.

Ne u ndamë në heshtje dhe morëm rrugën për nga krahu i majtë. Tutje më të djathtë llapste ndërtesa e postës së kufirit. Fasha drite zgjateshin në të dyja anët. Ne zbritëm në një lëndinë e përmbytur nga uji dhe, si u larguam nga rruga rreth peseqind-gjashtëqind metra, iu ngjitëm një bregoreje të butë të veshur me shkurre të thata. Atë kohë, u dëgjua zhurma e makinës sonë që u nis në drejt të postës.

Unë ecja përpara, Gjini vinte pas. Nuk shkëmbenim pothuajse asnjë fjalë. Lëviznim ngadalë, disa metra larg njëri-tjetrit, me trup të përkulur sikur t'u ruheshim plumbave. Ai ishte i hutuar, sado që s'kishte detyrë tjetër veçse të vinte pas meje. Po dhe unë s'e kisha të lehtë, sepse nuk e njihja vendin. Vetëm se e kisha soditur nga larg dhe e kisha studiuar në hartë. Asgjë tjetër, veç dritave të postës, nuk na shërbente për orientim.

Papritur qielli u ça dhe mbi kokat tona doli hëna. Ishte një hënë e zbehtë, po drita e saj zbriste deri poshtë. Ne po i afroheshim pyllit.

-Ku zotin na duel dhe kjo djallushe, - pëshpëriti Gjini. Tash s'e kena punë mirë. I njof unë djerrinat e kufinit.

-Sa të arrijmë pyllin, - thashë unë.

Para nesh nxinin drurët e një pylli që shtrihej përgjatë brezit kufitar. Po sa më shumë i afroheshim atij, aq më tepër na pengonin kaçubat e ferrat. Mezi çanim përpara, pasi ato na ngjiteshin herë nëpër rroba, herë nëpër flokë. Për më tepër, binim nëpër gropa uji. Gjini shante me një gjuhë të rëndë.

Kur hymë brenda në pyll, morëm frymë të lehtësuar, por gëzimi ynë nuk zgjati shumë, sepse, pasi ecëm një kohë, na humbi nga sytë drita e postës. Atëherë sikur u çoroditëm. Na dukej se kishim rënë në një gropë të thellë dhe s'dinim si të dilnim prej andej.

Qëndruam një copë herë në vend, duke vërtitur sytë nëpër errësirë. Dëgjoheshin zëra të pashquar mirë, që vinin nga larg. Më shkoi mendja te qentë e kufirit dhe u shqetësova pak. Mund që ata t'i kenë lëshuar nëpër pyll. Vetëm atyre s'kishe çfarë t'u bëje. Nuk di se çfarë mendonte Gjini që e kishte kaluar sa herë kufirin. Po ai rrinte ulur në një trung të prerë dhe s'ndihej për të gjallë.

Fillova të lëvizja sërish. Vendi tani vinte i përpjetë. Ne po i ngjiteshim kodrës, duke çarë në mes ferrash e gëmushash, duke u kapur pas drurëve. Errësira ishte dendësuar aq shumë, sa e kishim të vështirë të orientoheshim. Lëviznim me hamendje dhe mundoheshim si e si të shkonim përpara, të ngjiteshim lart. Po ai që e ka provuar të përshkojë një pyll të panjohur, sidomos natën, e di ç'do të thotë një udhëtim kësisoj. Në të vërtetë ne nuk ecnim, po lëviznim duke u kapur pas drurësh e degësh dhe dilnim ku na nxirrte shtegu.

Vetëm kur pamë disa drita, kuptuam se ishim ngjitur lart në kodër. Bile, për një çast dyshuam se dritat qenë shumë larg dhe s'na e merrte mendja që të ishim larguar aq shumë nga posta. Për këtë u bindëm, pasi hipa unë në majë të një druri dhe vështrova vendin përqark.

Gjendeshim pothuaj paralel me postën kufitare dhe poshtë nesh vinte faqja tjetër e kodrës krejtësisht e zhveshur. Më tutje dukej turbull autostrada, ku lëviznin më të rrallë drita makinash.

-Tani do ta bëjmë rrugën duke u zvarritur, - i thashë Gjinit kur zbrita. – Do të lëvizim barkazi që të mos na diktojnë.

-Mos, bre burrë, - ma ktheu ai.

-Të kam ditur më të fortë, o Gjin Zhuri.

-Ti ke kujtue Gjinin e parë, po Gjini i parë ka hupë. Tash shyqyr që marr frymë!

-Vazhdojmë, - thashë, - se, po na lëshuan projektorët, e mori dreqi tërë punën…

-Veç ma kadalë…

-Më ngadalë se të zvarritesh s'ka, - qesha unë dhe zura të lëvizja nëpër një shteg nga dukej drita e postës.

Faqja tjetër e kodrinës vinte më e pjerrët. Toka ishte e shkrifët, gati ranore. Dukeshin vijat e ujit dhe gropat e erozioneve. Poshtë nxinte fusha mbushur me pellgje të mëdha. Nga larg dëgjohej zhurmë motorash.

Gjithë faqen e kodrinës deri poshtë, ne e zbritëm këmba-doras si mace. Vetëm nga pëllëmbët e duarve kuptonim se ku shkelnim. Vendi ishte herë i fortë, mbuluar me gurishte, herë i butë, ku dora e këmbët fundoseshin në baltë. Unë lëvizja gjithmonë përpara. Ai ndiqte gjurmët e mia.

Më në fund ramë në fushë dhe atje filluam të zvarriteshim barkazi. Shkuam deri te një hendek dhe qëndruam. Ndjeva që isha lodhur, por nuk e bëra veten. Lëviza dhe prita që Gjini të më ndiqte, po ai s'u ndje fare.

Ktheva kokën dhe pashë që ai ishte shtrirë sa gjatë e gjerë me mjekër në dhe. I pëshpërita, ai s'mu përgjigj. I fola, ai prapë nuk më foli. U avarrita pas dhe iu afrova.

-Ç'ke? – i thashë me inat të përmbajtur.

-Pushojmë, bre burrë, - tha ai duke gulçuar. – S'më mban trupi, jam squllë krejt…

Nuk fola dhe prita në heshtje derisa ai të merrte veten. Më kishte kapur një nervozizëm dhe më vinte ta shaja. Doja vetëm një shkak. Po ai s'bëhej për të gjallë dhe kushedi sa do të qëndronte ashtu, në qoftë se unë nuk do t'i kisha murmuritur me një hakërrimë memece që të luante vendit.

Atëherë ai bëri sikur lëvizi, por, sa u zvarrit pak, prapë ngeci në vend.

-S'mundem ma, për gjak të Krishtit, - gulçoi me frymë të marrur. – Më janë zgjue plagët n'trup si me m'hangër shtatqind mica…

Edhe këtë nuk e kisha menduar! Ç't' bëja unë asaj kafshe tani që ishte zhgërryer në baltë dhe s'lëvizte dot?

-Pashë zoten, m'len me dekë njiktu! – thirri ai i dëshpëruar.

Unë menjëherë i vura dorën në gojë.

-Pusho! – i pëshpërita egër. Pastaj e mblodha veten dhe u mundova ta qetësoja.

-Shoku nuk lihet në baltë. Ne o shpëtojmë të dy, o vdesim bashkarisht.

Ai rënkonte mbyturazi si një egërsirë e plagosur.

-Hë, se edhe pak na mbeti. Ja, i sheh dritat?...

Ai sikur s'më dëgjoi se çfarë i thashë e ia pat:

-Ma ndiz nji cigare...

-S'është koha për cigare, - i pëshpërita.

Ai e kishte humbur krejt toruan dhe unë u detyrova t'i thosha:

-Kapu fort pas meje!

Nuk më kundërshtoi. Ndjeva duart e tij si kthetra mbi trupin tim dhe zura të zvarritesha barkazi nëpër fushën e lagur. Deri te rruga kishte mbetur dhe gjysma e saj.

Është e vështirë të them se çfarë ndieja në ato çaste. Ai më kapte ku mundte, veç mos mbetej në vend, dhe kjo më sfiliste. Më dukej se më kollaj ndoshta do ta kisha të shkoja në këmbë deri në Bruksel, sesa të zvarritesha ashtu nëpër baltë duke tërhequr kufomën e tij. Po nuk shihja rrugë tjetër: ose ta lija atë atje, dhe të pranoja se e kisha humbur davanë, ose ta nxirrja matanë, duke bërë të pamundurën.

Prandaj m'u desh të zvarritesha me duar e me këmbë, të zhytesha nëpër baltë, i mpirë nga lodhja e të ftohtët. Sytë më qenë errur. Mendimet mezi më lidheshin. S'mendoja gjë tjetër, veç si të arrija deri te rruga.

Njëherë ai se ç'tha me vete, po unë nuk e mora vesh. Kur e përsëriti, kuptova se shante e mallkonte të pafetë që e kishin katandisur si mos më keq. pastaj shtoi se po të gjente një nga ata, do ta mbyste në çast me duart e tij. Nuk fola. Mblodha veten dhe qëndrova një hop në vend. Fjalët e tij më tingëlluan si një tallje e hidhur dhe për herë të parë mendova se në ç'pozitë të vështirë isha vënë. Unë po tërhiqja vrasësin e shokëve të mi, atë që kishte vrarë Haxhi Zetën, bartja një bandit, armikun tim... Bile, tek zvarritesha, ai për një kohë s'u ndje fare e trupi iu rëndua aq tepër, sa kujtova se e kapi gjumi pjesërisht mbi trupin tim dhe kjo më tronditi tepër. Urrejtja më zuri frymën. Më erdhi të ngrihesha në këmbë e ta mbysja në vend. Të shpëtoja njëherë e mirë nga ajo gjendje poshtëruese. Po ç'do të fitoja prej kësaj? Vetëm do të shfreja dufin që ziente përbrenda e asgjë tjetër. Detyra do të mbetej në mes dhe atëherë do të më duhej të pranoja përpara kundërshtarëve te mi disfatën.

I kisha bërë buzët gjak dhe, kur fillova të lëvizja rishtas, trupin s'e ndieja timin. Mundohesha vetëm të luaja këmbët e duart, sidomos të shtyhesha me gjunjë. Sytë më qenë përlotur e përshkënditeshin nga dritat e makinave. Dëgjoja turbull zhurmën e tyre.

-Lëshomë! – i pëshpërita rreptë dhe u shkëputa menjëherë prej tij. Ai si një trung i thatë ra në një pellg të vogël uji.

Disa metra më tutje ishte një hendek i ngushtë dhe më tej, vinte hendeku i rrugës. U ngrita në këmbë dhe vërejta me kujdes. Në atë kohë nga ana e postës dritat e një motoçiklete binin mbi një makinë që priste në errësirë. Nuk u bosoja syve. M'u bë si një xhips ushtarak dhe më shkoi mendja te rojat e kufirit. M'u kujtua Petro Derveni.

I fishkëlleva lehtë Gjinit që të afrohej. Ai erdhi këmbadoras dhe qëndroi në këmbët e mia. E pyeta për makinën. Ai s'dinte ç'thoshte, veç murmuriste me gjuhë të ntrashur!

Në rrugë zotëronin errësira dhe heshtja e plotë. Asnjë lëvizje. Asnjë dritë. Unë isha ngritur në këmbë dhe shikoja me vëmendje. Dikush ndezi cigaren brenda në makinë. Xhami i përparmë llamburiti. Më ngjau se shqova kukullën që qëndronte varur në anën e djathtë të tij. Nuk po kuptoja se përse njëri nga djemtë nuk priste jashtë makinës, ashtu siç e kisha porositur. Kjo më ngatërronte dhe kisha harruar se ishim vonuar aq shumë, sa ata mund të qenë lodhur së prituri apo të kishin humbur shpresën dhe prisnin brenda.

Kalova në hendekun e rrugës dhe u ngjita nëpër sopin e pjerrët. Tani makinën e vija re mirë. Njëra derë, nga ana ime, ishte gjysmë e hapur. Atëherë u kollita, u kollita fort dhe dëgjova jehonën në qetësinë e thellë të natës. U platita një çast përtokë dhe pastaj desha të ngrihesha, po atë kohë jehoi nga larg zhurma e një makine që vinte nga ana e kundërt e kufirit. U kollita disa herë me radhë derisa dëgjova kollën kumbuese të Destanit nga brenda kabinës. Pas pak, ai doli dhe hapi kapakun e bagazhit prapa makinës. Ishte vetë Destani!

Atëherë nuk durova më. U ngrita vrik në këmbë dhe iu afrova nga prapa. Ai s'e bëri veten fare dhe vetëm kur i fola, u kthye dhe më përqafoi e me zë të ulët tha:

-Ku jeni bre, se na luejtët mendsh?

Hyra në makinë dhe ndjeva të më përqafonte Shpendi. Isha aq i hutuar, sa harrova fare se major Gjini priste shtrirë në hendekun matanë rrugës. Bile, tani që kishte kaluar rreziku, më ishte zgjuar një ndjenjë therëse hakmarrjeje. Të paktën ta lija ashtu një kohë të zhytur atje në batak si një kufomë të harruar! Më tundonte kujtimi i Haxhi Zetës, vrarë nga dora e tij.

Pak më vonë "Citroeni" ynë rrëshqiste me shpejtësi nëpër autostradë. Timonin e kishte Destani. Unë e Gjini qemë mbështetur në ndenjësen e pasme. Në kabinë ndihej një atmosferë përgjumjeje. Ora po i afrohej mesnatës.

S'kaloi shumë dhe zunë të më avullonin rrobat e qullura, nëpër shpinë më shkonin të rrëqethura. Isha fare i këputur, sikur të më kishin rrahur keqazi. Gërhitja e fortë e atij që kisha në krah më bëhej si piskamë në vesh. Dalëngadalë qepallat m'u kolitën dhe humba në një gjumë të rëndë.

U zgjova në dritën e diellit, kur po kalonim nëpër një rrugë plot zhurmë të një qyteti të panjohur. Gjini akoma nuk ishte zgjuar dhe, nga të ftohtët, qe rrudhur e zvogëluar, thua se kishte mbetur gjysma e atij që kishte qenë.

Qëndruam në të dalë të qytetit sa u furnizuam dhe u vumë prapë në rrugë. Në timon u ula unë. Urdhërova pastaj të hanim bukë dhe të zgjohej Gjini. Gjini mezi u përmend, bile mori bukën e sallamin e trashë gjerman në dorë dhe i hante me sy mbyllur. Shpendi qeshte, kurse Destani e vështronte i mëritur e me përbuzje.

Ne tani ngjiteshim vazhdimisht për në veri. Duke iu shmangur rrugës nga kishim ardhur, kalonim nëpër rrugë të tjera. Lëviznim ngadalë. Për një kohë në xhamin e përparmë feksnin shkopinjtë e bardhë të policëve gjermanë, kasketat dhe dorezat e tyre të bardha, trupat e mëdhenj, të ngulur nëpër kryqëzimet e rrugëve dhe nëpër sheshe...

Kur filloi të binte nata përsëri, u thashë djemve të flinim. Në atë kohë Gjini ishte zgjuar dhe i kishte ardhur goja. Atij i pëlqente tani të bisedonte, po ata nuk ia varnin. Ai kishte zënë vend në krahun tim dhe dërdëlliste.

Dita ishte shumë e shkurtër. Shi nuk binte më, po shtrëngonte të ftohtët. Një erë e fuqishme rrihte pareshtur makinën. Nata ishte aq e errët, sa shpesh më bëhej sikur po kalonim nëpër një tunel të pafund.

Në gjysmën e dytë të natës rruga u lirua krejt. Lëvizjet qenë shumë të rralla. Unë shkela gazin sa s'kishte ku të vinte më dhe makina u sul përpara si një pelë e azdisur. Ajo dridhej e tëra dhe gulçonte me të madhe. Djemtë flinin.

Atëherë hapa bisedën shtruar me Gjinin. Ai akoma ishte i habitur e i hutuar. Nuk donte të besonte për gjithë sa po ndodhte. Ai qe dinak i madh dhe, sado që mendonte se në këtë mes kishte ndërhyrë mbreti, i dukej një çudi, gati e pabesueshme që të kishte mërgata njerëz të sakrifikonin për shokun. Po unë gjithë kohën s'bëra gjë tjetër veç i përrallisa për partinë e mbretit dhe degën e Brukselit, i fola për punët që kishim kryer, për organizimin dhe planet që na prisnin. I thashë se dega përpiqej të krijonte një mbretëri shqiptare në mes të mërgatës dhe sado që s'kishte truall ku ta vendoste fronin, këtë do ta ngrinte njëherë për njëherë në zemrën e çdo shqiptari…

Major Gjini erdhi e u deh nga këto fjalë. Iu zgjeruan flegrat e hundës. Lëvizte gjuhën nga një cep i buzëve në tjetrin dhe përsëriste: "Pashë Krishtin!" Ai nuk dinte si t'i gëzohej miqësisë sime që erdhi aq papritur.

Pastaj dalëngandalë ia lashë fjalën atij. Gjithë sa foli në fillim ishte një lutje qaramane dhe mua m'u desh ta dëgjoja me durim derisa të hynte në bisedën që më interesonte.

Major Gjini zuri të fliste lirisht dhe nuk mund të them se ç'e shtyu që të zbërthehej dalëngadalë. Një gjë ishte e qartë që ai qe i dëshpëruar, i mbushur me një mllef të zi, i vrarë krejt, i çoroditur dhe ndiente nevojë të shfrente. Unë në fund të fundit isha shoku i tij, një i arratisur, i ndjekur nga komunistët. Isha unë që kisha marrë rreziqet në sy dhe e kisha nxjerrë nga kampi. Unë, i besuari i mbretit dhe udhëheqës i besnikëve të tij… E kujt tjetër, veç meje, mund t'ia besonte hallet e inatet e veta?

Atëherë ai nisi të tregonte. Tregimet e tij ishin të gjata e të hollësishme, plot mburrje e betime. I kishte hipur në kokë, të më mbushte mendjen se dhe ai kishte qenë dikushi, se dhe ai kishte pasur pozitë dikur, madje jo pa rëndësi, se edhe atij i kishin besuar detyra delikate, se dhe ai kishte bërë diçka me vlerë në luftën kundër komunistëve, paçka se tani ishte katandisur keq. Ai më tregoi se si i kishte ndërsyer disa malësorë njëherë e një kohë kundër kuqaloshëve, më foli për zonat ku kishte vepruar, si kishte vrarë një gjeolog në gjumë, përmendi jatakët që e kishin strehuar, zuri në gojë emra priftërinjsh, u mburr me disa njerëz me të cilët kishte bashkëpunuar, shau disa të tjerë, kujtoi eprorët e tij që drejtonin nga jashtë dhe nuk e njihnin kurrkund situatën brenda…

Unë e dëgjoja i qetë, bile i shkujdesur, sikur t'i kisha dëgjuar dhe herë të tjera. Po falë kujtesës së fortë, nuk shqetësohesha se mund të harroja ndonjë gjë. Toni i tij herë – herë bëhej raportues, ai fliste me fraza të shkurtra, duke i theksuar gjërat e rëndësishme, dhe unë nuk e ndërprisja. Vetëm në mbarim të çdo tregimi, i përsërisja se këto ishin çështje të rëndësishme dhe duhej t'i përgatisnim një raport të hollësishëm vetë mbretit!

-Po tani si i kemi punët në Shqipëri? – e pyeta afër veshit, duke pasur parasysh se gjitha sa më tregoi i takonin një kohe të kaluar. – Ç'bëjnë njerëzit tanë atje?

Ai u mundua të më shihte në sy dhe s'foli një kohë. Gjymtyrët e makinës dridheshin nga shpejtësia dhe era e rreptë e fushave të Gjermanisë. Dritat përpara mezi çanin në errësirën e dendur të asaj nate të thellë dimri.

-S'di ç'ka me të thanë... - tha ndërdyzash e i mërzitur. – Besa, ka do vjet që punëve tona atje s'u del kush zot... Do kokrra që janë, s'i duhen kujt...

-Ç'bën patër Vinçenci?

-Kush? – u habit ai.

-Patër Vinçenc Oroku që doli kohët e fundit prej andej, - sqarova unë dhe mbajta kokën kthyer nga ai. – A e ke takuar?

-Po, takue e kam, - foli i menduar Gjini. – Erdh e m'takoi kur ka kalue prej Vjene. Hala s'e kishte marrë vedin, megjithëse kishte do kohë që kishte dalë prej andej. Bisedueme gjatë e hollësishëm...

-Mbreti është i interesuar shumë për patër Vinçencin, - thashë si pa të keq, - prandaj, sapo të arrijmë, do t'i raportosh menjëherë...

-Njajo asht gjaja ma e kollajt...

-Thonë se patër Vinçenci di gjëra të rëndësishme. Thonë se do të shkonte dhe te papa, në mos ka shkuar...

Gjini shkeli menjëherë buzën e poshtme dhe ktheu kokën prapa:

-Tash po bisedojmë, he burrë. Kena kohë...

Unë rrudha sytë dhe s'e ngava për një kohë. Ai pinte cigare pa pushim. Djemtë vazhdonin të flinin të qetë.

-Më kanë thënë, në mos gaboj, - zura ta ngisja rishtas bisedën, - se ke marrë pjesë në një mbledhje të rëndësishme para se të kaloje në Austri...

-S'di për ç'mbledhje e ke fjalën? – pyeti ai duke picërruar sytë djallëzisht. – Mbledhje kam ba boll andejna.

-Për mbledhjen e Nishit.

-Bash në shenjë i ke ra. Njajo ka kenë e fundit mbledhje e rëndësishme.

-Pse e fundit? – e pyeta dhe nxora çakmakun e i ndeza një cigare që mbante në dorë.

-Pse mandej jam hudhë për kndejna. Kështu rrodhne punët.

Nuk fola një copë herë. Kushedi si mund ta merrte interesin tim të ngutur. Njerëzve si Gjin Zhuri dyshimet u ishin bërë natyrë e dytë. Por në rrethanat që ndodhej ai, kur shikonte se sa poshtë qe rrëzuar, e ndiente të nevojshme të tregohej para meje se edhe ai prapë ishte dikush. Dhe e vetmja mundësi që i kishte mbetur ishte që të më besonte ndonjë të fshehtë.

-Tash po flasim gjan' e gjatë për atë mbledhje e për punët që kanë ardhë për mbas saj. – Gjini ktheu kokën nga djemtë dhe më shkeli syrin.

-Fol, fol, - thashë ultazi me një shpërfillje të lehtë. – Se s'dëgjojnë gjë ata.

-Mos e thuej atë fjalë, se edhe muret kanë veshë.

-Këtu s'kemi mure, - qesha. – Veç rruga është e gjatë dhe mos na zërë gjumi.

Ai përveshi buzët dhe rrinte i thithur në mendime. Unë mora të vërshëlleja lehtë. Përpara zgjatej si shigjeta në errësirë rruga fushore.

-S'di a e ke marrë vesht, - filloi ai si të fliste me vete, rrëzë veshit tim, - që atë mbledhje e kanë pasë thirrë, tue ra n'ujdi midis vedi, amerikanët, jugosllavët e grekët. Planet i kanë pasë t'lakmueshme fort. Fillojshin në tokat kojshi e arrijshin brend n'Shqypni. Na thirrne dhe ne, tue na zgjedhë kokërr për kokërr midis t'arratisunve, pa pyetë hiç se kujt parti i përket. Tanë puna ka kenë me u mbledhë e me u përgatitë; me u stërvitë si me i ra Shqypnisë komuniste nesër nadje. Na kena ba shyqyr që i arritme ket ditë e kena ra n'godi menjëherë. Atëherna jena mbledhë veçmas shqiptarë me shqiptarë, tue pasë përbri dhe miqt dhe e kena pleqnue mirë e mirë. Kishte ardhë ora e pushkës! Por s'kishte kenë e lehtë me u mbushë mendjen njerzve. Do prej tyne deklaruen me fjalën e parë se ma mirë vdesim n'kampe nga perëndia sesa n'Shqypni nga plumbi. Të tjerë thanë se le t'vijë ajo ditë që miqt' t'i bijnë Shqypnisë e na mbrapa tyne jena, po ajo ditë s'po vjen e na s'dona me besue kollaj. Unë isha prej ktyne të dytve, se boll kam hjekë e vuejtë tue hy e dalë n'Shqypni si cub i keq. Por s'kam folë, se kishte boll prej atyne që kjenë gadi për me shestue të tanë ato që u vendosne në Nish. Tanë t'arratisunit filluen me i shpërnda n'bazë të planit nëpër tokat kojshi dhe me i stërvitë... Tash i ke gjithkund, ku bjen ma afër kufini i Shqypnisë, n'Janinë e n'Prizren, n'Kostur e n'Guci. N'det ka të tjerë që bajnë punën e vet... Tjetër s'di çka me t'thanë.

-Po ti, ku shkove? – pyeta serioz, duke e ngadalësuar shpejtësinë e makinës.

-Unë kalova n'Austri, - ia pat ai me të shpejtë dhe mori të ndizte një cigare rishtas.

-Domethënë nuk u inkuadrove në planet e miqve?

-Jo, - shqiptoi ai i druajtur dhe pastaj shtoi i shqetësuar. – Me thanë t'drejtën, nuk ma mbajti me hy përsëri n'Shqypni, ku m'caktuene. Mandej s'kisha takat. U thaç. T'punojne e t'vuejnë dhe t'tjerët sa Gjin Zhuri e t'shofim a barabitemi. Po ata s'deshën me ia dijtë. M'thanë shko ku thrret detyra e antikomunizmit. Por unë gjeta rasën e kalova kndejna. Dola n'Austri. Tjetër s'di çka me t'thanë.

Unë s'fola, vërtisja timonin nëpër duar dhe mundohesha t'i shpëtoja vështrimit të tij. Ai s'e ndiente veten të qetë, pa ditur mendimin tim rreth atyre që më kishte treguar.

-Ndoshta s'më takon mua të gjykoj, - thashë duke parë përpara, - se këtë do ta gjykojë vetë Lartmadhëria, po më mirë do të kishte qenë të qëndroje atje ku të kishin caktuar. Se nesër, po të ndodhi gjë, lipset dhe mbreti të ketë gisht, ndryshe s'të vë njeri në hesap. Pra, na kushton si parti, e kupton?

Ai u prish keq në fytyrë dhe shpërtheu i nervozuar:

-Tash për tash s'due me kuptue asgja. Njato qi kam kuptue, m'bajnë me folë e me veprue ksisoj. I lumi ti që beson e lufton!

Unë buzëqesha, tunda kokën, pastaj i thashë:

-Mirë, mirë, o Gjin Zhuri! Po mos harro se ti je nga thesaret e pakta të Legalitetit. Përpara e kemi kohën, do të rrijmë e do të bisedojmë. Je i lodhur, pa flet kështu!

Në xhamin e përparmë vezulloi prushi i dritave të një qyteti të panjohur. Nata ishte në të thyer. Ndieja të më rëndonin qepallat dhe duart mbi timon më qenë ngathtësuar. Ishte koha që të ndërrohesha me Destanin.

5

Më zgjuan afër drekës, kur kishim arritur në Shapel, në qytetin e fundit, para se të hynim në zonën e kufirit. "Citroeni" kishte qëndruar në një shesh, në mes të një vargu makinash që pushonin. Frynte thëllimi i ftohtë dhe horizonti ishte zënë nga retë e ulura gjer poshtë dhe nga tymi i uzinave që rrethonin qytetin.

Unë e Destani hapëm hartën dhe zumë ta studionim kokë më kokë. Ndërkaq Shpendi shkoi të merrte ushqime, kurse major Gjini picërronte në dritare sytë e zvogëluar si të pulës.

Kishim përpara pengesën e fundit. Shikonim hartën dhe vështrimi i të gjithëve qe ngulur në një pikë, ku si në një nyjë gërshetoheshin vija të zeza, të kuqe, të blerta. Në atë pikë piqeshin kufijtë e tre shteteve. Nga një anë Holanda, nga ana tjetër Belgjika. Ne gjendeshim në tokën gjermane.

Vijat paralele në hartë ishin rruga automobilistike dhe shinat e hekurudhës. Ato kalonin djathtas për në

Holandë e majtas për në Belgjikë. Kapërcimi i kufirit këtu kërkonte kujdes të madh, sepse shmangia më e vogël të çonte në anë të kundërt. Për më tepër ne do të kalonim natën dhe nëpër një terren krejt të panjohur.

-Qenka fort e ngatërrueme, - tha Destani i merakosur.

Nuk fola dhe ndërkaq thashë me vete: "Këtë e di, mor shpirt i vëllait. Ke gjë tjetër të më thuash?"

-Pse s'u kthyeme andej kah erdhët? – më shungulloi në vesh zëri i Gjinit që kishte zgjatur qafën e hollë nga ne.

-Andej s'kishim si të ktheheshim, - ia prita. – E para e punës, posta gjendet mbi urë. Kufirin e ndan lumi dhe, që të kapërcesh kufirin, duhet të kalosh përmes lumit. Në këtë kohë të keqe, as që mund të bisedohet një gjë e tillë.

Gjini hungëroi, si dukej deshi të thoshte diçka, po s'e la Destani:

-A ban me e provue njiherë unë e Shpendi? Po shkojmë e po e kqyrim vendin tash sa asht ditë.

-Kam frikë se mos u biem në sy e na dalin telashe, - thashë i menduar. – Më mirë kur të shkojmë të gjithë.

Si erdhi Shpendi i ngarkuar, e mbyllëm hartën dhe, ndërsa na ndante bukën, ai tha me shaka se jemi bërë padashur si komunistët, të gjithë njësoj dhe ushqimet i kemi ndarë në mënyrë të barabartë.

Major Gjini zgjati këndet e buzëve e s'u ndje. Destani tha gazmor:

-Mirë boll, besa. S'ka çka na lypet paria... Axhën Manush e kena mjaft popullor...

-Mos më bëni edhe mua komunist, ruajna, zot! – thashë duke qeshur. Qeshën dhe të tjerët.

-Leni mos i kujtoni dreqnit e mallkuem, - tha i zymtuar Gjini. – Mjaft kena hjekë prej tyne...

-Ju po, - ia ktheu Destani menjëherë, - po unë, jo për besë... N'daçi me e dijtë, të keqen s'ua due...

-Pse s'thue qi na e paskena gjarpnin n'gji, zotni Manush, - u hodh Gjini, duke u kthyer nga unë me një kofshë pule në dorë e me vetullat kaluar mbi sy.

-Destani bëri shaka, - thashë pa e prishur gjakun. – Ta merr mendja që, duke dashur komunistët, të vinte të të shpëtonte ty?...

-Këtu ndahena, axha Manush, - u hodh Destani. Ai deshi të vazhdonte akoma, por unë përfitova nga çasti që Gjini uli kokën dhe i shkela syrin.

-E mbyllim këtë muhabet, - fola me zë të prerë dhe pas kësaj asnjë s'u ndje, derisa mbaruam së ngrëni. Po ndërkaq vija re që Destani qëndronte qejfprishur dhe shikonte vëngër përqark.

Jashtë koha po keqësohej. Era frynte me vrull dhe filluan të binin flokë dëbore. Njerëzit në rrugë nxitonin. Ishin orët e para të pasdrekës, e megjithatë dita sa vinte e mpakej. Prandaj na duhej të arrinim zonën e kufirit pa u errur, në mënyrë që të njiheshim sadopak me vendin.

-Nisena ma mirë, - prishi heshtjen që kishte rënë në kabinë Destani. – S'kena çka me pritë ma.

Në vend të përgjigjes, ndeza makinën dhe e nxora në rrugën kryesore. Nga pasqyra e vogël pashë Gjinin, që gogësinte dhe fshinte duart.

-Ti, Destan, vështro prapa me kujdes, - porosita. – Shpendi le të shikojë anash.

Ne kishim hyrë në lumin e makinave që vozisnin në mes fluturave të borës. Shkopinjtë e bardhë të policëve përsëri ngriheshin e uleshin më të djathtë e më të majtë. Unë e ngisja makinën me të shpejtë dhe futesha menjëherë në çdo korridor që hapej. Doja të fitonim sa më shumë kohë. Po papritur u dëgjua fishkëllima e mprehtë e një sirene dhe rruga u paralizua. Policët dhe semaforët dhanë alarmin. Makinat e ngadalësuan shpejtësinë dhe u radhitën në të dy krahët e rrugës. Djemtë vështruan nga unë të habitur, ndërsa oficerin e mbretit e kishte zënë gjumi. Fishkëllima e sirenës sa vinte e shtohej. Thua dikush na kishte diktuar? "Në mos qoftë makina e zjarrfikësve, me siguri është ajo e policisë!"

Asnjëherë sa në këto çaste s'më kishte punuar hamendja e fantazia, megjithëse isha i lodhur, pa gjumë, në tension të vazhdueshëm. Ishin ditë e net që udhëtonim pa pushim.

Destani e zgjoi me të shpejtë Gjinin dhe e detyroi të shtrihej te këmbët e tij. Kur i hodhi batanijen, fishkëllima e sirenës na buçiti mu në vesh. Thamë se u shurdhuam. Atë çast, vetvetiu, menduam se na kishin arritur dhe e ngadalësova shpejtësinë.

-S'asht gja, - thirri Destani i gëzuar, pa i hequr sytë nga xhami i pasmë. – Makina sanitare.

Një "Citroen" i bardhë kaloi rrufeshëm me flamurin e Kryqit të Kuq përpara dhe pas tij u vu rishtas në lëvizje vargu i makinave. Kjo ndodhi aq papritur, sa unë harrova të shtoja shpejtësinë dhe menjëherë buçitën boritë. Makinat prapa nesh kërkonin t'u hapja rrugë.

Kur kapërcyem qytetin dhe dolëm në autostradë, e kishim mbledhur veten. tani qemë të bindur se ndodheshim jashtë çdo rreziku. Nga larg, në dritën e mugët të asaj pasditeje vjeshte, vinim re vijën e kufirit. Andej pari dukej dhe rruga hekurudhore, që zgjatej në të dy krahët.

-E shikoni, - u thashë djemve. Gjini vijonte të flinte akoma nën batanije. – Hekurudha për Belgjikë kalon në kufirin e Holandës e prapë kthehet në tokën belge.

Duke iu afruar kufirit, ne shquanim mirë vendin, drurët e zhveshur, kaçubat e ferrat, horizontin e zënë nga retë e zeza.

Në një kafene, buzë rruge, unë ndala makinën dhe aty zbritëm. Në verandën e mbyllur me xhamllëk të kafenesë që shikonte nga zona e kufirit, ne, duke pirë uiski, studiuam terrenin dhe hartuam planin. Në fund, unë ndava detyrat me zë të ulët, sikur po bënim muhabet. Pritëm derisa ra nata. Pastaj u ngritëm dhe u futëm në makinë.

Afër kufirit unë e Gjini zbritëm në errësirë dhe makina vazhdoi rrugën në drejtim të postës. Ne pastaj ecëm një copë udhë derisa arritëm në trasenë e hekurudhës. Aty qëndruam. Dëgjohej një zhurmë e vazhdueshme trenash e motorësh. Përqark sundonte errësira. Vetëm në krahun e djathtë vezullonin një tufë dritash. Harta tregonte që hekurudha këtu dilte në kufi dhe kjo më mjaftonte për t'u orientuar si fillim.

E lashë Gjinin pas një gardhi që ngrihej poshtë trasesë dhe mora të ecja sipër nëpër trase. Më duhej të kontrolloja vendin, para se të shkonim më tutje. Sytë tanimë më ishin mësuar në errësirë. Mundohesha të dalloja drejtimin e vijës hekurudhore. S'mbaj mend t'i kem hapur sytë ndonjëherë si atë natë. Traseja ishte krejt e shkretë. Nuk shquaja asnjë hije të gjallë. Vetëm era sikur qante nëpër shinat lakuriqe dhe herë-herë më vinte në vesh troku i një treni të largët.

U ktheva në drejtim të Gjinit dhe lëshova një zë shpendi duke e përsëritur tri herë me radhë. Prita sa dallova siluetën e tij dhe vazhdova të ecja nëpër trase. Në një shenjë vendi, kur ma mori mendja se i qemë afruar vijës së kufirit, zbrita anash trasesë. Gjini më vinte pas. Tani lëviznim prapa pemëve dhe gardheve, lëviznim ngadalë e pa zhurmë.

Kur iu afruam kufirit, papritur shpërtheu një shtrëngatë me erë e shi të furishëm. Gjini e humbi durimin e zuri të shante si i ndërkryer. Shiu binte mbi ne pa mëshirë, po një kohë e këtillë ishte më e përshtatshmja për t'i shpëtuar syrit të rojave.

Ne kishim qëndruar pas disa drurëve. Nga qielli zbrisnin orë e çast shigjeta vetëtimash dhe unë përpiqesha të vëzhgoja terrenin nën dritën e dobët të tyre. Harta nuk na kishte gënjyer: traseja në të majtë kalonte në tokën belge.

Atëherë, pa humbur kohë, vazhduam të rendim përfund trasesë. Kapërcyem postën gjermane duke i kaluar anash. Tej dritat e postës i lëkundte stuhia.

Kur dolëm matanë kufirit, sipër nga traseja pamë makinat e rralla që lëviznin nëpër autostradë. Dritat e makinave zbulonin livadhet që shtriheshin në të dyja anët e rrugës dhe në disa kanale të gjerë të mbushura plot me ujë.

Ne u varëm poshtë, dolëm në livadhet dhe zumë të ecnim në krah të autostradës, nëpër rrjedhën e furishme të ujit që na vinte deri në gju.

Po çanim ujët, kur në sy na llamburitën papritmas dritat e një ndërtese. Po kjo kështu! Shqyeja sytë nëpër errësirë, ndërsa shiu më rrihte fytyrën dhe s'arrija dot t'u jepja përgjigje pyetjeve që më suleshin orë e çast. Mendova njëherë se mund të ishte posta belge. Po sipas hartës kishte akoma rrugë për të bërë. Mos ishim ngatërruar? Atëherë zura të ndiqja me kujdes lëvizjet e makinave dhe ndalesat e tyre nga kufiri gjerman. Nuk vonoi dhe vura re se te ndërtesa që kishim lënë pas, ato qëndronin një kohë, kurse në ndërtesën e dytë kalonin menjëherë. U ktheva nga Gjini dhe e pyeta. Dëgjova të thoshte. "S'dij, pasha gjakun e Krishtit!" Ai dinte vetëm të vinte pas meje!...

Fillova të pëshpërisja mendimet e mia nën zë. Kishte të ngjarë që të dyja ato ndërtesa të qenë të gjermaneve, po, ndërsa e para duhej të ishte dogana dhe aty makinat qëndronin më shumë, sepse kontrolloheshin, e dyta duhej të ishte posta e kufirit, ku kalimi qe i shpejtë.

-E sheh si qenka puna? – ngrita zërin padashur. – Ç'të bëjmë tani, Gjin Zhuri?

Ai shkrofëtiu trembshëm dhe i kërcitën dhëmbët. Papritur fillova të mërdhija.

-Ti e ke kaluar kaq herë kufirin, jep një mendje, xhanëm!, - i thashë, si mblodha pak veten.

-Njimend e kam kalue, po e kam njoftë mirë vendin, - murmuriti ai me zë të dredhur.

Shiu vazhdonte të binte litar. Trupi më qe rënduar dhe kjo, jo aq nga lodhja, sesa nga uji që më rridhte çurg nëpër peshkun e kurrizit.

Mora të ecja dhe vetëm kur isha ngjitur sipër në autostradë u kujtova se qeshë shkëputur shumë nga Gjini. Çapitesha nëpër rrugën e rrahur nga shiu dhe kërkoja ndonjë shenjë për t'u orientuar. Një vetëtimë e zgjatur më zbuloi një tabelë trekëndëshe. Vrapova drejt saj sikur të kisha gjetur me të vërtetë shtegun e daljes. Po, kur u afrova, s'e lexova dot. Errësira dhe shiu i dendur më qëndronin përpara si perde e zezë.

Prita me shpresë të kalonte ndonjë makinë, po më kot. Ora e kishte kapërcyer mesnatën. Lëvizjet tani qenë shumë të rralla. Atëherë ngula sytë në errësirë dhe prita me durim të përsëriteshin vetëtimat disa herë derisa lexova tabelën.

Qesha me vete hidhur. edhe kjo duhej: kishim hyrë në tokën holandeze! Dëgjova një blegërimë bagëtish, që shpejt u mbyt nga zhurma e një motoçiklete. Padashur renda dhe u fsheha pas krahut të një ure. Mos ishte ndonjë motor i rojave të kufirit? Motori kaloi dhe unë mbeta prapë vetëm. Nuk po merrja vesh se ç'po bëja! Qeshë ngatërruar keq. Tani as hartën nuk e përdorja dot. Rrija ashtu i menduar e i zhytur në errësirë në mes të shiut.

Dikur më shkrepi në kokë të ndaloja makinën e parë që do të vinte. Fundi unë isha në rregull, i pajisur me pasaportë dhe gabimisht kisha humbur rrugën. Kjo s'më ndalonte të pyesja këdo dhe t'i lypja ndihmë!

Dhe i tërhequr prej kësaj ideje, harrova që këmbët më kishin nxjerrë në rrugë dhe hinkat e dritave të një motoçiklete po binin mbi mua. Shtanga në vend si ai lepuri natën kur i bie drita përsipër. Atëherë s'dita ç'të bëja, ngrita dorën vetvetiu lart, ndonëse padashur më tronditi lehtë mendimi se po ndaloja motorin e kufirit. Po vetëm kaq! Sepse drita për një çast m'u duk sikur u shndërrua në flakë dhe veshët më buçitën fort. Ndjeva se motori kishte kaluar dhe u ktheva mbrapsht. "S'ndaloi" – mendova. Në të vërtetë ai kishte ndaluar dhe dëgjova të shuhej motori. Atëherë renda drejt tij.

-Ç'kërkoni, zotni? – thirri i panjohuri nga larg.

Nga drita që mbante në gjoks, vura re se ai ishte veshur me një lloj skafandri. Më shumë nuk pashë, se ai, si dukej, druante të afrohej. Helbete, ishte natë e keqe dhe rruga qe krejt e shkretë.

-Jam një qytetar belg, - i thirra duke qëndruar në vend. – Isha në Shapel dhe tani nuk di ku gjendet posta belge.

-Ju keni ngatërruar rrugën, zotni, - u dëgjua në errësirë zëri i të panjohurit. – Keni ecur më shumë se sa duhet nëpër autostradë. Prandaj kthehuni prapa. Do të ndeshni disa stalla bagëtish dhe atje është një rrugë e vogël që merr majtas. Shkoni drejt dhe ajo ju nxjerr në tokën belge. Aty posta është afër!

Gjinin e gjeta atje ku e kisha lënë. Rrinte si një trung që e ka goditur rrufeja në mes të shiut. M'u duk sikur hungëronte. "Ç'ka dreqin po bajmë?" – dëgjova që tha kur zumë të ecnim nëpër autostradë.

Nëpër errësirë dallova siluetën e zezë të ca ndërtesave të sheshta. Ishin stallat dhe kjo u kuptua edhe nga blegërima e shurdhët e bagëtive. Aty u kthyem në rrugën që degëzohej majtas dhe, si ecëm një copë herë nëpër baltë, na doli përpara një rreth dritash. Tani ne shquam vijën e kufirit, gardhin e telave me shtyllat që zgjateshin në të dy krahët e dritave. Rrethi i dritave me siguri ishte posta belge. Ndalova dhe ia shpjegova Gjinit.

-A din çka? – tha ai me një fijë zëri. – A s'po shkon vetë e mue m'len njiktu ku jam!

-S'janë fjalë për të thënë këto. Burri s'e len burrin në baltë.

-Nuk po mundem ma. S'po ngihem me frymë. Më len, pashë Krishtin, se nesër, po t'gdhij gjallë, po dal vetë përmatanë! Ti kalo nga posta me pasaportë.

Kjo qe një gjë që s'mund të bëhej kurrsesi. Sidomos tani që po afrohej fundi. Unë do ta çoja patjetër Gjin Zhurin gjallë e shëndoshë në Bruksel! Sepse, po të pësonte gjë, po të vdiste në ndonjë hendek, kjo do të qe humbje për mua. do të thoshin që shkoi e mori deri në Vjenë, bëri ç'pati për të bërë me të dhe pastaj e vrau rrugës.

Fillova ta merrja atëherë me të mirë. I thashë se tani qemë në fund të rrugës dhe se pak na kishte mbetur, i përmenda mbretin dhe shpresat që ushqente Zogu tek ai, i kujtova se sa do të gëzoheshin armiqtë e tij, po qe se nuk do të arrinim në Bruksel në kohë. E ftova, bile, ta tërhiqja prapë pas vetes deri te gardhi i telave, megjithëse isha tepër i lodhur. Ai e mblodhi veten, si duket, i doli më mirë hesapi ta zvarrisja unë sesa të ngelej i vetëm në ato livadhe të braktisura. Dhe zumë të lëviznim ose më mirë të zvarriteshim, po, kur arritëm në rrëzë të një bregoreje, ku fillonte zona e kufirit, ai u platit përtokë. Tha se nuk kishte më fuqi të lëvizte. Hej dreq o punë! Po ma nxirrte nga hundët qumështin e nënës! Ndofta, nuk donte dhe shumë të gdhinte dhe, po të na zinte dita, do të qemë të detyruar të prisnim natën tjetër. Po ku ta prisnim? Puna do të ngatërrohej atëherë më keq. Mund të binim në sy, sepse ashtu siç ishim bërë ne si dordolecë, të llangosur me baltë e të vrarë nga lodhja, kushdo mund të dyshonte, pastaj Destani dhe Shpendi, duke na pritur përmatanë, me siguri do të qenë merakosur dhe me atë kokë që kishin ata, çdo gjë mund të ndodhte. Kush më siguronte që njëri prej tyre nuk do të hidhej këndej për të na kërkuar?

E mora major Gjinin në krahë dhe zura të çapitesha me shpirt ndër dhëmbë bregores përpjetë. Kisha mbi supe një të vdekur të pakallur që po e transportoja nga një kufi në tjetrin. Dëgjoja vetëm një gulçimë në rrëzë të veshit dhe duart që i shtrëngonte si akrepa pas qafës sime.

Ai s'u bë më i gjallë derisa pamë nga afër klonin e kufirit. Aty e ula përdhe dhe pastaj të dy u zvarritëm deri te vendi ku binte drita. Nuk ma kishte marrë mendja që sytë e njeriut të shndërroheshin aq shumë në sy shpendi, siç qenë shndërruar sytë e Gjinit! Gati m'u duk si tjetër njeri! Po nuk ishte koha për mendime të këtilla. Neve na duhej të kalonim sa më parë nën telat e klonit që kishim përpara.

Dhe kjo ndodhi disa minuta më vonë, kur unë, pasi gjeta një shkop, nga meraku se mos telat ishin me korrent, e ngrita telin e fundit dhe i pëshpërita Gjinit:

-Kalo shpejt!

Ai ktheu kokën nga unë dhe u mundua të hapte sytë e kolisur. Për një hop dyshoi djallëzisht se mos po ia hidhja. Kujtonte se do të bëja provë me kokën e tij! Po unë mbaja shkopin fort dhe s'bëja zë. Gjithë pamja ime ishte urdhëruese. Atëherë ai u mblodh i tëri grusht dhe u zvarris nën tel si një gjarpër i stërmadh.

Kalimi nën tela zgjati vetëm disa minuta dhe ky ishte një shkak për t'u gëzuar, po unë s'u shpejtova, sepse dyshoja se mos të prekurit e telit i jepte sinjale postës dhe fillonin ndjekjet. Këtë dyshim e kishte dhe Gjini, sepse gjithë faqen e bregores ne e kaluam në heshtje, duke lëvizur barkazi dhe vetëm kur dolëm në anë tjetër të bregores dhe pamë poshtë dritat e një fshati të vogël, u ngritëm në këmbë.

Pas pak ne u futëm në një fshat dhe, në të hyrë të tij, na doli përpara një përmendore, mbi të cilën binte një projektor i vogël. Ishte një lapidar i lartë, i ngritur në kujtim të disa patriotëve belgë, të cilët qenë vrarë në luftë kundër fashistëve gjermanë. Tani u binda se gjendeshim në tokën belge. Një valë gëzimi më vërshoi në gjoks. Doja të përqafoja një njeri. Po me kë ta bëja këtë? Njeriu që kisha pranë ishte armiku im. Ai ishte dhe armiku i tyre për të cilët ishte ngritur ky lapidar. Major Gjin Zhuri u kishte shërbyer fashistëve gjermanë. Dhe ai kishte vrarë tok me ta njerëz në qytetet e fshatrat e vendit tim. Mund të qenë, ndofta, ata që kishin vrarë këta antifashistë belgë e në mos ata, qenë shokët e tyre...

E pra, nuk kisha si ta përqafoja Gjin Zhurin. Nuk doja të fyeja kujtimin e shenjtë të atyre luftëtarëve që kishin rënë në mbrojtje të atdheut të tyre. Prandaj, as i thashë gjë Gjinit se kishim arritur. Mora të ecja në heshtje dhe, ndërsa ai çapitej pas meje krejt i lëshuar, nëpër rrugën kryesore të fshatit, mendoja për gjithë sa kishte ndodhur. Thosha me vete se autoritetet belge po ta merrnin vesh se ç'kisha bërë nuk do të ma falnin, mund dhe të më kishin dënuar. Po këta, emrat e të cilëve qenë skalitur në një pllakë mermeri, me siguri do të më jepnin të drejtë. Unë po hakmerresha mbi këtë njeri në emër të popullit tim dhe në emër të atyre që ai dhe të zotët e tij i kishin vrarë apo masakruar!

Isha pushtuar aq shumë nga këto mendime, sa nuk po kuptoja se kishim arritur në qendër të fshatit dhe se përqark kishte filluar të agonte dita.

-A s'po e shef a, zotni Manush? – dëgjova zërin e Gjinit.

Ngre kokën dhe disa hapa përtej qëndronte makina jonë para një kishe, ku në majë të kryqit zgjatej shigjeta e një rrufepritësi.

Pas disa minutash ne gjendeshim brenda në makinë dhe Destani me Shpendin s'dinin si të më ngrohnin duke më zgjatur herë rrobat e tyre, herë shishen e konjakut.

Gjini rrinte mbështetur me kokë në ndenjësen e pasme dhe llomotiste pa pushim:

-Ma bani hallall, bre burra! Paskam kenë budallë i madh. S'ma kishte rrokë mendja se Naltmadhnisë i kishin mbetë hala trima! Njikto trimnina, pasha gjakun e Krishtit, veç komunistat i bajnë!

Unë nuk flisja. Mbushesha me frymë dhe dëgjoja zërin e ngazëllyer të Destanit:

-Dhe ti nuk deshe me ardhë. A e shikon si të prunë komunistat në Belgjikë!

E pra, nuk ma kishte marrë mendja se atë fjalë do të dëgjoja në ato rrethana dhe ndieja në tërë qenien time se asgjë nuk mund të më ngrohte e të më bënte krenar se ajo fjalë e shtrenjtë. Armiku im qe i detyruar ta pohonte këtë të vërtetë.

Nga qyteti i parë belg, i drejtova këtë telegram Pallatit:

"Makinën e blemë bashkë me pajisjet komplekse. Udhëtojmë nëpër tokën mikpritëse belge. Ushtari besnik, Manush Kelmendi".

KREU I PESËMBËDHJETË

1

Kur mbërritëm në Bruksel, shkuam drejt e në shtëpinë e Hasanit. Ai na priste, ndonëse ishin orët e vona të natës. Ne qemë vonuar një ditë më tepër nga parashikimi.

-Për besë, - tha Hasani i gëzuar, duke m'u hedhur në qafë, - merak të madh kisha. Nuk m'dhimbej Destani, sa ndera jote!

Pastaj erdhën e na përshëndetën të gjithë njerëzit e shtëpisë me radhë. Kjo qe një ngjarje e jashtëzakonshme dhe, megjithëse nuk e thoshin, kuptohej se kishin qenë shumë të shqetësuar. Baca Azem rrinte këmbëkryq në minder, me njërën dorë në krahët e mi e që s'dinte si t'i gëzohej ardhjes sonë. Mbi të gjitha, i qe bërë qejfi që i nipi, Destani, s'e kishte koritur, përkundrazi qe treguar trim, ashtu siç i ka hije burrit, edhe në mes të Evropës.

Gjini qëndronte mënjanë, krejt i huaj. Kjo ndodhte, jo aq ngaqë ne të tjerët bisedonim lirisht me njëri-tjetrin, sesa ngaqë njerëzit e shtëpisë i silleshin ftohtë e i rrinin larg. Ata ndofta nuk e dinin tamam se kush ishte Gjini. Dinin vetëm se ai qe një njeri i ngatërruar me punët e mërgatës dhe kjo u mjaftonte. S'donte mend se miqësia me mua, në këtë rast, i kishte vënë në pozitë delikate. Prandaj, që të nesërmen mora masa të shpejta dhe e largova Gjinin prej aty, duke e vendosur te Martin Laca. Martini njihej mirë me të e, për më tepër, shtëpia e tij vinte ca e mënjanuar dhe kjo kishte rëndësi derisa të rregullohej legalizimi i Gjinit në Bruksel.

Dhe vërtet gjëja e parë që duhet të bëja, ishte të rregulloja legalizimin e Gjinit. Pallati nuk qe në gjendje të më ndihmonte, jo vetëm se nuk e përfillte kush, por kishte dhe frikë të ngatërrohej në këso punësh. Përveç kësaj, kundërshtarët e mi mund të shfrytëzonin këtë rast në qoftë se unë nuk ngutesha. Dhe kjo ishte e shpjegueshme. Këtë e ndieja dhe nga bisedat e anëtarëve të këshillit të degës, të cilët erdhën e më takuan, me përjashtim të Ramës e të kryetarit që më çoi fjalë se ishte i sëmurë. Po akoma më hapur më foli Dyli, i cili trokiti në shtëpi që ditën e dytë.

S'donte shumë mend të kuptoje se përse ngutej të vinte Dyli në këtë rast; ai kishte detyrime ndaj meje. Zuri të flasë me atë tonin e tij të zakonshëm, hokatar e serioz njëkohësisht:

-Sot nadje ma tha nji mik n'vesh se ju keni shkue n'Austri dhe keni sjellë përkëndej Gjin Zhurin, Ramë Draga me kryetarin budallë kanë hapë fjanë se kto punë i keni ba me krye tuej e se s'keni pyetë kend. E tash që u kthyet me punë t'mbarueme, atyne u vjen me plasë. Pra, rueju, lum Manushi!

E dëgjoja, siç dëgjoja përherë me buzë në gaz, dhe në shaka e sipër e pyeta për gjëra që më interesonin, bile në fund i kërkova të më ndihmonte. Nuk e pyeta nëse i njihte ata që merreshin me legalizimin e emigrantëve, as në kishte miq në polici. Vetëm i bëra qejfin duke i thënë se "falë patriotëve si ti, mërgata halleshumë nuk do të gjendet kurrë ngushtë!" Pastaj shtova se këshilli i degës kishte vendosur të paguante nëpërmjet tij vetëm e vetëm që major Gjini të rehatohej dhe partia e mbretit të mos humbiste gjë nga autoriteti i saj.

Dyli e paraqiti punën tepër të vështirë, po premtoi se do të bënte ç'kishte në dorë, veç me kondité që unë të shkoja t'i bëja një vizitë monsinjor Bertuçit dhe t'ia tregoja gjithë sa kishte ndodhur si të rrëfehesha te patër Rroku! Mirëpo e kisha të vështirë, sepse e dija se monsinjori s'do të më kryente gjë. Me siguri ai s'do t'i miratonte veprimet e mia për të sjellë Gjin Zhurin në Bruksel.

Dyli qeshi me të madhe dhe shtoi duke më shtyrë me dorë:

-Hala s'e paske marrë vesh ti monsinjorin e shoqt' e tij, papa, për ksi punësh i paguen ktu...

-Për çfarë punësh? – u habita unë.

-Ja, pra, për me marrë përsipër gjynahet tueja. Ju me ndejtë urtë, mos me kastigue kend e mos me i nxjerrë telashe qeverisë. Ai njeri që pendohet e lyp të falun, s'ka si me u dënue. Mandej, ti s'e prune Gjin Zhurin kndejna për me luejtë kontrabandën apo me ba hajni. E bane për politikë. Kte e merr vesht fort mirë monsinjori. Hajt, mos kij dert ti. Dyli i din mirë punët e priftnve.

-Thuaj që u plaka me këto punë, - vura buzën në gaz.

-Po, besa, - ma priti ai fytyrëvrenjtur, - u plaka me hallet e nanës Shqypni! Mandej thonë se harroi Dyli Shqypninë!

Para se të ndaheshim, unë i zgjata Dylit një tufë bankënotash, duke i shpjeguar.

-Jepua nën dorë personave prej të cilëve varet fati i legalizimit të Gjinit. Këto i paguen Pallati. Në to është dhe pjesa jote.

Dyli shqeu sytë dhe më rroku në qafë.

Monsinjor Bertuçi më priti si zakonisht më mirësjellje, duke më dalë përpara e duke më marrë për dore derisa më uli në kolltukun përballë vetes. Fytyra e tij e bardhë ishte e qetë dhe vetëm këndet e syve i mbylleshin lehtë.

Ai më degjoi pa më ndërprerë derisa mbarova dhe pastaj, sikur të mos kisha folur fare, më pyeti për vëllezërit e mërgatës, për shëndetin e për punët e tyre, më ngushëlloi për dy ballistë që kishin vdekur, pavarësisht që unë i takoja partisë së Legalitetit... Pastaj ai bëri një pauzë të gjatë, duke marrë një pamje të përdëllyer. Atëherë e kuptova se ai po përgatitej të mbante ligjëratën e zakonshme për detyrat që u takojnë njerëzve të vdekshëm në jetën e tyre të shkurtër. E zuri të ligjëronte e ligjëroi gjatë dhe në mes gjithë atyre fjalëve që derdhi mora vesh se për major Gjinin i kishte bërë një telefonatë të largët mister Filipsi.

Tani çdo gjë ishte e qartë, prandaj e quajta të tepërt t'i drejtoja rishtas lutjen për të cilën ndodhesha aty. Edhe pse ai nuk më premtoi asgjë konkrete e nuk më kërkoi sqarime, kjo ishte shenjë e mirë dhe unë s'kisha pse ta zgjatja audiencën tek ai. Pas aq ditë shqetësimesh, për herë të parë e ndjeva veten të ngrohtë.

Në krye të javës, një nëpunës i USEP-it erdhi tek unë në shtëpi dhe kërkoi dokumentet e Gjinit. Të nesërmen Gjini u legalizua. Ai mund të hynte në punë kur të donte.

Gjithë ajo kohë kishte qenë plot trazime serioze për mua dhe vetëm pasi kaluan rreziqet, shkova një të shtunë mbrëma në "Cap nord". Legalizimi i Gjinit ishte marrë vesh dhe kjo nuk ishte gjë e zakontë. Mërgata nuk ishte mësuar me këto ngjarje. Ajo kishte vite që pothuaj bënte një gjumë letargjik dhe merrej me llafe e thashetheme. Unë kisha hedhur tani një bombë tymi në mes tyre dhe e dija se, në qoftë se kisha ngjallur simpatinë e disave, kisha shtuar armiqësinë e kundërshtarëve.

Pa hyrë mirë, ndjeva mbi vete vështrimet e tavolinave të para. Dëgjova zërin e Rezbat Tarikut që më ftoi dhe vajta u ula në tavolinën e tij tek rrinte me zotin Ihsan dhe Lam Gjidin. Në sallë për një çast sikur rreshti biseda. Te banaku ekspresi fishkëllente si gjinkallë.

Unë qëndroja i qetë e nuk jepja asnjë shenjë triumfi. Kjo e hutoi kryetarin, aq sa iu lidh gjuha dhe fytyra iu rrudh keq. Dhe nuk di ç'do të kishte ndodhur me të, në qoftë se nuk do të kishin ardhur të më takonin nga tavolinat e tjera. Erdhën me radhë, në fillim ata të partisë sime, pastaj "kryeministri" me disa të agrares e të bllokut dhe, pa zënë gjë me gojë, më shtrëngonin dorën e më uronin për shëndetin, thua se kisha lënguar gjatë e sapo kisha dalë atë ditë nga spitali. Rezbati më shërbente dhe s'dinte si të më nderonte, duke e mbushur tavolinën me pije e meze të thata. Më vonë erdhi dhe Dyli. Zëri i tij bubullonte nëpër sallë. Ai qeshte e kakariste sikur të mos ishte rrahur e ndarë ato ditë me të shoqen e të qe bërë muhabet i mërgatës.

Tavolinën tonë e rrethonte një atmosferë gazmore. Vetëm zoti Ihsan thithte duhen e lëshonte hije.

-Mora vesh se kishit shkuar shumë larg, - dëgjova një zë. Ktheva kokën. Daut Matrashi qëndronte në këmbë pas meje. Zhurma e kafenesë papritur u pakësua. Njerëzit këtë prisnin. – Po kur vajte aq larg, pse nuk shkove deri në Shqipëri, a derëbardhë, po u mundove e more një kërmë e na e solle këtu!

-Krëmn' e satame! – murmuriti i nxehur Lam Gjidi. Unë i rashë me bërryl dhe iu drejtova duke i zgjatur një gotë:

-Do ta pish një gotë me ne?

-Pije vetë e ta pish me shëndet, - ma ktheu ai. – S'kam nevojë për gotat tuaja.

-Ti pije, hej burrë i Shqypnisë, - deshi ta merrte me të mirë Dyli.

-Me një burrë që e rreh gruaja e bëhet gazi i botës unë s'pi – tha prerazi Dauti i inatosur.

Dyli nuk i priste ato fjalë dhe mbeti për një çast, po pastaj për të shpëtuar nga situata, lëshoi një të qeshur të fortë me gulçe sa gjëmoi salla. Qeshëm dhe ne të tjerët, po Dauti s'deshi t'ia dinte e qëndronte në këmbë, duke na vështruar me mospërfillje. Tavolinat përqark bënin sehir dhe prisnin që komedia të vazhdonte. Vetëm "kryeministri" u ngrit e iku. Dyli ktheu gotën me fund e thirri:

-Çohena, burra, se me të marrët as padishahu s'ban dot çajre!

Po Dyli s'arriti të ngrihej nga karrigia se Dauti e kapi menjëherë nga jaka e palltos dhe u mat ta qëllonte. Dhe do ta kishte qëlluar, po të mos ishte futur në mes Aleks Bushka nga tavolina pranë. Aleksi ishte i partisë së mbretit, një burrë afër të pesëdhjetave, trupgjatë e me supe të rrëzuara, me ca sy të rrudhur e me një vështrim të menduar. Ai ishte tepër leshator dhe i mbante flokët të gjatë ngaqë qethej rrallë.

Aleksi qe nga të paktët që e përfillte Dautin. Ai vuante vetë nga nervat dhe gojët e këqija thoshin se ai nuk qe larg Dautit. Në të vërtetë Aleksi ishte njeri i heshtur e gati krejt i mënjanuar. Në mbledhjet që organizoheshin pothuaj s'vinte. Përherë do ta gjeje në "Cap nord" duke lexuar gazeta e revista. Ai ishte ndofta i vetmi që lexonte shtypin rregullisht nga të gjithë njerëzit e mërgatës. Ne u ngritëm, sapo Aleksi e mori Dautin dhe e uli në tavolinën e tij. Çdo gjë pastaj kaloi në heshtje dhe ne dolëm jashtë duke përshëndetur me dorë në gjoks. Dyli, si gjithmonë dhe kësaj here, mezi e mbajti veten pa folur.

Këshillin e degës e mblodha pak me vonesë. Kundërshtarët e mi kjo i çoroditi, pasi ata prisnin që unë ta festoja fitoren menjëherë pas kthimit. Në të vërtetë, ditët e para isha tepër i lodhur, po, mbi të gjitha nuk doja të ngrija zhurmë, e të shtoja armiqësinë kur Gjin Zhuri qëndronte akoma ilegal. Më vonë, si u legalizua, ai u sëmur dhe mua s'më interesonte ta thërrisja mbledhjen në mungesë të tij.

Gjatë kësaj kohe kisha punuar me njerëzit dhe shumë gjëra ishin sqaruar. Opinioni i degës ishte i tërë me mua. Mbledhja organizohej sa për t'i vënë vulën fitores së arritur.

Ditën e mbledhjes u ngrita shpejt. M'u desh të përgatisja dhomën ku flija, mbasi salloni nuk mjaftonte për gjithë sa kisha thirrur. Shtrova dhe dyshekun dhe batanijet përtokë, mora dhe disa karrige te fqinjët.

Njerëzit si zakonisht, nuk erdhën në orën e caktuar. Ishte ditë e diel. E dija se atë ditë ata ishin më të dembelosur se ditët e tjera të javës. Jashtë binte borë dhe frynte një thëllim shumë i ftohtë. Në dhomë kisha ndezur stufën me naftë.

I pari erdhi Rezbati dhe pak më vonë Lami me Zef Lushën. Zefi u ul afër stufës, duke u kreshpëruar si maçok. Pastaj u dëgjua zhurma e një taksie dhe nga dritarja pashë Martin Lacën me Gjin Zhurin për krahu.

Zoti Ihsan arriti me vonesë dhe që nga dera na dha një "merhaba" fytyrëvrenjtur. Në dhomë muhabeti tirrej me zë të ulët e herë pas here këputej sikur të qe ndonjë xhenaze. Njerëzit i mbanin sytë nga dera e dritaret. Ora kishte kaluar. Gjithë hallin e kisha te Rama, i cili akoma nuk po dukej. Prania e tij ishte e domosdoshme.

-Pse na ke thirrë, o Manush aga?! – u dëgjua papritur zëri i zotit Ihsan, që rrinte këmbëkryq në krye të dhomës.

Njerëzit kthyen kokën nga unë.

-Të presim dhe pak, - i thashë i qetë, pa ia vënë veshin mllefit të kryetarit.

-S'ka ardhë Rama, - tha Lam Gjidi duke vështruar zotin Ihsan.

-Rama e të tjerë, - shtova unë.

-Rama, se t'tjerët s'ngrenë kandar, - u hodh Martin Laca.

-Na s'jena lidhë për kërthizë me Ramën, - ia priti zoti Ihsan me sytë përdhe.

-Prisni, se po vjen, më ngjan, - ndërhyri Lam Gjidi që rrinte afër derës. – Ndihen kambë nëpër shkallë.

Në mes të derës bëri ballë Rama, i zbardhur në trup nga flokët e dëborës dhe me vija uji që i rridhnin nëpër fytyrë.

-Mirë se rrini, burra, - tha ai rëndë, duke zënë vend nga kreu i dhomës, pa i zgjatur dorën njeriu.

-A po fillojmë tash? – ia bëri Martin Laca. Ai pa nga unë, dhe unë pashë zotin Ihsan.

Kryetari mundohej të mos e jepte veten dhe thithte paprerë duhan. Në dhomë pllakosi heshtja. Të gjithë prisnin prej meje, po unë, duke e ditur sa rëndësi kishte forma në këto raste, u ktheva nga kryetari dhe e pyeta:

-Zoti Ihsan, na jepni leje të fillojmë.

-Urdhno, - tha ai me një qetësi të shtirur dhe lëvizi kokën me një gjest gati mospërfillës.

Unë u ngrita në këmbë dhe vështrova nën vete ndjekësit e mbretit tek rrinin të shpërndarë nëpër dhomë, kush ulur këmbëkryq, kush gjysmështrirë kush nëpër karrige.

Fjala ime qe e shkurtër, si një komunikatë zyrtare. Thashë se detyra me të cilën pallati kishte ngarkuar këshillin e degës sonë ishte kryer me sukses të plotë.

-Besniku i mbretit, major Gjin Zhuri, me ndihmën e zotit dhe fjalën e Lartmadhërisë ndodhet sot në mes nesh!

Në vesh më buçitën krisma të thata shuplakash. Gjini u çua në këmbë, duke u përkulur sa djathtas e majtas me dorën nderur në gjoks. Rama qëndronte me duart lidhur pas gjunjëve.

-Ty bravo t'qoftë, o Manush Kelmendi, - thirri Martin Laca. – Ke nderue vedin, Naltmadhninë dhe ne të tanë!

Një rrebesh lëvdatash m'u derdhën nga të katër cepat e dhomës. Rrija në këmbë, me sytë gjysmë të mbyllur, dhe mezi prisja të merrte fund ajo histeri fjalësh.

-Vëllezër, - ndërhyra duke u gëlltitur, - le t'i lëmë lëvdatat mënjanë. Askush s'ka nevojë për to tani. Kemi halle të tjera për të përballuar.

-Për pejgamber, - u hodh Rezbati, - atë që ke bërë ti për mbretin, s'e ka bërë kush nga ne!

-Jo, jo, - i rrëmbeva fjalën unë. – E keqja është se ju harroni trimëritë tuaja, harroni se ç'keni bërë njëherë e një kohë për mbretin. Pak ka bërë zoti Ihsan? Po Martin Laca e Zef Lusha? Nuk po përmend major Gjinin, që sapo u kthye nga lufta! Të gjithë ju keni bërë trimëri për Lartmadhërinë. Dhe Lartmadhëria i di mirë dhe vetë ai me dorën e tij do t'ju futë nesër në histori. Detyra jonë sot është të punojmë e të luftojmë, duke i zgjatur dorën njëri-tjetrit, e jo t'i vëmë këmbën…

Në dhomë dëgjohej vetëm fryma gërhitëse e gjokseve të ronitura. Tymnaja e duhanit vërtitej sipër kokave të këshilltarëve. Zoti Ihsan rrinte krejt i përhumbur.

-Siç e dini, - vazhdova pastaj, për të kryer detyrën që na ngarkoi Pallati, u bënë disa shpenzime. Të holla u harxhuan dhe për legalizimin e major Gjinit. U detyruam të paguajmë nën dorë, ndryshe s'ia dilnim dot. Mendoj se të gjitha këto duhet t'i përballojmë së bashku. Është turp që t'i drejtohemi Pallatit kur gjithë bota e di që mbreti ynë s'ka rrogë dhe ato që pati, i ka shpenzuar me kohë e me vakt për të mirën e idealizmës sonë…

-Fjalë me vend – u dëgjuan zëra.

-Të ndihmojmë, posi! – shtoi Rezbati, dhe i nguli sytë Ramës, aq sa, ai lëvizi nga karrigia.

-Na si këshillë dege, - u hodh Rama, - kena vendosë vetëm për Manush Kelmendin. Për të tjerë nuk përgjigjena. Madje as i njofim dhe, n'daçin me dijtë, Manushi ka ba gabim të randë që i ka marrë me vedi. Pse hupën besnikët e sprovuem të mbretit qi me marrë dy njerëz jashtë partisë s'tij?!

-Ne njerëzit e mbretit, - u përgjigja aty për aty, - duhet ta kemi për nder që, kur është puna për të çuar në vend një porosi të Lartmadhërisë, të gjithë shqiptarët tregohen të gatshëm, pavarësisht nëse bëjnë pjesë ose jo në partinë tonë!

-Po, besa, njikshtu asht, - miratoi Lami, duke ngritur dorën në drejtimin tim.

-S'asht ashtu, - kundërshtoi Rama i nervozuar. – Lypset të na kishte pyetë më parë. Po ai s'deshi me dijtë e tash kërkon me na hekë bukën e gojës për do njerëz që as i njofim.

-Mos thuaj që s'i njohim, - tha Rezbati. – Tashti i njohim, përderisa iu bënë krah sekretarit tonë dhe prunë këtu zotin Gjin.

-Ti fol, o Ihsan aga, se s'po të ndihet zani! – thirri Martin Laca gjithë inat.

Nofulla e poshtme e zotit Ihsan sikur kishte ngrirë. Një bisht cigareje i digjej në buzët e lëshuara.

-E ç'ka lypet zani i kryetarit. Boll po flasin të tjerët, - hungëroi ai me vonesë.

Pas kësaj u bë një rrëmujë fjalësh, secili fliste për hesap të tij dhe unë me qëllim nuk ndërhyra, sepse asnjë nuk miratonte qëndrimin e kryetarit, derisa zhurmën e çori zëri i hollë i Gjin Zhurit:

-A ta them dhe unë nji fjalë, o burra?

-Shueni, bre burra, - u bërtiti Martini atyre që kishte afër. – Ju prani ta ndigjojmë shoqin…

-M'besoni, vllazën, - nisi Gjini duke u ngritur në këmbë, se m'duket se jam hala n'andërr! Hala s'm'asht mbushë mendja qi gjindem n'midis besnikëve t'Naltmadhnisë. Çka keni ba ju për mue, as vllau s'kishte me ma ba. Por gjithsesi, m'besoni, qi ndij thika n'zemër, kur shof se çka asht tue ndodhë midis nesh, kur bash njeriut ma t'mirë t'mbretit nuk po i njifet nderja e trimnija. Ju falemnderës të tanve për vendimin atdhetar që muerët për me m'pru n'gj t'mërgatës, pop nderja ma e madhe i takon zotit Manush e shokve t'tij, qi, tue vue kryet n'rrezik, banë atë çka nuk asht e mundun me u ba. Ndij ktu, o Ihsan aga! Trimnia e Manush Kelmendit ka me u shkrue n'histori. Unë e ti, përpara tij jena gra!

-Joo, pasha t'madhin zot, - u ngrit kryetari në gjunjë. – Kurrsesi nuk t'i pranoj kto fjalë!

-Ti mundesh mos me i pranue, por kshtu asht, - ia pat Gjin Zhuri. – Nji fjalë po ta thotë miku i vjetër, mos prit gja t'mirë kur bjen n'shoqni t'keqe. T'kam dijtë burrë, besa!

-E pra, në qoftë se ka burra në mes nesh, zoti Ihsan asht ma i pari burrë, - u hodh Ramë Draga. – Çka ka ba ai për mbretin, s'e ka ba kush prej nesh…

-Ti rri e mba vendin, Ramë Draga, - u nxeh Gjini duke vështruar përqark me sy të errësuar. – Ty s'të takon me folë. Madje, as me ndejtë ktu midis besnikve t'mbretit…

Ramë Draga u çua vrik në këmbë. Tymnaja e duhanit lëvizi mbi kokat e të mbledhurve.

-Ulu, ulu, ndigjoje shoqin, se nuk t'pickoi kush, - tha Lam Gjidi me shpoti.

Disa qeshën, të tjerë kërkuan të ulej në vend dhe Rama i hutuar u ul kundër vullnetit të tij. Po pastaj u ngrit prapë dhe iu kërcënua Gjinit. Atëherë e kapi për dore Martin Laca dhe e ktheu me zor në karrige. Në dhomë u shtua rrëmuja, po Gjin Zhuri s'donte t'ia dinte, qendronte në këmbë dhe mjekra hollake i dridhej nga zemërimi.

-S'kam mbarue hala, burra, - thirri me të madhe Gjini. – Madje tash po filloj. kujt i ka bjerrë urtia, pastë vedin n'qafë! Puna qëndron kështu: bash nji ditë para se me ardhë me më marrë zotni Manushi, mue m'ka ra n'dorë nji letër tradhtie! Po, letër tradhtie. Letra shkruente se "njerëzit që po vijnë me t'marrë janë t'qeverisë s'Tiranës dhe duen me t'rrëmbye e me t'çue n'Shqypni". Unë budalla i besova dhe zotni Manushi e din ç'ka hekë me ma mbushë kte rradake! E pra, n'daçi me dijtë, letrën e kishte dërgue Ramë Draga, se veç atij askush s'e ka dijtë adresën teme...

Sikur të kishte hequr pantallonat atë çast Gjin Zhuri, nuk do të qenë habitur njerëzit, aq sa kur dëgjuan këto fjalë.

-Në rast se s'besoni, - shtoi ai me triumf, - ja ku e keni letrën.

U zgjatën disa duar njëherësh. Po Gjini ia dorëzoi zotit Ihsan. Kryetari e mori në dorë, zgurdullonte sytë dhe s'dinte ç'të bënte me të.

-Nuk është e vërtetë, - klithi Rama i ndërkryer. – Kjo asht shpifje. Asht intrigë.

Ai kishte tërë pamjen e lëvizjet e hajdutit të zënë në vjedhje e sipër; sepse, ndërsa letra kalonte dorë më dorë, ai herë ngrihej, herë ulej, herë kafshonte nyjat e gishtave, herë murmuriste fjalë pa kuptim.

Kur letra erdhi në dorë të Ramës, njerëzit shtangën. Ai s'deshi ta merrte njëherë, sikur të kishte frikë prej saj, por shpejt u pendua dhe e mbante në dorë, duke e kthyer herë nga një anë, herë nga ana tjetër.

-Ky nuk asht shkrimi em, - tha me të shpejtë. – Manushi ma njef shkrimin.

-Po, nuk është shkrimi yt, - thashë unë i qetë.

-E pra, s'asht emi, - përsëriti ai dhe ia zgjati letrën Lam Gjidit.

-Nuk m'lypet gja, - ia ktheu Lami, - se s'di me lexue. Po ti pse tutesh kaq shumë, bre burrë?

Ramës i mbeti letra në dorë dhe, kur pa se s'po e merrte njeri, e lëshoi në tavolinë.

-Shkrimi mundet mos me kenë yti, - tha Gjin Zhuri, - po puna asht ytja. Na njifena mirë bashkë!

U bë një pauzë e gjatë. Sytë e të gjithëve qenë mbërthyer te Rama. Fleta e zhubrosur e letrës kishte ngelur mbi tavolinë.

-Ai që e ka shkruar letrën ka qenë me siguri antar i këshillit, - sqarova unë. Tjetër njeri s'e ka ditur vajtjen time atje.

-Atë letër e ka shkrue dora jeme, - u dëgjua zëri i thatë i Zef Lushës që rrinte pranë sobës dhe gjithë kohën nuk kishte folur.

Ne vështruam me habi atë burrë të gjatë, me ballë të ngushtë e me njërin sup të rrëzuar, që u ngrit më këmbë dhe qëndronte kokëvarur, sikur ta kishte goditur njeri në zverk.

-Për pejgamber, s'do të më kishte shkuar mendja kurrë! – tha Rezbati me fytyrë të habitur të kthyer nga unë e Gjini.

-Prani, - thirri Martin laca, - lenie Zefin me folë.

-Fol Zef Lusha! – urdhërova unë.

Dhe kur të gjithë prisnin që të fliste, atij iu lidh gjuha. Disa u nervozuan aq shumë, sa zunë ta nxisnin sikur ai të qe ndonjë kalë plak që kishte rënë në baltë e s'ngrihej dot. Ndërkaq Rama e vështronte egër dhe turfullonte.

-S'di çka me thanë, - murmuriti më në fund Zefi. E bana këtë marri. E la n'dorë t'zotit e t'mbretit. Ramë Draga, n'qoftë burrë, mos t'rrijë me gojë mshelë!

Rama brofi menjëherë në këmbë dhe të dy pastaj, duke qëndruar përballë njëri-tjetrit me fytyra të hakërruara, zunë të shaheshin e të ziheshin keqas, aq sa hyri në mes Rezbati dhe i uli me zor në vend.

-Mirë tha Zefi, ti s'je burrë, - u hodh Gjin Zhuri, duke i kërcënuar nga vendi. – Mos e harrove Getovën? Ajo t'i din t'palamet!

-Ik, mor spiun i Italies, - bërtiti Rama dhe si i çmendur u ngrit rishtas në këmbë. Dhe, duke u drejtuar nga ne, tha: - Burra, besnikt' e vërtetë të mbretit janë tue u marrë nëpër kambë. Kush asht me mbretninë shqyptare, të dalë me mue!

-Ramë Draga, - ia prita unë rreptë, - ulu në vend dhe mos na bëj lodra fjalësh. Ti je fajtor dhe për këtë këshilli do të të gjykojë…

Rrudhat e fytyrës së Ramës u drodhën në mënyrë të çuditshme, i kërcëllitën dhëmbët dhe nofullat sikur i dolën nga vendi.

-Unë s'due me dijtë për ty, - thirri ai sa iu ngjir zëri. – Ti kurrë s'm'ke dashtë. Unë veç para mbretit përgjigjem.

-Ti do të përgjigjesh para nesh, - ia preva shkurt dhe shtova me mospërfillje. – Po mjaft fole njëherë. Tani le të flasin të tjerët. Fol, zoti kryetar, se sot je bërë i vdekur!

-Nuk due me ndigjue asnji, - briti Rama dhe u ngrit me vrull në këmbë. – Kush asht burrë, le t'vijë me mue.

Ai hodhi hapin e parë drejt derës, kur u dëgjua zëri i zotit Ihsan:

-Kadalë, Ramë Draga, kadalë! Kah je tue shkue? Fol ktu, n'log t'burrave: ti e unë e bamë atë mut e tash na takon me e hangër… E pra, ti m'i fute fitat, m'u lpive si mica, e për çka? Me i zanë vendin bash ma t'mirit e ma t'zotit burrë qi ka Naltmadhnia ktu. Unë budalla u rrejta, besova ment e tu, t'dhashë emnin tem të msheftë e padashas deshta me marr n'qafë mikun tem t'vjetër, major Gjinin. Tash kur t'shof ty, qi hedh shqelma e s'pranon, them, mirë e ka zotni Gjini, unë e ti jemi gra t'kqija para Manush Kelmendit.

-Grue je ti e jo unë, - kundërshtoi egër Rama. – Pse s'thue se t'ka futun n'thes Manush aga!

-Ma mirë n'thes të tij se n'qenefin tand. Phy, allabelaversen!, - u nxeh keq zoti Ihsan dhe bëri të çohej në këmbë. – Pasha t'madhin zot, a e din çka t'baj? Ta shklyej gabzherrin, gjiriz e bir gjirizi!

Gjin Zhuri i doli përpara dhe zoti Ihsan, i tërbuar nga inati, pështyu në dysheme dhe përpoqi këmbët.

Rama u mat të fliste sërish, po si duket e ndjeu kundërshtimin e heshtur të të gjithëve dhe s'e zgjati më. U drejtua për nga dera dhe doli jashtë duke përplasur derën e apartamentit me potere të madhe.

-Kjo është puna më me mend që ka bërë deri tashti Ramë Draga, - tha Rezbati dhe qeshi me zë për të prishur atë gjendje të rëndë që u krijua.

-Pasha t'madhin zot, edhe nji dekikë ma shumë t'kishte ndejtë, kisha me e mbytë me kto duer, - foli me kapadaillëk zoti Ihsan dhe, siç e kishte zakon në këto raste, zuri t'i binte me grusht shpatullës ku kishte plumbin. Po askush s'ia vinte veshin, sepse atë rol ai e kishte përsëritur aq herë, sa nuk i bënte më përshtypje kujt.

-Vëllezër, - fola unë, me një seriozitet të shtirë, i cili më mundonte vërtet, pasi gjoksi më gufonte. – Kjo që ngjau nuk duhet të na mërzitë, përkundrazi. Këshilli arriti ta zbulojë vetë gjarprin që kishte në gji. Qëllimi i tij ishte të na përçante, duke bërë kështu lojën e armiqve të mbretit tonë august! Sa për të tjerët që kanë gabuar, kjo s'duhet të na çuditë. Njerëz jemi dhe mund të gabojmë. Sot gaboi zoti Ihsan dhe Zefi, nesër mund të gaboj unë dhe Martini. Këto i ka mërgata. Po puna është që me gjithë gabimet, Legaliteti po përparon dhe të gjitha partitë e tjera e kanë zili. Ne i treguam mërgatës se jemi në gjendje të ndërmarrim operacione në plan evropian. Ai që nuk beson, ja ku e ka gjallë major Gjin Zhurin, kuadrin e vjetër të mbretit! – Prita sa të pranishmit shikuan nga Gjini dhe vazhdova: - përpara na presin detyra të mëdha, po këto nuk mund t'i kryejmë pa qenë të bashkuar e pa luftuar intrigat. Prandaj, për çdo gjë që shihni e dëgjoni, duhet të njoftoni menjëherë drejtuesit e këshillit. Mos harroni që Ramë Draga do të përpiqet të na godasë. Mos harroni se partitë e tjera na kanë halë në sy. Po ushtarët e mbretit nuk do të ndalen para asnjë pengese! Së shpejti do të kemi festën e flamurit. Ai flamur i takon mbi të gjithë mbretit. Ne nuk mund ta festojmë Ditën e Flamurit pa vënë në krye të sallës fytyrën e Lartmadhërisë së tij. Le të hedhë shkelma sa të dojë mërgata. Ne nuk mund ta durojmë tërë jetën këtë padrejtësi. Rroftë mbreti!

Ata përplasën shuplakat. Unë u ula dhe, i ndezur nga gëzimi që më kishte rrëmbyer, harrova të mbyllja mbledhjen. Po njerëzit u ngritën vetvetiu në këmbë. Ata ishin të lodhur dhe fjalët i kishin sosur të gjitha.

-Burra, mos lueni vendit! – thirri zoti Ihsan, duke u çuar pupthi në gjunjë. – I kam dhe unë dy fjalë para se me u shpërnda…

-Fol, Ihsan aga!

-Pushoni, të dëgjojmë.

Gjithë pamja e zotit Ihsan zuri të ndërronte. Ai mbylli sytë përgjysmë, faqet iu groposën dhe buzët i mbetën të hapura. Kujtova njëherë se mos do të fillonte të falej para se të fliste. Po ai ndenji kështu një hop dhe tha:

-Zoti asht i madh e na jena të vegjël! E pra, m'asht mbushë kjo rradake se vendi n'krye t'këshillit s'm'takon ma mue. Nji burrë qi futet n'thes, s'asht ma burrë. Unë deshta me i ba vorrin bash besnikut ma t'mirë t'mbretit. Ramë Draga m'bani sir e unë u bana lojë e tij. Me e marrë vesht Naltmadhnia qi ia kam punue shoqit kësisoj, pasha t'madhin zot, s'i duhem kujt… Ti rrofsh, o Manush aga, qi m'prune n'rrugë t'zotit…

Ai uli duart dhe ndenji këmbëkryq. Në dhomë ra një qetësi lodhëse. Bora binte me rrëmbim nëpër dritare.

-Randë ke gabue, o Ihsan Maçi, - foli Gjini duke shtrembëruar buzët.

-Unë s'di se çka lypshe, - tha Martin Laca. – Ti kryetar je dhe hyqmin s'e ke pasë ma t'madh se tash qi kishe zotni Manushin n'krah…

-Manushin na e solli vetë perëndia, - tha Rezbati. – Ju kujtohet si na e kishin vënë këmbën partitë e tjera? Ti, more Ihsan, ke qenë ai qi s'lije fjalë të mirë pa thënë për të…

Folën pastaj të tjerët. Secili e quante për detyrë të më lavdëronte, ndërda unë rrija kokulur dhe mezi prisja të soste ajo rrëke fjalësh. Në fund, zoti Ihsan, duke u kthyer nga unë, thirri:

-Ty t'qoftë hallall kryetarlliku, o burrë i Shqypnisë! T'pastë mbreti e mbretnesha!

-Jo, nuk e pranoj, - kundërshtova, me një pakënaqësi të dukshme, duke u çuar në këmbë. – Ihsan Maçi ka qenë dhe mbetet kryetari ynë. Unë e quaj për nder që të punoj nën drejtimin e tij. Mos harroni se kundërshtarët tanë këtë presin që ne të përçahemi e të tallen me ne. Këtë nuk duhet ta lejojmë kurrë, ndryshe politika e Legalitetit do të merrte një goditje që do të na kushtonte shtrenjtë!

Këshilltarët përsëri zunë të diskutonin, po ishin aq të trullosur nga fjalët e mia, sa me gjithë që s'u pëlqente të kishin për kryetar zotin Ihsan, në fund të fundit qenë të detyruar të më bindeshin. Ata e kuptuan se këndej e tutje ashtu si dhe më parë, drejtimin e këshillit do ta merrja unë, paçka që hijen e kryetarit do ta mbante Ihsan Maçi.

Para se të shpërndahej mbledhja, mora në grykë zotin Ihsan. Pastaj, si ngaherë, durova në faqe jargët dhe mjekrat e këshilltarëve e të të ftuarve, që zunë të largoheshin një nga një.

Kur mbeta vetëm, hapa dritaret, lava fytyrën dhe u vesha për të dalë. Po afrohej koha e trenit që vinte nga Zhimeti. Do të dilja të prisja Shpendin. Në mbrëmje Hasani kishte darkën e fejesës së Hënës me Shpendin dhe "shkuesit" pa dyshim, i takonte vendi në krye të sofrës.

"Ruaje veten nga gëzimi i suksesit të aksionit. Padronët e Ramës do të përpiqen të të godasin. Mendo me gjakftohtësi për detyrat që të presin. Tani rruga drejt Pallatit të është hapur..."

Fundi i librit të parë

www.ingramcontent.com/pod-product-compliance
Lightning Source LLC
Chambersburg PA
CBHW022235020726
47496CB00004B/914

* 9 7 8 0 6 9 2 2 9 1 8 8 7 *